Mitch Rapp Novel

MEMORIAL DAY

THE NO.1 BESTSELLING AUTHOR

VINCE FLYNN
MEMORIAL DAY

전몰자의 날

빈스 플린 장편소설 | 이영래 옮김

RHK
RH Korea

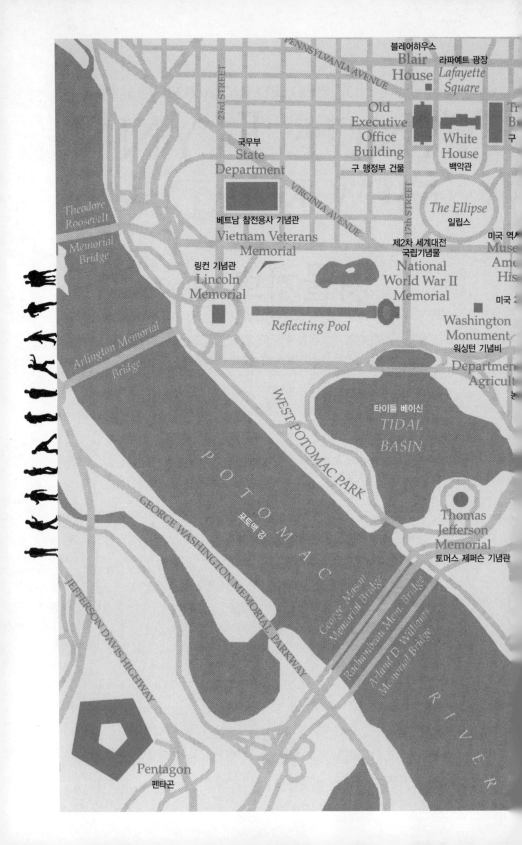

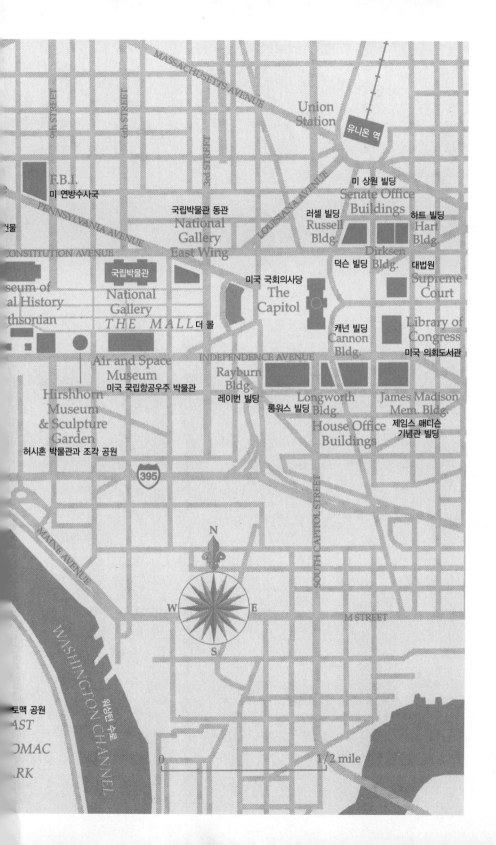

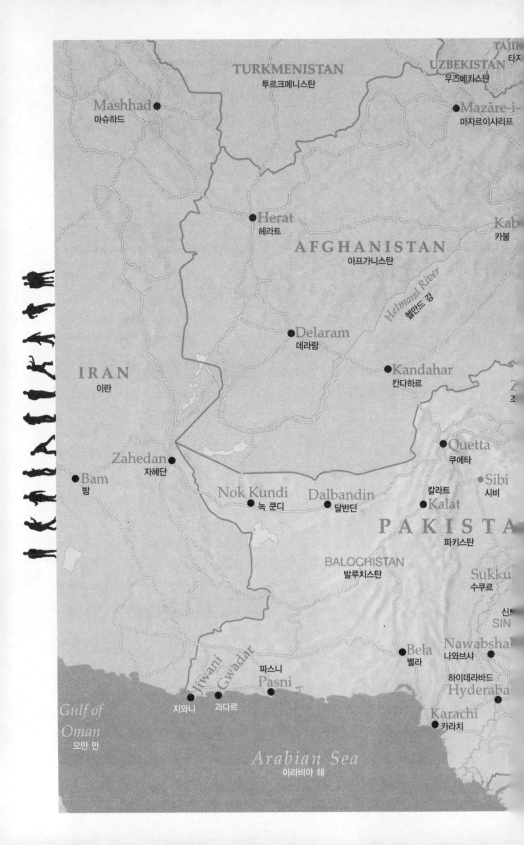

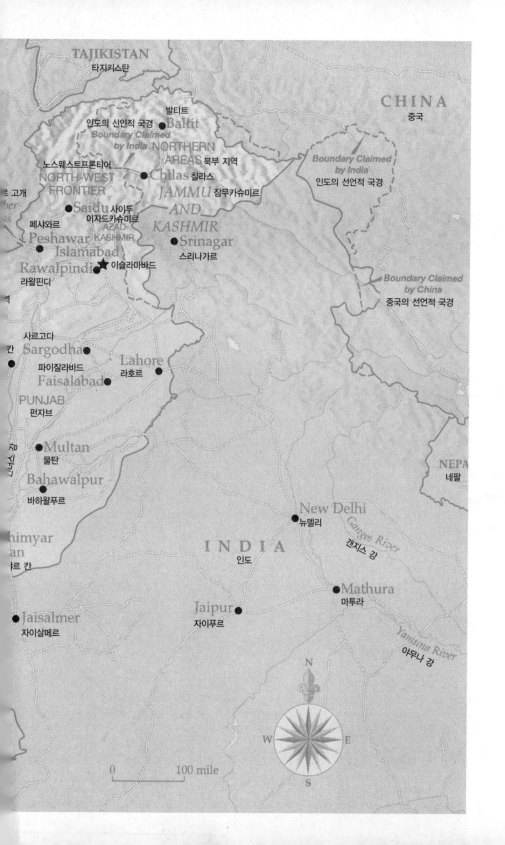

PRELUDE

미치 랩은 원웨이 유리를 통해 시멘트로 만들어진 지하의 음습한 조사실을 주시하고 있었다. 겨우 속옷만 걸친 한 남자가 수갑을 찬 채 우스꽝스러울 정도로 작고 불편해 보이는 의자에 앉아 있었다. 가리개도 없는 알전구 하나가 천장으로부터 늘어져 그 남자와 30센티미터 정도의 거리를 두고 매달려 있었다. 녹초인 상태에 전구의 삭막한 빛까지 내리쪼이다 보니 그 사람의 머리는 앞쪽으로 처져 있었고 그 바람에 턱이 가슴에 닿아 있었다. 그는 금방이라도 균형을 잃고 넘어질 것 같았다. 그도 차라리 그렇게 되기를 바라고 있을 것이다.

랩은 시계에 눈길을 주었다. 시간과 인내심이 바닥을 드러내고 있었다. 그는 그 인간쓰레기에게 총알을 날려 버린 뒤 잊어버리고 싶었다. 하지만 그렇게 하기에는 상황이 너무나 복잡했다. 그 남자의 입을 열어야 했다. 그것이 이 모든 수고의 목적이었다. 물론 결국에는 다들 입을 열게 된다. 입을 열게 하는 것은 어렵지 않다. 까다로운 일은 진실을 털어놓게 만드는 것이다. 이번 경우도 예외는 아니었다. 남자는 지금까지 한 가지 이야기만을 계속 되풀이하고 있다. 랩이 새빨간 거짓말이라는 것을 정확히 알고 있는 이야기를 말이다.

그 CIA 대테러 요원은 그곳에 가는 것을 몹시 싫어했다. 그곳은 말 그대로 그를 오싹하게 만들었다. 근육이 흰 제복을 빈틈없이 채운 건장한 경비원과 빗장이 있는 창문만 빠졌을 뿐, 정신 병원이 가진 모든 요소를 그대로 가지고 있는 곳이었다. 그곳은 의도적으로 인간이 받는 모든 자극이 차단되도록 만들어져 있었다. 그 존재를 아는 몇 안 되는 사람들은 그곳을 그저 '시설'이라고 불렀다.

그곳은 어떤 서류에도 기재되어 있지 않았다. 심지어는 매년 비밀리에 의회에 제출되는 기밀 정보 예산에도 올라 있지 않았다. 그 시설은 냉전 시대의 유물이었다. 버지니아 리즈버그 인근에 자리 잡은 그 시설은 부근에 산재하고 있는 다른 말 농장들과 다를 것이 없어 보였다. 기관이 완만하게 경사진 아름다운 몇 천 평 구릉지에 위치한 그 장소를 사들인 것은 50년대 초반이었다. 당시의 CIA는 지금보다 훨씬 많은 자유와 재량권을 보장받고 있었다.

그곳은 CIA가 동구권 탈주자들을 조사하는 몇몇 장소 중 하나였다. 더러는 냉전이 절정에 달했을 당시 스파이 색출의 책임을 맡고 있던 그 유명한 광기 어린 천재, 제임스 앵글턴이 던져 놓은 올가미에 걸린 기관의 배신자들도 조사 대상에 포함되었다. 그 지하실에서는 끔찍한 일들이 자행되었다. CIA가 FBI에게 선수를 빼앗기지 않고 올드리치 에임스를 잡았더라면 분명 그를 그곳으로 끌고 갔을 것이다. 랭리의 비밀을 수호하는 사명을 띤 사람들은 그 배신자 놈의 목을 죌 기회를 얻을 수 있다면 무슨 일이든 했을 것이다. 하지만 불행히도 그들은 그런 기회를 잡지 못했다.

그 시설은 절대 기분 좋은 장소라고 할 수 없는 곳이었다. 하지만 그릇된 판단력을 지닌 악랄한 사람들과 가학적인 행동이 가득한 세상에서 그곳은 없어서는 안 될 필요악이었다. 랩은 그 점을 너무나 잘 알고 있었다. 하지만 그것이 그가 그곳을 좋아해야 한다는 의미는 아니었다. 그는 비위가 약하지도 여리지도 않았다. 랩은 헤아려 보려는 시도도 해 볼 수 없을 만큼 많은 사람들을 죽였고 기술의 깊이가 어느 정도인지 확연히 보여 주는 여러 가지 창의적인 방법으로 자신의 기술을 이용했다.

그는 현대판 암살자였다. 그것도 암살자라는 투박한 단어가 공개적으로 쓰이기에는 극도로 문명화된 나라에서 살고 있는 암살자였다. 그의 조국은 스스로를 세련미가 덜한 여타 나라들과 다른 존재로 차별화시키는 것을 몹시 좋아했다. 개인의 권리와 자유를 찬양하는 민주주의 국가, 다른 나라 국민의 은밀한 살해라는 구체적인 목적을 위해 공개적으로 자국의 국민 중 하나를 찾아서 훈련시키고 이용하는 일을 절대 용인하지 못하는 국가로 말이다. 하지만 랩이 바로 그런 사람이었다. 그는 워싱턴 권력의 심장을 차지하고 있는 양식 있는 사람들의 감수성을 상하게 하지 않기 위해 편의대로 '요원'이라 불리는 현대판 암살자였다.

그 사람들은 그 시설의 존재를 안다면 격분할 것이고 그것은 CIA의 부분적인 혹은 완전한 파멸이라는 결과를 낳을 것이다. 미국 자본주의의 힘을 곱지 않게 보는 사람들은 미국이 어떤 일을 했기에 테러리스트들로부터 그러한 증오를 불러일으켰는지 들춰내고 싶어 했다. 그러는 동안 그들은 자신들이 강간범을 변호하는 꼴사나운 변호사가 이용하는 논리를 내세우고 있다는 점을 간과했다. 짧은 치마에 어깨가 드러난 섹시한 웃옷 차림에 하이힐을 신고 있는 여성은 스스로 성폭력을 자초하고 있는 것일까? 미국이 자국보다 못한 나라들의 자원을 개발하기 위해 애쓰는, 이기적이고 식민주의적인 남성들이 지배하는 미개하고 거만한 나라라면 스스로 테러를 자초하고 있는 것일까?

이러한 편협한 정의 아래에서라면 워싱턴 엘리트들은 그곳을 고문실이라고 부를 것이다. 그렇지만 랩은 고문이 어떤 것인지 알고 있었다. 그 으스스한 지하실에서 이루어지는 것은 진정한 고문이 아니었다. 그것은 강압이었고, 감각의 박탈이었으며, 심문이었지 진정한 고문이 아니었다.

진정한 고문은 사람에게 생각지도 못할 고통을 유발시켜서 그 사람이 죽음을 구걸하도록 하는 것이다. 그것은 악어 입모양의 클립을 남자의 고환에 채우고 그의 몸에 타는 듯한 전기 충격을 보내는 것이고, 여자를 매일같이 윤간해서 혼수상태에 빠뜨리는 것이고, 남자에게 그의 아내와 아이들이 폭력배로부터 비역당하는 것을 보게 하는 것이고, 자신의 배설물을 먹게 만드는 것이다. 고문은 극악무도하고, 야만적이며, 효율과는 전혀 관계가 없는 것이다. 그러한 방법은 대부분의 포로들을 그저 고통을 멈추기 위해 입을 열고, 무슨 일이든 서슴지 않고 하며, 아무 자백서에나 사인을 하고, 존재하지도 않는 테러 계획을 만들고, 심지어는 자신의 부모까지 공격하게 만든다는 것이 수도 없이 입증되어 왔다.

그러나 랩은 실재적인 사람이었다. 창 반대편 의자에 묶여 있는 포로는 진짜 고문이 어떤 것인지 직접 체험으로 알고 있는 사람이었다. 그가 일하는 조직은 정치범에 대한 처우로 악명이 높은 곳이었다. 무지막지한 구타를 용인해도 좋을 만한 사람이 있다면 바로 그 비열한 개자식이었다. 하지만 아직은 고려할 만한 다른 수단들이 남아 있었다.

랩은 고문을 좋아하지 않았다. 고문이 당하는 사람에게 주는 영향 때문만이 아니라 고문에 찬성하고 고문을 실행한 사람에게 미치는 영향 때문이었다. 그는 그것이 최후의 수단이 아닌 한은 그 수준으로까지 떨어지고 싶은 생각이 없었다. 하지만 불행히도 그 순간이 빠르게 다가오고 있었다. 많은 사람들의 목숨이 위태로웠다. 건너편 방에 있는 이중적인 인간쓰레기 덕분에 두 명의 CIA 요원이 이미 목숨을 잃었다. 무슨 일인가가 진행 중에 있었고 랩이 그것이 무엇인지 밝혀내지 못한다면 수백, 어쩌면 수천 명의 무고한 사람들이 죽음을 맞을 수도 있는 상황이었다.

감시실의 문이 열리고 랩과 비슷한 나이로 추정되는 한 남자가 들어섰다. 그는 창가로 걸어왔다. 쑥 들어간 갈색 눈은 수갑을 찬 사람을 향했다. 그 남자는 어떤 냉정한 초연함 같은 것을 지니고 있었다. 머리는 세련되게 손질되어 있었고 수염은 완벽하게 다듬어져 있었다. 그는 프렌치 커프스의 흰 드레스 셔츠에 잘 지어진 짙은 색 수트를 입고 값비싼 붉은색 실크 타이를 매고 있었다. 그는 두 벌의 똑같은 의상을 가지고 있었다. 그것은 표적이 평정을 찾지 못하게 하기 위한 노력의 일환으로 그가 도착한 사흘 전부터 피조사자 앞에서 입은 유일한 옷이었다. 그 의상은 우세한 힘과 관록을 전달하기 위해 주의 깊게 선택된 것이었다.

바비 아크람은 CIA 최고의 심문관이었다. 그는 파키스탄 이민자에 이슬람교도로 우르두어, 파슈토어, 아라비아어, 페르시아어는 물론이고 당연히 영어도 완벽하게 구사했다. 아크람은 포로가 감금된 동안 매분 매초의 모든 상세한 사항들을 통제해 왔다. 모든 소음, 온도의 변화, 음식의 양, 물 한 방울까지 정교하게 짜여 있었다.

다른 모든 조사 대상들에 대해서도 그렇듯이 그 특정한 조사 대상에 대한 목표는 입을 여는 것이었다. 첫 단계는 그가 자극을 간절히 필요로 할 때까지 그를 격리시켜서 감각이 박탈된 세상에 넣어 놓음으로써 시간과 장소에 대한 의식 모두를 없애는 것이다. 이후 아크람은 그에게 구명 밧줄을 던진다. 대화를 시작하는 것이다. 그는 조사 대상이 입을 열게 만든다. 꼭 비밀을 폭로하게 만드는 것은 아니다. 적어도 처음에는 말이다. 비밀은 이후에 나온다. 그 일을 완벽하고 적절하게 하는 데에는 엄청난 시간과 인내가 필요하다. 하지만 지금은 그런 사치를 누릴 여유가 없었다. 정보 활동은 시간에 민감한 일이었고 그것은 일을 신속하게 처리해야 한다는 것을 의미했다.

랩에게 돌아서며 그가 말했다.

"더 끌어서는 안 되겠습니다."

"그러지 않기만을 바라네."

랩이 낮게 으르렁거렸다. 미치 랩은 많은 것을 가지고 있었지만 인내는 그 안에 포함되지 않았다.

아크람은 미소를 지었다. 그는 이 전설적인 CIA 요원을 무척이나 존경하고 있었다. 두 사람은 이 테러와의 전쟁 일선에서 공통의 적과 싸우는 전우였다. 랩에게 이 전쟁은 커져가는 위협 세력의 공격으로부터 무고한 사람들을 보호하는 일이었다. 아크람에게는 선지자 마호메트의 말을 곡해해서 미움과 불안을 영속시키는 광신자들로부터 그가 사랑하는 종교를 지키는 일이었다.

아크람은 시계를 본 뒤 물었다.

"준비되셨습니까?"

랩은 고개를 끄덕이고 묶여 있는 그 지친 남자를 보았다. 그는 혼자서 몇 마디 욕지거리를 중얼거렸다. 이 일에 대한 말이 새어 나가는 날에는 그가 쌓은 성과며 관계를 다 동원해도 헤어날 수 없는 위험에 빠지게 될 것이다. 이 사냥은 금렵지를 한참 벗어난 곳에서 이루어지고 있었다. 하지만 그에게는 대답이 필요했고 적절한 경로를 통해 일을 진행하려면 정치와 외교의 수렁에 빠져 꼼짝도 하지 못하게 될 것이 뻔했다.

너무나 많은 이해관계들이 작용하고 있었다. 누설의 문제를 고민하는 시점까지는 가 볼 수도 없었다. 다른 방에 묶여서 늘어져 있는 남자는 파키스탄 제일의 정보기관 ISI의 마수드 하크 대령이었다. 랩은 랭리의 누구에게도 말하지 않고 프리랜서 팀을 고용해서 그 남자를 잡아왔다. 두 명의 CIA 요원에 대한 잔혹한 살인 사건과 알카에다의 재편에 대한 불안감이 랩으로 하여금 상부의 허락 없이 행동을 취하게 만드는 자극제가 되었다.

아크람은 졸기 시작한 그들의 포로를 가리켰다.

"금방이라도 넘어갈 것 같습니다. 계획을 지금 바로 진행시키고 싶은 게 확실하십니까?"

아크람은 팔짱을 끼었다.

"하루 이틀 더 기다린다면 제가 분명히 입을 열게 할 수 있습니다."

랩은 고개를 저으면서 단호하게 대답했다.

"내 인내심은 이제 바닥이야. 자네가 입을 열게 만들지 않는다면 내가 하겠네."

아크람은 생각에 잠겨 고개를 끄덕였다. 심문에서 당근과 채찍 기법을 이용하는 데 반대하는 것은 아니었다. 적절한 사람에게라면 그 결과는 대단히 만족스러운 것이 될 수 있었다. 그렇지만 아크람 자신은 결코 폭력에 의지하지 않았다. 그는 아주 조심스럽게 그 일을 다른 사람들에게 넘겼다.

"알겠습니다. 제가 일어나서 나오면 그것을 신호로 생각하십시오."

랩은 그의 말에 동의했다. 아크람이 방을 나설 때도 랩의 눈은 묶여 있는 남자에게 고정되어 있었다. 포로는 자신이 그곳에 얼마나 있었는지, 얼마나 오래 납치한 자들의 손에 있었는지는 물론 납치한 자들이 누구인지도 알지 못했다. 그는 자신이 어디에 있는지, 어느 나라에 있는지, 아니 어느 대륙에 있는지도 몰랐다. 그는 한 사람의 말만 들어왔고 그것이 바로 파키스탄 태생의 동포 아크람이었다.

그는 당연히 자신이 자국에서 ISI의 최대 경쟁자인 IB에 의해 억류되어 있는 것으로 생각하고 그 때문에 ISI가 그를 구하러 오리라는 믿음을 가지고 버티고 있을 것이다. 그는 시간과 일상에 관한 모든 감각을 빼앗겼고 약물에 취해 있었다. 그는 지각 상실이라는 바다에서 시달려 지칠 대로 지친 사람이었다. 비밀을 털어놓기 일보 직전의 상태였다. 랩이 방으로 들어서는 것을 본다면 그의 모든 희망은 가루가 될 것이다.

아크람의 예상대로 그 남자는 결국 잠에 빠져 균형을 잃고 넘어졌다. 그는 꽤나 세게 바닥에 부딪혔지만 아예 일어나려는 시도를 하지 않았다. 감금되어 있는 동안 수없이 어찌할 도리가 없는 그 자세로 있어 본 그는 일어나는 것이 불가능하다는 것을 알고 있었다.

아크람은 두 명의 어시스턴트와 함께 그 방에 들어섰다. 그들이 포로를 일으키는 사이 아크람은 의자를 세우고 어시스턴트들에게 그 남자를 풀어 주라고 말했다. 포로가 팔과 다리를 자유롭게 움직이게 되자 아크람은 그에게 물 한 잔을 건넸다. 두 명의 어시스턴트들은 필요한 경우를 대비해서 문 옆의 어둠 속에 서 있었다.

"자, 마수드."

아크람은 그 남자의 모국어로 말했다.

"이제 진실을 좀 말해 볼 작정인가?"

그 남자는 핏발이 선 눈으로 심문하는 사람을 응시했다.

"여태 진실을 말해왔소. 나는 탈레반이나 알카에다의 후원자가 아니오. 내가 그들을 상대한 것은 단지 그들을 예의 주시하는 것이 내 일이기 때문이오."

"너도 알다시피 무샤라프 장군은 우리가 탈레반이나 알카에다에 대한 지원을 멈추어야 한다고 분명히 못 박았다."

아크람은 하크를 만난 순간부터 자신을 파키스탄 동포라고 믿도록 해왔다.

"계속 말하지 않소."

그가 단호히 대답했다.

"내가 접선자와 계속 만나는 것은 그들을 감시하기 위해서일 뿐이오."

"그리고 너는 여전히 그들의 대의에 공감하고 있지, 그렇지 않은가?"

"그렇소…. 아니, 내 말은 아니라는 뜻이오! 나는 그들의 대의에 공감하지 않소."

아크람이 미소를 지었다.

"나는 독실한 이슬람교도가 아니다. 그리고 나는 그들의 주장에 찬성하지 않지."

그는 고개를 옆으로 기울였다.

"너는 독실한 이슬람교도인가?"

그 질문은 그 정보국 관리의 얼굴을 정면으로 가격한 것과 다를 바가 없었다.

"물론 나는 신실한 이슬람교도요."

그리고 그는 분개해서 불쑥 이런 말을 입 밖에 냈다.

"하지만 나는… 나는 ISI의 관리요. 나는 내가 어디에 충성하는지 분명히 알고 있소."

"물론 그러시겠지."

아크람이 회의적으로 말했다.

"문제는 내가 당신이 어디에 충성하는지 모른다는 거지. 그리고 나는 참을성이 거의 바닥이 났다."

이 말을 할 때 그의 목소리에서는 악의를 찾아볼 수 없었다. 유감의 뜻만이 담겨 있을 뿐이었다.

남자는 손에 얼굴을 묻고 고개를 저었다.

"무슨 말을 해야 할지 모르겠군. 나는 당신이 말하는 그런 사람이 아니오."

그는 고개를 들어 밝은 불빛 너머의 심문관을 응시했다. 그의 멀건 눈은 애원의 빛을 띠고 있었다.

"내 상관에게 물어보시오. 샤리프 장군에게 물어보란 말이오. 내가 명령을 따르고 있었다는 걸 그가 말해 줄 거요."

아크람은 고개를 저었다.

"네 상관들은 너를 버렸다. 너는 그들에게 성가신 존재일 뿐이지. 그들은 네가 무슨 임무를 맡고 있었는지에 대해 거의 아는 것이 없다고 말하고 있다.”

“당신은 거짓말을 하고 있소.”

하크가 내뱉었다.

그것이 바로 아크람이 찾고 있던 것이었다. 제어가 안 되는 감정의 변화. 필사적으로 매달리다가 다음 순간에는 화를 내며 적대적인 감정을 드러내는 식의 감정 변화 말이다. 아크람은 항복의 표시로 손을 들어 올렸다. 그의 표정은 더 이상 할 수 있는 것이 없다는 애석한 결단을 보여 주고 있었다.

“난 너에게 엄청난 참을성을 발휘했다. 그런데 너는 거짓말과 모욕으로 보답했을 뿐이다.”

“난 진실을 말했소!”

하크는 아주 재빨리 말했다.

아크람은 거의 자식을 바라보는 아버지와 같은 눈으로 그를 응시했다.

“내가 너를 친절히 대했다고 생각하나?”

잠이 부족한 데다 약기운이 떨어진 하크는 쓰러지려 했다. 그는 팔을 벌리고 방을 둘러보았다.

“당신의 호의는 미흡한 부분이 많소.”

반항적인 어조로 그가 말했다.

“나는 당장 샤리프 장군과 이야기를 하고 싶소!”

“마수드, 하나 물어볼까? 너는 포로를 어떻게 다루지?”

그 파키스탄 정보국 관리는 눈을 바닥으로 내리깔며 그 질문을 무시하는 것이 낫겠다고 생각했다.

“네가 여기 온 후로 내가 손을 댄 적이 있었나?”

하크는 마지못해 고개를 저었다.

“음… 이제 곧 모든 것이 변할 것이다.”

명시적으로든 묵시적으로든 아크람이 폭력으로 위협을 가한 것은 처음이었다. 지금까지 그들의 대화는 접선자에 대한 이야기, 잘 준비된 같은 이야기의 반복, 자기 입장의 고수로 점철되어 있었다.

아크람은 심문하고 있는 자를 골똘히 쳐다본 뒤 입을 열었다.

"너를 보고 싶어 하는 사람이 있다."

하크는 고개를 들었다. 그의 눈은 희망으로 희미하게 빛나고 있었다.

"아니."

아크람은 고개를 저으며 불길한 미소를 지어 보였다.

"사실, 너는 이 사람을 보고 싶지 않을 거다."

아크람이 일어섰다.

"지금 이 순간 네가 여기서 보리라고는 생각지도 못하는 사람일 것이다. 나도 제어할 수 없는 사람이고 네가 거짓말을 한다는 사실을 알고 있는 사람이기도 하지."

"나는 당신에게 진실을 말하고 있소."

하크는 새된 소리로 말하면서 심문관의 팔을 잡으려 손을 뻗었다.

아크람은 다시는 자신에게 손을 대면 안 된다는 메시지가 명확하게 전달될 정도의 힘으로 그의 손목을 잡아 비틀었다. 그는 애원의 빛이 담긴 눈을 크게 뜨고 있는 포로를 내려다보며 말했다.

"너에게는 진실을 말할 수 있는 기회가 충분히 주어졌다. 하지만 너는 그 기회를 이용하지 않았어. 이제 이 일은 내 손을 떠났다."

그 말과 함께 아크람은 남자의 팔을 놓고 조사실을 떠났다.

랩은 바로 조사실로 들어가지 않았다. 아크람은 그에게 긴장이 고조되도록 하는 것이 좋다고 말했다. 그들은 원웨이 유리를 통해 하크가 초조하게 방의 이쪽 끝에서 저쪽 끝으로 서성이기 시작하는 것을 지켜보았다. 그의 동요가 시시각각 커지고 있는 가운데 마침내 머리 위의 밝은 조명이 들어오며 랩이 방에 들어섰다.

처음 하크의 얼굴에는 믿기지 않는다는 표정이 떠올랐고 다음으로 공포의 빛이 떠오르기 시작했다. 그 유명한 미국 정보국 요원의 등장은 모든 것을 바꾸어 놓았다. 모든 것이 명확해지기 시작했다. 하크는 곧바로 자신이 상상할 수 있는 어떤 것보다 심각한 상황에 처해 있다는 것을 알게 되었다.

랩은 불편한 의자를 가리키며 소리쳤다.

"앉아!"

하크는 주저 없이 지시에 따랐다. 랩은 벽 쪽에 있는 작은 사각형 테이블을 그 파키스탄인 앞으로 끌어왔다. 그는 두 명의 경비원을 보고 영어로 말했다.

"혼자 처리할 수 있네."

경비원들이 떠나자 랩은 서류 크기의 마닐라 봉투를 테이블 위에 내려놓고 천천히 재킷을 벗어 그가 차고 있는 9밀리 FNP-9을 드러냈다. 그는 재킷을 의자 등받이에 걸치고 넥타이를 잡아당기기 시작했다.

"내가 누군지 알고 있나?"

랩은 넥타이를 재킷 위에 걸쳐 두었다.

하크는 고개를 끄덕이며 불안하게 침을 삼켰다.

랩은 봉투에서 두 장의 사진을 꺼내 테이블 위에 놓았다.

"이 사람들을 잘 알고 있겠지?"

그는 소매를 걷어 올리기 시작했다.

그 파키스탄 정보국 관리는 마지못해 사진을 보았다. 그는 두 사람이 누구인지 정확히 알고 있었지만 그 사실을 인정하는 것이 극도로 위험스런 일이라는 것도 알고 있었다. 하크는 끝까지 버티면서 자신의 이야기를 고집해야 한다는 것을 알 만큼 심문을 하는 입장에 많이 서 보았다. 그는 천천히 고개를 저었다.

"모릅니다."

예상치 못한 대답은 아니었지만 그 대답은 여전히 랩을 격분시켰다. 그는 오른손으로 테이블을 짚고 보이지도 않을 정도의 속도로 왼손을 날렸다. 하크는 의자에서 바닥으로 나가떨어졌다.

"틀렸어!"

테이블 주위를 걸으며 랩이 소리쳤다. 꽉 쥔 그의 주먹이 올라가 쇠망치처럼 하크를 내려칠 참이었다.

하크는 얼이 빠진 채 바닥에 쓰러져 있었다. 그를 잡고 있는 이들이 손을 댄 것은 이번이 처음이었다. 공황 상태에 빠진 그는 주먹을 막으려 손을 들어 올렸다.

"그래요, 그래! 그들을 압니다. 하지만 나는 그들의 죽음과 아무런 관련이 없습니다!"

랩은 그의 멱살을 잡았다. 하크는 그보다 9킬로그램은 더 무거웠지만 랩은 헝겊 인형쯤 되는 것처럼 하크를 바닥에서 잡아 올려 반대편 벽에 내동댕이쳤다.

"살고 싶은가, 죽고 싶은가?"

하크는 그야말로 당혹스러운 표정으로 그를 보았다.

랩은 그 질문을 되풀이했다. 하지만 이번에는 하크의 귀에 대고 소리쳤다.

"살고 싶은가, 죽고 싶은가?"

하크는 꺽꺽거리며 대답했다.

"살…고 싶습니다."

"그렇다면 빨리 상황을 파악하는 게 나을 거야."

랩은 책상을 향해 그를 되던지면서 외쳤다.

"다시 엉덩이 붙이고 앉아서 그 사진을 봐!"

랩은 그의 뒤쪽을 빙빙 돌았다. 랩의 주먹은 꽉 쥐어져 있었고 얼굴은 분노로 달아올라 있었다.

"자, 마수드!"

그가 남자의 이름을 큰 소리로 불렀다.

"이번 한 번만 묻겠다. 나는 너에 대해 네가 상상할 수 있는 것보다 더 많은 것을 알고 있어."

랩은 두 장의 흑백 사진을 가리켰다.

"두 CIA 직원들의 살해 사건에 직접적이든 간접적이든 관련이 있나?"

이번에 하크는 대답하기 전에 손을 올렸다.

"없습니다."

대답을, 이 짐승 같은 자를 저지시킬 대답을 만들어 내기 위해 허둥대는 그의 눈은 두려움으로 커져 있었다.

"없다고 생각합니다."

'없다고 생각합니다'는 전면적인 부정보다는 나았다.

"없다고 생각한단 말이지."

랩이 그의 말꼬리를 잡았다.

"마수드, 나는 네가 그보다 훨씬 나은 대답을 할 수 있을 거라고 생각한다."

"저는 알지 못합니다…."

그가 소심하게 말했다.

"이 바닥은 아주 위험합니다. 늘 사람들이 사라지곤 하죠."

"아… 그렇지…. 너처럼 말이야. 이 멍청한 쓰레기."

랩은 그의 목을 천장 쪽으로 꺾으며 소리쳤다.

"첫 번째 컷을 재생해 봐."

잠시 후 하크의 목소리가 스피커를 통해 흘러나왔다. 랩은 아라비아어와 페르시아어를 유창하게 구사했지만 우르두어는 무슨 이야기가 나오는지 알 만큼 잘 알지 못했다. 하지만 그 해석은 암기할 수 있을 정도로 여러 번 읽었다. 그 테이프는 하크가 미지의 사람에게 만남을 요구하는 전화 통화를 녹음한 것이었다. 짧은 녹음 내용의 재생이 끝나자 랩은 두 번째 컷을 재생시키도록 지시했다.

랩을 뼛속까지 얼어붙게 만든 것은 이 두 번째 컷, 그리고 가까운 장래에 벌어질 큰 사건과 그 녹음 내용의 관련성이었다.

랩은 봉투에서 또 다른 사진을 꺼내 하크의 무릎 위에 떨어뜨렸다.

"이건 알아보겠나?"

하크는 자신이 탈레반의 고위 관계자인 아흐타 질라니와 커피를 마시고 있는 사진을 보았다. 그는 그 만남을 뚜렷하게 기억하고 있었다. 그는 질라니와의 대화 내용을 들으면서 갑자기 메스꺼움을 느꼈다.

스피커에서 두 사람의 목소리가 재생되는 동안 랩은 말했다.

"스파이 활동을 하는 사람으로서는 엄청난 근무 태만이군."

랩은 세 장의 작은 사진을 아주 신중하게 테이블에 내려놓았다. 한 장은 어린아이의 사진이었고 다른 두 장은 아기들의 것이었다.

"이게 누군지는 혹시 알겠나?"

하크는 불안하게 고개를 저었다.

"네가 죽인 두 사람의 아이들이지."

랩의 말은 극히 거북하게 허공을 감돌았다. 하크가 한 일의 실제 상황이 충분히 인식되도록 하기 위한 그의 의도였다. 랩은 다시 한 번 전과 같은 방식으로 다섯 장의 사진을 테이블에 올려놓았다. 그 다섯 장의 사진은 감시 카메라가 찍은 흑백 사진으로 한 장 한 장에 하크의 귀여운 다섯 아이 얼굴이 정확하게 잡혀 있었다. 랩은 하크를 위협적으로 응시했다. 하크는 울기 시작했다.

흐느끼는 소리 사이로 하크가 애원하기 시작했다.

"제발… 이렇게 부탁드립니다. 아이들은 손대지 말아 주십시오. 이건 제 잘못입니다…. 아이들에게는 잘못이 없어요."

랩의 얼굴이 정나미가 떨어진 찌푸린 표정으로 뒤틀렸다.

"나는 아이들을 죽이지 않아, 이 쓰레기야."

세 미국 아이의 사진을 두드리면서 그가 말했다.

"이 아이들은 다시는 아버지를 보지 못하겠지."

랩은 테이블 주위를 돌기 시작했다.

"왜 너희 아이들은 너를 다시 봐야 하는 건지 말해 봐. 그 아이들의 얼굴을 보면서 말이야!"

그가 소리쳤다.

하크는 자기 아이들의 사진을 쓰다듬으며 걷잡을 수 없이 흐느끼기 시작했다. 하크가 눈물을 흘리는 동안 랩은 그의 9밀리미터 FNP-9을 뽑아 두꺼운 검은 소음기에 끼워 넣기 시작했다. 소음기가 장착되자 그는 총을 내밀고 기름을 잘 먹인 슬라이드를 잡아 뒤로 끌어당겨 철컥하는 금속성 소리를 내며 앞으로 튕겨 나가게 두었다.

랩은 약실에 할로우 포인트 총알 한 발을 넣은 그 총을 파키스탄 정보 요원의 머리에 겨누고 말했다.

"나는 두말은 하지 않아, 마수드. 아이들을 다시 보고 싶다면 내게 너를 살려 두어야 할 이유를 주는 게 좋을 거다. 나는 네가 탈레반과 알카에다에 대해 알고 있는 모든 것을 알고 싶다. 나는 너와 질라니가 언급한 이 대담한 계획이 무엇인지 알고 싶다. 언제든 네가 거짓말을 하고 있다는 것을 알아낼 시에는 거래가 끝난다. 그리고 네 머리가 바닥에 온통 흩어지게 만들 생각이야."

랩은 안전장치를 풀고 격철을 끝까지 잡아당겼다.

"그래, 무슨 일이 벌어지고 있는 거지, 마수드? 나에게 협조하고 아이들이 자라는 걸 보고 싶은가, 아니면 이대로 죽고 싶은가?"

O1

플로리다 해협, 공해

44피트(약 13.5미터)의 이탈리아제 리바 리바라마 파워 요트가 25노트(시속 46킬로미터)의 속력으로 큰 소리를 내며 조용한 아침 바다를 가르고 있었다. 그 보트는 동이 틀 녘에 그랜드바하마 섬으로 출발했었다. 북동쪽으로 가려면 배는 대부분의 여정 동안 미국 영해 언저리를 지나는 항로를 타야 했다. 토머스 스캇은 그 배의 선장으로 영국 해군에 복무하던 때처럼 풀을 먹인 흰 반바지에 그에 어울리는 셔츠를 입고 있었다. 스캇은 자신의 일을 대단히 진지하게 받아들였다. 지금 그의 발아래 있는 것처럼 값비싼 요트의 선장이 되어야 할 때는 특히 더 그랬다. 그는 키 뒤편에 서서 앞 유리 너머로 탁 트인 푸른 바다를 바라보고 있었다.

스캇은 전날 소속항인 그랜드케이먼의 조지타운 부두를 떠났다. 그가 이 특별한 배의 선장이 되어 본 것은 이번이 겨우 두 번째였다. 그 이탈리아제 보트는 장인정신의 진정한 모범이었다. 배의 라인과 소재는 기계가 아닌 손으로 배를 만들던 시절의 것이었다. 그 모양이나 700마력의 트윈 엔진들 덕분에 배는 고급스러운 요트보다는 특대형 고속 모터보트에 가까워 보였고 실제로 그런 성능을 가지고 있었다. 최고 속력 40노트(시속 74킬로미터)의 그 배는 길이와 선폭에 비해 대단히 빨랐다.

그랜드케이먼에서 쿠바로의 여행 동안은 계속해서 트윈 디젤을 켜기에는 바다가 다소 거칠었다. 오늘 아침의 바다는 대단히 잔잔하고 조용했지만 그는 승객과 논의를 하기 전까지 최대로 가속하고 싶지 않았다. 물 위를 항해해 본 경험이 적은 사람에게라면 잔잔한 바다라 해도 40노트는 대단히 불안하고 거슬리는 속도일 수 있었다. 그런 속도에서 반대 방향으로 들어오는 작은 파도라도 있으면 풋내기들은 도와달라고 소리 한 번 쳐 보지 못하고 배 밖으로 날아가게 된다.

스캇은 바다에 대해 경의에 가까운 감정을 가지고 있었다. 사고란 본래 예측을 허용하지 않는 것이다. 차를 타고 있는 경우, 에어백이 있고 안전벨트를 맸다면 사고에서 살아남을 가능성이 극히 높다. 하지만 배에 있는 경우, 구명 재킷을 입지 않은 채 사고가 일어났다면 생존 확률은 희박하다. 물 바닥으로 가라앉고 있을 때 의식을 잃은 상태라면 수영 실력 따위는 문제가 되지 않는다.

때문에 스캇은 작은 장비를 목에 두르고 가슴팍을 가로지르는 끈을 매고 있었다. 그 작은 개인용 부양 장치는 자전거 이너 튜브만 한 두께였다. 크기가 아주 작기 때문에 스캇은 자신이 장비를 두르고 있다는 사실을 잊어버리곤 할 정도였다. 하지만 물로 떨어지는 경우, 그 장치는 1초 안에 부풀어서 보통 크기의 구명 재킷으로 변한다. 그 장비에는 작은 비상용 무선표지가 포함되어 있었다. 어떤 면에서는 표지가 그 장치의 부력만큼이나 중요했다. 하지만 낯선 이들에게 그 장비는 전혀 구명 재킷처럼 보이지 않았다.

스캇은 꼭 승객들에게 구명 재킷이 어디에 실려 있는지 보여 주었지만 구명 재킷을 입는 승객은 거의 없었다. 오늘 그가 태운 남자는 안전에 대한 주의 사항을 말할 기회조차 주지 않는 무례한 태도를 보였다. 짙은 색 머리의 그 남자는 동이 틀 무렵 가방 하나를 들고 나타나서 또박또박 끊어 말하는 영어로 선장에게 출항을 지시했다. 인사나 소개 따위는 없었다. 그는 가방을 들어 주겠다는 스캇의 호의도 거절했다.

그 남자는 바로 선실로 내려가 문을 닫았다. 항구를 떠난 지 한 시간 반이 지난 지금 스캇은 그 남자가 여정 내내 아래에 있을 작정인지 궁금해지기 시작했다. 그 승객은 말도 안 되는 속물이거나… 이런 고급 요트

를 이용하는 상류 사회에서는 충분히 있을 법한 일이다···. 아니면 숙취
가 심해서 아주 기본적인 예의도 차릴 수 없든가 둘 중 하나였다.

스캇은 빛나는 수평선을 살폈다. 날씨도 환상적이었고 그도 더할 수
없이 훌륭하게 선장의 역할을 하고 있었다. 무례한 승객 때문에 이 순간
을 망칠 수는 없었다. 그 영국인은 오른손을 뻗어 크롬이 도금된 두 벌
의 조절판 위에 손바닥을 올려놓았다. 그가 부드럽고 은근한 움직임으
로 조절판을 앞쪽 끝까지 밀어내자 디젤 엔진들은 전력을 다해 으르렁
거렸고, 바람은 햇빛에 탈색된 스캇의 머리카락 사이로 세차게 지나갔
다. 그는 핸들을 붙잡고 서서 이를 드러내고 싱긋이 웃음을 지으며 생각
했다. 승객이 계속 밑에 있는다면 정말 멋진 항해가 될 것 같았다.

무스타파 알 야마니는 조물주에게 자신을 인도해 달라고, 자신에게 용
기를 달라고 간절히 청하면서 손을 머리 앞쪽으로 뻗은 채 거의 최면에
가까운 상태로 엎드려 있었다. 마지막 기도를 한 것이 거의 일주일 전이
었다. 그가 기억하는 한 하루에 적어도 다섯 차례씩 신과 교감했던 알
야마니에게는 자진해서 행한 이런 알라로부터의 유형이 이 여행에서 가
장 어려운 일이었다. 요트의 엔진이 윙윙거리고 선실 문이 잠긴 지금이
그가 자기민족을 위한 순교자, 샤히드가 되기 전에 제대로 기도를 드릴
수 있는 마지막 기회일 것이다.

알 야마니는 미국과 그 우방국의 정보 공동체가 펴고 있는 대테러 망
을 피하기 위해 부지런히 움직였다. 그는 우선 남아프리카의 요하네스
버그로 갔고 거기에서 아르헨티나의 부에노스아이레스로 이동했다. 그
는 부에노스아이레스에서 하루를 머물면서 신분 증명서를 바꾸고 미행
이 없다는 것을 확인한 뒤 카라카스로 갔다가 멀지 않은 아바나로 건너
갔다. 지시대로 그곳에 요트가 그를 기다리고 있었다. 요트에는 식량과
선장이 딸려 있었다. 선장에게서 들은 것은 승객을 그랜드바하마로 건
네주겠다는 설명뿐이었다. 요트를 보면 부유한 원조자가 배를 사용하게
주선해 준 것 같았다. 소유주는 배를 빌려준 단체의 의도를 전적으로 파
악하고 있지는 않았지만 단순한 유람을 위한 것이 아니라고 짐작하고

있었다. 범죄에 연루되는 경우에도 그 편이 훨씬 나을 것이다.

이쪽으로 오는 여행은 물리적으로는 닷새밖에 걸리지 않았다. 하지만 형이상학적인 감각으로는 평생이 걸린 것 같았다. 마흔한 살의 이 사우디아라비아인은 아홉 살의 나이에 코란을 공부하도록 메카의 마드라사(이슬람교 학자와 지도자를 양성하는 고등교육기관–옮긴이)에 보내진 때부터 이러한 사명을 위해 준비해 왔다. 그는 열다섯에 아프가니스탄에서 사악한 소련인과 싸웠고 이슬람을 위해 싸우는 전사, 무자헤드로서의 기술을 연마했다. 어떤 대의든 그것을 위해 싸우는 전사들, 무자헤딘을 필요로 했다. 그리고 알 야마니에게 이슬람의 대의보다 더 고귀한 의미는 없었다.

알 야마니는 간청의 기도를 마치고 몸을 일으켜 손을 허벅지에 두고 앉았다. 겨우 속삭이는 듯한 소리로 그가 찬양했다.

"알라후 아크바."

알라는 위대하다.

알 야마니는 이 찬양을 두 번 반복하고 일어섰다. 시간이 되었다. 그는 뱃머리 쪽에 아늑하게 자리 잡은 침대로 다가가 가방의 옆 주머니에서 물건을 꺼냈다. 알 야마니는 헐렁한 실크 셔츠 자락을 들어 올리고 그 물건을 바지 허리춤에 밀어 넣었다. 꽃무늬 셔츠에 카키색 바지, 샌들… 어느 모로 보나 그는 휴가를 즐기는 부유한 여행자였다. 그는 그 여행을 위해 결혼반지를 끼고 가짜 롤렉스시계까지 찼다. 무엇보다 가장 힘들었던 일은 사춘기 이후 처음으로 수염을 깎은 것이었다.

알 야마니는 거울을 보며 선장의 눈에 띌 만한 것이 있지는 않은지 마지막 점검을 했다. 그는 심호흡을 하고 어깨를 편 뒤 선실 문을 향했다. 그는 이 일을 재빨리 해치울 생각이었다. 이건 장난질이 아니었다. 선장은 이교도였다. 그는 아무런 의미도 없다. 알 야마니는 작은 문의 잠금장치를 풀고 문을 밀어 열었다. 바로 눈부신 카리브 해의 일광이 그를 맞았다.

그는 왼손으로 해를 가리며 잠시 멈추어서 눈이 밝은 햇볕에 적응할 시간을 주어야 할지 생각해 보았다. 그는 서두르기로 마음먹고 재빨리 계단 세 개를 올라갔다. 그의 왼손 아래로 키 앞에 선 선장의 실루엣이 보였다. 알 야마니는 그 남자가 자신에게 말을 하고 있다는 것은 알았지만 그가 무슨 말을 하는지는 알아들을 수 없었다. 배는 알 야마니가 생각한 것보다 훨씬 빨리 움직이고 있었다. 바람이 요트의 이물로 불어제치고 있었다. 알 야마니는 그가 무슨 말을 하는지 알아보려 하지 않았다. 상대의 입장에서 보면 불시의 습격일 것이고 모든 것이 몇 초면 끝날 것이다. 알 야마니는 키를 지나치면서 오른손은 셔츠 밑으로 집어넣고 왼손은 선장의 어깨를 잡았다. 그는 뭔가 물어볼 것처럼 선장에게로 몸을 기울였다. 입이 열림과 동시에 그의 왼손은 선장의 어깨를 단단하게 쥐었고 그의 오른손은 위로 한껏 올라갔다가 이내 15센티의 스테인리스스틸 칼날을 남자의 등에 꽂았다.

토머스 스캇의 등은 고통으로 둥글게 굽었다. 그의 머릿속은 방금 무슨 일이 일어났는지 이해하기 위해 요동치고 있었다. 그는 갑자기 키로부터 잡아떼어져 갑판을 뒹굴고 있었다. 그는 자신에게 그러한 고통을 준 것이 도대체 무엇인지 파악해 보려고 미친 듯이 뒤로 손을 뻗었다. 미처 반응을 할 시간도 없이 그는 균형을 잃으면서 보트 가장자리에 부딪혔다. 그는 자신이 배 밖으로 떨어지고 있는 것을 느낄 수 있었다. 푸른 하늘이 눈에 들어왔고 이내 물 표면에 세게 부딪혔다.

알 야마니는 그 영국인이 요트가 지나며 만드는 거품 아래로 사라지는 것을 본 뒤 키가 있는 곳으로 올라갔다. 그는 최첨단의 계기판을 내려다보고 다이얼과 디지털 정보를 곁눈질했다. 그는 계기판 가까이 몸을 기울여 속도와 진로, GPS 위치를 확인했다. 그는 배 주인의 설명서를 일주일간 공부했고 제어장치에 대해 필요한 일을 해낼 수 있을 만큼의 지식을 가지고 있었다. 그는 수평선을 재빨리 살피고 천천히 핸들을 돌려 보트를 북쪽 방향으로 돌려놓았다.

배가 제 방향을 찾게 한 뒤 알 야마니는 잠시 숨을 돌렸다. 그는 뒤를 돌아 요트가 만들어 내는 길고 흰 포말들을 바라봤다. 손을 들어 밝은 태양으로부터 눈을 가린 그는 방금 목숨을 잃은 그 남자의 흔적이 보이지 않는지 물 위를 주의 깊게 살폈다. 가장 가까운 육지까지는 50킬로미터이고 그는 피해자의 가슴을 찔렀다. 기적적으로 그가 아직 죽지 않았다 해도 얼마 안 있어 죽게 될 것이다.

　알 야마니는 앞으로 있을 일로 주의를 옮겼다. 그의 얼굴에는 기대에 찬 자신감이 흘렀다. 그는 이 기회를 위해 평생을 기다려 왔다. 미국으로 가는 것은 그의 운명이었고 알라를 대신해 일격을 가하는 것은 그의 숙명이었다. 알 야마니는 혼자가 아니었다. 다른 사람들이 있었다. 그들은 바로 이 순간 여러 방향에서 미국으로 모여들고 있었다. 이번 주가 끝나기 전에 쾌락에 빠진 그 거만한 미국인들은 엄청난 타격을 입게 될 것이다.

02

워싱턴 D.C.

새로운 합동대테러센터, JCTC(Joint Counter Terrorism Center)는 워싱턴 서쪽 타이슨 코어 인근에 위치하고 있었다. 이 기관에는 CIA의 대테러센터, FBI의 대테러부와 새롭게 창설된 테러방지통합센터, TTIC(Terrorist Threat Integration Center)가 자리하고 있었다. 이 세 기관을 한 지붕 아래에 둔 이유는 수집된 테러 관련 정보를 보다 잘 분석하기 위함이었다. 이론적으로는 워싱턴의 많은 사람들이 그것을 훌륭한 아이디어라고 생각했다. 하지만 실제로는, 아니 최소한 랩의 관점으로는 문제를 좀 더 까다롭게 만든 일이었다.

랩은 최대한 이목을 피하려고 애쓰며 슬며시 최첨단 회의실로 들어갔다. 그의 평판을 생각하면 그것은 쉽지 않은 일이었다. 그는 그곳에 오래 머무를 생각이 아니었다. 다양한 주요 연방 기관 및 부서의 국장, 부국장, 국장보가 긴 테이블을 둘러싸고 있었다. 그들은 한 사람도 빠짐없이 랩의 공훈에 대해 어느 정도는 알고 있었고 그들 중 대부분에게 랩은 불안감을 가져다주는 존재였다.

회의실이 개방된 것은 겨우 지난주부터였고 랩이 회의실 안에 들어온 것은 이번이 처음이었다. 처음 그의 눈에 들어온 것은 그의 정반대 편 벽을 가득 채운 사진들이었다. 스물두 개의 얼굴이 그에게 눈길을 보내고 있었다. 그는 그들의 이름을 모두 알고 있을 뿐 아니라 그들이 자란 곳과 교육을 받은 곳까지 꿰고 있었다. 그들은 FBI와 법무부가 체포해서, 재판에 세운 뒤, 투옥시키기를 간절히 바라는 스물두 명의 테러리스트였다. 랩은 그들을 찾아내서 한 놈 한 놈의 머리에 총알을 박아 주고 싶었다. 이것이 다른 어떤 것보다 랩이 합동대테러센터를 받아들이기 힘든 이유를 잘 요약하는 말이었다.

그들에게는 규칙이 너무 많았다. 그리고 그들은 규칙 따위는 없는 적들과 싸우고 있었다. 그도 그들이 법과 법원이라는 한계 안에서 움직여야 하는 이유를 이해하고는 있었다. 권리 장전은 가볍게 여길 수 있는 것이 아니었다. 하지만 편의주의가 생명을 구하는 때도 있다.

랩은 바로 이것이 논의의 주제라는 것을 알고 아주 약간 놀랐다. 법무부 소속의 어떤 여성이 테러대책법이 전면적인 문제를 야기하고 있다고 모두에게 경고하면서 이의를 제기하고 있었다. 그는 자기 상관의 시선을 끈 뒤 그녀에게 복도로 함께 나가자는 손짓을 했다.

케네디 국장은 그와 함께 복도로 나가 물었다.

"무슨 일이에요?"

랩은 의심스런 눈으로 주위를 둘러봤다.

"여기에서 이야기하고 싶진 않습니다."

"알겠어요."

케네디는 그를 엘리베이터로 이끌었다. 그들은 몇 층을 올라가 그 건물에서 CIA가 차지하고 있는 구역으로 갔다. 그들은 몇 개의 비밀 번호 잠금장치를 지나 빈 회의실로 들어간 뒤 문을 닫았다.

랩은 케네디에게 파일 하나를 건넸다.

"아주 흥미로울 겁니다."

케네디는 말없이 파일을 받아 자리에 앉았다.

그녀는 수천 번 해 본 것처럼 능숙하게 붉은 끈을 풀고 기밀 폴더를 열었다. 실제 그녀가 수없이 해 온 일이었다.

그녀는 첫 페이지를 훑어보고 파일의 두께를 보더니 이렇게 말했다.

"당신도 앉지 그래요?"

"앉고 싶지가 않습니다."

랩은 뒷짐을 지고 무릎을 돌리며 다리를 풀어 주었다. 앉고 싶은 기분이 아니었다.

"저를 칸다하르로 데리고 갈 비행기가 기다리고 있습니다."

CIA 국장은 계속 파일을 읽으며 말했다.

"너무 서두르고 있는 거 아니에요?"

그녀가 안경 너머로 그를 바라보며 고개를 저었다. 랩은 그녀에게 가족과 같은 사람이었다. 하지만 그것이 때로는 문제가 될 수도 있었다.

랩은 조바심을 내며 급히 마련한 그 파일을 읽는 케네디를 바라봤다. 그의 마음은 이 중요한 작전을 성공시키기 위해 필요한 것들을 검토하며 이미 저만치 달려 나가고 있었다.

하크 대령은 랩에게 그가 찾고 있던 정보들을 넘겼다. 그 남자는 자신이 정보의 근원이며 그 때문에 자신만은 여태 살아남아 있는 것이라고 밝혔다. 그가 계속해서 협조한다면 랩은 약속을 지킬 것이고, 그 파키스탄인은 다시 자식들을 볼 수 있을 것이다. 하크는 탈레반 지지자인 동료 ISI의 관심을 끌었고 그들에게 알카에다와 알카에다의 재편된 지도부에 대한 중요 정보를 주었다. 하지만 무엇보다 중요한 점은 그들에게 알카에다의 작전 기지 위치를 알려 주었다는 것이었다.

후속 조치를 계획하고 실행하는 것은 어떤 면에서는 랩에게 쉬운 일이었다. 하지만 수많은 이해관계들이 맞서는 워싱턴 같은 곳에서 그 후속 조치에 대한 승인을 얻는 것이 상당히 미묘한 문제였다. 그는 기관과 고도로 훈련된 몇몇 특수 부대만 참여하는 작전을 좋아했다. 하지만 이번 일은 최상부까지 가야 하는 일이었다. 일이 복잡했다. 작전이 종료되고 5분 후에야 국제 사회와 언론에 공개하는 기밀 작전, "블랙"에 속하는 것도 아닌 데다 그 작전을 위해서는 중요한 동맹국들을 따돌려야 했다.

임무가 성공하든 실패하든 랩과 CIA에게는 백악관의 엄호가 필요했다. 그리고 그것은 대통령도 측근이 되어 한배에 타야 한다는 것을 의미했다. 랩은 끊임없이 변하는 워싱턴의 정치 상황을 읽는 데에 몹시 서툴렀다. 하지만 케네디는 미국에서 가장 탐욕스런 자들의 욕망과 필요를 이해하는 데 탁월했다.

케네디는 계속해서 파일을 읽었다. 랩은 그녀가 보고서를 읽는 것을 지켜보았다. 랩이 보고서를 읽는 것보다 두 배는 빠른 속도였다. 그녀는 이미 보고서를 거의 다 읽은 상태였다. 거의 사진과 같다고 할 만한 기억력은 그녀의 많은 재능 중 하나였다. 마지막 페이지를 읽은 케네디는 페이지를 넘기고 파일을 닫았다. 생각에 잠긴 얼굴로 케네디는 상체를 뒤로 젖히고 안경을 벗었다. 그녀는 깊은 생각이 담긴 어두운 표정으로 자신의 가장 중요한 요원을 올려다보며 입을 열려다가 그만두었다.

보스와 같은 인내심을 가지지 못한 랩이 말했다.

"그렇게 어려운 문제가 아닙니다."

그녀는 바로 대답을 하지 않았다. 랩은 너무 앞질러 가고 있었다. 케네디는 상상할 수 있는 한 가장 신중함을 요하는 국가 기밀 정보들을 늘상 접하는 사람이었다. 그런데 랩의 보고서는 그녀가 이전에 보지 못한 세목들로 가득 차 있었고 어떤 것도 정보원이 누구인지조차 언급하지 않고 있었다. 스파이 업무를 하는 사람들 사이에는 정보의 중요성은 정보원이 좌우한다라는 말이 있다.

"이 정보를 어디에서 얻었죠?"

"알고 싶지 않으실 걸요."

랩이 억양이 없는 어조로 말했다.

케네디는 눈썹을 치켜 올리며 미심쩍은 표정을 지었다.

"그렇단 말이죠?"

랩은 물러서지 않았다. 그는 그녀가 이쯤에서 자신을 압박하리란 걸 알고 있었다. 하지만 알리지는 않을 생각이었다. 그녀를 위해서 말이다.

"아이린, 제 말을 믿으세요…. 이 정보를 어떻게 손에 넣었는지는 모르시는 게 좋습니다."

케네디는 어디에서 그런 중요한 정보를 구할 수 있었을지 짐작해 보려고 애쓰면서 그를 빤히 쳐다보았다. 몇 가지 가능성이 있었다. 그 가능성들은 모두가 위험투성이인 방향을 가리키고 있었다. 그녀는 보고서를 흘긋 내려다보고 말했다.

"이게 정확하다고 확신해요?"

"그렇습니다. 제가 직접 들었다고 할 수 있죠."

그녀는 그를 믿었다. 하지만 그가 이 일에 대해 정말 충분히 생각해 보았는지 확인하고 싶었다.

"이 일이 제대로 되지 않으면 사람들은 대답을 요구할 거예요…. 언론만이 아니에요. 난 하원 청문회, 카메라, 유권자를 의식하는 정치인들, 산산조각 나는 경력… 이런 걸 말하고 있는 거예요. 당신도 이전에 보아 왔던 것들이잖아요."

"압니다. 하지만 저는 두렵지 않습니다. 그래서 당신에게 이 정보를 어디에서, 어떻게 입수했는지 말하지 않으려는 겁니다. 그들이 저를 호출해서 증언을 하라고 한다면 저는 훌륭한 군인답게 할복이라도 할 겁니다."

케네디는 랩이 자신이나 대통령을 연루시킬 사람이 아니란 것을 잘 알고 있었다. 하지만 그녀는 그가 조용히 물러날 사람이 아니란 것도 알고 있었다. 그가 싸우기로 마음먹은 사람이라면 상대가 하원의원이건 상원의원이건 그는 절대 만만한 적수가 되지 않을 것이다.

"음…. 타이밍이 참 흥미롭네요."

"어째서 그렇습니까?"

"몇 가지 다른 일들이 눈에 띄고 있어요…."

그녀는 잠깐 말을 멈추었다.

"내가 염려하고 있는 일들이 몇 가지 있죠."

"그게 이 일과 무슨 관계라도 있습니까?"

케네디가 어깨를 으쓱했다.

"잘 모르겠어요."

"음…."

냉소적인 랩이 못 박았다.

"여기 앉아서 알아낼 수 없다는 것만은 확실합니다."

그가 파일을 가리키며 말했다.

"이건 시작일 뿐입니다. 허가를 내주십시오. 그럼 72시간 내로 정확하게 그들이 무슨 일을 꾸미고 있는지 말씀해 드리겠습니다."

국장이 이 대테러 부문 수석 보좌관에게서 늘 듣던 말이었다. 실행! 랩은 중동과 서남아시아와 같은 거친 현장에서 공식 첩보원들의 엄호도 없이 작전을 펼치며 12년을 보냈다. 서른넷이라는 비교적 젊은 나이였지만 그는 옛날 사람들처럼 잘 되든 안 되든 당장 나서서 해 보자는 주의였다. 결국 그 일은 그녀의 몫이었다. 위험과 보상을 저울질하는 일 말이다.

"아이린."

랩이 대답을 재촉했다.

"이런 기회는 자주 오지 않습니다."

"나도 알아요."

"그럼 해 봅시다."

그가 애원했다.

"당신이 맡는 역할은 뭔가요?"

그는 그녀가 어느 쪽으로 기울고 있는지 알고 있었다. 그래서 그는 한 발 물러섰다.

"모두 보고서에 있습니다."

"그 이야기는 전에도 자주 들었는데요."

케네디가 냉소적인 목소리로 말했다.

"저는 공중에서 이 일을 감독할 예정입니다. 재미는 모두 특수 부대원들이 볼 거구요. 저는 실수가 없도록 확인하다가 작전이 끝나면 단도직입적인 질문 몇 가지를 던지기 위해 가는 것뿐입니다."

케네디는 고개를 끄덕였다. 랩이 참여한다면 대통령의 걱정을 상당히 덜 수 있을 것이다.

"아내는요?"

랩은 당신이 걱정할 일이 아니라고 말할 뻔했다. 하지만 겨우 그런 충동을 억눌렀다.

"아내는 위스콘신에 있는 가족들의 별장으로 갔습니다."

"나도 알아요. 그리고 당신이 아내에게 어떤 약속을 했는지도 알죠….

나한테 한 약속은 물론이구요.”

　이 점에 대해서만은 확실히 해 두고 싶은 케네디가 그에게 시선을 고정시켰다.

　“이번엔 카우보이처럼 무모한 일을 벌이지 않는 거예요, 그렇죠?”

　“여부가 있겠습니까, 국장님.”

　랩은 목소리에 상당한 도발을 담아 대답했다.

　케네디는 국장님이라는 말을 의도적으로 사용한 그의 말투를 무시했다. 마흔두 살인 그녀는 랩보다 겨우 여덟 살 연상이었다.

　모험을 할 시간이 왔다. CIA 국장은 일어서서 파일을 집어 들었다.

　“승인을 하겠어요. 서두르세요. 다치지 않고 돌아와야 해요.”

　“대통령은요?”

　“대통령은 내가 맡을게요. 우리가 찾고 있는 것을 꼭 얻어 내도록 하세요. 그리고 거기에서 빨리 빠져나오도록 해요.”

03

그녀가 향하고 있는 모퉁이의 사무실은 워싱턴 전체에서 가장 강한 인상을 가진 곳이었다. 어쩌면 거리 위쪽의 대통령 집무실보다 더 말이다. 이 장신의 금발 여성은 허가 요청 없이 두 명의 보좌관과 보안 요원을 지나쳐 사무실로 들어갔다. 안에 들어선 그녀는 육중한 나무문을 닫고 비행기 캐리어 크기만 한 상관의 책상으로 다가갔다. 그녀의 발걸음에서는 강한 자신감과 목적의식이 느껴졌다. 그녀는 자기 자신에 대해 잘 아는 만큼 주변의 상황에 대해서도 밝았다.

페기 스텔리에게 '중도'란 없었다. 그녀는 13년 전 워싱턴 대학의 법학대학원을 졸업했고 그때 이후로 줄곧 발버둥을 치고 있었다. 사건이 꼬리를 물고 이어졌다. 물론 열정의 정도가 모두 같다고 할 수는 없었지만 그녀는 그 모든 것에 자신의 모든 것을 쏟았다. 페기 스텔리는 이기는 것을 좋아한다기보다 지는 것을 싫어했다. 그리고 그 점이 그녀가 어떻게 움직일 것인가를 이해하는 데 가장 좋은 열쇠였다.

많은 사람들이 그녀가 저항할 수 없는 매력을 가지고 있다고 느꼈지만 그녀를 가혹하고 조금은 위협적이라고 느끼는 사람도 그만큼 많았다. 그녀는 위엄 어린 182센티미터의 키에 전미 400미터 허들 선수의 다리와 북유럽 미녀들의 광대뼈를 가지고 있었다. 그녀는 보수적으로 옷을 입는 편이었다. 바지 정장이나 무릎 바로 위까지 오는 치마들이 대부분이었고 금발은 포니테일로 낮게 내려 묶여 있었다. 자신에게 유리하다면 외모를 섹스어필하게 만드는 데 거부감이 없었지만 그뿐이었다.

그녀는 법학대학원을 졸업한 이래 단 한 명의 동료와 잠자리를 했다. 12년 전 시애틀에서의 일이었다. 그녀는 한사코 인정하길 거부하지만 그쪽으로는 순진했다. 학교를 졸업한 지 몇 달 만에 그녀는 일에 찌들고, 외롭고, 잠이 부족한 상태가 되었다. 그녀는 경계를 늦추고 법률 회사에 있던 열여섯 살 연상의 유망한 파트너와 잠자리를 했다. 그와의 정사는 타는 듯이 뜨거웠다. 그녀가 경험한 중에 최고의 섹스로 꼽힐 수 있는 것들이었고 단연코 그가 경험한 최고의 섹스였다.

그와의 관계는 시애틀 재계 대표들과 정당의 최고 실세인 사람이 그를 차기 상원의원 감으로 지목하면서 갑작스럽게 끝났다. 그녀는 그 새가슴인 남자가 그녀와의 관계를 스스로 끝낼 배짱도 없다는 것을 알게 되었고 그녀가 가진 그에 대한 이미지 전체는 하룻밤 사이에 뒤바뀌었다.

그는 그녀와 점심 약속을 잡았다. 그의 집에 간 그녀의 눈앞에 나타난 것은 다름 아닌 그의 어머니였다. 물론 그는 유부남이었고 아이들도 둘이 있었다. 거물들이 이미 거액의 돈을 지불했고, 발표가 끝났고, 선거전이 시작되었다. 그 정당은 선거에서 이겨야 했다. 그 늙은 여우는 페기가 자신의 아들과 놀아난 첫 여자도 아니고 마지막 여자도 아닐 것이라고 말했다. 그녀의 아들은 그 모든 돈의 원천인 그의 조부가 그랬듯이 자신의 물건을 바지 안에 잘 간수하는 데 문제가 있었다. 그 가족의 여가장은 샐러드를 깨작거리며 금전적인 보상에 대한 암시를 주었다. 페기는 주저 없이 그 제안을 거절했다. 당시에는 순진해서였겠지만 그녀는 여전히 그 점을 자랑스럽게 여기고 있었다.

주요리가 나올 때쯤에 페기는 자신의 경력을 망칠 수 있는 스캔들에 자신을 몰아넣고 싶지 않다고 확실히 말할 정도로 안정을 찾고 있었다. 그녀 아들의 경쟁자 외에는 아무도 그 정보가 공개되는 것으로 이득을 볼 사람이 없었다. 때문에 다른 종류의 거래가 이루어졌다. 페기 스텔리의 출세 가도를 보장하는 거래가 말이다.

그리고 그 거래대로 결과가 이어졌다. 아직 30대에 불과한 스텔리는 지금 대테러 분야를 책임지는 법무장관 부차관보였다. 그녀는 언젠가는 자신이 앉으려는 자리에 있는 남자 앞에 서 있었다. 그녀는 법무장관이 대통령이나 그의 아내와 이야기하고 있는 것이 아니라고 확신할 만큼 충분히 그의 전화 대화를 들은 뒤 전화를 끊으라는 단호한 몸짓을 해 보였다.

법무장관 마틴 스톡스는 부하 직원에게 난색을 표시했다. 하지만 그녀가 원하는 대로 FBI 국장의 말을 끊었다. 스톡스는 스텔리가 그의 책상 위로 손을 뻗어서 직접 전화를 끊고도 남으리라는 것을 알고 있었다. 그는 때때로 왜 그녀를 참아내고 있을까 생각했다. 하지만 대답은 이미 나와있었다. 스텔리는 영리하고 의욕이 충만했으며 일 처리에 유능했다. 그녀는 수년간 그에게 훌륭한 조언을 해 주었다. 그가 듣고 싶어하든 아니든 말이다. 그리고 그 때문에 그녀는 아주 소중한 존재였다.

정계에는 법조계만큼이나 아첨꾼들이 많았고 그 점에서 페기 스텔리의 솔직한 접근법은 신선했다. 그녀는 봄날의 격렬한 뇌우와도 같았다. 뇌우는 다가오는 것을 볼 수 있다. 때문에 곧 시작될 무시무시한 광경에 대한 예감으로 두려움과 동요가 커진다. 빠르게만 지나간다면 폭풍은 상당히 기분 좋은 경험이 되기도 한다. 단시간의 호우는 세상을 깨끗하게 씻어 내리고 번개는 풀들을 푸르름으로 가득 차게 만든다. 하지만 오래 맴돌거나 멈추어 있으면 지하실에는 물이 차고, 나무는 쓰러지고, 재산 피해가 발생한다.

페기 스텔리가 바로 그랬다. 그녀가 간결하게 자신의 통찰력 있는 의견을 내놓는 경우에는 그것이 꽤나 유쾌한 경험이 될 수 있다. 하지만 정말 작정을 한 때라면 그녀는 파괴적인 폭풍우였다. 어떤 면에서는 구경을 그만두고 지하실에 숨는 것이 현명한 일이다.

스톡스는 수화기를 내려놓고 이것이 빨리 지나가는 소나기이길 바랐다. 그가 무슨 일인지 묻기도 전에 그녀가 입을 열었다.

"이 테러대책법은 대실패예요!"

그녀는 그의 책상을 두 동강 낼 것처럼 손을 들어 공기를 갈라냈다.

"당신이 언젠가 백악관을 차지하겠다는 공상을 아직도 가지고 있다면 마음을 가다듬고 그게 당신을 그 망할 파시스트처럼 보이게 만든다는 것을 깨닫는 게 좋을 거예요. 그걸 알아차리지 못한다면 미국인들은 파시스트를 선택하지 않는다는 것을 알게 될 거고요. 적어도 민주당원인 파시스트에게는 표를 주지 않을 거란 말이에요."

바로 이런 것이다. 그녀는 단숨에 그 모든 말을 토해 냈다. 표면적으로는 그도 그녀가 말한 것에 대부분 동의했다. 하지만 마지막 부분만은 예외였다. 국수주의적인 요소는 예외였지만 민주당원은 본래 상당한 파시스트적 경향을 가지고 있었다. 하지만 지금 그것은 중요치 않았다. 페기라는 열대 폭풍우가 그의 사무실에 있었다. 그가 아무 조치를 취하지 않으면 그녀는 금방이라도 허리케인이 될 것이다.

그가 고개를 끄덕이며 말했다.

"타이밍이 절묘하군. 우리 사건 중 하나가 대법원에 올라가면 무슨 일이 일어날까 엄청나게 고민하던 중이었거든."

"일어나요?"

그녀가 코웃음을 쳤다.

"그들은 우리 바지를 끌어내리고 불이 나도록 엉덩이를 때릴 거예요. 그럼 법조계 전체가 들고 일어나서 환호성을 지르겠죠. 그렇게 되는 날엔 당신은 백악관과 영원히 안녕이에요."

그녀는 백악관을 걸고넘어지는 것을 좋아했다. 그녀는 그것이 그를 자극한다는 것을 알고 있었다. 스톡스는 굳이 그녀에게 앉으라고 권하지 않았다. 조용하지만 단호한 목소리로 그가 물었다.

"그래서 우리가 어떻게 해야 한다는 거야?"

그 말에 182센티미터 장신의 금발 튜턴 여신은 양손을 차례로 들어 예의 가라테 동작으로 공기를 가르면서 강력하고 효과적이고 정확하게 자신을 표현했다. 이때 그녀의 모습은 그를 정말로 흥분시켰다. 그의 생각은 그녀와의 섹스로 되돌아갔다. 하지만 불가능한 일이었다. 그는 무사히 상원의원에 당선된 뒤 다시 그들의 정사를 시작해 보려고 애썼다. 그녀의 대답은 빠르고 확실했다. 그녀는 그의 명치에 일격을 가했고 그는 바닥에 주저앉아 어린아이처럼 몸을 웅크리고 있었다.

04

아이린 케네디는 옆으로 비켜서서 카메라맨들이 셔터를 누르는 것을 지켜보았다. 워싱턴의 날씨는 완연한 봄이었다. 보통 그녀는 미클라인부터 시내까지 드라이브를 즐기지만 오늘 아침은 아니었다.

랩과의 새벽 회의에 그녀가 알고 있는 몇 가지 다른 일들이 합쳐져 그녀를 불안하게 만들고 있었다. 대통령이 사진 촬영이 끝나기를 기다리는 것은 전혀 도움이 되지 않는 일이었지만 그녀로서는 다른 방도가 없었다. 백악관 기자단에게 스트레스로 녹초가 되어 안절부절못하는 CIA 국장의 모습을 보이는 것은 절대 안 될 일이었다.

공식적인 여름의 시작이 한 주일 남은 시점이었다. 대통령은 몹시 기분이 좋았다. 그는 2차 대전 참전 용사, 의회 대표들, 두 명의 영향력 있는 할리우드 스타와 포즈를 취하고 있었다. 그들은 모두 로즈가든에 모여 토요일 내셔널 몰에서 있을 새로운 2차 대전 기념비 헌정 때까지 일주일 동안 이어지는 축제의 시작을 알렸다.

참전 용사들은 수십 년간 그 기념비 건립을 위해 노력했지만 할리우드의 유력 인사가 동참하기 전까지는 거의 성과가 없었다. 대의에 스타 파워가 곁들여지자 워싱턴의 정치인들이 줄지어 동참했고 지금은 헌정식을 향해 애국심이 가득한 발걸음을 함께하고 있었다.

쾌적한 날씨와 축제 분위기는 오히려 케네디의 불길한 예감을 증폭시켰다. CIA 국장 케네디가 항상 접해야 하는 정보는 인생을 밝은 관점에서 보기 힘들게 만드는 것들이었다. 더구나 지금은 무슨 일이 일어나려고 하는 참이다. 하지만 그녀는 그것이 무엇인지 단서 하나 찾지 못하고 있다. 불길한 느낌은 지난 금요일부터 시작되었다. 처음에는 도청 전화와 이메일 중에서 무엇인가 큰일이 벌어지고 있다는 것을 암시하는 것들이 급증했고 이어 금융과 통화 시장에서 몇 가지 이상한 흐름이 감지되었다. 그리고 랩이 그녀의 사무실에 나타나 그녀가 가장 두려워하는 일을 확인시켜 주었다. 알카에다가 일을 꾸미고 있다는 것이었다. 폭탄이 관련되어 있었다. 얼마나 큰 폭탄인지는 알 수 없었다. 빨리 알아내야만 했다.

케네디는 20년 이상 테러리스트들의 뒤를 쫓으면서 사건을 감지하는 능력을 키워 왔다. 그리고 바로 지금 그런 느낌을 받고 있었다. 지난 6개월 동안은 지나치게 조용했다. 알카에다 잔당이 다시 모여 움직이고 있었다. 케네디는 그들이 꾸미는 일에 대해 구체적으로 알지 못하면서도 최악의 상황을 걱정하고 있었다. 더 많은 정보가 필요했다. 그것도 아주 빨리. 그것이 불가능해지면 그녀와 조국은 비싼 대가를 치르게 될 것이다.

CIA 국장은 시계를 확인하면서도 평정을 잃지 않았다. 사진 촬영은 이미 일정에서 15분이나 지체되고 있었다. 내색은 하지 않았지만 케네디는 신경이 곤두서 있었다. 그녀의 두려움이 현실이라면 그들은 빨리 움직여야 했다. 그들에게 무엇보다 필요한 것은 추가적인 정보와 행운이었다. 이번 일은 그저 워싱턴에 앉아서 위성 도청 정보를 수집하는 것이 아니었다. 그녀는 대통령과 독대를 해서 랩의 계획에 승인을 받고 펜타곤을 끌어들여야 했다.

대통령의 공보 비서관이 끼어들어서 카메라맨에게 행사가 끝났다고 말하자 케네디는 약간 마음을 놓을 수 있었다. 그는 대통령이 몇몇 사람들과 악수를 나누고 모두에게 참석해 주어서 고맙다는 인사를 하는 동안 끈기 있게 서 있었다. 이 정도 수준의 거의 모든 정치인이 그렇듯이 헤이즈 대통령은 사람들로 하여금 상대가 진심으로 자신에게 감사하고 자신을 인정하고 있다고 느끼게 만드는 데 아주 능했다. 그는 웃으면서 몇몇 사람의 어깨를 토닥여 주었고 잔디밭을 따라 집무실로 향하는 내 내 사람들에게 손을 흔들며 작별 인사를 했다.

케네디에게 가까워지자 그의 표정이 조금 진지하게 변했다. 문제가 무엇이든 밖에서 꺼내고 싶지 않은 그는 이렇게만 말했다.

"오늘 아침은 좀 이르군, 아이린."

"그렇습니다, 대통령님."

헤이즈는 얼굴을 찌푸렸다. 그녀가 좋은 소식을 보고하기 위해 와 있는 것 같지는 않았다. 그는 얕은 경사를 계속 걸어 오르며 그녀에게 함께 걷자고 손짓을 했다.

케네디는 잠시 머뭇거리면서 대통령에게서 시선을 돌려 그의 수석 보좌관을 찾았다.

대통령 수석 보좌관이 두 할리우드 스타들의 아우라에 조금 더 오래 젖어 보기 위해 주춤거리는 모습이 케네디에게는 재미있게 느껴졌다. 밸러리 존스와 랩은 서로에게 참아 주기 힘든 상대였다. 기회만 주어진다면 존스는 자신이 가진 모든 영향력을 동원해서 랩이 내놓은 공격적인 계획의 승인을 만류할 것이라는 데 의심의 여지가 없었다.

케네디는 대통령을 따라 문 옆에서 보초를 서고 있는 비밀경호국 요원을 지나쳐 그의 사무실로 들어갔다. 헤이즈는 바로 책상으로 걸어가 자신의 일정표를 확인했다. 잠시 후 그가 물었다.

"시간이 얼마나 필요한가?"

"15분입니다…. 방해가 없다면 말입니다."

헤이즈는 생각에 잠겨 고개를 끄덕였다. 케네디는 그의 시간을 낭비하게 만드는 사람이 아니었다. 그는 전화에 있는 인터컴 버튼을 누르고 말했다.

"베티, 15분이 필요해."

"알겠습니다, 대통령님."

헤이즈는 책상 뒤에서 빠져나와 사무실을 가로질러 걸었다. 그는 양복 상의의 단추를 풀고 벽난로 옆에 있는 소파 중 하나에 앉았다. CIA 국장을 올려다보며 그가 말했다.

"그 나쁜 뉴스를 들어 볼까?"

케네디는 그의 옆에 앉아 갈색 머리 한 가닥을 귀 뒤로 쓸어 넘겼다.

"대통령님도 아시다시피, 9·11 이래로 우리는 일정한 경제 지표를 추적하는 상당히 정교한 통계 모델을 개발해 왔습니다. 우리는 테러와 연관되어 있다고 믿는 돈을 다루는 주요 은행, 증권사, 금융 서비스 기관을 확인했습니다. 물론 그러한 믿음은 상당한 근거를 기초로 하고 있습니다. 그 외에도 에셜론 시스템은 매일 수백만 통의 이메일과 전화 통화를 추적해 왔으나 우리가 이야기하고 있는 자료의 엄청난 양이나 그 대부분이 암호화되어 있다는 사실로 인해 이들 경향을 실시간으로 추적하는 것은 불가능합니다."

"지연은 어느 정도인가?"

대통령이 물었다.

"보통은 영업일 종료 시에는 금융 흐름을 파악하게 됩니다만 에셜론 도청 자료는 해독하는 데 일주일, 번역하는 데까지 한 달이 소요되는 경우도 있습니다. 다만 특정 이메일 계정이나 전화번호를 표적으로 한다면 정보 해독과 번역이 거의 실시간으로 가능해집니다."

"그래서 자네가 알아낸 무엇이 자네를 걱정시키는 건가?"

"금요일이 끝날 무렵 금융 관련 문제와 함께 시작되었습니다. 우리가 감지한 첫 동향은 4달러 26센트로 마감한 금 시세였습니다. 이것 하나만으로는 우리가 걱정할 일은 아닙니다만 우리가 인지한 다음 동향은 달러가 8센트 하락한 채 마감되었다는 점이었습니다. 다우 지수는 56포인트가 빠졌고 나스닥은 16포인트 하락으로 마감되었습니다. 어떤 것도 표면상으로는 금융 시장에서 이상한 점을 찾아낼 수 없었지만 우리가 테러와 관련이 있다고 생각하는 특정 기관들을 주시하자 상당히 불안한 동향이 드러났습니다."

케네디는 폴더에서 종이 한 장을 꺼내어 대통령에게 건넸다.

"금값의 폭등은 2억 8천만 달러의 미국 주식과 채권을 매각한 뒤 그것을 모두 스위스 금에 쏟아부은 쿠웨이트 은행에서 시작되었습니다. 주말 동안 우리는 여러 기관의 각기 다른 네 개 계정이 미국에 대한 투자금을 현금화해서 금을 매입한 것을 발견했습니다. 이들 계정의 거래액은 거의 2억 달러에 달합니다."

대통령은 그 종이를 자세히 살폈다.

"이 다섯 개의 계정이 동일한 재정적 조언을 받았을 가능성은 없나?"

"그럴 가능성은 극히 희박합니다. 그러한 과감한 조치가 필요한 경제 지표가 나타나지 않은 상태에서 단번에 대규모 자산 전환을 조언할 정도의 유명 재정 고문이 있다고 가정하더라도 말입니다. 직원들도 그럴 가능성은 있을 것 같지 않다고 말합니다."

헤이즈는 종이를 보며 얼굴을 찌푸렸다.

"그렇다면 특정한 다섯 개의 계정 모두가 지난 금요일 미국 경제가 곧 타격을 입을 것이라는 쪽에 배팅을 했다는 사실로 돌아갈 수밖에 없군."

"맞습니다."

케네디가 고개를 끄덕였다.

"더구나 우리는 그처럼 과감하지는 않으나 유사한 움직임을 보이는 또 다른 소수 계정들을 발견했습니다."

헤이즈는 종이를 응시하며 다양한 이름과 국가를 읽었다.

"또 다른 것은 없나?"

"있습니다."

그녀는 목을 가다듬었다.

"미치가 몇 가지 아주 중요한 정보를 발견했습니다."

케네디는 가방에서 랩이 불과 한 시간 전 그녀에게 건넨 파일을 꺼냈다. 그녀는 그것을 두 개의 소파 사이에 있는 유리로 된 커피 테이블 위에 올려놓고 수염이 있는 다섯 명 남자의 얼굴이 있는 페이지를 열어 보였다.

"대통령님도 이들 사진을 본 적이 있으십니다. 하지만 기억을 되살리기 위해 말씀드리자면 이들은 모두 FBI의 지명 수배자입니다. 우리는 이들이 재편된 알카에다의 지도부를 대표한다고 생각하고 있습니다."

케네디는 아프가니스탄과 파키스탄 국경의 지도가 보이도록 페이지를 넘겼다.

"지난 6개월간 우리는 이들 중 몇몇이 파키스탄 산악 지역을 통과하는 것을 추적했습니다. 몇 주 전 이들 중 두 명이 굴리스탄에서 만났습니다."

케네디는 지도 위에서 그 도시를 가리켰다.

"그들이 거기에서부터 서쪽으로 30여 킬로미터 떨어진 작은 마을로 이동하는 것이 추적되었습니다."

그녀는 다시 페이지를 넘겨 약 100여 채의 주택과 건물들이 있는 마을을 보여 주는 위성 사진을 찾았다. 그 마을은 산록을 따라 펼쳐져 있었고 마을로 들어가는 대로 하나에 그 축을 가로지르는 몇 개의 길이 있었다.

"지난 닷새 동안 이 마을을 감시했습니다. 어제 이러한 수송대가 마을에 도착했습니다."

여덟 대의 픽업트럭과 몇 대의 SUV가 보이는 새로운 사진이 나타났다. 네 대의 픽업에는 대형 대공포가 실려 있었고 모든 차에는 중무장한 사람들이 가득했다.

"네 시간 전 1만 2천 미터 상공을 선회하는 고공 정찰 비행을 실시하던 중 운 좋게도 다음의 사진들을 입수했습니다. 트럭에서 내리고 있는 이들은 하산 이즈 알 딘과 와히드 아메드 압둘라, 알리 사에드 알 하우리라고 생각됩니다."

대통령은 흑백 사진을 집어 붉은색 원이 그려진 세 명의 얼굴을 응시했다.

"모두가 9·11과 관련이 있습니다."

케네디가 덧붙였다.

대통령은 잠시 동안 사진을 날카롭게 관찰했다.

"이들이 같은 사람이라는 것이 확실한가?"

"미치에게 이 회합이 그곳에서 벌어졌다고 이야기해 준 현지 정보 제공자가 있습니다."

헤이즈는 사진을 내려놓고 돋보기를 벗었다.

"그들은 지금도 이 마을에 있는 건가?"

"그렇습니다, 대통령님."

대통령은 싱긋 웃었다.

"그렇다면 자네는 내가 무샤라프 장군을 시켜서 이 쥐새끼들의 소굴을 쓸어내 버리라고 하면 되는 건가?"

케네디는 단호하게 고개를 저었다.

"절대 그렇지 않습니다, 대통령님. 무샤라프 장군은 좋은 사람이지만 정부 내에 많은 급진 근본주의자들을 두고 있습니다. 종족 문제에 관한 부분에 있어서는 특히 더 그렇습니다. 때문에 이렇게 중요한 문제를 믿고 맡기기에는 무리가 있습니다. 미치는 우리가 파키스탄인들을 끌어들이는 순간 이들이 바로 위험을 감지하고 산 속으로 사라질 것이라고 생각합니다."

대통령은 갑자기 그녀가 어디로 방향을 잡고 있는지 알아차리고 태도를 신중하게 전환했다.

"파키스탄에 말하지 않은 채로 이 문제를 처리하자는 건가?"

"맞습니다, 대통령님."

"무샤라프 장군이 미군이 자기 나라에서 자기 허락도 없이 작전을 벌인 것을 알고 전화를 하면 나는 어떻게 말을 하란 말이지?"

"그렇게 되지 않기를 바랍니다."

케네디는 자신의 솔직한 느낌보다 더 낙관적인 태도로 대답했다.

"미치는 대부분의 작전을 발각되지 않게 수행할 수 있다고 생각합니다. 다만 분명 언젠가는 파키스탄에서 알게 될 것입니다. 장군이 전화를 해 오는 경우, 대통령님께서 상황을 설명하고 경제 원조를 약간 더 제공한다면 그가 이해해 주리라고 생각합니다."

헤이즈는 미소를 지으며 고개를 저었다.

"자네도 알겠지만 자네 말이 틀리지는 않았네. 하지만 국무부에는 격렬하게 자네 의견에 반대하는 사람들이 수천 명은 될 걸세."

"국무부의 문제는 제가 생각하고 있는 것에 비하면 절박한 문제가 아닙니다."

대통령은 사진과 세 개의 원으로 주의를 돌렸다. 일이 잘못되는 경우에도 무샤라프는 처리할 수 있다. 사실 그 장군은 그 일에서 자신을 빼

준 것을 고맙게 생각할 것이다.

"아이린, 이들과 이전에 언급한 금융 문제 사이에 직접적인 관계가 있나?"

"아닙니다…. 직접적인 연관은 없습니다. 하지만 우리는 이들 계정이 알카에다 지지나나 후원자들에 의해 관리되고 있다고 생각합니다."

"사우디인들인가?"

"대부분이 그렇습니다."

대통령의 표정이 불쾌하게 변했다. 사우디인들은 절대 좋은 동맹이라고 할 수 없는 이들이다. 테러에 자금을 대는 왕족들을 단속하라고 공개적으로 부탁할 수는 없는 일이다. 물론 은밀히 하는 것도 불가능하다.

"그럼 여기 들어가서 이들을 잡겠다는 건가?"

헤이즈가 물었다.

"그렇습니다, 대통령님."

"일정은 어떻게 잡고 있나?"

"미치는 이미 출발했고 지상의 특수 부대 사령관과 접촉하고 있습니다. 계획은 36시간 내에 그 마을을 공격하는 것입니다."

대통령은 여전히 수심에 잠겨 그 문제를 생각했다.

"나는 모르겠네, 아이린. 이 일은 큰 도박이야. 워싱턴에는 이 의사 결정 과정에서 제외된 것에 불만을 품을 사람들이 대단히 많네."

케네디는 의도적으로 카드 하나를 내놓지 않고 있었다.

"대통령님이 아셔야 할 것이 하나 더 있습니다. 미치에게 정보를 제공하는 자가 이들이 폭탄이 터진 후에 할 일을 논의하기 위해 만나는 것이라고 말했습니다."

처음에 헤이즈는 입을 열지 않았다. 폭탄이라는 단어는 많은 뜻을 담을 수 있다.

"어떤 유형의 폭탄인가?"

그녀는 고개를 저었다.

"우리도 알지 못합니다. 때문에 미치가 특수 부대와 잠입해서 무엇을 알아낼 수 있는지 보려는 것입니다."

헤이즈는 깊게 숨을 들이마시고 천천히 뱉었다.

"당장 내 승인을 원하는 것이로군?"

"그렇게 해 주신다면 도움이 될 것입니다."

케네디가 대답했다.

"공격이 임박했다고 들은 것이 처음은 아닌데."

"알고 있습니다."

케네디가 인정했다.

"하지만 뭔가 대단히 심각한 일이 일어날 것이라는 느낌이 있습니다. 그것이 무엇이든 우리 경제를 엄청난 불황으로 몰고 가기에 충분할 정도로 파괴적인 것 같습니다."

그녀는 의도적으로 상황의 경제적인 측면을 강조했다.

"뭔가 과단성 있는 조치를 취해야 합니다. 우리 스스로 결정하는 수밖에는 없습니다. 그것도 빨리 말입니다."

어느 것도 재선을 위한 선거 운동을 몇 달 앞두고 있는 헤이즈가 듣고 싶은 이야기는 아니었다. 국경 습격을 두고 파키스탄인들과 벌이는 작은 소란이라면 견딜 수 있다. 하지만 대규모 테러리스트 공격과 진창에 빠진 경제라면 그는 살아남을 수가 없다. 헤이즈가 케네디를 알게 된 지 3년이 되었지만 그녀가 이런 식으로 말하는 것은 본 적이 없었다.

그는 깊이 심호흡을 하고 이렇게 말했다.

"승인을 해 주겠네. 하지만 미치에게 가능한 빨리 들어갔다 나오라고 말하게. 전면적인 작전보다는 국경에서의 소규모 충돌이라고 둘러댈 수 있었으면 좋겠군."

05

로스앤젤레스

콴타스 747-400은 날개를 펴고 네 개의 강력한 제너럴 일렉트릭 엔진을 거의 최대 속도로 돌리면서 하향하고 있었다. 비행기들이 승객을 태우고 내리기 위해 출입구로 이동하는 동안 로스앤젤레스 국제공항의 활주로는 5월의 열기 속에 반짝이고 있었다. 임타즈 주바이르에게는 공기부터가 완전히 혼란스러웠다. 그는 상부의 비즈니스 클래스 객실에서 눈을 감고 조용히 알홈둘리아라는 말을 반복했다. 그 말은 이슬람 로사리오 타스비스의 일부로 주님께 찬미라는 의미였다. 그들은 그에게서 묵주를 빼앗았다. 때문에 그는 마치 자신의 손에 나무로 된 어두운 색의 낡은 기도 도구가 있는 것처럼 엄지와 집게손가락을 함께 문질렀다. 그들은 그에게 임무를 끝내기 전까지는 공공연히 그의 신앙을 드러내는 행동을 하지 말라고 말했다. 하지만 어쩔 수가 없었다.

주바이르는 잔뜩 긴장한 신경에, 복부에서 들끓는 위산으로 생긴 타는 듯한 가슴의 통증이 더해져 만신창이였다. 그는 과학자이긴 했지만 비행을 몹시 싫어했다. 그의 교육은 수학과 물리학의 안정적이고 정연한 논리에 뿌리를 두고 있었지만 지금은 그것도 도움이 되지 않았다. 날개의 질량이 양력을 만들고 엔진이 추진력을 제공하면 비행기는 날게 된다. 모두가 입증된 이론이고 매일같이 전 세계에서 수천 번씩 적용되고 있다. 하지만 이 과학자는 여전히 초조했다. 그 스스로도 그것을 받아들일 수가 없었다. 때문에 그는 그 사실을 감추었다. 그의 다른 모든 공포증도 함께 말이다.

언젠가 그의 상관 중 하나가 치료가 필요하다고 말했고 주바이르는 그 말에 깊은 상처를 받았다. 그는 천재였다. 보통의 사람들의 이해하려는 시도조차 하지 못하는 많은 것들을 그는 이해하고 느꼈다. 누가 그의 공포증이 단순히 우주나 그와 알라와의 관계에 대한 깊은 이해와 높은 의식에서 비롯된 것이 아니라고 단언할 수 있겠는가? 주바이르는 만물에 의심을 가졌다. 그는 신과 이야기를 나누었고 미래를 내다보았다. 자신의 종교를 위한 이 투쟁에서 그의 역할은 대단히 중요한 것이었다. 그는 이것을 결코 동료 과학자들과 논하지 않았다. 그들은 너무나 일차원적이기 때문이었다. 종교는 그들에게 웃음거리였다. 단순한 사람들이 일상적인 삶을 극복하는 방법이라고 생각했던 것이다. 그러나 주바이르에게는 그렇지 않았다. 과학은 신이 존재한다는 것을 보여 주는 증거였다. 그러한 장엄한 것은 오로지 신만이 창조할 수 있는 것이었다.

착륙은 대단히 부드러워서 주바이르는 전면 착륙 장치가 활주로를 따라 구르며 비행기의 속력이 떨어질 때까지 지상에 내렸다는 것을 알아채지 못할 정도였다. 그는 눈을 뜨고 창밖을 본 뒤 하늘에서 벗어났다는 사실에 안도했다. 그는 얼굴에 미소를 띠며 간단히 감사의 기도를 중얼거렸다. 불행히도 그의 평화는 오래가지 않았다. 비행기가 출입구에 가까워지면서 주바이르의 미소는 사라졌고 다음에 놓인 장애에 생각이 이르렀다.

임타즈 주바이르의 조국은 그를 저버렸고 때문에 그는 그 원한을 되갚았다. 수학 천재인 주바이르는 파키스탄 최고의 학교에서 교육을 받은 뒤 캐나다와 중국에서 대학원 과정을 밟았다. 그는 탄탄대로를 걷고 있었다. 파키스탄 최초의 핵폭탄을 개발하고 실험했던 A. Q. 칸 박사조차 그를 그 세대 파키스탄 과학자들 중에 가장 빛나는 스타라고 말했다. 주바이르는 자신의 능력만으로 선택한 분야에 갈 수 있다고 생각했지만 현실은 그렇지가 못했다.

그는 정치와 혈연이 무엇보다 중요한 요소이며 종교에 대한 그의 몰두가 동료들로부터 질투를 유발한다는 것을 알게 되었다. 그는 자신이 가장 기초적인 사회적 기술도 갖추지 못했다는 것을 부정하지 않았다. 하지만 그는 중요한 것은 재능이지 정치적인 능력이 아니라고 생각했다. 하지만 사람들은 모두 그에게 등을 돌렸고 그들의 공모로 칸 박사와 일하겠다는 그의 꿈은 좌절되었다.

그는 아직도 칸 박사와의 사적인 관계를 통해 승리를 얻게 될 것이라는 희망을 놓지 않고 있었다. 하지만 무샤라프 장군을 비롯한 장교들이 무혈 쿠데타로 권력을 잡게 되면서 그런 희망은 사라졌다. 무샤라프는 미국인들의 꼭두각시에 속물이었다. 무샤라프는 후원자들의 압력을 받아들여 파키스탄 핵 과학 공동체에서 독실한 신자들을 제거하는 일에 착수했다.

주바이르는 중앙 파키스탄의 무시무시한 차스마 핵 발전소로 추방된 사람들 중 하나였다. 그곳에서 그는 일주일에 70시간, 때로는 80시간을 개처럼 일했다. 꿈이 꺾인 그는 점점 매서워졌다. 그가 거의 한계점에 도달했을 때 신의 섭리가 개입했다. 알라의 메신저가 오로지 그와 접촉하고자 하는 목적으로 그 외딴 지역을 찾았던 것이다. 주바이르가 금요일 오후 금방이라도 무너질듯한 그의 모스크를 떠나려는데 예복을 입은 방문자가 가브리엘 천사처럼 그를 찾아왔다. 알라는 주바이르에게 맡길 아주 중요한 사명을 가지고 있었다. 그는 바로 그 낯선 사람과 길을 떠났다.

그것은 이란과 카스피 해, 카자흐스탄, 지독히도 거친 사막 그리고 다음으로는 동남아시아, 오스트레일리아, 미국으로 가는 순례의 시작이었다. 그는 본래 세속적인 사람도 아니었지만 인생의 모든 고난과 여행의 스트레스 덕분에 알라에게 더 가까이 다가갈 수 있었다. 그는 세속적인 세상의 타락을 직접 목격했고 자신의 대의가 정당하다는 위안을 얻었다.

비행기는 멈추었고 그와 거의 동시에 주바이르는 복부 안에서 벌어지던 불같이 격렬한 움직임이 재개되는 것을 느꼈다. 그의 이마와 윗입술은 땀으로 젖었다. 이 과학자는 손수건으로 이마를, 다음에는 인중을 닦았다. 수염이 없으면 옷을 입지 않은 것처럼 느껴졌지만 그들은 그에게 수염까지 없애라고 지시했다. 그들은 그가 가능한 잘 섞여들고 동화되기를 원했다. 머리는 그가 평생 처음 해 본 스타일로 짧게 잘랐다. 안경은 콘택트렌즈로 대체되었고 그들은 오스트레일리아에서 그에게 새로운 옷 한 벌과 값비싼 투미 여행 가방을 사 주었다.

승객들은 일어서서 수납 칸을 열고 자신들의 물건을 챙기기 시작했다. 움직이면서 자신의 불안함을 드러내기 두려운 주바이르는 서두르지 않았다. 대부분의 다른 승객들이 사라지자 그는 컴퓨터 가방을 꺼내 비행기 본체로 향하는 좁은 계단을 내려갔다. 양복을 입은 일단의 사람들이 그를 기다리고 있지 않을까 생각했지만 감사하게도 그런 사람들은 없었다. 그는 불법 입국자들을 막는 미국인들의 기술이 크게 발전했다는 주의를 들었었다.

매춘부처럼 화장을 하고 지나치게 짧은 스커트를 입은 두 명의 여성 승무원이 문 앞에 서 있었다. 그들은 그에게 콴타스를 이용해 주어서 감사하다고 인사를 했다. 교육 시간 들었던 트레이너의 지시에도 불구하고 주바이르는 그 여자들의 말을 무시하고 그들의 시선을 피했다. 다행히 그는 왜소한 몸집 덕분에 적대적이라기보다는 수줍음을 타는듯한 인상을 주었다. 주바이르는 168센티, 64킬로그램의 호리호리한 몸을 가지고 있었다. 수염을 깎은 그는 스물아홉이라는 본래의 나이보다 다섯 살에서 열 살은 어려 보였다.

그는 승강용 통로를 걸어서 수하물 찾는 곳과 세관을 지나려는 인파들 사이로 섞여들면서 비즈니스 클래스와 이코노미 고객들 사이에서 샌드위치가 되었다. 그 상황에서 오는 스트레스와 통로의 열기가 그 과학자의 땀샘을 자극해 집중적 활동 상태로 만들었다. 몇 초 만에 찝찔한 땀이 그의 몸 구석구석을 적셨다.

주바이르는 덫에 갇힌 기분이었다. 사형 집행장으로 향하는 컨베이어벨트 위에 있는 것 같았다. 물러설 도리가 없었다. 비행기는 계속해서 승객들을 뱉어 냈다. 승객들은 좁고 답답한 터널을 계속해서 밀려 이동해서 질문을 던지며 철저한 조사를 펴는 미국 세관원을 향해 가고 있었다. 주바이르는 갑자기 그들이 준 신경안정제를 먹어 둘걸 하는 생각을 했다. 그는 그 알약들을 시드니 공항에서 던져 버렸다. 알라는 기분에 영향을 주는 약물을 먹는 데 절대 찬성하지 않을 것이다. 지금의 그는 절망적으로 그 작은 알약들을 가지고 있었더라면 하고 생각했다. 오로지 이 부분을 통과하기 위해서만 말이다.

그들은 승강용 통로를 떠났고 마침내 잠시 상황이 나아졌다. 여분의 공간과 보다 시원한 터미널의 공기는 갇힌 느낌을 덜어 주었다. 사람들의 물결은 일련의 계단을 내려가 벽으로 둘러싸인 구역까지 이어졌다. 그곳에서 그들은 여러 줄로 나뉘어 서서 미국 세관원에게 여권과 입국/세관 신고증을 제출할 준비를 했다. 주바이르는 한 남자가 처리하고 있는 줄 중 하나에 들어가 섰다. 선택이 가능한 경우라면 여자는 상대하지 않을 셈이었다.

그의 차례가 되자 그는 바퀴가 달린 검은색 캐리어를 끌고 카운터로 다가서서 세관원에게 여권과 서류를 건넸다. 그 남자는 우선 여권에 눈길을 주고 몇 페이지를 넘겨 지난 몇 년간 그 방문객이 어디를 다녔는지 확인했다.

"미국은 처음이십니까?"

"그렇습니다."

주바이르는 외국인의 억양이 느껴지는 영어로 대답했다.

"오스트레일리아 시민이 되신 것은 얼마나 됐습니까?"

"3년입니다."

"직업은요?"

세관원은 확인을 위해 서류를 훑어보았다.

"컴퓨터 프로그래머입니다."

"방문 목적은 무엇입니까?"

그 남자는 진지한 어조로 물었다.

주바이르는 자신의 행운을 믿을 수가 없었다. 남자는 지금까지 그를 쳐다보지조차 않았다.

"사업상 방문했습니다."

"혼자 여행하십니까?"

"그렇습니다."

세관원은 여권에 도장을 찍고 그것을 주바이르에게 돌려주면서 처음으로 그를 제대로 쳐다보고는 인중과 이마에 땀방울이 맺힌 것을 알아차렸다.

"괜찮으십니까?"

"아… 네."

주바이르가 손수건으로 눈썹을 닦으며 말했다.

"비행을 좋아하지 않아서 그럴 뿐입니다."

세관원은 잠깐 더 그를 살폈다. 그리고 오른손으로 주바이르에게 여권과 서류를 건네면서 왼손으로 버튼을 눌렀다. 감시실에 있는 동료에게 얼굴 인식 시스템에 통과시켜야 할 사람이 있다는 것을 알리는 것이었다. 놀랄 만한 일은 아니었고 그저 기본적인 대비책일 뿐이었다.

주바이르는 서류를 들고 수하물을 나르는 원형 컨베이어 쪽으로 나아갔다. 그곳에서 밝은 오렌지색 비즈니스 클래스 물표가 붙은 그의 짐 하나가 이미 그를 기다리고 있었다. 그는 가방을 들고 다음 검문소로 가서 그보다 몇 센티는 큰 여성을 만났다.

그녀는 그에게 오른쪽으로 가라는 손짓을 하며 말했다.

"가방을 테이블에 놓고 잠금장치를 모두 풀어 주세요."

주바이르는 곧 발각될 것 같은 넌더리 나는 느낌을 받으며 그녀의 말대로 했다. 그는 가방을 열라고 요청을 받을 가능성이 높다는 이야기를 들었다. 하지만 아무런 조사 없이 이 검문소를 통과하는 사람들도 많았다. 왜 그는 그들 중 하나가 되지 못했을까?

그는 여자가 두 개 가방의 각 구획을 자세히 조사하는 동안 초조하게 서 있었다. 그는 그녀가 찾을 수 있는 것이 전혀 없다는 것을 스스로에게 상기시켰다. 그를 연루시킬 수 있는 유일한 항목은 그의 노트북에 있는 암호화 된 몇 개의 파일뿐이었다. 하지만 그것들을 해독하려면 그 악명 높은 국가안전보장국 사람이 필요할 것이다. 몇 분 후 그 여자는 가방을 닫고 주바이르에게 가도 좋다고 말했다.

놀란 주바이르는 가방을 들고 다른 직원에게 자신의 서류를 건넸다. 그 남자는 보안 구역으로 가도 좋다는 손짓을 했다. 주바이르는 여권을 주머니에 넣고 그의 앞에 있는 긴 복도를 내려다보았다. 그 앞쪽으로 햇빛이 보였다. 그는 바퀴 달린 가방을 굴리며 복도를 걸으면서야 간신히 세관을 통과했음을 믿을 수 있었다. 흥분으로 들뜬 그는 빠르게 자신의 페이스를 찾았다. 그는 미국 보안 검색이라는 관문을 뚫었고 이제 그를 멈추게 할 수 있는 것은 아무것도 없었다. 그는 아무런 방해 없이 미국을 돌아다니며 자신의 일을 할 수 있었다. 야우무드 딘, 심판의 날은 빠르게 다가오고 있었다. 주바이르는 이슬람을 위해 강력한 일격을 날릴 것이다.

06

파키스탄

거의 암흑에 가까운 어둠 속에서 네 대의 저소음 MH-6 리틀 버드 헬리콥터가 시간당 112킬로미터의 속도로 험준한 협곡을 지나고 있었다. 이 기민한 소형 헬리콥터의 양편에는 세상에서 가장 잘 훈련되고 가장 숙련된 군인들이 두 명씩 타고 있었다. 흠이 나고 닳은 그들의 전투화가 차가운 산 공기를 가르고 있었고 그들의 눈은 선명한 고글로 보호되고 있었다. 제복은 조금씩 달랐다. 어떤 이는 비행복을 입었고 미군의 기본 전투복 BDU의 사막 위장용 버전을 선택한 이들도 있었다. 그들은 모두 방탄복을 입었고 팔꿈치와 무릎에는 보호대를 착용했으며 그들이 쓰고 있는 헬멧에는 팝업-팝다운 모드가 부가된 야간 투시경이 달려 있었다.

그들은 권총에서 산탄총, 저격용 라이플, 경기관총과 기관총에 이르기까지 다양한 무기를 가지고 있었다. 소음기를 가져가는 수고를 하는 사람은 아무도 없었다. 그들의 존재는 도착 후 몇 초 만에 알려질 것이고 일단 착륙하면 그들이 운반할 수 있는 모든 총알과 수류탄이 필요하게 될 가능성도 있었다. 그들은 문제의 중심을 향해 곧장 돌진하고 있었다.

민첩한 헬리콥터들은 유원지의 가학적인 놀이기구처럼 차가운 산악의 공기 사이를 오르내리고 있었다. 하지만 특별히 고안된 헬기 플랫폼에 앉아 있는 사람들은 그런 움직임에 익숙했다. 그들은 문명으로부터 한

참 떨어져 지구상에서 가장 황량하고 사람이 살기 힘든 외국 땅에 있었고 한 사람도 빠짐없이 그들의 앞에 놓인 전투를 고대하고 있었다.

표적에서 1분 거리에 있다고 알리는 목소리가 이어폰을 통해 울려 퍼졌다. 그에 따라 사람들이 한바탕 부산해졌다. 소총의 광학 조준기, 붉은색 레이저 포인터, 야간 투시경이 켜지고 기어가 전환되었고 빠짐없이 모두가 총을 코킹 상태에 놓았다.

조종사들은 모든 대원들에게 다음 비행 상태를 미리 경고해 주었다. 헬리콥터들은 심한 경사 비행으로 산을 끼고 돈 뒤 고속으로 급강하해 산 사면이 약 1천 미터 아래의 계곡으로 굽어지는 지면 가까이에 접근했다.

갑자기 외딴 마을이 시야에 들어왔다. 이른 시간이라 인적이 느껴지지 않았다. 선두 헬기의 조종사는 표적을 선정하고 속도를 늦추기 시작했다. 그동안 다른 세 대의 리틀 버드는 적의 대응 사격이 시작되기 전에 대원들을 지상에 내려놓기 위해 반시계 방향으로 지면 근접 비행을 계속했다.

케빈 할리 장군은 그의 앞에 놓인 흐릿한 화면에 집중했다. 세 개의 모니터가 있었지만 당장은 가운데 모니터에 주의를 집중하고 있었다. 이후 1분 정도는 다른 두 개의 스크린에 중요한 것이 나타나지 않을 것이다. 정확히 예상한 시간에 네 대의 헬기가 시야에 들어왔다. 할리는 리틀 버드들이 속도를 줄이고 대형을 해체하는 것을 보았다. 네 번째 헬기가 고도를 높이는 동안 세 대는 목표 장소에 접근했다. 마을로부터 3천 미터 상공에 있는 작은 정찰기구가 촬영하고 있는 이미지였기 때문에 스크린만으로 자세한 모습을 식별하기는 쉽지 않았다. 하지만 그것은 할리 장군이 짠 전투 계획이었고 그는 분 단위로 모든 상세한 사항을 꿰고 있었다.

할리 장군은 부피가 큰 비행용 헤드폰을 쓰고 있었기 때문에 머리에서 불과 몇 미터 떨어지지 않은 곳에 있는 제너럴 일렉트릭 엔진들의 커다란 소음에도 불구하고 부하들과 교신을 할 수 있었다. 산악의 희박한 공기 속에서 5.4톤짜리 지휘 통제 헬기가 돌처럼 추락하지 않게 하려면 엔진들은 한층 더 세차게 움직여야 했다. UH-60 블랙호크는 현대적인 회로 소자와 평면 스크린 모니터로 치장되어 있었다. 헬기의 바닥은 케블라 방탄 패널로 덮여 있었다. 그 헬기에 탑승한 대원들은 작전에 직접 참여하지 않고 상공에서 현대 무기들이 꾸미는 향연을 조작하는 사람들이었지만 그래도 모두 방탄조끼를 입고 있었다. 이 진보된 공수 지휘 통제 헬기는 병력 칸에 매달려 있는 여섯 사람 중 다섯 명에게 제2의 집이었다.

그들 중 몇몇은 거의 2년간 아프가니스탄에 주둔하면서 셀 수 없이 많은 시간을 공중 콘솔에서 보냈다. 그들은 알카에다의 구성원, 탈레반, 마약상, 마적 등 미국이 지지하는 새로운 정부의 권위를 손상시키는 존재라면 누구나 찾아다녔다. 하지만 그들의 추적 대상이 된 이들은 대부분 알카에다였다.

알카에다의 구성원들은 이들 대원의 사냥 목록에서 맨 위를 차지하는 진정한 응징과 혐오의 적당한 표적이었다. 마지막 한 사람까지 그들의 동기는 개인적이면서 동시에 나라를 위한 것이었다. 조국 미국의 사람들이 각자의 삶을 꾸려가는 동안 이들 특수 부대 요원들은 지구의 반대편에서 그들의 원한을 갚고 있었다. 그들을 그저 범죄에 대한 보복을 가하는 사람으로 여기는 것은 그들의 소양과 훈련 수준에 대한 모욕이었다. 하지만 그들 자신도 보복이라는 임무를 행하고 있다는 것을 인정했다. 그들은 지금, 미국은 자국 국민 3천 명에 대한 학살을 묵인하지 않을 것이라는 분명한 메시지를 전달하려 하고 있었다.

병력 칸의 여섯 번째 승객은 외부인이었지만 그들 모두가 존경하고 환영하는 존재였다. 미치 랩은 이전에 이 조직에 대해 들은 적이 있었다. 아프가니스탄에서 돌아온 CIA 공작국의 사람들이 태스크 포스 11에 대해 이야기를 했던 것이다. 미국의 다양한 부문에서 뽑은 가장 강력한 특수 부대원들의 조합인 그들은 충분한 자금 지원 아래에서 훌륭한 장비를 갖추고 정교한 훈련을 받은, 대단히 의욕적인 집단이었다. 그들이 현존하는 가장 숙련되고, 가장 강력하고, 가장 기동성 있는 전투 부대라는 것을 이해할 만한 양식이 있는 사람이라면 그들을 두려워하지 않을 수 없었다.

삼가는 자세나 수줍음 따위와는 거리가 먼 공작국 요원들은 이 부대가 적들에게 가할 기술에 대한 경외심을 숨기지 않았다. 하나의 부대로서 비길 데가 없는 능력을 가졌고, 그들이 두려워할 것도 그들을 제지할 것도 없으며 적들은 오로지 폭력만을 이해한다는 인식이 그들의 투지를 북돋우고 있었다. 그들이 전투에서 만들어 내는 사상자 비율은 평균 범위를 훨씬 벗어났다. 그들은 수천의 사상자를 내면서 적들에게 심각한 피해를 입혔고 배치된 이래 그들이 놓친 자들은 손으로 꼽을 수 있는 정도였다.

이 특수 부대는 거의 알려지지 않은 채 작전을 수행해 왔다. 워싱턴의 누군가가 홍보의 기회를 놓치기가 너무 아깝다고 판단할 때까지는 말이다. 그들이 이룬 성과가 누설되었고 그 후 일은 좀 까다로워졌다. 그들이 어떻게 움직이는지 알고 싶어 하는 기자들이 주위를 캐고 다니기 시작했다. 정치가들과 펜타곤의 관리들은 브리핑을 원했고 몇몇은 아프가니스탄으로 날아가는 정성을 기울이기도 했다.

모든 것이 태스크포스 11의 임무에 방해가 되는 요소였다. 다행히도 모두의 관심이 곧 이라크로 옮겨갔다. 전쟁이 시작되고 얼마 지나지 않아 펜타곤은 태스크포스 11이 해산되었다는 성명을 냈다. 일부 대원과 자산은 실제로 새로운 전장으로 이동되었다. 그 성명에 신빙성을 주되 그 부대의 효율을 해치지 않는 정도로 말이다.

세상의 관심이 다른 곳에 쏠려 있는 동안 아프가니스탄은 특수 부대가 기술을 연마하기에 완벽한 장소가 되었고 할리 장군과 그의 부하들은 그 기회를 완벽하게 이용했다.

랩은 이전에 장군을 만난 적이 없었지만 두 사람은 첫눈에 서로가 마음에 들었다. 케네디가 승인을 하자 랩은 곧 합동특수전사령부에 전화를 걸어 필요한 것이 무엇인지 전했다. 그가 아프가니스탄에 도착했을 때 할리와 부대원들은 이미 시작할 준비를 갖추고 있었다. 처음에 할리는 랩의 계획에 회의를 가졌다. 그는 지난 2년 중 대부분을 서남아시아에 있으면서 수도 없이 국경을 넘어 파키스탄으로 들어가겠다는 요청을 했지만 모두 거절을 당했다. 맥딜 공군 기지에 있는 그의 상관들은 그만 두고 단념하지 않으면 그를 다른 곳에 배치하겠다고 위협하곤 했다.

사실 랩은 워싱턴에서 출발해서 칸다하르에 도착하는 사이에, 할리가 이번이 그의 소원을 풀고 파키스탄에 발을 들여 놓을 수 있는 유일한 기회가 될 것을 깨달을 것 같지 않다고 생각했었다. 할리 장군이 그를 위해 만든 계획은 단순히 적을 쫓아가서 붙잡는 정도가 아니었다. 그 계획은 본격적인 맹공이었다. 랩은 이런 유형의 작전에 충분히 참여해 왔다. 때문에 군 사령관이 생각하는 것을 문제에 대한 최선의 해결책으로 보는 것이 결코 손해가 되지 않는다는 것쯤은 알고 있었다. 하지만 그는 그보다 좀 더 규모가 작고, 좀 더 단순한 것을 생각하고 있었다. 할리 장군의 계획은 그렇지가 못했다. 그의 계획에는 랩이 상상한 것의 다섯 배가 되는 병력이 참여했고 무척이나 대담했다.

특수 부대들은 끊임없이 능력과 전략을 계발하라는 압력을 받는다. 미국의 다른 어떤 병력보다 많이 말이다. 그들은 항상 반복적인 실수를 피하거나 자신들이 통제할 수 없는 것들의 영향력을 최소화시키기 위한 방법을 찾았다. 과거의 전투에서 만들어진 실수를 절대 반복하지 않겠다는 이러한 의지는 소말리아 사건보다 철저한 분석을 거친 교전은 없다는 것을 의미했다. 1993년 소말리아 모가디슈 작전은 주간 급습 계획이 통제 불능 상태에 빠지면서 열아홉 명의 육군 유격수와 델타 포스 요원들의 목숨을 빼앗았다. 종군 특수 부대 사령관이라면 누구나 모가디슈 작전의 모든 항목을 상세히 연구했다. 그들의 결론은 모두 똑같았다. 꼭 그래야 할 이유가 없다면 주간 작전은 피하라. 어떤 문제가 있을지 확신하지 못하는 경우라면 공중 지원이나 기갑 부대 없는 진입은 피하라.

정치적인 이유로 할리 장군이 당초 계획했던 근접 공중 지원은 고려할 수 없었다. 파키스탄인들이 알지 못하는 사이에 진입했다가 빠져나와야 했던 것이다. AC-130U 스푸키 무장 헬리콥터를 가져간다면 바로 레이더에 발각될 것이다. 산악 지형과 임무의 간결성으로 인해 기갑 부대도 옵션이 될 수 없었다. 때문에 할리 장군은 기갑 부대나 고정익 항공기의 근접 지원 없이 약 천 명의 주민이 있는 적대적 마을에 헬리콥터 강습을 시도해야 하는 어려운 상황에 놓이게 되었다. 그 마을은 여느 평범한 마을과 달랐다. CIA와 국방정보국의 정보 보고서에 따르면 이곳은 알카에다의 근거지였다. 여기의 주민들은 그저 오두막 안에 숨어 미국인들이 떠나기를 기다릴 사람들이 아니었다. 그들은 본격적인 전투에 나설 것이다.

처음 랩에겐 그 문제에 대한 할리 장군의 해법이 다소 과해 보였다. 하지만 장군이 계획의 모든 요소를 상세히 설명하자, 랩은 그 뒤에 있는 천재적인 전술적 재능을 보게 되었다. 케네디는 대통령으로부터 국경을 넘어 파키스탄에서 펼쳐질 비밀 공격에 대한 승인을 받았다. 할리 장군은 이 작전을 독사들의 소굴을 일소시킬 유일한 기회로 보고 공격이라는 단어를 그 단어가 가진 가장 큰 의미로 사용하기로 마음먹었다. 랩은 그를 막을 생각이 없었다.

07

알리 사에드 알 하우리는 여느 때와 달리 편안히 잠들어 있었다. 그는 50대 중반에 불과했지만 엄청나게 힘든 삶을 견뎌왔다. 구부정한 자세와 절뚝이는 다리, 회색으로 변하고 있는 수염 덕분에 그는 종종 훨씬 나이가 먹은 사람으로 오해를 받았다. 그는 이집트 태생이지만 더 이상은 그쪽 혈통을 주장하지 않았다. 알 하우리는 이슬람교도였고, 알라에게는 국경이 없었다. 국적은 이교도를 위한 것이고 알 하우리는 진정한 신의 사람이었다. 이집트 이슬람 형제들의 최초 구성원 중 하나인 알 하우리는 정부에 의해 두 번 투옥되어 이집트 비밀 경찰 무카바라트에 의해 가혹한 고문을 당했다. 그가 다리를 절고 악몽을 꾸는 원인이 거기에 있었다. 알 하우리는 이집트 대통령 안와르 사다 암살에 연루되었으며 이후의 단속에서 다른 수백 명의 이슬람 형제들과 체포되어 무자비한 고문을 당했다.

결국 그들 모두가 입을 열었다. 일부는 진실을 말했고 어떤 이들은 당장의 고통을 멈추기 위해 무슨 말이든 했다. 또 지나치게 의욕이 앞서는 미숙한 고문관의 실수로 죽은 행운아들도 몇 있었다. 포로가 된 동료들 중에는 정신을 놓은 사람도 있었고 대의를 저버린 약한 이들도 있었다. 하지만 알 하우리와 같은 대부분의 동료들은 알라와 더 가까워졌다.

그는 침대도, 담요도, 베개도 없는 불결한 독방에 홀로 앉아 있었다.

낮이면 너무 지쳐서 그의 뭉개진 몸에 달라붙는 파리들을 쫓을 힘도 없을 정도로 땀을 흘렸고, 차가운 밤이면 몸을 떠는 것밖에는 다른 도리가 없었다. 몸과 마음의 고통과 번민으로 극도로 괴로운 상태에서 알 하우리는 진정으로 불가사의한 수준에서 신을 이해하게 되었다. 알라는 그에게 이야기를 했고 그가 해야 할 일을 명했다.

이슬람이 다시 공격을 당하고 있었다. 이번에는 기존 군에 의한 공격이 아니었다. 서방이 이슬람 신앙의 구조 자체를 침식시키기 위해 기술과 무역을 이용한 비겁자의 전쟁을 일으키고 있었던 것이다. 그들은 이슬람 어린이들의 마음을 오염시키고 그들을 타락시켰다. 아랍인들은 또 다른 성전 중에 있어서 그에 대해 인식하지도 못했다. 칼을 들어 그들을 지지하는 사람들과 그들의 종교와 삶의 방식을 지키고 알라의 말씀을 전파함으로써 이교도들로부터 그들을 보호하는 것이 알 하우리의 사명이었다.

고문과 역경, 태어난 곳에서의 추방. 지난 2년간의 도피 생활은 모두 가치가 있는 일이었다. 알 하우리와 그의 지지자들은 이슬람을 위해 강력히 저항할 참이었다. 알라는 그들에게 위대한 선물을 주셨다. 곧 미국은 알라의 아이들을 타락시키고 알라의 땅을 식민화한 대가를 치르게 될 것이다.

알 하우리는 보통 깊이 잠을 자는 사람이 아니었다. 하지만 이 외딴 산촌의 맑은 공기가 원기를 돋우어 주었다. 그는 지난 반년 동안 이곳에 자주 왔고 이 조용한 마을은 지금까지 미국을 향했던 그 어떤 도발보다 강력한 공격을 위한 그의 작전 기지가 되었다. 알 하우리는 이 마을과 더럽고 붐비는 파키스탄 발루치스탄 주의 주도 쿠에타 양쪽에서 시간을 보냈다. 마을에 올 때마다 그는 도시가 만드는 소음에 대한 꿈을 꿨다. 멀리서 희미하게 으르렁거리는 소리가 들렸다. 꿈을 꾸고 있던 알 하우리는 그것이 무슨 소리인지 알아낼 수가 없었다. 기차인가? 그 소음은 점점 커졌고 이내 몇 번의 더 큰 날카로운 소리가 끼어들었다.

알 하우리는 눈을 뜨고 주의를 집중하기 위해 애썼다. 그는 일어나 앉으려 했지만 그의 몸은 아직 잠에 취해 있었다. 바깥에는 바람이 휘몰아치며 집을 뒤흔들고 흙과 조약돌을 공중으로 날아 올려 작은 침실 창에 퍼붓고 있었다. 폭풍이 다가온 건가? 또 다른 소음이 있었다. 이상하게 익숙했지만 그가 가장 두려워하는 소음이 될 정도로 크지는 않았다.

그리고 그가 아주 잘 아는 소리가 들렸다. 전자동으로 발사되는 AK-47 기관총의 독특한 소리였다. 그 사격 소리를 따라 좀 더 조용한 발포 소리가 이어졌다. 귀중한 몇 초의 시간이 더 흐르는 동안 알 하우리는 머릿속의 잠을 떨쳐냈고 무슨 일이 일어나고 있는지 알아차렸다. 그는 열어젖히고 싶은 충동을 느끼며 침실 문을 바라보았다. 그는 눈을 감고 목소리를 낮춰 경호원인 아메드의 이름을 불렀다. 그 아프가니스탄인은 7년간 그의 충복이었다. 그는 이미 아메드에게 대단히 구체적인 명령을 내려놓았다. 알 하우리는 지나치게 많은 것을 알고 있었다. 그들은 그가 생포되도록 놓아둘 수 없었다.

다른 방에서 폭발이 있었고 우레와 같은 포성이 뒤따랐다. 문 아래의 틈으로 불빛이 번쩍였고 더 많은 총기가 전투에 가담했다. 알 하우리는 이 외딴 마을의 안전을 확신하고 있었던 자신을 책망했다. 어떻게 이런 일이 일어날 수 있지? 파키스탄 군부와 정부에는 신자들이 많이 존재한다. 그들이라면 목숨을 걸고 그에게 그러한 배신 행위를 알렸을 것이다. 그는 계속해서 문을 주시하면서 경호원이 빨리 눈앞에 나타나기를 기도했다. 아메드는 어디에 있지?

마침내 요란한 소리를 내며 침실 문이 열렸다. 알라가 그의 기도에 대답이라도 하는 것처럼 문을 연 것은 미국인 용병이 아닌 아메드였다. 아메드의 손에는 낡은 칼라시니코프가 총구가 위로 향한 채 들려 있었고 그의 얼굴에는 고통스러운 표정이, 그의 눈에는 자신이 맹세한 임무를 수행하는 데 대한 공포가 가득했다.

알 하우리는 그의 아들이 되었던 남자에게 안도의 미소를 지어 보였다. 미국인들이 곧 치명적인 공격을 당할 것이라는 것을 아는 그는 눈을 감고 자신의 죽음과 자신의 운명을 기꺼이 받아들였다.

08

　네 대의 헬리콥터는 한바탕 부는 광풍보다 조금 큰 소음을 만들면서 먹이에 달려드는 매처럼 조용히 잠들어 있는 마을을 갑작스레 덮쳤다. 길이 잘 든 서른두 개의 부츠가 공중에 매달려 땅을 밟기를 고대하고 있었다. 각자가 어두운 마을의 납작한 지붕 위를 지나면서 야간 투시경을 통해 공격 대상을 찾았다. 아래에서 움직임이 없는 것으로 보아 적을 불시에 공격해 잡는 것이 가능해 보였다.

　표적으로부터 약 90미터 밖에서 그들은 사격을 개시했다. 첫 리틀 버드에 매달린 델타 포스 대원 하나가 M4A1 카빈 두 발로 경비병을 간단히 해치웠다. 몇 초 후 두 대의 리틀 버드가 유연한 활주부로 비포장도로에 새로운 자국을 남기며 표적 앞에 착륙했다. 세 번째 리틀 버드는 표적 뒤에 착륙했고 네 번째와 마지막 리틀 버드는 대원들을 지붕에 떨어뜨리기 위해 보다 천천히 다가왔다.

　토드 코리건 일등 상사가 열여섯 명의 공격 소대를 책임지고 있었다. 서른네 살의 이 다부진 대원은 8년 경력의 델타 포스 베테랑이었다. 델타 포스에 합류하기 전 그는 그 유명한 제101공수사단 소속으로 두 차례 원정을 나갔다. 그는 전 군에서 가장 많은 훈장을 받은, 가장 인정받는 하사관 중 한 명이었다. 오늘 밤 할리 장군은 코리건과 그의 부하들에게 큰 기대를 걸고 있었다. 열여섯 명의 대원들은 분명 적의 중화기

공격을 받게 될 적진 한가운데 떨어지게 된다.

코리건은 그가 탄 헬기가 착륙하자마자 자신의 벨크로 안전장치를 벗어 던진 뒤 무기를 들고 자신이 맡은 지점으로 향했다. 그의 부하들은 모두 한마디 말도 없이 미리 정해진 위치로 이동했다. 열여섯 명 대원 모두가 이어폰과 립마이크로 이루어진 보안 주파수로 이야기를 나눌 수 있었지만 모든 의사소통은 극히 최소한으로 제한되어야 했다.

리틀 버드 헬기들은 늑장을 부리지 않았다. 그들은 지상에서 몹시 취약했기 때문에 사수들이 모두 내리자 저마다 출력을 높여 먼지와 돌조각의 소용돌이를 일으키며 어두운 하늘로 다시 날아올랐다.

팀의 폭파 대원은 목표 건물 앞쪽으로 달려가 정문에 두 개의 얇은 접착식 리본 탄약을 붙였다. 그는 오렌지색 프라이마데트 코드 고리로 두 개를 주의 깊게 연결시키고 물러서면서 몸을 벽에 밀착시켰다.

"파괴구 개설 준비 완료."

코리건은 팀의 다른 두 구성원이 정 위치에 도착한 것을 확인한 뒤 엄지손가락을 올려 폭파 대원에게 신호를 보냈다.

"파괴구로 발포하라."

집 앞에 있는 여덟 명의 대원은 폭약이 터져 나무문을 경첩에서 날리는 동안 머리를 숙였다. 선두 척후병은 섬광 폭음탄의 핀을 뽑은 뒤 잠시도 주저하지 않고 그것을 던졌다. 코리건은 섬광 장치를 연기가 올라오는 개방된 문간으로 던져 넣으며 소리쳤다.

"섬광 폭음탄 투척!"

전 대원은 수류탄의 뜨겁고 눈이 부신 흰 불빛을 예상하고 눈을 감았다. 떠나갈 듯한 폭파 음과 함께 팀원들은 잘 준비된 작전에 따라 집 안으로 뛰어 들어갔다. 선두 척후병이 집으로 먼저 진입해 즉각 오른쪽을 수색하는 동안 두 번째 대원이 진입해서 왼쪽을 수색했다. 두 사람은 적들을 발견하고 단번에 표적의 머리를 날려 버렸다. 세 번째 대원은 코리건과 함께 문간을 헤치고 들어가 오른쪽으로 돌았다. 그들은 정확한 구조를 알지 못하지만 침실이 어디쯤 있겠다는 짐작으로 집 안쪽으로 곧장 들어갔다.

한 남자가 왼쪽 방에서 소총을 들고 나와 서툴게 사격을 했다. 코리건 앞에 있는 대원이 두 발의 총알을 남자의 얼굴에 명중시켰고 두 사람은 이동을 계속했다. 그 대원은 총을 가졌던 남자가 나온 열린 문간 쪽으로 움직였다. 코리건은 네 명의 다른 대원들이 바로 자신의 뒤에 있고 다른 두 대원이 집 뒤와 거리를 엄호할 것을 알고 있었기 때문에 재빨리 집 안쪽으로 이동했다. 적을 생포할 수 있으려면 건물을 빨리 확보해야 했다.

복도 끝에서 한쪽 방에서 다른 방으로 건너가는 남자 하나가 있었다. 코리건은 발포하면서 계속 움직였다. 표적을 명중했는지 확실치가 않았다. 뒤에 엄호가 있다는 것은 확신하는 그는 복도를 내달려서 그 남자가 들어간 방 안으로 총구를 돌렸다. 코리건은 야간 투시경의 좁은 시야를 통해 그에게 등을 돌린 한 남자가 불과 몇 미터밖에 떨어지지 않은 곳에 서 있는 것을 보고 깜짝 놀랐다. 그 일등 상사는 주저 없이 남자의 뒤통수에 총알을 날려 그를 즉사시켰다. 코리건의 총구가 재빨리 방을 훑다가 구석에 있는 한 남자에게서 멈추었다. 야간 투시경을 통해 보이는 흐릿한 이미지였지만 코리건은 그 사람이 조사가 필요한 자라는 것을 알아차릴 수 있었다.

그 노인은 갑자기 침대에서 뛰어내려 비명을 질렀다.

코리건은 거의 발포할 뻔했지만 마지막 순간에 옆으로 비켜서며 개머리판으로 달려드는 남자의 관자놀이를 가격했다. 다른 팀원 중 하나가 침실에 있는 일등 상사와 합류했다.

코리건은 그 남자에게 돌아서서 말했다.

"이놈에게 수갑을 채워."

"다른 놈은 어떻게 합니까?"

그 대원이 바닥에 엎드려 있는 두 번째 남자를 가리키며 물었다.

"죽었어. 무기를 확보하고 그쪽 창을 맡아."

코리건은 몸을 돌려 침실을 나오면서 무전기의 송신 버튼을 돌리고 상황 보고를 명령했다. 외부의 두 팀은 주위가 안전하다고 보고했고 내부 팀은 코리건이 방금 의식을 잃게 만든 놈 이외에 두 명의 죄수가 더 있다고 보고했다.

그는 이미 사격이 멈추었다는 것을 의식하고 있었다. 하지만 정적은 오래 가지 않았다. 부하들은 모두 어떻게 해야 할지를 알고 있었다. 쉬운 부분은 끝났다. 이제 참호를 파고 기병대를 기다려야 할 때가 왔다.

"장군의 말씀을 잊지 말라."

코리건이 립 마이크로 말했다.

"새벽 3시에 길에서 돌아다니는 놈은 우리를 환영하는 놈들이 아니다. 목표물과의 교전을 허락한다. 망설일 필요는 없다."

09

워싱턴 D.C.

검은 리무진이 연석에 멈추어 서자 숱이 많은 갈색 머리의 남자 하나가 차에서 내렸다. 월요일 밤이든 금요일 밤이든 그것은 문제가 되지 않았다. 워싱턴 NW 19번가에 자리 잡은 스테이크 식당, 스미스 앤 월렌스키에는 늘 손님이 가득했다. 그 손님들은 보통의 평범한 손님이 아니었다. 이곳은 워싱턴의 유력 인사들이 붉은 고기를 먹고 술을 마시기 위해 오는 장소였다. 영향력 있는 사람들로 가득한 이 도시에서는 손님 중 대부분이 백만장자이거나 공직만 떠나면 바로 백만장자가 될 사람들이었다. 그중에서도 팻 홈즈는 계층의 최정상에 아니 거의 그 근처에 있었다. 그는 90년대 호황기에 메릴린치의 채권 부문을 운영하면서 재산을 모았다. 그의 순자산은 줄잡아 10억 달러로 추정되고 있었다.

홈즈는 회계사와 변호사로 구성된 소규모 단체를 고용해서 정부나 캐기 좋아하는 언론으로부터 그의 재정 상황을 숨기는 일을 시키고 있었다. 그의 실제 자산은 20억 달러가 넘었고, 그 대부분은 일곱 개 대륙 중 네 개 대륙에 있는 토지 거래와 은행과 보험사의 대규모 소유 주권에 묶여 있었다. 홈즈는 정보가 힘이라는 신조를 가지고 있었으며 그 때문에 자신의 엄청난 재산에 얽힌 일을 숨기기 위해 무슨 일이든 했다.

그가 식당에 들어서자 한바탕 소동이 일어났다. 홈즈는 198센티에 조금 못 미치는 큰 키에 음식과 술에 대한 탐닉에도 불구하고 상당히 좋은 몸매를 가지고 있었다. 그는 50대 초반으로 턱은 약간 이중이었고 맞춤 드레스 셔츠에 수제 양복으로 잘 가려진 뱃살이 조금 있었다.

거의 즉시로 아첨꾼들이 따라붙었다. 식당 앞에서부터 총지배인은 물론 수석 조리장과 와인 담당 웨이터, 홈즈가 가장 좋아하는 가슴이 풍만한 금발의 여급사가 그를 따르고 있었다. 홈즈에게 저녁으로 5천에서 1만 달러쯤 쓰는 것은 아무것도 아니었다. 그는 와인을 좋아했다. 그것도 값비싼 와인을 말이다.

"패트릭."

총지배인이 손을 앞으로 내밀었다.

"찾아주셔서 영광입니다."

"천만에, 데이비드."

홈즈는 사람들의 이름을 외우는 재주를 타고났다. 그는 다른 두 사람에게 인사를 건넨 후 여급의 뺨에 입을 맞추었다.

"오늘도 두 분이십니까?"

총지배인이 물었다.

"그렇네, 지금 막 내 저녁 상대가 왔군."

페기 스텔리가 하이힐에 세련된 검은색 팬츠, 사파이어 색 블라우스를 입고 바를 가로질러 오고 있었다. 그녀는 한 손에 샤르도네 잔을 들고 다른 한 손에는 클러치 백을 들었다. 그녀의 금발 머리는 뒤에서 포니테일로 묶여서 그녀의 높은 광대뼈와 아쿠아 블루 눈동자에 주의가 집중되도록 만들고 있었다. 실제로 그곳의 모든 남성들이 하던 일을 멈추고 그녀가 식당을 가로지르는 모습을 지켜보았다.

스텔리가 입술을 오므려 그 민주당 전국위원회 의장에게 내미는 동안 홈즈는 손을 뻗어 그녀의 뺨에 얹었다. 홈즈는 그녀의 입술에 가볍게 키스를 하고 몸을 돌이켜 그의 손님이 직원들과 인사를 나눈 적이 있는지 확인했다. 적어도 세 번은 그런 경험이 있었지만 그녀는 홈즈가 기억을 못한다는 사실을 성가시게 느끼지 않았다. 자신의 활기 넘치는 축제에 사람들을 모으는 것이 팻 홈즈의 천성이었다. 그는 식당에서 심부름을 하는 직원에서 대통령까지 누구와도 친구가 되었다. 홈즈는 사람들을 좋아했고 사람들도 그를 좋아했다.

여급은 그들을 홈즈가 평소에 앉는 테이블로 안내했다. 충분한 프라이버시를 보장하면서도 의장이 식당을 잘 볼 수 있는 자리였다. 자리로 가는 길에 홈즈는 몇몇 웨이터의 어깨를 두드리고, 손을 잡고, 인사를 나누고 스텔리에게 몇 명의 로비스트를 소개했다.

그는 시간을 힘들고 불쾌하게 보내는 법 자체를 몰랐다. 사람들은 그에게 끌렸다. 그의 정당 선택을 못마땅해하는 사람들이나 그를 조금 탐욕스럽다고 생각하는 사람들도 물론 있었다. 하지만 그의 험담을 하는 사람보다는 지지자들이 훨씬 많았다. 홈즈는 새로운 아이디어와 새로운 리더십을 간절히 필요로 하는 정당에 한 줄기 시원한 바람과 같은 존재였다. 하지만 불행히도 그것은 그가 다가오는 전국 선거 감독을 맡게 된 이유가 아니었다. 무엇보다 우선적으로 민주당 전국위원회를 운영하는 것은 곧 돈을 모으는 일이었고 홈즈는 뉴욕과 L.A.를 커버하고 있었다. 둘째, 전국위원회 운영은 논쟁을 해결하고 사람들을 다독이는 일이었고 그 과정에서 캐피틀 힐에 있는 사람들보다 중요한 사람들은 없었다. 홈즈는 사람들이 스스로를 가치 있는 사람으로 느끼게 하는 법을 알았다. 마지막으로 그 일에는 사람들을 손봐 주는 것도 포함되어 있으며, 홈즈는 대단히 분별 있는 사람이었지만 결과 지향적이고 그가 원하는 것을 주지 못하는 자라면 바로 몰아내 버리는 사람이기도 했다.

홈즈는 자리에 앉아 거의 다 마신 스텔리의 잔을 보았다.

"내가 늦은 건가?"

"아니에요. 정말 힘든 하루였어요. 술이 필요해서 좀 일찍 왔어요."

"음, 나쁠 것 없지."

홈즈는 술을 정말 좋아했다. 마침 웨이터가 의장이 늘 마시는 술을 가지고 테이블로 왔다. 얼음을 채운 로우 볼 글라스에 벨베데레 보드카를 따르고 올리브 세 개를 얹은 것이었다. 홈즈는 남자에게 상냥한 감사의 인사를 건네고 잔을 들었다. 스텔리도 그를 따랐다.

"당신과 당신의 계속된 성공을 위해."

"그리고 올해 전국 선거의 성공을 위해."

스텔리가 덧붙였다.

홈즈는 눈을 굴리며 부드러운 벨베데레를 크게 한 모금 마셨다. 올해는 대통령 선거가 있는 해였다. 그 외에도 상원의 3분의 1뿐 아니라 하원의 전원, 상당수의 주요 민주당 주지사들이 재선을 앞두고 있었다. 다행히 그는 이미 그들의 모든 재정 목표를 달성했다. 다만 공화당원들이 그들이 예상했던 것보다 더 많은 돈을 마련한 덕분에, 지금 그는 다시 돌아다니면서 조합과 거물들에게 추가 기부를 부탁해야 했다.

"일이 당신 마음에 들 만큼 잘 진행되지 않는 건가요?"

스텔리가 물었다.

홈즈는 보드카를 다시 한 모금 마시고 그것을 설명할 가장 긍정적인 방법을 생각해 보았다.

"상대가 자금 조달 기준을 계속 올리고 있어…. 하지만 그건 문제가 아니지."

"그럼 뭐가 문제죠?"

홈즈는 주위를 둘러보며 아무도 엿듣고 있지 않다는 것을 확인했다.

"당에 있는 멍청이들이 나를 미치게 만들고 있어. 그들은 나가서 자금을 조달하느니 둘러앉아서 불평이나 하려고 한다고."

이해한다는 듯 고개를 끄덕이며 스텔리가 말했다.

"그들은 민간 부문에서 일을 한 적이 없어요."

홈즈는 그녀를 가리키며 말했다.

"맞아, 그들은 참호 속에서 자기 몸만 지키면 된다는 사고방식을 가지고 있어. 변화나 새로운 아이디어를 죽도록 두려워하지. 그들이 원하는 건 조합의 비위나 맞춰서 돈을 더 구걸하는 것뿐이야."

"이 말에 기분이 좀 나아지실지 모르겠지만 상대도 마찬가지예요. 그들은 백 년 동안 똑같은 전략을 써먹고 있다고요."

"지금의 우리가 예전보다 더 재미를 보고 있다는 점만 빼고 말이야, 안 그런가?"

홈즈는 의원들이 자주 쓰는 농담을 입에 올리고는 술잔을 치켜들었다.

스텔리가 웃었다.

"맞아요."

와인 담당 웨이터가 방대한 와인 리스트를 들고 테이블로 다가왔다. 하지만 그가 와인 리스트를 열기 전에 홈즈가 그를 막았다. 손님을 보며 그가 물었다.

"계속 화이트로 할 건가 레드 와인을 할 텐가?"

"식사하면서 레드 와인을 마시려고요."

"좋아."

그가 와인 담당 웨이터에게 말했다.

"조지, 내가 좋아하는 건 알고 있지? 그것보다 좀 더 가벼운 것으로 골라 보게."

남자는 반절을 하고 물러갔다.

두 사람만 남게 되자 홈즈가 몸을 기울이며 물었다.

"이제 본론으로 들어가 보지. 왜 오늘 저녁을 함께하자고 한 거지?"

스텔리는 그에게 순진한 척하는 미소를 지어 보였다.

"멋지고, 엄청나게 부자인데다, 권력까지 있는 남자와 저녁을 먹는데 이유가 있어야 하나요?"

홈즈의 대답에는 투덜거림과 웃음이 섞여 있었다.

"페기, 나는 금방이라도 당신 머릿속에 있는 걸 알아낼 수 있다고. 당신은 남자를 어르기만 하지 막상 중요한 건 내주지 않잖아. 그건 우리 둘 다 알고 있는 얘기지. 오늘 밤이 우리 사이의 우정을 극대화시키는 밤이 아니라면 괜한 이야기는 말자고."

"그럼 재미가 없잖아요."

그녀가 토라진 표정을 지어 보였다.

"정말이지 심각한 일이야. 괜히 당신에게 놀아나서 잔뜩 흥분만 했다가 엿 먹는 건 감당할 수가 없다고. 내일 해야 할 일이 정말 많거든."

그녀는 손을 뻗어 그의 손을 잡았다.

"전 의장님을 솔직하게 대해 왔어요. 워싱턴의 남자들과 잠을 잔다는 건 아주 위험하거든요. 말하자면 그 남자가 마지막 오르가슴을 느끼고 나면 여자의 경력은 골로 가는 거죠."

홈즈는 그녀의 손을 꼭 쥔 뒤 바로 놓아주었다.

"좋아. 그걸 구걸할 만큼 궁한 형편은 아니니까. 하지만 우리가 잠을 자든 아니든 나를 가지고 놀지는 말아 줘."

스텔리는 그녀의 다음 말이 진심이라는 몸짓을 했지만 그렇지 않았다. 그녀는 남자들이 다가오지 못하도록 하면서도 관심을 잃게 하지 않기 위해서 그와 같은 변명을 수백 번도 더 써먹었다.

"당신에게 정말 끌려요. 지금은 다른 사람이 있을 뿐이에요. 그게 좀 복잡해서요."

"내가 아는 사람?"

"아니에요. 당신이 알 만한 사람이 아니에요."

홈즈가 싱긋이 웃었다.

"당신과 일하는 총잡이 비밀 경찰 중 하나라도 되나?"

"그 이야기는 하지 않았으면 좋겠어요."

"좋아."

사실 홈즈는 스텔리가 괴짜라고 생각하고 있었다. 상관없는 척하려고 애쓰고 있기는 하지만 관심을 잃기에는 너무 멀리 와 있었다. 그는 다른 방법보다 자리를 털고 일어나는 수법을 사용해서 많은 거래를 성사시켰다. 스텔리는 곧 넘어올 것이다. 그리고 그때까지는 워싱턴이 어떻게 돌아가고 법무부에서 어떤 일이 생기고 있는지 잘 파악할 수 있게 해 줄 것이다.

"내 질문으로 돌아가 보지. 무슨 할 말이 있는 거지?"

그녀는 찡그리고 고개를 저었다.

"그 망할 테러대책법 말이에요."

"그게 왜?"

홈즈가 물었다.

"당신은 민주당에 들어간 유일한 이유가 더 재미있기 때문이라고 농담을 하겠지만 그 기반에 영향을 주는 사안들에 대해서 더 잘 알아 둘 필요가 있어요."

"그럼 당신은 테러대책법이 그런 사안들 중 하나라는 건가?"

"그래요."

스텔리가 힘주어 대답했다.

납득하지 못한 홈즈가 눈을 굴렸다.

"팻, 난 진지해요. 이 테러와의 전쟁 전체가 너무 확대되었다고요. 호전적인 오합지졸들이 운이 좋았던 거죠. 지금 우리는 망할 놈의 세상의 절반에 싸움을 걸고 있어요. 결국 우리는 아무것도 얻지 못하겠죠. 그리고 그 와중에 우리는 우리의 권리 장전에 온통 똥칠을 하고 있고요. 이런 걸 생각해 낸 게 공화당이건 아니건 그걸 막고 있는 건 우리라고요."

그는 벨베데레를 한 모금 마셨다.

"당신은 일을 너무 단순화하는 것 같군."

"내가요?"

그녀가 비꼬는 투로 물었다.

"당신은 여기까지 올라왔어요."

스텔리는 손을 머리 위로 올렸다.

"나는 전선에 있구요. 나는 법무부의 보병들이 무슨 이야기를 하고 있는지 들어요. 나는 매일같이 심각한 결함이 있는 그 법률 제정의 합헌성에 이의를 제기하는 보고서를 본다고요. 그리고 연방최고재판소 앞에 나가 그것을 변호해야 하는 사람들의 눈에서 두려움을 봐요."

별 감흥이 없는 목소리로 홈즈가 물었다.

"그래서 그게 선거에 어떤 영향을 미치겠나?"

"선거 전 4개월 동안은 악재가 없기를 바라죠? 그런데 이런 심각한 문제들이 바로 그때 법원으로 가게 되요."

"페기, 당신이 이 문제에 대해 대단히 심각하고 진지하다는 건 알겠어. 하지만 대부분의 유권자는 테러리스트가 미란다 권리를 읽는지, 변호사를 거부하는지 따위를 조금도 개의치 않아."

"하지만 지지 기반에서는 그 점을 생각해요."

홈즈는 비싼 대가를 치르고서야 민주당의 지지 기반이 미국 중산층 대부분의 가치는 전혀 고려하지 않는 급진적인 10퍼센트의 유권자라는 것을 알게 되었다. 그들이 마음만 먹으면 당은 벼랑 끝으로 내몰리고 광신적인 자유주의의 심연으로 빠져들게 될 것이다.

"그들이 어떻게 한단 말이지? 공화당이 내민 사람 아무나 찍기라도 한단 말인가?"

"아니요. 그들은 투표를 하지 않을 거예요. 지지 기반이 공수표로 돌아가는 날엔 일이 어떻게 되는지 알고 있겠죠?"

그녀의 말을 인정하지 않을 수 없었다. 그것이 이 일의 불안한 현실이다. 홈즈는 친재계 민주당원이었고 마음 같아서는 그 미친 좌익들을 녹색당 쪽으로 싹 밀어내 버리고 싶지만 그것은 안 될 말이었다.

그는 고개를 저었다.

"당신은 완벽하게 근사한 저녁을 철저히 망치고 있어. 시작한 지 겨우 5분 되었는데 말야."

스텔리는 진지함을 잃지 않았다.

"나는 지금 그 멍청한 법안의 합헌성에 도전하는 운동가들이 최대의 노출 효과를 얻기 위해 타이밍을 보고 있다는 얘기를 하고 있다고요. 그들은 이 문제를 선거까지 끌고 갈 거예요. 그리고 당신과 나 두 사람은 누가 그 책임을 지게 될지 알고 있어요."

"헤이즈?"

"아니요."

스텔리가 얼굴을 찌푸렸다.

"결국에는 그렇게 되겠지만 시작은 내 보스인 법무장관 스톡스가 될 거예요…. 그리고 나는 손을 놓고 그런 일이 일어나게 두지는 않을 거고요."

그리 은근하다고는 할 수 없는 위협을 담아 그녀가 덧붙였다.

"그리고 그도 그렇게는 하지 않을 거예요."

홈즈는 자신에게 문제가 닥친 건지도 모르겠다고 생각하기 시작했다. 법무장관 스톡스는 민주당의 기대주였다. 대통령에게 쓸모없는 부통령을 버리고 스톡스와 출마하게 한다는 이야기가 이미 돌고 있었다. 그는 엄청난 재력을 배경으로 하고 있었고 홈즈와 마찬가지로 친재계에 안보를 우선하는 입장에 있었다. 그는 공화당을 무력화시킬 수 있는 유형의 사람이었다.

"페기, 이 문제에 대해서 당신과 같은 뜻이라고 말하지는 않겠어. 하지만 최소한 내 관심을 끈 것은 사실이야."

그는 자신의 잔을 내려다보며 올리브 하나를 집었다. 홈즈는 그것을 입안에 넣은 후 말했다.

"내가 아는 당신이라면 행동 계획을 가지고 있을 텐데."

"물론 그래요."

스텔리가 자신만만하게 대답했다.

"하지만 당신이 대통령의 협조를 받아내지 못한다면 아무 소용도 없어요."

홈즈는 대통령과 상당히 가까웠다. 그는 최근 여론이 법 집행과 국방, 정보 공동체에 지나치게 호감을 가진다는 점을 인정해야 했다.

"당신 아이디어를 듣고 내가 뭘 할 수 있을지 생각해 보지."

10

파키스탄

두 대의 AH-64 아파치 헬기가 급습 1분 후 정 위치에 도착했다. 한
대는 마을 위에서 엄호 비행을 시작했고 다른 한 대는 착륙 위치를 확보
하기 위해 움직였다. 두 대의 공격용 헬리콥터들은 총 120발의 로켓과
강성 표적을 위한 16발의 헬파이어 미사일, 목표물의 내장을 뽑아 버리
는 30밀리미터 노즈 기관포를 싣고 있었다. 이들 헬기에는 화력 이외에
도 세상의 어떤 헬리콥터보다 진보된 네비게이션, 무기 시스템, 전자유
도방향전환장치를 가지고 있었다. 그들은 고정익 항공 엄호를 이용할
수 없는 상황에 대해 할리 장군이 마련한 해법이었다.

블랙호크의 최신형 버전인 페이브호크 헬리콥터 한 대가 산길을 뚫고
그 마을 상공을 질주하고 있었다. 마을은 RPG 사정거리는 한참 벗어나
있었지만 대공포와 견착 발사식 미사일의 사정권 내에 있었다. 사전 브
리핑에서 그들은 테크니컬이라고 불리는 트럭 탑재 대공화기가 찍힌 정
찰 사진을 보았고 적이 지대공 미사일을 가지고 있을 가능성이 있다는
경고를 받았다.

어쨌든 교전을 바라지 않는 두 조종사는 도시를 지나쳐서 화물실의 물
건들을 내려주기 위해 경사각을 깊게 넣어 비행했다. 들판을 향해 하강
하는 동안 조종사는 최첨단 항공전자공학 컴퓨터에 입력된 지점과 속

도, 고도, 비행 자세를 보여 주는 계기들에 집중했다. 부조종사는 지평선을 면밀히 살피고 미사일 경고 시스템을 주시했다. 시계는 좋았지만 어쨌든 기관총 사수는 하강이라고 큰 소리로 외치고 착륙 지역에 적군이 있지 않은지를 살폈다.

페이브호크가 들판에 착륙하자 열 명으로 이루어진 공군 특수 작전 비행대가 화물실에 있는 수백 킬로그램의 짐을 밀어내고 본격적인 작전에 들어갔다. 페이브호크가 이륙해서 산간의 희박한 공기 속에서 고도를 높이기 위해 애쓰는 동안 대원들은 짧은 거리를 전속력으로 달려 산개한 후 땅에 엎드려 방어 위치를 지켰다.

헬리콥터가 안전한 고도에 이르자 비행대는 작업을 시작했다. 여섯 명 중 네 명이 짐을 회수한 뒤 들판을 건너 주요 도로를 확보하고 전화선을 끊는 동안 다른 사람들은 초소용 GPS 컴퓨터를 검색해서 적외선 섬광등의 정확한 좌표를 그렸다. 들판 건너 불과 800미터 밖에서 총격전이 벌어지고 있는 소리를 들을 수 있었다. 날카로운 소총 소리는 임무를 가능한 빨리 완료하도록 그들을 자극했다.

그들이 좌표 작성을 아직 마치지 못한 시점에 멀리서 우르르 소리가 들렸다. 그 소리는 놀란 가축 떼가 계곡을 향해 내달리는 것 같이 계속 커졌다. 그리고는 땅이 흔들리기 시작했다. 여섯 명은 재빨리 남은 섬광전구를 내려놓고 응급 치료소를 세우고 전방 항공 통제관 역할을 하기로 되어 있는 집결 지점을 향해 거의 전속력으로 달려갔다.

할리 장군의 지휘 통제 헬기가 마을에서 3천 미터 상공에 도착해 선회 비행을 시작했다. 랩은 눈을 감고 손으로 헤드셋을 덮으며 코리건 상사와 부하들의 대화에 귀를 기울였다. 거물 두세 명을 잡았다는 두서없는 보고들이 들렸다. 그들이 세 명 모두를 체포한 것이라면 랩은 그야말로 희열을 느낄 것이다. 하지만 그들 중 한 명이 공격에서 죽고 두 사람만 살아서 심문을 받게 된다고 해도 아쉬울 것이 없는 상황이었다.

작전을 시작한 지 간신히 5분이 되었고 아래의 움직임으로 보아 마을이 깨어난 것이 확실했다. 그들의 예상대로 평화롭게 잠든 산촌은 아니었다. 랩은 눈을 뜨고 앞에 놓인 스크린의 영상을 보았다. 달은 4분의 1이 차 있고 하늘이 맑은 덕분에 야간 투시 시스템이 비교적 명확한 그림을 제공하고 있었다. 랩은 사방에서 그를 향해 움직이는 적들을 알아볼 수 있었다. 아직은 그 숫자가 놀라울 정도는 아니었지만 그래도 빠른 반응이었다. 적이 그들에게 중화기를 사용하지 않는 한 코리건과 그의 팀원들이 증강 병력이 도착할 때까지 버티는 데 어려움이 없을 것 같았다.

스크린 맨 왼쪽의 움직임이 랩의 주의를 끌었다. 그의 건너편에 앉은 이 작전의 공중 사령관이 차분하지만 급한 목소리로 말할 때까지도 여전히 그것이 무엇인지 판독하지 못하고 있었다.

"랩터 원, 제1팀의 위치로 접근하는 테크니컬이 있다…. 교전 개시."

블랙호크 한 대와 육중한 MH-47E 특수전용 헬기 여섯 대가 초기 타격 부대와 다른 방향에서 계곡을 향하고 있었다. 화물을 잔뜩 실은 대형 헬기들은 어떤 것을 상대해야 할지 확실치 않은 상황에서 직접 마을 위로 비행하는 모험을 하기에는 너무나 취약했다. 조종사들은 표적에 도착하기 위해 선회 비행을 70여 킬로미터나 더 해야 했다. 하지만 불평하는 이는 아무도 없었다.

한 쌍의 회전 날개와 강력한 터빈 엔진이 으르렁거리는 소리가 마을 전체를 흔들면서 마을에 있는 모든 사람에게 좋지 않은 일이 가까워졌다는 명확한 신호를 보냈다. 공군 특수전 비행대 덕분에 적외선 섬광등으로 표시된 착륙 구역이 헬리콥터의 전방 감시 적외선 암시 장치 스크린 위에서 크리스마스트리처럼 빛나고 있었다.

두 대의 거대한 헬기가 먼저 도착해 착륙했고 고물 쪽의 램프는 이미 내려와 있었다. 몇 초 후 두 대의 사막 정찰 차량, DPV가 천천히 램프를 내려와 마을로 이어지는 길을 찾아 울퉁불퉁한 들판을 가로질렀다. 차대가 낮은 이 차량들은 시속 130킬로미터까지 낼 수 있으며 일련의 강력한 무기 시스템을 장착할 수 있었다. 사막 정찰 차량에는 각각 세 명의 네이비 실, 한 명의 운전사, 한 명의 차량 지휘관, 다른 두 사람 뒤쪽으로 약간 높은 위치에 앉아 있는 한 명의 사수가 탑승하고 있었다.

오늘 밤의 임무를 위해 사막 정찰 차량 한대에는 50구경 기관총, 40밀리미터 유탄 발사기, 7.62밀리미터 기관총, 두 발의 AT4 대전차 미사일이 실려 있었다. 차량 측면의 짐칸에는 여분의 탄약이 가득 차 있었고 필요한 경우 들것을 운반하도록 만들 수 있었다. 이 차량들은 개방 지형에서는 강력한 무기였지만 도시 환경에서는 취약했다. 움직이지 않고 정지한 상태에서 반대 세력을 공격할 수 있는 무기가 없기 때문에 오늘 밤 그들은 치고 빠지는 전술을 사용해서 대규모 병력이 도착할 때까지 적들이 균형을 찾지 못하도록 할 것이다.

사막 정찰 차량이 어둠 속으로 사라지자 ATV 두 대가 운송용 상자와 여러 장비가 실린 트레일러를 끌고 치누크의 램프에서 내려왔다. 이 소형 오프로드 차량의 운전사들은 착륙 구역을 정리한 뒤 전투 사령부와 몇 개의 박격포대를 설치하기 위해 진로를 바꾸었다. 무거운 군장을 맨 열두 명의 유격대원들은 고르지 못한 지형에서 뒤떨어지지 않도록 애썼다.

짐을 내린 두 대의 치누크는 착륙 구역을 정리해 이미 접근 중인 자매기들을 위한 공간을 만들었다. 일렬종대로 비행하던 네 대의 거대한 회녹색 수송기가 표시된 착륙 지대에 맞추어 대형을 풀고 접근했다. 각각의 헬기가 착륙하고 대원들이 후방 램프를 내려와 여러 결집 지점으로 향했다. 경험이 없는 사람들에게는 아수라장처럼 보이겠지만 실은 미 육군 유격 부대의 대단히 면밀히 계획된 전장 배치였다.

그들은 할리 장군이 산간의 근거지에서 나온 탈레반과 알카에다 전투원을 추적하는 데 사용하려 했던 강력한 대원들이었다. 이 유격대원들은 2대대, 75레인저 연대 소속이었다. 이 부대는 4개월 전 아프가니스탄으로 파견되었고 이미 수많은 전투를 경험했다.

그들은 자신들에게 주어진 어떤 환경, 기후, 지형에서도 전투를 수행할 수 있도록 훈련되어 있었다. 그들은 비행장 장악 또는 주요 시설이나 도시 함락과 같은 직접 조치 임무에 강했다. 이들은 이동식 화력과 민첩성, 속도를 이용해서 짧은 시간 안에 수적으로 우세한 세력을 제압하도록 훈련을 받았고 그것이 바로 할리 장군이 그들을 이용하기로 계획한 이유였다.

11

코리건은 집 앞으로 다가가 산산이 짓이겨진 문틀 사이로 고개를 들이밀었다. 때마침 그는 총알이 지나가 진흙 벽돌로 만들어진 벽에 가박히는 소리를 들었다. 코리건은 전혀 주춤거리지 않았다. 그는 총알이 날아온 방향으로 돌아선 뒤 소총을 어깨에 걸쳤다. 하지만 그가 발사를 하기도 전에 지붕에 있던 그의 부하 중 한 명이 코리건 대신 문제를 처리했다.

대응 화력의 양이 점차 늘어났다. 그때까지는 부하 중 누구도 타격을 입지 않았지만 이런 상황이 계속된다면 시간문제일 뿐이었다. 그는 이미 정 위치에 있는 두 명의 저격수와 두 정의 경기관총을 지원하기 위해 지붕 위에 네 명의 사수를 더 배치했다. 여덟 명 모두가 몹시 바빴다. 표적이 빠르게 늘어나고 있었다. 델타 사수들은 100여 미터 내라면 표적이 움직이고 있다 해도 빗맞히는 경우가 없었다.

무차별 사격 같은 건 코리건이 염려하는 일이 아니었다. 기관총을 들고 참호를 구축한 델타포스 사수 팀과 접근전을 펼치는 것은 자살 행위나 마찬가지였다. 하지만 이들은 20년에 걸친 끊임없는 전쟁 상태에서 살아온 전투에 단련된 군인들이었다. 그들이 보다 조직화되고 좀 더 나은 전략을 만들어 내는 데는 긴 시간이 걸리지 않을 것이다. 아마도 더 큰 총기와 로켓추진유탄이 포함된 전략을 말이다.

부대의 내부 무선으로 호출이 왔다.

"코리건, 루입니다…. 이쪽으로 와서 뭘 좀 봐 주셨으면 합니다."

코리건은 문틀 너머로 고개를 내밀고 AN/PNS-17 야간 투시경을 통해 거리를 내려다보았다. 두 블록 밖에 적 하나가 코너를 돌아 RPG를 발사할 자세를 잡았다.

"잠깐, 루."

코리건은 반사적으로 움직였다. 그의 무기 앞쪽에 장착된 PEQ-2 레이저 표적 지시기가 그 남자의 가슴에 밝은 적색 점을 그렸고 코리건은 방아쇠를 당겼다. 적은 땅에 고꾸라졌다. 그와 거의 동시에 다른 사람이 건물의 차폐물에서 뛰어나와 RPG를 집기 위해 몸을 아래로 뻗었다. 코리건은 그 남자의 머리를 겨냥하고 한 발을 쏜 뒤 집 안쪽으로 몸을 피했다.

"무슨 일인가, 루?"

"여기서 뭔가 발견한 것 같습니다."

코리건은 부서진 창들 중 하나 쪽으로 서서히 움직여 잽싸게 밖을 보았다. 두 사람이 8미터 밖에서 길을 가로지르는 것이 보였다. 그중 하나는 길을 건너는 데 성공했지만 다른 하나는 실패했다.

"기다릴 수 있나?"

그가 상황을 살피며 물었다.

상대가 대답을 하기 전에 중기관총의 우레와 같은 총성이, 점점 늘어나고 있는 소총 사격의 소음 위로 울려 퍼졌다. 코리건에게서 몇 미터 떨어진 벽에 주먹 크기의 구멍이 생겼다. 일등 상사는 즉시 바닥에 엎드렸고 마른 진흙벽돌 더미가 그에게 비 오듯 쏟아졌다. 그는 작은 소리로 욕을 하며 포복 자세를 취하고 앞문 쪽으로 돌아갔다.

무전기 스위치를 엄지손가락으로 눌러 지휘부를 부른 그는 화난 목소리로 말했다.

"콘돌 파이버, 여기는 레틀 스네이크다. 공중 엄호는 어떻게 된 건가?"

"공중 엄호가 접근 중이다. 레틀 스네이크, 침착히 사태를 주시하라."

차분한 프로의 목소리였다. 그것이 괜히 코리건의 심기를 건드렸다.

전장에서 1천500미터 떨어진 상공에서 안전하게 선회 비행을 하고 있을 때는 침착함을 유지할 수 있다. 여기 거리로 내려와서 빗발치는 총탄 속에 있으면 더 급박한 어조로 격앙되기 마련이다.

"동쪽에서 내 위치로 중기관총이 발사되고 있다!"

"알고 있다, 레틀 스네이크. 랩터 원이 오고 있다."

코리건은 도착 예정 시각을 묻기 전에 "쉭" 하는 공중 발사 로켓의 숨길 수 없는 소리가 머리 위를 지나는 것을 들었다. 순식간에 벼락을 치는 것 같은 일련의 폭발이 있었다.

밀트 게레로 대위는 급히 만들어진 전방 전투 사령부 구석에 서서 야시 망원경을 통해 전장을 바라보고 있었다. 그와 그의 대원들은 블랙호크 편으로 와서 공군 특수전 비행대가 만든 전방 전투 사령부에 착륙했다. 그는 114명으로 구성된 휘하의 세 개 소대가 넓은 들판을 가로지르는 것을 지켜보았다. 무거운 군장을 하고 있는 상태에서도 그들은 도시 언저리까지의 거리를 5분 정도에 주파할 수 있을 것이다. 저항 세력과 마주친다면 예상 시간은 쉽게 두 배 혹은 세 배로 늘어날 수 있다. 하지만 그 부대의 대원들은 적의 예상치 못한 조기 응전에 대한 비상 계획을 준비하고 있었다.

할리 장군의 원래 계획은 유격대원들이 즉시 레틀 스네이크 원의 위치로 진격해서 델타 팀과 포로의 탈출을 위한 방어선을 확보하는 것이었다. 하지만 할리 장군은 목표물과 주변 지형을 연구한 후 더 대담한 계획을 세웠다. 2차 대전에 유격대원들이 사용했던 방법을 떠올리게 하는 계획이었다. 상부의 말에 그대로 따라서 뒤로 한 손을 묶고 싸우기에는 그들은 너무나 먼 전장에 있었다. 더구나 할리는 교전의 제한된 규칙 때문에 자신의 부하들을 잃을 생각이 없었다.

그렇지만 미군 장교는 언제나 병력 보호와 무고한 시민의 목숨 사이에서 균형을 잃지 말아야 했다. 거의 모든 전투 상황에서 이 문제의 경계는 대단히 불확실하다. 하지만 서남아시아의 경우, 무고한 시민과 게릴라를 나누는 것이 절대 불가능했다. 거의 모든 사람이, 어린 소년들까지도 어떤 종류든 무기를 휴대하고 있었다. 농부가 단순한 농부에 불과한 경우도 거의 없었다. 이 마을은 사람과 물자를 국경 너머 아프가니스탄으로 수송하는 알카에다와 탈레반의 근거였다. 그 물자들은 미군을 죽이는 데 사용되었다. 이 마을의 성인 중에 무슨 일이 일어나고 있는지 모르는 이는 아무도 없었다. 열 살이 넘은 모든 아이들이 잠재적인 위협 요소가 될 수 있었다. 그 어머니들도 마찬가지였다. 그것이 이 광신적이고 폭력이 난무하는 지역에 존재하는 전쟁의 잔인한 현실이었다. 단호하게 움직이지 않는다면, 적에게 타격을 가해 빨리 균형을 깨어 놓지 않는다면 상대가 수적인 우세함을 바탕으로 거리마다 벌이는 전투에 갇히고 말 것이다. 그런 상황이 발생하면 그들은 A-10 월트호그 그리고 어쩌면 스푸키 무장 헬기를 불러들여야 할 것이고 그렇다면 결국 더 많은 민간인이 죽게 될 것이 자명했다. 게레로는 완력에 의존하는 강인한 병력을 이용해서 빠르고 단호하게 이루어지는 교전, 전투, 전쟁이 결국은 목숨을 구한다는 패튼 장군의 신조를 끌어들였다. 1차 대전을 치른 패튼 장군은 병력의 발목이 잡히면 어떤 일이 벌어지는지 잘 알게 되었다.

무고한 목숨의 손실은 가능하면 피해야 하겠지만 대원들의 목숨을 담보로 해야 한다면 이야기는 틀려진다. 이 전투에 보다 전통적인 교전 규칙을 강권한 것이 바로 게레로 대위였다. 무기를 들고 전장으로 달려가는 사람이라면 남자, 여자, 어린아이 할 것 없이 적대 세력으로 간주하고 교전해야 했고 미군에 대한 총격에 사용되는 집이나 구조물은 가루로 만들어야 했다.

그것은 최악의 경우를 상정한 것이고, 가치가 있는 것과 없는 것을 구별해서 그러한 상황만은 피하고 싶은 것이 그들의 마음이었다. 게레로는 할리 장군에 대해 거의 숭배에 가까운 존경의 마음을 가지고 있었다. 할리는 적을 연구했고 그 나라의 역사를 읽었다. 그는 아프가니스탄에서 패전한 소련군 장교와 이야기를 나누었다. 할리는 적에 대해 잘 알고 있었고 한밤중에 급습을 당했을 때 그들이 어떤 반응을 보일지 비교적 정확하게 알고 있었다.

"대위님."

젊은 중위가 중대장에게 다가왔다.

"박격포 팀이 준비되었습니다."

오늘 작전을 위한 할리 장군의 기발한 계획 중 하나는 그 젊은 대위의 60밀리미터 박격포 두 개를 보강하는 것이었다.

"1, 2, 3분대에 도시 남쪽 끝에서 집중 포화를 하도록 지시하고, 4, 5분대에 레틀 스네이크 원이 원하는 장소에서 그들을 지원하도록 하고, 6분대에게 전방 관측대원의 유도에 따라 목표물을 찾으라고 지시하라."

계획에 변함이 없는 것이 반가운 소위는 경례를 붙였다. 그와 그의 박격포 팀은 마을의 거의 모든 교차로와 가능성 있는 목표물의 정확한 좌표를 준비하기 위해 열심히 일했었다. 그들은 도시 언저리에 이른 공군 전방 관측대원, 그리고 목표 건물의 지붕에 있는 델타 사수 중 하나와 이미 접촉하고 있었다. 박격포 팀은 자신들의 무기를 보여 주고 싶어 안달이 나 있었다. 전방 관측자와 협력해서 일하면서 M-23 박격포 탄도 컴퓨터를 이용하는 그들은 60밀리미터 포를 주차된 자동차의 선루프를 통과하게 만들 수도 있었다. 그 열두 개의 치명적인 무기가, 필요하면 도시 전체를 완전히 무너뜨릴 수 있을 만큼 충분한 탄약과 함께 준비되어 있었다.

코리건은 몇 초 전 그의 머리를 거의 날려 버릴 뻔했던 금속덩이가 찌그러진 채 불타고 있는 것을 보았다. 그는 시력 손상을 막기 위해 불타는 잔해로부터 시선을 돌리면서 잊지 말고 아파치 조종사들에게 시원한 맥주라도 한 잔 사야겠다고 혼잣말을 했다.

"레틀 스네이크 원."

무전 송신기에서 날카로운 목소리가 흘러나왔다.

"여기는 머스탱 원. 우리가 서쪽에서부터 접근해서 약 30초 안에 앞문 쪽으로 가겠다. 우리가 맡아야 할 목표물이 있나?"

네이비 실 대원들이 재빠른 사막 정찰 차량과 함께 진입하는 길이었다. 코리건으로서는 좋은 소식이 아닐 수 없었다. 일등 상사는 정정당당한 싸움 따위는 좋아하지 않았다. 그는 거리를 훑어보았다. 아파치 헬기의 로켓 공격이 지나갔기 때문에 적들이 전투 재개를 위한 준비를 하고 있는 것이 보였다. 몇 발의 총알이 코리건 앞쪽의 길에 와 박히며 먼지를 일으켰다. 그는 슬쩍 집 안으로 들어왔다.

"뚜렷한 것은 없다. 하지만 지붕을 조심하라."

코리건은 팀원들에게 간단한 상황 보고를 명령했다. 한 사람씩 보고가 들어왔다. 가벼운 찰과상이 약간 있었지만 심각한 문제는 없었다. 기관총 사수는 M240B 중기관총의 탄약을 요청했다. 코리건은 탄약이 심각하게 부족한 상태가 아니라는 것은 알고 있었다. 유격대원들이 움직일 수 없는 경우에는 사막 정착 차량이 추가 물품과 기관총 두 정을 내려줄 계획이었다.

코리건이 거리를 내다보는데 마침 차대가 낮은 둔 버기 두 대가 총을 쏘아대며 코너를 돌아오고 있었다. 아군의 거대한 50구경 기관총이 거리 양쪽의 지붕을 엉망으로 만들고 있었다.

첫 차량이 단단한 비포장도로에 두툼하고 우툴두툴한 타이어를 발톱처럼 밀착시키며 문 바로 앞에 와서 섰다. 두 번째 차량은 교차로로 돌아 들어와 우회전 도중에 멈추었다. 두 차량에 탑승한 대원들은 주위에서 움직이는 것이라면 가리지 않고 포화를 퍼붓기 시작했다. 코리건은 자신의 무기를 내려놓고 차에서 탄약 주머니 두 개를 집었다. 그는 그것들을 집 안쪽으로 던져 주고 M249 SAW와 탄약을 집었다.

늘 우쭐대곤 하는 그 차량 지휘관이 으르렁거리는 총성 너머로 코리건에게 소리쳤다.

"또다시 해군이 구해 준 거네!"

코리건은 무기를 잡으며 대꾸했다.

"구하긴 개뿔, 자리나 한번 바꿔 볼 텐가."

네이비 실 대원은 고개를 세차게 저었다.

"고맙네만 사양이야! 꼭 그래야 하는 경우가 아니라면 한 곳에 머물러 있는 건 싫네."

그는 왼손을 공중으로 들어 올려서 운전사에게 이동하라는 손짓을 했다. 그는 운전사가 엔진을 가속하는 동안 코리건에게 돌아서서 다시 미소를 지으며 소리쳤다.

"근처에 있을 거야! 필요하면 부르기만 하게!"

두 대원이 무전기를 통해 접촉 중이었고 차량 하나가 움직이기 시작하자 코너에 차를 대고 있던 차량도 출발했다. 그들은 계획에 따라 이제 집 뒤로 돌아가 탄약과 기관총을 내려주고 그 길에 적에게 공격도 가할 것이다. 그 후 그들은 도시의 서쪽 언저리로 이동해서 목표물을 찾고 측면을 방어하게 된다. 필요하다면 그들은 심각한 부상자를 피난시킬 것이다. 여섯 명의 그 네이비 실 대원들은 효율을 높이는 데에는 치고 빠지는 전술이 중요하다는 것을 알고 있었다. 한 곳에 지나치게 오래 머무르면 의료 수송이 필요한 처지가 되고 만다.

12

　도시에서 3천 미터 상공에서 선회하고 있는 랩은 스크린에서 구현되고 있는 전투를 지켜보며 레틀 스네이크 원에게 포로의 신상을 묻고 싶은 욕구를 억누르고 있었다. 지금 델타 대원들은 그들이 갈고닦은 기술을 이용해서 이 교전이 알라모 요새 꼴이 나지 않도록 하느라 바빴다. 할리 장군의 계획은 그들이 예상한 대로 진행되고 있었지만 전투의 향방은 언제라도 눈 깜짝할 사이에 바뀔 수 있었다. 적이 조직화된다면 레틀 스네이크 원과 그의 부하들을 괴멸시킬 가능성도 충분했다. 그렇지만 할리는 특히 다른 군사 병력이 전투에 가담하고 있는 이러한 상황에서는 적이 또 다른 전략을 선택할 것이라고 확신하고 있었다.

　수천 년 동안 이 마을의 사람들과 그들의 조상들은 산을 이용해서 침략자로부터 몸을 숨겼다. 그들은 게릴라전의 명수들이었다. 적을 친 뒤에 산속으로 사라지는 것이다. 사람이 지내기 힘든 산악 지형과 기후는 정복 부대가 가진 최대치의 공격력을 약화시켰다. 가장 최근에는 소련군이 게릴라전에는 자체 병력을 이용하지 말라는 현대전의 공리를 배우게 되었다. 그렇지만 소련과의 전쟁과 지금 벌어지고 있는 전투 사이에는 큰 차이가 있다. 과거 80년대에 CIA와 미 특수 부대들은 공산주의 침략국에 대한 전세를 역전시키는 데 도움이 되는 훈련과 물자를 제공했다. 특히 무자헤딘이라 불리는 이슬람 전사들에게 고성능 스팅어 지대공 미사일이 공급되었다.

탈레반과 알카에다는 과거 소련의 공격에 대항해서 그들을 지원했던 바로 그 후원자에 맞서야 하는 불운을 겪게 되었다. 그 최첨단 스팅어 미사일들은 지금은 시대에 뒤떨어진 기술이 되었다. 할리의 지휘를 받는 모든 헬리콥터와 비행기는 가장 최근에 개발된 가장 진보적인 지대공 미사일 이외에는 거의 모든 미사일을 막아내는 최신의 미사일 방어 시스템을 갖추고 있었다. 아직 탈레반의 무기고에는 몇 대의 스팅어가 남아 있었고 그들은 세월의 흔적을 고스란히 뒤집어 쓴 낡고 불안한 상태였다.

그것은 미국의 헬기를 격추시키기 위해서는 고사포나 RPG와 같이 훨씬 더 시대에 뒤진 방법들을 사용해야 한다는 의미였다. 어떤 것이든 강인한 미국의 헬리콥터에 대해서는 무용지물이었다. 낮은 고도의 저속 비행 시에는 가능성이 있겠지만 그런 경우에도 헬기들은 화력으로 대항할 수 있고 그렇다면 그 무기를 발사하고 있는 사람으로서는 자살 행위에 불과했다. 할리는 헬기를 잃고 싶지 않았다. 때문에 그는 끊임없이 전술을 변화시켜서 가능한 헬기들이 600미터 상공에서 움직이게 했다.

장군과 그의 기동 부대는 상대의 장기를 이용해서 탈레반을 물리치고 있었다. 그들은 공중 기동성과 화력을 겸비한 게릴라전 전술을 이용해서 전투 시간과 장소를 선택했다. 그들은 적을 쉴 새 없이 공격해 괴롭힌 뒤 수백 킬로미터 떨어진 기지로 퇴각하면서 적에게 좌절감을 일으키고 대규모의 사상자를 냈다. 할리와 그의 전사들은 그 악당들을 지치게 만들고 있었다.

랩은 지휘 통제 헬기에서 아래에서 벌어지는 전투를 지휘하는 여러 장교들 사이의 대화를 듣고 있었다. 엄호 비행을 하고 있는 아파치 헬기가 또 다른 장착 기관총과 마을 반대쪽 끝의 여러 건물을 파괴했다. 유격대원들의 박격포 일제 사격이 막 시작되어 마을의 남쪽 끝에 섬광을 퍼붓고 있었다. 몇 분 후 유객 대원들은 규칙적인 울림 소리와 함께 마을을 거쳐 가며 교차로마다 박격포 사격을 가하기 시작했다. 적의 탈출로를 산 쪽의 한 방향으로 만들기 위한 아이디어였다. 개별 유격대가 공격을 요청하는 경우가 아니라면 주택은 표적으로 삼지 않았다. 그 후 유격대원들은 한 번에 한 블록씩 급습해서 마을 전체를 점령할 것이다. 할리 장군은 가능한 테러리스트와 탈레반 단원을 비전투원과 구분하기를 원했다.

적을 알고 있는 할리는 랩에게 적들이 수 세기 동안 해 왔던 것과 같은 일을 할 것이라고 말했다. 산으로 도망치게 될 것이란 이야기였다. 장군은 거기에 더 큰 깜짝 선물을 준비해 두었다. 랩은 이 일을 이루기 위해 그가 기울인 노력에 만족감을 느끼지 않을 수 없었다. 그들은 국경 너머로 무기와 폭발물과 신병들을 밀수출하는 전사들이었다. 그들은 그들 생애에 처음으로 사람들에게 위생적인 음료수를 공급하고 길과 병원을 지어 주고 있는 미군을 매복 공격하는 이들이었다. 그들은 미국을 혐오하고 자유를 혐오하는 정치적, 종교적 광신도들이었다.

그들은 국경의 파키스탄 쪽에 있으면 안전할 것이라고 오판했다. 그들은 다시 한 번 그들의 적을 과소평가했다. 그들은 미국에게는 그들과 맞붙을 만한 용기와 의지가 없다고 생각했다. 그들은 자신들의 그릇된 정의에 눈이 먼 불한당이고 폭력배였다. 전쟁은 그들의 방식을 단념하게 만들 수 있는 유일한 방법이었다. 그들은 싸움을 걸 상대를 잘못 선택한 것이다.

첫 60밀리미터 박격포탄이 목표물을 향해 날아올랐고 그것이 내는 높은 음조의 휙 하는 소리가 전장 경험이 풍부한 사람들에게 차폐물을 찾을 1, 2초의 시간을 주었다. 코리건 역시 전장에서 단련된 사람이었다. 그는 재빨리 땅에 엎드려 몸을 둥글게 오므렸다. 유격대의 박격포 팀들은 나무랄 데 없는 솜씨를 가지고 있었지만 그들이 표적에 모든 신경을 집중시키지 않는 경우 어떤 일이든 일어날 수 있었다. 화력 지원과 근접 공중 지원은 미군 병력 사이에서 자국군을 희생시키는 가장 큰 원인이었다.

감사하게도 포탄은 세 블록 너머에서 폭발했다. 잠깐의 정적이 흐른 뒤 두 번째 발사가 이어졌다. 이번 폭발은 조금 더 가까웠고 몇 초 후에 또 다른 발사가 뒤따랐다. 코리건은 한쪽 무릎을 괴고 몸을 일으켜 창밖을 살폈다. 이윽고 빛이 만들어 내는 화려한 쇼가 펼쳐졌다. 박격포 팀들은 목표를 겨냥하고 치명적인 간접 조준 사격으로 그의 위치를 둘러싸고 있었다.

아주 짧은 순간 동안 상사는 포화를 받고 있는 사람들이 안됐다는 생각이 들었다. 그런 고충과 죽음, 파괴가 함께하는 전쟁은 무척이나 불쾌한 경험이었다. 하지만 보병에게는 포격을 받는 것보다 더 겁나는 일은 없다. 어떤 방법이든 간접 조준 사격이란 대단히 끔찍한 일이다. 응사를 할 수 없이 멀리에 있는 누군가가 당신이 있는 위치에 고성능 폭탄을 떨어뜨리고 있다면 당신의 생존 본능이 작동하기 시작하고 당신의 두뇌는 도망칠 것을 명령한다.

그렇지만 한 가지 문제가 있다. 도망가려 하면 유산탄에 조각이 나게 될 것이 거의 확실하다. 명중탄에 가루가 되지 않는 경우, 그 사람은 자신의 가장 강력한 생존 본능 중 하나와 싸워야 한다. 수천 년에 걸친 인간 진화를 무시한 채 자신이 서 있는 바로 그 자리를 지켜야 한다. 가능하다면 움푹한 땅 안이나 무거운 물건 뒤에 몸을 밀어 넣어야 한다. 필요하다면 포복을 하되 절대 일어서거나 뛰어서는 안 된다.

코리건은 거리 건너에서 빛나는 총구의 불빛을 보았다. 그는 어깨에 소총을 걸고 야시경의 시계를 통해 주위를 살폈다. 야간 투시경의 시야는 어둠 속의 움직임을 감지할 수 있을 정도였다. 그는 세 발의 총알을 쏘았다. 공격을 받은 쪽의 사람은 분명 죽거나 중상을 입었을 것이다. 자신에게 그런 일이 일어나지 않기를 바라는 코리건은 창문 반대편으로 이동했다.

건너편 건물의 지붕 위의 하늘에는 도시의 남쪽 끝을 공격하고 있는 박격포 집중 포화에서 발생한 섬광 전구와 같은 불빛이 빛나고 있었다. 그는 폭발들 사이로 띄엄띄엄 들리는 총성 소리가 높아지는 것을 식별할 수 있었다. 그것은 유격대원들이 전투에 참여하고 있다는 의미였다.

코리건은 일이 계획대로 진행되고 있다는 데 위안을 얻으며 아주 조금 긴장을 풀었다. 그의 부하 중 하나가 욕설을 쏟아내는 것을 듣고 잠시 동안의 안도는 사라졌다. 상사는 목을 위쪽으로 길게 빼 천장을 올려다 보았다. 욕설이 집 안에서 나오는 것 같이 들리지는 않았다. 목소리의 주인공을 알 수 있을 것 같았다.

"브라이언."

그는 무선기에 대고 소리쳤다.

"위에 무슨 일이 있는 건가?"

무서운 적막과 함께 욕설이 끊기고 대답이 돌아왔다.

"총에 맞았습니다."

"얼마나 심각한가?"

"어깨에 명중했습니다. 잠시 후면 더 자세히 알 수 있습니다."

"알았다. 계속해서 상황을 보고하라."

코리건은 카멜 전술 배낭에서 물을 꺼내 한 모금 마시고 앞문으로 되돌아갔다.

"상사님, 루입니다."

"무슨 일인가?"

코리건이 물었다.

"제가 포격을 하기 전에 적들 중 하나가 바닥에 있는 뚜껑 문 쪽으로 가려 하고 있었던 것 같습니다."

코리건은 얼굴을 찌푸리고 잠시 이 집들이 터널로 연결되어 있지 않을까 생각했다. 그렇다면 문제가 될 수 있다.

"바로 그쪽으로 가겠네."

일등 상사는 앞쪽 방에 있는 다른 대원들을 보았다. 세 명 모두 엄지손가락을 들어 보였다.

"곧 돌아오겠다."

그는 그 말과 함께 어두운 복도로 향했다.

13

랩은 소총 팀이 한 건물에서 다른 건물로 이동해 가며 도시에 진입하는 것을 지켜보았다. 다른 두 소대에 앞서 첫 소대를 이루는 마흔두 명의 유격대원이 중앙에 있었다. 그들의 임무는 레틀 스네이크 원의 위치로 곧바로 이동해서 방어선을 확보하는 것이었다. 그 과정에서 그들은 표적 주택으로부터 마을의 남쪽 끝까지 두 블록의 경로를 확보하기로 되어 있었다. 다른 두 소대는 마을로 한 블록만 진격해서 참호를 파는 측면 방어 부대 역할을 할 예정이었다. 각 소대는 특정 전투 지역이 지나치게 과열되는 경우 반동 부대로 이용할 한 개 분대를 예비해 두고 있었지만 그보다 이상적인 시나리오는 박격포 팀이 저항 세력을 처리하는 것이었다.

마을의 북쪽 끝을 빠르게 지나던 아파치 조종사가 탈출의 첫 번째 징후를 보고했다. 사람들이 산길을 향해 도보로 이동하고 있는 것이 목격된 것이었다. 랩은 모니터 중 하나를 확인했고 사람들이 산길을 올라가는 모습을 알아볼 수 있었다. 마을의 거리에서도 또 다른 열두 명 정도의 사람들이 산을 향해 움직이고 것을 알 수 있었다. 장군의 예상이 맞아떨어진 것이다.

랩은 모니터로 유격 부대의 선두 분대가 별 어려움 없이 마을을 가로지르고 있는 것을 보았다. 그들이 레틀 스네이크 원의 위치에 닿는 데는 단 2분이 소요되었다. 그들은 그곳에서 바로 방어선을 만들었다. 랩은 만족스런 미소를 지었다. 일이 계속 제대로 진행된다면 포로 후송을 곧 시작할 수 있을 것이다.

개별 부대들이 자신들이 맡은 구역을 확보했다고 보고하기 시작했다. 적의 저항이 약해지기 시작하면서 산으로의 탈출은 탄력이 붙었다. 랩은 예기치 못하게 지휘 통신망에서 자신이 언급되는 것을 듣게 되었다. 코리건 일등 상사가 할리 장군에게 이야기를 하고 있었다.

"이글 식스… 레틀 스네이크 원이다. 여기 아래에서 뭔가를 발견했다. 우리 손님이 살펴보고 싶을 것으로 생각된다."

할리 장군은 랩을 보며 물었다.

"무엇을 찾은 건가, 레틀 스네이크?"

"집 아래의 방을 발견했다. 두 대의 컴퓨터와 많은 비디오, 약간의 파일, 지도 몇 장이 있다."

할리 장군은 이 말에 놀라지 않았다. 그들은 거의 언제나 이러한 급습에서 뭔가를 발견하곤 했다. 하지만 일등 상사가 랩이 보고 싶어 할 것이라 생각한 이유에 대해서는 알 수가 없었다.

"손님이 우리가 발견한 것에 관심을 가질 이유가 뭔가?"

코리건의 대답에 할리와 랩은 불안한 눈빛을 교환했다.

"다시 말하라, 레틀 스네이크."

그 델타 대원은 이번에는 더 크게 대답을 반복했다. 그가 말을 마치자 랩은 자신의 립 마이크를 가리고 장군에게 소리쳤다.

"헬기를 당장 착륙시켜야겠습니다."

할리는 이의를 제기하지 않았다. 몇 초 후 블랙호크는 착륙장으로 향했다.

그들이 착륙하자 두 대의 고속 강습 차량이 그들을 기다리고 있었다. 랩이 헬기에서 내렸고 할리가 그의 뒤를 따랐다. 두 사람은 돌고 있는 프로펠러를 피해 기다리고 있는 차량으로 달려갔다. 랩은 얼마 전 비워진 두 번째 차량의 조수석으로 뛰어들었다. 그 옆에 서 있던 네이비 실 이 랩에게 헬멧을 건넸다. 그는 헬멧은 거절했지만 그 남자의 깨끗한 스키 고글을 받았다. 랩이 버클을 채우는 동안 할리 장군은 포좌에 기댔다.

엔진을 켜고 있는 블랙호크의 소음 너머로 할리가 말했다.

"지체하지 말게, 미치. 들어가서 상황을 살핀 뒤에 바로 빠져나오는 거네. 스케줄을 유지해야 해. 두 시간 정도 후면 해가 뜰 것이고 나는 그 전에 부하들이 모두 국경 너머로 돌아갔으면 하네."

랩이 고개를 끄덕였다.

"걱정 마십시오, 장군님. 늑장을 부릴 생각은 없습니다."

할리는 차에서 물러서며 소리쳤다.

"총에 맞으면 안 돼!"

그는 마을 쪽으로 엄지손가락을 움직였다.

"어서 가게, 서둘러!"

그 말과 함께 두 대의 차량이 들판을 가로질러 대로로 들어섰다.

박격포 팀들이 전투의 주도권을 잡았고 적들은 아주 난처한 일이 기다리고 있는 산길을 향해 전면 후퇴 중이었다.

산에서는 네이비 실 소대 하나가 매복해 있다가 튀어나오기 위해 준비하고 있었다. 개별 유격 부대는 적으로부터의 단발성 무차별 사격이 있다고 보고하고 있었지만 반격을 시작하기 위한 결연한 노력은 보이지 않았다.

유격대원들은 레틀 스네이크 원이 단독으로 확보하고 있는 위치 주위로 안전한 이동로를 만들었다. 이로써 마을 안으로의 이동이 대단히 안전해졌다. 고속 강습 차량 중 어떤 것도 총격을 받거나 가하지 않았다.

차량들은 탄환 구멍투성이가 된 집 앞에 멈추었다. 코리건이 바로 랩을 맞이했다. 이 일등 상사는 그를 안으로 데리고 들어갔다. 랩은 묶인 채 두건을 쓰고 바닥에 있는 포로들을 무시하고 코리건을 따라 침실로 향하는 복도로 들어섰다. 그 델타 대원은 손전등을 켜고 지하실을 비추었다.

"위장 폭탄이 있는지 간단한 확인은 했습니다만 조심하십시오."

랩은 고개를 끄덕이고 코리건으로부터 손전등을 받아들었다. 그는 바닥에 한쪽 무릎을 꿇고 구멍 안으로 발을 흔든 뒤 손전등을 입에 물기 전에 마지막으로 안을 확인했다. 그는 몸을 구부리고 두 손으로 출구의 다른 면을 잡고는 발이 축축한 흙바닥을 찾을 때까지 몸을 아래로 내려보냈다. 랩은 손전등을 잡고 천천히 360도를 돌았다. 몇 대의 컴퓨터가 사방에 닥치는 대로 쌓아 놓은 여러 개의 상자와 파일들과 함께 있었다. 그는 마지막 벽에서 자신이 찾던 것을 발견하고 얼어붙었다. 두려움과 믿을 수 없는 감정이 혼합되어 그의 혈관을 타고 흘렀다.

랩은 더 가까이로 움직이며 그가 너무나 잘 알고 있는 지도를 자세히 살폈다. 강과 도로, 공원, 지형지물들 모두가 그에게는 무척이나 익숙했다. 이 외딴 마을에서 그런 지도를 발견한 것은 그를 얼어붙게 만들 만한 일이었다. 하지만 지도만으로는 커져가는 그의 공포를 설명하기에 부족했다. 그의 두려움은 그 지도에 그려진 것에서 비롯되었다. 중심에서부터 동심원들이 그려져 있었고 각각의 원 옆에는 두 개의 숫자가 적혀 있었다. 하나는 기온이었고 다른 하나는 사망자 수였다. 여백에는 문제 지역의 기후 패턴을 분석한 메모가 쓰여 있었다.

랩은 그에게 얼마나 시간이 있을지 생각하며 뒤로 물러섰다. 그의 머리는 처참한 가능성으로 어질어질했다. 그는 이전에도 이러한 유형의 지도를 본 적이 있었다. 그것은 핵무기의 파괴력을 측정하는 데 사용되는 지도로 워싱턴 D.C.가 표적이라는 것을 보여 주고 있었다.

14

플로리다 해협

1만 3천 킬로미터쯤 떨어진 플로리다 동부 해안에는 땅거미가 내리고 있었다. 44피트 파워 요트는 수로 사이를 지나 메리트 국립야생보호구역의 작은 만으로 향하고 있었다. 알 야마니에게는 정말 길게 느껴지는 하루였다. 그 배의 선장을 죽인 후 그는 연료 탱크를 채우기 위해 포트 피어스에 단 한 번 멈춘 것 외에는 600여 킬로미터를 내리 항해했다. 다행히 날씨가 도와주었고 그는 여정의 거의 3분의 1은 자동 조종 장치를 이용했다. 열두 시간 동안 끊임없이 그의 신경을 자극한 밝은 해와 바람 때문에 그는 다소 지쳐 있었다.

이제 조용하고 좁은 만을 5노트(시속 9.2킬로미터)가 되지 않는 속도로 움직이다 보니 그는 무엇인지 알 수도 없는 동물들의 울부짖음 소리에나 가끔 중단되는 섬뜩한 고요와 마주하게 되었다. 알 야마니는 바다와 친밀한 사람이 아니었다. 그는 사우디아라비아의 알바하 지방에서 성장했고 최근까지 수영하는 법도 몰랐다. 배에 대한 그의 지식은 모두가 지난해 순교자를 카스피 해를 통해 북이란에서 카자흐스탄으로 이동시키는 것을 돕다가 얻은 것이었다. 그는 이란인 선장이 노쇠한 평저 바지선을 조종하는 방법을 면밀히 살폈다. 감언이설로 한참을 꼬드긴 후에야 선장은 이 이슬람 전사에게 바닷길에 대해 알려 주었고 그때도 알 야마니는 미국으로 들어가는 비정규적인 노선을 찾아야 한다는 것을 알고 있었다.

배기구가 수면 높이에서 꿀렁대는 동안 쌍발 엔진이 부르릉 소리를 냈고 알 야마니는 다시 악어와 마주치지 않게 해 달라고 또 한 번 기도를 했다. 그런 반갑지 않은 만남에 대한 생각에 등골이 오싹해졌다. 그는 용감한 사람이었지만 사우디아라비아의 황량한 풍경 속에서 자라났고 그런 파충류들을 보면 거의 발작을 일으켰다. 그는 이미 물이 솟구치는 소리를 여러 번 들었고 껍질이 단단한 그 짐승이 좁은 수로를 따라 오고 있는 것을 상상할 수 있었다.

알 야마니는 밝은 탐조등을 켜고 싶은 충동을 억누르고 야간 항행등을 켜고 있었다. 완전히 소등하는 편이 더 좋긴 했지만 혹시 지역 해경, 아니 더 심하게는 마약단속국 요원들과 우연히 마주칠 경우 마약을 운반하고 있는 것으로 오해를 받을 수 있었다. 그의 목적은 그런 불법적인 물질을 수입하는 것보다 훨씬 고귀한 것이었다. 그것은 그의 사람들과 이교도 사이에서 지속되고 있는 전투의 일부였다. 수천 년 이상 계속되어 온 전투 말이다.

알 야마니는 한 손을 조절판 위에 얹고 다른 한 손으로 핸들을 잡은 채 계기판의 GPS 정보를 살폈다. 그는 모든 좌표를 암기하고 있었다. 그는 페샤와르라는 파키스탄 북부 도시의 암시장에서, 은퇴한 러시아 정보국 관리로부터 위성 지도를 구입했다. 그 러시아인은 알 야마니가 상륙해야 하는 지점까지 일러 주었다. 560제곱킬로미터에 달하는 이 보호구역은 NASA가 소유, 운영하고 있었다. KGB는 오랫동안 사람들을 보호구역으로 들여보내고 내보내면서 미국인들이 우주 개발을 놓고 벌이고 있는 경쟁을 위해 무슨 일을 하고 있는지 감시했다.

무스타파 알 야마니는 천성적으로 신중한 사람이었다. 하지만 미국과 같이 거의 무한정한 자원을 가진 적과 겨루게 되면서 그러한 그의 성격은 거의 편집증에 가까워졌다. 이 임무에 착수하기 전 그는 수년간 스파이로 있던 추종자들에게 암호화된 이메일을 보냈다. 그들 중 지시에 따라 자신이 만나게 될 사람의 이름이나 얼굴을 아는 이는 없었다. 시간과 장소, 그리고 자신의 임무가 아주 높은 곳에서 내려왔다는 것을 알 뿐이었다. 일이 잘못될 경우를 대비한 대체 장소가 두 개 더 있었다.

FBI는 미국인 이슬람교도들에 대한 감시의 정도를 눈에 띄게 높였다. 때문에 그들은 극히 조심해야 했다. 그것은 와하비파의 엄격한 이슬람 교리를 고수하지 않는 접선자를 이용하는 것은 아주 불행한 결과를 부른다는 의미였다. 알 야마니는 헌신적인 사람들과 일하는 데 익숙했다. 무조건적으로 기꺼이 자신을 희생하고자 하는 그런 사람들 말이다. 그는 오랫동안 그러한 사람들을 많이 알아왔고 지난 몇 달간은 본 적도 없고 이해도 하지 못하는 침묵의 암살자에게 목숨을 빼앗긴 수십 명의 사람들을 보았다. 땅이 너무나 오염되어서 몇 가지 돌연변이 형태의 생물만이 생존하고 있는 카스피 해 북쪽 끝의 신께 버림받은 땅에서 일어난 일이었다.

알 야마니의 앞날도 멀지 않았다. 그 역시 치명적 수준의 방사능에 노출되었었다. 하지만 그의 용감한 무자헤딘들은 아니었다. 그는 메스꺼움이나 발열과 싸우는 데 도움이 되는 알약을 먹었다. 하지만 치료제는 없었다. 무스타파 알 야마니는 산송장이나 마찬가지였다. 그렇지만 이슬람을 위해 영광의 일격을 날려 줄 만한 생명은 남아 있었다.

미국이란 거대한 나라는 완벽한 방어가 가능하기에는 해안선이 너무나 길었다. 그것이 이 거대한 악마의 확연히 두드러지는 약점이었다. 알 야마니는 자기 작전의 모든 면에서 그 점을 이용할 계획이었다. 그의 목에는 1천만 달러가 걸려 있었다. 그의 사람들 중 몇몇이 현상금의 유혹에 넘어갔었다. 파키스탄과 사우디 정보국의 스파이가 그에게 정보를 제공하지 않았다면 그는 다시는 햇빛을 보지 못하고 어딘가의 지하 감옥에서 썩어가고 있었을 것이다. 대신 그는 교만한 미국인들을 향해 궁극의 테러 무기를 폭파시킬 참이다.

알 야마니는 GPS를 다시 살피고 조절판을 당겨 엔진을 중립에 두었다. 그가 접선자를 만나게 될 작은 다리가 그리 멀지 않았다. 흐릿한 달빛 속에서 다리를 겨우 알아볼 수 있었다. 은퇴한 KGB 관리는 그에게 보호 구역의 수로들은 만조 시에만 가끔 항행할 수 있다고 알려 주었다.

그는 44피트 리바라마의 흘수를 보고 한 시간을 기다리면 접선자를 만나게 될 것이라고 계산했다. 그 시간이 지나기 전에 떠나지 않으면 그는 수로에 갇히게 될 것이다.

그는 솜씨 좋게 기어를 넣고 그 매끈한 배를 앞으로 움직였다. 잠시 뒤 작은 다리를 확실히 볼 수 있었다. 약 15미터를 남기고 그는 조절판을 당겨 엔진을 껐다. 보트가 천천히 앞으로 미끄러져 가는 동안 알 야마니는 다가오고 있는 자동차 소리나 의심스러운 소음이 없는지 귀를 기울였다. 제 할 일을 하는 야행성 동물들의 불협화음 이외에는 아무 소리도 없었다.

뱃머리가 강철 대들보 아래로 미끄러져 들어갔고 알 야마니는 손을 뻗어 대들보를 잡았다. 앞유리가 불과 30센티의 사이를 두고 녹슨 지지대를 통과했다. 알 야마니는 천천히 앞으로 움직이는 보트를 세우고 다시 바다로 도망쳐야 하는 경우를 대비해서 배를 돌리기 시작했다. 그가 올라온 쪽으로 배의 방향을 바꾼 뒤 그는 보트를 묶고 해안으로 올라갈 만한 지점을 찾았다. 사물을 자세히 살필 수 있을 만큼 충분한 빛이 없었기 때문에 알 야마니는 갈대 속 어딘가에 악어가 기다리고 있다는 생각을 떨칠 수가 없었다. 그는 결정을 내리지 못하고 배의 후면 근처에 서 있었다. 무턱대고 풀밭으로 뛰어 오르지 않는 한 손전등을 이용하는 방법밖에 없었다. 그가 알지 못하는 것들에 대한 공포에 사로잡혀 서 있는 동안 키가 큰 풀들 사이로 무엇인가가 움직였고 그것이 그를 대신해서 결정을 내려주었다.

알 야마니는 아래로 내려가 손전등을 집어 들고 냉장고에서 청량음료 한 캔을 꺼냈다. 그는 전등을 아래로 향한 채 불을 켰고 캔을 긴 풀숲으로 던졌다. 뭔가가 빠르게 움직였고 알 야마니는 불빛으로 그것이 물속으로 황급히 달아나는 것을 어렴풋이 볼 수 있었다. 털이 있는 동물이었다. 분명히 악어는 아니었다. 그는 으르렁거리는 듯한 소리로 혼잣말을 뱉고는 가방을 집어 들었다. 밖에 뭐가 있든 그가 그것에 대한 두려움보다는 그것이 그에게 가지는 두려움이 더 클 것이다. 악어만 예외로 하면 말이다. 엔진실 꼭대기에 올라선 그는 마지막으로 주위를 한 번 둘러보고 해안으로 뛰어내렸다.

　그는 한 발로 착지한 뒤 잠시 휘청거리다가 중심을 잡았다. 알 야마니가 위장을 하고 비행기 편으로 미국에 들어올 수 없는 가장 큰 이유는 오른쪽 다리의 무릎 아래로 의족을 하고 있기 때문이었다. 이 젊은 사우디인은 열여섯 살에 아프가니스탄으로 보내져 소련군과 싸워야 했다. 지뢰를 밟은 후 그는 오른쪽 종아리를 잃은 채 고향으로 돌아왔다. 의족을 하고 있기 때문에 하지 못하는 일은 거의 없었다. 하지만 공항의 금속탐지장치를 통과하는 것은 불가능한 일이었다. 사우디 정보국에 있는 스파이 중 하나가 미국인들이 그에 대해 모든 것을 알고 있다고 알려 주었다. 알 야마니는 그들의 모든 감시 대상자 명단에 올라 있었고 다리를 잃은 아랍인을 가려내는 것은 그리 어려운 일이 아니었다.

　마음을 가라앉힌 그는 낮게 몸을 수그리고 둑을 오르기 시작했다. 그는 꼭대기에 도착하자 길게 자란 풀숲 안에 남아 길의 양쪽 방향을 응시했다. 예상대로 길은 비어 있었다. 블랙 포인트 드라이브라고 불리는 그 길은 관광객들이나 자연을 사랑하는 사람들이 보호구역의 야생 동물들을 가까이에서 보기 위해 이용하는 11킬로미터에 걸친 환상선의 일부였다.

　다가오는 자동차의 불빛은 보였지만 아직 소리는 들리지 않았다. 심장 고동이 빨라졌고 뺨은 축축해졌다. 자동차가 커브를 돌아 바로 그가 있는 쪽으로 향했다. 알 야마니는 납작하게 엎드려 고개를 숙였다. 자동차의 소음이 커지다가 이내 멈추었다. 알 야마니는 공회전하는 엔진 소리를 들을 수 있었고 다음으로 그의 지시에 따라 헤드라이트가 꺼지고 시동이 꺼졌다. 자동차가 계속 공회전을 하고 있었다면 알 야마니는 그것을 미행이 있다는 신호로 받아들였을 것이다.

　그는 긴 풀들 사이로 시야를 확보할 수 있을 정도로만 몸을 일으키다가 길 반대편에서 기다리고 있던 은색 포드 타우르스를 보았다. 운전석의 문이 열리고 한 남자가 나와 담배에 불을 붙였다. 지금까지는 문제가 없었다. 알 야마니는 그를 잠시 관찰한 뒤 가방을 들고 일어섰다.

　처음에 그 남자는 알 야마니가 풀숲에서 걸어 나오는 것을 보지 못했다. 알 야마니는 길의 중간쯤에 이르러 살며시 입을 열었다.

"알라후 아크바."

그 남자는 재빨리 몸을 돌렸고 그 바람에 담배를 떨어뜨릴 뻔했다. 그는 눈을 크게 뜨고 덜 차분한 목소리로 그 말을 되풀이했다.

알 야마니는 기분이 좋았다. 이 젊은이가 불안해한다는 것은 그가 이 일을 진지하게 생각한다는 의미였다. 그는 아라비아어로 물었다.

"확실히 미행이 없었나?"

"그렇습니다. 명령대로 두 달간 모스크에 가지 않았습니다."

알 야마니는 만족스럽게 고개를 끄덕이고 동료를 끌어안았다. 한동안은 그를 살려 둘 생각이었다.

15

워싱턴 D.C.

아이린 케네디는 지난 두 시간 동안 아들의 숙제를 도와주었다. 시간이 늦었고 그녀는 무척 지쳐 있었다. 두 사람에게는 잠이 필요했다. 토미에게는 1학년 생활이 사흘 더 남았고 그는 곧 학교에서의 서열이 높아진다는 사실을 엄청나게 자랑스러워했다. 케네디는 토미의 담임이 더이상 존슨 부인이 아니라는 게 기뻤다. 이번 주만 지나면 여름이었다. 그리고 그녀는 아직 중간고사를 치르는 학생처럼 숙제를 해야 했다.

케네디는 양치를 하라며 아들을 욕실로 보내고 나서 욕조에 물을 받기 위해 복도로 나섰다. 그녀가 돌아왔을 때 아들은 벌써 이불 속에 있었다. 이를 대충대충 닦은 것이 분명했지만 케네디는 그것을 문제 삼기에는 너무 지쳐 있었다. 아이는 예의바르고 친절했고, 성적도 완벽했으며, 말썽과는 거리가 멀었다.

긍정적인 말로 하루를 시작하고 긍정적인 말로 하루를 마무리한다. 그것이 그녀의 모토였다. 적어도 집에서는 말이다. 다른 일들은 그녀가 어찌할 수 있는 것이 아니었다. 캐피틀 힐의 정치인들, 대통령과 그의 보좌관들, 언론, 랭리에 있는 그녀의 사람들 중의 일부까지도. 케네디는 토미가 기도하는 것을 들은 후 아이의 이마에 입을 맞췄다.

"사랑한다, 우리 아가."

아들은 이제 엄마의 손에서 떠나고 있었다. 그녀가 아이를 침대까지 안아다 주던 때가 엊그제 같았다. 아이가 엄마의 눈을 보며 사랑한다고 말하던 때가 그리 오래지 않았다. 하지만 이제 아이는 여자들을 모두 이 상한 존재라고 생각하는 바보스런 단계에 들어서고 있었다. 여기서의 여자들에는 물론 엄마도 포함된다. 케네디는 아이의 등을 문지른 뒤 일어서서 방을 나왔다.

아이 보는 일이 끝나자 그녀는 이제 자신에게로 주의를 돌릴 수 있었다. 길고 느긋한 목욕이면 안성맞춤일 듯했다. 한 30분 동안은 사소한 문제들 외에는 모두 잊어버릴 생각이었다. 그녀는 걸어서 드나들 수 있는 작은 벽장으로 들어가 옷을 벗었다. 드라이크리닝 바구니에 실크 블라우스를 넣은 뒤 욕실로 향했다. 갈고리 발톱 모양의 발이 있는 구식 욕조에 물이 반쯤 차 있었고 물에서는 김이 나고 있었다. 케네디는 목욕 오일을 조금 넣고 물을 잠갔다. 이제 그녀가 할 일은 다음 사흘을 헤치고 가는 것뿐이었다. 그 뒤에는 아들과 함께 길고 편안한 주말을 보낼 것이다. 그녀와 토미와 그녀의 어머니는 바닷가에 사는 사촌들을 만나러 갈 계획이었다. 태양과 서핑, 즐거움으로 가득한 주말이 될 것이다. 여름을 시작하는 가장 완벽한 방법이었다. 그녀의 희망은 그랬다. 그녀는 일 때문에 불려나간 채 그녀의 어머니와 토미가 그녀 없이 바닷가에서 주말을 보낼 확률이 상당히 높긴 하지만 말이다.

케네디가 막 물에 발을 담그려는데 독특한 전화 벨소리가 그 순간의 고요를 산산조각 냈다. 여간해서는 동요하지 않는 그녀가 몸을 돌려 흰 전화기와 반짝이는 붉은 불빛을 노려보았다. 그녀의 보안 전화에는 음성 메시지 기능이 없었다. 그녀가 전화를 받지 않으면 그들은 그녀의 경호특무대 책임자에게 전화를 걸 것이고 그는 정중히 위층으로 올라와 침실 문을 두드릴 것이다.

케네디는 문에 있는 고리에서 가운을 잡아채 침대 머리맡에 있는 탁자로 걸어갔다. 안경을 쓰지 않은 그녀는 힘겹게 화면의 작은 글씨를 읽었다. 케네디는 첫 글자를 알아보고 그것이 CIA 세계작전본부라고 판단했다. 케네디는 수화기를 들고 피곤하긴 하지만 차분한 목소리로 말했다.

"케네디 국장입니다."

상대의 목소리는 약간 멀고 지직거리는 것처럼 들렸다.

"아이린, 미치입니다."

케네디는 침대 머리맡의 시계를 보았다. 오후 10시에 가까운 시간이었다. 그것은 랩이 있는 곳은 오전 6시라는 의미였다.

"일은 잘 되고 있나요?"

"예…."

"어디예요?"

"다시 국경을 넘는 길입니다. 잘 들으십시오. 국장님을 놀라게 할 생각은 없지만 이 마을에서 아주 심각한 정보를 찾았습니다. 국장님이 대테러센터의 서남아시아분과 사람들을 사무실로 부르고 칸다하르의 사령관에게 전화를 한 뒤 내가 원하는 모든 것을 할 수 있도록 전권 위임을 요청하십시오. 특히 통역사가 필요합니다."

케네디는 미간을 찡그렸다.

"얼마나 급박한 상황인가요?"

"확실치 않습니다."

"그렇다면 왜 그렇게 서두는 거죠?"

케네디는 충분한 근거 없이 행동에 나서는 것을 좋아하지 않았다.

"제가 이 문제에 대해서는 빨리 움직여야만 한다고 말한다면 그냥 저를 믿어 주십시오."

케네디는 그의 목소리에서 뭔가를 감지했다.

"미치, 조금 당황한 목소리예요. 무슨 일이에요?"

랩은 바로 대답하지 않았다.

"모든 것을 더 면밀히 확인할 기회를 갖기 전까지는 모두를 놀라게 하고 싶지 않습니다. 하지만 표적 건물 아래에서 지하실을 하나 발견했습니다."

"어떤 종류인데요?"

케네디는 이제 서 있었다.

"파일이 가득했습니다. 대부분이 파슈토어로 되어 있습니다. 일부는 아라비아어고요. 컴퓨터 몇 대와 지도도 몇 장 있습니다."

"그리고요?"

랩이 이렇게 급박한 전화를 하게 만든 무엇인가가 분명히 있을 것을 아는 케네디가 물었다.

긴 침묵이 이어진 후 랩이 말했다.

"지도 중 하나는 워싱턴 지도입니다. 핵폭발의 영향을 보여 주는 지도입니다."

"세상에."

케네디는 다시 자리에 앉았다. 그녀가 가장 두려워하는 것에 생각이 닿았다.

"아이린, 필요한 대로 적당히 발뺌을 하고 계십시오. 그리고 저에게 몇 시간만 이 문제를 자세히 조사하게 해 주십시오. 모두가 발끈해서 방해를 하기 전에 말입니다."

케네디의 머릿속에는 온갖 가능성이 떠올랐다. 어떤 것도 좋은 것은 없었다. 지난 금요일 금융의 움직임, 뭔가 중요한 일이 벌어지고 있다는 내용의 도청 자료, 그리고 이것.

"내가 이걸 쥐고만 있을 수 있을지 모르겠어요, 미치. 1분도 못하겠어요."

"그저 몇 시간만 달라는 것뿐입니다."

랩은 그녀의 마음속에 어떤 생각들이 있는지 알고 있었다. 그는 그들이 정부상시운용방안이라고 부르는 계획을 본 적이 있었다. 단 한 시간이면 수천 명을 놀라게 할 일과 연관되어 있었다.

"이 요정이 램프에서 빠져나오는 날에는 다시 집어넣을 방법이 없습니다. 우리 의견을 검토하고 그 일이 모두 공상에 불과한 것인지 실제로 물건을 손에 들고 있는지 알아볼 시간을 주십시오."

케네디는 더 이상 랩의 말을 듣고 있지 않았다. 그녀의 마음은 대통령과 부통령, 하원의장, 상원 의장대리, 국무장관, 재무장관이 모두 워싱턴에 있다는 사실에 가 있었다. 몇몇 사람은 이동시켜야 했다.

"아이린, 오늘은 화요일 밤입니다. 이 사람들이 어떤 식으로 일하는지는 알고 계시죠? 그들은 최대한의 노출을 원합니다. 그들이 이 일을 한다면 도시가 사람으로 가득한 백주 대낮이 될 겁니다."

케네디는 미간을 짚었다.

"당신이 옳을 수도 있겠죠. 하지만 그걸 믿고 도박을 할 수는 없어요."

준비된 계획이 있고 따라야 하는 규칙이 있었다.

"그들이 폭탄을 가지고 있는 경우 우리의 최우선 과제는 그들이 그것을 폭발시키지 못하게 하는 것입니다. 그러기 위해서는 시간이 필요합니다. 몇 시간 동안만 이상한 일을 벌이지 못하게 해 주십시오. 제가 부탁드리는 건 그것뿐입니다."

목소리는 또렷하게 들리지 않았지만 그래도 그녀는 그의 어조에 간절함이 담겨 있다는 것을 알 수 있었다. 마지막으로 그녀가 말했다.

"필요한 것은 뭐든지 하세요, 미치. 빨리 진행하도록 하고 더 알게 되는 것이 있으면 바로 전화를 주세요. 전 이제 가 봐야 해요."

케네디는 전화가 끊기고 나서도 전화를 놓지 못했다. 그녀의 마음은 자신이 들은 모든 것을 이미 알고 있던 정보와 함께 생각해 보려고 줄달음 치고 있었다. 그녀는 워싱턴의 유력 인사들이 공격이 임박했다는 신호를 완전히 놓치고 있었던 과거의 비슷한 상황을 떠올렸다. 그들은 아무런 행동을 취하지 않음으로써 수천 명을 죽음에 이르게 했다. CIA 국장은 극적인 변화로 가는 티핑 포인트에 이르러 있었다. 그녀는 행동 방침을 정했다. 미묘하고 위험한 길을 걷게 되었지만 주어진 상황에서는 다른 방도가 없었다.

16

　대통령의 개인 서재는 대통령 관저의 2층에 위치하고 있었다. 헤이즈 대통령은 구두를 벗고 발을 올린 채, 한 손에는 술잔을, 다른 손에는 책을 들고 있었다. 일찍 일어나는 그는 술을 한잔한 뒤에 침대로 직행할 생각이었다.

　문을 두드리는 단호한 노크 소리가 들렸고 헤이즈가 미처 대답을 하기 전에 문이 열렸다. 당직 특무대의 책임자인 비밀경호국 요원 베스 요르겐슨이 걸어 들어왔다.

　"방해해서 죄송합니다, 대통령님. 하지만 일이 좀 생겼습니다."

　요르겐슨은 대통령의 책상 쪽으로 단걸음에 걸어와 보안 전화를 들었다.

　그녀는 헤이즈에게 수화기를 건네며 말했다.

　"케네디 국장이 통화를 원하고 있습니다."

　헤이즈는 여전히 책과 술잔을 들고 있어서 처음에는 움직일 수가 없었다. 뭔가 보통을 벗어난 일이 생기고 있었다. 그는 좋지 않은 일이라는 느낌을 받았다. 그는 술잔을 천천히 내려놓고 전화를 받았다.

　"아이린?"

　"대통령님, 알고 계셔야 할 상황이 있습니다."

　케네디는 랩이 그녀에게 전한 정보를 전달하고 오전에 대통령에게 브리핑한 정보를 되풀이했다.

그녀의 이야기가 끝난 후에도 헤이즈는 바로 대답을 하지 않았다. 약간 망설이며 대통령이 당연한 말을 했다.

"좋은 소식은 아닌 것 같군."

"그렇습니다, 대통령님."

케네디가 말을 잠시 멈추었다. 그녀는 대통령이 자신의 다음 제안을 좋아하지 않을 것이란 사실을 알고 있었다. 하지만 하지 않을 수 없었다.

"예방 조치로 대통령님과 영부인께서 오늘 저녁 벙커에서 보내시는 것이 좋겠습니다."

대통령은 관저 밑에 있는 시멘트 무덤을 생각했다. 그는 이전에 그곳에서 울적한 며칠을 보낸 적이 있었고 다시 그곳에 발을 들여놓고 싶은 마음이 없었다.

"조금 진정하자고, 아이린. 지도 한 장을 우리 일의 근거로 삼을 순 없지 않나."

"그렇습니다, 대통령님. 하지만 그것은 단순한 지도가 아닙니다."

비밀경호국 요원 세 명이 방으로 들어왔고 헤이즈는 일이 이미 진행되고 있다는 것을 알아차렸다.

"아이린, 너무 서두르고 있네. 벌써 비상 대피를 승인한 건가?"

"아닙니다, 대통령님. 대통령님의 승인을 구하지 않고도 그렇게 할 수 있는 권한이 제게 있기는 하지만 말입니다."

케네디는 조심스럽게 단어를 골랐다. 그녀는 일정한 의사 결정권자들을 워싱턴으로부터 피신시킬 수 있는 정부상시운용방안을 실행할 권한이 있었다. 그러한 계획은 가볍게 착수할 수 있는 것이 아니었다. 효력이 발휘된 후 공지가 되고 언론이 그것은 대서특필하면 전국적인 공황 상태가 뒤따를 것이기 때문이다.

"무슨 말인가?"

"대통령님, 아직은 노아의 방주 작전을 실행할 준비가 되지 않았지만 대통령님과 영부인께서 지하로 내려가셔서 오늘 밤을 지내는 것이 보다 신중한 처사가 될 것이라고 말씀드리는 겁니다."

"아이린, 자네가 너무 앞서가고 있다는 생각이 드는데."

케네디는 단념할 생각이 없었다.

"대통령님, 정말 심각한 문제가 있습니다. 대통령님과 부통령뿐 아니라 하원 의장, 상원 의장대리 그리고 내무장관을 제외한 모든 내각 구성원이 워싱턴에 있습니다."

"아…. 알겠네."

핵무기가 워싱턴 D.C.를 날려 버리면 내무부 장관이 대통령이 될 것이고 그도 충분히 괜찮은 사람이긴 하지만 비극적인 국가 비상시국에 신뢰를 고취시킬 만한 인물은 되지 못했다.

"대통령님, 식당이나 침실에서 사람들을 끌어내기에 시기상조라는 것에는 저도 동의합니다. 미치가 이후 몇 시간 안에 더 많은 것을 알아내겠다고 말했습니다. 그때까지는 대통령님이 표적에서 비켜나 있다고 믿을 수 있다면 제 마음이 훨씬 편하겠습니다."

그녀는 의도적으로 표적이라는 단어를 선택했다.

불편한 침묵이 이어진 후 헤이즈는 자신이 책임져야 하는 상황이라는데 한 점의 의혹도 없는 어조로 대답했다.

"상황실로 내려가서 이 일을 지켜보기로 하겠네."

이전에 이미 벙커가 아닌 상황실에 갈 가능성에 대한 위협 수준 분석을 한 적이 있었다. 상황실은 벙커가 아니었지만 건물 앞에 주차된 트럭이 폭파해도 견딜 수 있는 정도의 강화 콘크리트로 만들어져 있었다. 아무런 대비가 없는 것보다는 나았다. 그녀는 지금 할 수 있는 한에서 최대로 밀어붙였다. 그리고 대통령이 자기 일을 하는 것을 막을 수는 없는 일이었다.

"영부인님은 어떻게 하시겠습니까?"

"아이린… 자네도 그 사람을 잘 알지 않나. 아무도, 자네 사람들이라고 해도 그 사람을 오늘 밤 벙커에서 지내게 만들 수는 없네."

"최소한 여쭈어보기라도 하는 게 어떻겠습니까?"

"시도는 해 보지. 그리고 15분 후에 자네에게 전화를 해서 업데이트 상황을 듣기로 하겠네."

헤이즈는 전화를 끊고 아직 다 마시지 못한 술을 바라봤다. 좋은 버번을 버리기는 싫었지만 오늘은 길고 피곤한 밤이 될 것 같았다. 그는 작은 테이블에 술잔을 남겨 두고 아내에게 가서 잠깐 상황실에 가 있겠다고 말했다. 케네디에게 한 약속에도 불구하고 그는 아내에게 벙커에서 밤을 보내라고 말하는 시간 낭비는 하지 않았다.

17

아프가니스탄

랩은 지하에서 발견한 정보의 금광을 그 자리에서 면밀히 조사할 수 있도록 시간을 달라고 요청했다. 하지만 할리 장군은 그의 요구를 거절했다. 익숙지 못한 지역에서 적을 막는 것은 쉬운 일이 아니었다. 더구나 장군은 작전이 정확하게 예정대로 수행되기를 원했다. 할리는 ATV 한 대를 마을로 보냈고 랩은 델타 요원들의 도움으로 소형 트레일러에 집 지하실에서 나온 지도와 파일, 컴퓨터를 실었다.

케네디와의 통화는 여러 가지 일을 명확하게 해 주었다. 랩은 빠르게 움직여야 했고 그것은 곧 몇 가지 규칙을 어겨야 한다는 의미였다. 그는 칸다하르 공군 기지에 착륙하기 전에 모든 준비를 마쳤다. 반드시 필요한 방법이었다. 군에는 너무나 많은 규칙이 있었다. 좋은 사마리아인들이나 열광적인 복음 전도자들 그리고 일반적으로 그들의 필생의 사명이, 모든 일을 책에 따라야 한다고 생각하는 사람들의 규칙보다 더 많았다. 랩이 착수하려는 일은 책에 따라서는 해결이 되지 않는 것이었다. 아마도 그런 전례는 없었을 것이다.

랩은 할리 장군에게 상황을 설명했고 이후 지휘 통제 헬기에 있는 다른 대원들에게 이렇게 말했다.

"뭘 해야 할지 알고 있겠지?"

그들은 모두 고개를 끄덕였다. 작전에 대한 녹음테이프는 전체를 삭제하거나 그게 아니라면 최소한 기밀 부분을 삭제해야 했다. 델타 대원들은 다른 명령이 없는 한 함구할 것이고 유격대원들은 질문을 하지 않을 만한 양식이 있는 사람들이었다. 그러면 남게 되는 것은 그들이 향하고 있는 기지에 있는 다른 수천 명의 인력이다. 그들은 한담을 지껄이고 소문 퍼뜨리기를 좋아했다. 랩이라는 인물의 존재만으로도 그 사람들을 흥분시키기에 충분했다. 때문에 그는 신중해야 했다.

치누크 헬기들 중 한 대의 바닥에 손발이 묶이고, 재갈이 물리고, 두건이 씌워져 쓰러져 있는 다섯 명은 미군에 관련된 한에서는 더 이상 존재하지 않는 사람들이었다. 그렇지만 랩은 그들이 아주 멀쩡히 살아 있다는 것을 알고 있었다. 적어도 지금으로서는 말이다. 그리고 그는 그들이 그 상태를 유지하게 될지 여부를 결정하는 사람이 될 것이다. 그가 시행하려는 계획에 기초하면 적어도 한 명은 죽게 될 것이 거의 확실했지만 말이다.

지휘 통제 헬기 블랙호크가 칸다하르의 기지에 착륙한 것은 해가 막 떠오른 때였다. 랩은 그가 찾고 있는 사람이 토요타 4러너 앞에 서 있는 것을 보았다. 랩은 블랙호크의 문이 열리자마자 헬기에서 뛰어내려 활주로를 건너갔다.

자말 우르다는 해병대 출신으로 CIA에서 8년간 일한 베테랑이었다. 태어나면서부터 이슬람교도인 그는 이란 이민자의 아들로 탁월한 언어 능력을 가지고 있었으며 페르시아와 아랍 문화에 대한 직관적인 이해력을 가지고 있었다. 우르다는 9 · 11 이후 탈레반이 장악한 나라에 처음으로 도착한 사람이었다. 그는 달러 다발을 들고 중무장한 전직 특수 부대 요원들과 함께 북에서부터 진입했다. 뒤이어 몇 달 동안 우르다와 그와 비슷한 다른 몇몇의 사람들은 아프가니스탄의 광범위하고 강력한 지도자들과 협상을 벌였다. 지도자들에게는 이런 간단한 선택권이 주어졌다. 한 배에 타고 탈레반 괴멸을 돕는 경우 미국은 당신들에게 빳빳한 100달러 지폐가 가득한 서류 가방을 제공할 것이다. 거절하면 우리는 당신 집에 2천 파운드짜리 레이저 유도 폭탄을 떨어뜨릴 것이다.

우르다는 협상에서 대단한 성공을 거두었고 이번에는 CIA 작전 국장이 그를 칸다하르의 선두 척후병으로 내세웠다. 랩은 여러 다른 상황에서 잠깐씩 그를 보았을 뿐이었다. 우르다는 대하기 쉬운 사람은 아니라는 평을 듣고 있었다. 본부에서 온 사람들이 어깨 너머로 그를 살피는 것을 싫어한다는 말도 있었다. 랩은 케네디가 기름칠을 해 놓았기를 기대했다. 그의 비위를 맞추고 있을 시간이 없었기 때문이다.

랩이 다가섰는데도 우르다는 움직이지 않았다. 그는 발을 어깨 넓이로 벌이고 손을 엉덩이에 올린 채 서 있었다. 그는 183센티인 랩보다 10센티 이상 작아 보이는 키에 조금 땅딸막한 체구를 가지고 있었다. 랩은 수염이 난 그의 얼굴에 나타난 표정으로 보아 좋은 기분이 아니라는 것을 알 수 있었다.

랩은 굳이 손을 내미는 수고를 하지 않았다.

"자말, 갑작스러운 통보를 받고도 이렇게 와 주어서 고맙습니다."

"헛소리는 집어치우시오, 랩. 어제 파키스탄에 갔었다는 얘기를 들었소. 데이트를 신청해 줘서 무척이나 고맙지 뭐요."

우르다는 팔짱을 끼었다. 45구경 권총의 손잡이 두 개가 그의 양쪽 이두근 아래로 불룩 나와 있었다.

"알다시피 공작원이나 그딴 무리들 사이에는 직업상의 예의라는 게 있지."

랩은 섣부른 반응은 하지 않았다. 그는 우르다를 완전히 엿 먹이는 일이 될 수 있는 행동을 자제하고 우르다의 관점에서 상황을 보기 위해 노력했다. 랩은 우르다가 필요했고 그의 수하들이 필요했다. 직장에서 쫓겨날 거라고 그들을 위협하기보다는 자진해서 참여하게 만들고 싶었다. 랩은 폐쇄적인 작전을 운영하는 데 아주 익숙했기 때문에 자신이 작전을 수행해야 하는 곳을 세력 범위로 삼고 있는 칸다하르의 기관 사람을 주의해야 한다는 생각조차 해 본 적이 없었다.

그는 별다른 특징이 나타나지 않는 방식으로 말했다.

"미리 귀띔을 해 주지 못한 건 미안합니다. 일이 너무 급박하게 벌어져서 말이오."

"전화를 들 수도 없을 만큼 급박했단 거요?"

우르다는 숱이 많은 검은색 수염을 긁으며 대답을 기다렸다.

랩은 이미 겸손한 태도를 보이려는 노력을 조금 보였지만 먹히지가 않고 있었다. 그는 배가 고프고, 피곤했고, 자신의 명령을 따르는 사람들을 위한 일이 아닌 한 다른 어떤 일도 할 기분이 아니었다. 그는 어깨 너머로 기지의 의료진이 부상자를 돌보기 위해 달려가는 것을 보았다. 중상을 입은 대원은 한 시간도 전에 후송되어서 이미 수술을 받고 있었다. 의사는 치료는 되겠지만 그 젊은이의 델타포스 요원으로서의 수명은 아마 끝나게 될 것이라고 말했다. 치료가 필요한 사람들이 아홉 명 더 있었지만 다행히 생명을 위협하는 부상은 없었다. 랩은 작전이 끝난 뒤에 전상자 치료 순위를 정하느라 혼란한 틈을 타서 포로를 우르다의 두 트럭에 조용히 실으려는 계획을 세웠다. 그것은 나폴레옹 콤플렉스를 가진 것 같은 이 유능한 남자와 말씨름을 하며 시간을 낭비할 여유가 없다는 의미였다.

"자말, 저쪽 치누크 뒤에 다섯 명의 포로가 있소."

랩은 회전 날개 두 기가 달린 거대한 헬기들 중 하나를 가리키며 말했다. 여섯 명의 지치고 더러운 델타 대원들이 헬기의 후면 램프에서 보초를 서고 있었다.

"그중에 하나는 알리 사에드 알 하우리요."

랩은 알카에다 최고 지휘관 중 한 사람이 언급되자 우르다의 태도가 바로 변하는 것을 보았다.

"나는 만 3천 킬로를 날아왔고 당신들이 거의 2년 동안 하려던 일을 하루 만에 했소. 그러니 직업상의 예의니 어쩌구 하는 소리는 치워 두시오. 나는 당신을 모르고 당신을 알게 된다 해도 당신에겐 아무런 관심이 없으니 달라질 건 아무것도 없소. 내가 관심 있는 일은 당신이 일을 잘하느냐 그리고 내가 찾는 결과를 가져다주느냐 아니냐 하는 문제뿐이오. 그러니 내 명령을 따르는 데 문제가 있다면 바로 지금 알려 주시오. 미국 행 다음 비행기에 앉아 있게 만들어 줄 테니까 말이오. 국장이 당신을 위해 어딘가에서 좋은 사무직 자리를 구해 줄 수 있을 거요."

랩은 우르다가 사무직으로 책상에 앉아 있는 자신의 모습을 선명하게 떠올리고 짐을 싸서 랭리로 돌아가는 것이 얼마나 당혹스러울지 생각하도록 충분히 시간을 주었다. 그리고 그는 남자에게 해결책을 제시했다.

"나는 지금까지 당신이 보여 준 희생에 감탄하고 있소. 그리고 당신을 이 일에 참여시키고 싶소…. 우리에게 시간이 별로 없는 지금으로서는 특히 더 말이오. 그러니 부탁 좀 합시다. 트럭 두 대를 가져와서 치누크에서 그들을 끌어낸 뒤 포로들을 싣고 여기에서 빨리 떠나 주시오."

우르다는 헬기를 본 뒤 다시 랩을 바라봤다.

"난 당신이 정말 미친놈일지도 모른다는 얘기를 들었소."

"나도 당신에 대해서 같은 얘기를 들었는데."

랩은 남자에게 비꼬는 장난스런 미소를 보내고 말했다.

"자, 갑시다."

18

처음 온 도시에서 CIA 지국을 찾는 것은 낯선 도시에서 성당을 찾는 일과 비슷하다. 시야에서 가장 높은 점을 찾으면 거기가 당신이 찾는 곳일 가능성이 높다. 칸다하르도 다르지 않았다. 성당도 심지어 교회도 없이 오로지 모스크만 있다는 것을 제외하면 말이다. 기관은 도시 전체를 내려다보는 빌라에 지국을 만들었다. 그 장소는 아프가니스탄의 한 부유한 가족이 집을 짓고 거주하던 곳으로 그들은 다른 유복한 가정들이 그랬듯이 소련군이 나라에 침략했을 때 도피했다. 80년대에는 소련군이 이 건물을 점거했고 90년대에는 탈레반이 차지했으며 지금은 미국인들이 사용하고 있다.

지국으로 가는 도로는 최근에 포장된 것으로 산비탈을 구불구불 올라가 미 해병대 인력이 배치된 검문소까지 이어져 있었다. 하지만 토요타 4 러너는 멈춰 서지 않았다. 랩은 우르다에게 그의 계획을 말해 주었고 그 동료 CIA 간부는 공식적, 비공식적인 미국 시설만 피한다면 그것이 최선이라고 생각했다. 길에서 조금 떨어진 곳에 우르다가 아는 장소가 있었다. 랩은 그가 어떻게 그곳을 아는지 혹은 실제로 사용해 본 적이 있는지와 같은 질문은 굳이 던지지 않았다. 그들의 전문 분야에 대해 캐묻는 질문은 할 필요가 없었다. 그런 질문은 알지 못하는 것이 더 나은 책임이나 대응으로 연결될 뿐이었다. CIA에서 고문에 대한 태도는 동성

애에 대한 군의 정책과 흡사했다. 묻지도 말고, 말하지도 말라.

랩은 기관의 다른 어떤 사람보다 이러한 의도적 무시의 상태를 더 편안하게 여기는 것 같이 보이는 사람이었다. 그가 CIA에 들어가게 된 것은 모두가 전 작전 국장인 토머스 스탠스필드에 의해 시작된 계획의 일환이었다. 스탠스필드는 CIA의 전신인 전략사무국, OSS의 구성원이었다. 그는 2차 대전 중에 노르웨이와 프랑스의 적진에서 일하면서 대단히 유능한 요원으로 두각을 나타냈다. 전후 CIA가 창설되자 스탠스필드는 기관의 첫 직원 중 하나가 되었다.

스탠스필드는 냉전 중에 유럽에 파견되었고 미국의 여러 대규모 정보전에서 배후 전략가로 일했다. 70년대 정보활동과 관련된 정부의 운용을 감시하는 일명 처치 위원회 청문회로 CIA의 엄청난 바보짓들이 노출되었을 때 다행히도 그는 철의 장막 뒤에 편안히 앉아 있었다. 그는 기관이 자체의 임무를 보다 명확히 하고 그에 집중하는 조직으로서 청문회 문제를 딛고 일어서기를 바랐다. 하지만 그런 생각은 희망에 그쳤다. 스탠스필드는 이란 콘트라 사건 동안 한때 뛰어난 스파이 조직이었던 CIA가 한층 더 위축되는 것을 지켜보았고 다른 사람보다 훨씬 앞서서 정치적인 올바름이 CIA의 유효성에 어떤 역할을 하는지 이해했다.

80년대 말 그는 이에 대한 대응책으로 오리온 팀이라는 비밀 조직을 만들었다. 오리온 팀의 임무는 테러리스트에 대한 전쟁이었다. 스탠스필드는 문명화된 수단을 가지고 극렬종교분자들과 싸우는 것은 무익한 시도이며 그들을 무시하는 것도 선택할 만한 옵션이 아니라는 것을 당시 워싱턴의 어떤 사람보다 확실하게 이해하고 있었다.

스물두 살의 랩은 스탠스필드와 케네디의 뛰어난 신병 중 하나였다. 국제 경제 전공에 프랑스어를 유창하게 구사하는 랩은 시러큐스 오렌지 맨의 전미 라크로스 스타였다. 그가 대학 3학년이던 때 서른다섯 명의 동급생들이 교환 학기를 마치고 돌아오는 도중 살해되었다. 테러리스트들이 팬 아메리카 항공기를 폭파시킨 록커비 사건은 랩의 인생을 돌이킬 수 없이 바꿔놓았다. 그가 언젠가 결혼하리라고 생각하고 있던 고교 동급생이 그 비행기에 타고 있었다.

그 비극으로 인한 고통이 보복하겠다는 랩의 의지에 기름을 끼얹었고 다음 10년간 그는 미국이 보유한 가장 유능한 대테러 요원으로 단련되었다. 이 모든 일이 행정부나 입법부가 공식적으로 알지 못하는 가운데 이루어졌다. 워싱턴에는 오리온 팀에 대해 아는 주요 인사들이 있었다. 몇몇의 존경받는 상원의원들과 하원의원들이었다. 하지만 구체적인 사항은 오로지 스탠스필드만이 알고 있었다. 이들 원로 정치가들은 테러에 대한 전쟁이 진행 중이라는 것을 다른 동료들보다 10년은 먼저 알고 있었다. 또한 그들은 자신들의 동료나 미국 대중들이 극렬 광신도들의 출현을 막기 위해 필요한 것이 무엇인지 인정할 배짱이 없다는 것을 이해하고 있었다.

랩을 대테러 요원이라고 부르는 것은 본질적으로 진실을 고상하게 은폐하는 방법이었다. 그럴듯한 포장을 다 까내고 보자면 그는 암살자였다. 그게 바로 현실이었다. 그는 사람들을 살해했다. 그것도 자주, 나라를 위해서 말이다. 그의 생각으로는 9·11이 그가 사람들을 충분히 죽이지 못했다는 증거였다. 이들 광신자들은 그들의 편협한 코란 해석을 강요하기 위해 무슨 일이든 할 것이다. 거기에는 민간인들 한복판에서 핵탄두를 폭파시키는 일도 포함되었다. 랩도 자신에게 주어진 암살 임무를 고대하는 것은 아니었다. 하지만 도덕적인 결벽증 따위를 가진 것도 아니었다. 그가 마을에서 잡은 놈들은 수천의, 아니 어쩌면 수십만의 생명을 구할 수 있는 정보를 가지고 있는 것이 거의 확실했다. 그렇다면 랩은 그들이 아는 것을 캐내기 위해서 무슨 일이든 할 것이다.

19

두 대의 차는 바퀴 자국이 깊이 난 먼지투성이 길로 들어섰다. 몇 분 뒤 그들은 곧 쓰러질 듯한 몇 개의 건물에 이르렀다. 랩은 거기에 사람이 있는 것을 보고 약간 놀랐지만 그것은 가장 큰 건물 옆에 서 있는 소련산 T-72 탱크를 발견하고 놀란 것에 비할 바가 아니었다.

랩의 불안함을 느낀 우르다는 그에게 돌아서서 말했다.

"북부동맹이오. 탈레반과의 이 미친 전쟁에서 나를 돕는 동지들이지."

랩은 고개를 끄덕이고 얼룩덜룩하고 흠집이 난 앞 유리를 통해 건물을 살폈다.

"그들은 괜찮겠소?"

"그들은 당신이 상상할 수 있는 것 이상으로 이 광신자들을 혐오하오."

우르다는 그의 두 아프간 경호원이 타고 있는 다른 차를 가르쳤다.

"우리 동지들은 엄청나게 충실하오. 전쟁에서 부모를 잃은 녀석들이지. 탈레반은 많은 사람들에게 정말 역겨운 짓들을 저질렀소. 결국 적들이 넘쳐나게 된 것이고."

랩은 우르다의 일행 중에 아직 10대 중반으로 보이는 현지인들이 있는 것을 이미 알아보고 있었다. 그들의 어린 나이는 신뢰를 심어 주는데 큰 역할을 하지 못했다.

우르다는 핸들을 잡고 SUV를 한 건물 옆으로 가져갔다.

"협조가 잘 안 되는 놈들이 있을 때는 내가 그놈들을 끌고 나와서 저들에게 겁을 주라고 하겠소."

랩은 대답하지 않기로 했다. 이것은 그의 직업 중에서 그가 그리 달가워하지 않는 부분이다.

두 대의 토요타 4 러너가 울타리가 쳐진 우리 같은 곳 옆에 멈췄다. 랩은 차에서 내렸다. 동물 폐기물의 냄새가 코를 찔렀다. 그는 울타리 너머로 몇 십 마리의 돼지가 자기들 배설물 위에 누워 있는 것을 보았다.

우르다가 SUV의 뒷문을 열자 포박된 채 두건을 쓰고 있는 세 명의 포로가 보였다. 그는 자신의 아프가니스탄인 두 경호원에게 말했다.

"두건을 벗기고 울타리 안으로 집어넣어 버려."

두 북부 동맹 용병들은 서로에게 웃어 보이며 소총을 어깨에 둘러멨다.

랩은 약간 어리둥절해서 그를 보았다.

"돼지 말이오!"

우르다가 말했다.

"저들은 돼지에 질겁을 하오. 죽기 전에 돼지를 만지면 천국에 갈 수 없다고 생각한다오. 당신도 알지 않소, 99명의 처녀니 하는 이야기 말이오."

랩은 이를 드러내고 싱긋 웃었다.

"77명의 하우리 말이오?"

랩은 하늘에서 내려와 이슬람 순교자들을 기다리는 아름다운 처녀를 뜻하는 아랍어를 사용했다.

"어쨌든 뭐 그렇소."

랩은 며칠 만에 처음으로 크게 웃었다. 랩은 그들이 첫 포로의 두건을 벗기고 그가 어떻게 떨어지든지 개의치 않고 울타리 너머로 던지는 것을 보았다. 그는 우르다에게 돌아섰다.

"머리 쪽으로 거꾸로 떨어뜨리진 말라고 하시오. 특히 그 나이든 포로 말이오. 그들이 살아 있어야 하오…. 적어도 한동안은."

랩은 우리 안을 들여다보고 그 남자가 냄새를 맡고 핥으려는 돼지들 사이에서 신에 대한 맹세를 지키기 위해 애쓰는 모습을 지켜봤다. 그의 눈은 짜증이 아닌 두려움으로 커져 있었고 불결한 재갈 때문에 외침 소리는 제대로 나오지 않고 있었다. 전에도 이런 광경을 본 적이 있지만 이번 것은 정말 최악이었다. 랩은 고개를 저으며 우리에서 벗어나 위성전화를 꺼냈다. 커다란 안테나를 젖혀 똑바로 세운 후 할리 장군이 그에게 준 번호를 눌렀다.

당직자가 전화를 받았고 랩은 장군을 바꾸어 달라고 말했다. 5초 후 할리가 연결되었다.

"미치."

"장군님, 다른 두 포로의 신원은 확인되었습니까?"

랩은 이미 하산 이즈 알 딘과 와히드 아메드 압둘라, 알리 사에드 알 하우리가 거의 확실하다는 것을 알고 있었다.

"아직일세. 하지만 작업 중에 있네."

"랭리는 어떻습니까?"

"자네 요청에 따라 가능한 빨리 서류를 스캔해서 대테러센터로 보내고 있네."

"장군님이나 자말의 사람들이 뭔가 제가 이용할 수 있는 것을 좀 발견했습니까?"

"그럼, 많지."

할리가 자신 있게 말했다.

"정리만 하면 되네. 금융 거래 기록, 이름, 대량살상무기에 대한 기록, 테러 공격에 대한 계획···. J2는 우리가 주광맥을 잡았다고 하더군."

"잘됐네요."

하지만 시간이 중요했다. 알카에다의 지휘 본부가 타격을 입었다는 소식은 금방 전해질 것이다. 사람들은 은행 계좌를 비운 뒤 사라질 것이고 계획은 변경될 것이다.

"잘 들어주십시오, 장군님. 이 정보가 얼마나 급박한 것인지는 아무리 강조해도 지나치지 않습니다. 컴퓨터에 대해서는 진전이 없습니까?"

"아직은."

"제길."

랩은 손으로 풍성한 검은 머리를 넘겼다.

"대테러센터가 이 일에 마커스 듀먼드를 투입하고 있습니까?"

"확인해 보겠네."

랩은 또 다른 사람이 던져지고 있는 우리를 돌아보았다. 마커스 듀먼드는 원치 않는 사이에 그의 동생이 되어 버린 사람이었다. 그는 컴퓨터 천재에 비범한 해커로 랩이 개인적으로 랭리 대테러센터에 꽂아 넣은 사회 부적응자였다.

장군이 다시 전화를 받았다.

"그를 찾을 수가 없다는군."

랩의 얼굴이 짜증스럽게 일그러졌다. 미국은 자정에 가까운 시각이었고 마커스는 친구들과 사이버 카페를 돌아다니고 있을 것이 뻔했다.

"장군님, 포로 심문을 시작하겠습니다. 무슨 정보든지 들어오는 대로 제게 알려 주십시오."

"알겠네."

랩은 전화를 집어넣고 우리 쪽으로 돌아갔다. 다섯 명의 포로는 더러운 돼지가 순교하게 될 고결한 자신들의 몸을 더럽히는 동안 고통으로 몸을 비틀고 있었다. 그는 우르다를 보고 말했다.

"경호원들에게 그들을 안으로 데려가라고 해 주시오."

그 뒤 랩은 우르다에게 따라오라는 손짓을 했다. 두 사람은 듣는 귀가 있는 곳에서 충분히 떨어진 곳까지 걸어갔다. 랩은 먼지투성이의 궁핍한 풍경을 둘러보고는 물었다.

"비공개를 전제로 하는 말인데 당신 경험으론 얼마나 거칠게 해야 했소?"

우르다는 어깨를 으쓱했다.

"아프가니스탄은 거친 장소요. 장소라고 하기에도 미안할 정도지. 아마도 나라가 너댓 개는 있어야 할 거요. 공산주의자도 있고 군벌, 마약상들도 있고…. 당신이 그들을 어떻게 부르는지 모르겠지만 탈레반도 있고, 민주주의를 원하는 사람들도 있소. 여기에는 그저 자신들의 삶을 살아가고자 하는 착한 사람들도 많고 그들이 그렇게 살게 놓아두지 않는 놈들도 있소. 그러니까 한마디로 완전히 엉망진창인 거지."

"내 질문에는 대답을 안 했소."

랩은 우르다의 눈에 시선을 고정했다.

"얼마나 거칠게 해야 하오?"

우르다도 랩과 마찬가지로 강렬한 시선을 보냈다.

"내가 사람들을 고문했다는 뜻이오?"

"그렇소."

그는 창고 쪽을 뒤돌아보았다. 그 질문에 대답하고 싶지 않은 분위기가 역력했다.

"현지인들이 폭력을 쓰는 것을 묵인한 적은 더러 있지만 나는 가능한 그런 일을 가까이 하지 않는 편을 선호하오."

남자의 수염 난 얼굴에서 찡긋거리는 모든 근육을 보면서 랩은 그가 거짓말을 하고 있다고 판단했다. 최소한 전말을 모두 이야기하고 있지는 않았다. 참을성이 없기로 유명한 랩이 말했다.

"자말, 쓸데없는 소리는 집어치우시오. 당신이 대단히 고지식한 사람이라는 건 알겠소. 하지만 당신은 내가 꽤나 높은 자리에 있다는 이유로 말을 아끼려 하고 있소."

우르다는 몸의 중심을 한쪽 발에서 다른 발로 옮겼다. 이런 종류의 질문이 불편한 것이 분명했다. 마침내 그가 말했다.

"워싱턴에 있는 멍청이들은 여기가 얼마나 끔찍한 곳인지 전혀 모르오. 그들은 우리가 경찰처럼 활동해 주기를 바라지…. 모두 책대로 말이오."

우르다는 땅에 침을 뱉은 뒤 팔을 들어 황량한 풍경을 가리켰다.

"저기는 규칙서 따위는 없는 곳이오."

랩은 고개를 끄덕였다. 그도 동의했다. 그 바닥에서 그렇게 오랜 세월 일한 랩도 자신에게 이래라저래라 명령하려고 하는 워싱턴의 사람들과는 전혀 친해질 수 없었다. 다음 조치를 취하기 전에 자신과 우르다가 같은 마음이라는 것을 확실하게 해 둘 필요가 있었다.

"나는 저기에 가서 권리 유보와는 거리가 워낙 먼 것이라 어느 누구와도 의논을 할 수 없는 일을 할 참이오. 어느 누구와도 말이오."

몹시 거북해진 우르다는 시선을 피했다.

랩은 손을 뻗어서 그의 팔을 잡았다.

"아직은 자초지종을 다 말하지 못했소. 당신이 늘 하는 식의 심문이 되지는 않을 거요. 적절히 정당한 방법으로 일을 할 만한 시간이 없소."

"왜 그렇소?"

"우리는 이놈들이 워싱턴 D.C.에 핵무기를 폭파시키려는 계획을 하고 있다는 걸 믿을 만한 근거를 가지고 있소. 그리고 그들이 그런 짓을 저지를 날이 얼마나 가까운지 전혀 모르오. 지난밤에 우리가 수행한 소규모 습격 덕분에 그들의 일정은 당겨질 수도 있소."

랩은 우르다의 표정이 변하는 것을 보고 그의 팔을 놓아주었다.

"그렇소…. 핵이오."

랩이 반복했다.

"당신과 내가 계산을 시작하지조차 못하는 사망률에 대해서 얘기하고 있는 거요. 그리고 지금도 시간은 흐르고 있소."

잠시 동안 우르다는 입을 다물지 못했다. 그 뒤 그가 말했다.

"내 전처와 아이들이 바로 워싱턴 외곽에서 살고 있소."

랩은 아내가 위스콘신의 친정에 가 있는 것이 얼마나 다행스러운지 다시 한 번 생각했다.

우르다는 상황의 심각성을 온전하게 이해하려고 애쓰는 것처럼 머리를 흔들었다.

"우리가 이야기하고 있는 폭탄의 크기는 어느 정도요?"

"모르겠소. 내가 알아내야 하는 것들 중 하나요. 우리는 시간이 많지 않소. 나는 당신의 도움이 필요하오. 내 경우 아랍어와 페르시아어는 하지만 파슈토어와 우르두어에 대한 지식은 전무요."

랩은 더럽혀진 포로들이 꽥꽥거리는 돼지들 사이에서 끌려 나가고 있는 우리를 가리켰다.

"포로들 중 두 놈은 아랍어와 영어, 파슈토어에 능통하고 한 놈은 파슈토어에 아랍어를 조금 한다고 알고 있소. 다른 두 놈은 어떤지 모르오. 당신의 통역이 필요하게 될 거요. 하지만 더 중요한 것은 당신의 눈과 귀가 필요하다는 거요. 다섯 놈 모두를 함께 심문할 거니까 말이오."

우르다는 포로들에게 보냈던 시선을 이 악명 높은 CIA 요원에게로 되돌렸다. 우르다가 아는 한 다섯 포로를 한꺼번에 심문하고자 하는 이유는 단 하나였다. 그의 입술에 수심 어린 표정이 어렸다.

"우리를 위해 이 일을 해 줄 사람들이 있소."

그가 제안했다.

랩은 우르다가 말을 끝내기도 전에 고개를 젓기 시작했다.

"아니오. 군부의 폭력배 같은 놈들을 믿기에는 너무나 중요한 문제요."

그는 묶여 있는 포로들을 가리켰다. 그들은 한 줄로 발을 끌며 건물 안으로 들어가고 있었다.

"저 줄의 네 번째 인물이 바로 알리 사에드 알 하우리요. 그는 9·11 공격의 계획과 실행을 도왔지. 그가 기밀을 술술 불지 않는 날엔 바로 여기에서 그를 죽여 버리겠소. 확실히 말해 두지만 나는 그것에 대해서 일말의 죄책감도 갖지 않을 것이오."

우르다는 이제 곧 일어날 일에 대한 부담이 너무 큰 듯 긴 한숨을 내쉬고 땅을 바라봤다.

랩은 어금니를 꽉 물었다.

"저들의 입을 열기 위해 필요한 일이라면 어떤 것이든 하겠소. 실수가 없도록 해 주시오."

랩은 우르다가 자신을 똑바로 보고 있는지 확인하기 위해 고개를 돌렸다.

"어떤 것이든 말이오. 그러니 들어가기 전에 당신이 이 일을 감당할 만한 배포가 있는지, 그리고 여기서 듣고 본 일에 대해서 누구에게라도 단 한 마디도 입을 열지 않을 것인지 확인해야겠소."

우르다의 생각은 다시 그의 전처와 세 아이들에게로 돌아갔다. 우르다는 일이 결혼 생활을 망치기 전에 자신이 살았던 그 집 안에서 침대에 잠들어 있는 가족의 모습을 그렸다. 그는 자신이 가족보다 일을 선택했던 이유를 생각했다. 그의 책임감, 테러와의 이 미친 전쟁에서 차이를 만들 수 있다는 느낌, 누군가는 성을 지켜야 한다는 생각. 그런 이전의 모든 결정들이 이 하나의 결정적인 순간으로 이어진 것 같았다. 그의 행동이 정말로 차이를 만들 수 있는 순간으로 말이다. 규칙서를 무시해야 하는 순간이 있다면 바로 지금이 아닐까.

단호한 표정이 그의 얼굴에 나타났다. 우르다가 자신 있게 말했다.

"나도 참여하겠소."

20

콘크리트 바닥이 띄엄띄엄 눈에 띄었다. 그나마 금이 가고 불룩하게 솟아 있었다. 나머지 바닥은 끈적한 갈색 때가 엉겨 붙은 층으로 덮여 있었다. 건물은 가로 9미터, 세로 2.5미터 정도로 자동차들이 들어와 물건을 내려놓고 실어갈 수 있도록 양쪽 끝에 커다란 문이 있었다. 여기서의 물건이란 아프가니스탄인들의 골칫거리이자 축복이기도 한 아편이었다. 양귀비로부터 엄청난 부을 얻었고 그러한 부는 그 악명 높은 금주 시대의 시카고 암흑가는 어린애 장난쯤으로 보이게 만드는 부족 대립을 불러왔다. 이 사람들은 분쟁을 해결하기 위해 기관총만 사용하는 것이 아니었다. 밖에 서 있는 소련군의 주력 전차가 입증하듯이 그들은 중기갑 차량을 사용했다.

아편의 생산, 제조, 배급을 감독하는 군벌은 엄청나게 부유하고 무자비한 사람들이었다. 그들은 분쟁을 해결하기 위해 자신들이 이용할 수 있는 어떤 힘이든 이용할 것이라는 점을 몇 번이고 입증해 보였다. 그리고 그 힘은 정말로 컸다.

각 군벌에는 숙련된 전사들로 이루어진 사병 조직과 자금이 있었다. 그들의 자금은 총, 포, 장갑차, 심지어 어떤 경우에는 헬기에 이르기까지 구소련과 그 위성국들이 제공해야 했던 것 중에 최고의 것들을 자신의 부대에 공급할 정도로 끝을 알 수 없는 규모였다.

지금으로서는 그러한 동반자 관계가 미국인들의 위엄에 짓눌려 있는 상황이었다. 군벌들은 탈레반과 알카에다를 궤멸시킬 심산으로 미국인과 손을 잡는 데 동의했다. 그 대신 미국은 또다시 급증하고 있는 아편 거래를 눈감아 주고 있었다. 늘 그렇듯이 CIA는 이러한 파우스트식 동맹을 만들고 유지하는 데 주도적인 입장을 취하라는 요구를 받아왔다. 케네디는 이러한 방식이 결국 제 살을 파먹는 일이 될 것이라고 느꼈지만 지금 당장은 가장 합리적인 방식이었다.

　피할 수 없는 비난과 언젠가 정치적 기회주의자들이 제기할 의회의 국정조사에도 불구하고 그 동맹은 성과를 내고 있었다. 탈레반은 몇 달 만에 호된 꼴을 당했고 미국은 자국 국민의 인명 손실을 최소한으로 유지하면서 그 나라를 20여 년 만에 가장 안전한 상태로 만들 수 있었다. 서구의 기준으로 보았을 때는 여전히 안전과는 거리가 멀었지만 말이다.

　랩은 조명이 부실한 창고의 어두운 구석에 서 있는 동안 이 모든 것을, 아니 그 이상을 인정하고 믿게 되었다. 그는 서까래까지 쌓여 있는 아편 포대를 훑어보면서 잠깐 동안 이게 도대체 얼마 정도의 가치가 있을까 하는 궁금증을 가졌다. 그는 곧 답을 알고 싶지 않다고 생각했다. 정부에서 주는 월급을 받는 CIA 요원들 사이에서 타락의 유혹은 엄청난 것이었다. 그들은 아편과 현금, 스파이, 마약상, 불법 무기 선적, 공갈 등의 유혹이 가득한 세상에서 일하고 있었다. 이 건물 안에 있는 것만으로도 그가 필요로 하지 않는 문제를 유발할 수 있었다.

　랩은 이곳이 심문에 적당한 장소인지 의심스러웠다. 하지만 그는 자신에게 달리 시간이나 자원이 없다는 것을 알고 있었다. 일은 해야 했고 그것도 빨리 끝내야 했다. 즉각적인 결과가 무엇보다 중요했다. 그로 인해 어떤 결과가 빚어지든 그것은 그가 나중에 겪어야 할 일이었다.

　미국은 이 전쟁에서 확실히 불리한 위치에 있었다. 국제적인 원조 단체들과 기자들은 미국이 자행한 잔혹 행위에 대한 이야기라면 엄청난 열의를 가지고 달려들었다. 반면 다른 쪽에서 소위 성전을 한다는 전사들이 저지르는 일상적인 참상에는 무뎌 보였다. 안전장치가 된 뉴스 편집실, 의회의 대리석 홀에서 결정에 대해 사후 비판을 하고 잘못을 찾아내는 것은 쉬운 일이었다. 여기 전장에서 벌어지는 일은 확실함과는 거리가 멀었다. 명쾌함보다는 도덕적 모호성이 정상이었다. 랩이 하려는 일은 그가 구하려고 노력하는 사람들 대부분에게 야만적인 행위로 비칠 것이다. 구하기 위해 죽여야 하는, 이것이야말로 그의 삶의 슬픈 아이러니였다.

그의 요청에 따라 다섯 포로들이 창고 중앙에 무릎을 꿇은 채 한 줄로 늘어섰다. 그들은 여전히 손발이 묶이고 재갈이 물려 있었다. 랩은 우르다에게 두 경호원을 밖에서 기다리게 해 달라고 부탁했다. 그리고 검은 방탄 전술 조끼에서 귀마개 한 쌍을 꺼냈다. 그는 그 부드러운 발포체를 압축해서 왼쪽 귀에 넣은 뒤 어두운 곳에서 걸어 나왔다.

랩은 무릎을 꿇고 있는 다섯 명에게 다가가면서 그들 중에 자신을 알아보는 사람이 있을까 하고 생각했다. 케네디의 인준 청문회 동안 케네디의 지명을 좌절시키려 한 상원의원 하나가 CIA에서 고용한 암살자로 랩을 노출시키는 바람에 랩의 위장은 발각되고 말았다. 대통령이 개입하는 통에 그는 더 유명해졌다. 여러 대규모 대테러 작전, 특히 대통령을 포함해 수백 명의 목숨을 구한 작전에서 랩이 맡은 역할이 처음으로 공개된 것이다. 대통령은 랩을 테러와의 전쟁에서 미국의 제1방어선이라고 불렀다. 언론은 한층 더 심했다. 그들은 사진을 가득 담아 끝없는 이야기를 내놓았다. 광적인 이슬람 성직자들은 랩을 제1의 적으로 불렀고 그는 죽어 마땅하다고 주장했다.

랩은 흐릿한 불빛 쪽으로 걸어가면서 한 젊은 남자의 얼굴 표정으로 그가 자신을 알아보았다는 것을 알 수 있었다. 랩은 그 남자의 재갈을 풀고 아랍어로 다른 사람들에게 그가 누구인지 말하라고 지시했다.

그 포로는 자기 앞에 서 있는 남자의 눈을 응시하는 것이 두려워 땅을 쳐다보았다. 랩은 명령을 반복했다. 이번에는 더 단호한 어조였다.

그 남자는 망설이다가 목청을 가다듬고 용기를 내어 말했다.

"마일리쿨 마우트."

랩은 미소를 지었다. 그 남자는 방금 다른 사람들에게 랩이 죽음의 사자라고 말했다.

"그렇다. 나는 죽음의 천사 아즈라엘이다. 그리고 오늘은 야우무드 딘이다."

심판의 날이라는 말이었다.

우르다는 그와 함께 다섯 포로 앞에 섰다. 랩은 그들 중 하나를 가리키며 말했다.

"이 재갈을 벗겨 주시오."

우르다는 랩의 말대로 했고 그 회색 수염의 남자 옆에 그대로 서 있었다.

전부터 이날을 고대해 왔던 랩은 반백인 남자의 얼굴을 자세히 살피며 말했다.

"알리 사에드 알 하우리, 싯진을 보았더니 네 이름이 있더군."

싯진은 지옥으로 보내질 모든 사람들의 이름이 기록된 두루마리였다.

모진 풍파를 겪은 얼굴이 분노로 일그러지더니 침을 뱉어 냈다. 랩은 그런 것을 예상했고 어렵지 않게 피할 수 있었다.

"너는 거짓말쟁이다."

알 하우리가 아라비아어로 소리쳤다.

"너는 신자가 아니다. 너는 암살자에 지나지 않아."

랩은 슬프게 고개를 저었다. 이것은 모두 다른 네 명에게 보여 주기 위해 그가 계획했던 연극의 일부였다. CIA는 알 하우리에 대한 광범위한 자료를 가지고 있었고 그 대부분은 한 이집트 비밀 경찰이 이슬람 동포단의 구성원으로 있던 시절에 편집한 것이었다. 그의 신앙은 그때까지도 흔들림이 없었다. 수년에 걸쳐 그의 믿음은 더 견실해진 것이 분명했다. 그것은 그를 무너뜨리기가 유독 어렵다는 의미였다. 랩이 세상의 많고 많은 시간을 다 동원해 그에게 공을 들인다고 해도 말이다.

"나는 거짓말쟁이가 아니다."

랩은 악의 없이 대답했다.

"알라는 무고한 여성과 어린이를 죽인 사람들에게 친절을 베풀지 않는다. 너의 이름은 지옥의 명부에 기록되어 있다. 그리고 나는 너를 지옥으로 보내기 위해 여기 와 있다."

알 하우리는 랩의 면전에서 그를 비웃었다.

"형세가 바뀌고 있다. 우리는 곧 알라를 위해 치명타를 가할 것이다. 너희들은 비싼 대가를 치르게 될 것이다."

랩은 웅크리고 앉았고 때문에 알 하우리의 눈을 똑바로 볼 수 있었다.

"나는 그 집 아래에 있는 방을 발견했다."

랩은 이 뜻밖의 기습이 인식되도록 잠시 말을 멈추었다.

"흥미로운 계획이더군…. 성사시키지 못하게 되어서 유감이다."

그 늙은이는 미소를 지었다.

"너는 우리를 막지 못할 것이다. 시간이 별로 없다."

랩은 그 미소가 거짓된 허세가 아니라는 것을 알 수 있었다. 그는 두려움에 사로잡혀 질문을 던질 뻔했지만 겨우 자제했다. 그 늙은이에게 대답을 얻어낼 방법은 없었다. 랩이 알 하우리에게 어떤 이야기를 하든 자신이 선택한 길에 대한 그의 믿음과 자신감은 흔들리지 않을 것이다. 그의 확신은 다른 포로들에게 힘을 주었다. 나머지가 입을 열게 하려면 그는 제거되어야 했다.

랩은 일어서서 천천히 포로들 뒤로 걸어갔다. 랩은 우르다에게 다가가서 그의 귀에 무엇인가 속삭였다. 우르다는 고개를 끄덕이고 그의 45구경 킴버 권총을 건넸다. 랩은 무겁고 유난히 소음이 큰 그 권총을 받아 들고 다른 포로들과 눈을 맞추기 위해 노력하고 있는 알 하우리의 뒤에 섰다. 랩은 왼손으로 총을 들고 격철을 뒤로 당겨 코킹 상태에 둔 뒤 오른손으로 그의 오른쪽 귀를 막았다.

랩은 스테인리스스틸 총신을 그 남자의 머리에서 불과 60미터 정도 떨어진 곳에 둔 채 말했다.

"알리 사에드 알 하우리, 너의 행동은 너를 지옥에 떨어뜨리는 천벌을 내렸다. 내가 너를 그곳으로 보내 주마."

마지막 고백 따위는 없고 믿음에 충실하라는 명령만 있을 것이 분명했다. 때문에 랩은 알 하우리가 말을 할 기회도 갖기도 전에 방아쇠를 당겼다.

21

미치 랩은 자신이 지옥을 믿는지 확신하지 못했다. 하지만 그러한 곳이 정말 존재한다면 알리 사에드 알 하우리야말로 거기에 가야 할 사람이었다. 랩은 그의 몸을 굴려서 다른 포로들이 자신들 앞에 어떤 일이 기다리고 있는지 똑똑히 볼 수 있게 해 주었다. 45구경 할로우 포인트 탄환의 힘은 그 테러리스트의 머리에 주먹 크기의 구멍을 내서 그의 코와 윗입술이 있던 곳에 벌어진 상처를 남겼다.

랩은 그를 내려다보면서 한 점의 후회나 죄책감도 느끼지 않았다. 알하우리는 미국 역사상 최악의 테러 공격을 계획한 자들 중 하나였다. 그는 3천 명의 무고한 사람들의 죽음에 환호를 보내고 흡족해했고 다시 수천 명을 죽음으로 몰아넣을 계획을 세우고 있었다. 그는 바로 지금처럼 총알로 머리에서 뇌의 상당 부분을 잡아 찢어 버려 마땅한 정신이상의 역겨운 광신도였다.

랩은 남아 있는 네 명의 포로들 앞을 서성거렸다. 아무도 감히 눈을 들어 그를 보지 못했다. 그는 강력한 45구경 킴버의 발포음으로 그들의 귀가 울리고 있다는 것을 알고 있었다. 때문에 그는 아라비아어로 소리쳤다.

"다음으로 지옥에 가고 싶은 놈은 누구냐?"

랩은 우르다에게 그가 말한 것을 파슈토어로 다시 반복해 달라고 말했다. 랩은 시라트에 대한 이야기를 이어 갔다. 시라트는 모든 이슬람교도가 잔나, 즉 천국에 들어갈 수 있는지 알아보기 위해 건넌다는 지옥 위의 다리였다. 그는 무고한 민간인의 죽음을 비난하는 코란의 구절을 암송하고는 천국에서 받아들여지기 위해서는 정화된 상태가 되어야 한다고 소리쳤다. 그는 자신들이 진정한 순교자이고 따라서 천국에 갈 자격이 있다고 생각하는 그들의 편협한 마음에 의혹을 품게 하는 구절을 계속해서 내뱉었다. 랩은 그들의 귀에 대고 남은 여생을 끝없는 고통 속에서 보내게 될 것이라고 소리쳤다. 그리고 그는 회개의 기회를 제공했다. 죄를 씻고 정화될 수 있는 기회를 말이다. 시간이 허락하는 한에서 최대한의 준비를 마치자 이제 포로들을 떼어 놓고 한 사람씩 심문할 때가 되었다.

우르다의 경호원들이 창고로 들어와 랩이 선택한 한 사람을 남기고 세 사람을 밖으로 끌어냈다. 그 무리에서 가장 어린, 랩을 알아본 자였다. 그는 두 장의 와일드카드 중 하나였다. 랩은 그의 이름조차 알지 못했다. 정확히 그가 누구인지 알고 그에 대한 완벽한 브리핑을 받아서 어디에 압력을 가하고 어디에 탐침을 찔러야 하는지 아는 것이 이상적이겠지만 현재로서는 전혀 불가능한 일이었다.

랩은 비어 있는 5갤런(약 18.9리터)들이 들통 두 개를 들고 와 뒤집었다. 랩이 포로의 뒤로 걸어가자 그자가 주춤거렸다. 그것은 좋은 신호였다. 랩은 그의 어깨 아래 손을 넣고 그의 몸을 끌어올려 들통 위에 앉혔다. 랩은 다른 들통을 좀 더 가까이 움직여 그 위에 앉은 뒤 불과 30센티 떨어진 곳에서 그 젊은이의 눈을 들여다보았다. 생명을 잃은 알 하우리의 몸이 그들 옆에 쓰러져 있었고 그의 머리에서 나온 피가 그 포로의 맨발쪽으로 흐르고 있었다. 그것은 이 심문이 어떤 결과에 이를 수 있는지 생생하게 상기시키고 있었다.

랩은 처음으로 그 남자의 얼굴을 자세히 살폈다. 그도 당연히 수염이 있었지만 겉보기에는 아랍인이나 페르시아인으로 보이지 않았다. 그 젊은이는 아프가니스탄인이나 파키스탄인인 듯했고 20대 중반으로 보였다.

"영어를 하나?"

랩이 부드러운 어조로 물었다.

포로는 고개를 들지 않고 랩을 보았다.

"예."

그가 조용히 대답했다.

그 대답은 여느 사람이 생각할 수 있는 것보다 많은 것을 말하고 있었다. 아프가니스탄과 파키스탄에서는 제2언어로 영어를 배우는 것이 흔한 일이었다. 하지만 산간의 국경 지방은 그렇지 못했다. 따라서 그 젊은이는 더 큰 도시 출신일 가능성이 컸다.

"이름은?"

"아메드."

"성은 없는 건가?"

랩이 물었다.

처음에는 대답이 없었다.

"이름뿐이지 않나?"

랩이 부드럽게 재촉했다.

"너는 내 이름을 알지 않나?"

그가 마지못해 대답했다.

"칼릴리."

"몇 살이지?"

랩은 기본적인 것에서부터 시작하고 싶었다.

"열아홉."

랩은 그의 나이를 듣고 꽤나 놀랐다. 그것은 그들 열 살은 더 나이든 사람으로 보일 만큼 거친 삶을 살았다는 뜻이었다. 랩은 우르다를 올려다보며 전화를 거는 것처럼 손을 귀 쪽으로 올려 보였다. 우르다는 고개를 끄덕이고 문 쪽으로 향했다. 랩은 데이터베이스에서 열아홉 살 테러리스트의 이름을 찾을 수 있을지 의심스러웠다. 하지만 시도는 해 볼 수 있었다.

"결혼은 했나, 아메드?"

"아니요."

그는 여전히 랩의 눈을 보려 하지 않았다.

"어디 출신인가?"

랩은 그가 자신을 보도록 그의 머리를 들었다.

그는 대답을 하지 않기로 한 모양이었다. 그의 시선은 땅에 고정되어 있었다.

랩은 일어나서 그의 뒤로 걸어가면서 긴장된 분위기를 고조시켰다.

"내가 어디 출신인지 물었을 텐데?"

"카라치."

그가 대답했다. 그의 어깨는 두려움으로 긴장되어 있었다.

남부 파키스탄의 대도시였다. 사우디가 자금을 댄 여러 이슬람 학교 중 하나가 내놓은 결과물인 듯했다. 그런 학교들은 어린이들에게 엄격한 와하비파의 교의를 주입시켰다.

랩은 계속해서 그의 주위를 돌다가 다시 한 번 그 앞에 섰다.

"고아인가?"

젊은이가 고개를 끄덕였다.

그 지역에서는 너무 흔한 일이었다. 와하비파는 이 거대하고 가난한 도시의 고아들과 부랑아들을 데려가서 그들의 머리에 선동적인 미사여구들을 채워 넣고 있었다.

랩은 그의 앞에 앉은 자에게 약간의 연민을 느꼈다. 랩의 눈에는 이제 젊은이가 아닌 세뇌를 당한 어린아이가 보였다. 랩은 들통을 앞으로 더 민 뒤 다시 그 위에 앉았다. 그는 손을 뻗어 소년의 얼굴을 들어 올렸다.

"나는 죽음의 천사가 아니다, 아메드. 그리고 널 죽이지도 않을 거야."

랩은 소년의 눈에서 총기가 빛나는 것을 보았다.

아메드의 갈색 눈에 눈물이 고이기 시작했다. 그는 랩에게서 턱을 돌렸다.

"당신은 거짓말쟁이야."

그의 시선이 더러운 바닥에 쓰러진 시신으로 가서 멈추었다. 그는 눈을 꼭 감고 반항적으로 고개를 저었다.

"나는 네가 죽지 않을 거라고 말하지 않았어. 내 손으로 죽이지는 않을 거란 거였지."

랩은 문을 향해 고개를 끄덕였다.

"너를 돼지우리에 넣었던 저 아프가니스탄인 두 명은… 가족이 모두 탈레반에게 몰살당했어. 그들은 너에게 무시무시한 짓을 하고 싶어 해. 네가 파키스탄인이라는 것을 알기도 전에 말야. 나는 꿈도 못 꿀 일을 말이지."

랩은 바닥에 있는 피에 젖은 시체를 가리키며 말했다.

"저건 아주 편안한 방법이지. 그는 영원히 지옥에서 고통을 받을 거야. 분명히. 하지만 최소한 그는 자기 성기를 먹게 되는 치욕은 겪지 않았지."

그 소년은 훌쩍이기 시작했다.

랩은 말을 이어 갔다.

"네가 말을 하지 않으면 널 저들에게 넘기는 것 말고는 다른 도리가 없어. 그럼 넌 죽기 전에 뭔가 제대로 해 볼 아무 희망도 없게 되는 거야."

"나는 잘못한 게 없어요."

소년이 방어적으로 말했다.

"정말 확신하는 거냐? 알라가 뭘 원하는지 알고 있는 척하는 거야? 너에게 종교적 가르침을 준 사람들이 예언자의 참된 의도를 알고 있다고 완벽하게 확신할 수 있어?"

랩은 칼릴리의 턱을 다시 들어올렸다.

"아메드, 너는 똑똑한 아이 같다…. 다른 사람들보다 똑똑한 거 같아. 코란을 읽고 이맘(종교 지도자에 대한 경칭-옮긴이)들은 평화와 아름다움으로 가득한 책에서 어떻게 그런 미움을 끌어내는 것인지 궁금해한 적이 없니?"

소년은 이번에는 턱을 돌리려 하지 않았다. 랩은 소년의 턱을 놓아주고 그의 어깨에 손을 올렸다.

"내가 그렇게 하게 해 주기만 한다면 너를 도울 수 있다, 아메드. 이곳에서 멀리 데려가서 아무런 해도 입지 않게 해 줄 거야. 깨인 사상을 가진 다른 이슬람교도들을 만나게 될 거야. 너를 가르친 사람들이 거짓 예언자이고 편협한 신앙과 같은 인간에 대한 혐오로 눈이 먼 사람들이라는 걸 알려 줄 이슬람교도 말이야. 여기에서 몇 킬로미터 떨어진 곳에 비행기가 기다리고 있어. 뜨거운 물에 샤워를 하고, 옷을 갈아입고, 기도용 깔개 위에서 제대로 된 삶을 시작하는 거지. 그것이 한쪽 길이야. 다른 한쪽 길에는 네가 상황을 미처 파악도 할 수 없는 치욕과 고통으로 가득한 며칠, 혹은 몇 주, 아니 어쩌면 몇 달이 있지."

랩은 손을 거두었다.

"선택은 네 몫이다. 하지만 꼭 협조할 마음이 있다는 것을 보여 줘야 해. 그렇지 않으면 너를 저 아프가니스탄인들에게 넘길 수밖에 없어."

랩은 소년을 자세히 살피면서 그의 호흡이 안정되는 것을 지켜보았다. 랩은 대답을 생각할 시간을 지나치게 많이 줄 생각이 없었다. 그들이 말하는 이슬람교가 유일한 진리라고 말하는 종교 지도자들의 목소리가 소년의 머릿속을 울리고 있을 것이 분명했다. 그와 의견이 다른 이슬람교도들은 수 세기 동안 타락의 길을 걸었다는 이야기가 말이다.

랩은 일어나서 문을 향해 걸어갔다. 그는 어깨 너머로 이렇게 말했다.

"침묵은 협조를 원하지 않는 것이라고 받아들이겠다."

랩이 겨우 세 걸음을 옮겼을 때 포로의 지친 목소리가 그가 간신히 알아들을 수 있도록 무엇인가를 말했다. 그는 마음과는 달리 천천히 몸을 돌렸다.

"뭐라고 했지?"

"그들은 당신들의 대통령을 죽이려고 합니다."

"어떻게?"

그는 고개를 저었다.

"몰라요."

랩은 잠시 동안 잔뜩 움츠리고 있는 그 소년을 유심히 보았다.

"아메드, 이 상황에서 벗어나려면 모든 걸 다 이야기해야 해."

"어떻게 할지는 몰라요."

이번에는 더 완강했다.

"폭탄."

"폭탄에 대해 언급했어요."

랩은 심장 박동이 빨라지는 것을 느꼈다.

"핵폭탄?"

소년은 그 질문에 고개를 들었다.

"핵폭탄에 대해 이야기하는 것은 들은 적이 없어요."

"아메드, 나한테는 거짓말을 해서는 안 돼."

"저는 그저께 도착했어요. 이 작전에 참여하지 않았다고요."

랩은 다시 들통에 앉았다.

"폭탄에 대해 그들이 다른 말은 하지 않았어? 다 말해 봐."

"굉장히 큰 것이라고 말하는 것을 우연히 들었어요."

아메드는 부끄러운 듯이 고개를 떨구었다.

"그들이 수천 명을 죽일 거라고 말했어요. 당신 나라의 정치가들과 장군들을 모두요."

랩은 지금 드러난 믿기지 않는 사실에 입을 다물 수가 없었다. 수천 명을 죽일 수 있는 폭탄으로 생각할 수 있는 것은 유일했다.

"아메드, 워싱턴에 이슬람교도가 얼마나 살고 있는지 알고 있니?"

"아니요."

"수천 명이 살고 있다. 이 폭탄들은 정치가와 장군들만 죽이는 게 아니야. 알라가 신도를 그렇게 많이 죽인 사람을 용서할 거라고 생각하니?"

"모르겠어요."

"아니, 넌 알고 있어."

랩이 날카롭게 말했다.

"너는 분명히 알고 있어."

완전한 이 미친 짓에 너무나 당황한 랩은 잠시 어찌할 바를 모르고 있었다. 이 개자식들이 끝내는 이런 일을 벌이고 있었다니….

"공격은 언제 개시되지?"

"몰라요."

"어서… 분명 뭔가 알고 있을 거야."

"곧… 그렇게만 알고 있어요."

"얼마나?"

랩이 재촉했다.

"저는 모르겠어요."

랩은 포로에게 험악한 표정을 지어 보였다.

"맹세해요! 전 몰라요. 저는 명령만 따를 뿐이에요. 지난 금요일 와히드 압둘라가 우리에게 카라치를 떠나서 산으로 가라고 말했어요."

"왜?"

"폭탄이 터지면 탄압이 있을 테니까요."

랩은 손에 얼굴을 묻었다. 이 천치들은 그들이 곧 열게 될 판도라의 상자에 대해 아무것도 모르고 있었다.

잠시 후 그는 평정을 되찾았다. 지금까지는 아메드의 말을 믿었다. 하지만 다른 사람과도 이야기를 나눠서 이 이야기를 확신할 수 있는지 알아봐야 했다. 더 중요한 것은 다른 사람들이 더 아는 것이 있는지 알아내는 것이다. 랩은 그들 중 두 명에게 분명 더 많은 정보가 있다고 확신했다.

랩은 아메드의 팔 아래를 잡고 일으켜 세웠다.

"가자. 네가 다른 사람과 이야기하는 것은 원치 않아. 그들과 마주치는 것도."

그들은 문 쪽으로 걸어갔다. 랩이 묶여 있는 포로를 끌고 있었다. 낡아빠진 문 앞에 이르자 랩이 문을 열었다. 밝은 아침 햇살에 잠깐 눈이 보이지 않았다. 랩은 손을 들어 해를 가리고 아메드를 우르다에게로 밀었다.

"재갈을 물려서 저쪽 트럭 옆에 앉혀 두시오."

우르다는 휴대전화로 통화를 하고 있었다. 그는 손가락을 들어 잠깐 시간을 달라는 신호를 보냈다. 그는 몇 걸음 멀어져서 상대의 이야기를 들었다.

"알겠어. 업데이트 고맙네. 뭔가 알게 되면 바로 연락주게."

우르다는 전화를 찰칵 덮고 랩에게 다가갔다. 다른 세 명의 포로들은 손발이 묶이고 재갈이 물린 채로 15미터 정도 떨어진 곳에 무릎을 꿇고 있었다. 우르다는 자신의 팔을 아메드의 팔에 건 뒤 랩에게 말했다.

"나를 좀 따라오시오."

세 사람은 트럭 옆으로 걸어갔고 우르다는 아메드를 트럭에 넣었다. 그는 아메드의 입에 재갈을 물리고 냄새가 나는 삼베 두건을 집어 머리에 씌웠다.

랩은 그를 만류했다.

"두건은 필요치 않소."

우르다는 두건을 땅바닥에 던지고 랩에게 따라오라는 손짓을 했다. 그는 랩을 데리고 건물의 코너를 돌았고 랩에게 겨우 들릴 만한 목소리로 말했다.

"내 부하들 중 하나가 기지에서 전화를 했소. 그들이 우리가 찾고 있는 몇몇 사람에 대한 흥미로운 자료들을 찾았답니다. 그게 어떤 사람인지 한번 맞혀 보시겠소?"

랩은 스무고개나 할 기분이 아니었다. 그의 생각은 잠시 다른 곳으로 갔다. 그는 젊은 시절을 보낸 도시를 생각하고 있었다. 그가 고향이라고 부르던 그곳을 말이다. 정직한 삶을 꾸려 가던 악의 없는 사람들의 얼굴을. 그들이 모두 위험에 처해 있다.

"모르겠소."

"당신도 행방불명된 파키스탄인 핵과학자들을 알고 있겠지? 우리가 추적하려고 애써온 사람들 말이오."

랩이 할 수 있는 것을 고개를 흔드는 것뿐이었다.

"계속 나빠지기만 하는군."

"그 정보는 아주 상세하오. 어떤 경우는 5년 전의 활동에 대한 감시 상황도 포함되어 있소. 지역 모스크의 대표자들이 그들을 뽑아서 모스크로 보냈소…. 우리의 생각과 일치하고 있소."

"더 좋은 소식은 없소?"

그가 비꼬는 투로 물었다.

"없소."

랩은 코너 반대편으로 몸을 기울여서 아메드를 확인했다.

"칼릴리는 지난 금요일 카라치를 떠났다고 하오. 압둘라가 그들에게 짐을 꾸려서 산으로 가라고 했다는군."

"산으로?"

"보복에 대비하는 것이겠지. 그들은 저 망할 산들이 자신들을 지켜 줄 거라고 생각하는 모양이오."

우르다는 남쪽을 바라보았다. 이 거리에서는 산들이 멀리 구름으로 이루어진 벽처럼 보였다.

"저 산들은 수 세기 동안 그들을 보호해 주었소."

"이번엔 아니오, 자말. 그들이 핵을 가지고 있고 그것을 D.C.에서 터뜨린다면 저 산들은 그들의 무덤이 될 것이오."

랩은 코너를 돌아 아직 심문을 하지 않은 세 명의 포로를 보았다. 그는 분노가 끓어오르는 것을 느낄 수 있었다. 어떤 상황이든 좋은 일이라고 할 수 있는 것이 아니었다. 하지만 그들 앞에 닥친 시간의 제약을 생각하면 이 상황을 처리할 고상한 방법 따위는 없었다.

"나를 따라오시오."

그가 우르다에게 말했다.

"그리고 함께 이 일을 마무리합시다."

22

랩은 하산 이즈 알 딘의 긴 머리채를 잡아 방으로 끌고 갔다. 그 남자
의 위생 상태에는 미진한 부분이 아주 많았다. 돼지우리에서 구르기 전
부터 말이다. 알 딘은 아직 재갈을 물고 있었고 때문에 그가 랩에게 퍼
붓고 있는 저주는 그리 멀리까지 들리지 않았다. 랩은 그 예멘 태생의
극단주의자를 쓰레기 자루처럼 그의 죽은 동료 위에 팽개쳤다. 알 딘은
묶여 있는 손발을 풀기 위해 격렬히 움직이는 동시에 죽은 친구에게서
떨어지기 위해 애를 쓰고 있었다.

그가 몸부림을 쳐서 시체에서 간신히 멀어진 순간 우르다가 와히드 아
메드 압둘라를 그가 방금 비워 놓은 공간에 던져 넣었다. 친구의 시신
위에 있게 된 압둘라의 반응은 알 딘의 그것과 아주 흡사했다.

랩은 알 딘을 끌어당겨 무릎을 꿇렸다. 압둘라가 몸을 굴려 시체에서
떨어지자마자 랩은 그의 머리를 잡고 바닥에서 끌어 올렸다. 두 사람은
알 하우리의 시신을 앞에 두고 나란히 꿇어앉게 되었다. 랩은 한 사람의
재갈을 풀고 이어 다른 사람의 재갈도 풀었다. 아랍어로 사나운 저주의
말이 쏟아져 나왔다. 당장에 랩의 어머니의 위엄이 공격을 당했고 이어
서 그들의 공격은 랩의 아내에게로 돌아갔다.

랩은 팔짱을 낀 채 수염이 난 그 개자식들이 적개심을 내뿜는 모습을
지켜보고만 있었다. 그는 그들이 이 모든 것을 토로한 뒤에 반응을 할

생각이었다. 마침내 랩이 아라비아어로 물었다.

"다 끝났나?"

그들은 랩에게 침을 뱉었고 처음의 것과 마찬가지로 통렬한 악담을 다시 시작했다. 같은 욕들이 많이 사용되었지만 세기만큼은 배가가 되었다. 하지만 처음에 그랬던 것처럼 그들은 힘이 빠졌고 전혀 관여를 하지 않는 랩에게 조금 당황하게 되었다.

랩은 두 사람 각각에 대해 상당한 정보를 가지고 있었다. 그는 그들이 어디 출신인지, 어디에서 종교적 가르침을 받았는지 알고 있었다. 이름을 모두 기억하지는 못했지만 CIA가 그 가족들의 명부를 가지고 있다는 것도 알고 있었다.

"이제 끝났나?"

그가 다시 물었다.

이번에는 몇 마디 저주의 말이 나오고는 이내 중단되었다.

"좋다."

랩은 만족스러운 목소리로 대답했다. 그는 넓적다리의 권총집에서 9밀리미터 FNP-9을 꺼내 격철을 잡아 당긴 뒤에 알 딘을 겨누었다. 질문도, 경고도 없이 그는 방아쇠를 당겼고 커다란 발포음과 함께 총구에서는 섬광이 일었다. 압둘라가 어떤 반응을 보이기도 전에 랩은 그를 겨누고 다시 발포했다.

모든 일이 1초도 걸리지 않았다. 두 사람은 고통으로 비명을 지르며 쓰러졌다. 손이 묶인 그들은 산산이 부서진 슬개골을 부여잡을 수도 없었다.

랩은 알 하우리의 시신을 타넘어 가서 고통으로 일그러진 두 사람의 얼굴을 내려다보았다.

"일이 그렇게 쉽게 끝나리라고 생각한 건 아니겠지, 그렇지 않은가?"

고통으로 꽉 다문 입 사이로 알 딘이 욕을 더 퍼부으려 했지만 방금 전과 같은 격렬함은 사라지고 없었다. 압둘라는 랩이 생각한 것과 똑같은 반응을 보였다. 그는 더러운 바닥에 쓰러져 흐느껴 울었다.

랩은 계산대로 모험을 해 보기로 결정하고 그가 이미 알고 있는 것을 기초로 가설을 하나 만들었다. 그는 총을 내리고 말했다.

"폭탄에 대해 얘길 좀 해 보지 그래."

압둘라가 이야기를 시작하려 하자 알 딘이 제지했다.

"안 돼! 더 말해 주면 안 돼!"

랩은 즉각적으로 반응을 보였다. 악의는 없었다. 그는 압둘라의 머리채를 잡고 그의 얼굴을 알 딘의 얼굴 옆으로 밀어붙였다. 랩은 알 딘의 경우가 비밀을 누설하게 만들기가 더 힘들 것이라고 이미 짐작하고 있었다. 그들은 얼굴을 바짝 붙이고 있었다. 랩은 방아쇠를 당겨 할로우 포인트 총알을 그 예멘인의 얼굴에 날렸다. 그 충격으로 알 딘의 몸 전체가 진동했고 진동은 곧 가라앉았지만 그의 손가락만은 여전히 경련을 일으키고 있었다. 압둘라는 숨을 헐떡이고 있었다. 눈은 발포로 인해 따끔거렸고 얼굴은 온통 피와 살로 뒤덮였다.

랩은 알 딘이 가난한 예멘 가정에서 태어나 열다섯이란 어린 나이에 아프가니스탄에서 소련과의 전투에 참여했다는 것을 알고 있었다. 그는 일곱 명의 9·11 비행기 납치범을 길러 낸 테러리스트 훈련 캠프를 책임지고 있었다. 그 이유만으로도 랩은 그의 머리에 총알을 박은 데 대해 전혀 양심의 가책을 느끼지 않았다.

반면 압둘라는 부유한 사우디 가문 출신이었다. 사업에 대한 수완이나 관심이 없던 그는 종교 교육을 받도록 열두 살에 메카의 아주 큰 와하비파 고등교육기관으로 보내졌다. 압둘라는 이슬람 선동가였지만 응석받이였다.

랩은 그 사우디인의 몸 위에 다리를 벌리고 앉아 FNP-9의 총열을 그의 머리에 겨누었다.

"나와 이야기를 하고 있었지. 폭탄에 대해 말해 봐."

압둘라의 얼굴은 무릎의 총상으로 인한 고통 때문에 일그러져 있었다. 그는 죽은 동료의 떨리는 손을 넘겨다보더니 잠시 후 눈을 감고 말했다.

"나는 폭탄에 대해 전혀 알지 못한다."

"틀렸어."

랩은 총을 들어 올렸다. 그는 압둘라를 죽이지 않을 것이다. 최소한 아직은 말이다. 하지만 그 남자는 그 사실을 알 필요가 없었다.

"아니… 아니야…. 난 사실을 말하고 있다!"

압둘라는 그것이 총알의 충돌을 늦춰 주기라도 하는 것처럼 눈을 질끈 감았다.

"그건 작전에서 내가 맡은 부분이 아니다."

"압둘라. 내 이야기를 아주 잘 들어야 한다. 내가 알고 싶어 하는 것을 모조리 이야기하지 않으면 나는 너를 죽이고 다음에는 네 가족 전체를 추적해서 하나씩 죽여 줄 거야. 이제 마지막으로…."

랩은 몸을 기울여 FNP-9의 강철 총신을 압둘라의 관자놀이에 갖다 대고 그의 머리를 더러운 바닥에 찍어 눌렀다.

"핵폭탄인가?"

압둘라의 얼굴은 공포로 뒤틀려 있었다.

"그렇다."

"얼마나 크지?"

"나는 모른다."

그가 간절하게 말했다.

"정말이다."

"거짓말!"

"맹세한다. 나는 모른다. 도시 전체를 폭파시킨다는 것이 내가 들은 것의 전부다."

"어떤 도시?"

"워싱턴이다."

랩은 총자루를 꼭 쥐었다.

"언제 폭파시킬 계획인가?"

"이번 주 언젠가…인 것 같다."

랩은 총에 기대어 소리쳤다.

"언젠가라는 건 무슨 뜻이지?"

"모른다. 이번 주라는 것만 들었을 뿐이다."

"지금 폭탄은 어디에 있나?"

"모른다."

랩은 권총을 그 사우디인의 관자놀이에서 떼어 내서 그의 사타구니에 밀어 넣었다.

"네 고환을 날려 버릴 생각이다. 압둘라! 그 망할 놈의 폭탄은 어디 있나?"

"제발 쏘지 마!"

남자가 애원했다.

"내일 도착하기로 되어 있다."

"어디에?"

압둘라의 얼굴에 당혹스런 표정이 지나갔다.

"나는 정말 모른다. 비행기편으로 간다는 것만 알고 있다."

"어떤 종류의 비행기인가?"

압둘라는 눈을 감았다.

"화물기이다."

"어떤 화물기인가? 어디에서 출발하는?"

"모른다."

랩은 권총을 여전히 그 자리에 단단히 밀어 넣어 두고 있었다. 그가 말한 것 중 얼마만큼이 진실인지는 확실치 않았다. 하지만 어느 쪽이든 케네디에게 즉시 보고를 해야 했다. 어떤 생각이 떠올랐고 그는 그렇게 해보기로 마음먹었다. 랩은 일어서서 팔을 뻗어 포로의 머리를 한 움큼 잡은 뒤 바닥을 가로질러 그를 끌고 가기 시작했다.

랩은 우르다를 보고 말했다.

"다른 둘을 실어 주시오. 기지로 돌아갈 겁니다."

그는 문에 이르자 한 손으로 문을 열고 문지방 너머로 포로를 끌어당겼다. 영감이 하나 떠올랐고 그는 멈춰 서서 그 테러리스트의 부서진 무릎에 문을 세차게 밀어붙였다.

압둘라는 고통으로 비명을 질렀다. 랩은 잠시 기다렸다가 다시 그의 무릎으로 문을 밀쳤다. 압둘라의 눈이 머리 뒤로 넘어갔고 과호흡 상태가 되었다.

랩은 허리를 굽혀 그의 귀에 속삭였다.

"우리가 어디로 가는지 맞혀 보겠나?"

압둘라는 질문을 들을 수도 없었고 너무 고통스러워서 대답을 할 수도 없었다. 때문에 랩은 그의 머리를 잡아당긴 뒤 소리 높여 질문을 반복했다.

"모른다."

압둘라가 대답했다. 짙은 갈색 눈에서 눈물이 흘러나오고 있었다.

"핵 폭발지 중앙으로 간다."

랩은 그를 밝은 햇빛 아래로 끌고 나왔다.

"너를 워싱턴 기념탑에 묶어 놓을 거야. 너는 맨 앞줄에서 생생하게 구경을 하게 되겠지."

랩은 기다리고 있는 차로 압둘라를 끌고 갔다. 그렇게 격분했던 적이 있었는지 기억도 나지 않았다. 결국은 일이 이렇게까지 되고 말았다. 이 미치광이들이 정말 온 세상을 혼돈으로 밀어 넣으려 하고 있었다.

"이봐, 압둘라."

랩이 빈정대는 목소리로 말했다.

"너희 부모와 형제, 자매, 조카들까지 모두 데려오게 할 거야."

랩은 무너진 벽 너머로 그를 거칠게 끌어당겼다.

"압둘라 가문을 전부 다. 내 친구인 왕세자에게 전화를 해서 그들을 모조리 보내라고 할 거야."

"왕세자는 너희들의 친구가 아니다."

압둘라가 낮은 목소리로 말했다.

"분명히 내 친구야."

랩이 아주 유쾌한 목소리로 대답했다.

"나에게 큰 신세를 졌거든."

랩은 한 차의 뒤에 이르러서 포로의 머리를 놓아 버렸다.

압둘라의 머리가 땅에 세차게 부딪혔다. 화난 얼굴로 그가 말했다.

"이게 바로 네가 거짓말쟁이라는 걸 입증하고 있다. 나는 왕세자를 알고 있다."

압둘라가 고통으로 씨근거리며 덧붙였다.

"왕세자는 신실한 신자이다. 그는 너와 같은 사람과 이야기를 하지 않는다."

랩은 크게 웃었다.

"왕세자는 알라를 믿지. 하지만 그는 와하비의 그 헛소리들을 받아들이지는 않아."

"거짓말!"

"그 뚱뚱한 오마르를 생각해 봐…. 그의 이복형제지. 물론 알고 있겠지? 오마르는 너희에게 그 뒤틀린 성전을 행하라고 돈을 보내 줬었지."

랩은 웅크리고 앉아 그를 가리켰다.

"지난해 모나코에서 그를 죽인 게 바로 나다. 왕세자는 자기 걱정을 덜어 주어서 고맙다고 내게 개인적으로 사의를 표했어."

포로의 얼굴에 떠오른 표정은 아주 귀중한 것이었다.

랩은 트럭의 뒷문을 열었다.

"이제 전화를 해야 하니까… 너희 가족은 모두를 죽음으로 몰고 가게 해 준 너에게 직접 감사의 인사를 할 수 있을 거야. 마지막 한 명까지 모두 말이야."

23

워싱턴 D.C.

아이린 케네디는 랭리의 구 본부 건물 7층에 위치한 세계작전센터의 뒤쪽에 서 있었다. 그녀는 보안 전화의 수화기를 천천히 내려놓았다. 케네디는 거의 1분 동안 움직이지도 말을 하지도 못했다. 그녀의 주위에는 모든 사용 가능한 현대적 커뮤니케이션 방식이 분주하게 돌아가고 있었다. 모든 목소리, 삑 하는 소리, 씽 하는 소리, 거세게 돌아가는 기계 소리, 키보드의 딸각거리는 소리…. 그 모든 것이 섞여서 쉼 없는 배경 소음을 만들어 냈다. 그녀는 그것을 완전히 차단시켰다.

미국의 국가 안보는 심각한 일이었다. 아이린 케네디 박사는 그 문제를 가볍게 생각해 본 적이 없었다. 그렇지만 핵 공격의 망령은 사람들에게 이상한 작용을 했다. 케네디는 공포로 마비된 것이 아니었다. 오히려 그 반대였다. 케네디는 랩이 방금 그녀에게 한 이야기의 중요성을 실감하기 위해 노력하고 있었다. 다음 조치를 취하고 나면 돌이킬 수 없다는 것을 알고 있었기 때문이다. 증인석에 불려갈 일은 없을 것이다. 최소한 다음 몇 시간 동안은 말이다. 이것이 장관, 차관, 국장, 부국장, 장군, 제독, 그리고 대통령 본인은 물론 그와 함께 끼어들게 될 여러 정치 보좌관들까지 무수한 사람들과 기관들이 관여하기 이전에 상황을 조용히 분석할 수 있는 마지막 기회일 가능성이 높다. 그들 중에는 비밀을 잘 지키는 이들도 있었지만 대부분은 그렇지 못했다.

케네디는 고개를 들어 방의 앞 벽을 가득 채운 세 대의 거대한 TV 스크린을 보았다. 모두가 24시간 케이블 뉴스 네트워크에 맞추어져 있었다. 현재는 큰 뉴스가 없었다. 그녀는 그런 상태가 그들이 이 일을 해결할 때까지 다음 24시간 동안 지속되기를 바랐다.

케네디는 약간 주저하면서 보안 전화의 수화기를 들었다. 그녀는 여러 개의 버튼들을 훑어보다가 알맞은 단축 버튼을 찾아냈다. 몇 초 후 비밀경호국 합동작전사령부의 당직 직원이 대답했다.

"케네디 국장입니다. 최대한 빨리 워치 요원을 연결해 주십시오."

몇 초 동안 몇 번의 딸깍 소리가 들린 후 피곤한 목소리가 흘러나왔다.

"워치입니다."

케네디는 비밀경호국의 대통령 특별 경호 업무를 책임지고 있는 그 특수 요원을 잘 알고 있었다.

"잭, 아이린이에요. 이렇게 곤란한 시간에 귀찮게 해서 미안해요. 하지만 위험한 상황이 생겼어요."

워치의 목소리에서 갑자기 지친 기색이 사라졌다.

"무슨 일입니까?"

"노아의 방주 작전을 수행할 거예요. 훈련이 아닌 실제 상황이고요."

케네디는 그 요원이 지금 침대에서 빠져나오고 있을 것이라고 짐작했다. 정부 요인을 도시 밖으로 철수시키는 노아의 방주 작전은 그들 두 사람이 기억하는 한, 단 한 번 가동되었다.

"알겠습니다. 위협 요인은 뭐죠?"

"대량살상무기가 도시 안에 있을 것이라고 믿을 만한 근거를 가지고 있어요."

"어떤 종류죠?"

워치의 목소리가 갑자기 긴장되었다.

"더 이상은 밝힐 수 없어요, 잭. 펜타곤에도 아직 말하지 않았어요."

"알겠어요. 하지만 내가 뭘 상대하는지는 알아야죠."

"지금으로서 정보는 핵무기를 지목하고 있어요."

"세상에."

"잭, 가능한 이목을 끌지 않게, 하지만 빠르게 진행되어야 해요. 마린 원은 안 돼요. 가능한 빨리 그를 리무진에 태워서 캠프 데이비드로 데려가세요. 소동을 만들어서는 안 돼요. 영부인도 데려가세요. 어느 쪽도 안 된다는 대답이 나와서는 안 됩니다."

"잘 알겠습니다."

"그들이 리무진에 탑승해서 출발하는 대로 저에게 확인 전화를 주세요. 다음 15분 동안은 세계작전본부로 연락하시면 저와 통화할 수 있어요."

"알았어요."

케네디는 전화를 끊고 작전본부 책임자인 칼 벤슨에게로 돌아섰다. 그는 그날 저녁의 상황을 모두 브리핑 받았고 이후의 지시를 기다리고 있었다.

"곧 출발할 수 있도록 제 헬기를 준비해 주세요. 이곳은 봉쇄하시고요. 이제 사적인 전화는 걸지도 받지도 못합니다."

벤슨은 고개를 끄덕이고 케네디의 지시를 이행하기 시작했다.

이 CIA 국장은 바로 수화기를 들지 않았다. 다음 전화는 엄청난 경보를 발령하게 만드는 것이다. 사람들을 잠에서 깨우고 그들에게 워싱턴에 전략적으로 배치된 연방 시설들을 확보하라는 경보를 말이다. 많은 사람들이 혼란에 빠진 배우자와 아이들이 무슨 일이 일어날 것인지 짐작만 하도록 놓아둔 채 집을 나와야 할 것이다. 아침이 되면 수천 명의 사람들이 무언가 심각한 일이 벌어지고 있다는 것을 알게 되고 언론은 그것을 캐내기 시작할 것이다. 미치 랩이 방금 알아낸 사실은 대중에게 숨기기가 극도로 어려울 것이다. 그리고 일단 그들이 알게 되면 대혼란이 뒤따를 것이다.

이것이 그들이 맞서야 할 난제였다. 그들이 이들 테러리스트를 저지시키고자 한다면 모든 미국의 국가 보안 자산을 이용해야만 한다. 하지만 그와 동시에 적에게는 누설되지 않기를 바라야 한다. 그 비밀을 지키기란 거의 불가능할 것이다. 하지만 시도해 보는 수밖에는 다른 방법이 없었다.

24

비밀경호국이 이런 일에 대단히 능한 데에는 여러 가지 이유가 있었다. 요원들이 뽑히는 선발 과정은 법 집행 기관 중에 가장 엄정했다. 하지만 그들을 전 세계 거의 모든 개인 보호 업무와 차별화시키는 것은 그 기관의 훈련 수준과 빈도였다. 시나리오를 끊임없이 만들고 베테랑들은 물론 대통령 경호특무대의 새로운 요원들까지 그 모든 시나리오를 완벽하게 숙지했다.

요원들은 메릴랜드 벨트스빌에 있는 그들의 최첨단 훈련 시설에서 한 치의 오차도 없도록 사격술을 연마하고 자동차 행렬은 어떻게 구성되는지, 그들이 담당하는 요인이 차에서 나와 군중들에게 인사를 하기로 했을 때 사람들을 어떻게 다루어야 하는지에 대해 지겹도록 예행연습을 했다. 그 외에도 그들은 백악관과 캠프 데이비드, 앤드루 공군 기지에서 수없는 모의 연습을 거쳤다. 위기 상황이 오면 단 몇 초가 중요하기 때문에 한 요원의 한 번의 망설임만으로도 대통령의 생사가 달라질 수 있었다.

문제를 더 어렵게 만드는 것은 그들이 보호해야 하는 사람들이 다루기 어려운 경우였다. 그들이 보호해야 하는 사람들은 거의 언제나 지적이고 독립적인 성격의 사람들이다. 그들은 남의 지시를 받는 것을 좋아하지 않았고 적절한 보안 수준에 관련해서 비밀경호국이 하는 제안을 무시하기 일쑤였다.

이 모든 것이 비밀경호국이 일을 하는 방식에 계산되어 있었다. 때문에 케네디 국장은 가능한 아는 사람이 최소인 대통령 내외의 조용한 대피를 선호했지만, 일은 그런 식으로 진행되지 않았다. 이 나라 수도에 티끌만 한 핵무기의 기미라도 있다면 대통령을 멀리 보내 안전한 벙커 안에 집어넣고 싶은 것이 워치의 마음이었다.

단 몇 초가 중요한 상황이었다. 워치가 백악관에 가는 데 20분이 소요되기 때문에 당직 책임자가 대피 작전을 수행해야 할 것이다. 워치에게는 두 가지 선택권이 있었다. 첫째는 베스 요르겐슨에게 전화를 걸어 한 문장을 말하는 것이다. 그것으로 예행연습이 완벽하게 되어 있는, 사전에 계획된 대피 작전이 실행될 것이고 완료까지 60초도 걸리지 않을 것이다. 그렇지 않으면 요르겐슨에게 전화를 걸어 소란을 일으키지 말고 조용히 대통령과 영부인의 짐을 꾸린 뒤에 그들을 캠프 데이비드로 데려가라고 말하는 것이었다.

두 번째 선택권이 가진 문제는 대통령이 적절한 시간 내에 협조하지 않을 가능성이 50퍼센트, 영부인이 전면적으로 거부할 가능성이 99퍼센트라는 것이었다. 대통령은 세부적인 사항을 알고자 할 것이고 그 뒤에는 보좌관들과 이야기를 하고 합의에 이르려고 노력할 것이다. 워치는 자신의 신경이 두 번째 경우를 견뎌낼 수 없을 것이라고 판단했다. 이것으로 인한 결과는 이후에 그가 처리할 것이다.

특무대의 보안 무선망으로 호출이 오자 요원들과 간부들은 바로 행동에 들어갔다. 웨스트 윙의 지하실에서는 공격대응 팀, CAT의 여덟 명 요원들이 벌떡 일어섰다. 검은색 전술복에 방탄복을 입은 이들은 재빨리 헬멧과 자동 소총, 기관총을 집어 들었다. 그들은 웨스트 윙에서 나와 사우스 론으로 달려간 뒤 대통령 리무진 '스테이지 코치' 둘레에 방어선을 만들었다.

관저의 2층에서는 남자 요원 한 명과 여자 요원 한 명이 노크 없이 대통령 부처의 방으로 들어갔다. 요원들은 영부인에게 갑작스런 방해에 대해 사과했다. 하지만 그들이 자정이 넘은 시간에 그들을 깨우고 있는 이유를 더 이상 설명하지 않았다. 그들은 침대 커버를 당겼고 헤이즈 부인을 킹사이즈 침대에서 내려오게 한 뒤 가운을 건넸다. 가운의 끈을 묶기도 전에 맨발인 그녀를 양쪽에서 요원들이 각각 한 팔씩 잡고 급히 방에서 나왔다. 홀을 지나자 엘리베이터가 문이 열린 채 기다리고 있었다. 영부인은 엘리베이터에 태워졌고 1층까지의 짧은 여행을 허가하는 것처럼 엘리베이터의 문이 닫혔다.

대통령이 상황실의 길고 빛나는 회의 테이블에 발을 올린 채 '스포츠 센터'를 보며 침실로 갈까 생각하고 있을 때 쿵 소리와 함께 무거운 방음문이 열렸다.

"대통령님, 저희와 함께 가 주셔야겠습니다."

대통령은 약간 놀란 것처럼 보였다. 충분히 이해할 만한 반응이었다.

"무슨 일인가?"

"대통령님을 캠프 데이비드로 모시라는 명령을 받았습니다."

미식축구 수비수 정도의 몸집을 한 두 명의 요원이 대통령의 팔 아래 손을 넣어 그를 일으켜 세웠다. 요르겐슨은 선두에 서서 상황실 밖으로 나와, 복도를 거쳐, 계단을 올라갔다. 요원들은 대통령의 질문을 무시하고 당장의 임무에 집중했다. 그들은 웨스트 윙 밖의 주랑으로 나가 차도 쪽 길로 뛰어가기 시작했다. 차도는 둥글게 굽어지며 사우스론으로 이어져 있었다.

탱크와 같은 대통령 리무진이 시동을 건 채 서 있었고 승객석의 문들이 열려 있었다. 음침한 분위기의 검은색 스테이션왜건이 그 뒤에 대기하고 있었다. 그 차량의 각 코너에는 요원 한 명씩 서 있었다. 그들 중 두 사람은 FNH 5-7 전술권총으로 거총 자세를 취하고 있었고 다른 두 사람은 FNP-90 기관 단총을 가지고 있었다.

영부인은 예의고 뭐고 없이 지하실 문으로 끌려 나왔다. 가운은 열려져 있었고 맨발이 드러나 있었다. 다행히도 주위에는 보는 눈이 전혀 없었다. 그녀는 대통령보다 몇 초 먼저 리무진에 도착했다. 영부인를 데리고 온 요원 하나가 범인을 경찰차 뒷자리에 쑤셔 박듯이 손을 그녀의 머리 위에 얹은 뒤 뒷자리에 던져 넣었다. 다가오고 있는 대통령과 그를 부축하고 있는 요원들에게 재빨리 길을 내주기 위해서였다. 헤이즈 대통령도 마찬가지 취급을 받았다.

통상 자동차 행렬에는 예비 리무진과 대여섯 대의 다른 차량이 동행하게 되지만 이런 신속한 대피의 경우는 사정이 달랐다. 다른 차량들은 바로 이 순간 불과 몇 블록 떨어지지 않은 비밀경호국 차고에서 시동을 건 채 서 있었다. 필요에 의해서 네 명의 요원들이 대통령 부처와 함께 차에 탑승했다. 요르겐슨은 운전사와 함께 앞좌석에 올랐고 두 명의 요원들이 그와 운전사 위에 있는 보조 좌석에 앉았다.

리무진의 문이 닫히자마자 공격대응 팀이 스테이션왜건의 뒷좌석에 올랐다. 장갑판을 댄 두 대의 차량이 육중한 출입문을 통과해 웨스트 이그제큐티브 드라이브를 탔다. 그곳에서 그들은 비밀경호국 제복근무조의 세단 두 대와 만났다. 한 대가 앞으로 나섰고 다른 한 대는 뒤를 따랐다. 여섯 블록을 지난 후 예비 리무진과 안테나가 잔뜩 서 있는 커뮤니케이션 밴이 대형에 합류했다. 대피에 소요된 시간은 정확히 52초였다.

25

애틀랜타

창고의 위치는 도시에서 가장 좋은 곳이라고는 할 수 없었지만 그것은 예상하고 있던 바였다. 애틀랜타의 좋은 부동산은 가격이 비쌌고 이 작은 운송 회사에 투자를 했던 사람들은 장기적인 투자처를 찾고 있었던 것이 아니었다. 그들은 그저 다른 종류의 배당이 지급되는 사업에 참여하고 싶었을 뿐이다. 일흔두 살로 더 이상 사업을 할 수 없는 이전 소유주는 은퇴를 간절히 바라고 있었다.

그들은 그가 원하는 조건을 제시했다. 그는 8만 달러 현금을 선불로 받고 3년 동안 한 달에 5천 달러를 받기로 했다. 새 소유주들이 처음 사업체를 인수했을 때는 여섯 대의 트럭이 그럴듯한 외양을 하고 있었고 그중 두 대는 손을 좀 보아야 하는 상태였다. 그것이 13개월 전의 일이었다. 지금은 트럭 세 대만이 운행 중이었고 소유주들은 다른 트럭들을 수리할 생각이 없었다. 계획대로 일이 굴러간다면 그들은 메모리얼데이 이후에는 더 이상 영업을 하지 않을 생각이었다.

아메드 알 아델은 천으로 이마를 닦고 애틀랜타의 후터분한 습기를 저주하는 말을 내뱉었다. 창고는 냉방이 되지 않았다. 며칠만 더 버티면 그는 마침내 집으로 돌아가게 된다. 알 아델은 1999년 미국으로 이주했다. 그동안 신을 믿지 않는 이 나라로 온 자신의 결정을 후회하지 않은 날이 하루도 없었다. 그는 애틀랜타에 이슬람교도들이 많아서 친구를 만들기도 쉽고 어쩌면 아내도 찾을 수 있을 거란 이야기를 들었었다. 그곳에는 아저씨가 두 분 있었고 사촌들도 많았다. 알 아델은 총명했고 좋은 교육을 받았기 때문에 그런 면에서는 신의 선물을 받은 사람이었다. 외양에 있어서는 부족했지만 말이다. 그는 훌륭한 외모가 좋은 머리보다 훨씬 더 낫다고 생각했다.

알 아델은 친척들이 자신들을 이슬람교도라고 부르는 것조차 거슬려한다는 데 충격을 받았다. 미국과 미국의 악덕이 그들을 너무나 타락시켜 놓았다. 그는 그들이 하나같이 지옥으로 가는 급행 차로에 있다고 확신했다. 알 아델은 그의 영예로운 형제들이 비행기를 뉴욕의 고층 건물들과 워싱턴의 군사 본부에 충돌시킨 그때 고향 사우디아라비아로 돌아갈 준비를 하고 있던 참이었다. 그는 침실 하나짜리 자신의 아파트에서 그 사건이 펼쳐지는 것을 지켜보았고 용감한 이슬람 전사들의 성공에 환호했다.

그들의 영웅적인 행동은 알 아델에게 미국에 남아 싸울 수 있는 용기를 주었다. 공격이 있고 얼마 후 알 아델은 그와 같은 생각을 가진 다른 사람들을 찾기 시작했다. 미국을 타락하고 역겨운 곳이라고 생각하는 사람들을 말이다. 이곳의 젊은 이슬람 여인들은 마땅한 의무인 부모 공경조차 하지 않았다. 그들은 남자 친척도 대동하지 않고 공공장소에 나갔고 얼굴을 가리는 수고도 하지 않았다. 대부분은 운전까지 했다.

알 아델은 그의 아저씨 중 한 명에게 자신의 반감을 표현했지만 그 아저씨는 아무것도 하지 않았다. 여자 사촌들은 뒤에서 그를 비웃었다. 그들은 그의 작은 키와 전통적인 방식을 놀림감으로 삼았다. 그들은 그가 알고 있다고 생각지 않았지만, 그는 그들의 속삭이는 소리며 숨죽여 웃는 웃음소리를 듣고 있었다. 그들은 이 세상 속 자신들의 위상에 대한 아무런 생각도 없는 꼬꼬댁거리는 암탉 떼 같았다. 알 아델과 그의 동료 전사들은 전 세계적인 성전으로 연결될 불씨를 당길 예정이었다.

알 아델은 마당으로 걸어 나와 구멍이 숭숭 난 아스팔트를 건너 공회전을 하고 있는 그의 트럭으로 향했다. 두 명의 남자가 트럭 옆에 서서 이야기를 나누고 있었다. 그들 중 한 명이 알 아델에게 다가와서 그를 따뜻하게 감싸 안았다.

"알라후 아크바."

신은 위대하다.

알 아델은 그 인사말을 따라했다.

"알라후."

"제가 직접 모든 것을 확인했습니다. 그것이 당신을 당신의 운명과 그 너머의 세계로 데려다 줄 것입니다."

"고맙습니다."

알 아델은 그의 어깨를 가볍게 쳤다.

"언젠가 우리 조국에서 다시 만나길 바랍니다."

"그게 안 된다면 천국에서 만나기로 하죠."

그 남자는 자랑스러운 미소를 보이며 말했다.

"좋습니다."

알 아델은 만족스러움으로 밝게 미소를 지었다.

"제가 말한 지시사항들을 기억하십시오. 오늘 아침 10시까지 제게 아무런 소식이 없으면 제가 드린 번호로 전화를 하십시오."

그 남자가 고개를 끄덕였다.

"뭘 해야 하는지 정확히 알고 있습니다. 이제 출발하십시오."

두 남자는 다시 한 번 포옹을 나누었다. 알 아델은 커다란 트럭의 운전석에 올랐다. 세 번째 남자는 택시의 객석에 탔다. 그의 바지 허리춤에는 권총이 불룩하게 나와 있었다. 알 아델은 가속 장치를 몇 번 밟아 엔진을 고속회전 시킨 뒤 기어를 넣었다.

땅에 서 있는 남자는 손을 둥글게 해서 입가에 모으고 소리쳤다.

"조심하십시오."

알 아델은 남자에게 이가 보이도록 활짝 웃어 주고 고개를 끄덕였다. 그는 커다란 트럭을 아주 잘 몰았다. 지금까지 거의 1년 동안 그는 애틀랜타에서 찰스턴 항구까지 일주일에 세 번씩 왕복했다. 하지만 지금의 여행은 그 어떤 여행보다 중요했다. 이번에는 알라가 그를 한층 더 주시할 것이다.

26

워싱턴 D.C.

페기 스텔리는 상당히 폭력적인 꿈을 꾸고 있었다. 그녀는 막 가라테 강사의 사타구니에 강타를 날렸지만 그것만으로는 만족스럽지가 않았다. 그녀는 엄청난 속도와 정확성으로 그의 명치와 목, 그리고 마지막으로 코를 가격했다. 마지막 강타는 교과서에나 나올 법한 완벽한 팜 스트라이크였고 남자는 매트에 쓰러졌다. 납작해진 그의 코에서 피가 떨어지고 있었다. 쓰러뜨린 그 남자를 내려다보며 서 있는 자신의 모습이 보였다. 머리는 엉망이었고, 뺨은 홍조로 물들었고, 피부는 땀으로 빛나고 있었다. 충분한 성과를 거두었다는 표정이 그녀의 온 얼굴에 퍼졌다. 꿈속이 아닌 것만 같은 어떤 자극이 있었다.

스텔리의 눈꺼풀이 움찔거리다 이내 열렸다. 그녀는 머리맡에 있는 시계를 쳐다보았다. 아직 상황이 확실히 분간되지 않았다. 시계의 푸른 글자가 새벽 2시 28분이라고 말해 주고 있었다. 그녀는 그 승리가 꿈일 뿐이라는 것을 깨닫고 화가 났다. 몇 달 동안 경험한 최고의 승리감이었다. 그녀는 다시 머리를 눕히고 눈을 감았다. 그 가학적인 강사의 엉덩이를 걷어차던 쾌감이 현실이기에는 너무 괜찮았다는 것을 알았어야 했다. 그녀는 빨리 다시 잠이 든다면 꿈이 끝난 지점으로 다시 돌아갈 수 있을지 모른다고 생각했다.

몇 초 후 스텔리는 자신을 잠에서 끌어낸 것이 무엇이었는지 알아냈다. 화장대 위에 있는 호출기가 진동하고 있었다. 스텔리는 베개 속에 머리를 파묻었다. 꿈속으로 돌아가고 싶었다. 하루에 열두 시간씩 일을 하면 충분하지 않은가? 그녀는 거의 언제나 5시에 일어났고 6시를 넘겨서까지 자는 법이 없었으며 언제나 집으로 일거리를 가져왔다. 밤에 다섯 시간을 잘 수 있으면 운이 좋은 것이었다. 그런데 자정부터 해가 뜰 때까지는 그녀를 괴롭히지 말아 달라고 하는 것이 그렇게 심한 요구란 말인가?

스텔리는 베개를 방 저쪽으로 내던지고 일터에서 오는 저 망할 비상 호출 소리를 무시할 용기가 없는 자신을 저주했다. 그녀가 안정된 남자 친구를 찾을 수 없는 것도 이상할 것이 없다. 다른 사람은 물론이고 자신을 위한 시간조차 없었다.

그녀는 이불 아래에서 길고 탄력 있는 다리를 휙 하고 꺼내서 침실용 탁자 앞으로 걸어갔다. 호출기에 손을 뻗으면서 그녀는 왜 가라테 강사의 목을 조르는 꿈을 꾸었는지 깨달았다. 스텔리는 그녀의 따끔거리는 왼쪽 가슴을 떠올리며 얼굴을 움찔했다. 언제나 발전해야 한다고 자신을 몰아붙이는 성격의 그녀는 가라테 3단이었다. 스텔리는 지난번 강사와 스파링을 하는 동안 지나치게 공격적이 되었었다. 그녀는 그 나이든 남자의 머리에 비스듬하게 들어가는 펀치를 날렸지만 그 과정에서 자신이 공격에 노출되고 말았다. 그런 실수를 용납하지 않는 징 사범은 번개 같은 빠른 공격으로 화답해서 그녀를 완전히 뻗게 만들었다. 스텔리는 자신의 어리석은 실수를 꾸짖으며 내려다보던 징 사범의 모습을 아직도 생생히 그릴 수 있었다. 더 이상 폐에 공기가 남아 있지 않은 상태가 아니었다면 그녀는 대응을 했을 것이다.

스텔리는 호출기를 집어 들고 작은 화면의 정보를 보았다. 거기에 떠오른 숫자를 보고는 이렇게 외쳤다.

"빌어먹을."

스텔리는 방에서 뛰어나왔다. 법무부에는 24시간 지휘센터가 있다. 그들이 한밤중에 그녀에게 전화를 하는 이유는 딱 두 가지였다. 그녀는 주방으로 가자 자동응답기에서 메시지 수신등이 반짝거리고 있는 것을 바로 알아차렸다. 스텔리는 재생 버튼을 누르고 휴대전화를 들어 전원을 켰다. 그녀는 밤이면 잠을 잘 수 있도록 침실에 환풍기를 켜두고 벨소리는 꺼두었다. 하지만 호출기는 정말 그녀와 연락이 필요한 사람이 있을 경우를 대비해서 침실에 두었다.

자동응답기의 작은 스피커에서 법무장관의 목소리가 흘러나왔다. 즉시 전화를 하라는 지시뿐이었다. 메시지는 간단했지만 그녀는 뭔가 잘못되었다는 것을 알 수 있었다.

그녀는 수화기를 들고 그의 휴대전화 번호를 눌렀다. 벨이 울리자마자 그가 대답했다.

"펙, 일반 전화를 쓰고 있나?"

"아… 아니에요. 무선 전화예요."

"도대체 어디에 있어?"

그녀는 변명을 생각하기 위해 애쓰면서 머리를 뒤로 넘기고는 결국 사실대로 이야기했다.

"자고 있었어요."

"내 말 잘 들어. 일반 전화로는 이 문제를 의논할 수가 없어. 합동대테러센터로 즉시 가서 다시 전화를 해."

그녀가 무슨 일인지 묻기도 전에 전화는 끊겼다.

스텔리는 어안이 벙벙해서 무선 전화를 멍하니 바라보며 주방에 그대로 서 있었다. 새로운 합동대테러센터는 그녀의 아파트에서 몇 킬로미터 떨어지지 않은 곳에 있었다. 워싱턴 벨트웨이 서쪽 끝의 타이슨스 코너 근처에 있는 그 시설은 최근 문을 열었다. 이런 기밀 기관을 만든 데에는 두 가지 이유가 있었다. 첫째는 FBI와 CIA가 테러와의 전쟁에서 함께 일하도록 하는 것이었고 두 번째는 FBI의 대테러 인력을 시내에서 내보내는 것이었다.

그러한 이동의 근거는 대단히 간단했다. FBI 본부가 테러리스트들이 가장 노리는 표적이었고 그들이 그 건물을 폭파하는 데 성공하는 경우 공격에 대해 조사해야 할 요원들을 잃는 결과가 초래되기 때문이었다.

지금 일어나고 있는 일의 심각성이 분명하게 인식되기 시작했다. 그녀는 이러한 유형의 상황에 대비해서 항상 비상용 가방을 챙겨 두어야 했다. 스텔리는 훈련이 있을 때 좀 더 주의를 기울이지 못했던 자신에게 저주를 퍼부었다.

그들은 그녀에게 세 대의 전화와 두 개의 호출기를 주고 그 모든 것을 항상 지니고 다니라고 지시했다. 그녀는 모든 것이 지나치다고 생각했다. 전화기 하나와 호출기 하나는 정상적인 업무 과정에서 사용하도록 지정되어 있었다. 두 번째 전화와 쌍방향 호출기는 무선기지국 상의 최우선권이 주어졌다. 그리고 아직도 박스 안에 있는 마지막 전화기는 이리듐 위성 전화로 정상적인 전화 서비스가 불가능할 때 사용되었다.

스텔리가 원하는 것은 다섯 시간의 잠뿐이었다. 그녀는 무선 전화를 받침대 위에 놓으며 말했다.

"설마 망할 놈의 훈련은 아니겠지."

옷을 갈아입기 위해 복도를 걷는 순간 그녀는 그것이 훈련이 아니라는 것을 깨달았다. 훈련이라면 스톡스가 이야기를 했을 것이다. 게다가 훈련 때문에 한밤중에 법무장관을 깨웠을 리가 없다. 스텔리는 속도를 냈다. 그녀는 회색 바지 정장을 급히 걸치고 진즉에 싸 놓았어야 하는 가방 안에 세면도구와 여분의 옷을 쑤셔 넣었다. 그리고는 거실로 되돌아갔다. 그녀는 문 옆의 거울로 자신 모습을 재빨리 살폈다. 머리는 엉망이었고 얼굴에는 수면선이 생겼다.

'망했다. 차 안에서 얼굴을 좀 만져야겠어.'

스텔리는 현관 벽장을 열고 상자들을 내던지며 1년도 더 전에 받았던 위성 전화 상자를 찾았다. 배터리가 충전되어 있는지 의심스러웠지만 어쨌든 가져가야 했다. 그녀는 거의 문을 나와서야 지갑을 가지고 오지 않았다는 것을 깨닫고는 다시 주방 테이블로 가서 지갑을 가져왔다. 그녀는 가방을 어깨 너머로 던지고 지갑을 쥔 뒤 문을 잠그는 것도 잊고 집을 나섰다. 자기 실수를 깨달았을 때는 이미 차고에 있을 때였다. 그녀는 펄펄뛰며 자신에게 욕을 퍼부었다. 거의 다시 돌아갈 뻔했지만 생각을 바꾸었다. 어쩐지 잠기지 않은 문을 걱정할 때가 아니라는 생각이 들었다.

27

아프가니스탄

두 대의 차량이 큰 소란 없이 기지로 되돌아왔다. 특수 부대 분견대에는 기지의 별개 구역이 배정되어 있었고 험비에 탄 헌병이 그들을 할리 장군의 지휘 텐트로 호위했다. 랩은 차가 멈추기도 전에 트럭에서 내리기 시작했다. 와히비 압둘라의 비명 소리를 듣는 데 진력이 난 그는 그놈을 때려눕혀 버릴까 생각했을 지경이었다. 랩은 이전에 총을 맞아 본 경험이 있었다. 기분 좋은 일은 절대 아닌 것은 사실이다. 하지만 그 남자는 비명을 지르고 신음을 하다가 지금은 거의 30분 가까이 울고 있었다.

랩은 반쯤은 압둘라가 굴러 나와 땅에 세게 부딪혀서 턱이 부서지기를 바라면서 뒷면의 해치 도어를 열었다. 그의 소망은 실현되지 않았다. 그 사우디인은 자신을 고문한 사람을 보자 더 크게 소리를 질렀다. 군인들이 지휘 텐트에서 나오기 시작했고 할리 장군이 그 뒤를 따랐다. 랩은 이 장면을 피하고 싶었다. 하지만 계획에 변화가 있었다. 우르다와 그의 아프가니스탄 경호원들은 다른 두 포로를 잡아내려 SUV에 기대어 놓았다.

랩이 다섯 명의 포로와 남았다가 세 명만을 데리고 왔다는 것을 알아차리거나, 상관하거나, 감히 그 이유를 묻는 사람은 아무도 없었다. 할리 장군조차 말이다. 알지 못하는 것이 나은 일들도 있게 마련이다.

"이자를 위해 의사 치료가 필요하다고 한 건가?"

할리가 압둘라를 가리키며 물었다. 압둘라는 비명을 지르다가 곧 죽을 사람처럼 심하게 숨을 헐떡이기를 반복하고 있었다.

랩은 총자루로 그의 머리를 후려쳐서 때려눕히고 싶은 마음이 간절했지만 그 모든 군인들 앞에서 그런 짓을 할 수는 없었다. 그는 어쩔 수 없이 압둘라의 치료에 동의했다. 어쨌든 랩은 압둘라와 다른 포로들을 다시 심문하기 전에 마을에서 빼앗아 온 정보들을 확인할 필요가 있었다. 지금 당장은 무엇이 진실이고 무엇이 거짓인지 가릴 수 있는 방법이 없었다.

위생병이 나타나서 포로의 상처를 재빨리 진찰했다. 우르다는 랩에게 다른 두 포로를 데려가야 하는지 물었다. 랩은 아니라고 대답했다. 그들에게 자신들을 체포한 사람들이 연민을 가지고 자비를 베푸는 모습을 보여 주는 것은 좋은 일이었다.

랩은 위생병에게 다가간 뒤 다른 사람들이 들을 수 없도록 허리를 굽혀 이야기했다.

"그에게 모르핀을 조금만 주게. 30분만 지속되도록 말야."

'이런 방법이 정답인지도 몰라.'

랩이 생각했다.

약간의 모르핀은 일시적으로 통증을 경감시킨다. 하지만 약효가 떨어지기 시작하면 정말 입을 열고 싶게 될 것이다.

그는 압둘라를 내려다보며 아라비아어로 조용히 말했다.

"네가 말한 내용을 확인하러 간다. 거짓말을 했다면 손가락을 하나씩 잘라 줄 생각이야."

랩은 몸을 펴고 손을 흔들어 우르다를 불렀다. 두 CIA 요원들은 할리 장군과 자리를 함께했다. 랩이 장군에게 물었다.

"자말이 이 세 명의 심문을 계속할 수 있는 장소가 있습니까?"

"모두 준비가 되어 있네…. 녹음 장비 등 모두 말이야. 그 일을 돕고 싶어서 안달이 난 델타 대원들도 있네."

"좋습니다."

랩은 우르다에게 몸을 돌렸다. 하지만 이야기를 시작하기도 전에 장군이 그의 팔을 잡았다.

"이보게…. 그들에게 거칠게 할 필요가 있다면 델타 대원들 이외에 아무도 그 방에 들이지 않겠네. 카메라도 꺼 두고."

랩과 우르다가 고개를 끄덕였다.

"처형은 허용할 수가 없네."

할리가 속삭였다. 군사 기지에서는 아침 PT만큼이나 흔한 것이 뜬소문이었다.

"그런 수단에 의지해야 할 필요가 있을 때는 그들을 다시 기지 밖으로 데려가야 하네."

장군은 두 사람의 눈을 응시하면서 그들이 이 점을 분명하게 이해했는지 확인했다.

"잘 알겠습니다."

랩이 말했다. 우르다는 고개를 끄덕였다.

할리가 만족스럽게 고객을 끄덕인 뒤 부관 중 한 명에게 몸을 돌렸다.

"대위, 안내를 부탁하네. 여기 우르다와 그의…."

할리는 포로라는 말을 사용하려다가 말을 흐렸다.

"우르다를 우리가 얘기했던 그 장소로 데려다 주게."

"예, 장군님."

아프가니스탄인 경호원들이 압둘라를 잡고 우르다는 다른 두 포로의 팔꿈치를 잡은 채 방을 나섰다.

할리는 그들이 나가는 것을 보며 낮은 목소리로 랩에게 말했다.

"저들이 핵폭탄을 가지고 있다는 것을 믿을 수가 없네."

랩은 아직도 희망을 품고 있었다.

"그들이 뭘 가지고 있는지 아직 확실치 않습니다. 하지만 최악의 것을 가정하고 거기에서부터 일을 해결해 나가야 합니다. 그들이 더티밤(방사능 물질을 포함한 재래식 폭탄으로 불순물을 제대로 제거하지 못한 채로 만들어져 위력이 크게 떨어짐-옮긴이)을 가지고 있고 폭파시킬 기회를 잡지 못하길 바라야겠죠."

할리는 잠시 말이 없었다. 그의 부하들이 찾은 또 다른 증거 중에 아직 랩에게 알리지 못한 것이 있었다.

"나는 워싱턴에 가족이 있네."

"아직 그들에게 진 것이 아닙니다, 장군님."

"그건 알아. 하지만 그들이 여기까지 왔다는 것도 난 믿을 수 없네."

그는 팔을 들어 남쪽의 먼 산들을 가리켰다.

"우리는 사람이 더 필요해. 스네이크 이터들을 말하고 있는 게 아닐세."

할리는 특수 부대를 칭하는 은어를 사용했다.

"3개 전투 사단과 전면적인 지원이 필요하네. 저 산으로 들어가서 이일을 끝내 버려야 해."

"그들이 워싱턴에서 폭탄을 터뜨린다면 장군님의 그 소원을 이루게 되실 겁니다."

장군은 고개를 저었다. 불길한 예감은 더 커져 가고 있었다.

"그들이 워싱턴에서 핵폭탄을 터뜨린다면 지역 전체가 방사능 잔해 더미가 될 거야."

"그들이 성공하지 못하게 되기를 바라야겠죠."

할리는 전혀 낙관적인 것 같지 않았다. 그는 랩에게 따라오라고 손짓을 했다.

"출발하세."

그들은 커다란 텐트로 들어갔고 장군은 음식과 커피가 준비된 테이블로 걸어갔다.

"시장하지 않나?"

"죽을 지경입니다."

랩은 칠면조 고기로 만든 샌드위치를 집어 들어 셀로판지를 벗겼다. 충분히 포장이 벗겨지자 그는 한 입 크게 베어 먹고 블랙커피를 한 컵 마셨다. 할리가 그들이 하고 있는 일을 설명하는 동안 랩은 식사를 계속했다.

커다란 직사각형 테이블들이 방 주위에 편자 모양으로 배열되어 있었다. 수많은 전선과 코드가 여러 대의 컴퓨터, 스캐너, 평면 모니터, 프린터, 팩시밀리에 연결되어 있었다. 대부분의 사람들은 사막 전투복을 입고 있었지만 몇몇은 사복 차림이었고 그것은 그들이 CIA라는 의미였다.

"이쪽의 첫 번째 그룹은 워싱턴에 있는 자네 동료들과 함께 컴퓨터의 자료를 해독하고 있네. 다른 두 그룹들은 파일을 읽고 언어별로 분류하고 있고. 우리가 생각한 것보다 아라비아어로 된 것이 많네."

장군은 마지막 테이블을 가리켰다.

"저쪽이 우르다의 수하들이네. 우르두어나 파슈토어로 만들어진 것은 바로 그들에게 넘기고 있지. 벌써 흥미로운 것들은 몇 가지 발견했네. 나를 따라오게."

할리는 텐트 안을 둘러싼 커다란 보드 앞으로 다가갔다. 중앙에 붙어 있는 것은 워싱턴 D.C.의 지도였다. 모두를 이렇게 일하게 만든 문제의 지도였다. 그 옆에는 랩이 본 적이 없는 또 다른 지도가 있었다.

"이 지도가 접혀서 파일에 꽂혀 있는 것을 발견했네."

할리는 지도의 윗부분을 가리켰다.

"읽을 수 있는 것이 있나?"

"일부는요."

랩은 지도를 자세히 살폈다. 다른 것보다 중앙의 바다를 나타내는 푸른색 부분이 눈에 띄었다.

"카스피 해가 아닙니까?"

"맞네."

할리가 대답했다. 지도는 남쪽에 이란, 북쪽에 카자흐스탄이 있는 카스피 해의 지도였다.

"그들이 카스피 해 지도를 가지고 있을 이유가 뭘까? 뭐 떠오르는 것이 없나?"

랩은 잠시 지도를 응시했다.

"모르겠는데요."

"나도 마찬가지네."

할리는 그 문제는 그냥 넘어갔다.

"이 지도들은 설명이 필요 없지."

그가 지도들을 가리키며 말했다.

하나는 미국 동부 해안을 모두 보여 주는 지도였고 다른 하나는 플로리다와 카리브 해 북쪽의 지도였다.

할리는 그 지도를 짚으면서 물었다.

"어디에 원이 그려져 있는지 보이나?"

"뉴욕, 마이애미, 볼티모어, 찰스턴."

"맞네, 동부 해안에서 가장 붐비는 항구지."

"제기랄."

"그건 나쁘다고 할 수도 없네."

장군이 말했다.

"와서 이걸 좀 보게."

그는 랩을 데리고 테이블 바깥쪽을 돌아 우르다의 팀이 있는 곳으로 갔다. 수염이 있는 세 명의 남자는 편안한 차림이었다. 그들은 일에 집중해서 랩과 장군에게는 관심도 보이지 않았다.

"파슈토어를 하는 친구들이네. 이들이 실종된 파키스탄 핵 과학자들의 이름을 찾아냈어."

"달리 또 발견한 것은 없습니까?"

"핵탄두를 어떻게 보호하고 앞서 말한 항구들에 우리가 가지고 있는 탐지기에 적발되지 않게 어떻게 차폐하는가에 대한 상세한 설명을 찾아냈지."

랩은 좌절감에 눈을 질끈 감았다.

"또 다른 건요?"

"방화에 필요한 물품 목록과 최대 출력을 얻어 내기 위해 장약을 조립, 성형하는 방법 등이네."

출력은 폭탄의 폭발력을 평가하는 방법이었다.

"출력이 어느 정도인지 알아냈습니까?"

"이 자료에 따르면 20킬로톤이네."

할리가 테이블에 놓인 파일을 가볍게 두드렸다.

"뭐라고 하셨습니까?"

상당한 충격을 받은 랩이 되물었다.

"20킬로톤."

"이건 그저 그런 폭탄이 아닙니다."

"그렇지."

"그들이 이 물건을 어디에서 구했는지 혹시 아십니까? 파키스탄에서 훔친 것일까요?"

"지금으로서는 실마리조차 없네. 하지만 이 자료들을 모두 합동대테러센터와 펜타곤, 국가안전보장회의로 보내고 있는 중이네. 금방이라도 정부의 윗선에 있는 사람 중에 누군가가 파키스탄에 전화를 해서 그들의 핵무기에 대한 전면적인 해명을 요구할 걸세."

"장군님 말씀대로 됐으면 좋겠네요. 다른 사항은 없습니까?"

"흥미로운 선적 신고서가 있어서 해독 중이네. 하지만 그건 정말 어려운 퍼즐 맞추기 같아."

"어제 항공편으로 도착한 것은 어떻습니까?"

할리는 분석가 한 명에게 질문을 했고 부정적인 대답을 들었다.

"컴퓨터 중 하나에 있는 것은 아닐까요?"

랩이 물었다. 분석가는 어깨를 으쓱했다. 그도 알 수 없는 일이었다.

할리와 랩은 컴퓨터에 대한 작업을 하고 있는 구역으로 걸어갔다. 지금까지는 선적 기록을 담고 있는 것은 찾아내지 못했다는 이야기를 들었다. 하지만 이제 겨우 시작 단계일 뿐이었다.

랩은 압둘라가 그에게 거짓말을 한 것은 아닌지 의심하면서 그에게 몇 가지 질문을 더 하는 것이 좋겠다고 생각했다.

"장군님, 부하들 중 한 명이 저를 심문이 진행되고 있는 곳으로 데려다 줄 수 있을까요?"

할리는 큰 소리로 부관 중 한 명을 불렀다. 그는 그 하급 장교에게 CIA에서 온 그 남자를 데려가야 할 곳을 일러주고는 랩에게 말했다.

"새로운 것을 알게 되면 알려 주겠네."

"알겠습니다."

랩은 걸음을 옮기다가 돌아섰다.

"장군님, 청이 하나 더 있습니다. 제가 타고 온 비행기에 급유를 하고 출발할 수 있게 준비시켜 주시겠습니까?"

"염려 말게."

28

워싱턴 D.C.

특별수사관 스킵 맥마흔은 스물다섯에 펜실베이니아 주립 대학을 졸업한 후부터 미연방수사국 FBI에서 근무해 왔다. 그는 별의별 일을 다 겪어 왔다. 그는 아마도 수사국의 다른 어떤 사람보다 스트레스가 많은 사건에 참여했을 것이다. 하지만 이번 것은 그중에서도 최악인 것 같았다. 지금의 상황은 훈련이 아니었다. 훈련이었다면 FBI의 대테러분과를 관리하는 이 남자가 모를 리 없었기 때문이다.

STU-3 보안 전화의 날카로운 벨 소리 때문에 억지로 일어나는 일은 절대 유쾌한 경험이라고 할 수 없었다. 그는 이 특별한 날 저녁 대테러 감시센터로부터 받은 메시지 덕분에 침대에서 벌떡 일어나 관절염이 있는 그의 다리가 허락하는 한 최대한 빠른 속도로 옷을 입었다.

노아의 방주 작전이 실행되고 있었다. 대통령과 내각, 대법원, 상원과 하원 지도부가 모두 워싱턴으로부터 몸을 피하고 있는 중이었다. 그들이 정부상시운용, COG(Continuity of Government)라고 부르는 계획의 일환이었다. 맥마흔은 정부상시운용방안, COOP(Continuity of Operations)의 관계자였다. 그의 임무는 그들이 피난을 간 동안 남아서 테러리스트들의 시도를 저지시키는 것이었다. 그것이 어떤 시도이든 말이다.

바로 지금 그는 타이슨 코너에 마련된 새로운 시설에서 다른 곳보다 바닥이 높은 유리로 둘러싸인 방 안에 앉아 그 일을 하려는 중이었다. 그는 세계 전역의 테러리스트 활동을 감시하기 위해 상시 운영되는 대테러감시센터를 바라보았다. 이 최첨단 공간에는 예순두 명의 특별수사관과 스물세 명의 CIA 정보 분석가들이 배치되어 있었다. 그 분석가들은 새롭게 발족한 테러방지통합센터, TTIC 소속이었다. CIA의 대테러센터는 다른 층에 위치하고 있었다.

맥마흔은 콘솔과 컴퓨터의 바다를 건너다보았다. 아프가니스탄 칸다하르에서 무슨 일이 일어나고 있다. CIA가 군의 도움을 받아 고위급 테러리스트를 붙잡은 것이 분명했다. 번역가들이 따라잡기 힘들 정도로 많은 정보가 빠르게 쏟아져 들어오고 있었다. 맥마흔은 CIA 대테러센터의 책임자 제이크 터브스가 들어오는 것을 보았다. 그는 통로를 급히 걸어서 유리로 만들어진 방으로 들어왔다.

"이게 방금 들어왔네."

터브스가 종이 한 장을 내밀었다.

맥마흔은 그 도시의 목록을 보았다.

"세계에서 가장 번잡한 항구들 중 네 개군."

"그렇네, 지금으로서는 우리가 작업해야 할 곳이지."

"국제 항공 화물기 전부에다가 그것까지 더 말인가?"

"쉽지 않을 거란 건 알고 있지 않았나, 스킵."

그들은 새로운 합동대테러센터가 아직 전면적으로 운영되고 있지도 않은 상황에서 능력의 한계까지 발휘해야 하는 시나리오를 받아들고 있었다.

"물론 알기야 하지."

맥마흔은 자신이 가진 인력을 어떻게 배치해야 할지 생각하고 있었다.

"대상의 폭을 좀 줄일 수 있는 가능성은 없나?"

"노력은 하고 있네."

맥마흔은 그 종이를 책상 위에 내려놓았다.

"라이머에게 전화를 해서 그쪽 인력을 이 일에 투입할 수 있는지 알아봐야겠네."

맥마흔이 이야기하고 있는 것은 에너지국의 핵비상지원 팀을 책임지고 있는 폴 라이머였다.

"좋은 생각이네."

터브스는 도착했을 때처럼 재빨리 방을 나섰다.

맥마흔의 보안 전화에는 60개의 단축 버튼이 있었다. 라이머의 단축 버튼은 맨 위쪽 가까이에 있었다. 그는 그 버튼을 눌렀고 몇 초 뒤 베트남전 베테랑이고 퇴역 네이비 실인 라이머가 연결되었다.

맥마흔과 마찬가지로 라이머도 정부에서 지급한 STU-3의 벨 소리에 잠을 깨서 메릴랜드 저먼타운에 있는 에너지국의 지하보안시설로 가라는 지시를 받았다.

"라이머입니다."

그는 크게 지치지 않은 목소리로 대답했다.

"폴, 스킵이네. NEST 인력에게 작업 준비를 시켜줄 수 있겠나?"

맥마흔이 말하고 있는 것은 에너지국의 핵비상지원 팀이었다.

"이미 수색대응 팀에게 시내에 대한 무작위 수색을 지시했네."

"좋아…. 항구들도 좀 돌아봐 줘야겠네."

"몇 군데나 되나?"

"우선은 네 곳이야. 뉴욕, 마이애미, 볼티모어, 찰스턴."

도시의 목록을 듣자 잠시 침묵이 이어졌다. 그 뒤 라이머가 빈정대는 목소리로 말했다.

"그렇다면 뉴올리언스, 휴스턴, L.A.도 집어넣지 그러나?"

"과하다는 건 나도 알고 있네, 폴."

"과해? 장난하나?"

"미안하네, 하지만 지금 전부 작업해야 하는 곳들이네."

"공항은 어떻게 할 텐가?"

맥마흔은 목 뒤를 잡았다.

"해외 요원들이 조사하고 있네."

"만약 문제의 그 망할 폭탄이 벌써 미국에 들어와 있다면 어떻게 해야 하지?"

"들어왔다면 탐지기가 잡아 냈을 거라는 것이 중론이네."

맥마흔이 이야기하고 있는 탐지기는 미국의 모든 통관항에 설치되어 있었다. 그들은 핵 장치가 방출하는 방사선 신호를 잡아낼 수 있게 고안되어 있었다. 탐지기들은 차폐가 되어 있지 않은 장치를 탐지하는 능력은 뛰어났지만 적절히 차폐되어 있는 장치의 경우에는 효과가 덜했다.

라이머는 탐지기가 미국으로 들어오는 핵 장치를 적발했을 것이라는 생각에 코웃음을 쳤다.

"우리가 찾고 있던 파키스탄 과학자들을 발견했다는 정보를 들었네. 이 일에 동원된 모양이던데."

"그걸 어디서 들었나?"

정말 놀란 맥마흔이 물었다.

"대테러감시센터로부터 방금 정보 한 더미를 받았네. 우리 전문가들에게 일부 정보를 상세히 조사해 달라고 하더군."

라이머는 잠시 말을 멈추었다가 덧붙였다.

"스킵, 자네도 나만큼은 알고 있겠지만 과학적으로 도움을 주는 조력자들이 있었다면 그들은 그것에 적절한 차폐 조치를 했을 거야. 그건 항구의 우리 탐지기들이 그것을 찾아낼 가능성이 상당히 감소한다는 이야기지. 사실은 적발 가능성이 거의 없다고 봐야 하네."

맥마흔에게는 그들이 맞서고 있는 문제를 해결할 더 나은 방법이 필요했다.

"수완이 그렇게까지 좋지 않기를 바라는 수밖에."

"알겠네. 우선은 RAP 팀에게 전화를 해서 이들 항구에 대한 수색을 시작하라고 지시하겠네."

라이머는 에너지국의 방사선의학지원 팀에 대해 생각하고 있었다. 전국의 에너지국 시설에는 27개 방사선의학지원 팀이 분산되어 있었다. 그들은 수색대응 팀처럼 충분한 준비를 갖추고 있지는 못했다. 하지만 더 구체적인 정보를 얻기 전까지는 그들이 대역을 맡을 수밖에 없었다.

"뭔가 알게 되면 바로 내게 알려 줘야 하네."

"그러지."

맥마흔은 전화를 끊고 고개를 들었다. 마침 페기 스텔리가 단정치 못한 모습으로 비상위기센터에 뛰어 들어오고 있었다. 거의 항상 찌푸리고 있는 그녀의 얼굴이 더 못마땅한 표정을 짓고 있었다.

법무부의 이 까다로운 변호사는 굉장히 다루기 힘든 여자였다. 그녀는 똑똑하고, 공격적인데다 아마존의 여전사 타입을 좋아하는 사람이라면 침을 흘릴 미인이었다. 10년 전이라면 그는 그녀를 완전히 때려눕혔던지 그녀와 잠자리를 했을 것이다. 혹은 그 둘 다일지 몰랐다. 하지만 수사국에서 30년을 일하고, 재활클리닉을 겪으면서 술도 끊은, 은퇴가 낼모레인 이혼남인 맥마흔의 경험과 원숙함은 꽤나 힘들게나마 그녀를 참아낼 수 있을 정도가 되었다.

그는 법무장관 자리를 오가는 사람들 곁에서 그런 유형의 여자들을 많이 보아 왔다. 거의 모두가 A 유형의 성격인 그들은 전체적인 수사국의 효율성과 수사의 특권에 대해서는 개의치 않고 FBI에 엄청난 통제와 압력을 가하곤 했다. 이름을 날리고 싶어 하는 사람들도 있었고 그저 FBI가 자신들의 보스를 난처하게 만들지 말아 주었으면 하는 사람들도 있었다. 그리고 그 과정에서 자신의 출세를 위해 무진 애를 썼다. 맥마흔은 그들이 이면에 숨긴 동기를 놓치지 않았다. 그리고 그는 언제나 그들을 주의 깊게 지켜보았다. 유난히 잘나가는 이 여자도 예외는 아니었다.

스텔리는 속도를 전혀 늦추지 않고 어깨로 브리지의 무거운 문을 밀었다. 그녀는 계단을 올라와 맥마흔의 책상 옆에 가방을 내려놓았다.

"도대체 무슨 일이죠?"

맥마흔은 평면 모니터가 위로 향하게 놓아두었기 때문에 서 있는 동안에도 그의 팀이 보내는 보고서를 읽을 수 있었다. 그는 자신의 직원들 모두에게 알카에다와 실종된 파키스탄 핵과학자들 사이의 관련성을 알리는 플래시 메시지를 보고 잠깐 안도했다.

그는 모니터에서 눈조차 떼지 않았다.

"와 주어서 고마워요, 페기."

"제 질문에 대답을 안 주셨어요."

그녀가 야무지게 말했다.

지휘실 안에는 두 사람만 있는 것이 아니었다. 동료를 증언대에 세운 것 같은 불쾌한 말버릇에 대해서라면 이미 한 차례 경고를 한 바 있었다. 그는 아무렇지 않게 손목시계에 시선을 보낸 후 말했다.

"페기, 당신은 한 시간 전에 여기 왔었어야 해요."

그다음 그는 시계에서 눈을 떼 그녀의 매혹적인 푸른 눈을 응시했다.

"지금은 심각한 위기 상황이오. 그러니 자존심 같은 건 문밖에 내던지고 들어와요. 그럼 내가 시간이 허락하는 한에서 상황을 설명해 줄 테니."

맥마흔은 약이 잔뜩 오른 스텔리를 그대로 팽개쳐 두고 손을 뻗어 보안전화를 들었다.

"법무장관님은 어디 계시죠?"

그녀가 물었다.

"그는 로치 국장과 보안 회의실에 있어요."

스텔리가 몸을 돌려 방을 나서려 하자 맥마흔이 말했다.

"당신은 지금 거기 들어갈 수가 없어요."

"뭐라고요?"

스텔리가 화난 목소리로 물었다.

"국가안전보장회의가 곧 시작될 겁니다. 그러니 내가 모르는 사이에 승진한 게 아니라면 자리에 앉아서 그가 회의에서 나올 때까지 조용히 기다려요."

29

버지니아

　포드 타우루스가 95번 주간고속도로에서 북쪽으로 달리고 있었다. 자동주행속도유지장치는 제한속도에서 정확히 시간당 3.2킬로미터 낮게 설정되어 있었다. 차는 17번 고속도로로 빠져나와 찰스턴을 향해 계속 북동쪽으로 달렸다. 그 차는 기름을 넣기 위해 찰스턴 서쪽의 작은 화물자동차휴게소에 정차했다. 차가 주유기의 밝은 불빛 아래 서자 무스타파 알 야마니는 잠에서 깼다. 그는 뒷좌석에서 몸을 일으켜 계기판의 시간을 보았다. 그는 거의 세 시간 동안 잠들어 있었다. 그는 파키스탄에서 의사가 준 알약을 하나 먹고 얼굴에 찬물을 적시기 시작했다. 알 야마니는 세면대에 몸을 기대고 핏발이 선 자신의 눈과 따끔거리는 피부를 살폈다.

　무스타파 알·야마니는 살날이 얼마 남지 않았다. 길어야 열흘을 넘기지 못할 것 같았다. 그에게 필요한 것은 모든 일을 끝까지 해내기 위한 엿새뿐이었다.

　그는 곧 찾아올 죽음을 완전히 평화롭게 받아들이고 있었다. 그는 강한 신념을 가지고 있었다. 얼룩덜룩하고 화끈거리는 피부의 강한 자극이나 메스꺼움을 무시하고 계속해서 그의 임무를 수행해 가는 의지력을 발휘할 정도의 강력한 신념이었다.

방사능증은 마지막 단계에 도달해 있었다. 파키스탄의 의사는 그에게 병이 어떻게 진전될지에 대해 말해 주었다. 처음에는 피로와 햇볕에 심하게 탄 것과 비슷한 피부의 홍반이 나타날 것이다. 그 후에는 심각한 두통에 구토와 설사가 뒤따른다. 다음으로 머리카락과 치아가 빠지고 그가 충분히 오랫동안 의식을 잃지 않는다면 죽음에 이를 때까지 안으로부터 출혈을 하는 자신의 모습을 볼 수 있게 된다.

그는 자신을 그 단계까지 놓아두지 않을 작정이었다. 그는 미국인들에게 최후의 기습을 할 것이고 그 뒤 그들이 전혀 예상치 못하고 있을 때 다시 한 번 공격을 가할 것이다. 알 야마니는 화장실에서 나와 삼킬 수 있기를 바라면서 소화가 잘되는 연한 음식 몇 가지와 물을 사기 위해 멈춰 섰다. 이미 살이 5킬로그램 가까이 빠졌고 전혀 입맛이 없었다.

이번에 그는 운전사와 함께 앞자리에 앉았고 그들은 항구를 향해 출발했다. 차를 운전하는 그 쿠웨이트인은 센트럴플로리다 대학의 학생이었다. 그의 가족은 그와 같은 또래의 아랍인들 대부분이 미국의 대학에 진학할 기회를 얻지 못하는 시기에도 학생 비자를 얻을 수 있을 정도의 좋은 연줄이 있었다. 그는 아무런 질문도 하지 말라는 지시를 받았고 지금까지는 자신이 받은 명령을 따랐다. 이 쿠웨이트인 이브라힘 야쿠브는 수개월 동안 은밀한 이메일을 받았다. 그가 수집해야 하는 정보, 구입해야 하는 물품을 지시하는 이메일들이었다. 그중 가장 중요한 것은 모스크에서 떨어져 있어야 한다는 것이었다.

알 야마니는 야생동물보호구역을 떠날 때 그에게 간단한 격려의 말을 했다. 그는 그들이 알라를 위한 영광스런 사명을 다하고 있다고 말했다. 알 야마니와 마찬가지로 야쿠브도 와하비파였다. 가장 급진적 이슬람 종파의 자랑스러운 일원이었던 것이다. 그는 쿠웨이트와 사우디아라비아에 가족이 있었다. 그들은 그가 어떤 길을 선택했는지 알고 감동에 휩싸였다. 알 야마니는 그의 말이 바로 효과를 내는 것을 볼 수 있었다. 그 쿠웨이트인의 얼굴이 존경의 대상이 되는 자신의 모습을 생각하며 자부심으로 환하게 빛났다.

알 야마니는 그 학생에게 적당한 때가 되면 전체 계획을 알려 주겠지만 보안상의 이유로 아직은 그렇게 할 수 없다고 말했다. 알 야마니는 무척이나 초조했다. 당연한 일이었다. 많은 일이 걸려 있었기에 알 야마니는 그 임무를 자기가 맡을 일의 심각성을 알지 못하는 멍청이에게 맡기느니 차라리 자신이 해낼 생각이었다. 알 야마니는 그에게 자신을 모하메드라고 부르도록 했다. 그가 자신을 선지자라고 생각했기 때문만은 아니었다. 그것은 이슬람인 중에 가장 흔한 이름이었다.

그들은 침묵 속에서 찰스턴을 지났다. 알 야마니는 몇 분 정도에 한 번씩 주의를 둘러보고 자신들 위에 있는 차들의 유형을 기억해 두었다. 새벽 4시밖에 되지 않았고 아직 교통량이 적었다. 그들은 항구의 물가로 운전해 갔다. 알 야마니는 화물을 내리는 데 이용되는 크레인이 얼마나 큰지를 보고 약간 놀랐다. 1년 내내 하루도 쉬지 않고 항구로 들어오는 배들의 끊임없는 흐름도 놀라운 일이었다. 감시 사진을 본 적이 있었지만 그 사진들은 이 부산한 항구의 막대한 크기까지는 포착하지 못하고 있었다.

정문 근처에 이르자 알 야마니가 물었다.

"평소와 다른 것 없나?"

구내로 들어가서 컨테이너를 찾기 위해 이미 트럭들이 줄지어 서 있는 상태였다.

야쿠브는 고개를 저었다.

"없습니다."

"이 시간에 이곳에 와 본 적이 있나?"

알 야마니는 어떤 대답이 나올지 알고 있었다. 하지만 어쨌든 질문을 했다. 그는 마지막 순간까지 그 젊은이를 계속 시험할 생각이었다.

"세 번 와 보았습니다."

"언제나 이런 모습이던가?"

"그렇습니다."

정문에 도착하자 야쿠브는 액셀러레이터에서 발을 떼고 브레이크를 밟았다.

"속력을 줄이지 말게."

알 야마니가 단호하게 말했다.

"주의를 끌고 싶지 않네."

야쿠브가 속력을 올렸고 그들은 계속 앞으로 나아갔다. 알 야마니는 정문에서 평소와 다른 것을 보지 못했다. 경비도 추가되지 않았다.

"자네가 이야기했던 곳으로 가서 지켜보세."

두 조직 간의 접촉은 없을 것이다. 알 야마니는 모든 작전을 책임지고 있었다. 그가 할 일의 대부분은 첫 번째 조직이 얼마나 성공적인가에 달려 있었다. 그는 그들이 폭탄을 받았는지 확인할 것이다. 그 뒤에는 나머지 계획에 집중할 수 있다.

30

메릴랜드

지난 두 시간 동안 레이븐록 기지에는 들고 나는 헬리콥터와 차량의 행렬이 끊임없이 이어지고 있었다. 레이븐록 산은 차를 이용하면 워싱턴 D.C.에서 북쪽으로 한 시간 정도가 걸리는 메릴랜드와 펜실베이니아 국경에 걸쳐 있었다. 그 밑 깊숙한 곳에는 단순히 사이트 R이라고만 알려진 고도의 강성 보안 시설이 있었다.

사이트 R은 1953년 만들어졌고 미군은 이곳을 대체합동정보통신센터로 지정했다. 더 솔직하게 설명하자면 그곳은 미국을 겨냥한 핵공격에서 살아남기 위해 만들어진 벙커였다. 사이트 R로 들어가는 길은 네 개이다. 두 개의 주출입구가 산의 양쪽에 있다. 이들 출입구를, 여닫는 데 10분이 소요되는 엄청나게 크고 무거운 방폭문이 보호하고 있다. 세 번째 문은 비상 탈출에 사용되는 출구에 가깝고, 네 번째는 그중에서 가장 비밀스러운 것으로 대통령이 불과 몇 킬로미터 떨어진 캠프 데이비드로부터 벙커에 들어갈 수 있게 해 주는 엘리베이터 통로와 터널이었다.

대통령의 수석 보좌관은 캠프 데이비드 입구에 마지막으로 도착한 사람이었다. 그녀가 들어가자 거대한 문이 끔찍하게 느린 속도로 닫힘 위치를 향해 움직이기 시작했다. 문이 닫히면 내부의 사람들은 거대한 핵무기의 직접 공격을 제외한 모든 공격으로부터 안전할 수 있었다. 사이트 R은 물과 식량이 어떻게 배치되느냐에 따라 4~6주의 기간 동안 수백 명의 사람들을 수용할 수 있게 지어졌다. 가장 인상적인 것은 펜타곤 내부에 있는 국가군사지휘센터, NMCC(the National Military Command Center)를 완벽하게 복제한 시설이라는 점이었다.

니믹이라고 발음하는 국가군사지휘센터는 합참의장과 참모들이 전 세계 어느 곳에서 벌어지는 모든 전쟁을 감독하고, 필요한 경우 지휘까지 할 수 있는 동굴과 같은 작전실이다. 펜타곤의 크기 때문에, 그리고 여러 층의 강화 콘크리트 아래 있다는 사실 때문에 작전실은 10킬로톤의 핵폭탄의 근접 공격에 이르는 모든 공격을 처리할 수 있는 능력을 가진 반강성 시설로 여겨졌다.

과거 미국과 소련이 핵무기로 경쟁을 벌이던 때 양국은 열광적인 속도로 이들 벙커를 짓기 시작했다. 중복적인 시설을 여러 개 둠으로써 적이 지휘통제망을 모두 제거하는 일을 극히 어렵게 만들자는 생각이었다. 워싱턴에서 몇 백 킬로미터 이내에 그러한 시설이 여섯 개 존재했다. 그 외에도 오마하에는 전략공군사령부(SAC), 콜로라도 스프링스에는 북아메리카항공우주사령부(NORAD), 미국 전역에 10여 개의 시설들이 산재해 있었다.

소련도 같은 일을 했다. 하지만 한 가지 단순한 문제 때문에 양국은 희생물이 되고 말았다. 벙커보다는 폭탄이 더 만들기 쉬웠던 것이다. 경쟁이 최고조에 달했을 때 양국은 1만 기 이상의 핵탄두를 보유하고 있었고 각 시설을 파괴하는 데 얼마나 많은 핵폭탄이 필요하든 군사작전가들은 상대편의 모든 지휘통제 벙커를 공격할 수 있는 일괄적인 표적 공격 계획을 세울 수 있게 되었다. 간단히 말해 생존 가능성을 확보하기 위해 만들어진 파괴 불능의 벙커를 많은 사람들이 무덤으로 생각하게 된 것이었다.

심리학적으로 말하자면 상호 확증 파괴가 두 나라를 구했다. 소련은 적어도 미국만큼은 견디고 싶었다. 전 세계가 파국의 문턱에 이른 좀처럼 일어나기 힘든 상황에서 양국의 지도자들은 결국 그들이 핵 공격을 명령할 경우 적만 죽이는 것이 아니고 자신은 물론 자신의 가족과 자신이 아는 거의 모든 사람들의 사망진단서에 서명을 하는 꼴이 된다는 것을 알게 되었다.

상호 확증 파괴의 본질은 참으로 야비한 것이었지만 어쨌든 인류에게 큰 공헌을 한 셈이었다. 하지만 새로운 적들에게는 그 같은 실용주의적 이론도 적용되지 않았다. 자신의 목숨과 다른 사람의 목숨을 너무도 쉽게 희생시키는 광신자들 앞에 합리화란 존재하지 않았다. 그들에게 상호 확증 파괴는 없었다. 그들에게는 오로지 파괴만이 있을 뿐이었다.

상상할 수 없는 규모의 파괴. 사이트 R의 지휘센터를 내려다보며 회의실 유리벽 앞에 서 있는 헤이즈 대통령의 마음속에는 그러한 생각이 가득했다. 군인들은 컴퓨터 콘솔에 앉아 있거나 종종걸음을 치고 있었다. 대통령 건너편에는 현재 미국 무장 병력의 배치와 준비 상황을 보여 주는 대형 프로젝션 스크린이 있었다. 그는 스크린상의 지명들이 바뀌는 것을 지켜보았다. 헤이즈가 예상하고 있던 것이었다. 그는 합참의장인 플러드 장군이 병력 준비 태세를 평시 정상 준비 태세인 데프콘 5에서 데프콘 4로 바꾸는 것을 승인했다. 그 외에도 필요한 경우 제7함대와 중앙군에 데프콘 3을 발령하는 계획이 이미 진행 중이었다. 그는 이것이 주어진 상황에서의 기본적인 절차라는 이야기를 들었다. 헤이즈는 그자들의 미친 짓이 그들을 어디까지 데려갈 수 있는지 이미 목격했다. 펜타곤의 강경파들은 아직 그에 대한 언급을 피하고 있지만 그 시간이 멀지 않았다.

핵폭탄이 워싱턴에서 폭발하는 경우 그들은 단순히 응징을 요구하는 데 그치지 않을 것이다. 그들은 응징을 강력하게 촉구할 것이고 대통령은 그들을 저지하느라 애를 먹을 것이다. 유일한 문제는 누구를, 어디를, 무엇을 반격의 대상으로 삼을 것이냐 하는 것이었다.

아이린 케네디가 대통령에게 다가갔다.

"대통령님, 시작할 준비가 되었습니다."

헤이즈는 회의 테이블 상석에 자리했다. 방의 반대편 끝에 있는 커다란 비디오 스크린은 세 개로 나뉘어 있었다. 왼쪽으로는 펜타곤의 국가군사지휘센터에 있는 국방부 장관 컬버트슨과 플러드 장군이 보였고 중앙에는 백스터 부통령, 킨 재무부 장관, 맥클레란 국토안보부장관이 있었다. 세 사람 모두 워싱턴 서쪽의 또 다른 보안 벙커에 피신해 있었다. 나머지 3분의 1에는 합동대테러센터에 있는 법무부 장관 스톡스와 로치 FBI 국장이 보였다. 국무부 장관 버그와 국가안보담당보좌관 헤이크, 수석 보좌관 존스, 케네디 CIA 국장이 회의실에 대통령과 함께 있었다. 이 연합 모임이 대통령의 국가안전보장회의를 구성했다. 최근에는 대개 보안 비디오 원격 회의를 통해 회의를 수행했다.

이 사람들의 대부분이 무슨 일이 벌어지고 있는지 전혀 모른다는 것을 알고 있는 헤이즈 대통령은 CIA 국장 케네디에게 몸을 돌리며 말했다.

"아이린, 모두에게 예비지식을 좀 주겠나?"

케네디는 예의 차분하고 분석적인 어조로 이야기를 시작했다.

"여기 참석자 대부분이 알고 있듯이 우리는 지난주부터 금융 시장에서 몇 가지 염려스러운 경향을 감지했습니다. 월요일 오전 우리는 아프가니스탄과 파키스탄 국경 인근의 작은 마을에 알카에다의 최고위 대표들로 추정되는 이들이 모여 있다는 첩보를 입수했습니다. 약 아홉 시간 전 미국의 특수 부대 병력이 그 마을을 공격했습니다."

케네디가 말을 이어 가기 전에 국무장관 버그가 물었다.

"그 마을은 국경의 어느 쪽에 있습니까?"

"파키스탄 쪽입니다."

대단히 존경받는 전 상원의원 버그가 차가운 시선을 케네디에게서 대통령에게로 천천히 옮겼다.

"난 왜 이 일에 대해 알지 못했을까요?"

헤이즈는 세력 싸움에 귀중한 시간을 허비할 기분이 아니었다.

"당신이 알지 못한 것은 내가 파키스탄인들에게 알려지는 것을 원치 않았기 때문이오."

그는 다시 케네디를 보며 말했다.

"계속하게."

케네디는 목을 가다듬었다.

"이 기습 작전에서 세 명의 알카에다 고위 지도자가 몇 명의 다른 인물들과 함께 체포되었습니다. 그 외에 여러 대의 컴퓨터가 많은 파일들과 함께 발견되었습니다. 그중에는 특히 우려되는 것이 있습니다. 워싱턴 D.C.의 지도입니다."

케네디가 몇 번 자판을 두드리자 회의실 테이블 표면에 박혀 있는 모니터와 다른 시설의 모니터에 지도의 이미지가 나타났다.

"이전에 이런 지도를 본 적이 있는 사람이라면 내셔널 몰을 중심으로 퍼지는 동심원들이 핵무기의 폭발 반경이라는 것을 알 수 있을 것입니다. 지도 외에 폭탄 피해 분석 자료도 발견되었습니다."

"문제의 폭탄은 크기가 어느 정도입니까?"

대통령 수석보좌관이 물었다.

"20킬로톤입니다."

케네디가 대답했다.

"그렇게나 크단 말입니까?"

케네디는 화상 회의 스크린을 쳐다보며 말했다.

"플러드 장군님."

합참의장이 말했다.

"핵무기로서는 아주 작은 것이오. 하지만 핵무기에 관한한 정말로 작은 것이라고 말할 수 있는 것은 없소."

"피해 규모는 얼마나 되나?"

대통령이 물었다.

"피해 규모는 공중 폭발이냐 지상 폭발이냐, 또 대낮에 폭파되느냐 저녁 시간에 폭파되느냐에 따라 달라집니다. 지상 폭발의 경우 즉각적인 사상자수는 최소 2만에서 평일 오후 동안의 공중 폭발인 경우 5천만 이상으로 늘어날 수 있습니다."

저마다 엄청난 대학살의 가능성과 싸우는 가운데 불편한 침묵만이 남게 되었다. 어떤 사람은 욕설을 중얼거렸다. 그 후 플러드 장군이 덧붙였다.

"사상자 외에 방사선 낙진의 정도에 따라 도시 자체가 30년에서 70년 동안 사람이 살 수 없는 곳이 될 것입니다."

"케네디 박사."

법무장관 스톡스가 물었다.

"당신이 노아의 방주 작전을 명령한 때부터 이 지도 외에도 해야 할 이야기가 더 있지 않을까 생각했습니다. 어떻습니까?"

"맞습니다. 우리는 얼마 전부터 몇몇의 실종된 파키스탄인 핵과학자들의 소재를 확인하려고 노력해 왔습니다. 이전 급습에서 우리는 이들 과학자들의 포섭과 이송에 대해 상술하고 있는 파일들을 발견했습니다. 사람들에게 이 정보를 자세히 조사해서 우리가 맞서고 있는 것에 대한 보다 완전한 그림을 파악하기 위해 노력 중입니다. 하지만 지금으로서 우리 팀은 알카에다가 이들 과학자를 성공적으로 포섭했다는 것이 거의 확실하다고 말하고 있습니다. 그 밖에 우리는 테러리스트 한 명으로부터 워싱턴 공격에 핵무기가 사용될 것이라는 구두 확인도 받았습니다."

국방장관 컬버트슨이 물었다.

"도대체 그들이 어떻게 핵무기를 손에 넣었습니까?"

"그 점도 지금 조사 중에 있습니다."

케네디가 대답했다.

"파키스탄에서부터 시작해야 할 겁니다."

화가 난 국방장관이 쏘아붙였다.

케네디는 대통령을 바라봤다. 그들은 이미 이 문제에 대해 논의를 가졌다.

"무샤라프 장군과 조만간 이야기를 할 작정이오."

대통령이 대답했다.

"하지만 그렇게 하기 전에 칸다하르에서 나오는 정보를 더 자세히 파악하고 싶소."

"그들은 어떻게 미국에 핵무기를 가지고 들어왔습니까?"

대통령의 수석보좌관이 물었다.

"그 점에 대해서는 확실히 알지 못합니다. 비행기편으로 들어왔다는 보고가 있지만 배편으로 들어왔을 가능성도 있습니다."

"언제 도착했는지 알고 있습니까?"

존스가 물었다.

"지금으로서는 어제 들어온 것으로 알고 있습니다."

"도대체 그 많은 탐지기를 어떻게 통과한 겁니까?"

대통령의 수석보좌관이 물었다.

약간 당황한 케네디가 대답 없이 그녀를 바라보았다. 탐지기의 약점이 논의되는 동안 그들이 같은 방에 앉아 있었던 경우가 최소한 두 번은 되었다.

"그들이 국내에 그 무기를 어떻게 반입했는지에 대해서 정확히 따질 시간이 있을 겁니다. 지금은 우리의 에너지를 이 무기를 찾고 최악의 사태에 대비하는 데 집중해야 합니다."

"워싱턴은 어떻게 되는 겁니까?"

존스가 물었다.

"도시로 들어오는 모든 교량과 도로에는 이런 것을 탐지할 수 있는 장치가 되어 있지 않습니까?"

"맞습니다."

케네디가 대답했다.

"하지만 그 장치들이 실패 여지가 없는 절대 안전한 것은 아닙니다."

"대통령님."

국토안보부장관이 말했다.

"약 두 시간 후면 워싱턴 사람들이 일어날 것이고 러시아워가 시작됩니다. 워싱턴 D.C.가 실제 표적이라면 도시로 들어오는 모든 진입선 차단을 고려해야 합니다. 플러드 장군이 지적했듯이 사망자 수를 늘리는 가장 빠른 방법은 사람들이 시내로 출근하도록 놔두는 것입니다."

대통령이 조언을 듣기 위해 케네디를 보았다.

"죄송스럽지만 장관의 의견에는 동의할 수 없습니다."

CIA 국장이 대답했다.

"우리가 보다 구체적인 정보를 얻기 전까지는 어떤 조치도 시기상조이고 무기 수색에 방해가 될 것입니다."

국토안보부장관이 케네디의 정중한 이의 제기에 얼굴을 찡그리며 말했다.

"최소한 도시로 향하는 픽업트럭, 박스 밴, 반 트럭에 대한 검문은 시작해야 합니다. 또 지하철 폐쇄도 고려해야만 합니다."

"한 시간만 더 기다리길 권합니다."

케네디가 대답했다.

국토안보부장관, 부통령과 마운트웨더 시설에 있는 킨 재무장관이 끼어들었다.

"대통령님, 이 일이 한 마디라도 새어 나가는 날에는 금융 시장에 개입해서 시장을 마감시킬 준비를 해야 합니다…. 장이 열리기 전에 말입니다."

갑자기 회의가 여러 그룹 사이의 대화로 갈라지면서 무질서한 상태가 되었다. 헤이즈 대통령이 그의 의자를 테이블에서 약간 밀어내고 이 미친 짓이 그들을 어디로 이끌어 갈지 자기 입장에서 생각해 보려 했다.

CIA 국장 케네디는 대통령에게 몸을 기울이고 말했다.

"대통령님, 정숙을 요청해 주시면 제가 행동 방침을 제안하도록 하겠습니다."

헤이즈는 불안감을 없애 주는 케네디의 목소리를 좋아했다.

"여러분!"

훌륭한 연설가들이 그렇듯이 대통령은 자신의 목소리를 어떻게 다뤄야 하는지 잘 알고 있었다. 그는 그 말을 다시 반복할 필요가 없었다.

"케네디 박사가 이야기할 것이 있다고 하오."

그가 단호하게 말했다.

케네디는 테이블에 손바닥을 올려놓고 차분하지만 자신감 있는 목소리로 이야기를 시작했다.

"시간이 가면 우리는 이 상황에 대해 더 자세히 파악하게 될 것입니다. 이상하고 직관에 반하는 것으로 생각될 수도 있지만 지금 우리가 취할 수 있는 최선의 행동은 아무것도 하지 않는 것입니다. 지금은 오전 4시 반입니다. 사람들이 깨어나서 일터로 향하기 전까지 시간이 별로 없습니다. 저는 우리가 다음 한 시간 동안 대테러 요원들에게 그들이 훈련받은 것을 실행하도록 해 주고 그들에게 관여하지 않기를 제안합니다. 5시 30분에 다시 모여서 추가적인 조치가 필요한지 결정할 수 있습니다."

대통령은 다른 사람들이 언쟁을 하거나 끼어들 시간을 주지 않았다.

"5시 30분에 다시 모이는 것으로 하겠소. 그동안 우리가 준비하고 있는 비상대책을 점검하고, 다음 회의의 토의 사항을 결정해 우선순위를 정해 두도록 하시오. 정보, 군사, 금융시장, 언론 등 모든 것에 대한 명확하고 축약된 의견을 원하오…. 그리고 아이린과 베아트리스."

헤이즈는 케네디와 국무장관을 가리켰다.

"두 사람은 파키스탄과 문제의 처리에 대한 전략을 세워 줬으면 하네. 우리가 압력을 행사해야 하는 다른 동맹국들에 대해서도."

대통령은 대형 스크린을 올려다보았다.

"이 일을 기밀로 하는 것이 얼마나 중요한지는 아무리 강조해도 지나치지 않소. 지금 우리에게 가장 필요한 것은 이 일이 누설되는 것을 막는 일이오. 누설이 생긴다면 엄청난 공황 상태를 유발할 것이고 이 상황은 우리가 막을 기회를 가져 보기도 전에 통제 불능으로 흘러가게 될 것이오."

31

아프가니스탄

랩은 텐트로 들어가 흐릿한 조명 속에서 우르다가 한 명의 포로와 작은 테이블에 앉아 있는 것을 발견했다. 다가서면서 눈이 불빛에 적응되었고 그는 포로가 카라치 출신의 청년 아메드 칼릴리라는 것을 알아차렸다. 두 개의 머그가 그들 앞 테이블에 놓여 있었다. 칼릴리의 손은 아직도 묶여 있었지만 잔이 앞에 있었기 때문에 그는 음료를 마실 수 있었다. 랩은 이 모든 것을 좋은 신호로 받아들였다. 그가 테이블에 다가가자 그 젊은 파키스탄인이 눈길을 피했다.

"아메드, 걱정하지 마."

젊은이가 랩을 보고 불안해하는 것을 눈치챈 우르다가 말했다.

"네가 협조하는 한 아무 일도 일어나지 않을 거야."

CIA 칸다하르 지국의 남자가 일어섰다.

"잠깐 밖에 나가 볼게. 천천히 차를 마시고 있어. 금방 돌아올 테니."

두 남자가 밖으로 나오게 되자 우르다가 말했다.

"그가 입을 열고 있소."

"잘됐군. 그런데 뭔가 유용한 얘기가 나오는 거요?"

"그런 것 같소. 그는 컴퓨터를 만진다고 하오. 그래서 당신이 누군지 알고 있었지."

"어떻게 그렇게 된 거요?"

"그들이 그에게 언론이 당신에 대해서 쓴 모든 것을 입수하라고 했다고 하오. 당신 아내에 대해서도 알고 싶어 했고… 그는 당신이 어디에 사는지 알아내라는 명령도 받았소."

걱정스러운 표정이 랩의 얼굴에 번졌다.

"그래서 내가 어디에 사는지 찾아냈답니까?"

"찾지 못한 것 같소."

랩은 다시 텐트를 바라봤다. 자신에게 놀라울 일은 아니었지만 여전히 걱정스러운 것은 사실이었다. 그에 대해서 더 알아봐야겠지만 지금 당장은 해결해야 할 더 중요한 일이 있었다.

"이 폭탄을 어디서 구했는지 혹은 그들이 그것을 어떻게 미국으로 이송했는지에 대해서는 아무 말도 없었소?"

"지금까지는 없었소."

"그럼 지금까지 이야기한 내용은 뭐였소?"

"미국에 있는 조직에 대한 이야기였소."

우르다가 눈썹을 치켜 올렸다.

반가운 이야기였다. 랩은 우르다에게 자세히 털어놓으라고 손짓했다.

"미국에 있는 사람들과 이메일을 통해 어떻게 접촉했는지 설명했소. 그는 그들이 이메일을 보낸 계정을 우리에게 줄 수 있소. 그리고 아주 중요한 얘기도 했소."

"뭐요?"

랩이 물었다.

"어떤 거물이 공격 수행을 돕기 위해 미국으로 가고 있는 것 같소."

"누구랍니까?"

우르다는 고개를 끄덕였다.

"무스타파 알 야마니."

그 남자의 이름을 들은 랩은 주먹을 꽉 쥐었다.

"그들은 상업 항공기에 그를 태울 수 없다는 것을 알고 있었소. 그래서 수로를 이용했답니다."

"수로로? 어떻게?"

"아직 거기까지는 확인하지 못했소."

"빨리 들어가서 알아보시오."

우르다는 손을 뻗어 랩의 팔을 잡았다.

"너무 몰아세우지 마시오. 당신를 악마라고 생각하고 있소. 내가 과장하는 게 아니오."

"그가 협조하는 한은 너그럽게 할 생각이오."

우르다는 작은 테이블의 자기 자리에 앉았고 랩은 접이 의자를 잡아 뒤쪽으로 넘긴 뒤 두 사람 사이에 앉았다.

"아메드."

랩이 차분한 목소리로 말했다.

"네가 진실을 말하는 한 두려워할 건 없어. 무스타파 알 야마니는 어떻게 미국으로 들어갈 계획이지?"

"배로요."

젊은 파키스탄인은 떨리는 손을 테이블 밑으로 옮겼다.

"그게 언제인지 알아?"

"어제요."

랩은 압둘라가 폭탄이 어제 도착했다고 말한 것을 기억했다.

"그가 폭탄을 가지고 있나?"

칼릴리는 고개를 저었다.

"확실해?"

랩이 의심스럽게 물었다.

"예. 그는 비행기를 타고 쿠바로 가서 보트를 타고 플로리다 동부 해안 어딘가로 들어가기로 했어요."

랩은 알 야마니에 대해서 더 자세히 알고 싶었지만 우선 알아봐야 하는 더 중요한 일이 있었다.

"그럼 폭탄은 어떻게 미국으로 들어갔지?"

"잘 모르겠어요."

그 파키스탄인은 이렇게 대답하면서 시선을 아래로 돌렸다.

랩은 그의 오른손을 뻗어 테이블 위에 놓았다. 그 움직임에 포로가 주춤거렸다.

"아메드."

랩이 단호한 목소리로 말했다.

"나를 봐."

그는 어쩔 수 없이 랩의 말을 따랐다.

"너는 지금 말하고 있는 것보다 많은 것을 알고 있어. 그들이 미국으로 폭탄을 들여가는 것에 대해 어떤 계획을 세우고 있었지?"

"저는 잘 몰라요."

그가 떨리는 목소리로 대답했다.

"하지만 제 생각엔 배편으로 가는 것 같아요."

"왜 그렇게 생각했지?"

"3주 전에 카라치에서 화물선에 실렸어요."

아메드가 진실을 얘기하고 있다면 그것은 압둘라가 그에게 거짓말을 했다는 뜻이었다. 또 폭탄이 항구 어딘가에 선하되지 않는다면 그 후 나머지 여정은 비행기로 옮겨진다는 의미이기도 했다. 효과에 비해 힘이 너무 많이 드는 일이었다. 왜 처음부터 비행기에 싣지 않는단 말인가?

"아메드, 한 시간 전의 너는 아는 것이 별로 없어 보였다. 내가 네 말이 사실이란 걸 어떻게 확신하지?"

그는 애원하는 표정으로 랩을 올려다보았다.

"이건 제가 알아서는 안 되는 일이에요. 다른 사람들이 이야기하는 것을 우연히 들었어요."

"압둘라가 상세한 사항에 대해 얘기하는 걸 들었나?"

아메드는 혼란스러운 얼굴로 랩을 바라보기만 했다.

"압둘라가 폭탄을 미국으로 들여보내는 방법에 대해 말하는 것을 들었냐고 했다."

"예, 배로요."

"확실해?"

"예."

랩은 잠시 이 청년의 얼굴을 자세히 살폈다.

"어떤 시점에 그걸 비행기에 싣는다고 말하던가?"

젊은 파키스탄인은 고개를 저었다.

"그런 것은 듣지 못했어요."

"그들이 어느 항구로 폭탄을 들여간다고 했지?"

"몰라요."

그는 고개를 저었다.

"그들이 여러 도시를 언급하는 걸 들었어요."

"어느 곳?"

"기억나는 것은 뉴욕과 볼티모어예요."

"마이애미와 찰스턴은 어때?"

"거기도 맞는 것 같아요."

랩은 의자에 등을 기대고 우르다를 보았다.

"가서 전화를 해야겠소. 두 사람은 알 야마니가 어떻게 미국에 들어가고 누가 그를 돕는지 더 얘기할 수 있을 것 같은데…."

우르다는 다 알았다는 듯 고개를 끄덕였다. 랩이 텐트에서 나가자 우르다는 어린 포로에게 잘하고 있다고 말해 주고 차를 좀 더 마시겠냐고 물었다.

랩은 밖에 나왔지만 위성 전화를 꺼내지 않았다. 케네디와의 통화는 압둘라에게 왜 거짓말을 했는지 묻고 이번에는 거짓말에 대해서 손가락 하나씩의 대가를 치르도록 할 기회를 가질 때까지 기다려야 했다.

32

랩은 50여 미터 밖에 압둘라가 있는 것을 발견했다. 그들은 그를 탄약 저장 벙커에 두었다. 특히 지하에 있어서 모래주머니로 둘러싸인 벙커였다. 두 명의 델타 요원들이 벙커 앞에 앉아서 카드 게임을 하고 있었고 압둘라는 안쪽의 들것에 누워 있었다. 위생병이 적당한 양의 모르핀을 주었다면 지금쯤은 약효가 떨어지고 있을 때였다.

랩은 계단을 내려갔다. 머리를 부딪히지 않기 위해서 고개를 숙여야 했다. 두 가지 사실이 바로 확연하게 드러났다. 우선 압둘라는 모르핀을 더 원하고 있었고 둘째로 그는 이 CIA 요원을 보는 것이 전혀 반갑지 않았다. 랩은 잠시 그의 옆에 서서 그의 다음 행동을 가늠해 보았다. 거짓말을 하면 손가락을 자른다고 말하기는 했지만 지금으로서 더 나은 접근법은 그의 눈앞에 모르핀이라는 위안거리를 흔들어 주는 것이었다.

"와히드."

랩이 그의 이름을 불렀다.

"무릎은 어떤가?"

그 사우디아라비아인은 랩에게서 몸을 돌리고 입술을 깨물었다.

랩은 테러리스트를 내려다보면서 앞코가 철판으로 강화된 그의 부츠를 들어 붕대가 감긴 피투성이 관절을 쿡 찔렀다. 압둘라는 비명을 질렀고 사방이 막힌 공간에서 그 소리는 귀청을 찢을 것 같았다. 랩은 몸을 굽히고 손등으로 그의 얼굴을 가격하는 반응을 보여 주었다. 랩은 아라비아어로 그 테러리스트에게 계집애처럼 소리를 지르는 것은 그만두라고 말했다.

사우디인이 비명을 억누르자 랩이 물었다.

"와히드, 모르핀이 좀 더 필요한가?"

처음에는 대답이 없었다. 하지만 결국 앙다문 입 사이로 그가 말했다.

"그렇다는 걸 알잖나."

"그거야 문제없지. 모르핀이 얼마든지 있거든."

옆으로 누워 랩을 외면하고 있던 압둘라가 한 가닥의 희망을 가지고 눈을 떠 자신을 고문한 사람을 바라보았다.

"모든 고통을 사라지게 만들어 줄 만큼 충분히 있어. 미국으로 돌아가려면 긴 비행을 해야 할 텐데 네가 편안한 여행을 했으면 좋겠군."

랩은 압둘라가 욕설을 퍼부을 열의를 잃었다는 것을 알아차렸다.

"좀 전에 나에게 거짓말을 했더라고."

랩이 그의 부츠를 들어 올려 다시 피에 젖은 압둘라의 무릎을 찔렀다. 그에 응해서 테러리스트가 비명을 질렀다. 그의 비명 소리가 잦아들자 랩이 말했다.

"모르핀이 더 필요하면 사람을 시켜서 가져오라고 해야겠군. 30분은 걸릴 거야…. 그러니까 사실을 빨리 말할수록 빨리 주사를 맞을 수 있겠지."

"30분?"

실망한 압둘라가 소리쳤다.

랩은 무심하게 어깨를 으쓱했다.

"내가 좀 빨리 구해 볼 수도 있을 텐데. 하지만 그건 이번에 네가 얼마나 솔직한가에 달려 있지."

"사실대로 말했다."

그가 신음 같은 소리를 냈다.

이번에 랩은 발을 들어 올려 그 사우디인의 부상당한 무릎을 내리쳤다. 압둘라가 비명을 멈추자 랩이 말했다.

"다른 자들이 이야기를 하고 있다, 와히드. 나는 네가 거짓말을 했다는 사실을 알고 있다."

"다른 자… 어떤 자들 말이냐?"

"기지로 돌아온 다른 두 명."

"그들은 아무것도 몰라."

압둘라가 도전적으로 말했다.

"그들은 이 계획에 전혀 관련이 없다."

"정말?"

랩이 물었다. 그는 무릎을 굽히고 앉아 압둘라의 머리채를 잡았다.

"지금 네 친구 무스타파 알 야마니가 어디에 있는지 말해 주겠나?"

그 질문에 압둘라의 눈이 휘둥그레졌다. 하지만 그의 입은 여전히 닫혀 있었다.

"너희들의 이 대단한 계획은 다 폭로되고 있어."

랩이 말했다.

"저 두 똘마니들은 네가 생각하는 것보다 훨씬 많은 것을 알고 있다. 우리는 알 야마니가 쿠바로 날아가서 보트를 타고 플로리다로 들어갔다는 것도 알고 있어. 미국의 조직들에 보낸 이메일을 추적하는 중이다. FBI는 지금 사람들을 체포하기 위해 움직이고 있지. 모든 일이 다 와해되고 있어. 너는 이제 낙오되었고."

랩은 일어서서 잠시 그 사우디인을 살폈다.

"생각해 볼 시간을 좀 더 줘야 하겠지? 난 한 시간 뒤에 돌아오겠다."

랩은 자리를 떴다. 하지만 그가 문에 이르기도 전에 압둘라가 기다리라고 소리쳤다.

"폭탄은 비행기로 미국에 들어가는 게 아니다."

"그럼 어떻게 이송되지?"

"배로."

"어느 항구로?"

랩은 다시 그의 옆에 가서 섰다.

압둘라는 알아들을 수 없는 말을 중얼거렸다.

"들리지 않는다. 어느 항구?"

"우선 모르핀이 필요하다."

압둘라가 울부짖었다.

랩은 그의 부츠를 상처 입은 무릎 위에 올리고 내리 눌렀다.

압둘라는 악을 쓰기 시작했다.

랩이 으르렁거리듯 말했다.

"어느 항구인지 말하기 전에는 발을 떼지 않겠다!"

압둘라는 계속해서 비명을 질렀다.

랩은 그의 거의 모든 체중을 압둘라의 부상당한 무릎에 실었다.

"어느 항구지, 와히드?"

"찰스턴! 찰스턴!"

남자의 얼굴은 땀으로 덮였고 고통으로 일그러졌다.

랩은 강도를 좀 누그러뜨렸으나 부츠는 여전히 그 자리에 있었다.

"언제 도착하기로 되어 있지?"

"오늘!"

"한 시간 전에는 네 입으로 어제라고 하지 않았나?"

"거짓말을 했다. 오늘이다. 맹세코 지금 나는 사실을 말하고 있다!"

"배의 이름은 뭔가?"

"모른다."

그가 소리쳤다. 얼굴에 극심한 공포가 어렸다.

"어디에서 출발하는 배인가?"

"카라치!"

"출발한 지 얼마나 됐지?"

"3주. 제발…. 아, 제발… 정말 사실이다."

랩은 부츠를 치우고 오른쪽 허벅지의 칼집에서 단도를 꺼내들었다. 그가 허리를 굽혀 압둘라의 코앞에 칼을 들이대며 말했다.

"이게 마지막 기회다. 너에게 모르핀을 가져다주겠다. 하지만 거짓말이라는 걸 발견하면 돌아올 것이다. 그렇게 되면 모르핀을 얻지 못하는 데서 그치지는 않을 것이다. 네 손가락을 하나씩 쳐낼 테니까."

33

찰스턴

설리반스 아일랜드로 나가는 데는 그리 오래 걸리지 않았다. 그 섬은 찰스턴 항의 북쪽 입구 역할을 했다. 그들은 정문을 지나 역사적인 포트 몰트리 공원 방향으로 들어갔고 12번가 역에서 좌회전을 했다. 그들은 물가에서 반 블록 떨어진 곳에 차를 세우고 차에서 나왔다. 냉방이 된 편안한 차에서 나오자 알 야마니는 습도가 그에게 얼마나 이질적인지 다시 한 번 생각하게 되었다. 메마른 땅에서 자란 그는 건열에는 익숙했지만 이런 숨이 막히는 습한 공기에는 적응이 되지 않았다.

해변에 도착하자 땀방울이 등을 타고 시내처럼 흘러내리는 것을 느낄 수 있었다. 야쿠브가 앞장서서 밝은색 해변을 지났다. 하늘에 달이 떠 있고 구름이 없어서 시계가 좋았다. 지평선 저쪽 바다에는 하늘이 조금씩 밝아오고 있었다. 한 시간 반이면 태양이 떠오를 것이고 일이 계획대로 진행된다면 그 뒤에 얼마 지나지 않아 컨테이너가 북쪽으로 출발하게 될 것이다.

야쿠브는 항구 쪽을 가리키며 말했다.

"저쪽이 섬터 요새입니다. 여기에서 저기까지는 약 1.5킬로미터죠. 보트는 바로 우리들 사이를 통과할 겁니다."

'보트가 아니다.'

알 야마니는 혼자 생각했다.

'그건 배야.'

그는 컨테이너를 포장하고 선적하는 것을 감독하기 위해 카라치에 있었다. 알 야마니는 의도적으로 그가 찾을 수 있는 가장 큰 선박을 선택했다. 배가 더 많은 컨테이너를 실을수록 미국인들이 무작위 수색으로 치명적 화물을 찾아낼 가능성이 줄어든다는 것이 그의 이론이었다.

"저쪽과 저쪽에 수로 표지가 보이시죠?"

야쿠브는 물에 떠 있는 붉은색과 녹색 조명을 가리켰다.

오른쪽은 찰스턴 시내였다. 스카이라인에는 인상적일 것이 없었다. 하지만 알 야마니는 이곳이 미국의 기준으로는 오래된 도시라는 것을 알고 있었다. 그들이 들어온 항구는 밝은 투광조명으로 환하게 빛나고 있었다. 알 야마니는 이 위치에서도 거대한 크레인들이 미국의 가장 혼잡한 항구 중 하나에 정박한 커다란 선박들로부터 짐을 내리는 것을 알아볼 수 있었다.

"보트가 오네요."

야쿠브가 바다를 가리켰다.

"배 말이겠지. 보트는 작은 것이고. 그건 작지가 않네."

알 야마니는 시계를 보며 말했다.

"쌍안경."

야쿠브는 더플백의 지퍼를 열고 고성능 쌍안경을 건넸다.

알 야마니는 렌즈를 통해 항구로 빠르게 다가오는 배를 찾았다. 컨테이너선이었다. 짐이 가득 실린 큰 배였다. 알 야마니는 그 너머로 바다 위에 항구로 들어오는 배가 최소한 두 척 더 있는 것을 확인할 수 있었다. 그는 그중 하나가 자신이 기다리는 배이기를 바랐다. 대양으로부터 남실바람이 불어왔다. 바람에는 엔진 소리와 부글거리는 물소리가 실려 있었다.

잠시 뒤 배가 그들이 있는 위치와 섬터 요새 사이를 지났다. 알 야마니는 뱃머리에 있는 이름을 읽었다. 그것은 그가 찾는 배가 아니었다. 하지만 놀라지 않았다. 그의 배가 오려면 10분이 더 남아 있었다. 그는 쿠바를 떠나기 전 인터넷으로 배의 도착 시각을 확인했다. 카라치에 있는 동지들 중 하나가 확인 방법을 알려 주었다. GPS와 무선응답기를 이용하면 전 세계의 모든 상선을 추적할 수 있었다. 이들 대형 컨테이너선은 시간과 연료 효율을 극대화시키는 최첨단 자동화 시스템으로 운영된다. 기상 악화나 기타 예기치 못한 상황을 제외하면 정해진 항구에 배가 도착하는 시간은 분 단위로 예상할 수 있는 것이 보통이었다.

알 야마니는 다음 배가 지나고 그것 역시 그가 기다리는 것이 아니자 약간 초조해졌다. 수평선에는 빛이 많이 보이고 있었다. 그는 평생 이 순간을 기다려 왔다. 하지만 더 이상은 기다리고 싶지 않았다. 미국인들이 계획을 발견한다면 그 사실은 곧 그도 알게 될 것이다. 미국인들이 자국 항구를 통해 이런 화물이 들어오는 위험을 감수할 리가 없을 테니 말이다.

다음 배가 부글거리며 수로를 지나갔다. 항공모함 크기 갑판 위로 다채로운 색상의 컨테이너들이 한 치의 틈도 없이 여섯 개씩 쌓여 있었다. 그 배의 하얀 선루는 빛을 받아서 시내의 상업 구역 안에 있는 것처럼 보였다.

알 야마니는 뱃머리에서 어둑하게 보이는 이름을 읽기 위해 애를 썼다. 희미한 불빛 속에서 첫 세 글자를 읽은 그는 그것이 자신이 기다리는 배, 마다가스카라는 것을 알 수 있었다. 알 야마니는 쌍안경을 내리고 안도의 한숨을 내쉬었다. 그의 배가 도착한 것이다.

그는 안내인에게로 돌아서서 진정한 행복감에 들떠서 이렇게 말했다.

"이브라힘, 오늘은 우리에게 위대한 날이네."

34

아프가니스탄

랩은 탄약 벙커를 나와 우르다를 급히 붙잡은 뒤 방금 압둘라로부터 들은 것을 모두 설명했다. 두 사람은 재빨리 정보 텐트로 돌아갔고 랩은 모두에게 주목해 달라고 말했다. 이번에는 압둘라의 이야기를 확실하게 할 때까지 워싱턴과의 접촉을 미룰 생각이었다.

그 사우디인 포로가 이전에 한 거짓 자백 때문에 일에 차질이 빚어졌다. 얼마나 큰 차질인지는 알 수 없었지만 지난 48시간 동안 미국에 들어온 국제 항공 화물을 확인하기 위해 상당한 인력과 자원이 파견되었을 것이 분명했다. 하지만 그보다 더 곤란한 문제는 워싱턴의 막후 조종 세력들이 자신감을 잃게 될 것이라는 점이었다. 또 한 가지, 그들은 랩이 하는 모든 말을 의심하기 시작할 것이다.

랩이 막 이야기를 시작하려는데 그의 위성 전화가 울렸다. 그는 마지못해 전화를 받고 케네디가 일의 진행 상황을 알리는 것을 들었다. 삼십 몇 분 후면 국가안전보장회의가 재개될 것이고 거기에서 행동 방침을 정하게 될 것이라는 이야기였다. 케네디는 안전보장회의의 몇몇 구성원이 아침 출근 시간이 시작되기 전에 도시 소개(疏開) 혹은 최소한 도시로 들어오는 도로의 전면 폐쇄와 지하철 서비스 중단이 필요하다는 주장을 하고 있다고 설명했다.

케네디가 전하는 이야기는 그가 이미 알고 있던 것이었다. 그런 일이 일어나면 그들은 자신들의 패를 보여 주는 꼴이 되고 테러리스트들은 무슨 일이 일어나고 있는지 알게 될 것이다. 폭탄이 이미 미국에 들어와 있는 경우 테러리스트들이 스케줄을 앞당겨 핵비상지원 팀이 찾기 전에 폭탄을 폭파시킬 수도 있다는 것이 케네디의 걱정이었다. 랩도 보스와 같은 의견을 가지고 있었다. 하지만 방금 압둘라로부터 들은 것은 그녀에게 이야기하지 않기로 결정했다. 그에게는 찰스턴이 폭탄이 들어가는 항구라는 사실을 확인할 시간이 30분 남아 있었다. 필요하다면 그는 마지막 남은 1초까지 다 사용할 생각이었다. 그는 케네디에게 회의 시작 전 연락을 주겠다고 말하고 전화를 끊었다.

"모두 잘 들어주십시오."

랩이 큰 소리로 말했다. 우르다와 할리 장군이 그의 옆에 자리하고 있었다.

"약 3주 전에 카라치를 떠난 배에 대한 자료를 찾아야 합니다. 그 배의 목적지는 사우스캐롤라이나 찰스턴이고 오늘 중에 도착할 것으로 생각됩니다."

랩은 조용한 사람들의 얼굴을 바라보다가 우르다 쪽 사람들 중 하나가 재빨리 서류 더미를 살피는 것을 보았다. 서류를 뒤지는 태도로 보아 그 남자는 랩이 찾고 있는 것이 무엇인지 알고 있는 듯했다. 랩의 시선이 그에게 집중되었다. 그는 찾는 것을 멈추더니 손가락에 침을 묻혔다. 그리고 서둘러 페이지를 몇 장 더 넘기더니 승리감에 찬 표정으로 고개를 들었다.

"여기 있습니다."

그는 문서 더미에서 서류 한 다발을 꺼내 공중에 흔들었다.

랩과 우르다는 서류를 보기 위해 앞으로 뛰어나갔다. 서류는 우르다어로 적혀 있었기 때문에 랩은 카라치와 찰스턴이라는 단어 외에는 아무것도 알아볼 수가 없었다. 그 분석가가 나머지 정보를 해석해 주었다. 배는 아무 특별할 것이 없는 리베리아 국적의 컨테이너선이었다.

랩이 분석가에게 물었다.

"이게 선화 증권(해상 운송시, 화물의 인도 청구권을 표시한 유가 증권-옮긴이)인가?"

"그렇습니다."

"자네가 찾은 것 중에 기억나는 것은 이것 하나인가?"

"아닙니다."

검은 수염이 있는 그 남자가 고개를 저었다. 그리고 그의 앞에 있는 서류 더미를 툭툭 쳤다.

"이것들이 모두 선화 증권입니다. 하지만 카라치에서 출발해서 찰스턴으로 가는 것 중에 기억나는 것은 이것뿐입니다."

그가 그 중요한 서류를 공중에 흔들었다.

"약 3주 전에 카라치를 떠난 다른 배들은 없나?"

랩의 얼굴에서는 미소가 사라져 있었다.

"있습니다."

그 남자가 세차게 고개를 끄덕였다.

"이게 전부 그런 배들입니다."

랩은 어금니를 꽉 깨물었다. 랩은 압둘라가 그에게 거짓말을 하고 있는 것이 아닌지 다시 한 번 궁금해졌다.

"증권이 얼마나 있나? 3주 전에 카라치를 떠난 배가 얼마나 있나?"

분석가는 아래를 내려다보고 자신의 메모를 찾았다.

"선화 증권은 열일곱 장입니다. 대부분이 카라치에서 출발한 것입니다. 그중 네 척이 거의 3주 전에 카라치를 떠났고 네 척 모두 미국으로 향하고 있습니다."

"언제 도착하기로 되어 있나?"

랩이 긴장한 목소리로 물었다.

분석가는 뽑아 냈던 서류를 흔들었다.

"이게 오늘 찰스턴으로 들어가는 겁니다."

그는 그 서류를 테이블에 내려놓고 또 다른 것을 찾기 위해 서류 더미를 뒤지기 시작했다.

"뉴욕으로 출발한 이 배로 오늘 도착합니다. 마이애미로 출발한 것도 오늘 도착하고요."

그는 서둘러 몇 페이지를 더 넘기고는 말했다.

"그리고 이건 오늘 볼티모어에 도착합니다."

랩은 어느 손가락을 먼저 자를지 생각하기 시작했다.

"항공 화물에 대한 증권도 있나?"

"없습니다."

분석가는 고개를 젓고 우르다의 사람들이 우르두어와 파슈토어로 쓰인 서류들과 씨름하고 있는 모든 테이블을 가리켰다.

"자, 내가 지시하는 이야기를 잘 들어주십시오. 팩스를 이용해서 이 서류들을 모두 대테러감시센터로 보내 주시오."

"이미 전송했습니다. 30분 전에요."

랩은 깜짝 놀랐다.

"이 일에 대해서 얘기를 했단 말이오?"

"예, 하지만 거기에는 지금 일하는 사람 중에 우르두어를 하는 사람이 아무도 없습니다."

"뭐라고?"

랩이 믿기지 않는다는 듯 물었다.

"우리는 실종된 파키스탄 과학자들에 대한 이 파일을 번역하라는 명령을 받았습니다."

그 남자는 더 설명하려 했지만 랩이 그의 말을 잘랐다.

"잘 들으시오…. 여러분들은 이 네 장의 선화 증권에 집중해 주십시오. 즉시 번역을 해서 그 정보를 대테러감시센터에 보낸 후에 다른 일을 시작하십시오. 다른 사람의 도움이 필요하면 바로 데려다 쓰십시오. 잘 부탁합니다. 자, 빨리 시작하시오!"

35

메릴랜드

보안 비디오 화상 회의 시스템이 작동 중이었다. 국가안전보장회의는 15분 후에나 재개될 예정이었지만 대통령을 포함한 주요 참석자들 반 이상이 이미 착석해 있었다. 회의실 끝쪽의 대형 스크린으로 다른 원격지 회의장을 들고 나며 상관에게 정보를 가져다주고 귀엣말로 설명을 해 주는 부관들과 보좌관들의 모습이 보였다. 사이트 R의 회의실도 다를 것이 없었다. 사람들이 급히 들어오고 나가기를 반복하고 있었다.

대통령 수석보좌관 밸러리 존스는 케네디 바로 맞은편에 앉아 보안 전화로 통화를 하면서 슈가파우더가 묻은 도넛을 먹고 있었다. 케네디는 존스가 전화를 끊는 대로 주의를 끌기 위해서 그녀를 지켜보고 있었다. 대화 내용으로 보아 백악관 공보 비서관과 이야기를 하고 있는 것 같았다. 고맙게도 아직까지는 언론이 전혀 눈치채지 못한 듯했다. 그렇지만 모두들 그것이 오래가지 못할 것이라고 생각하고 있었다. 아무 말도 새어 나가지 않은 상태로 9시까지 버틸 수 있을지 의문이었다.

다른 권력의 중심지들이 그렇듯이 워싱턴은 회의로 점철된 곳이었다. 새벽 회의, 조찬 회의, 오전 회의, 오찬 회의…. 해가 뜨기 전부터 한밤중까지 회의가 끊임없이 계속된다. 요인들 중 대부분이 오늘 조찬 회의에 참석하지 못할 것이고 그것이 눈에 띄지 않을 리 없었다.

존스는 전화를 끊고 안도의 한숨을 쉬었다.

"아직까지는 괜찮습니다."

그녀가 대통령에게 말했다.

"팀입니다."

존스가 말하고 있는 것은 백악관 공보 비서관 팀 웨버였다. 그는 백악관에서 보초를 서는 전혀 부럽지 않은 임무를 받았다. 그것은 존스의 결정이었다. 대부분의 TV 기자들은 오전 6시에 나타나기 시작하고 지면매체의 기자들은 오전 9시에 들어온다. 웨버로서는 전화상으로보다 직접 대면한 상태에서 질문을 피하고 뜬소문을 처리하는 것이 훨씬 쉬웠다.

"매체로부터의 전화가 아직은 없다고 합니다."

수석보좌관이 덧붙였다.

대통령은 벽에 줄지어 있는 시계들을 바라보고 워싱턴이라고 표시된 시계의 시간에 주목했다. 오전 5시가 조금 넘은 시각이었다.

"언론 쪽은 아직 침대 속에서 나오지도 않았겠군."

"그렇습니다만 그들은 행정부 안에 많은 정보원을 두고 있습니다. 아무도 귀띔을 하지 않았다는 것이 놀라운데요."

존스는 약간 까칠한 성격이었다. 그것은 어떤 면에서는 그녀 일의 선행 조건이었다. 대통령을 대할 때조차 그녀는 날카롭고 가혹했다.

케네디는 대통령의 팔에 손을 얹고 말했다.

"두 분과 이야기할 것이 있습니다."

그녀가 상체를 굽히자 대통령과 존스도 머리를 모았다.

"그들이 무슨 생각을 하고 있는지 알 것 같습니다."

다른 모든 사람들과 마찬가지로 케네디도 당장의 상황에만 눈이 멀어서 한 발 물러나 큰 그림을 보지 못하고 있었다. 하지만 랩과 마지막 통화를 한 후 그녀에게 뭔가 떠오른 것이 있었다.

"그들이 실제로 핵폭탄을 가지고 있다면 최대의 효과를 노리는 것이 당연한 논리입니다. 그건 전혀 놀라운 일이 아니죠."

케네디가 대통령을 보았다.

"하지만 테러리스트 중에 한 명이 미치게 그들의 계획은 대통령을 죽이는 것이라고 말했다고 합니다. 그 남자는 이상한 말도 했습니다. 그들은 당신과 모든 장성들을 죽이길 원한다고 말입니다. 미치가 그 이야기를 할 때는 약간 우습다고만 생각했습니다. 그래서 미치에게 그 사람이 정확히 그렇게 말했느냐고 물었습니다. 그렇다더군요. 그때는 아랍인들이 유난히 좋아하는 호언장담쯤으로 치부했습니다. 말 그대로만 받아들이자면 그 진술은 바보 같은 것입니다. 미국의 모든 장성들을 죽이는 것은 불가능하니까요. 하지만 이후에 저는 영어를 하는 사람들에게는 이 맥락에서 한 가지 의미를 가지는 단어가 그들에게는 그와 다른 미묘한 의미가 있지 않을까 생각하게 되었습니다."

"그럼 무슨 뜻이었단 거죠?"

존스가 물었다.

"그 남자는 장군이라는 단어로 일반적인 의미의 지도자들을 말하는 것 같습니다."

"어떤 지도자?"

"대통령도 그렇고, 의회 지도자, 부통령, 내각 전체 말입니다. 그들은 우리 정부를 한꺼번에 없애 버리려는 겁니다."

"모두가 동시에 워싱턴에 있다는 걸 그들이 어떻게 알겠어요?"

존스가 물었다.

케네디는 수첩을 넘겨 대통령과 수석보좌관에게 달력을 보여 주었다.

"더 빨리 알지 못한 것이 이상할 정도입니다. 여기 보십시오. 이번 주 새로운 2차 대전 기념비 헌정식을 위해서 모두가 워싱턴에 있게 될 겁니다."

대통령이 달력을 보았다.

"메모리얼데이로군."

"실제 축제는 토요일부터 시작됩니다. 그리고 벌써 수요일입니다. 또 영국과 러시아, 캐나다, 오스트레일리아, 뉴질랜드 외 10여 개국의 국가수반들이 금요일부터 도착할 예정입니다. 누군가 우리에게 크게 한 방을 날릴 심산이라면 이때가 적기가 될 것입니다."

케네디가 말했다.

헤이즈는 달력을 보았다. 그의 눈은 메모리얼데이에 멈추어 있었다. 몇 초 뒤 그는 시선을 들어 케네디를 보고 말했다.

"왜 이걸 진작 알지 못했지?"

"그 모든 난리를 취소하기 전에 최소한 며칠은 있는 거로군요."

"우리에겐 그렇게 시간이 많지 않습니다."

케네디가 단호하게 말했다.

"정오까지만 버텨도 다행인 상황입니다."

눈썹을 치켜 올리며 그녀가 덧붙였다.

"언론에서 대통령이 어디 계신지 다그칠 겁니다."

헤이즈도 그 말이 옳다고 생각했다.

"거짓말을 하는 것도 먹히지 않을 거고 마냥 미룰 수도 없지. 멋대로 가정들을 할 거야."

"논리적인 가정입니다."

케네디가 대통령의 말을 정정했다.

"대통령과 내각과 대법원, 의회 지도자들이 한밤중에 도시를 빠져나간 이유가 무엇이겠습니까?"

"생각할 수 있는 이유는 딱 하나지."

대통령이 말했다.

"그들의 애국심에 호소해서 시간을 조금 더 벌 수 있지 않을까요?"

존스가 확신 없는 목소리로 제안했다.

헤이즈가 고개를 저었다.

"내가 신문사와 방송사 대표들에게 전화를 해서 이 뉴스를 쥐고 있어 달라고 개인적으로 부탁하는 게 나을 것 같네."

케네디에게는 모든 계획이 가망 없어 보였다. 그런 조치들이 일단 시작은 됐지만 대통령이 얼마나 큰 힘과 영향력을 가지고 있든 이 이야기가 알려지는 것을 차단할 수는 없었다. 그들은 오로지 한 가지 조치만이 언론의 입을 막고 그들에게 시간을 벌어 줄 수 있는 지점을 향해 가고 있었다. 그것도 아주 빠르게 말이다. 그것은 위험이 따르는 조치였고 다른 대안이 전혀 없을 때까지는 감히 입에 올릴 수 없는 것이었다.

36

　할리 장군은 맡고 있는 임무의 중요성 때문에 보안 비디오 원격 회의 시설을 갖추고 있었다. 그는 그것을 통해 중부사령부, 연합특수작전사령부, 합동특수작전사령부, 심지어 필요한 경우에는 펜타곤에 있는 상관들과도 접촉할 수 있었다. 랩은 그 시설의 사용을 원했다. 워싱턴이 어떻게 돌아가는지 속속들이 알고 있는 그는 자신이 직접 의견을 말하지 않는 경우 어떤 중요한 점들이 누락되거나 부적절하게 진술될 수 있다고 생각했다. 케네디에게는 5분 후 국가안전보장회의에서 직접 브리핑을 하겠다고 말해 두었다. 케네디는 망설였다. 다른 이유는 없었다. 그 유명한 랩의 성미가 걱정되었던 것이다.

　랩과 대통령은 사이가 좋았다. 플러드 장군, 컬버트슨 국방장관, 국가안보담당 보좌관 헤이크와도 문제가 없었다. 하지만 대통령 수석보좌관에 대해서라면 두 사람은 서로를 몹시 싫어했다. 더구나 랩은 부통령에 대해 전혀 존경심이 없었고 국무장관 버그는 간신히 참아내는 정도였다. 국토안보부나 법무부와 관련된 사람들은 피하는 것이 최선이었다. 그가 직접 회의에서 브리핑을 하는 것이 한편으로는 자존심과 실제 문제의 한판 대결로 가는 길이 될 수도 있었고, 다른 한편으로는 그들이 맞닥뜨린 상황의 심각성과 시간적인 제약을 등에 업고 랩이 모든 허튼소리를 뭉개 버리고 대통령이 빠르고 결정적인 조치를 취하게 만들 가능성도 있었다.

결국 그녀가 결심을 하게 만든 것은 이런 생각이었다. 대통령은 공개적으로 랩의 희생과 업적을 인정했다. 하지만 문제는 그것보다 훨씬 깊이 들어간다. 랩은 대통령의 사람이었다. 정말 어떤 일을 해야 할 때라면 헤이즈는 랩에게 의지했다. 그는 여러 차례에 걸쳐 자신의 가치와 효율을 증명해 보였다. 대통령이 단호한 조치를 취하고 나머지 아우성을 잠재우도록 만들 수 있는 사람이 있다면 그것은 랩이었다.

사이트 R 사령부 앞쪽의 대형 화면은 세 개가 아닌 여섯 개로 나뉘어 있었다. 랩의 요청에 따른 것이었다. 칸다하르의 랩이 추가되었고 랩의 요청으로 합동대테러센터의 스킵 맥마흔과 제이크 터브스, 에너지국 저 먼타운시설의 폴 라이머가 회의에 동석하게 되었다.

케네디는 재빨리 네 명의 새 참석자가 있다는 것을 알리고 랩에게 시작하라고 말했다.

랩의 복장은 회의에 참석하고 있는 다른 사람들과 눈에 띄게 달랐다. 양복이나 업무에 적합한 복장을 챙길 만한 시간이 있었던 사람은 아무도 없지만 플러드 장군을 제외하면 모두들 평범한 옷을 입고 있었다. 반면 랩은 전투복에 전술조끼를 입고 있었다. 이틀 이상 면도기도 사용하지 않았기 때문에 그의 얼굴은 거뭇한 수염으로 뒤덮여 있었다.

"몇 시간 전까지….."

랩이 보고를 시작했다.

"우리는 핵폭탄이 어제 항공 화물로 동부 해안 어딘가를 통해 미국에 들어갔다고 믿고 있었습니다."

랩은 말을 멈추고 서류 몇 장을 집어 들었다.

"그 정보를 주었던 테러리스트는 반대 정보를 제시하자 이전의 정보가 거짓이었다고 인정했습니다."

랩은 어떻게 압둘라로 하여금 그것을 인정하게 했는지에 대한 구체적인 상황까지 들어갈 생각이 없었다. 그 자리에 모인 사람들 중 그 섬뜩한 일들을 알고 싶어 할 사람은 아무도 없을 것이다.

"우리는 지금 문제의 폭탄이 22일 전 배편으로 파키스탄 카라치를 떠났다는 유효한 정보를 입수했습니다."

"미치."

대통령이 말했다.

"제발 그 배가 아직 우리 해안에 오지 않았다고 말해 주게."

"플러드 장군이 해안경비대에 문제의 배에 대한 조사를 지시했습니다. 하지만 우리가 발견한 선화 증권에 따르면 그 배는 오늘 중 찰스턴 항에 도착할 예정입니다. 그 외에도….".

랩은 누군가가 끼어들기 전에 재빨리 말을 이어 갔다.

"우리가 관심을 가지고 있는 배가 세 척 더 있습니다. 모두가 약 3주 전 카라치를 출발했고 모두가 오늘 마이애미, 볼티모어, 뉴욕에 도착할 예정입니다."

랩이 이야기를 이어 가기 전에 국토안보부장관 맥클레란이 그의 말을 잘랐다.

"대통령님, 즉각 이들 항구를 봉쇄해야 합니다."

"동의합니다."

스톡스 법무장관이 재청했다.

랩은 이전에 맥클레란 장관을 만난 적이 있었다. 그 전 해병대 준장은 우유부단하기로 유명한 그와 같은 이름의 남북전쟁 시대의 장군과 정반대 성향을 가진 인물이었다.

"대통령님."

랩이 큰 목소리로 끼어들었다.

"그건 아주 끔찍한 아이디어입니다."

"자네, 뭐라고 한 건가?"

얼굴이 붉어진 맥클레란 장관이 쏘아붙였다.

랩이 브리핑을 직접 하고 싶었던 데는 두 가지 이유가 있었다. 우선 그는 정보가 명령 체계를 타고 올라가는 동안 중요한 뉘앙스가 얼마나 많이 사라지는지 알고 있었다. 두 번째로 그는 삽만 있으면 될 일에 불도저를 사용하고 싶은 사람은 없다는 것을 알고 있었다.

"지금 우리가 할 수 있는 최악의 조치는 항구를 봉쇄하는 것입니다."

"내 생각은 다르네. 우리가 가장 우선시해야 할 것은 미국 국민을 보호하는 일이야."

맥클레란이 말했다.

랩은 조금도 물러서지 않았다.

"그리고 이 일을 하는 최선의 방법은 핵비상지원 팀과 FBI가 폭탄의 소재를 찾도록 하는 것입니다."

"랩!"

맥클레란이 거들먹거리는 어조로 말했다.

"자네는 자네 일에는 아주 유능하지만 여기에서 만 3천 킬로미터 떨어진 곳에 있네. 여기 워싱턴의 상황을 잘 모르는 것 같군. 대통령님, 우리는 이미 예행연습을…."

"맥클레란 장관님."

랩이 그의 말을 가로막았다.

"장관님은 워싱턴에서 두 시간 거리에 있는 산 밑의 방폭 벙커 속에 앉아 계십니다."

랩의 대담한 힐책이 모두를 놀라게 만들었다.

"그러니 제게 장관님이 상황을 더 잘 알고 있다는 말씀은 마십시오. 워싱턴은 상황은 1년에 쉰두 번 있는 수요일 아침과 다를 게 없습니다. 사람들은 일어나서 출근을 할 겁니다. 이들 항구 중 하나를 봉쇄한다면 여러분은 전국적인 규모의 공황 상태를 만들게 될 것입니다. 그것은 곧 첫째, 핵비상지원 팀이 이 물건을 찾는 데 방해가 될 것이고, 둘째, 우리가 알아차렸다는 것을 테러리스트에게 경고하는 것이 됩니다."

"대통령님, 괜찮다면 한 말씀 드리겠습니다."

전 실(SEAL) 팀 사령관으로 핵비상지원 팀을 지휘하고 있는 폴 라이머였다.

"미치의 의견에 전적으로 동의합니다. 어떤 유형의 봉쇄든 수색을 방해할 뿐입니다."

"나도 한마디하겠소."

플러드 장군이었다.

"해안경비대가 방금 가장 의심이 가는 네 척의 선박 위치를 확인했소. 마이애미로 향하고 있는 한 척과 뉴욕으로 향하고 있는 한 척은 아직 해상에 있고 오늘 오후까지는 입항하지 않을 것이오."

플러드는 정보를 자세히 살폈다.

"볼티모어행 선박은 지금 체사피크만으로 들어왔소."

그는 불길한 표정으로 고개를 들었다.

"그리고 네 번째 선박은 찰스턴 부두에 있소."

37

선박이 이미 찰스턴 부두에 접안했다는 소식에 회의실은 난장판이 되었다. 근사한 직함을 가진 여러 요인들이 본론에서 벗어난 난상토론에 뛰어들었다. 내각의 관리들이 자신의 의견을 강력히 개진하는 동안 미치 랩은 거의 없는 사람이었다. 다행히 훨씬 낮은 직위를 가진 두 사람이 무슨 일을 해야 하는지 알았고 그들은 주위의 소란 속에서 굳이 실행에 대한 승인을 받는 수고를 거치지 않았다. 그 한 사람은 FBI 대테러감시센터에 앉아 있는 스킵 맥마흔이었다.

맥마흔은 그의 부관 중 한 명에게 몸을 돌리고 찰스턴 항의 책임자를 전화로 연결하라고 지시했다. 그리고 FBI 사우스캐롤라이나 컬럼비아 지국을 맡고 있는 특별수사관 딕 쇼어에게 전화를 걸었다. 쇼어와 그의 요원 몇 명은 이미 컬럼비아에서 한 시간 반 거리인 찰스턴으로 향하고 있었다. 그들의 계획은 라이머의 에너지국 사바나강 지부에서 오고 있는 방사선의학지원 팀을 만나 항구 수색을 돕는 것이었다. 좋은 소식은 더 이상 무작위 수색을 할 필요가 없다는 것이었다.

맥마흔은 쇼어에게 인력 배치에 대한 대단히 명확한 지시를 내렸다. 쇼어와의 통화를 마치자 항만장이 연결되어 있었다. 맥마흔은 리베리아 국적의 컨테이너선 마다가스카가 실제로 항구에 들어왔는지 확인하고 배가 곧 짐을 내릴 예정이라는 사실을 알게 되었다. 맥마흔은 상세한 사항을 얘기하지 않고 항만장에게 약 20분 후에 그의 사무실에 가게 될 특별수사관 쇼어를 만나라고 전했다. 그때까지 항만장은 어떤 일이 있어도 단 한 개의 컨테이너에 대한 선하도 승인할 수 없었다.

행동에 들어간 두 번째 사람은 폴 라이머였다. 정확히 따지자면 그는 행동의 근거가 되는 국가안전보장회의의 정보가 없이는 수색대응 팀의 인력을 단 한 명도 배치할 수 없었다.

그는 행동의 근거가 되는 정보가 무엇인지 눈치챌 수 있을 만큼 그 바닥에 오래 있었다. 그리고 그는 그 사람들이 쓸데없는 말싸움을 멈출 때까지 기다릴 생각이 없었다. 사바나 강 지부의 과학자들과 기술자들은 아직 장비를 모으고 있었다. 그 작업을 끝내고 그들이 항구에 도착하는 데에는 최소한 한 시간 30분이 소요될 것이다.

더 나은 선택도 있었다. 라이머가 가진 최고의 수색대응 팀은 걸프스트림 Ⅲ를 타고 앤드루 공군 기지의 활주로 위에 앉아 있었다. 그는 그 팀을 이끄는 에너지국 수석 수사관 데비 해뉴색에게 전화를 걸어 찰스턴 공군 기지를 향해 바로 출발하라는 명령을 내렸다. 그녀와 여섯 명으로 구성된 그녀의 팀은 분명 한 시간 안에 찰스턴에 도착할 것이다.

사이트 R에서는 케네디가 대통령의 주의를 끈 뒤 그의 귀에 무엇인가를 속삭였다. 그녀가 이야기를 마치자 대통령은 분위기를 정리한 뒤 말했다.

"플러드 장군, 해군이나 해안경비대가 아직 해상에 있는 두 선박의 접안을 금지하는 데 어려움이 있겠소?"

"전혀 없습니다, 대통령님."

"체사피크 쪽의 배는 어떻소? 뭐 좋은 생각이 있소?"

플러드는 곧 카메라 밖의 누군가와 이야기를 나눈 뒤 말했다.

"이 정보는 지금 현재 실 팀 식스에게 전달되었습니다. 그들은 이미 리틀 크리크에서 경계태세에 돌입해 있습니다. 그들은 승무원들이 그들이 배에 있다는 것을 깨닫기도 전에 해당 선박을 기습해서 장악할 수 있습니다."

"그들이 핵폭탄을 처리할 장비를 갖추고 있습니까?"

국토안보부장관이 물었다.

"그렇소. 그들은 어떤 대량살상무기도 탐지하고 무력화시킬 수 있는 장비를 갖추고 있소."

"그들을 가능한 빨리 준비시키도록 하시오, 장군."

헤이즈가 말했다.

"예, 대통령님."

대통령은 화면상에서 FBI 국장을 찾기 시작했다.

"브라이언, 찰스턴 쪽의 계획은 뭔가?"

"국장님, 괜찮으시다면 제가 말씀드려도 되겠습니까?"

스킵 맥마흔이 로치 국장에게 그 질문에 대답해도 좋겠냐는 허락을 구했다.

"대통령님, 저는 찰스턴 항만장와 방금 통화를 끝냈습니다. 문제의 선박은 마다카스카 호입니다. 저는 항만장에게 우리로부터 다른 지시가 있을 때까지 단 한 개의 컨테이너도 선하하지 말라고 지시했습니다. 그 외에 컬럼비아 지국을 맡고 있는 우리 특별수사관이 요원들로 구성된 팀과 함께 이미 항구로 향하고 있습니다. 에너지국 팀 역시 사바나 강 지부에서 항구로 향하고 있습니다."

"추가 사항이 있습니다."

라이머가 말했다.

"우리가 보유한 최고의 수색대응 팀도 파견할 것입니다. 그들은 지금 앤드루 공군 기지를 출발해서 한 시간 이내에 항구에 도착할 것입니다."

"한 시간?"

대통령의 수석보좌관이 물었다.

"한 시간이면 어떤 일이든 일어날 수 있어요."

"보좌관님."

라이머가 못마땅한 얼굴로 눈썹을 치켜 올리며 말했다.

"그 배에서 짐을 내리는 데에는 오전 시간의 절반은 필요할 겁니다."

"대통령님."

맥클레란 장관이 말했다.

"국토안보부 플라이 어웨이 팀에게 그곳으로 가서 작전 전체를 감독하라고 하는 것이 좋겠습니다. 두 시간 안에 현장 지휘 본부를 만들 수 있습니다."

랩은 비명을 지르고 싶었다. 모든 일이 서커스로 바뀌고 있었다. 회의실의 대통령 곁에 자리하고 이 상황을 보다 강력하게 전달할 수 있었으면 하는 생각이 간절했다. 비명을 지르는 것 외에 그에게 지금 남은 선택권은 하나뿐이었다. 랩은 험악한 목소리로 말했다.

"대통령님, 아직 말씀드리지 않은 것이 있습니다."

거의 즉각적으로 모든 사람들이 입을 다물었다.

"우리는 아프가니스탄 대사관 폭파, 콜 구축함 공격, 9·11의 배후에 있는 알카에다 최고 기획자 무스타파 알 야마니가 플로리다 해안 어딘가를 통해 어제 저녁 미국으로 들어간 것을 파악하고 있습니다. 그는 직접 이 공격을 지휘하기 위해 미국으로 들어갔습니다. 우리는 미국 금융대체, 이메일, 항공 예약, 최소 10여 개국에 대한 여권 신청에서 다양한 조직의 존재를 암시하는 증거를 찾아내고 있습니다…. 아직 시작 단계에 불과한 데도 말입니다."

"요점이 뭔가요?"

대통령의 수석보좌관이 물었다.

"요점은 이렇습니다…. 한 걸음 물러나서 정신을 차려야 한다는 것이죠. 우리는 이 네 척의 선박을 처리할 수 있는 역량을 가지고 있습니다. 하지만 아직 추적을 시작하지 않은 열세 척의 선화 증권이 더 있습니다. 미국에는 확인되지 않은 수많은 테러리스트 조직들이 활동하고 있습니다. 파키스탄 핵 과학자들이 실종되었고, 알카에다의 최고 지도자 중 하나가 미국에 입국했습니다. 그리고 가장 중요한 것은 테러리스트들이 우리가 그것들을 알아냈다는 사실을 알지 못한다는 사실입니다."

"우리가 어떻게 해야 한다는 겁니까?"

"눈에 띄지 않게 움직이면서 이 물건을 가지러 찰스턴 항구에 누가 나타나는지 지켜봐야 합니다. 그 후…."

"대통령님."

핵비상지원 프로그램을 책임지고 있는 폴 라이머가 소리쳤다.

"제가 말씀을 좀 드려도 되겠습니까?"

헤이즈가 스크린을 올려다보았다. 전직 실 출신인 그 남자는 엘리트 전투 부대를 이끌었던 장교들의 전형적인 목소리를 가지고 있었다. 정확하고 효과적이며 주의를 집중시키는 목소리를 말이다. 대통령은 그의 제안을 받아들였다.

"물론이네."

"지금 절대적으로 필요한 것은 찰스턴을 봉쇄하는 것입니다. 그쪽의 제 부하들과 연방수사국 수사관들이 실력 발휘를 하게 해 주십시오. 그들이 필요로 하는 것은 무엇이든 제공하되 그외에는 관여하지 말고 그들에게 일을 맡겨야 합니다."

대통령은 라이머의 말에 고개를 끄덕이고 있는 자신을 발견했다. 그는 몸을 돌려 케네디를 보았다. 케네디의 의견도 일치하고 있었다. 다음으로 수석보좌관을 바라봤다. 그녀 역시 마지못해 동의했다.

헤이즈는 일어서서 모든 논쟁이 끝났음을 알렸다.

"그렇게 하도록 합시다."

38

체사피크 만

여섯 대의 헬리콥터가 커다란 짐승을 쫓는 사냥개 무리처럼 어두운 수면 위를 날고 있었다. 그들은 비교적 잔잔한 체사피크 만의 표면을 스치듯 지나 배의 고물 쪽으로 접근한 뒤 표적에 가까워지자 속도를 낮추었다. 동쪽의 수평선은 온통 지루한 회색빛이었고 서쪽에는 짙은 어둠이 덮여 있었다. 물이 쉽게 눈을 속일 수 있는 어스름한 시간이었다.

그들은 400여 미터 밖에 의심 선박이 확인되고 있다고 보고했다. 곧 급습 실행 허가가 났다. 처음 두 대의 헬기가 계속 항로를 유지하며 배를 향해 가는 동안 다른 네 대의 헬기는 대형에서 흩어져서 속도를 높였다. 그들은 먹이를 에워쌀 것이고 모두가 제 위치에 있게 되면 공격을 개시할 것이다.

두 대의 MH-6 리틀 버드가 고물 쪽에서부터 거의 아무런 소리도 내지 않고 배에 접근했다. 접근하는 동안 그들 위쪽으로 그 거대한 컨테이너선이 솟아 있었다. 검은 옷을 입은 세 명의 실 대원이 두 헬기의 양쪽에 특별히 마련된 플랫폼에 앉아 있었다. 각 대원은 헤클러 앤 코흐 무음 MP5 중기관총을 가지고 있었다. 헬리콥터들은 재빠르게 제 위치로 이동했다. 한 대는 좌현으로 다른 한 대는 우현으로 향했다. 더 이상 서로를 볼 수 없는 조종사들은 계속해서 무선 통신을 켜 두고 항로와 속도를 외치면서 나아갔다.

그들은 아주 잠깐 동안 정지했다. 그 뒤 두 대의 리틀 버드가 동시에 고도를 높이면서 녹이 슨 선체와 위로 높이 솟은 선루 위를 지나 반짝이는 선량 쪽으로 비행했다. 선량 양쪽의 전망 갑판을 통과한 조종사들은 상상할 수도 없는 일을 했다. 선량 위로 접근한 것이다. 헬기의 회전 날개가 선량의 유리창과 30센티 거리에 다가섰다. 그들은 속도를 조정하면서 랜딩 스키드를 전망 갑판 난간 위에 내려놓고 대원들에게 행동 개시 신호를 주었다. 각 대원이 헬기에서 내리는 동안 조종사들은 조종 장치를 다루는 데 너무 열중한 나머지 겨우 10여 미터 떨어진 배의 조종 장치 뒤에 한 남자가 서 있는 것을 보지 못했다. 스키드가 난간에 가 닿은 지 5초도 지나지 않아 그들의 임무는 완수되었고 각각의 헬기는 솜씨 좋게 배에서 물러났다.

그 거대한 컨테이너선의 키를 잡고 있던 고급 선원은 두 대의 소형 헬기가 우현과 좌현의 전망 갑판에 내리는 것을 알아채지도 못했다. 이 조용한 아침이 오기 이전까지 그는 그러한 묘기가 가능하다는 것을 생각조차 해 보지 못했기 때문이기도 했지만, 그의 주의가 다른 것에 집중되어 있다는 사실이 더 큰 작용을 했다. 커다란 회색 헬리콥터가 갑자기 배 한복판에 나타나서 다양한 색깔의 컨테이너가 솜씨 좋게 쌓여 있는 위로 시끄럽게 맴돌고 있었다.

헬리콥터의 문이 열리고 검은 옷을 입은 두 사람이 그에게 총을 겨누었다. 그 승무원은 눈앞에 펼쳐진 믿기 힘든 광경에 그 자리에 얼어붙었다. 그는 잠시 항로 변경을 생각해 보았지만 선량의 앞 유리에 붉은 불빛이 비치는 것을 알아차렸다. 확산되어 있던 붉은 빛이 조여들었고 그의 가슴에서 붉은 점을 이루자 순간 그는 이 일의 심각성을 깨달았다. 생명에 위협을 느낀 그는 갑판으로 몸을 던져 조종 장치 뒤에 몸을 숨겼다.

HH-60 씨호크가 다가와 화물 구역 위에 위치를 잡고 배 앞에서 다가오고 있는 리틀 버드와 또 다른 헬기를 엄호했다. 네 번째의 또 다른 무광 회색 헬리콥터 씨호크가 뱃머리 위쪽으로 치솟으며 전선과 다른 장애물들이 치워진 비교적 좁은 지역에서 1.5미터 떨어진 상공을 맴돌기 시작했다. 열두 명의 실 대원들이 멀리 않은 갑판으로 뛰어내려 두 사람씩 쌍을 이룬 뒤 배에서 미리 정해진 구역을 확보하기 위해 출발했다.

이 작전을 세운 지 30분이 채 되지 않았지만 각 대원은 자신의 임무를 숙지하고 있었고 효율적으로 그리고 자신감 있게 움직였다. 그들은 여러 선박 위에서 이런 작전을 수백 차례 수행했다. 훈련으로도, 실제로도 말이다. 실이 하는 대부분의 일이 그렇듯이 중요한 것은 전광석화 같은 속도로 움직이고 누구에게 공격을 당하는지조차 알기 전에 적을 제압하는 것이었다.

선량 위에는 사람이 옮길 수 있는 크기의 휴대전화 방해전파발신기가 세워졌고 무전 전신실이 확보, 봉쇄되었다. 특공대원 한 명이 조정 장치를 잡은 사이 나머지 급습 팀은 선루 아래 승무원 숙소로 움직이기 시작했다. 그들은 조용히 이동했다. 그들은 고함을 지르지도 않고 유사한 저항이 있지 않은 한 치명적인 폭력 행위를 사용하지도 않았다. 선량으로 데려온 배의 선장만을 예외로 하고 그들과 마주친 모든 승무원은 신축성 있는 고무 수갑으로 손목을 묶어 갑판에 엎드리게 했다. 5분이 되기 전에 그 배의 주요 구역이 확보되었고 모든 승무원의 소재가 확인되었다.

다섯 번째 헬기가 어둠 속에서 나와 그 배로 접근했다. 그 헬기는 이전의 다른 헬기들에 비해 훨씬 안전한 고도와 속도를 유지하고 있었다. 헬기는 선루로부터 약 30미터 상공에서 천천히 선회 비행을 했다. 실 팀 식스의 사령관이 배를 내려다보며 상황을 파악했다. 부하들이 배를 장악하자 그는 저격수 플랫폼에 300미터 착륙대기 선회비행을 명령했다. 그는 나머지 작전에서는 자신들이 필요치 않을 것이라고 생각했다.

앤디 린치 소령은 두툼한 헤드셋의 마이크 부분을 조정한 뒤 이렇게 말했다.

"플러드 장군님, 배는 사고 없이 확보했습니다. 저희 대량살상무기 팀을 보낼 예정입니다. 대통령께 바로 승인이 필요하다고 말씀드리시면 되겠습니다."

39

찰스턴

걸프스트림 Ⅲ의 조종사들은 그 이그제큐티브 제트기를 가능한 빨리 찰스턴에 도착시키기 위해 엔진 출력을 최대로 높였다. 현지 시각 오전 6시 30분이 되기 전 비행기가 마침내 착륙하자 그곳에는 대단히 걱정스러운 표정의 두 FBI 특별수사관들이 기다리고 있었다. 비행기에서 처음 내린 사람은 그 팀의 리더인 데비 해뉴섹이었다. 마흔두 살의 물리학자이자 세 아이의 엄마인 해뉴섹은 서둘러 계단을 내려와 두 수사관에게 다가갔다.

해뉴섹은 겨우 152센티였고 짧은 갈색 곱슬머리였다. 그녀는 청바지에 흰 티셔츠의 편안한 차림이었다. 평생 운동을 좋아한 데다 마라톤까지 뛰는 그 여성은 손을 내밀며 마음속으로 183센티는 되는 두 어리숙한 수사관들을 가늠해 보았다. FBI 점퍼를 맞춰 입은 그들은 버지니아 콴티코의 FBI 아카데미를 막 졸업한 신출내기들처럼 보였다.

소개는 간단히 끝났다. 해뉴섹은 그들의 눈을 보며 그들의 손을 굳게 잡았다. 그녀의 팀원 여섯 명이 제트기에서 장비를 들고 쏟아져 나오자 그녀는 두 수사관을 올려다보며 말했다.

"부탁 좀 들어주시겠어요?"

"예…. 물론입니다."

한 사람이 대답했다.

"점퍼를 벗으세요. 그리고 이 일을 하는 동안은 타이도 풀어 둬요."

두 사람은 의심스러운 눈빛을 교환했다. 그리고 한 사람이 물었다.

"진심으로 말씀하시는 겁니까?"

"이전에 부두에 와 본 적 있으세요?"

두 사람이 모두 고개를 끄덕였다.

"넥타이를 매고 FBI 점퍼를 입고 다니는 사람들을 본 적이 있나요?"

이번에는 아무도 대답을 하지 않았다.

"여기에서는 이목을 끌지 않는 것이 중요합니다."

그녀가 말했다.

"들어가서 물건을 찾아야 해요. 아무도 우리가 여기 있다는 것을 모르는 상태에서 말이에요. 알아들었나요?"

어리숙한 두 사람이 고개를 끄덕였다.

"좋습니다. 이제 짐을 싣고 부두로 가 봅시다."

수색대응 팀의 팀원들은 그들의 장비를 커다란 검은색 시보레 스테이션왜건 뒤 칸과 포드 크라운 빅의 트렁크에 밀어 넣었다. 모두가 자리를 잡자 차들은 부둣가로 출발했다.

딕 쇼어는 쌍안경을 통해 아래에서 두 명의 미국 세관원이 마다가스카호에 다가가는 것을 지켜보았다. 그는 배가 접안해 있는 곳에서 멀지 않은 3층 건물의 전망대에 서 있었다. 항만장, 항만경찰청장, 관세 및 국경보호청의 지역 항만 책임자, 미 해안경비대 지역부대의 부대장이 그와 함께 있었다. 쇼어는 모든 사람들에게 그가 워싱턴으로부터 승인을 얻기 전까지는 어떤 사람이나 물건도 배를 떠날 수 없다고 분명히 못 박아 두었다.

항만경찰청 관리가 관례적인 예방책의 일환으로 그들이 알지 못하는 사이에 배에서 내리거나 배에 오르는 사람이 없도록 '통로 감시'를 실시하고 있었다. 세관원들은 항만경찰청 관리를 지나 거대한 배로 오르는 현문으로 들어가고 있었다. 그들은 문제의 컨테이너의 정확한 위치를 알아낸 뒤 공연한 구실을 들어 선하를 지연시키고 꾸물거리는 등 필요한 일이라면 무엇이든 하면서 수색대응 팀이 도착할 때까지 시간을 벌라는 명령을 받았다.

긴장된 20분이 흐른 뒤 그들은 항만장에게 그들이 관심을 가진 컨테이너가 컨테이너 더미 속에 묻혀 있다는 무전을 보냈다. 하역업자들과의 상의 끝에 두 개의 크레인을 이용하면 그 컨테이너를 꺼내는 데 약 한 시간이 소요되고, 세 개의 크레인을 사용할 경우 40분이 걸릴 것이라는 결론을 내렸다. 쇼어는 워싱턴의 맥마흔에게 급히 전화를 했고, 맥마흔은 다시 에너지국의 라이머에게 전화를 걸어 어떻게 해야 할지를 물었다. 라이머는 컨테이너의 사방으로 접근한다면 부하들이 상황을 평가하는 것이 더 쉬워질 것이라고 말했다. 어떻게 해야 할지 알려 달라고 맥마흔이 종용하자 라이머는 배에서 컨테이너를 내린 뒤 에너지국 팀을 기다리라고 말했다.

그 말이 떨어지자마자 600만 달러에 이르는 두 대의 거대한 크레인이 일을 시작했다. 수색대응 팀이 공군 기지에 도착했다는 것을 확인하자 세 번째 크레인이 합류했다. 세관원들의 세심한 감독 속에 배에서 내려진 각각의 컨테이너는 하역장의 특정한 부분에 놓여졌다.

특별수사관 쇼어는 흥분과 두려움이 뒤섞인 복잡한 감정으로 이 모든 광경을 바라보고 있었다. 그는 모든 의미에서 자신의 일을 좋아했다. 사우스캐롤라이나 컬럼비아 지국은 뉴욕이나 마이애미, L.A.와 같은 화려한 자리는 아니었다. 하지만 쇼어에게는 아무런 문제가 없었다. 그는 화려함 같은 것에 전혀 관심이 없었다. FBI에서 이만한 위치에 오를 만큼 경쟁심이 있는 사람이기도 했지만 정말 좋은 것을 발견했을 때는 그것을 알아볼 만큼 현명한 사람이기도 했다.

사우스캐롤라이나 컬럼비아야말로 정말 좋은 것이었다. 정부에서 받는 봉급은 뉴욕이나 워싱턴보다 상당히 적었지만 아내와 다섯 아이들은 그곳을 좋아했다. 사람들도 친절했고, 날씨도 좋았고, 초목이 무성했다. 주말이나 여름이면 아이들이 캐디를 하면서 가족이 모두 골프를 즐길 수 있었고 그와 아내는 D.C.에 있는 대부분의 사설 골프장보다 더 나은 퍼블릭 코스에서 리그에 참여할 수도 있었다. 1년 후 아내는 그가 다른 진급 기회를 받아들여 도시로 가야 한다면 주말 부부로 살면서 휴일에 집에 내려와서 아내와 아이들을 보는 것이 어떻겠냐고 말했다.

지난 2년 동안 그는 남부의 느긋함에 길들여졌다. 그는 더 이상 20대 초반에서 30대 때와 같은 행동파가 아니었다. 경찰이었던 그가 사회에 첫발을 내디딘 곳은 디트로이트에서도 가장 심각한 지역이었다. 그때는 아드레날린을 분출시키는 일에 흠뻑 빠져 있었다. 그 일은 그 이후의 어떤 일과도 견줄 수 없었다. 매일 밤 특별한 일이 벌어졌다. 구내에서 벌어지는 그런 사건들은 예측하기 힘들고 종종 폭력적이고, 때로는 유쾌하고, 가끔은 목숨을 위협하는 것들이었다. 2년 후에는 수사국과 다른 종류의 활동에서 재미를 찾았다. 그 일은 다리품을 팔아 조사를 다니고, 서류 작업을 하고, 참아야 하는 것이었지만 수사가 성공했을 때의 성취감은 엄청났다. 나쁜 놈을 잡아넣는 일을 직업으로 삼는 것이 마흔 여섯의 수사관에게는 대단히 만족스러웠다.

딕 쇼어는 차이를 만드는 것을 좋아했다. 그것이 그가 법 집행 분야에 들어오게 된 이유였다. 그는 방금 세계의 반대편에서 온 거대한 컨테이너선을 바라보면서 오늘이야말로 진정한 차이를 만들 수 있기를 기대했다. 좋든 싫든 그는 현미경 렌즈 아래 들어와 있는 셈이었다. 맥마흔은 대통령과 국가안전보장회의가 상황을 주시하고 있다고 말했다. 그것으로도 모자라 이 복잡한 금속 컨테이너들의 미로 속에 찰스턴이라는 역사적인 도시 전체를 날려 버릴 수 있는 핵무기가 있다는 것이다. 쇼어는 어떤 강력범을 맡는 것도 두렵지 않았다. 하지만 핵폭탄은… 그의 역량이 미치지 않는 상대였다.

수색대응 팀이 항구에 나타나고 자신들이 할 일에 대해 정확히 파악하고 있는 사람들에게 그 일을 넘기게 되자 그는 더없이 안심이 되었다. 쇼어의 수사관 한 명이 데비 해뉴섹을 전망대로 안내했다. 간단한 소개가 있은 후 고맙게도 해뉴섹은 바로 본론으로 들어갔다.

"아마…"

그녀는 전망대 너머를 가리켰다.

"이 배가 모두가 그렇게 야단을 하는 문제의 배인가 봅니다."

항구 책임자가 그녀에게 쌍안경을 건넸다.

"약 10분 전부터 컨테이너를 들어내고 있는 중입니다. 이물로부터 여섯 줄 뒤에 따로 있는 빨간색 컨테이너입니다."

"당신이 도착하기 전까지 옮기지 않는 것이 좋겠다고 생각했습니다."

쇼어가 덧붙였다.

해뉴섹이 고개를 끄덕였다.

"음…. 그 물건이 대서양 횡단 중에 폭발하지 않았다면 선하하는 동안 터지지는 않을 겁니다. 크레인으로 집어서 우리 팀과 제가 작업을 할 수 있는 공간이 있는 곳에 내려 주실 수 있을까요?"

세관원이 끼어들어서 하역장에 서 있는 텐트 같이 생긴 구조물을 가리켰다.

"VACIS가 준비되어 있습니다."

VACIS는 차량화물검사시스템을 뜻했다. 물건의 밀도를 측정하는 이동식 시스템이었다. 해뉴섹은 고개를 저었다.

"방사능 신호를 먼저 확인하는 것이 나을 겁니다."

그녀는 항구 책임자와 쇼어에게서 돌아섰다.

"다른 사람의 눈에 띄지 않게 물건을 살펴볼 만한 장소가 없을까요?"

그녀는 FBI 수사관이 점퍼를 입고 있는 것을 알아차렸다. 하지만 다른 사람들 앞에서 이야기를 하는 것은 좋은 생각이 아니라고 생각했다.

"예."

항구 책임자가 쌍방향 무선 전신기를 입 쪽으로 들어 올려 하역업자를 불렀다.

"행크, 그걸 집어 낸 뒤에 하역 인부를 시켜서 105번 구역으로 실어 가라고 지시해."

하역 작업 조정을 책임진 그 남자는 지시사항을 확인했고 몇 초 뒤에 거대한 크레인이 붉은색 컨테이너를 들어 올렸다.

다른 사람들이 전망대에서 불안하게 지켜보는 동안 해뉴섹은 공항에서 그녀를 마중한 수사관을 잡으며 말했다.

"갑시다."

계단을 내려가는 길에 그 수사관이 말했다.

"제 상관이 점퍼를 입고 계신 것은 나무라지 않으시네요?"

해뉴섹은 웃음을 터뜨렸다.

"전 그렇게 미련한 사람이 아니에요. 당신들은 그런 문제에 대해서는 조금 민감하죠."

그들은 첫 번째 층계를 급히 내려왔다.

"당신이 그에게 전화를 해서 내가 뭐라고 했는지 전한다면 훨씬 부드러울 거라고 생각했어요."

해뉴섹은 공군 기지에서 오는 길에 그 젊은 수사관이 실제로 FBI 아카데미에서 나온 지 3개월밖에 되지 않았다는 것을 알게 되었다. 상관에게 쉽지 않은 이야기를 전하라는 말에 그는 상당히 겁을 먹은 눈치였다. 그런데도 해뉴섹은 그를 놀리고 싶은 마음을 억누를 수가 없었다.

"이동하면서 이 망할 물건이 터지지나 말아야 할 텐데."

그 남자는 그녀를 따라가기 위해 정신없이 달리면서 눈을 크게 뜨고 그녀를 보았다.

"진심이십니까?"

해뉴섹은 대답 없이 크게 웃으면서 계속해서 뛰었다. 그녀는 핵무기에 대해서 사람들이 왜 그렇게 불안해하는지 이해할 수가 없었다. 다른 폭탄에 비하면 핵폭탄은 놀라울 정도로 안정적이다. 상대적으로 말이다.

40

사우스캐롤라이나 수족관의 주차장에서는 컬럼버스 스트리트 터미널을 잘 볼 수 있었다. 알 야마니는 차의 앞자리에 앉아서 큰 관심을 가지고 무슨 일이 진행되고 있는지를 바라봤다. 오전 러시아워가 한창이었고 시내에는 차와 사람들이 가득했다. 그 때문에 그들은 존재를 숨기기가 수월했다. 배와 예인선이 항구를 왕래하고 있었고 하역장에는 트럭과 화차가 부산스럽게 움직이고 있었다. 거대한 크레인은 사방에 널린 철제 컨테이너를 장난감 블록처럼 옮기고 있었다. 그 엄청난 교역의 양은 이 사우디 태생 전사에게 인상적인 동시에 위안이 되었다. 이 모든 정신없는 움직임 속에서 미국인들이 특정한 뱃짐 하나를 탐지해 낸다는 것은 가능해 보이지 않았다. 너무나 많은 일이 벌어지고, 너무나 많은 것이 오고 가고 있었기 때문에 확률은 분명 그의 편이었다.

알 야마니는 줄지어 컨테이너를 나르는 트럭 중 어딘가에 그의 동료 투사 두 명이 있다는 것을 알고 있었다. 그들은 알 야마니가 그들을 감시하고 있다는 것을 알지 못했다. 그리고 그는 그들에게 사실을 알릴 생각이 없었다. 이 대담한 계획에는 너무나 많은 것들이 걸려 있었다. 때문에 그는 직접 미국으로 와서 일의 진행을 확인하기로 결정했다. 미국 내의 어떤 조직도 그의 도착이 임박했다는 정보를 받지 못했다. 그가 가는 것을 원치 않는 다른 사람들이 그와 언쟁을 벌였지만 결국 그들은 마음을 누그러뜨렸다. 그는 그들이 양보한 것이 부분적으로는 그의 가망 없는 상황에 대한 동정심 때문이라는 것을 알고 있었다. 그리고 그는 자신이 옳은 일을 하고 있다고 믿었기 때문에 그 점에 대해 부끄럽게 여기지 않았다.

몇몇은 그것이 너무 큰 모험이라고 주장했다. 체포되는 경우 미국인들이 그의 입을 열 수 있다는 것이었다. 그렇게 된다면 전 조직이 손상될 것이다. 그들은 그런 위험을 감수할 필요가 없다고 생각했던 것이다. 알 야마니는 그러한 우려에 웃음으로 답했다. 그는 죽음이 두렵지 않다고 말했다. 미국인들이 최악의 행동을 한다 해도 그는 입을 열지 않을 것이다. 시간이 몇 달, 아니 몇 주라도 있다면 혹 그를 함락시킬 수 있을지 모른다. 하지만 알 야마니는 그들이 그런 기회를 잡을 수 있을 만큼 오래 살지 못할 것이다. 그는 몇 달 전 이미 목숨을 몰수당했다.

안 될 일이다. 그는 이 원대한 계획에 너무나 많은 것을 투자했다. 만난 적도 없는 사람들, 대의에 대한 헌신을 약속하긴 했지만 실제로 입증된 것이 전혀 없는 사람들에게 넘겨 버릴 수는 없었다. 미국에 있는 이슬람교도들은 이슬람의 요람에 있는 동포들과는 너무나 다른 삶을 살고 있었다. 그렇다, 그들은 옳은 말을 하고, 미국과 겸손함이라고는 없는 그들의 모습과 도덕적으로 문란한 행동에 대한 혐오를 큰 소리로 외친다. 그렇다고 해서 그들이 이 영광스럽고도 격한 결말을 통한 공격을 이해할 만큼 헌신적이라고 단언할 수 있을까? 다른 사람들이 결국 알 야마니에게 동의한 것도 이 점 때문이었다. 당면한 임무의 심각성에 그가 발휘했던 개인적인 희생정신이 더해져 다른 사람들에게는 그의 마지막 소원을 들어주는 것 외에 다른 방도가 없었다.

알 야마니는 쌍안경을 통해 하역장을 내려다보았다. 푸른색 크레인이 마다가스카 호에서 컨테이너들을 집어 내고 있었기 때문에 그는 잠깐 긴장을 풀고 쉬어야 했다. 하지만 그는 아직도 약간의 불안감을 털어낼 수 없었다. 그의 불안감은 한 시간 전 배가 접안한 뒤 그대로 그곳에 방치되어 있을 때부터 시작되었다. 뭔가 정상이 아닌 것 같이 보였다. 알 야마니가 쿠웨이트인 공범자에게 그것이 정상적인 상황인지를 물었지만 그 젊은이는 그저 어깨를 으쓱거릴 뿐이었다. 그에게 도착하는 배들에 대한 선하 작업이 얼마나 빨리 시작되는지 지켜보라는 지시를 내린 사람은 없었다.

경찰청 관리가 현문 아래에 자리를 잡고 이어 두 사람이 배에 오르자 알 야마니의 의혹은 더 커졌다. 쿠웨이트인은 이번에도 두 사람이 아마 세관원일 것 같다는 사실 이외에는 이러한 관행에 대해 아무런 정보도 주지 못했다. 거의 30분에 걸친 고통스러운 시간이 지나고 마침내 크레인이 움직이기 시작했다. 알 야마니는 모든 것이 잘 되었다고 스스로를 위안했다. 그런데도 꺼림칙한 것이 여전히 남아 있었다.

야쿠브는 차에서 나가 화장실에 갔다. 알 야마니는 그 기회를 이용해 차에서 내려 기지개를 켰다. 그들은 수족관 주차 램프 맨 꼭대기에서 두 번째 층에 있었다. 그곳에서는 컬럼비아 스트리트 터미널과 주변 하역장이 잘 보였다. 알 야마니는 주차장의 외부 지지대 중 하나에 몸을 기대고 물을 한 모금 마셨다. 이 새로운 위치에서는 하역장이 조금 더 보였다. 그는 긴 줄로 쌓인 채 화차나 트럭에 실리기를 기다리며 끝없이 펼쳐져 있는 컨테이너들의 바다를 내다보았다. 그런데 그 선박들 바로 뒤에 뭔가 있는 것 같았다.

알 야마니는 마다가스카 호가 정박되어 있는 곳에서 몇 백 미터 뒤에 땅딸막한 3층 건물이 있는 것을 알아차렸다. 그는 오른손을 들어 떠오르는 해를 가린 뒤 눈을 가늘게 뜨고 자세히 살펴보려고 애를 썼다. 건물에는 일종의 전망대가 있는 것 같았다. 그리고 그 위에는 몇 명의 사람들이 있었다. 얼굴을 찌푸린 채 알 야마니는 차에서 쌍안경을 집어 냈다. 그는 쌍안경을 들고 하역장을 훑어보기 시작했다. 잠시 후 그는 건물을 찾았고 순간 그의 눈에 전망대에 서 있는 사람들이 들어왔다.

알 야마니는 마른침을 삼키고 다섯 사람이 있는 것을 확인했다. 세 사람은 제복 차림이었고 두 사람은 평상복을 입고 있었다. 몇 명은 전화 통화를 하고 있었고 모두가 마다가스카 호에 주의를 집중하고 있는 것 같았다. 알 야마니는 그것을 진작 알아보지 못한 자신을 꾸짖었다. 그는 쌍안경을 낮추어 콩코드 스트리트를 살폈다. 경찰차도 보이지 않았고 미국인들이 치명적인 화물이 자신들의 문간에 도착했다는 것을 알았다는 다른 눈에 띄는 신호도 없었다. 그는 쌍안경을 이용해서 부두의 바로 가까이에 있는 구역 너머를 살피기 시작했다.

평상시의 항구가 어떻게 돌아가는지 거의 알지 못하는 그는 약간 불리한 상황에 있었다. 마다가스카 호의 현문 아래에 서 있는 경찰청 관리와 전망대에 있는 사람들을 제외하고는 특이하게 보이는 것이 없었다. 그리고 그 두 가지는 쉽게 설명할 수 있는 문제들이었다. 알 야마니는 그 사람들을 다시 살폈다. 그들은 여전히 마다가스카 호에 집중하고 있었다. 한 남자와 여자가 밖에서 들어오자 모두가 몸을 돌렸다.

알 야마니는 그 여자가 그룹을 소개받는 것을 지켜보았다. 그녀와 이야기를 하기 위해 한 남자가 돌아섰고 그의 등에는 밝은 노란색 문자 세 개가 있었다. 그 글자를 본 알 야마니는 쌍안경을 꼭 쥐었다. 그 FBI 재킷을 입을 남자가 마다가스카 호를 가리키는 것을 보고 알 야마니는 숨이 멈추었다. 여자는 잠시 그의 말을 듣고 고개를 저었다. 그녀는 쌍안경으로 배를 확인한 뒤 크레인이 내리고 있는 컨테이너 더미를 가리켰다. 다른 남자들 중 하나가 그녀에게 무슨 말인가를 건네고 나서 하역장의 다른 지점을 가리켰다. 여자는 이번에는 고개를 끄덕이고 건물 안으로 재빨리 들어갔다.

알 야마니는 얼굴에서 잠시 쌍안경을 치우고 습한 공기를 깊게 들이쉬었다. 그는 밀려오는 메스꺼움과 싸운 뒤 다시 쌍안경을 눈에 가져갔다. 이번에는 그가 보고 있던 건물의 1층에 초점을 맞추었다. 바로 맘에 들지 않는 광경이 눈에 들어왔다. 커다란 검은색 SUV가 건물 앞에 섰다. 알 야마니가 알카에다에서 맡은 가장 중요한 일은 잠재적인 표적에 대한 조사를 수행하는 것이었다. 그는 대통령과 FBI 국장을 미국의 다른 요인들과 함께 암살하는 일에 대해 조사했었다. 발견한 뉴스 보도들을 확인하는 중에 그는 비밀경호국과 FBI가 이런 커다란 검은색 SUV를 주로 이용하는 것을 발견했다. 이전에 미국에 와 본 일이 없는 알 야마니는 이러한 차량들이 얼마나 흔한지 알 수 없었지만 그 검은 SUV와 그 옆에 주차된 세단은 근처 건물에 주차된 다른 차들과 달라 보이는 무엇인가가 있었다.

전망대에서 본 여자는 다른 남자와 건물을 빠져나왔고 두 사람은 검은 트럭에 올랐다. 알 야마니는 그들이 하역장을 지나 창고 하나에 들어가는 것을 눈으로 쫓았다. 그가 알아본 차가 그 뒤를 바짝 따르고 있었다. 두 차는 창고 앞에 섰고 사람들이 내리기 시작했다. 알 야마니는 사람이 아홉 명인 것을 확인했고 네 명은 총을 가지고 있는 것을 알아보았다. 그는 사람들이 검은 상자 한 꾸러미를 내리는 것을 지켜보았다. 상황이 갈수록 심각해지고 있었다.

눈에 보이는 광경인데도 믿어지지가 않았다. 하지만 사람들이 오가면서 건물로 장비를 들여가는 것을 보는 동안에도 그는 희망을 버리지 않았다. 그에게 남은 것은 희망뿐이었다. 그는 너무 먼 길을 왔고 너무나 많은 것을 희생했다. 그런데 결국 공격의 목전에서 일이 어그러지는 것을 지켜본 것이다. 단 한순간에 그는 모든 계획이 무너지는 것을 보았다.

가리개가 없는 트럭이 크레인이 마다가스카의 화물을 선하하고 있는 구역에 와 섰다. 알 야마니는 아침 내내 이런 일이 있는 것을 본 적이 없었다. 녹이 슨 붉은색 컨테이너가 한참 줄어든 배의 화물 구역에서 빼내져서 트레일러의 프레임에 정교하게 얹혔다. 안전모를 쓴 일단의 사람들이 컨테이너를 고정했고 트럭이 방향을 틀어 창고 안으로 들어갔다.

갈색 곱슬머리의 여자가 열려 있는 창고 문 앞에 서서 휴대전화로 통화를 하며 트럭이 천천히 앞으로 지나가는 것을 지켜보았다. 트럭이 안으로 들어가자 그녀는 아침 햇살 밖으로 걸어 나와 문을 닫으라는 손짓을 했다.

알 야마니는 천천히 움직이는 커다란 문들을 보면서 창고로 들여보내진 그 컨테이너가 자신의 것이라는 사실을 거의 틀림없이 확신했다. 생의 긴 시간을 쏟아부은 그 폭탄, 수십 명의 부하들이 목숨을 바쳐 찾은 그 폭탄이 저 건물 안에 있다. 이렇게 그는 어찌할 수 없는 상황에 놓이게 되었고 그의 계획은 눈앞에서 무너지고 있었다. 알 야마니는 성인이 되고서 처음으로 울 것 같은 기분을 느꼈다. 최고가 되어야 할 이 순간에 어떻게 이런 일이 일어날 수 있단 말인가?

그는 뒤에서 다가오는 사람의 발자국 소리를 듣고 침울한 생각에서 빠져나왔다. 그는 재빨리 몸을 돌렸다. 한 손에는 여전히 쌍안경이 들려 있었고 다른 손은 단도의 자루에 뻗어 있었다. 하지만 그것은 방광을 비우기 위한 짧은 여행에서 돌아온 야쿠브였다.

그 쿠웨이트인은 알게 된 지 하루가 채 되지 않은 남자의 얼굴에서 근심 어린 표정을 읽었다.

"괜찮으십니까?"

처음에 알 야마니는 대답을 하지 않았다. 그는 자신의 임무가 위태롭게 되었다는 가혹한 자각 때문에 아직 동요하고 있었다. 그는 자신의 분노와 젊은이에 대한 갑작스런 의심을 숨긴 채 이렇게 말했다.

"아무 문제없네."

야쿠브도 그와 함께 벽 쪽에 서서 하역장을 내다보았다.

"이제 그리 오래 걸리지 않을 겁니다. 배의 짐이 거의 반은 내려왔습니다."

"그런 것 같네."

알 야마니가 남자에게 쌍안경을 건넸다.

"저쪽에 있는 건물은 무엇에 이용되는 건가?"

야쿠브는 쌍안경을 들고 그것을 통해 부두를 바라보았다.

"어떤 것 말씀이십니까?"

알 야마니는 아무렇지 않게 야쿠브의 뒤로 걸어가서 그의 어깨 너머로 맨 위층에 전망대가 있는 건물을 가리켰다.

"저쪽에 있는 건물 말이네. 밖에 사람들이 서 있는 건물."

한 손은 여전히 그쪽을 가리키면서 알 야마니는 자신의 셔츠 밑으로 손을 뻗어 다시 한 번 단도의 자루를 쥐었다. 하지만 이번에는 가죽 칼집에서 단도를 꺼내 들었다. 건물을 가리키던 손은 그 쿠웨이트인의 어깨 위에 슬쩍 내려놓고 아무런 경고도 없이 그의 어깨를 꽉 쥐었다. 알 야마니는 아무런 의심 없이 있는 남자의 등에 엄청난 힘으로 단도를 내리꽂았다.

쌍안경이 딱딱한 바닥에 부딪혀 여러 조각으로 깨졌다. 그 쿠웨이트인의 몸은 예기치 못한 기습에 대한 반응으로 딱딱해졌다. 그는 등을 굽히며 고통의 비명을 지르기 위해 입을 열었지만 알 야마니의 살인 기술은 아주 재빠르고 아주 숙련된 것이었다. 칼을 들지 않은 알 야마니의 손이 동료 투사의 어깨에서 그의 입으로 움직여 비명을 막아 냈다.

몸부림은 단 몇 초밖에 이어지지 못했다. 그 쿠웨이트인은 땅으로 미끄러졌다. 눈이 뜨여 있었고 시각은 아직 살아 있었다. 그의 머리는 여전히 눈에 보이는 이미지를 인식하면서 이 이슬람 동지가 왜 방금 자신을 죽였는지 이해하기 위해 애쓰고 있었다. 알 야마니는 손의 힘을 빼고 그 쿠웨이트인의 몸뚱이에서 단도를 뺐다. 그는 그 남자가 몇 센티 남지 않은 땅에 쓰러지도록 놓아두었다. 그 후 몸을 오그리고 자동차들의 지붕 너머로 주차장을 재빨리 살폈다. 얼마간은 FBI 요원들이 영화처럼 그에게 달려들어 총을 뽑아들고 단도를 버리라고 소리치기를 기대했다. 알 야마니의 생각은 도망치는 것보다는 그들이 그를 잡기 전에 자살하리라는 데까지 줄달음쳤다. 하지만 그건 비약이었다.

그를 잡으러 오는 FBI 요원 같은 것은 없었다. 몇 초가 흘렀지만 그는 주차장 건물에 혼자 서 있을 뿐이었다. 그는 조심스럽게 무릎을 대고 바닥에 꿇어앉아 죽은 쿠웨이트인의 셔츠에 자신의 단도를 닦았다. 알 야마니는 잠시 순진하게 보이는 진한 갈색 눈을 살폈다. 그가 방금 죽인 남자가 배신을 했다거나 아둔한 행동을 했다는 근거는 전혀 없었다. 하지만 그건 별로 중요치 않았다.

이러한 대의 안에서는 알라의 가장 위대한 투사에서부터 가장 하찮은 이에 이르기까지 모두가 소모품이었다. 사실은 명백했다. 알 야마니가 확실히 알지 못하는 그 무엇인가가 잘못되었다. 하지만 그것은 그가 더 세심한 주의를 기울여야 한다는 것을 입증할 뿐이었다. 그는 미국인들이 그를 체포하게 놓아두지 않을 것이다. 그 쿠웨이트인 때문에 위험을 감수할 수는 없었다. 그의 입장에서는 더 잘된 일이었다. 알 야마니는 시체를 주차된 차들 쪽에서 가장 눈에 띄지 않는 주차장 구석으로 끌고 갔다. 그는 남자의 지갑을 꺼낸 뒤 그 쿠웨이트인의 차로 달려왔다. 지금 그에게 가장 중요한 일은 이 버림받은 도시에서 떠나는 것이었다.

41

"폴."

해뉴섹이 이야기하고 있을 때 하역장 견인차가 우르르 소리를 내며 지나갔다. 그녀는 보스의 대답을 들을 수 없었기 때문에 잠시 기다렸다가 이렇게 말했다.

"이제 시작해요."

"상황은 어떤가?"

여전히 메릴랜드 저먼타운의 에너지국 시설에 피신해 있는 라이머가 물었다.

해뉴섹은 창고로 걸어 들어갔다. 커다란 창고 문이 그녀의 뒤에서 닫혔다.

"컨테이너를 방금 배에서 내려서 세관 창고로 가지고 들어왔습니다."

해뉴섹은 계속해서 그녀의 팀이 장비를 설치하고 있는 휑뎅그렁한 공간으로 걸어 들어갔다.

걸쇠가 올려지고, 상자가 열리고, 장비가 차에서 내려졌다. 해뉴섹의 팀은 거의 2년이나 함께 해 왔다. 많은 훈련과 잘못된 경보, 무작위 수색이 이러한 활동을 일상으로 만들었다. 하지만 그 2년 동안 지금과 같은 특별한 정보를 받은 적은 없었다. 말은 하지 않았지만 그들 모두가 이번 일은 전과 다르다는 것을 알고 있었다. 워싱턴 전체가 그들을 주시하고 있었다. 그녀는 장비를 설치하고 있는 팀원들의 모습에서 그들이 약간 긴장하고 있다는 것을 알 수 있었다.

팀원들에게 다가가자 기술자 한 명이 그녀에게 보안 위성 전화 연결을 위한 헤드셋을 건넸다. 해뉴섹은 그것을 한 손으로 받아 작은 장치를 왼쪽 귀에 말아 걸었다. 헤드셋을 전화에 연결한 후 그녀는 립 마이크를 조정하고 위성 전화를 그녀의 벨트에 고정시켰다.

"저희 팀은 지금 보안 위성 통신을 설치하고 있어요. 우선 예비 측정을 할 예정이에요⋯."

해뉴섹은 기술자 중 한 명이 감마 중성자 탐지기가 들어 있는 배낭을 메고 있는 것을 확인했다.

"약 60초 내에요."

다른 다섯 명의 팀원들은 노트북을 준비하고, 전선을 풀고, 보안 컴퓨터 연결을 확인하고 다른 중요 설비에 전원을 넣고 있었다.

"해리, 준비됐나?"

그녀는 배낭을 메고 있는 기술자에게 물었다.

그는 배낭에서 튀어나온 이어폰을 더듬거리며 찾고 있었다. 잠시 후 그는 이어폰을 제자리에 끼우고 그녀에게 엄지손가락을 들어 보였다.

해뉴섹은 금속 박스 끝으로 걸어가기 시작하는 그를 지켜보았다.

"이제 진실의 순간이 다가오고 있어요."

기술자가 천천히 그녀 쪽으로 다가왔다. 중간 지점에서 그 남자는 그녀를 보고 염려스럽다는 듯 눈썹을 올렸다.

해뉴섹은 잠시 숨을 멈췄다. 그 기술자는 12미터 컨테이너의 끝까지 갔다가 방향을 돌렸다. 중간에서 그는 다시 멈춰 서서 이어폰에 귀를 기울였다. 고통스러운 몇 초가 지나고 그는 보스에게로 되돌아왔다.

"감마 9, 중성자 5 반응입니다."

해뉴섹은 그에게 자기 쪽으로 오라고 손짓을 하고 그 측정 결과를 워싱턴의 라이머에게 전냈다. 그 소식에 라이머는 신음 소리를 냈다. 그녀는 기술자가 배낭을 푸는 것을 도우면서 말했다.

"무슨 일을 해야 되는지 알고 있겠지?"

그 남자는 거의 전력 질주를 하다시피 창고 끝까지 달려갔다. 그곳에는 이미 다른 기술자 한 명이 컨테이너로부터 안전한 거리에서 방사선 자연계수를 측정할 수 있도록 고순도 게르마늄 방사선 검출기(HPGD)를 설치해 두었다.

"데비."

이어폰을 통해 라이머의 목소리가 들렸다.

"보호복을 입는 게 어떻겠나?"

"좋은 생각이네요."

해뉴섹은 검은색 여행 가방 중 하나로 성큼성큼 걸어가서 두 개의 걸쇠를 열었다.

"자, 모두들 오염 방지복을 입도록 합시다."

오염 방지복을 착용해야 한다는 명령을 들으면 단체로 신음 소리가 나오는 것이 보통이었지만 오늘 아침은 달랐다. 팀원들은 한 사람씩 보호복을 입고 장갑과 부츠와 헬멧을 착용한 뒤 이음매에는 접착 테이프를 발랐다. 해뉴섹이 옷을 입고 나자 기술자 한 명이 검은색 컴퓨터 가방에 든 고순도 게르마늄 방사선 검출기를 들고 돌아왔다. 그는 그 장치를 해뉴섹에게 건넸고 그녀는 그것을 조심스럽게 문제 지역 근처에 놓았다. 그는 무릎을 꿇고 그 장치의 정보 기록과 중계를 통제하는 팜 파일럿을 확인했다.

로렌스 리버모어, 산디아, 로스 알라모스 국립 연구소 출신의 핵 과학자들이 바로 이 순간 보안 터미널 앞에 앉아 HPGD가 수집하고 있는 감마선 분광 자료를 분석하고 있었다. 이 과학자들은 에너지국이 '홈 팀'이라고 부르는 이들이었다.

해뉴섹은 일어나서 팀원들이 준비하고 있는 곳으로 돌아갔다. 그녀의 보호복은 이미 덥고 불편했다. 하지만 이 순간 그녀는 두 대의 노트북으로 전송되고 있는 정보에 관심이 쏠려 있었다. HPGD가 트레일러 안에 무엇이 있는지를 완벽하게 측정하려면 15분이 걸릴 것이다.

시간이 가는 동안 해뉴섹은 팀의 수석 연구원 뒤에 서서 데이터가 나오는 것을 지켜봤다. 과정이 반쯤 진행된 상태였고 상황은 그리 좋아 보이지 않았다. 홈 팀은 그녀보다 훨씬 똑똑한 사람들이었지만 해뉴섹도 지금까지 그녀가 본 것을 토대로 큰 문제가 있다는 것을 알 수 있었다.

"폴, 듣고 있나요?"

그녀가 물었다.

"듣고 있네."

"제가 보고 있는 게 보이세요?"

"그래, 보고 있네. 무슨 의미인지 모르지만 홈 팀이 논의하는 이야기를 듣고 있네."

"그래서요?"

"이 비상한 자들이 이렇게 흥분하는 건 처음 보네."

해뉴섹은 헬멧의 플렉시 유리 마스크를 통해 자료를 읽었다.

"제가 지금 보고 있는 것을 토대로 하면 이 물건에 대한 X선 촬영을 준비하는 것이 좋을 듯해요."

"동의하네. 저에너지 상태로 유지해 주게."

"여부가 있나요."

해뉴섹이 소심하게 웃었다.

"저는 저 망할 물건 바로 옆에 서 있답니다."

"미안하네."

라이머의 진심이었다. 바꿀 수 있다면 그는 당장에라도 그렇게 할 사람이었다.

"폴."

해뉴섹이 말했다.

"누군가 이 물건을 처리할 사람이 내려오고 있는 건가요, 아니면 우리가 그 일을 해야 하는 건가요?"

"우리가 이야기하는 동안 브래그에서 그린이 출발했네."

라이머가 이야기하는 것은 델타포스의 대량살상무기 제거 팀이었다.

해뉴섹은 폭탄이 활성화되는 경우 신관을 제거하고 해체하는 일이 자신에게 맡겨지지 않을 것이라는 소식에 조금은 안도했다.

"알겠어요. 이 골칫덩이의 X선 촬영을 준비할게요."

"데비, 잠깐."

해뉴섹은 라이머가 다른 사람과 이야기하는 것을 들었다. 약 10초 후 그가 다시 전화로 돌아왔다.

"데비, 홈 팀이 아주 특별한 핵재료라는 데 의견 일치를 보았네."

이런 방향으로 진행될 것이라고 생각하고 있기는 했지만 막상 그 소식을 접하자 그녀는 말문이 막혔다. 세 아이와 남편의 얼굴이 눈앞을 휙 지나갔다. 잠시 후 그녀는 평정을 되찾고 물었다.

"출력을 낼 만한 양인가요?"

"그렇네."

해뉴섹의 입이 바짝 말랐다.

"얼마나 되죠?"

"20킬로톤이네."

20킬로톤.

"젠장."

해뉴섹은 그 폭발력을 생각해 보았다. 이것이 폭발하는 경우 그 탄공만도 지름이 800미터에 가까울 것이다.

"자네 말대로 젠장이네. 잘 듣게, 데비. 대통령께 좋은 소식을 전해야 하네. X선 사진을 준비하게. 곧 다시 연락하겠네."

"알겠습니다."

해뉴섹은 헤드셋의 소리를 죽이고 팀원들에게 이동식 X선 촬영기의 준비를 지시했다. 다른 사람들이 맡은 일을 하는 동안 그녀는 커다란 붉은색 철제 컨테이너를 응시하며 서 있었다. 처음은 아니었지만, 박봉에 시달리고 있다는 생각이 아주 날카롭게 뇌리를 스쳤다.

42

메릴랜드

국가안전보장회의는 찰스턴 컨테이너의 내용물에 대한 소식을 초조하게 기다리고 있었다. 흥미롭게도 실 팀 식스가 체사피크 만에 접안시킨 선박은 무기를 싣고 있지 않은 것으로 보였다. 배 전체를 감마 중성자 탐지기로 수색했지만 전혀 탐지된 것이 없었다. 문제의 특정 컨테이너는 화물실의 다소 접근하기 어려운 지역에 있었지만 실은 감마 중성자 탐지기를 컨테이너들 사이로 내릴 수 있었고 음성 반응을 얻었다. 예비 측정을 하는 동안 대통령은 선박의 방향을 돌려 해상으로 보내라고 명령했다. 그곳에서는 수상 크레인과 바지선을 사용해서 화물을 옮겨 문제의 컨테이너를 면밀히 조사할 수 있게 했다.

사이트 R의 보안 회의실 스피커에서 라이머의 목소리가 나오자 바로 모든 대화가 중단되었다.

"대통령님, 핵비상지원 팀의 폴 라이머입니다. 찰스턴에 대한 업데이트입니다. 안타깝게도 좋지 못한 소식입니다."

걱정스러운 목소리였지만 허둥대는 느낌은 조금도 없었다.

대통령은 케네디를 힐끗 본 뒤 회의실 맞은편의 큰 스크린에 다시 나타난 라이머의 얼굴을 보았다.

"계속하게."

"CIA가 제공한 정보가 정확한 것으로 보입니다. 우리 팀은 문제의 컨테이너 안에 실제로 특별한 핵재료로 만들어진 장치가 있는 것을 확인했습니다. 그 장치는 20킬로톤 범위의 출력을 낼 만한 크기입니다."

라이머의 충격적인 정보에 처음에는 아무도 반응을 하지 못했다. 불안한 시선이 오갔고 누구에게랄 것도 없는 숨죽인 욕설 몇 마디가 들렸다.

헤이즈 대통령이 뻔한 질문을 던졌다.

"장치는 확보되었나?"

라이머는 잠깐 머뭇거리고는 입을 열었다.

"어려운 질문입니다. 어떤 면에서는 우리가 보유하고 있기 때문에 확보되었다고 말씀드릴 수 있겠습니다. 하지만 얼마나 안정적인가 하는 문제에 있어서는… 아직 판단이 내려지지 않았습니다."

대통령의 수석보좌관이 얼굴을 찡그리며 누구에게인지 모를 질문을 던졌다.

"도대체 그게 무슨 뜻인 거죠?"

"그것은 우리가 그것을 가지고 있고… 테러리스트들이 가지고 가지 못했다는 뜻이죠."

라이머가 말했다.

"그렇지만 그와 동시에 우리 직원들은 아직 그 물건의 구체적인 구성에 대해 확인할 만한 충분한 시간을 갖지 못했다는 의미입니다."

존스는 자기의 얼굴 앞에서 손을 내저으며 평소와 달리 달래는 듯한 어조로 말했다.

"라이머 씨, 죄송합니다만 무슨 말씀인지 이해하기가 힘들군요. 전문적인 배경이 없는 우리 같은 사람들이 알아들을 수 있도록 쉽게 말씀해 주시겠어요?"

"간단히 말해서…."

라이머가 한숨을 쉬었다.

"우리는 이 물건이 폭발하기 직전의 위험한 상태인지 아닌지 알지 못한다는 겁니다."

그는 마침내 확실하게 모두의 주의를 끌었다.

"신중하게 움직이지 않으면 안 됩니다. 컨테이너 문을 연다거나 장치를 뒤질 수가 없습니다. 부비 트랩(은폐된 폭발물 장치–옮긴이)이 있을 수 있기 때문에 팀원들이 장치의 구성과 설계를 확인하기 위해 X선 촬영을 준비하고 있습니다."

대통령은 신중하게 팔짱을 끼며 말했다.

"최선과 최악의 시나리오를 한번 말해 보게."

라이머는 어깨를 으쓱하며 대답했다.

"최선의 시나리오는… 저 물건이 여기까지 오지 말았어야 했겠죠."

"하지만 왔지 않나."

대통령이 단호하게 말했다.

"최선의 시나리오는…."

라이머는 또다시 어깨를 으쓱했다.

"그 장치가 아직 활성화 되어 있지 않아서 비교적 쉽게 확보하고 해제하는 것입니다. 최악의 시나리오는… 누군가가 찰스턴에서 컨테이너를 기다리고 있다가 우리가 폭발물을 발견했다는 사실을 알아내는 거죠."

"그리고?"

"원격으로 장치를 폭파시키는 겁니다. 그렇게 되면 눈 깜짝할 사이에 찰스턴은 역사 속으로 사라지게 됩니다."

대통령은 몇 분 전만 해도 워싱턴을 봉쇄하자고 외치던 국토안보부장관을 흘긋 쳐다보았다. 그는 그것을 혼자 마음속에 새겨 두고 다시 라이머에게 말을 걸었다.

"이 시점에서 우리에게 조언하고 싶은 것은 뭔가?"

"무슨 조치든 취하기 이전에 우선 컨테이너 안에 무엇이 있는지 알아내야 합니다, 대통령님. 약간의 시간과 엄청난 인내가 필요할 것입니다. 일단 우리가 맞닥뜨리고 있는 것이 무엇인지를 알아내면 처리할 수 있습니다. 델타포스 대량살상무기 팀이 브래그 요새에서 현장으로 가고 있는 중입니다. 우리 팀은 그들이 현장에 도착할 때까지 진단과 설계 분석을 수행할 충분한 능력을 가지고 있습니다."

"시간이 얼마나 필요한가?"

헤이즈가 물었다.

"30분 이내에 우리 팀이 우리가 맞서고 있는 것에 대해서 상당히 정확히 파악하게 될 것입니다."

"활성화가 되어 있고 시한장치가 있다면 어떻게 되나?"

"극단적인 상황에 처하게 될 것이고 델타가 정말 빠르게 움직이게 될 것입니다."

대통령은 턱을 긁으며 말했다.

"알겠네, 라이머. 애써 주게. 그리고 다른 것을 발견하는 즉시 내게 알려 주게."

43

거의 동시에 반대가 시작되었다. 그것이 박스터 부통령과 킨 재무장관, 맥클레란 국토안보부장관이 모여 있는 마운트웨더에서 나온 것은 놀라운 일이 아니었다. 지나고 보니 그들을 한 장소에 모아 놓은 것은 아주 좋지 못한 아이디어였다. 모두가 야비한 구석이 있는 이들이어서 정상적인 상황이라면 간신히 참을 만했지만 정말 위기 상황에 닥쳤을 때는 거의 히스테리 환자에 가깝다는 것이 드러났다.

스톡스 법무장관은 초반까지 상황에 관여하지 않고 있었다. 그는 지난 한 시간 동안 많은 것을 생각하고 있는 중이었다. 역사로 남게 될 당장의 사건들에 대해서만이 아니었다. 그는 장래에 어떤 일이 있을지 내다보고 있었던 것이다. 그의 어머니 덕분에 몸에 밴 버릇이었다. 어떤 위기 상황에든 벼랑으로 미끄러지거나 반대로 재난을 피할 수도 있는 순간이 있다. 대부분의 사람들은 숨을 곳을 찾거나, 공황 상태에 빠지거나, 지나친 행동을 하거나, 얼어붙어 버리지만 교활한 자는 그런 혼란의 틈바구니에서 기회를 찾는다. 그리고 지금의 이 위기는 지각을 변화시키는 사건이었다. 그는 이 폭탄이 터지면 자신이 충분히 빠른 대응을 하지 못한 대통령과 영원히 한패로 연결된다는 것을 알고 있었다.

국토안보부의 목을 죄자. 미국인들은 국토안보부의 임무에 대해서는 막연한 지식만을 갖고 있다. 법무부와 FBI라면 이야기는 달라진다. 시민들은 국내에서 그들을 보호할 책임을 지고 있는 사람이 대통령, 그다음에는 법무장관이라고 생각한다.

대통령은 희생자가 되는 법이 거의 없다. 최소한 다음 선거 때까지는 말이다. 하지만 대통령의 내각 구성원들은 전혀 다르다. 전면적인 위기가 닥치면 순식간에 당신은 신들을 만족시키기 위해 넓은 화산암 조각 위에 올리는 베스타 여신의 처녀 사제들 신세가 되고 만다. 언론의 먹잇감으로 만신창이가 되고 모든 경력과 명성이 누더기가 된 다음 짐짝처럼 원래 있던 자리로 던져진다. 한때 당신을 친한 친구라고 불러 주던 사람들이 당신을 역병에라도 걸린 사람 취급하는 그곳으로 말이다. 그렇다. 워싱턴에서는 힘이 있는 사람이라도 빠르게 그리고 아주 멀리까지 추락할 수 있다. 하지만 마틴 스톡스 법무장관은 현대판 그리스 비극에서 각주에나 이름이 언급되는 희생양이 될 생각이 추호도 없었다.

그렇지만 언제나 현실주의자인 그는 이렇게 뒤늦은 시점에서는 총알을 피하려고 노력해 봐야 소용이 없다는 것도 알고 있었다. 맥클레란 장관을 버스 아래로 던질 수 있는 기회를 잡을 가능성은 희박하다. 다른 행정부서에 비교한다면 국토안보부는 겨우 유아기라고 할 수 있지만 그럼에도 불구하고 무능한 사람들이 모여 있는 곳이라는 평판을 얻고 있다. 맥클레란은 그렇다 하더라도 이렇게 엄청난 재난에서 의회와 언론, 일반 국민의 분노를 달래려면 각료 하나로는 부족하다. 어쨌든 피하기에는 너무 큰일이다. 가장 좋은 방법은 대통령과의 관계를 굳히고 이 라이머란 녀석과 핵비상지원 팀 사람들이 소문대로 유능하기를 바라는 것이다.

마운트웨더 시설 쪽에서 이 의견에 반대하며 몇 분간 언쟁이 계속되고 있었다. 맥클레란 장관은 다시 한 번 찰스턴의 봉쇄를 제안했다. 그는 아침 출근 시간이 시작되었고 1분이 지날 때마다 수천은 아닐지라도 수백 명의 사람들이 표적이 되고 있는 것이라고 주장했다. 그는 최소한 도시로 들어오는 교통량을 중단시키고자 했다. 킨 재무장관은 찰스턴을 봉쇄하는 경우 금융 시장도 닫아 공황 발생의 가능성을 피해야 한다고 말했다.

이 논쟁 도중에 스톡스는 플러드 장군과 컬버트슨 국방장관이 부재중이라는 것을 알아차렸다. 그는 그들이 리스트에 오른 다른 세 척의 배를 처리하느라 바쁠 것이라고 생각했다. 스톡스가 이 소동에 끼어들려는 참에 박스터 부통령이 이 문제에 정치를 끌어들이는 오판을 했다.

"로버트."

박스터가 말했다.

"우리는 지금 재선을 앞두고 있소. 이 일이 새어 나가서 언론이 우리가 그것을 인지하고 있었으면서도 찰스턴 시민의 안전을 확보하지 않았다는 것을 알게 되면 당신의 행정부는 끝이오."

스톡스는 셔먼 박스터 부통령이 바보가 아니라는 것 정도는 알고 있었다. 때문에 그를 누르는 것이 자신에게 상당한 가산점이 될 것이라고 계산했다. 헤이즈 대통령이 부통령을 멀리한다는 것은 비밀도 아니었다. 선거인단이 두 사람을 억지로 묶어 주었고 처음에는 일이 퍽 잘되는 것 같았다. 하지만 그것은 오래가지 않았다. 박스터는 캘리포니아 출신이었다. 약속대로 그는 선거 자금을 채웠고 연방 내 가장 중요한 주에서의 득표를 도왔다. 하지만 그 후 곧바로 내리막이 찾아왔다. 박스터는 천천히 하지만 확실하게 고립되었다. 그는 지난 2년의 대부분을 외국에서 지내거나 자금 모금을 하면서 보냈다.

후보 공천에서 그는 다른 사람으로 대체될 것이란 소문이 파다했다. 스톡스는 이 순간을 모두의 주의를 얻을 기회로 택했다. 스톡스에게는 그만의 계획이 있었다. 그는 충성스러운 기사처럼 대통령을 변호하는 데 나섰다.

평소와 다른 크고 힘 있는 목소리로 스톡스가 말했다.

"모두가 흥분을 가라앉히고 정치적인 문제는 여기에서 제외시켜야 한다고 생각합니다."

박스터 부통령의 얼굴에 나타난 표정이 모든 것을 말해 주었다. 그는 방금 어뢰에 집중 공격을 당한 배의 선장 같은 모습이었다.

스톡스는 오래 기다리지 않고 그 훈계에 이은 정적을 채웠다.

"우리가 그 도시를 봉쇄한다면 바로 공황 상태를 초래하게 될 겁니다.

라이머가 이야기했듯이… 우리가 알고 있다는 것을 테러리스트들에게 경고하게 하는 것입니다. 그것은 그들로 하여금 폭탄을 폭파시키고 도시를 증발시키라고 선동하는 것과 다름없습니다. 때문에….”

스톡스는 잠깐 말을 멈추었다가 더 차분한 목소리로 덧붙였다.

“숨을 깊이 들이 쉬고 긴장을 좀 푼 다음 라이머과 그의 사람들, 그리고 플러드 장군과 그의 부하들이 그들이 훈련해 온 기량을 보여 줄 수 있게 해 주고 그들의 일에 간섭하지 말도록 합시다.”

보상이 바로 주어졌다. 헤이즈 대통령이 법무장관에게 만족스런 미소를 지어 보이며 말했다.

“정확한 지적이었네, 마틴.”

44

데비 해뉴섹은 보통 1년에 두세 번은 마라톤을 뛰었다. 그런 그녀에게 땀을 흘리는 것은 두려운 일이 아니었다. 하지만 이것은 그 정도가 아니었다. 아직 아침이라고 말하기도 이른 시간이었지만 창고의 온도는 이미 32도에 육박하고 있었고 극히 습했다. 그것은 곧 오염 방지복 안은 38도에 가깝다는 뜻이었지만 헬멧을 벗어 얼굴에서 흐르는 땀을 닦는 것도 불가능했다. 그녀와 팀원들은 충분한 훈련과 실제 상황을 겪었기 때문에 보호복을 입었을 때 찾아오는 질식할 것 같은 두려움을 억제하는 데 익숙했다. 그녀 자신은 절대 공황을 일으키지 않지만 다른 사람들이 그렇게 되는 모습은 많이 보았다.

그녀는 팀원들이 압박감을 느끼고 있다는 것을 눈치채고 있었다. 그들은 고도의 훈련을 받은 유능한 사람들이었지만 이런 일을 마주해 본 경험은 없었다. 사실 핵비상지원 팀 프로그램의 그 누구도 이런 일에 맞서 본 일이 없었다. 보통 의료 기기 제조업자들이 만든 작은 방사선 장치가 잘못 설치되었거나 분실된 경우가 대부분이었고 지금과 같은 엄청난, 20킬로톤의 출력을 낼 만한 양의 폭탄 등급 핵 물질은 없었다. 여러 연구소에 위치한 과학두뇌위원회에서는 계속해서 해뉴섹이 제공한 데이터들을 자세히 조사하고 있었다. 모두가 이것이 굉장한 물건이라는 데 의견의 일치를 보이고 있었다. 무기급 핵재료의 신호는 자연계에 있는 다른 어떤 물질로 흉내 낼 수 있는 것이 아니었다. 그들은 이미 이것이 어디에서 온 것인지 추론하는 작업을 시작했다. 해뉴섹에게는 정말 학구적인 문제였다. 지금 당장 그녀가 원하는 것은 그 물건을 안전하게 만드는 것뿐이었다.

마침내 이동식 X선 촬영기가 설치되었고 해뉴섹은 고개를 끄덕여 팀원들에게 시작 명령을 내렸다. 그 장치의 발파 장치를 이루는 전자 회로에 영향을 주지 않도록 저출력에서 시작해야 했다. 첫 촬영에서는 아무것도 볼 수가 없었다. 그 상황을 놀랍게 받아들이는 사람은 전혀 없었다. 그들은 조심스럽게 움직이고 있었다. 두 명의 기술자가 출력 증가를 승인받기 위해 해뉴섹을 보았다. 그녀가 고개를 끄덕였고 그들은 두 번째 촬영을 했다. 해뉴섹은 헬멧의 플렉시 유리를 통해 그녀 앞에 높인 노트북에 나타나는 디지털 사진을 바라봤다.

이번에는 조금 나았다. 배구공 크기의 물체 윤곽을 간신히 분간할 수 있었다. 해뉴섹은 엄지손가락을 들어 기술자에게 출력을 높이라고 지시했다. 세 번째 사진은 썩 괜찮았다. 장치의 구성을 확실히 구분할 수 있었다. 하지만 그뿐이었다. 디자인이 단순한 전형적 내부 폭발식 장치였다. 구체의 핵 물질을 폭발물이 감싸고 있었다. 단 한 가지 문제가 있었다.

"출력을 더 높여."

해뉴섹이 소리쳤다.

다음 사진이 스크린에 떠올랐고 그녀는 얼굴을 찡그렸다. 해뉴섹은 허리에 있는 버튼을 누르고 말했다.

"폴, 이 사진들을 받고 있나요?"

"그렇네…. 자네보다 1, 2초 느려."

그녀는 라이머가 네 번째 사진을 보도록 충분히 기다렸다.

"뇌관과 발파 장치가 어디에 있는지 아시겠어요?"

"아니."

해뉴섹은 기술자에게 한 번 더 출력을 높이라는 손짓을 했다. 이미지가 노트북에 나타났지만 그녀는 여전히 혼란스러웠다.

"폴, 아래에서 횡단면을 촬영해야겠어요."

"나도 같은 생각이네."

기술자들은 이미 촬영한 사진을 근거로 재빨리 장치의 정확한 위치를 계산해서 트레일러 아래로 기어들어갔다. 그들은 이동식 X선 촬영기를 컨테이너의 몇 센티 아래 설치하고 첫 번째 촬영을 했다. 정확한 곳이 겨냥된 모양이었다. 해뉴섹은 바로 출력 증가를 지시했다. 세 번째 촬영을 하고 나서야 그들이 찾고 있던 것을 발견할 수 있었다.

해뉴섹이 다시 한 번 라이머에게 물었다.

"어떻게 생각하세요?"

"대통령에게 전화를 해야겠군."

"저도 그렇게 생각해요."

"알겠네. 대기해 주게. 그린이 도착할 때까지 기다리게."

"알겠습니다."

"그리고, 데비…."

"왜 그러세요?"

"잘했어!"

"감사합니다."

45

서남아시아

CIA의 G-V기는 이미 1만 2천500미터의 순항 고도에 접어들어 아프가니스탄 영공을 떠났다. 모든 파일과 지도를 굳이 들고 갈 필요는 없었다. 모든 것이 이미 스캔되어 한 장의 디스크에 담겨 있었다. 그렇지만 랩은 세 명의 포로 중 두 명과 모든 마약상들이 며칠을 기뻐할 만한 양의 모르핀만은 빼놓지 않고 챙겼다. 그는 와히드 압둘라와 카라치 출신의 젊은이 아메드 칼릴리를 데리고 가고 있었다. 손발을 묶고 안정제를 투여했기 때문에 두 사람은 현재 잠들어 있었다. 세 번째 포로는 경호원에 불과한 것으로 보였다. 그럼에도 불구하고 우르다가 그로부터 얻어낼 것이 없는지 확인하기 위해 그를 조사하고 있었다.

랩은 시작했던 일을 완수했고 필요 이상으로 1초도 서남아시아에 더 머무를 필요가 없다고 생각했다. 미국의 모든 상황을 봤을 때는 특히 더 그랬다. 무스타파 알 야마니와 같은 인물이 미국 땅을 밟고 있다는 생각만으로도 분노가 치밀어 올랐다. 압둘라가 또다시 거짓말을 한 것으로 밝혀진다면 그는 이 분노를 그 사우디인에게 기꺼이 퍼부어 줄 것이다.

지금 그는 보스와 통화가 연결되기를 기다리고 있었다. 그는 그 시간을 노트북에 있는 스캔된 자료들을 살피는 데 사용했다. 랩은 미국으로 돌아가는 긴 비행 시간의 대부분을 알 야마니를 추적하는 데 도움이 되는 실마리를 찾는 일에 보내기로 했다. 잠깐 눈을 붙이는 시간도 가질 것이다. 그렇지 않으면 도착했을 때 그의 몸은 아무짝에도 못 쓸 상태일 테니 말이다.

마침내 케네디가 연결되었다.

"미치, 뭐 새로운 게 있나요?"

"없습니다. 배들은 어떻게 되었습니까?"

케네디는 지난 통화 이후 알게 된 일들을 모두 말해 주었다. 그리고 찰스턴의 일을 처리하는 방법을 두고 국가안전보장회의에서 있었던 의견 차이에 대해 조용히 설명을 계속했다.

랩은 답답함에 신음 소리를 냈다.

"아이린, 잘 들으십시오. 우리는 시간이 많지 않습니다. 그 헛소리들을 다 제쳐 두고 스킵에게 직접 전화를 하십시오."

랩은 FBI 대테러부장 스킵 맥마흔을 말하고 있었다.

"로치 국장은 통하지 마십시오…. 당신이 전화를 한다는 건 대통령께도 말하지 마십시오. 폭발 직전입니다. 폭탄 얘기를 하고 있는 게 아닙니다…. 난 이 상황을 말하고 있는 거예요. 일단 일이 새어 나가면 테러리스트들은 사라질 겁니다. 스킵이 항구에 수사관들을 보내서 누군가 컨테이너를 가져가기 위해 기다리고 있는 사람이 있는지 알아내야 합니다. 그놈들은 항구에 일하는 사람들을 두고 있을 겁니다."

"나도 같은 생각을 하고 있었어요."

"이 문제에 대해서는 단 한 번의 기회밖에 없습니다, 아이린. 사실이 새어 나가면 그들은 질겁을 하고 숨어들어 버릴 겁니다. 화물을 최종 목적지까지 추적해서 미국 내 조직들을 적발해야 합니다."

"당장 그에게 전화를 하도록 하죠."

랩은 어떤 목소리가 들리는 것을 알아챘다. 이어 케네디가 말했다.

"잠시 후에 전화할게요."

위쪽의 스피커로부터 나오는 라이머의 목소리가 다시 방 안을 울렸다. 이번에는 뭔가 눈에 띄게 다른 점이 있었다. 마운트웨더의 회의실에 있는 것은 국토안보부장관 맥클레란뿐이었다. 킨 재무장관은 뉴욕 증권 거래소 회장과 이야기를 하기 위해 자리를 비웠고 박스터 부통령은 어딘가에서 상처를 달래고 있었다. 플러드 장군과 컬버트슨 국방장관은 다른 세 척의 배와 관련된 상황을 처리하느라 바빴다. 때문에 남은 것은 대통령과 존스 수석보좌관, CIA 국장 케네디, 버그 국무장관, 국가안보 담당 보좌관 헤이크였다.

라이머의 목소리를 듣자 모두가 하던 일을 멈추고 그의 모습을 보기 위해 스크린으로 몸을 돌렸다.

라이머의 찌푸린 얼굴이 약간 밝은 표정으로 바뀌어 있었다.

"대통령님, 좋은 소식이 있습니다."

"꼭 들어야겠군."

"저희는 컨테이너에 대한 X선 촬영을 실시했고 문제의 장치가 노출 물리 탑재체인 것으로 보고 있습니다."

헤이즈 대통령은 그 단어의 뜻을 전혀 이해하지 못했다. 하지만 보통은 뚱한 라이머의 얼굴이 활짝 핀 것으로 보아서 그 발견이 뭔가 긍정적인 것임은 짐작할 수 있었다.

"라이머, 난 노출 물리 탑재체가 뭔지는 모르겠네만 오늘 아침 자네 얼굴이 밝아 보인 것이 처음인 걸로 봐서 이 경우에는 노출이라는 것이 옷을 제대로 입은 것보다 한결 나은 것이라고 가정하겠네."

"그렇게 아셔도 좋을 것 같습니다, 대통령님."

라이머가 웃었다.

"그래서 노출 물리 탑재체라는 것이 정확히 뭔가?"

"그것은 본질적으로…."

라이머는 손을 들어 원을 그렸다.

"무기급 핵 물질로 이루어진 구체에 폭발을 유발하는 발파 장치나 폭발성 물질이 없는 것입니다."

헤이즈는 이해가 가는 것 같았다.

"그러니까 그것이 핵폭탄의 핵심이고… 다른 것은 없단 말인가?"

"대체로 맞습니다, 대통령님."

"그러니까 폭발할 수가 없겠군."

라이머는 한 가지 예외 상황을 설명할까 생각했지만 일어날 확률이 아주 작은 일이었기 때문에 그것까지 고려할 필요는 없었다.

"폭발성 물질과 발파 장치 없이는 상당한 출력을 낼 방법이 없지요."

"그럼 위험에서 벗어난 것인가요?"

밸러리 존스가 물었다.

"맞습니다. 이 핵물질은 현재 상태로는 찰스턴 시에 실재적인 위협이 되지 않습니다."

그 소식에 회의실은 축하 분위기에 휩싸였다. 안도의 한숨과 웃음과 심지어는 포옹까지 오갔다. 대통령과 다른 회의 참석자들은 일을 잘 처리한 라이머와 팀원들을 치하했다. 상황이 진정되고 헤이즈가 막 라이머에게 질문을 던지려는 찰나 회의실 문이 열렸다. 밸러리 존스의 부하 직원 중 하나가 방으로 들어와 존스의 옆으로 성큼성큼 걸어갔다.

존스는 그의 이야기를 듣자마자 앞에 놓인 전화 수화기를 집었다. 그녀는 집게손가락으로 반짝이는 붉은 불빛을 누르고 말했다.

"팀."

존스는 몇 초간 집중해서 귀를 기울였다. 그녀는 몇 번이나 입을 열려 했지만 상대의 말을 끊는 데 실패했다. 마침내 그녀가 말했다.

"팀, 상황은 알겠어요. 그를 15분 안에 당신 사무실로 데려오도록 하세요. 그에게 내가 직접 얘기하겠다고 말해요."

그녀는 상대의 말을 5초간 듣는 동안 내내 고개를 저었다.

"말도 안 되는 소리예요, 팀. 그에게 내가 그렇게 말하더라고 전해요. 15분을 못 기다리겠다면 이 행정부에 있는 누구와도 다시는 인터뷰를 할 수 없게 만들어 줄 거라고요. 그리고 그의 보스에게 전화를 해서 그 기사를 목에 처넣어 주고 말거라고도요. 자, 이제 15분 안에 그 사람을 당신 사무실에 데려다 놓으세요. 내가 다시 전화할게요."

존스는 수화기를 쾅하고 내려놓고 대통령을 보았다.

"〈타임스〉가 대통령님과 내각 전원이 지난밤 수도에서 소개했다는 기사를 터뜨릴 거랍니다."

46

찰스턴

　시간이 아침 9시를 지나고 있었다. 아메드 알 아델은 점점 초조해졌다. 그는 트럭 회사를 인수한 후 하역장에 수백 번도 더 와 보았지만 이번은 의심할 여지없이 가장 중요하고 또 그래서 가장 긴장되는 여행이었다. 대개의 여행은 순조로왔다. 알 아델은 애틀랜타에서 일찍 떠났기 때문에 교통 지옥을 피해 7시 정문이 열리기 전에 찰스턴 항구에 도착할 수 있을 것이다.

　모든 것이 정상적이었다. 그래야만 했다. 알 아델은 철저한 사람이었다. 그는 운송 업계는 자신이 이전에 생각했던 것 만큼 부패가 많지 않다는 것을 발견했다. 그렇지만 그에게 문제될 일은 아니었다. 알 아델은 끝까지 그들의 규칙에 따를 계획이었다.

　국제 운송 업계는 판돈을 크게 쓰는 대규모 다국적 기업이 지배하는 곳이었다. 하지만 언제나 그렇든 작은 회사들이 틈새를 개척할 여지는 남아 있었다. 알 아델이 공략한 틈새는 애틀랜타에서 최근 늘고 있는 이슬람교도 대상 물품을 수입하는 것이었다. 미 세관이 부과하는 규칙을 따르고 청구서만 제때 잘 처리하면 다국적 기업들이 계속해서 그의 물건을 배로 수송해 주고 그는 계속해서 물건을 가져올 수 있었다.

　그는 그런 일을 지금까지 1년 동안 해 왔다. 그는 혼자 힘으로 작은 사업을 잘 꾸려 왔다. 이익을 내지는 못하고 있었지만 그것은 특별히 그렇게 하고자 하는 의욕이 없었기 때문이었다. 그 사업은 순전히 단기적인 위장에 불과했다. 때문에 그는 비용을 줄이거나 자신의 몫을 늘리려는 노력을 거의 하지 않았다. 그는 일주일에 세 번 애틀랜타에서 찰스턴으로 여행을 했다. 두 번은 인도에서 들어오는 컨테이너를 찾기 위해서였고 세 번째는 파키스탄에서 일주일에 한 번 들어오는 배를 만나기 위해서였다.

결벽한 성미가 그에게는 구원이나 마찬가지였다. 사우디 이민자인데다 무역업을 하는 트럭 회사를 소유한 알 아델은 FBI의 주의를 끌었다. 처음에 그는 그들에게 협조했다. 달리 방법이 없었기 때문이었다. 그는 흔적을 너무나 잘 감추었기 때문에 숨길 것이 없었다. 하지만 FBI의 탐침이 그의 일이나 사생활에 점점 더 접근해 오자 알 아델은 화가 나기 시작했고 다음에는 그들이 정말 무엇인가 찾아낼 수 있지 않을까 걱정이 되었다. 여러 달이 지난 후 그에게 용기를 준 것은 아라비아인으로서의 자존심이었다. 미국 생활에 꽤 익숙한 그는 어떤 방법을 써야 하는지 잘 알고 있었다.

그 아이디어는 어느 날 밤 TV를 보는 동안 떠올랐다. 테러대책법에 대해서 토론하는 케이블 토크 쇼에 나온 한 패널이 있었다. 그는 애틀랜타 출신의 인권 변호사였다. 알 아델은 전에도 그에 대해 들은 적이 있었다. 그 남자의 이름은 토니 잭슨이었지만 그는 주로 '남부의 입'이라는 별명으로 알려져 있었다. 이슬람교로 개종한 잭슨은 미디어의 주목을 끌 만한 주장을 펴는 것을 좋아했다. 테러대책법이 권리 장전에 대한 모욕이라고 열정적으로 주장하는 그의 모습을 본 알 아델은 다음 날 그를 찾아갔다. 그는 자신의 상황을 설명했다. 자신은 합법적인 사업체를 경영하는 미국 시민이며 FBI가 사사건건 자신을 괴롭힌다고 말이다. 잭슨은 그 사건을 맡았고 법원을 이용하는 대신 미디어를 이용해서 의뢰인에게서 FBI를 떼어내 주었다.

알 아델은 미국인들을 꾀를 이용해서 그들을 이긴 자신을 퍽 자랑스럽게 생각했다. 문화적인 고립감을 느끼며 사는 동안 그는 자신을 부패와

악의 중심에서 자신의 신념을 옹호하는 정의의 투사로 생각하기 시작했다. 도덕적인 투명성과 우월성에 대한 이러한 인식 덕분에 그는 사우디아라비아와 타락한 미국의 풍경 사이의 큰 문화적, 종교적 차이를 더 예민하게 받아들이게 되었다. 그는 최후까지 미국인들보다 한발 앞서 있을 생각이었다.

그는 신의 사자였다. 그는 알라가 여정의 마지막 순간에 실패를 주기 위해서 자신을 여기까지 오게 했으리라고 생각지 않았다. 하역장에 들어가서 컨테이너를 찾아도 좋다는 승인을 받자 그 생각이 가장 처음 떠올랐다. 알 아델은 몸을 돌려 동료를 바라보았다. 두 사람은 안도의 눈빛을 교환했다. 날씨가 너무나 덥고 습해서 그들은 트럭이 과열되지 않을까 걱정하기 시작했다. 그들은 앞으로도 먼 길을 가야 했고 트럭이 고속도로에서 고장이 나서 경찰의 주의를 끄는 것은 절대 피하고 싶은 일이었다.

주차 브레이크가 풀렸고 기어가 들어갔다. 운전을 하면서 알 아델은 커다란 핸들 위로 몸을 구부리고 평소와 다른 기미가 없는지 주위를 자세히 둘러보았다. 지금까지는 모든 것이 정상적으로 보였다. 거대한 청색 크레인이 화물을 배에서 내리고 있었고 잘못 움직이기만 하면 그에게 고함을 쳐대곤 하는 무례한 항만 노동자들이 자기들 일에 정신이 없어 보였다.

알 아델은 가리개가 없는, 앞에 있는 다른 트럭을 따라 하역장을 통과했다. 두 차는 결국 오렌지색 원뿔형 표지들 사이에 멈춰 서게 되었다. 크레인이 빠르고 효과적인 움직임으로 큰 컨테이너들 중 하나를 들어 올렸고 알 아델과 동료는 그 컨테이너가 그들 앞에 있는 트럭의 섀시 위에 내려지는 것을 응시했다.

쇼어와 그의 부하들은 계획을 실행에 옮겼다. 워싱턴에서 전화를 한 맥마흔이 랩이 핵무기를 가져가기 위해 기다리고 있는 사람들을 걱정하고 있다고 전했다. 항만경찰청 관리들과 확인을 하는 동안 그들은 파키스탄에서 방금 도착한 컨테이너를 가져가기 위해 기다리고 있는 트럭을 발견했다. 문제를 복잡하게 만들 만한 이유가 없었다. 간단히 조사한 결과 차에는 두 사람이 타고 있었다.

수사관 중 한 명이 지원을 위해 전술 팀을 호출하자는 제안을 했으나 쇼어는 잠깐 생각해 본 뒤 그 아이디어를 일축해 버렸다. 그는 이미 현장에 여섯 명의 수사관을 데리고 있었고 10여 명의 지역 경찰이 엽총과 기관 단총으로 무장하고 있었다. 어떤 이유이든지 문제의 그 두 사람이 쉽게 협조하지 않는다 해도 현장에는 상황을 처리할 수 있는 충분한 화력이 있었다. 시간이 더 큰 문제였다. 그들 때문에 컨테이너를 가져가기 위해 기다리는 트럭들이 적체되고 있었다. 트럭들을 빨리 하역장으로 들여보내지 않는다면 용의자들은 의심을 하게 될 것이고 탈출을 기도할 것이다.

쇼어는 그들을 하역장으로 들여보내는 것이 아무도 다치지 않고 두 사람을 체포할 가능성을 가장 높이는 방안이라고 생각했다. 황소를 우리 안에 들어가게 놓아두는 것과 다를 바가 없는 것이다. 항만장과 하역업자, 두 명의 크레인 기사의 협조로 급히 계획이 세워졌다.

여섯 명의 FBI 수사관들이 트럭 차선의 양편으로 컨테이너 뒤쪽에서 보이지 않게 대기하고 있었다. 쇼어는 그들이 위치로 들어가는 것을 본 뒤 트럭이 하역장으로 들어가게 허가해 주었다. 쇼어는 전망대에서 마다가스카 호와 북쪽의 다른 배가 하역하는 모습을 지켜보았다. 커다란 12미터짜리 컨테이너들을 옮기는 청색 크레인은 너무나 시선을 끌어서 쳐다보지 않는 것이 불가능할 정도였다. 거의 최면 상태를 유발할 것 같은 크레인의 움직임은 사우스캐롤라이나 컬럼비아 지국을 책임진 이 특별수사관에게 한 가지 아이디어를 제공했다.

첫 선적 작업이 끝나자 쇼어는 쌍방향 디지털 무선 송신기를 입에 가져다대고 부하들에게 준비를 지시했다. 트럭의 운전사들이 놓친 것이 있었다. 그들 앞에 차가 짐을 싣는 동안 두 번째 크레인이 컨테이너 하나를 든 뒤 그들의 빈 트레일러 뒤에 내려놓았던 것이다. 그들은 컨테이너 사이에 갇혀 버렸다. 용의자들은 컨테이너가 그들 앞에 있는 트럭 위에 놓이는 모습을 보느라 위쪽을 바라보고 있었다. 하지만 쇼어가 있는 곳에서는 용의자들의 얼굴이 자세히 보이지 않았다.

쇼어는 적절한 타이밍이 올 때까지 기다렸다가 부하들에게 출발하라는 명령을 내렸다. 각각 세 명의 수사관들이 트럭의 양쪽을 급습했다. 양측의 첫 수사관이 문을 열자 두 번째 수사관이 차에서 용의자를 끌어내서 바닥에 내던졌다. 세 번째 수사관들은 무기를 들고 3미터 거리에서 두 사람을 엄호했다. 두 용의자는 저항할 틈도 없이 제압당해 수갑이 채워졌다.

47

워싱턴 D.C.

시코르스키 S-61 씨 킹 헬기가 워싱턴 상공을 평소보다 빠르게 비행하고 있었다. 대통령 전용 헬기 마린 원의 조종사들은 백악관으로 돌아가도 괜찮다는 대통령의 자신감에 뜻을 같이 하지 않았지만 그들은 대통령에게 어떻게 해야 한다고 말하는 사람들이 아니었다. 때문은 그들은 늘 그랬듯이 훌륭한 해병 조종사로서 명령을 따르고 자신의 역량을 다해서 임무를 수행했다. 하지만 비밀경호국은 달랐다. 대통령 경호특무대를 책임지는 특별수사관 잭 워치는 거세게 항의했다. 처음에는 밸러리 존스에게 그리고 다음에는 마찬가지로 거세지만 확실히 좀 더 공손하게 대통령에게까지 직접 이의를 제기한 것이다.

워치와 대통령은 좋은 관계를 맺고 있었다. 대통령은 거의 언제나 그 수사관의 안전에 대한 염려에 귀를 기울였고 워치의 두려움을 덜기 위해 그가 할 수 있는 일이라면 기꺼이 하곤 했다. 하지만 정작 이 위기 상황에서 백악관으로 돌아가는 문제에 있어서는 양보가 없었다. 워치는 용감하게 싸우는 법을 알았지만 언제 끝내야 하는지도 아는 사람이었다. 해병대 조종사들과 마찬가지로 대통령이 명령을 내렸을 때는 그것을 따라야 마땅하다고 생각했고 그렇게 훈련을 받았던 것이다. 워치는 공식적으로 그러한 이동이 시기상조이며 경솔한 일이라고 자신의 생각을 밝혔지만 어쩔 수 없이 대통령의 출발 준비를 시작했다.

아이린 케네디는 평소와 다름없는 조용하지만 통찰력 있는 방식으로 일련의 상황들을 지켜보면서 행간을 읽고 백악관 귀환에 목적 뒤에 있는 정치적인 동기를 찾았다. 성인이 된 후 내내 CIA에서 일한 케네디는 언제나 비밀은 덮어 두는 것이 옳은 일이라고 생각했다. 마음속에는 미국 국민들이 찰스턴에서 무슨 일이 있었는지 전혀 모르는 편이 나을 것인가에 대해서 약간의 갈등도 있었지만 핵으로 인한 절멸까지 걱정하지 않더라도 평범한 사람들에게 인생은 충분히 힘든 것이었다.

불행한 일이지만 아무리 좋은 뜻이라 해도 사실상 모든 일을 덮는 것은 더 이상 불가능했다. 언론이 상황을 파악했다. 노아의 방주 작전 실행을 명령한 그녀 자신도 다음 날 정오까지 언론이 냄새를 맡지 못하게 하는 것은 불가능이라고 예상했고 그녀의 예측은 틀리지 않았다. 존스와 이야기를 했던 〈타임스〉의 기자가 기사를 내릴 것을 거절했을 뿐 아니라 두 명의 기자가 더 상황을 알게 되었다. 불쌍한 백악관 공보 비서관 팀 웨버는 곧 금방 무너져 버리게 될 제방을 손가락으로 틀어막고 있었다.

케네디는 엄격한 기준을 가진 사람이지만 비현실적인 기대를 갖지는 않았다. 언론이나 미국 국민으로부터 지난 열두 시간 동안 일어난 일을 숨긴다는 것은 가망이 없는 일이었다. 상황을 드러내고 그것을 처리하는 것이 보다 합리적인 방향이었다. 이 점에 있어서는 케네디와 대통령 그리고 그의 수석보좌관 모두의 의견이 일치했다. 그녀로서는 그들이 방금 좌절시킨 것이 무엇인지 보다 잘 파악할 때까지 대통령을 안전하게 사이트 R에 넣어 놓는 편이 좋았지만 커다란 경제적, 정치적 문제가 달려있었다.

경제적인 문제는 이해하기가 쉬웠다. 금융 시장이란 안정 속에서 번성하는 곳이다. 금리 인상이나 실업률 증가만 발표해도 증시가 곤두박질 치는 현실에서 미국의 정치 지도자들이 워싱턴에서 피난했다는 소식이 어떻게 받아들여질지 상상하는 것은 어려운 일이 아니다. 헤이즈는 정치적인 반향에 대해서는 언급하지 않았지만 케네디는 그가 무슨 생각을 하고 있는지 알고 있었다. 그는 평범한 시민들은 일을 하러 가는 동안 보안 벙커에 숨은 겁쟁이라는 적들의 비난에 자신을 내맡길 사람이 아니었다.

헤이즈는 모든 유형의 공황 상태를 피하는 가장 빠르고 가장 좋은 방법이 자신이 백악관의 책상 앞으로 가서 국정을 운영하는 모습을 보이는 것이라고 대단히 강력하게 주장했다. 대부분은 케네디도 동의하는 바였기 때문에 대통령이 의견을 묻자 그녀도 긍정적인 대답을 했다. 그는 부통령과 국토안보부장관에게 마운트웨더 시설에 머무르라고 명령했고 킨 재무장관에게는 백악관에서 만나자고 말했다. 버그 국무장관은 안보담당 보좌관 헤이크와 사이트 R에 남기로 했고 케네디와 존스는 대통령을 수행해서 백악관으로 향하게 되었다.

케네디는 마린 원에 몇 번이나 탑승했는지 헤아릴 수도 없었다. 하지만 내셔널 몰 상공으로 들어올 때 그들이 평소보다 빨리 날고 있다는 것을 알 수 있었다. 그녀는 작은 창밖으로 2차 대전 기념비를 바라보았다. 인부들이 관람석을 세우고 토요일의 헌정 행사를 준비하느라 분주하게 움직이고 있었다. 랩은 이미 돌아오는 길이었고 오늘 저녁쯤 도착할 예정이었다. 아침에는 그에게 저지된 공격과 이 행사 사이의 연관 가능성에 대해 찾아보도록 할 생각이었다.

헬리콥터가 선회 경사비행을 하자 뒷자리의 모든 사람이 팔걸이에 손을 뻗었다. 케네디는 조종석의 보조 좌석에 앉아 있는 워치를 올려다보았다. 대부분의 비밀경호국 요원들이 그렇듯이 그는 대단히 냉정한 태도를 유지하곤 했다. 하지만 케네디는 그가 눈을 굴리고 얼굴을 한쪽으로 찌푸리는 표정을 볼 수 있을 만큼 그와 가까운 사이였다. 워치는 백악관으로 돌아가겠다는 대통령의 결정을 전혀 달가워하지 않았다.

대통령은 가죽 팔걸이를 잡고 통로 쪽으로 몸을 기울이면서 말했다.

"잭, 나를 혼내 주려고 하는 건가?"

"그런 생각은 전혀 하지 않습니다, 대통령님. 대통령님께서 공중에서 피격되는 일 없이 백악관으로 돌아가시도록 노력하고 있는 중입니다."

헤이즈는 케네디를 쳐다보며 매력적인 미소를 보냈다. 그는 오늘 아침

두 번째로 그녀에게 이렇게 말했다.

"잘했네, 아이린. 자네가 없었으면 어쩔 뻔했나."

"감사합니다, 대통령님."

케네디로 미소를 지어 보였다.

"하지만 정말 인사를 받아야 할 사람은 미치인 걸요."

"걱정 말게. 생각해 둔 게 있으니."

헤이즈는 손을 뻗어 거의 흥분한 아이 같은 태도로 그녀의 손을 잡고 말했다.

"우리가 그놈들을 막은 거네, 아이린! 우리가 완전히 그들을 막아 냈다고."

케네디의 얼굴에 미소가 번졌다.

"그렇습니다, 대통령님. 우리가 해냈습니다."

이 CIA 국장은 자신의 성공에 열광하는 타입은 아니었지만 워싱턴을 파괴하려던 테러리스트의 공격을 방금 좌절시켰다는, 거의 도취에 가까운 짜릿한 기분을 억누르기란 쉽지 않았다.

자동차 행렬이 천천히 복잡한 시내를 뚫고 나아가고 있었다. 정부 번호판을 단 세 대의 커다란 검은색 쉐비 스테이션왜건이 라이트를 번쩍이고 사이렌을 울리면서 움직이고 있었고 경찰의 경호는 없었다. 차량들이 백악관의 거대한 검은 출입문을 통과하자 북쪽 잔디밭에 서 있는 일단의 기자들이 모든 일을 내팽개치고 달려가 자리를 잡았다. 연필처럼 가느다란 TV 저널리스트들이 훨씬 덩치가 좋은 사진 기자나 카메라맨들과 자리다툼을 하는 것은 상당히 우스꽝스러운 광경이었다. 보통은 서열이 정해져 있어서 백악관 취재에서 고참인 기자들에게 앞자리가 허락되지만 오늘 아침만큼은 예외였다. 열기가 대단했다. 프로듀서들은 이어폰에 대고 고래고래 소리를 질렀고 편집자들은 휴대전화를 들고 떠들어 대고 있었다. 소문은 끊임없이 생산되었고 특종에 대한 강박관념이 그 무리를 내몰고 있었다.

어두운 색으로 코팅이 된 트럭의 창이 가운데 차량에 있는 사람들의 희미한 윤곽이라도 잡으려는 사진 기자들의 환한 카메라 플래시 세례를 가로막고 있었다. 그들은 경험을 통해서 첫 번째와 마지막 트럭은 무시해야 한다는 것을 모두 알고 있었다. 거기에는 대개 짧은 머리에 총을 찬 양복 차림의 건장한 남자들만 타고 있다. 백악관은 말할 것도 없고 워싱턴에 자주 다니는 사람이라면 이런 것은 흔한 장면이다. 두껍게 코팅이 된 창에 경호원이 있는 어두운 색 차량을 타는 요인이야말로 정말 워싱턴다운 모습이었다.

이 영리한 기자들에게 그러한 모습은 보통 일상적인 관심거리에 지나지 않겠지만 오늘 아침은 달랐다. 사람들이 백악관에 들어오고 나가는 장면이나 정보가 몹시 부족했기 때문에 기자와 사진 기자, 카메라맨들은 파파라치와 같은 광분 상태에 빠졌다.

첫 번째와 세 번째 차량의 문이 열리자 라펠 핀과 선글래스, 살색 이어폰을 낀 남자들이 연석에 올라서 그들의 보스를 위해 길을 만들었다. 가운데 차량의 뒷좌석에서 스톡스 법무장관이 하이힐을 신은 페기 스텔리와 함께 나왔다.

기자들은 질문을 외치기 시작했고, 사진 기자들은 셔터를 눌러 댔고, 카메라맨들은 뚜렷한 장면을 1초라도 더 담아내기 위해 사람들을 밀치며 나아갔다.

스톡스는 조금도 위축되지 않고 사람들 무리 사이를 지나갔다. 그는 당당하게 어깨를 펴고 무표정한 얼굴을 유지하면서 카메라를 무시하는 것이 중요하다는 것을 알 만큼 이러한 일을 많이 겪어 왔다. 플래시 세례에 눈을 가리면 무언가를 숨기는 것처럼 보이게 만들 뿐이다.

"스톡스 법무장관님!"

기자 하나가 소리쳤다.

"대통령이 지난밤 백악관에서 소개했다는 것이 사실입니까?"

"대통령은 지금 어디에 있습니까?"

또 다른 기자가 소리쳤다.

스톡스는 묵묵히 걸음을 재촉했다. 변호사로 일하는 동안 그는 보통 그런 질문은 무시해야 한다는 것을 배웠다. 하지만 그는 방금 엄청난 일을 마치고 온 오늘 아침만큼은 약간 재미를 보아도 좋겠다고 생각했다.

"안으로 들어가서 대통령을 만날 것입니다."

법무장관과 키가 큰 금발 여성이 백악관 안으로 들어갔고 기자들은 뒤에 남겨져 서로 의심스러운 눈초리를 교환했다. 그들은 아침 내내 백악관 공보 비서관을 붙잡고 대통령이 어디에 있었는지 캐물었지만 아무것도 건진 것이 없었다. 공보 비서관이 그들의 질문에 대답을 하지 않았다는 사실이 대통령이 그가 있어야 할 곳에 있지 않았다는 증거였다.

몇 명의 기자들은 스톡스가 건물로 들어간 뒤에도 계속해서 질문을 외치다가 무거운 백색 문들이 닫히자 그만두었다. 불평 소리가 잦아들 때쯤 그들은 또 다른 소음이 들리는 것을 눈치챘다. 그들 모두가 그런 소음에 익숙했다. 그들은 건물 북쪽으로 달려가 하늘을 올려다보며 소음의 진원지를 찾기 시작했다. 그 특유의 둔탁한 소음은 헬리콥터 소리였고 백악관 상공을 통과하는 것이 허락된 헬리콥터는 세상에 단 하나뿐이었다.

그들은 한 사람씩 간밤에 어디에 있었건 대통령이 백악관으로 돌아오는 장면을 취재하게 해 주지 않은 팀 웨버를 욕하기 시작했다.

48

페기 스텔리가 백악관에 온 것은 처음이 아니었다. 늘 주목받기를 원하는 그녀였지만 이번만큼은 이 상황에서 자신의 모습이 튀지 않기를 간절히 바라고 있었다. 머리, 화장, 의상 선택에 심각한 문제가 있었다. 언제나 그렇듯이 스톡스 법무장관은 휴고 보스의 쓰리 버튼 정장을 입은 나무랄 데 없는 모습이었다. 스텔리는 부하 직원 중 하나가 집에 가서 마틴의 그 작달만한 아내가 필요한 모든 것을 챙겨 놓은 법무장관의 오르비스 양복 가방을 가져온 것이 분명하다고 생각했다.

스텔리에게는 그런 일을 보아 줄 사람이 없었다. 아직까지는 말이다. 때문에 그녀는 아직도 한밤중에 걸쳐 입은 볼품없는 탈보 바지 정장 차림이었다. 옷과 여자의 외모와의 관계는 바닐라와 아이스크림과의 관계와 같다. 바닐라 없는 아이스크림을 생각해 보라. 지금 그녀의 옷에는 흥미롭거나 기억할 만한 것이 전혀 없었다. 그뿐이 아니었다. 옷과 함께 치장할 것도 전혀 없었다. 목걸이도, 귀걸이도, 팔찌나 시계도, 혹은 장식이 있는 머리핀조차 없었다. 그녀 특유의 금발 머리는 평범한 고무 밴드로 묶여 있었고 발은 아무 특징 없는 검은색 질 세인트 존의 플랫 슈즈에 들어가 있었다.

스텔리는 백악관에 10여 차례 와서 다른 행정부 고위 관리들을 만났었고 몇몇 내각 회의에서 뒷줄에 앉아보기도 했다. 하지만 그때의 그녀는 그저 수십 명의 사람들 중 하나일 뿐이었다. 오늘 아침은 여러 면에서 달랐다. 역사가 만들어지고 있었고 스텔리는 그 역사의 구현을 돕기로 되어 있었다. 스톡스는 그녀에게 자신이 부통령을 힐책한 일과 대통령이 지은 만족스러운 표정에 대해 모두 이야기했다. 기회는 와 있었고 그들은 이제 그것을 잡기만 하면 되는 것이었다. 스텔리는 모든 사람의 요구에 부합하는 계획을 가지고 있었다.

헤이즈 대통령이 가벼운 발걸음으로 집무실에 들어왔다. 존스와 케네디가 몇 걸음 뒤에서 뒤따르고 있었다. 스텔리는 대통령이 카키색 바지에 흰색 버튼다운 셔츠를 입은 것을 보고 조금은 기분이 나아졌다. 하지만 그런 잠깐 동안의 안도는 잠시 후 풀을 먹인 흰색 재킷을 입을 작은 체구의 남자가 반대 방향에서 방으로 재빨리 들어오는 것을 보자 사라져 버렸다. 그는 짙은 남색 양복과 다림질이 된 셔츠, 타이, 반짝이는 드레스 슈즈를 들고 있었다.

대통령은 두 명의 손님과 인사를 나누기에 앞서 그 남자에게 말했다.

"칼, 자네가 최고군."

그 자리를 22년간 지켜온 대통령의 해군 공관병이 환한 미소를 지으며 말했다.

"백악관에 돌아오신 것을 보니 기쁩니다, 대통령님."

헤이즈는 칼이 지난 열두 시간 동안 일어났던 일을 그의 수석보좌관들만큼이나 잘 알고 있다는 것을 의심치 않았다.

"고맙네, 칼. 그걸 욕실에 걸어 주고 커피 좀 가져다주겠나?"

"알겠습니다, 대통령님."

헤이즈는 몸을 돌려 벽난로 옆에 서 있는 스톡스와 스텔리를 마주 보았다. 그는 스텔리를 흘긋 보았다. 그녀는 자리를 권하는 대통령의 얼굴에 잠깐 동안 비친 의아한 표정을 놓치지 않았다. 그 표정은 포착하기 어려운 미세한 것이었고 그는 미소로 그것을 감추었다. 그리고 그의 눈이 재빨리 스톡스에게로 옮겨졌다. 스텔리는 자신의 외양 덕분에 대통령이 그녀를 법무장관의 수석 변호사가 아닌 경호특무대쯤으로 생각할지 모른다는 비참한 생각이 들었다.

대통령은 손뼉을 치며 말했다.

"마틴, 자네와 자네 사람들이 오늘 아침 놀라운 일을 해냈네."

"감사합니다, 대통령님. 모두 함께 노력한 덕이죠."

"그렇고말고."

"대통령님."

케네디가 대통령의 책상 뒤로 걸어오며 그를 불렀다.

"제가 이 전화로 플러드 장군과 통화를 좀 해도 되겠습니까?"

"물론이네."

문을 노크하는 소리가 들렸고 이번에는 한 여자가 옷가방을 들고 들어왔다.

"실례합니다, 대통령님."

그 젊은 여자는 즉시 구석에서 휴대전화로 통화를 하고 있는 대통령 수석보좌관에게 주의를 돌렸다.

"밸러리, 여기 물건을 가져왔어요."

존스가 송화기를 가리고 말했다.

"내 사무실에 가져다 놓아주세요."

스텔리는 무엇보다 먼저 비상용 가방을 챙겨 두겠다고 마음에 새겼다. 다시는 준비가 안 된 형편없는 모습을 들키지 않을 생각이었다.

"대통령님."

스톡스가 말했다.

"대테러 분야를 맡고 있는 법무부 부차관보 페기 스텔리입니다."

헤이즈는 사무실을 가로질러와 오른손을 뻗으면서 미소를 지었다.

"전에 만난 적이 있는 것 같은데, 그렇지 않은가?"

"예…. 그렇습니다."

"페기는…."

스톡스가 말했다.

"오늘 일에서 아주 큰 역할을 했습니다. 국내 정세에 대해서 모든 것을 총괄해 준 친구거든요."

"그렇다면 감사인사를 받아야 할 사람이군."

대통령이 두 손으로 그녀의 손을 잡았다.

그녀의 상관이 조금 과장을 했지만 스텔리는 그것을 두고 다툴 생각은 없었다. 그들이 그녀의 공로를 인정하겠다는데 마다할 이유가 어디 있겠는가?

"감사합니다, 대통령님."

케네디가 플러드 장군과의 통화를 끝내고 그들과 합류했다.

"안녕하세요, 페기."

"안녕하세요, 케네디 박사님."

스텔리는 케네디가 그녀의 이름을 기억하는 것을 보고 깜짝 놀랐다. 전에 두 번밖에 만난 적이 없는데다 두 번 모두 여러 사람과 함께였다.

"플러드 장군이 실 팀 식스에 의해 상당한 양의 성형 C-4 플라스틱 폭발물이 발견되었다고 얘기했습니다. 초기 예측을 기반으로 그 폭발물이 우리가 찰스턴에서 발견한 물리 탑재체 주위에 설치되려 했던 것으로 짐작하고 있습니다."

"내부 파열 장치군."

"맞습니다."

"다른 두 배는 어떤가?"

대통령이 물었다.

"수색이 진행 중이고 아직까지는 발견된 것이 없습니다."

"그럼 지금으로서는 두 번째 폭탄은 생각하고 있지 않은 건가?"

헤이즈가 물었다.

"아직 모든 가능성을 배제할 수는 없지만 우리가 보고 있는 패턴에 의하면 지금 우리는 완전한 핵무기를 조립하는 데 사용되는 다른 주요 부품들을 찾고 있는 것으로 짐작됩니다."

"다른 두 배는 해안으로부터 얼마나 떨어져 있지?"

"96킬로미터 이상입니다. 해안경비대가 상황을 정리하고 있고 해군이 지원을 제공하고 있습니다."

"언제쯤 답을 얻을 수 있나?"

"한 시간이면 됩니다. 각 선박에 대한 1차 수색은 핵 물질이 없다는 결과를 냈습니다. 지금은 특정 컨테이너에 접근하기 위해 화물을 옮기고 있습니다."

"뭔가 발견하는 대로 바로 알려 주게."

"그렇게 하겠습니다."

케네디는 손목시계를 확인했다.

"괜찮으시다면 상황실로 내려가서 전체적인 상황을 확인해 보도록 하겠습니다."

"좋고말고. 잠시 후 나도 내려가겠네."

케네디가 자리를 비웠고 존스가 다가왔다. 잔뜩 화가 난 얼굴이었다.

"언론이 문제입니다…. 공산주의자들이 옳은 생각을 가졌다는 생각이 들 때가 있다니까요."

모두가 웃었다.

"뭐가 문젠가?"

헤이즈가 물었다.

"대수롭지 않은 것입니다. 적어도 지금 대통령님의 걱정을 살 만한 일은 아닙니다."

"확실한가?"

존스가 망설였다.

"30분 안에 전략 회의를 소집했습니다. 그때까지 기다릴 수 있습니다. 대통령님이 실제 백악관에 있다는 사실만으로 일단 언론은 맥이 빠졌습니다."

수석 보좌관은 손으로 헝클어진 머리를 빗어 넘겼다.

"밸러리."

스톡스가 말했다.

"페기 스텔리를 소개할게요. 대테러 담당 법무부 부차관보예요."

스텔리는 존스와 악수를 나눴고 그녀의 눈 아래 다크 서클을 알아보았다. 갑자기 그녀는 자신의 외모가 그다지 나쁘지 않다고 생각했다.

"페기 스텔리."

존스는 전에 들어 보았다는 듯이 그녀의 이름을 되풀이했다. 존스의 눈에 알았다는 기미가 지나가더니 이렇게 말했다.

"팻 홈즈."

"네."

스텔리가 미소를 지었다.

"팻이 워싱턴에서 가장 똑똑한 사람은 보좌관님이라고 하더군요."

존스가 고개를 끄덕이며 손등으로 대통령을 툭툭 쳤다.

"저 말 들으셨죠?"

"내가 아니라고 하던가?"

헤이즈가 손을 들어 항복의 표시를 했다.

"그런 말씀은 안 하시는 게 좋을겁니다."

그녀는 다시 스텔리에게 주목하며 말했다.

"우리 얘기 좀 해요. 팻이 지난밤에 당신과 함께했던 저녁 식사에 대해 말하더군요. 나도 전적으로 동감이에요."

헤이즈는 정치 참모들이 무슨 일을 꾸미고 있는지 알고 싶기도 했고 또 아니기도 했다. 그들의 준비나 전략은 잡음에 그치는 경우가 잦았지만 그들의 성공에 대한 열망이 완전히 어리석은 음모에 의지하는 때도 더러 있었다.

그는 존스와 스텔리라는 빼어난 미모의 여성을 번갈아 보면서 민주당 전국위원회 의장과 이 두 여자가 무슨 일을 하는지 알아보고 싶다는 쪽으로 마음을 굳혔다.

"내 등 뒤에서 무슨 일들은 꾸미는 겐가?"

스텔리는 얼마간은 세부적인 사항에도 조바심을 치는 완벽주의자였다. 모두가 성공에 대한 끊임없는 열망의 일부였다. 준비에 있어서는 세부 사항이 중요했다. 하지만 일단 공판이나 논쟁이 시작되면 그녀는 큰 그림에 집중했고 전력을 다했다.

스텔리는 존스가 그 질문에 대답할 때까지 기다리지 않았다.

"법무부에서는 테러대책법이 성공하기에는 좀 어려운 문제라는 데 의견의 일치를 보고 있습니다. 지금 몇 가지 기념비적인 사건이 대법원까지 가게 될 것으로 예상됩니다. 지금의 스케줄로 보아서는 테러대책법에 대한 판결이 언도되는 시기는 늦여름에서 초가을이 될 것입니다."

"선거 운동의 마지막 달이 되는 것입니다."

존스가 덧붙였다.

"법원이 우리를 곤란하게 만들 것이란 게 중론입니다. 한 번뿐이 아닙니다. 저희는 일련의 놀라운 패배를 예상하고 있습니다."

대통령은 오늘 아침 일어날 뻔했던 일 이후 오히려 테러대책법이 강화되어야 한다고 생각했다.

"타이밍이 별로 좋질 못하군."

헤이즈는 굳은 표정으로 힐책했다.

"일단의 테러리스트들이 핵무기를 거의 미국에 들여올 뻔했네."

스텔리는 당당하게 서서 헤이즈에게 시선을 고정하고 말했다.

"대통령님, 아쉽지만 그 의견에 동의할 수 없습니다. 타이밍은 이 문제를 다루기에 더 이상 좋을 수 없습니다."

스톡스 법무장관은 반 발자국 물러나서 그의 옛 애인이 일을 시작하는 모습을 지켜보았다. 스톡스는 그녀가 잘난 체하는 성격을 숨기고 있다는 것을 알아차렸다. 그녀의 말은 단호했지만 공손했다. 호소를 하고 있지만 비굴하지는 않았다. 그녀는 여러 가지 사실들을 나열하고 끝에 가서는 대단히 교묘한 방식으로 정치적인 관점을 끌어들였다. 스톡스는 이전에도 그녀가 이렇게 하는 것을 보아 왔다. 그리고 그는 대통령이 스텔리에게 이길 수 없는 상황이라는 것을 알고 있었다. 스톡스와 존스는 재빨리 시선을 교환했고 대통령 수석보좌관이 인상적인 눈썹을 치켜 올렸다. 스톡스는 올여름의 민주당 전당대회를 생각했다. 그는 황금 시간대에 기조연설을 하는 자신의 모습을 그렸다. 그리고 대통령이 흥분한 사람들 앞에서 자신을 부통령 출마자로 발표하는 모습도 그렸다. 모두가 손에 곧 잡힐 듯했다.

49

앨라배마─조지아주 고속도로

매니 고메즈는 병이 난 것 같다는 생각을 하고 있었다. 땀이 흐르다가 다음 순간에는 오싹한 한기가 느껴졌다. 멕시코에 있는 동안 뭘 마셨었는지 기억해 보려 했지만 전혀 먹은 것이 없었다. 그는 언제나 자기 물을 가지고 다닐 정도로 꼼꼼했다. 밤에는 멕시코에 머물지도 않았다. 그는 러레이도에서 국경을 건너 짐을 찾은 뒤 바로 다시 국경을 건너왔다.

그는 시속 128킬로미터로 인터스테이트 20을 달리고 있었다. 백미러로는 앨라배마가 보였고 조지아는 한참 앞쪽이었다. 온몸이 아팠다. 그는 거의 열다섯 시간 동안 핸들을 잡고 있었다. 아들의 야구 시합에 맞추어 도착하려면 짐을 내리고 포레스트 파크의 보급 센터로 가서 새로운 짐을 찾아 텍사스로 간 뒤에 오후의 러시아워가 시작되기 전에 그 도시를 빠져나와야 했다.

그는 모든 것을 계산해 두었다. I-20을 자주 다녔기 때문에 경찰관들이 과속 차량 감시소를 어디에 세우는지, 어디에서 차를 세우고 눈을 붙일 수 있는지, 그리고 더 중요하게는 어디에는 차를 세우면 안 되는지 잘 알고 있었다. 미시시피 빅스버그 외곽에는 썩 괜찮은 작은 규모의 화물차 휴게소가 있었다. 배를 좀 채우고, 샤워를 하고, 다음 날 루이지애나와 텍사스를 거치는 일정을 소화하기 전에 네다섯 시간을 자 둘 수 있는 곳이었다. 짐을 샌 안토니오에 배달하고 러레이도의 집으로 가면 아이스박스에 시원한 음료를 채운 뒤 어쩌면 시합 전에 아들과 캐치볼을 조금 연습할 수도 있을 것이다.

내일 밤에는 메모리얼데이 주말에 열리는 큰 규모 야구 토너먼트의 첫 시합이 있었다. 그의 아들 매니 주니어는 오후 9시에 남서 텍사스 야구 게임에서 마운드에 설 예정이었다. 아내와 딸은 아이 못지않게 흥분해 있었다. 어린 시절부터 야구광인 고메즈는 텍사스의 심장이 축구라는 말을 절대 인정하지 않았다. 그렇게 생각하는 사람이 있다면 여름날 밤에 밖으로 나가 차를 타고 러레이도 주변을 돌아봐야 한다. 네 살에서 예순 살에 이르는 선수들이 차지하고 있는, 불이 켜진 야구장을 마주치지 않고는 1.6킬로미터도 지나기 힘들다. 리틀 리그에서 시니어 리그까지 텍사스를 지배하는 것은 야구였다.

고메즈는 물을 한 모금 마시고 센터 콘솔에서 꺼낸 두건으로 이마를 닦았다. 다시 땀이 흐르고 있었다. 그는 땀을 털어 내고 곧 지나갈 것이라고 혼잣말을 했다. 트럭의 방향을 다시 서쪽으로 돌려 집을 향하게만 되면 곧 좋아질 것이라고 말이다. 고속도로의 표지판이 출구가 바로 앞이라고 알리고 있었다. 고메즈는 그가 인터넷에서 인쇄한 지도를 들고 방향을 다시 한 번 확인했다.

그는 출구 램프로 나와 국도로 접어들었다. 2.4킬로미터를 달린 후 방향을 바꾸자 바로 앞쪽에 공사장이 있는 것이 보였다. 그곳에 커다란 노란색 트랙터와 그레이더가 건설 트레일러 옆 나무가 제거된 개간지에 주차되어 있었다. 고메즈는 방향을 전환하기 전에 차를 돌릴 수 있는지 그 지역을 살폈다. 땅은 상당히 말라 있었고 영리하게도 사람들이 자갈을 깔아 두었다. 그는 커다란 트럭을 약간 좁은 도로로 돌린 뒤 건설 트레일러 앞에 차를 댔다.

바로 트레일러에서 두 사람이 나타났다. 고메즈는 서류를 손에 들고 운전석에서 내렸고 약한 멀미가 사라진 것에 안도했다.

"안녕하십니까?"

고메즈가 물었다.

"예, 그쪽도 안녕하시오?"

어딘지 알 수 없는 억양으로 한 남자가 대답했다.

고메즈는 주위를 둘러보며 약간 불안해지기 시작했다. 그 공사장은 값비싼 화강암으로 가득한 평상형 트레일러가 필요한 곳으로 보이지가 않았다. 어떤 것을 짓고 있는지 모르겠지만 아직 기초 공사도 되어 있지 않았다.

"기다리고 있었습니다."

다른 남자가 그가 싣고 온 짐을 보며 기쁜 표정으로 말했다.

고메즈는 이것을 좋은 신호로 받아들이고 그의 클립보드를 건넸다.

"두 분 중 한 분이 아래쪽 붉은색 ×표기가 있는 곳에 서명을 해 주시면 됩니다."

두 사람 중 키가 큰 쪽이 그 보드를 받아들었고 재빨리 이름을 휘갈겨 썼다. 고메즈는 클립보드를 돌려받고 사본 하나를 찢어서 서명한 남자에게 건넨 뒤 물었다.

"어디에 내려놓을까요?"

"저쪽이 좋겠소."

고메즈는 트레일러를 보고 얼굴을 찌푸렸다. 짐을 내려놓기에는 좀 우스운 곳이었다. 하지만 그는 토를 달 생각이 없었다. 빨리 트레일러를 내리고 고리를 벗길수록 빨리 길로 나설 수 있었다. 그는 그렇게 했고 몇 분 후 운전석에 앉아 도로로 접어들고 있었다. 무거운 트레일러가 없는 트럭은 스포츠카처럼 느껴졌다. 1.6킬로를 못 가서 고메즈는 떨기 시작했다. 그는 바이저를 내리고 거울에 비친 자신의 모습을 보았다. 얼굴에 붉은 반점들이 있었다.

고메즈는 덜덜 떨면서 고속도로로 들어가 보급 센터로 향했다. 애틀랜타 외곽에서 화물차 휴게소를 찾아 잠깐 눈을 붙이는 것이 좋겠다는 생각이 들었다. 기온이 30도를 훌쩍 넘어설 것이기 때문에 트럭에서 자는 것은 안 될 일이었다. 방을 얻어야 했지만 그것은 예산에 없었다.

'아니야.'

고메즈는 혼잣말을 했다.

'참고 견뎌 보는 거야.'

멕시코에서 짐을 싣다가 작은 벌레에라도 물린 모양이었다. 그는 자신에게 이야기하는 아내의 목소리를 들을 수 있었다. 커피를 줄이고 물을 마시라고 잔소리를 하는 소리를 말이다. 앞쪽에 화물차 휴게소 간판이 보였고 그는 기름을 채우고 물과 먹을거리를 조금 사기로 결정했다.

그가 경유 주유기 앞에 차를 댔을 때는 오한이 지나갔고 대신 또 한 번 열감이 찾아왔다. 고메즈는 두건으로 이마와 목을 닦고 악몽처럼 엄습하는 메스꺼움에 욕을 퍼부으며 트럭에서 내려왔다. 비틀거리며 주유기에 다가서는 데 마침 그때 차를 세우기 잘했다는 생각이 들었다. 이번 것은 쉽게 지나갈 것 같지가 않았기 때문이다.

그는 몸이 흔들리지 않게 한 손을 내밀었다. 그때 메스꺼움이 그의 몸 안에서 멈출 수 없는 커다란 파도처럼 밀려 올라왔다. 온몸에서 경련이 일었고 그가 토한 것이 180센티는 족히 떨어진 곳까지 날아갔다. 고메즈는 신발에 토사물이 묻지 않게끔 앞으로 몸을 기울이려 했다. 잠시 숨을 돌렸지만 끝난 것은 아니었다. 또 다른 파도가 밀려왔다. 준비를 하면서 그는 이것이 좋은 징조라고 생각했다. 그의 몸이 뭔지는 모르지만 멕시코에서 얻은 나쁜 것을 제거하려고 하는 것이다. 그런 생각으로 이어진 세 번의 속이 다 뒤집어지는 구토를 견뎠다. 그리고 그는 상상할 수 없는 고통으로 털썩 무릎을 꿇었다. 고메즈는 땅바닥의 피를 보면서 뭔가 단단히 잘못되었다는 것을 알았다. 하지만 그가 할 수 있는 일은 없었다. 그는 축 늘어지기 전에 마지막으로 아들의 야구 경기를 놓칠지 모르겠다고 생각했다.

50

워싱턴 D.C.

스킵 맥마흔은 그가 좋아하지 않는 세 사람과 방 안에 앉아 있게 되었다. 변호사가 뭐라고 하든 한 사람은 테러리스트였다. 그의 연금을 모조리 걸 수도 있다. 이 잘난 체하는 비열한 놈은 그의 앞에 앉아서 자신은 절대 결백하며 자기 일을 하고 있었을 뿐이고 그가 찰스턴에서 실으려던 컨테이너 안에 무엇이 있는지 전혀 모른다고 주장하고 있었다.

그가 다른 두 사람을 왜 싫어하는지는 이해하고도 남을 일이었다. 그들은 모두 변호사였다. 그중 겉이 아주 번지르르한 한 사람이 그 테러리스트의 대리인이었다. 그의 이름은 토니 잭슨이고 별명은 '남부의 입'이었다. 그는 인권 변호사에 원고 측 변호사, 피고 측 변호사 등 전 방위로 일했다. 그는 얕잡아 볼 수 없는 세련되고도 불쾌한 인간으로 자기 일에 있어서는 꽤나 능력이 있었다. 막 50대가 된 조지아 태생의 그 남자는 썩 돈이 잘 벌리는 집단 소송 몇 건에 승소해서 얼마간의 재산을 모았다. 그중 가장 큰 건은 전국 규모 음식 체인을 상대로 한 인종 차별 소송이었다. 잭슨은 24시간 방송되는 케이블 뉴스 방송국에 항상 등장해서 떠들어 대는 사람 중 하나였다. 그는 사랑해 마지않는 애틀랜타를 떠나기 싫어서 L.A.와 뉴욕에서 세간의 이목을 끄는 여러 사회부적합자를 변호하는 일은 거절하면서도 그런 사회부적합자와 그들이 받는 박해, 형편없는 법적 보호에 관해 제멋대로 나불대고 다녔다.

스타일은 좋았다. 맥마흔도 인정할 수밖에 없었다. 배심원 앞에서 이기기엔 쉽지 않은 사람이었다. 그는 198센티나 되는 장신으로 아프로 스타일의 짧은 머리에 관자놀이 쪽에는 은발이 약간 비치게 해 두었다. 그 결과 사려 깊은 현자의 이미지를 풍겼다. 그의 양복과 타이, 셔츠는 흠잡을 데가 없이 멋있었고 커프스단추와 손목시계는 값비싼 것이었다. 그는 외모의 중요성을 이해하고 있었고, 그가 약간 무례하거나 상식을 벗어났을 때조차 완벽한 자신감과 유능함이 배어 나왔다. 맥마흔은 그 것을 오래전부터 알고 있었다. 배심원들 앞에서 이 남자는 절대 만만치 않은 상대였다.

방 안에 있는 네 번째 사람은 페기 스텔리였다. 그녀는 이 사건을 직접 맡고 싶어 애가 타는 것 같았다. 법무부에는 페기보다 경험 많은 검사들이 많이 있었다. 이들이 재판까지 간다면 격노할 사람을 적어도 두 명은 생각났다. 하지만 워싱턴이라는 예측할 수 없고 때로는 잔인한 세상이었다. 정치는 워싱턴의 생혈이었고 스텔리는 법무장관의 총애를 받는 여자였다. 그녀는 잭슨에 비해 실제 재판 경험이 부족했다. 하지만 그녀는 바보가 아니었다. 게다가 그녀는 매력적이고 끈기가 있고 영리했다. 그렇다면 상당히 볼 만한 법정 싸움이 될 것이다.

그 사건은 스텔리의 처음 생각과 달리 간단히 이길 수 있는 싸움이 아니었다. 맥마흔은 그녀에게 CIA가 정보와 정보 수집 방법에 대한 법정 공유를 거절할 것이라고 경고했다. 랩이 이 어릿광대가 변호사라는 것을 알면 어떤 반응을 보일지는 생각해 볼 필요도 없는 일이었다. 하지만 그는 분명 이 일이 쉽지 않으리란 것을 알고 있었다. 스텔리는 애틀랜타의 운송 회사와 알 아델의 아파트에서 그들이 필요로 하는 모든 유죄 증거를 찾을 것이라고 생각했었다. 하지만 지금까지 아무것도 건지지 못했다.

자기도취에 빠진 저 쥐새끼 같은 사우디인은 흔적을 꽤 잘 감추어 왔다. 지금까지 찾은 유일한 것은 트럭에 있던 다른 사람이 몇 차례 총기 소지 혐의로 기소된 것뿐이었다. 아무도 협조하지 않고 있었고 저 '남부의 입'이란 자가 그들의 변호사인 한, 빨리 시작하기는 그른 것 같았다.

"내 의뢰인이 언제 기소됩니까?"

잭슨이 세 번째로 불었나.

"그가 왜 컴퓨터의 하드 디스크를 지웠는지 말해 주면 그를 풀어 줄 수 있어요."

스텔리는 잭슨에게서 그의 의뢰인에게로 시선을 돌렸다.

알 아델은 넌더리를 내며 그녀를 보았다.

"당신들은 나와 우리 동포들을 박해하는 일이라면 무슨 일이든 하겠지. 내 컴퓨터를 어떻게 한 거야?"

맥마흔은 그 비난에 한심하다는 듯 웃으며 고개를 저었다.

"인종차별주의자, 당신은 왜 웃는 거지?"

알 아델이 맥마흔을 노려보았다.

"당신네들은 파시스트에 폭력배야. 알리에게 총을 숨겨 놓고 내 컴퓨터를 망가뜨린 거지? 난 알리를 오래전부터 알았어. 그는 총을 가지고 다니거나 살 사람이 아냐. 너희들이 그에게 숨겨 놓은 거지. 그렇지?"

맥마흔은 그 테러리스트를 보며 말했다.

"아메드, 당신과 나, 둘 다 누가 거짓말을 하는지 알고 있어. 그러니까 그런 연극은 집어치우고 빨리 본론으로 들어가자고. 자, 그 컨테이너를 어디로 가져가려 했지?"

그 연방수사관은 상대가 실제로 질문에 대답한다고 생각하는 것처럼 펜을 들었다.

잭슨이 불쑥 팔을 내밀었다.

"그 질문에 대답하지 마십시오. 마지막으로 묻겠는데, 내 의뢰인은 언제 기소되는 거요?"

변호사가 스텔리를 보았다.

"내일이라고 말하는 게 좋을 거요."

"이 사건은 특별한 상황과 연관되어 있어요."

잭슨이 그의 의뢰인에 대한 진실을 알 방법은 없었다. 그 점을 잘 알고 있는 스텔리가 미소를 지으며 말했다. 만약 그것을 알았다면 그는 벌써 애틀랜타로 향하는 비행기에 올라 있을 것이다.

"빠르면 화요일에 공소가 제기되리라고 봐요."

"말도 안 되는 소리! 7일 후라니!"

잭슨이 굵은 목소리로 외쳤다.

"말이 되죠. 이 사건에는 국가안전보장 문제가 걸려 있어요."

"그리고 법이란 것도 걸려 있지. 내 의뢰인이 최대한 내일까지 연방 판사에 의해 공식적으로 기소되지 않는다면 엄청난 언론의 공격을 받게 될 거요."

스텔리는 자신에게 비장의 카드가 있다는 것을 알고 있었다. 20킬로톤의 핵폭탄 말이다. 알 아델이 핵폭탄을 실으려다가 체포되었다는 것을 안다면 그를 동정하는 배심원은 많지 않을 것이다.

"아메드, 말해 봐요."

스텔리가 말했다.

"그 트레일러를 어디로 가져가려 했죠?"

"이제 그만하시오."

잭슨이 공중에 손을 내저었다.

"한 마디도 더 하지 마십시오."

그가 의뢰인을 조심시켰다.

"저 사람에게 트레일러에 뭐가 있었는지 말해 주지 않았군?"

맥마흔이 알 아델을 똑바로 쳐다보았다.

"내 의뢰인은 그 트레일러에 뭐가 들었는지 알지 못하오. 그리고 이제 인터뷰는 끝났소."

맥마흔은 그 독선적인 사우디인에게 생각할 거리를 주고 싶었다. 그는 파일을 들고 일어섰다.

"CIA가 당신에게 궁금한 게 있다고 하는군, 메드. 한밤중에 깨어나서 다른 장소로 옮겨지더라도 부디 놀라지 마시오."

잭슨은 총알같이 의자에서 일어섰다.

"지금 내 의뢰인을 협박하고 있는 거요. 이제는 끝났소. 나는 다른 어떤 사람도 내 의뢰인과 이야기하는 것을 원치 않소. 당신들은 이제 끝이오. 이 사람이 뭐라고 얘기했는지 배심은 물론이고 언론에 다 이야기할 거요. 그렇게 되면 당신들은 바로 목이 달아날 거요.”

맥마흔은 잭슨의 말을 무시하고 시선을 알 아델에게 고정하고 있었다. 다행스럽게도 끝내는 그 테러리스트의 눈에서 두려움의 빛이 비쳤다. 그 순간 맥마흔은 그 사우디인이 고통을 이겨낼 수 있는 사람이 아님을 알 수 있었다.

맥마흔은 잭슨에게 주의를 돌리고 그에게 음산한 미소를 던졌다.

“당신 의뢰인의 비밀을 알게 되면 당신은 우리가 만나지 않았더라면 좋았을 거라고 생각할 거요.”

51

G–V가 수요일 밤 자정 직전 앤드류 공군 기지에 착륙했다. 이 날렵한 제트기는 기지의 한적한 쪽으로 지상 이동해서 단순한 모양의 회색 철제 격납고로 들어갔다. 비행기의 미부가 통과하자마자 격납고의 문이 닫혔다. 몇 초 후 비행기로 접이식 계단이 내려졌고 수염도 깎지 못한 몹시 지친 모습의 미치 랩이 모습을 드러냈다. 이 CIA 요원은 아직도 전투복에 권총집을 차고 있었다. 그는 양손에 가방을 들고 비행기에서 내려 매끄러운 콘크리트 바닥을 가로질렀다. 네 명이 아무 말 없이 그를 지나쳐 그가 데려온 두 명의 포로를 내리기 위해 비행기에 올랐다. 랩은 핏발이 선 그의 눈을 CIA 최고의 심문관 바비 아크람에게 고정시켰다. 그는 이번에도 짙은 색 정장에 붉은 타이를 매고 있었다.

랩은 아프가니스탄에서 미국으로 돌아오는 긴 비행 동안 그와 적어도 네 차례를 통화를 했다. 통화의 요점은 생포한 두 명의 테러리스트들로부터 마지막 한 조각의 정보까지 쥐어짜기 위한 전략을 수립하는 것이었다. 아크람은 믿을 수 없을 정도로 철저한 사람으로 포로로부터 귀중한 정보를 끌어내는 가장 좋은 방법은 연구와 숙고로 잘 짜여진 계획을 가지고 심문을 시작하는 것이라고 굳게 믿고 있었다. 아크람은 그가 심문하게 된 대상에 대해서 생각할 수 있는 모든 상세한 사항을 미리 알고 싶어 했다. 성공을 위한 무대 장치에는 전지전능한 모습을 확립하는 것이 매우 중요했다.

"미치, 오해하지 말고 들으십시오. 정말 꼴이 말이 아닙니다."

랩은 바로 아크람을 지나쳐서 그를 기다리고 있는 차로 걸어갔다.

"기분도 더럽네."

아크람은 랩의 차로 다가갔다.

"비행기에서 눈을 좀 붙이실 걸로 생각했는데요."

"잘 수가 없었네."

랩은 트렁크를 열고 가방 두 개를 집어넣었다.

"눈만 감으면 저 망할 압둘라가 끙끙대면서 모르핀을 달라고 하기 시작하고 그게 아니면 대테러감시센터에서 뭔가 필요하다는 전화가 왔네. 찰스턴에서 잡은 두 놈은 어떻게 됐나?"

"모르겠습니다. 아직 그들을 보지 못했습니다."

"왜?"

랩이 물었다.

"FBI에서 구금하고 있어요. 지금까지는 우리에게 접근권을 주지 않는군요."

랩이 트렁크를 쾅 하고 닫았다.

"뭐라고?"

그가 정말 화가 났다는 것을 알 수 있었다.

"걱정하지 마십시오. 아이린이 아침에 상황을 알려 주겠다고 했습니다. 당신은 브리핑을 위해 오전 9시에 백악관에 들어가야 합니다."

아크람은 팔짱을 끼었다.

"그때까지는 집에 가서 잠을 좀 자 두라더군요."

랩이 코웃음을 쳤다.

"그녀가 당신이 그렇게 할 거라고도 하더군요."

"내가 뭘 한다고?"

"집에 가서 잠을 자라는 사람한테 코웃음을 칠 거라고 말입니다. 아이린 말이 그건 당신이 권력에 대해 가진 고질적인 문제에서 기인한다고합니다. 당신이 쉬라는 말에 이의를 제기하면 제가 당신에게 랭리로 가서 번역을 도우라고 지시하기로 했습니다. 어느 시점이 되면 당신이 저에 대한 욕을 잔뜩 한 다음 집으로 가서 잠을 잘 거라는 것이 그녀의 예측입니다."

이번에는 랩도 진심으로 크게 웃었다. 케네디는 그를 너무나 잘 알고 있었다.

"알았네…. 아이린이나 자네나 정말 웃기군. 무슨 말인지 알겠어."

포로 한 명이 비행기에서 내렸다. 카라치 출신의 젊은 컴퓨터 전문가 아메드 칼릴리였다. 그는 머리에 두건을 쓰고 있었다. 하지만 아프가니스탄에서 썼던 부대자루 같은 더러운 두건이 아니라 깨끗한 것이었다. 랩과 아크람은 칼릴리에 대해서 상세히 이야기를 나눴었다. 그는 극히 협조적이었던 것일 수도 있고 지금까지 그들을 완벽하게 속인 것일 수도 있었다. 그는 비행시간 내내 거리낌 없이 이야기를 했다. 랩은 모든 것을 녹음했고 몇 시간마다 그 정보를 암호화된 압축 전송을 통해 랭리로 보냈다.

칼릴리의 폭로는 알카에다 통신을 덮고 있는 여러 막을 벗기고 그들이 인터넷을 사용해 미국의 조직과 접촉하는 방법을 드러내 주었다. 비싼 대가를 치르고 미국 정찰 위성의 힘에 대해 알게 되면서 그들은 점점 더 영리해지고 있었다. 그들은 여전히 첨단 암호화 시스템을 사용해 알려진 웹 사이트들에 메시지를 올려 외국의 사도들이 그것을 검색할 수 있도록 했다. 하지만 메시지를 두 번 보낼 때마다 가짜 메시지를 하나씩 보내 미국인들을 혼란에 빠지게 했다. 엿듣는 사람과 감시하는 사람들을 더 방해하기 위해서 그들은 허위 정보 활동을 시작하기도 했다. 감시 당하고 있는 것을 아는 사이트에 공격이 임박했다는 메시지를 잔뜩 올리는 것이었다. 칼릴리는 카라치의 카페에 앉아 CNN을 통해 그들의 광적인 메시지 전송활동의 결과로 미국에 테러 경보가 발령된 것을 보고 몹시 재미있어한 적도 있다고 말했다. 이러한 가장 전술은 미국 보안력을 약화시키기 위해 고안된 전형적인 게릴라 전술이었다.

알카에다는 더 이상 1차원적으로 활동하지 않았다. 살아남기 위해서 적응을 할 수밖에 없었던 것이다.

모든 통신 시스템에는 약점이 있다. 그리고 칼릴리는 알카에다의 통신 시스템이 가진 약점에 대해 중요한 정보를 주었다. 알카에다 지도자들은 아프가니스탄과 파키스탄 국경 주위의 산간 지역에서 더 이상 전화나 무선 송신기를 이용해 이야기를 나누지 않았다. 미국의 위성들이 언제나 머리 위에서 내려다보고 있었고, 어두운 밤이면 원격정찰 비행물체가 그 특유의 낮은 잡음을 내며 맴도는 소리가 들렸고, 고도로 훈련된 특공대원들이 탑승한 전투기와 헬기들이 멀어질 날이 없었다.

최첨단의 적을 상대하기 위해서 알카에다는 기술과는 동떨어진 방법을 택했다. 지휘자들이 손으로 쓴 메시지를 전령을 통해 교환했던 것이다. 이러한 전달 시스템은 며칠이 소요되는 경우도 있었고 알카에다가 계획을 세우고 반응하는 속도를 제한하기도 했지만 자고 있는 곳에 2천 파운드짜리 레이저 유도탄이 떨어지는 것보다는 그 편이 나았다.

칼릴리는 랩에게 그들이 지금은 인터넷으로도 비슷한 전략을 사용하고 있다고 말했다. 첨단이라고는 해도 미 국가안전국의 슈퍼컴퓨터와는 도저히 상대가 안 되는 암호화 소프트웨어를 사용하는 대신 10대들이 이용하는 인터넷 채팅방을 통해서 미국의 조직들과 통신을 하고 있다는 것이었다. 그것은 칼릴리의 아이디어였다. 그러한 사이트들의 용량은 가히 압도적이어서 암호화도 시키지 않았다. 칼릴리의 생각에는 그런 곳이 미국의 정보원들이 찾아볼 가능성이 가장 낮은 곳이었다. 대테러 감시센터에 전화를 해 본 후 랩은 칼릴리의 말이 옳았다는 것을 알 수 있었다.

랩은 자동차 키들을 보면서 아크람에게 말했다.

"마커스가 내일 아침 우선적으로 그를 만났으면 하네."

랩이 말하는 것은 CIA에서 전속으로 일하고 있는 컴퓨터 천재 마커스 듀먼드였다.

"그의 말 중에 내가 알아들은 것은 4분의 1쯤밖에 안 될 거네. 의외로 나한테 헛소리를 지껄였을 수도 있어."

"하지만 그런 것 같지는 않다면서요?"

"그렇지…. 그래도 누가 알겠나?"

랩이 어깨를 으쓱했다. 더 이상은 그도 대처할 수 없는 일이었다.

"당신은 직감이 뛰어나지 않습니까?"

아크람이 말했다.

"당신이 말한 것을 기초로 하면 당신이 적중한 것 같습니다."

두 사람이 압둘라를 비행기에서 끌어내렸다. 그 사우디인이 비명을 지르고 있지 않은 것으로 보아 모르핀이 충분히 투여된 것이 확실했다.

"30분 전에 모르핀을 또 놨네."

랩은 주머니에서 종이 한 장을 꺼내 아크람에게 건넸다.

"자네가 말한 것처럼… 투여량과 시간을 모두 기록했네."

아크람은 그 종이를 들여다보았다. 랩이 잠을 자지 않은 것이 틀림없었다. 랩은 60분에서 90분 간격으로 계속 그 남자에게 주사를 놓아야 했기 때문이다.

"행운이 있길 비네."

랩이 말했다.

"내 생각에 저놈은 병적인 거짓말쟁이야."

아크람은 아주 약하게 미소를 지었다. 그는 도전을 사랑했다.

손에 자동차 키를 든 랩이 그의 파키스탄인 동료를 가리키며 말했다.

"그 두 놈을 처리한 후에는 찰스턴에서 잡은 두 녀석 쪽을 한 번 찔러보게. FBI가 헛소리를 하거든 내게 바로 알려 줘. 내가 바로 처리해 줄 테니."

아크람이 고개를 끄덕였다. 감정을 숨기는 데 명수인 그는 아무것도 드러내지 않았다. 케네디는 어떤 일이 있어도 랩에게 백악관과 법무부 사이에 일어난 일을 말하지 말라고 지시했다. 이런 늦은 시간에 랩에게 이야기를 했다가는 그는 괜히 또 하룻밤을 새우고 다른 사람도 침대에서 끌어낼 것이다.

아크람은 손을 뻗어서 랩을 운전석으로 밀어 넣었다.

"아무 걱정 마십시오. 집에 가서 잠이나 주무세요. 정말 죽을 것 같아 보입니다."

52

애틀랜타

한밤중이었다. 택시 한 대가 조용한 터너 필드 야구장을 지나치고 있었다. 택시는 계속해서 애틀랜타 애버뉴를 동쪽으로 1킬로미터 남짓 달린 뒤 별 특징 없는 2층짜리 모텔의 주차장으로 들어섰다. 네온이 꺼진 간판은 어두웠고 관리인 사무실도 마찬가지였다. 비교적 작은 주차장에는 몇 대의 차가 띄엄띄엄 서 있을 뿐 그 외에는 인적이 없어 보였다.

택시 기사는 몸을 돌려 얼룩진 플렉시 유리로 된 칸막이를 통해 승객을 바라보았다.

"정말 여기서 내리실 겁니까?"

임타즈 주바이르는 불안하게 침을 삼키고는 고개를 끄덕였다. 사실 그는 여기에 혼자 남고 싶지 않았다. 하지만 조언자가 그에게 전화를 해서 구체적인 지시를 내렸다.

"예, 이곳이 맞습니다."

그 파키스탄 과학자는 생각보다 더 자신감 있는 목소리로 말했다.

운전사는 그저 어깨를 으쓱하고는 주차장으로 차를 몰았다. 대부분의 승객은 양식이 있는 멀쩡한 사람들이었지만 이번 손님은 달랐다. 자정에 벅헤드 리츠 호텔에서 사람을 태워 그를 야구장 옆에 있는 싸구려 모텔에 데려다 준다는 것은 말이 안 되도 한참 안 되는 일이었다. 하지만 그 사람이 택시비를 내는 한 그는 무슨 일이든 신경 쓸 필요가 없었다.

택시 운전사는 트렁크에서 커다란 가방을 꺼내 연석 위에 내려놓았다. 요금을 받자 그는 차 안으로 들어가 그곳을 떠났다.

주바이르는 연석 위에서 초조하게 서서 택시가 멀어져 가는 것을 지켜 봤다. 멀리서 고속도로의 소음과 개 짖는 소리가 들렸다. 그 파키스탄 과학자는 걱정스럽게 주위를 둘러보고 그의 컴퓨터 가방을 바닥에 내려 놓았다. 커다란 붉은색 코카콜라 자판기가 정확히 그가 예상했던 지점 에 있었다. 그는 전화로 받은 명령을 따랐다. 주바이르는 지갑에서 1달 러 지폐를 한 장 꺼내서 반듯하게 편 다음 자판기에 집어넣었다. 그는 열 개의 버튼 중 하나를 누르고 기계 안쪽으로 손을 뻗어 음료 캔을 잡 았다. 그를 위해 놓여 있는 방 열쇠도 함께 집어 들었다. 주바이르는 번 호를 확인하고 그것을 주머니에 넣었다.

그는 음료 자판기 옆에 잠시 서서 음료를 몇 모금 마시면서 누군가를 기다리는 것처럼 별생각 없이 주위를 둘러봤다. 로스앤젤레스에서 세관 을 통과한 후 나머지 여행은 스트레스가 덜했다. 비행기로 애틀랜타로 오는 것이 신경을 괴롭히긴 했지만 세관을 속여 넘겼다는 사실이 모든 것을 한결 쉽게 만들어 주었다. 애틀랜타에 도착한 후 가장 어려운 부분 은 지하철을 타기 위해 거대한 에스컬레이터를 탔다가 메인 터미널에 도착해서 다시 상행 에스컬레이터를 타는 일이었다. 사실은 사람들의 바다에 쓸려서 그 가학적인 금속 계단 위에 얹혔다고 볼 수 있는 상황이 었다. 그게 아니었더라면 수하물을 찾는 곳까지 갈 수 있었을지 의문이 었다.

그의 징집관은 그에게 아주 기본적인 스파이 활동 기술을 가르쳐 주었 다. 주바이르는 그것들을 진지하게 받아들였다. 그는 공항에서 화장실 에 가기 전에 두 번씩 멈춰서 같은 얼굴이 들어오거나 밖에서 기다리고 있지 않은지 확인했다. 아무도 따라오는 사람이 없다는 확신이 서자 그 는 공항을 떠났고 사우디인 조언자가 교육한 대로 택시를 타고 시내의 유명 호텔로 간 다음 그곳에서 로비를 가로질러 옆문으로 나온 뒤 방이 예약되어 있는 한 블록 아래의 호텔로 갔다. 그 방의 숙박료는 미리 가

상의 회사 이름으로 지불되어 있었다.

주바이르는 월요일 밤을 시내에 머물면서 조용히 지냈다. 화요일에는 택시를 타고 공항으로 간 뒤 비행기를 타는 대신 다른 택시를 잡아타고 벅헤드의 화려한 리츠 칼튼 호텔로 갔다. 화요일 저녁 그는 조심스럽게 인근의 쇼핑몰을 방문했다. 그는 두 곳의 전자 상점의 상품들에 감탄하면서 대부분의 시간을 보냈지만 이내 쇼핑몰의 분위기에 불안해져서 호텔로 돌아와 기도를 해야 했다.

그는 미국이 얼마나 타락한 곳인지 두 눈으로 직접 확인했다. 젊은 여성들이 남자들의 에스코트도 없이 옷이라고 하기도 민망한 것들을 걸치고 공공장소를 돌아다녔다. 그들은 개떼처럼 이리저리 다니면서 남자들과 장난질을 했고 그것에 상관하는 이는 아무도 없었다. 미국이 사악한 곳이라는 증거가 바로 거기에 있었다. 이곳은 사탄의 손아귀에 있는 나라였다. 어떤 조치가 취해지지 않는다면 미국인들은 나머지 세계까지 그들의 수준으로 끌어내릴 것이다.

몇 시간 동안 기도를 한 후 그는 그날 밤 숙면을 취할 수 있었다. 다음 날 아침 그는 느지막이 일어나 룸서비스를 시켰다. 식사를 하면서 그는 CNN을 틀었고 미국 정부가 미국으로 향하는 네 척의 배를 차단했다는 소식에 깜짝 놀랐다. 주바이르는 오후 내내 방 안에서 현재 상황을 전하는 뉴스 보도에서 시선을 떼지 않고 있었다. 그는 전체 작전의 구체적인 사항은 알지 못했지만 무기가 배편을 통해 미국으로 들어온다는 것은 알고 있었다.

그의 방 전화가 요란하게 울린 것은 오후 5시가 되기 직전이었다. 주바이르는 머뭇거리며 전화를 받았고 조언자의 목소리를 듣고 안도가 되는 동시에 겁이 났다. 계획에 변화가 있었다. 그 남자는 주바이르에게 그 계획에 관련된 구체적인 지령을 내렸다. 주바이르는 단 한 번 그 배들에 무슨 일이 있었는지 물으려 했지만 다시는 묻지 말라는 심한 질책을 받았다.

이제 그는 자신을 공포로 떨게 만드는 사람의 명령에 따라 알지 못하는 도시의 어두운 주차장에 서 있었다. 주바이르는 청량음료를 한 모금 더 들이키고 L자 모양 모텔의 여러 방들을 바라보았다. 불이 켜진 곳은 두 군데뿐이었고 그 외에는 다들 자고 있는 것 같았다. 지령대로 그 파키스탄 과학자는 나머지 음료를 쓰레기통에 버리고 가지고 있는 열쇠의 번호를 보았다. 다행히도 방은 2층에 있었다. 주바이르는 커다란 여행 가방의 핸들을 잡아 빼서 한 번에 한 계단씩 끌어 올리기 시작했다. 발코니에 이르자 그는 약간 숨이 차서 잠깐 멈추었다가 누군가 감시하는 사람이 없는지 주위를 둘러보았다.

212호는 발코니 끝에 있었다. 주바이르는 열쇠를 꽂고 숨을 멈추었다. 조언자가 어둠 속에서 그를 기다리고 있을 것이다. 하지만 게임이 모두 끝나고 경찰이 기다리고 있을지도 모를 일이었다. 그는 문을 열고 불을 켰다. 방금 리츠를 떠난 사람에게 그 방은 전혀 다른 경험이었다. 하지만 여전히 고향 파키스탄에서 찾을 수 있는 어떤 숙소보다 나았다. 그 과학자는 문을 닫고 자물쇠를 잠근 후 욕실에 아무도 숨어 있지 않은지 확인했다. 고맙게도 그는 혼자였다. 더 이상의 지시가 없었기 때문에 그는 침대에 앉아서 TV를 켜고 기다리기 시작했다.

53

무스타파 알 야마니는 눈에 잘 띄지 않는 어두운 곳에서 한 시간 이상을 기다리고 있었다. 방사선 병으로 유발된 전반적인 불쾌감에도 불구하고 그의 생존 본능은 그 어느 때보다 치열했다. 그래야만 했다. 그는 너무나 먼 곳까지 왔고 너무나 많은 것을 희생했고 그리고 실패했다. 최선을 다했음에도 불구하고 뭔가가 끔찍하게 잘못된 것이다. 그 역시 배에 관련된 TV 보도를 보았다. 언제나 최악에 대비하는 알 야마니이지만 미국인들이 그의 계획을 너무나 완벽하게 좌절시킨 상황에 충격을 받지 않을 수 없었다. 정보 참사는 두 가지 방향으로 온다. 때로는 두 가지가 결합되는 경우도 있다. 적이 침투하거나 그룹 내의 누군가가 고의로 또는 과실로 정보를 누설하거나.

알 야마니는 찰스턴을 떠나면서부터 생각할 수 있는 모든 각도에서 이 문제를 검토했다. 누설이라는 데 거의 의심의 여지가 없었다. 미국인들이 알카에다에 침투할 수 있는 방법은 없었다. 누군가가 계획에 대해서 발설했고 그것을 미국의 정찰 위성이 가로챘다는 시나리오가 훨씬 타당성이 있었다. 알 야마니는 동료들에게 이러한 가능성을 경고했었지만 그가 전력을 다했음에도 불구하고 그들은 그를 무시했다. 그는 고려해야 할 자금원이 있다는 이야기를 들었다. 후원자들에게는 경고를 해 두어야 했다. 계획이 성공하면 미국에 대한 투자는 물론 해외에 대한 투자까지 심각한 타격을 입을 것이다. 엄청난 돈이 안전한 곳으로 옮겨져야 했다. 그들은 알 야마니에게 그런 일들이 미국인들이 눈치채지 못하도록 은밀하게 이루어질 것이라고 말했지만 그는 회의적이었다.

알 야마니는 동료들의 높은 자존심에 대해서 잘 알고 있었다. 위상이 무엇보다 중요했다. 그들로서는 뭔가 큰 일이 곧 일어날 것이라고 떠벌리는 것을 억제하기 대단히 힘들 것이다. 그 대책으로 알 야마니는 미국인들을 현혹시키기 위한 허위 정보 활동을 시작했다. 하지만 분명히 뭔가 단단히 틀어졌고 미국인들은 뭔가 잘못되었다는 것을 감지했다. 혐의가 가는 곳을 뒤쫓다가 조직에서 상당히 높은 위치에 있는 누군가를 체포해 심문한 것이 분명했다. 다른 방법은 없었다. 미국인들이 네 척의 배를 모두 차단했다면 구체적인 정보를 빼내고 있는 것이 분명했다.

지금으로서는 알 야마니가 계획한 모든 일이 위기에 처해 있었다. 하지만 그는 임무를 철저히 구분해 두었다. 오른손이 하는 일은 왼손이 알 필요가 없었다. 미국인들은 그에게 심각한 공격을 가했지만 이 작전은 아직 끝나지 않았다. 알 야마니는 단지 하나의 계획에 희망을 걸고 미국으로 그 먼 길을 온 것이 아니었다. 그는 군사 책략가였다. 최선의 전략은 언제나 다면적인 법이다.

찰스턴을 떠난 후 알 야마니는 차를 몰고 사우스캐롤라이나 컬럼비아 공항으로 가서 포드 타우르스를 처리하고 플로리다 운전면허증과 신용카드를 이용해 렌트카를 빌렸다. 그는 바로 컬럼비아를 떠나 애틀랜타로 향했다. 애틀랜타로 가는 길에 그는 밤사이 대통령을 비롯한 각계 지도자들이 워싱턴에서 소개했었다는 뉴스를 들었다. 배들이 저지당했다는 소식을 들은 것은 그 이후였다.

그는 조직에서 운영하는 운송 회사의 주소를 암기하고 있었다. 애틀랜타에 도착하자 그는 아주 조심스럽게 그 지역으로 접근했다. 시간은 아직 한낮이었다. 한 블록 앞의 신호등에 멈추어 섰을 때 그는 오른쪽을 보았고 보통 사람이라면 누구나 그러는 것처럼 잠깐 차를 멈추었다. 무슨 일이 일어나고 있는지 모를 수가 없는 상황이었다. 경찰차가 길을 막고 있었다. 알 야마니는 브레이크에서 발을 떼고 속력을 높여 교차로를 통과한 뒤 절대 뒤를 돌아보지 않았다. 건질 것이 없었다. 꼬박 한 해 동안의 노력과 용감한 이슬람 용사들의 수많은 희생이 의미를 잃고 말았다.

알 야마니는 분노가 이성을 집어삼키게 두지 않았다. 그럴 시간이 없었다. 누군가가 그를 배신했다. 하지만 그는 그 사람이 누구인지 절대 알지 못할 것이라는 사실을 재빨리 인정하고 체념했다. 방사능에 중독된 그의 몸에는 그 대답을 찾을 만큼 충분한 생명이 남아 있지 않았다. 아니다. 그는 이곳이 죽을 자리라고 결심하고 미국으로 건너왔다. 그리고 그 길에 가능한 많은 이교도들을 함께 데리고 갈 것이다.

목요일 오전 2시가 되었다. 알 야마니는 큰 타격을 입었지만 아직은 구조의 가능성이 있는 이 계획을 가지고 있었다. 그는 그 계획에 없어서는 안 될 파키스탄인 과학자와의 만남을 주선하는 데 있어서 한 치의 오류도 생기지 않도록 경계를 게을리하지 않았다. 알 야마니는 그 파키스탄인이 감시를 받고 있지 않은지 확인하기 위해 벅헤드 리츠 칼튼 주위를 두 시간 동안 점검했고 접촉을 한 후에는 안전한 거리에서 택시를 뒤따르면서 다른 사람이 그를 미행하지 않는지 살폈다.

알 야마니는 그의 렌트카 창문을 통해 밖을 내다보다가 때가 되었다고 결심했다. 그는 그날 산 휴대전화를 꺼내 번호를 입력했다. 두 번째 벨이 울리기 전에 그 파키스탄인이 불안한 목소리로 대답했다.

"여보세요."

"커다란 여행 가방은 버려라. 필요한 것만 들고 5분 안에 음료 자판기 옆으로 내려와라."

알 야마니는 붉은 버튼을 누르고 시계에서 시간을 확인했다. 4분 후 주바이르가 가방을 메고 방 밖으로 나타나 발코니를 따라 서둘러 걸었다. 그가 음료수 자판기에 이르자 알 야마니는 몇 분간 그를 주시하다가 시동을 켰다. 그는 호텔 앞에 멈추어서 창문을 내렸다.

"임타즈, 서둘러. 빨리 차에 타라."

알 야마니는 그 과학자의 표정으로 그가 수염이 없는 자신의 모습을 알아보지 못하는 것을 알아차렸다.

"나다, 무스타파."

좀 더 권위적인 목소리로 그가 덧붙였다.

"타라니까, 멍청한 놈."

주바이르는 마침내 그의 징집관인 남자의 눈을 알아보았다. 그는 조수석에 올라타 반신반의한 표정으로 그 사우디인을 응시했다.

"미국에 오신다는 말씀은 없으셨지 않습니까?"

알 야마니는 백미러로 새로운 차가 빈 거리로 나오지 않는지 확인했다.

"내 계획은 아는 사람은 거의 없다."

"오늘 무슨 일이 생긴 겁니까?"

낙심한 과학자가 물었다.

"그들이 어떻게 알았습니까?"

그 사우디인이 할 수 있는 일은 고개를 젓는 것뿐이었다.

"나도 알 수 없다."

그 파키스탄인이 자신을 배신했다는 생각을 단 한순간이라도 했다면 그는 그 과학자를 죽였을 것이다. 하지만 그것은 불가능했다. 주바이르는 차단당한 네 척의 배에 대해서 아무런 세부 사항도 알지 못했다.

"이제 우리는 어떻게 합니까? 돌아가야 합니까?"

알 야마니는 그 젊은 과학자를 흘긋 쳐다보고 미소를 지었다.

"아니다, 우리는 돌아가지 않아, 임타즈. 알라는 아직도 우리 편이시다. 미국인들이 초반 득점을 좀 했을지는 모르지만 우리의 계획은 아직 끝난 게 아니야."

주바이르는 이 말을 듣고 적잖이 놀랐다.

"어떤 계획입니까?"

알 야마니는 고개를 저었다.

"내 계획들에 대한 논의는 모두 끝났다. 그 저주받을 무기를 얻어 내기 위해 너무나 많은 이슬람 전사들이 죽었다. 계획을 그렇게 많은 사람들에게 알려서는 안 되는 거였어."

그는 다시 한 번 고개를 저었다.

"안 되는 일이었어…. 너도 곧 알게 될 것이다. 그때까지는 나를 믿기만 하면 된다."

54

워싱턴 D.C.

랩은 잠을 잘 이루지 못했다. 그는 그 이유가 뭔지 알고 있었다. 길지 않은 밤 동안 엎치락뒤치락하다가 결국 오전 6시에 그는 잠을 포기하고 침대를 박차고 나왔다. 머릿속에서는 생각이 떠나지 않았고 최소한 일주일에 6일은 운동을 하는 데 익숙한 그의 몸은 운동이 필요하다고 비명을 지르고 있었다. 때문에 그는 냉방이 된 체사피크 만의 집을 나와 조깅을 시작했다.

습한 아침 공기 속에 나서니 좀 더 쉽게 긴장을 풀 수 있었다. 조깅이라기보다는 전력 질주에 가까운 속도에 맞추어 운동화가 자갈이 깔린 시골길 위에서 리듬을 연주했다. 셔츠를 입지 않은 맨 가슴으로 땀이 흘러내렸고 그는 말 그대로 몸속의 독소가 빠져나가는 것을 느낄 수 있었다. 조깅을 하기 전에 관절에 무리가 덜 가는 수영을 할까도 생각했었다. 최근에 그는 전에 없던 통증이 생기는 것을 느끼는 참이었다. CIA 요원으로서의 활동은 물론 오랜 세월에 걸친 운동과 세계 일류 수준의 철인 경기 선수로 뛴 이력이 그의 몸에 타격을 준 것이었다.

조깅을 하기로 한 것은 썩 괜찮은 결정이었다. 중간 지점에 이르자 몸이 튼튼해진 느낌이었다. 그는 시계를 보고 속도를 확인했다. 여행과 부족한 잠에도 불구하고 6분 페이스를 유지했다. 5분 페이스를 유지할 수 있었던 때가 그리 오래지 않았다. 하지만 그런 시절은 이제 다시 오지 않는다. 그런 페이스는 젊은 폐와 젊은 심장과 그리고 가장 중요한, 젊은 무릎을 의미한다.

되돌아오는 길은 그리 좋지가 못했다. 에너지가 떨어졌고 속도도 점차 나빠져서 10킬로미터 지점에서는 본래 페이스에서 22초나 뒤져 있었다. 평소의 습관대로 그는 집 진입로의 도착 지점까지 전력 질주를 했다. 도착 지점을 지나쳐 약 45미터를 뛰는 동안 조깅 수준으로 속도를 낮추고 목 뒤에서 손깍지를 하고 팔꿈치를 올려 숨을 골랐다. 그는 긴 진입로를 걸어가며 혼잣말로 불평을 했다. 체력이 조금씩 내리막길로 가고 있었다.

랩은 선창으로 내려가서 신발과 양말을 벗고 물병과 소형 글록 30, 45ACP탄이 들어 있는 가방도 벗어 놓았다. 그는 물에 뛰어들어 5분 동안 긴장을 풀면서 체온을 떨어뜨린 후 백악관 회의에 참석하기 전에 합동대테러센터에 들르기로 마음먹었다. 그는 집으로 돌아가 샤워와 면도를 하고 연한 회색 여름용 운동복을 입었다. 집을 떠나기 전에는 간단히 아침을 먹고 여행용 머그의 입구까지 펄펄 끓는 블랙커피를 채웠다.

오전 7시 40분 그는 FBI 대테러 담당 부국장의 사무실에 서 있었다. 랩과 스킵 맥마흔이 서로를 알게 된 지는 몇 년밖에 되지 않았다. 하지만 두 사람은 서로를 잘 이해했다. 때문에 랩은 맥마흔의 행동이 약간 이상하다는 것을 쉽게 알아차릴 수 있었다.

랩은 맥마흔의 책상 앞에 있는 특징 없는 두 개의 의자 중 하나에 앉았다. 그 공간에서는 새 페인트와 새 카페트의 냄새가 났다. 맥마흔이 짧은 소매의 흰색 드레스 셔츠에 축 늘어진 타이를 매고 있는 것은 놀랄 일은 아니었지만 랩으로서는 그 모습이 약간 재미있었다. 다행히도 그의 패션 센스는 연방수사국 수사관으로서의 능력과는 관계가 없었다.

"돌아왔군."

맥마흔이 한 말은 그것이 전부였다.

랩은 고개를 끄덕이고 커피를 한 모금 마셨다. 그는 그 FBI 수사관의 얼굴에서 평소답지 않은 불안한 표정을 읽었다. 무슨 일인가가 벌어지고 있다. 무엇인지 알 것도 같았지만 우선은 늘 만나면 오가는 농담이 좀 오가게 마련이었다. 랩은 아크람이 지난밤 했던 말을 기억했다.

"스킵, 오늘은 그리 화끈해 보이지가 않네요."

"음…. 어차피 우리는 꽃미남 콘셉트로 갈 수는 없지 않나."

랩이 웃었다.

"맞습니다."

그 대테러 요원은 고개를 돌리고 턱부터 뺨까지 세로로 난 흉터를 손가락으로 훑어 내렸다.

"아직도 그걸 가지고 징징대나?"

맥마흔이 짐짓 난감하다는 표정을 지으며 고개를 저었다.

"그런 건 아무것도 아니라고. 내 정관 수술 자국을 봐야 하는데. 흉터가 거의 30센티는 된다네."

랩은 크게 웃으면서 말했다.

"부국장님이 떠날 거라는 소문이 있는데 정말입니까?"

"그건 어디서 들었나?"

맥마흔이 조심스럽게 물었다.

"우리는 부국장님 전화를 모두 도청합니다."

랩은 포커페이스를 고수했다.

"정관 수술에 대해서도 오래전부터 알고 있었습니다."

맥마흔은 잠시 미소를 짓더니 물었다.

"정말인가?"

"아이린이 말해 줬습니다."

맥마흔은 고개를 돌리고 아무 장식이 없는 빈 벽을 바라보았다. 아이린에게는 분명 그의 장래 계획에 대해서는 입을 다물어 달라고 말했다.

"걱정 마십시오."

랩이 말했다.

"제가 에너지국의 라이머가 민간 부문에서 자리를 잡으려고 생각한다는 이야기를 들었기 때문에 나온 얘깁니다."

"정말인가?

맥마흔은 안도한 동시에 약간 놀란 것처럼 보였다.

"어디로 간다던가?"

"모르겠습니다."

그들의 상황은 비슷했다. 두 사람은 공직에서 30년 넘게 일을 했고 정년이 멀지 않았지만 모두 일의 중요성 때문에 정년 연장을 약속했다.

"그가 나간다고 해서 비난할 수는 없네."

그 뒤에 그가 덧붙였다.

"하지만 그가 그리울 거야."

"두 사람 모두 그렇습니다."

랩이 진심으로 말했다.

맥마흔은 의심스러운 표정으로 그 말을 받아쳤다.

"우리가 떠나고 한 달 뒤면 자네들은 우리에 대해서는 까맣게 잊어버릴걸."

"그렇지 않습니다. 아시지 않습니까? 두 분이 모두 그 자리에 있어 주시는 것이 좋지만 돈을 따라 가신다고 해도 이해합니다. 정말로요."

랩은 맥마흔이 라스베이거스의 카지노 기업 조합으로부터 보안 책임자 자리를 제안받았다는 것을 알고 있었다. 상당한 봉급 인상과 특전은 말할 것도 없고 판공비만 해도 공무원 월급의 두 배가 될 것이다. 그는 그런 것을 누릴 만한 자격이 있었다.

"음, 아직은 결정을 하지 못했네."

"제가 어떻게 생각하는지 알고 싶으십니까?"

맥마흔은 의자에 등을 기대고 손으로 턱을 괬다.

"물론이네."

"이미 말했듯이 저는 부국장님이 여기에 머무시는 게 좋습니다. 수사국에는 부국장님만큼 능력이 있는 사람이 많지 않습니다. 하지만 그 일을 택하셨으면 하는 마음도 있습니다. 지금까지 정말 더러운 일을 많이 참아오셨잖습니까? 부국장님이 인생의 재미도 좀 보셨으면 좋겠습니다. 아직 즐길 수 있을 때 말입니다."

맥마흔이 미소를 지었다. 그의 마음과 정확히 일치하는 얘기였다.

"고맙군. 쉽지 않은 결정이야."

랩이 어깨를 으쓱했다.

"부국장님이 생각하시는 것보다 쉬울 겁니다."

그는 주제를 바꾸면서 말했다.

"아직은 수사국에 계시니까 저한테 자세한 상황을 좀 알려 주시겠습니까?"

"물론이지. 어제 밤늦게 도착했나?"

"예."

"음…. 이 문제를 정리해 보려고 어젯밤을 꼬박 새웠네. 그리고 점점 나아지고 있어."

"어떻게 말입니까?"

"어제 국내에서 무슨 일이 있었는지에 대해서 얼마나 알고 있나?"

"큰 그림 정도만 압니다. 뉴욕을 향하던 배에서 발파 장치와 현금을 찾았고 볼티모어행 배에서 폭발물을 찾았고요. 이것들은 모두 한곳에서 모아서 장치를 조립하려고 했다는 것으로 합의가 이루어졌죠."

"맞네."

"핵 물질은 지금 사막에서 테스트 중이고…."

랩이 덧붙였다.

"그걸 가져가려던 비밀 조직의 두 놈은 어딘가에서 험한 꼴을 당하고 있겠죠."

랩은 거짓 미소를 띠우며 마지막 부분을 말했다. 그런 일이 실제로 일어나고 있다는 것을 의심하는 미소였다.

맥마흔은 어디에서부터 시작하면 좋을지 몰라 주춤거리면서 고개를 끄덕였다.

"지난밤 찰스턴 경찰이 주차장에서 칼에 찔려 죽은 자가 있다는 전화를 했네. 그 주차장은 어제 그 짐이 도착했던 부두가 내려다보이는 곳이었네."

"그자의 신원은 확인했습니까?"

"아직은 아니네. 하지만 중동 사람이야."

랩의 눈썹이 바짝 올라갔다.

"알 야마니일 가능성은 없습니까?"

"아니네. 그가 다시 다리를 자라게 할 방법을 찾지 않은 한."

랩은 그 사실을 기억해 내고 자신의 우둔함에 움찔하고 놀랐다.

"폐쇄회로 TV는 없었습니까?"

"있긴 한데… 쓸모가 별로 없어. 사망 추정 시각을 근거로 10여 대의 차로 범위는 좁혔네. 현재 그것들을 확인하는 중이고."

"다른 것은 없습니까?"

"그자가 어디로 상륙했는지 알 것 같네."

"알 야마니 말입니까?"

"그래. 월요일에 해안경비대가 플로리다 키웨스트 근처에서 물에 빠진 사람을 하나 건졌어. 피를 너무 흘려서 살아날 거라고 생각들을 하지 못한 모양인데 어제 오후 그가 깨어나서 대단히 흥미로운 이야기를 하기 시작한 거지. 그 남자는 그랜드 케이맨에서 사는 영국인이네. 그는 정말 값비싼 호화 요트의 선장으로 고용되었는데 공교롭게도 그 요트는 사우디의 5천 명 왕족 중 한 사람의 소유였네."

랩은 고개를 저었다. 그는 이미 이 이야기가 어떻게 진행될지 알 수 있었다.

"그 영국인은…."

맥마흔이 이야기를 계속했다.

"요트를 쿠바에서 인도받아서 바하마로 가기로 되어 있는 남자를 태웠네. 항구를 떠나고 몇 시간 뒤에 그 영국인은 등에 칼을 맞고 바다로 던져졌지. 해안경비대는 약을 먹은 게 아닌가 생각해서 마약단속국에 연락을 했는데 그 부분이 행운이었어. 그 영국인과 이야기를 하기 위해 파견된 마약단속국 요원이 마이애미 합동테러기동부대의 일원이었던 거지. 그 마약단속국 요원은 우리가 알 야마니에 대해 보낸 경보를 들은 직후에 병원에 도착했고 상황을 종합해서 추론을 내렸지."

랩은 이제 의자 끝에 앉아 있었다.

"그게 알 야마니라고 확인했답니까?"

맥마흔은 어깨를 으쓱했다.

"우리가 가진 그놈의 사진은 모두가 형편없어. 선명하지가 못한데다 수염에 터번까지 썼지 않나. 이야기가 어떻게 돌아갈지 벌써 알겠지?"

랩이 말했다.

"틀림없이… 말끔하게 면도를 하고 단정한 머리 스타일을 하고 있었겠죠."

"정확해."

"다리를 저는 것을 기억하지 못합니까?"

랩이 물었다.

"확신은 못하는가 보네. 하지만 그 남자가 보트에 오를 때 약간 비틀거렸다는 것을 기억하고 있다더군."

랩은 이미 쿠바에 줄을 댈 방법을 궁리하고 있었다. 이자의 자취를 추적해서 그가 좋은 관계를 맺고 있는 나라 국적의 쿠바행 비행기에 오르는 것을 잡을 수 있을지도 몰랐다.

맥마흔의 이야기를 끝나지 않았다.

"해안경비대가 사라진 요트에 대한 수색 경보를 내렸더니, 하 이것 봐라, 수요일 아침에 벌써 메리트 아일랜드 국립야생동물보호구역에서 금렵구 관리인이 발견했던 거야."

"그게 어디에 있습니까?"

"케이프 커내버럴 근처네."

"이번 주에 우주선 발사는 없는 것으로 아는데… 그렇죠?"

"그렇네. 이미 확인했지."

랩이 얼굴을 찡그렸다.

"그렇다면 왜 케이프 커내버럴일까요?"

맥마흔이 어깨를 으쓱했다.

"모르겠네. NASA와 지역 관서에는 알렸지만 지금까지는 달리 나타난 것이 없네. 그렇지만 다른 쪽으로 할 얘기가 또 있네."

맥마흔은 몇 개의 파일을 살피기 시작했다. 그는 찾고 있던 파일을 발견하고 그것을 펼쳤다. 그가 흑백 사진 한 장을 들고 물었다

"이 남자를 알아보겠나?"

랩은 그 자신을 보았다.

"모르겠습니다."

"알아 두게. 자네 없이는 찾을 수가 없을 테니."

그는 사진을 다시 봤다.

"아직도 누군지 모르겠습니다."

"우연히 LAX 세관을 통과한 그 젊은 남자는 다름 아닌 임타즈 주바이르네. 실종된 파키스탄 과학자 중 하나지."

"그가 언제 미국에 들어왔습니까?"

"월요일이네."

"그래서 그는 구인되어 있습니까?"

"불행히도… 아니네."

랩은 다시 의자에 등을 대고 앉았다. 얼굴에는 실망한 빛이 역력했다.

"그를 찾았다고 말씀하신 것 같은데요?"

"그가 입국한 것을 발견했다는 것이 보다 정확하겠지."

지친 맥마흔이 말했다.

"지금 어디 있는지 전혀 짐작이 안 가는 상태입니까?"

맥마흔은 그가 곤란한 지점에 다가가고 있다는 것을 알고 있었다.

"우리는 그가 LAX에서 델타 항공편으로 애틀랜타로 향했다는 것을 확인했네."

"애틀랜타에서 비행기에서 내리는 것을 잡았겠죠?"

"아직 아니네. 감시 테이프에 문제가 있어. 하지만 오늘 아침에는 처리할 것으로 예상하고 있네."

"찰스턴에서 잡은 두 놈은 어떻게 됐습니까?"

올 것이 오고야 말았다. 일이 정말로 난감한 지경으로 가고 있었다.

"구류 중이네."

맥마흔이 약간 애매한 답을 했다.

"어디에서 말입니까?"

랩은 부국장의 목소리에서 뭔가를 감지하고 수상쩍다는 듯 고개를 갸웃했다.

맥마흔은 시선을 피하지 않았지만 그렇게 하고 싶었다. 대신 그는 일어나서 문을 닫았다.

"그들은 페어팩스 카운티 구치소에 있네."

"농담이시죠? 여기에 있단 말씀이십니까?"

랩이 바닥을 가리켰다.

"이보게…. 발끈하기 전에… 알아야 될 것이 몇 가지 있어. 우선… 그 두 사람은 정식으로 귀화한 시민권자들이네."

"그들이 대통령이 오래전에 잃어버린 형제라고 해도 전 개의치 않습니다!"

랩이 소리를 쳤다.

"그들은 찰스턴이나 관타나모의 해군 구금실에 있어야 합니다. 아니 저한테 바로 넘겨주었다면 더 좋고요."

"미치, 그들에게는 변호사가 있네."

"변호사라고요!"

랩이 벌떡 일어섰다.

"농담도 너무 심하십니다."

"그는 보통 변호사가 아니네…. 그는 애틀랜타 출신의 아주 잘나가는 인권 변호사고 여기 워싱턴에도 연줄을 많이 가지고 있어. 그는 어제 늦게 언론을 통해서…."

랩이 그의 말을 잘랐다.

"저는 그놈이 누군지 상관하지 않습니다! 이건 말도 안 됩니다!"

"그건 내가 결정할 일이 아니네."

맥마흔은 방어적으로 말했다.

"나를 믿어 주게."

"그놈들은 분명 아랍계일 겁니다. 제 말이 맞죠?"

맥마흔은 고개를 끄덕였다.

"그러니까 부국장님은 지금 와하비인 것이 분명한 두 명의 사우디 이민자가 어제 핵폭탄을 실어가려고 찰스턴에 나타났는데 그들에게 변호사가 있다는 이유로 FBI는 발을 뺐다고 말씀하시는 겁니까?"

"우리는 발을 뺀 게 아니네. 수사국이 결정할 수 있는 사안이 아니었다는 말이지. 법무부에서 결정이 난 거였어."

"법무장관이요?"

"뭐, 비슷하지."

"법무장관은 대통령에게 지시를 받으니까…. 그럼 이게 대통령의 생각이란 겁니까?"

"아니네. 사실은 대통령의 생각이 아니네. 다른 곳에서 시작된 거야."

"다른 곳 어디입니까?"

맥마흔은 주저했다. 그가 곤란해질지 모른다는 두려움 때문이 아니라 신중해야 한다는 생각 때문이었다.

"어떻게 이 일이 시작된 건지 말해 주겠네. 하지만 자네가 이 문제를 단지 자네의 시각으로만 봐서는 안 된다고 말해 주고 싶군."

"그게 대체 무슨 뜻입니까?"

랩이 화를 냈다.

"자네는 규칙을 지켜야 할 필요가 없겠지만…."

맥마흔이 단호하게 말했다.

"FBI는 자네와는 입장이 다르네. 어제 일어난 일의 법적, 정치적 관계에 대해서도 이해를 해 달란 말일세. 우선 내 말을 끝까지 듣고 자네가 옳다고 생각하는 길로 가게."

랩은 한 마디도 더 들을 마음이 없었지만 이 기념비적인 멍청한 결정의 배후에 누가 있는지 알기 위해서는 몇 분 더 화를 참아야 했다.

55

암청색 BMW 5 시리즈가 거의 무모한 속도로 러시아워의 자동차들 사이를 쏜살같이 달리고 있었다. 핸들 앞에 앉은 남자는 화가 나 있기는 했지만 정확하게 차를 통제하고 있었다. 그는 시어도어 루스벨트 메모리얼 대교를 통해 포토맥 강을 건너는 대신 두 차선을 가로질러 미해병대 전쟁 기념비 방향의 출구 표지를 따라갔다. 리무진은 꽤나 찾기가 쉬웠다. 랩은 기념비 북쪽을 돌아 자기 차를 그 리무진 바로 뒤에서 급정거시켰다.

언제나 그렇듯이 그는 공원에 차를 세우고 안전벨트를 풀면서 재빨리 주위를 확인했다. 그 뒤 차 키를 잡아 뺐다. 리무진으로 다가가면서도 그는 계속해서 주변을 살폈다. 뒷문이 열리고 그는 차 안으로 들어갔다.

아이린 케네디 박사는 TV를 켜 둔 채 파일을 읽고 있었다. 그녀는 눈을 들어 CIA 최고의 대테러 요원을 바라보는 수고조차 하지 않았다. 케네디는 그들이 이 같은 방침을 택하도록 대통령을 설득하는 자리에 함께 하지 않았었다. 그리고 그 사실을 안 다음 처음 한 생각은 랩이 펄펄 뛰겠다는 것이었다.

"좋은 아침이네요."

"대체 어느 부분이 좋은 겁니까?"

랩이 쏘아붙였다.

케네디는 파일을 덮고 천천히 안경을 벗었다.

"무사히 돌아온 것을 볼 수 있어서 기뻐요."

랩의 인생에서 케네디는 아내와 동생 스티븐 다음으로 중요한 사람이었다. 여러 면에서 그녀의 영향력은 다른 두 사람을 합친 것보다 컸다. 케네디는 그에 대해 다른 두 사람이 알지 못할, 그리고 알 수도 없는 일들을 알고 있었다.

케네디에 대한 큰 애정과 호의에도 불구하고 그녀의 냉정한 태도가 그를 미치게 만들 때가 있었다.

"아이린, 금방이라도 머리가 터질 것만 같습니다…. 그러니 그런 농담은 집어치우십시오. 도대체 내가 아프가니스탄으로 떠났다가 돌아오는 사이에 무슨 일이 일어난 겁니까?"

케네디가 그를 여기에서 만나자고 한 것이 바로 그 때문이었다. 그녀는 그가 백악관에서 폭발하는 것을 원치 않았다.

"간단히 말할게요, 미첼. 테러 공격으로 의심되는 사건과 관련해서 두 명의 미국 시민이 어제 체포되었어요. 그들이 가진 권리에 따라 그들은 변호인을 선임했고…."

랩은 눈을 감고 고개를 젓기 시작했다.

"그런 뻔한 얘기는 마십시오. 난 당신이 어떻게 이런 일이 일어나게 놓아두었는지를 알고 싶습니다."

"있는 그대로 말하자면… 허를 찔렸어요."

"어떻게 그런 일이…."

"다른 일이 너무나 많았어요."

"당신과 상의도 하지 않았단 말입니까?"

믿기지 않는다는 듯이 랩이 물었다.

"네, 그런 셈이죠. 제가 알게 되었을 때는 이미 손 쓸 수가 없었어요."

"존스의 아이디어인가요?"

랩은 대통령의 수석보좌관을 몹시 싫어했다.

"그녀도 결정에 개입하긴 했지만 근원은 법무부에 있는 것 같아요."

"스톡스요?"

"네, 그리고 그의 부차관보들 중 하나요."

랩은 고개를 저었다.

"이해할 수가 없습니다. 우리가 이 터무니없는 일을 테러대책법으로 해결할 수 있을 거라고 생각했는데…."

"나도 마찬가지예요. 내가 더 잘 생각했어야 했어요."

"어째서요?"

"좌익에서 그걸 가만 놓아둘 리가 없어요. 9·11의 충격이 사라지면 그들이 판을 흔들기 시작할 것이라는 점을 생각했어야 했어요."

"아이린…. 당신은 나를 잘 알죠? 나는 정치나 워싱턴에서 벌어지는 그 쓸모없는 짓의 99퍼센트는 개의치 않습니다. 하지만 그놈들은 워싱턴에서 핵폭탄을 터뜨리려는 계획에 연루되어 있어요. 지금 FBI에서는 그놈들에게 변호사가 있어서 나와는 얘기를 할 수 없다고 합니다."

"미치, 버스는 이미 떠났어요."

그녀가 TV를 가리켰다. 스크린에는 백악관 기자실에 서 있는 기자가 보였다.

"이미 기자들에게 배경 설명이 이루어졌어요. 대통령이 곧 성명을 발표할 거고요. 이건 선거가 있는 해에 벌어지고 있는 정치적 문제예요. 대통령은 두 가지 효과를 노리고 있어요. 그 두 사람에 대한 공소 제기는 그에게 큰 홍보 효과를 가져다 줄 거예요. 그와 동시에 테러대책법에 대한 극우의 우려를 누그러뜨릴 수 있죠."

랩은 TV를 보며 고개를 저었다.

"무스타파 알 야마니가 이 땅 어딘가를 마음대로 돌아다니고 있습니다. 찰스턴의 주차장에서 죽은 아랍인을 발견했고요. 또 행방불명이었던 파키스탄 핵과학자가 월요일 애틀랜타로 들어왔습니다. 공교롭게도 어제 찰스턴에서 우리가 잡은 두 놈은 애틀랜타에서 왔다죠."

랩은 말을 멈추었다. 그의 침묵 속에는 불만과 좌절감이 줄줄 흐르고 있었다.

"FBI가 구금하고 있는 두 사람이 알 야마니와 그 핵과학자를 추적하는 데 도움이 될 수 있다는 생각을 하는 사람은 아무도 없습니까?"

케네디도 그의 분노에 공감했다. 법무부는 랩은 고사하고 CIA의 어떤 사람이라도 그들의 귀중한 포로 근처에 접근하는 것을 허락할 리가 없다. 케네디는 아무런 방법이 없다는 것을 알고 있었다. 그녀의 부하는 지금 전쟁 직전의 상태였고 그녀는 그를 멈추고 싶은 생각이 없었다.

"이 문제에 대해 대통령께 물어봐야 할 거예요. 시도는 해 보도록 해요. 무례하게 굴지는 말고요."

그녀가 말했다.

56

두 번째 모텔은 첫 번째 모텔만 못했다. 얼룩진 카펫은 털이 엉겨 붙어 있었고 베드 스프레드는 낡아서 반질반질하고 뻣뻣했다. 임타즈 주바이르는 불평하지 않았다. 알 야마니 앞에서, 그것도 그가 욕실에서 토하고 있는 때에 그런 불평을 한다는 것을 어리석은 짓이었다. 그는 방사선 중독으로 죽어 가고 있는 것이 확실했다.

주바이르는 이전에 중앙 파키스탄 차스마 핵발전소에서 일하면서 그런 사람을 본 적이 있었다. 결함 감지기가 놓친 미세한 누출이 있었고 그 사실이 발견되기 전에 한 기술자가 근무 시간 내내 오염된 구역에서 일을 했던 것이다. 발견했을 때는 이미 늦은 뒤였다.

하루 만에 그 남자는 구토를 했고 피부에는 반점이 생겼다. 이후 눈이 부어오르고 고통스러운 통증이 찾아왔으며 결국 그 남자의 손은 젤라틴으로 변하고 죽을 때까지 안에서부터 피가 쏟아졌다. 주바이르는 아직도 그 비명 소리를 기억하고 있었다. 얼마나 끔찍한 죽음인가.

주바이르는 침대 발치에 앉아 TV를 응시했다. 알 야마니로부터 미국 대통령이 등장하면 알려 달라는 지시를 받았다. 기자의 말에 따르면 예정보다 늦어지고는 있지만 곧 대통령이 나올 것이라고 했다.

마침내 대통령이 연단 뒤로 걸어 나오자 주바이르는 알 야마니를 불렀다. 잠시 후 그는 수건으로 입을 닦으며 욕실에서 나왔다. 주바이르는 흰 수건의 핏자국을 알아채고 물었다.

"도와드릴 일이 없습니까?"

알 야마니는 고개를 젓고 침대 모퉁이에 앉았다. 그는 미국의 지도자가 뭐라고 말할지에 큰 관심을 가지고 있었다. 대통령은 두 명의 남자와 한 명의 여자를 대동하고 있었다.

"간단한 성명을 발표하겠습니다. 그 뒤에 질문을 한두 개 받고 스톡스 법무장관에게 마이크를 넘기겠습니다."

대통령은 잠시 연단을 내려다보았다가 다시 카메라로 시선을 옮겼다.

"어제 법무부와 FBI가 워싱턴 D.C.를 표적으로 하는 알카에다의 대규모 테러 공격을 저지했습니다. 언론이 발표한 대로 이 공격에는 여러 척의 국제 컨테이너선을 통한 폭파 장치의 수송이 수반되었습니다. 법무부, FBI, CIA, 국방부의 노고와 빠른 대응으로 이번 공격은 좌절되었고 그 과정에서 알카에다는 심각한 타격을 입었습니다. 이곳 미국에 있는 테러리스트 조직들이 확인되고 있으며 체포가 진행 중입니다. 이제 질문을 몇 개 받은 후에 스톡스 법무장관이 성명을 발표하도록 하겠습니다."

대통령은 기자들이 있는 방향으로 손짓을 했다.

새치가 있는 호리호리한 남자가 일어서서 질문을 던졌다.

"대통령님, 대통령님과 행정부 각료들이 화요일 밤 워싱턴에서 소개했다는 것이 사실입니까?"

"정부상시운용방안 하의 일반적 예방 수단으로 일정한 사람들이 워싱턴에서 소개해서 미공개 지역으로 안전하게 이동하였습니다."

"그 사람들 중에 대통령님도 포함됩니까?"

대통령이 활짝 웃었다.

"보안상의 이유로 확인도, 부인도 하지 않겠습니다."

그는 다른 기자를 가리켰다.

"대통령님."

이번에는 한 여성이 일어섰다.

"이 공격이 토요일 새로운 2차 대전 기념비 헌정식 도중 이루어질 예정이었다는 것을 확인해 주실 수 있겠습니까? 만일 그렇다면 전쟁에서 싸운 사람들을 기릴 목적으로 내일부터 도착하는 외국의 정상들을 보호하기 위해 마련한 추가적인 조치가 있습니까?"

"우선 알카에다는 도주 중입니다. 그들은 전력을 다한 공격 계획을 세웠었고 우리는 그들을 즉각 저지시켰습니다. 이번 토요일의 헌정식을 지목하고 있는 특정 정보에 관해… 우리는 그러한 결론에 이를 만한 근거가 없다고 봅니다. 질문을 하나만 더 받겠습니다."

기자들이 질문을 외치기 시작했고 대통령이 한 사람을 지목했다. 다른 사람들은 바로 조용해졌고 그 사람은 서서 질문을 이어 갔다.

"우리가 이야기하고 있는 것이 어떤 유형의 폭파 장치입니까?"

대통령은 고개를 저었다.

"조사가 진행 중입니다. 이에 구체적인 사항은 언급할 수가 없습니다."

카메라 앵글 밖에서 한 여자가 나타나 대통령에게 팔을 뻗었다. 대통령은 기자들에게 감사의 인사를 전한 뒤 자리를 떠났다. 남자가 연단으로 올라가 연설을 시작했다. 알 야마니는 그가 법무장관이라는 것을 알고 있었다. 더 이상 들을 필요가 없었다.

그는 TV를 끄며 말했다.

"이제 가야 할 시간이다."

"돌아갑니까?"

"아니다."

주바이르는 운전을 자청했지만 알 야마니는 거절했다. 그들은 렌트카에 올라 그 더러운 모텔을 떠났다. 알 야마니는 렌트카를 없애고 싶은 마음이 간절했다.

'계속해서 연결고리를 끊어야 한다.'

그는 마음속으로 이렇게 다짐했다. 그렇게 하는 한 미국인들에게 그를 잡을 수 있는 기회는 생기지 않을 것이다. 그리고 그는 승리를 단정한 대통령의 성명이 시기상조였다는 것을 증명할 수 있을 것이다.

57

워싱턴 D.C.

랩은 좀처럼 자신의 일을 좋다, 싫다는 식의 감정적인 면에서 생각하지 않았다. 그것은 사명이자 의무이지 좋고 나쁜 기분에 의해 쉽게 영향을 받는 것이 아니었다. 그가 정말로 믿는 대의에 대한 헌신이 있을 뿐이었다. 그렇지만 그의 일에는 그가 즐기지 않고 시간이 갈수록 피할 방도를 찾게 되는 면들도 있었다. 그중 하나가 백악관에 들어가는 일이었다.

우선 랩과 대통령의 수석보좌관은 서로를 가까스로 참아내는 사이였다. 그녀는 랩이 대통령에게 조언하는 모든 전략과 조치에 장애물이었다. 랩은 모든 결정에서 정치가 큰 영향을 준다는 사실을 개의치 않았다. 워싱턴과 같은 도시나 백악관과 같은 곳에서 정치가 그처럼 중요한 역할을 하는 것은 랩에게도 놀라운 일은 아니었다. 다만 그것이 대단히 짜증스럽고 해로운 방식을 택한다는 것이 문제였다.

워싱턴에서는 거의 모든 회의에 난해하고, 그릇되고, 극단적인 정치적 정의가 만연하고, 정말로 중요한 사안은 무시되고 다른 사람에게 미뤄져 나중에 적당히 처리되면서 대수롭지 않은 일들이 논의, 분석되는 환경을 만나게 된다. 행동파인 사람이 편안하게 있을 수 있는 유형의 장소가 아니라는 말이다. 하지만 미치 랩은 5월의 어느 목요일 아침 다름 아닌 그곳에 있는 자신을 발견했다. 그는 내각실에, 더구나 아주 적절하게도 루스벨트의 초상이 어깨 너머로 보이는 자리에 앉아 있었다. 화는 가라앉히지 못했지만 아이린을 위해서 그는 감정을 숨기려고 노력 중이었다. 열여덟 개의 가죽 의자 중 네 개를 제외하고 모든 자리가 채워졌다. 국가안전보장 팀이 모여서 미합중국 군의 최고 통수권자를 기다리고 있었다.

헤이즈 대통령이 미소 띤 얼굴에 가벼운 발걸음으로 들어섰다. 즉시 모두가 일어섰다. 그럴 기분이 아니었지만 랩도 일어섰다. 대통령은 지나치면서 고마움의 표시로 랩의 어깨를 꽉 잡았다. 아직 대통령은 랩에게 직접 감사의 인사를 할 기회를 갖지 못했다.

헤이즈는 테이블을 돌아 링컨과 제퍼슨의 초상을 마주 보는 위치에 있는 자신의 의자로 다가갔다. 절대 대통령 곁에서 떨어지지 않는 수석보좌관 밸러리 존스가 대통령 오른쪽의 빈자리에 앉았다. 랩이 그녀가 왼쪽에 앉는 것이 더 어울릴 것 같다고 생각한 것은 이번이 처음은 아니었다. 법무장관 스톡스가 다음으로 들어왔고 맥마흔이 말한 스텔리로 짐작되는 키 큰 금발 여자가 그 뒤를 따랐다. 랩은 그 여자에게 너무 분개한 나머지 확연하게 눈에 띄는 그녀의 미모도 알아보지 못했다. 법무부 관리들이 대통령 맞은편에 자리를 잡자 모두가 착석했다.

랩은 케네디의 리무진에서 기자 회견 장면의 일부를 보았다. 스톡스 법무장관이 대통령의 칭찬에 의기양양해진 것이 분명했다. 안보담당 보좌관 헤이크가 회의 안건을 알린 후 에너지국의 폴 라이머가 차례를 이어받았다.

핵비상지원 팀을 책임지고 있는 그 남자는 노란 리갈 패드를 손에 들고 대단히 침착한 어조로 이야기를 시작했다.

"우리 과학자들은 우리가 입수한 여러 가지 부속들이 조합될 경우 그 장치는 20킬로톤 범위의 출력을 가질 것이라고 추단했습니다."

라이머는 목을 가다듬고 덧붙였다.

"그러한 크기의 핵무기는 워싱턴을 파괴하고 1차 폭발로 10만 명 이상의 사망자를 냅니다. 다음 달에는 방사선의 영향으로 사망자의 숫자가 두 배가 됩니다."

소름 끼치는 정적이 회의실을 덮었다. 처음 입을 연 것은 이러한 시나리오를 전략적으로 처리하는 데 얼마간은 익숙한 플러드 장군이었다.

"그 무기의 출처는 알아냈나?"

"아주 까다로운 질문입니다."

라이머가 대답했다.

"20킬로톤은 핵폭탄을 기준으로 했을 때 대단한 수준은 아닙니다. 하지만 절대 작다고도 할 수 없습니다. 특수 핵재료의 출처를 파악하는 데에는 6개월이 소요됩니다만 우리는 특정한 디자인적 측면을 통해 그 무기의 원산지가 소비에트 연방이라고 믿게 되었습니다."

대통령은 이야기가 더 남았다는 것을 알아차렸다.

"분석에 불확실한 면이 있다는 것으로 들리는군."

"현재 여러 과학자들 사이에서 약간의 이견이 있습니다. 하지만 그 무기가 소련제라는 것을 90퍼센트 확신하고 있습니다."

"다른 10퍼센트는 어떤 의견인가?"

"약하게나마 파키스탄의 초기 원형 디자인 중 하나일 가능성이 있습니다."

대통령은 국무장관을 잠깐 쳐다보고 다시 라이머에게 시선을 돌렸다.

"나는 우리가 이미 수집한 일부 정보를 기초로 그 무기가 파키스탄제일 가능성이 훨씬 높은 것으로 생각하고 있었네."

"그 정보…. 특히 실종된 파키스탄 과학자에 대한 정보 때문에 파키스탄제일 가능성을 열어 두고 있습니다. 하지만 전적으로 과학적인 관점에서는 소련제라는 것이 거의 확실합니다."

"왜 그런가?"

라이머는 대답을 하기 전에 다른 참석자들을 둘러보고 다시 대통령에게 주의를 집중했다.

"이미 말씀드린 대로 정확히 그 물질의 근원, 다시 말해 그 특수 핵재료가 만들어진 정확한 원자로를 밝히는 데에는 6개월이 필요합니다. 하지만 그것이 출처를 확인하는 유일한 방법은 아닙니다. 디자인 분석을 통하는 방법도 있습니다. 처음 우리는 이 무기를 보고 상당히 난감했습니다. 이전에 이런 것을 본 적이 없었기 때문에 우리는 전혀 아는 바가 없는 초기 파키스탄 디자인이라고 믿게 되었던 것입니다. 여기서 약간의 의견 차이가 시작되었습니다. 우리는 그 디자인을 컴퓨터에 넣어 보았지만 아무것도 얻을 수 없었습니다. 10에서 20킬로톤 범위의 출력을 가진 무기들은 어뢰, 순항 미사일, 포탄을 위해 고안되는 것이 보통입니다. 그러나 이 무기는 그러한 디자인 프로파일에 맞지 않습니다. 아이디어가 바닥나고 있을 때 수석 연구원 중 한 명이 소련이 지난 60년대에서 70년대 중반까지 수행한 일련의 실험을 기억해 냈습니다."

라이머는 두꺼운 파일을 획획 넘기면서 물었다.

"카자흐스탄의 핵 실험 지역에 대해 아는 분이 얼마나 계십니까?"

손을 든 사람은 플러드 장군과 케네디 국장뿐이었다.

라이머는 지도 한 장을 보여 주었다.

"카자흐스탄 핵 실험 지역은 카스피 해 북쪽 끝 서부 카자흐스탄에 위치하고 있습니다. 1949년부터 거의 1990년까지 소련은 이 지역에서 620회의 핵 실험을 한 것으로 알려져 있습니다. 그것은 소련이 시행한 모든 핵 실험의 약 3분의 2에 이르는 숫자입니다. 소련은 이 한 지역에서만 300메가톤의 핵무기를 폭파시켰습니다. 비교를 하자면 히로시마 원폭의 2만 배, 미국의 모든 핵실험의 거의 두 배에 이르는 양입니다."

첫 부분만을 듣고 랩의 마음은 한 가지 사안에 고정되었다. 그는 자리에 앉은 채 몸을 기울이고 손을 들어 라이머의 주의를 끌었다.

"폴, 이 실험 지역이 카스피 해 북쪽 끝에 있다고 말씀하셨습니까?"

"맞습니다."

"우리가 파키스탄의 알카에다 캠프를 급습했을 때 발견한 것 중에 카스피 해 지역의 지도가 있었습니다."

놀란 라이머의 굵은 눈썹이 아치를 그렸다.

"회의가 끝나면 그 지도를 제게 보내 주시겠습니까?"

"물론입니다."

라이머는 짧게 뭔가를 휘갈겨 쓴 뒤 이야기를 계속했다.

"60년대 말부터 70년대 중반까지 소비에트 연방은 일련의 원자파괴탄, ADM 실험을 실시했습니다. 그들이 이것을 군사적 목적으로 고안하지 않았기 때문에 우리는 이 원자파괴탄에 대해 잘 알지 못합니다."

"그럼 왜 개발을 했단 말인가?"

대통령이 물었다.

"카자흐스탄 실험 지역의 상당 부분에는 소금 퇴적물이 풍부합니다. 이 실험의 배경이 되는 아이디어는 원유, 천연가스, 방사성 폐기물을 위한 극히 값싸고 거대한 저장 시설을 만든다는 데 있었습니다."

"성공했나?"

"아닙니다. 1979년 이 프로그램에 참여했던 소련 과학자 한명이 그 결과에 대한 상세한 정보를 우리에게 주었습니다. 우리 과학자들이 그것을 조사했고 추진 가치가 없는 것이라는 데 의견 일치를 보았습니다."

"그렇다면 알카에다가 어떻게 이 폭탄을 손에 넣은 건가?"

대통령이 물었다.

라이머의 마음속에는 두 가지 가능성이 있었다. 하나는 소련이 그 물질을 판매한 경우이다. 하지만 그럴 가능성은 극히 희박했고 그는 더 자세한 것을 알기 전까지 이 사람들 앞에서 공개하지 않을 작정이었다. 다른 가능성은 알카에다가 직접 실험 지역에서 핵재료를 회수한 경우였다. 가능성은 조금 더 컸지만 그 자리에는 그 질문에 대답할 만한 다른 사람들이 있었다. 때문에 그는 이렇게 말했다.

"확실치 않습니다, 대통령님."

버그 국무장관이 몸을 앞으로 기울이며 케네디 CIA 국장을 보았다.

"러시아인들을 참여시켜야겠어요."

"제 생각도 그렇습니다. 그들은 우리보다 카자흐스탄과 접촉하기가 낫겠죠."

대통령이 플러드 장군을 건너다보았다.

"장군?"

"동의합니다. 그들은 우리만큼이나 이 물질이 떠도는 것을 원치 않을 것입니다. 그들이 발견한 것을 모두 말해 주지는 않겠지만 이 문제를 처리는 할 겁니다."

"처리한다는 것이 정확히 어떤 의미죠?"

존스가 물었다.

"이런 큰 문제의 경우…."

플러드가 대답했다.

"사람들을 조총 발사대 앞에 세워 두는 것이죠. 그들이 자신들의 목숨과 가족들의 목숨을 구하고 싶어 하면 고백할 수 있는 마지막 기회를 주는 겁니다."

랩은 관련된 문제에 관한 자신의 의견을 말할 이 기회를 그냥 지나칠 수 없었다.

"우리가 찰스턴에서 잡은 놈들에게 해야 하는 것과 같은 거로군요."

랩이 아닌 다른 사람이 그런 말을 했다면 웃음이 일었겠지만 그것은 랩이었다. 모두가 그가 무슨 뜻으로 말하고 있는지 정확히 알 수 있었다.

헤이즈 대통령은 그 언급이 그냥 지나가도록 놓아두기로 했다. 그는 케네디로부터 랩이 법무부의 움직임을 좋아하지 않을 것이라는 경고를 받았다. 하지만 그는 랩이 기회가 생기면 대통령인 자신에게도 옳은 소리를 할 수 있다는 것을 알고 있었다.

"이 문제를 조용히 처리해야만 한다는 것은 말할 필요도 없소."

헤이즈가 말했다.

"지금까지 언론은 이 무기의 파괴력이 얼마나 될 수 있는지 알지 못하고 있었소. 나는 분명히 '될 수 있다'는 것을 강조했소. 그리고 이것에 대해 폴에게 이야기했소."

대통령이 라이머를 보았다.

"그 장치는 완벽하게 조립된 것이 아닙니다. 그리고 조립하는 경우에도 그 과정이 고도로 숙련된 어떤 사람에 의해서 이루어져야만 합니다. 그렇지만 않으면 그 장치는 충분한 파괴력을 가질 수 없습니다. 그러므로 단지 아원자적 출력에 지나지 않을 가능성이 높습니다. 따라서… 여러 가지 이유로 앞으로는 이 장치를 공식적인 범위에서는 '더티밤'이라고만 칭하도록 하겠습니다. 이 점은 이 자리에 있는 누구에게나 명백하다고 봅니다."

랩은 흥분해서 손을 꽉 쥐었다. 재난은 겨우 피했지만 아직도 진짜 임무가 남아 있다. 그런데 사람들은 말장난이나 하고 있다. 그는 명백한 사실을 짚고 넘어가지 않을 수 없었다.

그는 테이블 끝을 보았다.

"폴, 임타즈 주바이르 박사는 그 무기를 조립해서 최적의 출력을 내게 할 수 있는 기술을 보유하고 있습니까?"

라이머는 고개를 끄덕였다.

"예."

수석보좌관 존스가 물었다.

"주바이르 박사가 누굽니까?"

"위조 여권을 이용해서 월요일 미국에 들어온 파키스탄 출신 핵과학자입니다."

랩은 대통령을 똑바로 쳐다보고 다음에는 존스에게 시선을 보냈다.

"그에 대해서 들어 본 적이 없습니까?"

"들어 본 적 있어요."

존스가 쏘아붙였다.

"우리에게는 공격을 시도하려는 모든 테러리스트의 이름보다 더 걱정해야 할 일들이 있습니다."

"밸러리, 그가 LAX에 도착한 후 어디로 갔는지 아십니까?"

"모릅니다."

존스는 랩의 이야기에 이미 관심을 잃었다는 듯 메모를 하기 시작했다.

"애틀랜타입니다."

그에 아랑곳하지 않고 랩이 법무장관과 그의 부차관보에게로 몸을 돌렸다. 스톡스 옆에 앉아 있던 FBI의 로치 국장은 무슨 일이 일어날지 알아채고 의자를 밀어 그 자리에서 약간 비켜났다.

"애틀랜타에서 온 다른 사람은 혹시 모르십니까?"

랩이 으스스할 정도로 차분한 목소리로 물었다.

"아마 어제 핵폭탄을 가져가려 했던 두 사우디 이민자들이 애틀랜타에서 왔죠?"

법무장관이 대답을 하기도 전에 페기 스텔리가 물었다.

"요점이 뭡니까, 랩 씨?"

그 금발의 여자가 자신의 보스 대신 대답을 하는 것은 랩이 예기치 못한 상황이었다. 하지만 그는 노려보는 그녀의 눈빛을 그대로 되돌려주었다.

"페어팩스에 구금하고 있는 두 놈이 주바이르 박사를 어디서부터 찾으면 좋을지 말해 줄 수 있겠다는 생각은 안 해 봤소?"

"랩 씨, 조사가 잘 진행되고 있습니다. 때문에 여전히 당신 말의 요점이 뭔지 모르겠군요."

"주바이르를 찾았습니까?"

"아닙니다. 하지만 그러리라고 확신하고 있습니다."

랩은 포기하려 하지 않았다.

"당신과 같은 자신감을 가지지 못한 나를 용서하시오."

스텔리는 그가 날린 잽을 무시하기로 결정했다.

랩은 아직 끝낼 생각이 전혀 없었다.

"구치소에 있는 두 사람에게서 어떤 정보를 얻어 냈습니까?"

스텔리는 이런 식의 질문에 지쳤다는 표정으로 그를 보았다. 그녀는 인내심이 바닥났다는 것을 감출 수 없는 형편이었다.

"랩 씨, 이것은 이미 법정으로 간 내부적 문제입니다."

"그러니까 당신 말의 요점은…."

"문제의 용의자들에게는 변호사가 있습니다."

이제 그녀의 목소리에는 상당한 짜증이 실려 있었다.

"그자들의 입을 열기 위한 방법으로 고문을 권하는 것은 아니겠죠?"

"나는 그들의 입을 열기 위해서 당신들이 어떤 방법을 사용하든 상관하지 않소. 그저 그들이 입을 열게 만들란 말입니다. 그것도 빨리."

스텔리의 얼굴이 달아올랐다. 하지만 그녀의 날카로운 시선은 랩에게서 떠나지 않았다.

"정말 웃기는군요."

랩은 더 이상 참을 수가 없었다.

"뭐가 웃기는 건지 내가 말해 드리지. 알카에다의 최고 지도자 중 하나인 무스타파 알 야마니가 지금 미국에 있소. 그리고 내가 보장하건데 당신들이 구금하고 있는 두 사람은 우리가 알 야마니를 체포하는 데 도움을 줄 수 있는 정보를 가지고 있소."

"랩, 법무부는 당신에게 국외에서 일을 어떻게 하라고 지시하지 않습니다. 그러니 당신도 여기 미국에서는 우리가 이 일을 처리하게 놔두시죠."

"사실 당신들은 늘 내 일에 끼어들고 있소. 내가 그걸 무시할 뿐이지."

"그렇다면 우리도 그렇게 하는 게 좋겠군요."

"그들에게 또 다른 폭탄이 없다고 어떻게 보장하죠? 당신은 그들에게 또 다른 공격 계획이 없다고 확신할 수 있습니까? 운에 맡기고 말겠다는 겁니까? 당신들이 구금한 그 사람들에 대한 심문이 필요하단 말이오. 연방 판사를 시켜서 그들의 시민권을 취소하는 게 불가능하다는 말 따위는 내게 하지 마시오. 당신들이 판사를 못 찾는다면 내가 30분 안에 이 모든 문제를 해결할 사람을 직접 찾아주겠소."

"지금 당장 해결해야 할 언론 문제가 있습니다."

밸러리 존스가 으르렁거리듯 말했다.

"이런 식의 감정 폭발은 지긋지긋해요."

그녀는 랩의 보스를 보았다.

"그를 말리지 못할 거면 이런 회의에 다시는 데려오지 말아 주세요."

랩이 의자에서 급히 일어나는 바람에 의자가 쓰러졌다. 그는 왼손으로 테이블을 내리쳤다.

"감정 폭발?"

그는 존스에게 소리쳤다.

"그 두 미친놈이 워싱턴을 지도에서 없애 버리려고 하고 있단 말이오! 이쯤 되면 미국인들도 우리가 소송 절차를 좀 무시했다고 해도 양해할 거요."

"그만 됐네."

대통령이 일어서서 랩과 케네디를 가리켰다.

"집무실로 오게! 당장!"

58

랩은 복도를 걷고 있었다. 문을 박차고 나가서 다시는 이런 일을 돌아보지 않고 싶은 마음이었다. 다른 사람이 그와 같이 이 문제에 전념하지 않는 것도 화가 났지만 사실 그를 가로막는 것은 또 다른 문제였다. 그가 마음을 정하기 전에 케네디가 그를 따라잡았다.

"잘했어요. 꼭 해야 하는 얘기였어요."

랩은 고개를 저으면서 계속 발걸음을 옮겼다.

"아이린, 나는 이런 쓰레기 같은 일에 진저리가 나요."

"나도 알아요. 하지만 버려야 해요."

좀 더 조용한 목소리로 그녀가 덧붙였다.

"당신이 대통령에게 이야기를 해야 해요. 포기하지 말아요."

놀란 랩이 고개를 돌려 그녀를 보았다. 케네디는 늘 그에게 입을 다물라고 말했다. 그들은 대통령 집무실로 들어갔고 잠시 후 대통령과 존스가 그 뒤를 따랐다. 네 명은 대통령의 책상 앞에서 서로 마주 보았다.

존스가 이야기를 시작하자 대통령이 손을 들어 그녀를 만류했다. 화를 가라앉히고 싶어 하는 것이 확실했다.

"여기는 백악관이네. 나는 냉정하고 분별 있는 조언자들이 필요해. 더 이상은 참지 않겠네."

랩은 그 말에 굴할 상황이 아니었다. 그는 짐짓 진지한 얼굴로 얼빠진 결정들이나 내리는 이 상황들에 격분해 있었다.

"분별이라고 말씀하셨습니까?"

그가 대통령의 말을 되풀이했다.

"좋습니다. 분별 있는 평가라면 이건 어떻습니까?"

그는 깊게 숨을 들이쉰 뒤 아주 차분한 목소리로 말했다.

"다음에 이슬람 과격 근본주의자들이 워싱턴을 날려 버리려 할 때는 CIA 국장을 포함해서 국가안전보장 팀 전체와 의논을 하십시오. 단, 그 기회에 자기 이름을 높여서 선거 때 대통령님의 러닝메이트가 되려고 애쓰는 법무장관이 하는 조언에는 비중을 덜 두시는 게 좋겠습니다."

헤이즈의 밝은 안색이 점점 붉어졌다.

"자네, 지금 상당히 위험한 발언을 하고 있네."

"아…. 한 가지 잊은 게 있습니다. 대통령님의 수석보좌관이 이야기하는 것에 대한 비중도 줄이셔야 할 겁니다. 그녀는 테러에 관한 한 자신이 무슨 얘기를 하고 있는지도 잘 알지 못하니까 말입니다."

헤이즈의 얼굴은 이제 새빨개져 있었다.

"미치, 나는 자네를 대단히 아끼고 소중하게 생각하네. 하지만 자네만이 나라를 걱정하는 사람인 양 이러는 것은 이제 참을 수가 없어. 자네는 자신이 나라를 위해 헌신하는 유일한 사람인 것처럼 행동하고 있네."

랩은 머리끝까지 화가 났다. 그는 가까스로 분노를 감추고 대통령에게 시선을 고정시켰다.

"다음번에 제가 전장에서 테러에 맞선 헌신을 대통령님의 정치 파트너와 비교하실 때는 바로 제 사표를 받게 되실 겁니다."

"모두가 자신의 방식으로 나라에 헌신하네. 그들이 전장에 나서지 않았다는 이유만으로 그들이 자네만큼 테러와의 전쟁에 헌신하지 않는 것은 아니네."

헤이즈가 손가락으로 랩을 가리켰다.

"자네는 다른 사람들의 의견을 존중하는 법을 배울 필요가 있네. 그리고 자네가 해답을 가진 유일한 사람이 아니라는 것도 깨달아야 해."

랩은 단 1초도 자신이 틀린 것이 아닐까 불안해하지 않았다. 그에게도 물론 단점이 있고 누구보다 그 사실을 잘 알고 있다. 하지만 방금 그가 대통령으로부터 들은 것은 완전히 헛소리였다.

"대통령님, 대통령님은 아첨꾼들이나 당신에게 조언이라는 것을 하고 돌아다니는 소위 전문가들과 함께 이 정갈한 곳에 앉아 계시느라 코앞에 핵폭탄에 타서 재가 되는 현실이 있다는 것을 잊으셨습니까?"

"잊지 않고 있네."

"대통령님, 제가 말씀드리지 않은 것이 많이 있습니다. 대통령님께서 모르시는 것이 나을 일들이죠. 하지만 이 전쟁에 이기기 위해 필요한 것이 무엇인지 어렴풋하게나마 보여 드려야 할 시간이 된 것 같습니다. 그 핵물질이 찰스턴행 배에 있다는 것을 저희가 어떻게 알아냈는지 혹시 아십니까?"

헤이즈는 고개를 저었다.

"저희는 파키스탄의 한 마을에서 다섯 명의 포로를 끌고 왔습니다. 아무도 입을 열려 하지 않았죠. 저는 그들을 한 줄로 세우고 알리 사에드 알 하우리라는 놈부터 시작했습니다. 저는 그자의 머리에 총을 댔고 그가 제 질문에 대답을 거부하자 바로 그놈의 머리를 날려 버렸습니다. 대통령님, 저는 그놈을 제거했습니다. 저는 한 치의 부끄러움도 죄의식도 느끼지 않았습니다. 저는 불타는 세계무역센터 빌딩에서 뛰어내릴 수밖에 없었던 무고한 사람들을 생각하고 방아쇠를 당겼습니다. 다음 테러리스트에게 다가갔고 그의 머리도 날려 버렸죠. 세 번째 놈이 내막을 술술 불기 시작하더군요. 그렇게 해서 폭탄을 찾아냈습니다. 이 테러와의 전쟁에서 이기기 위해 필요한 것은 바로 그런 것입니다. 그러니 저에게 헌신에 대해서 가르치려 하지 마십시오. 국가안전보장 팀의 구성원 중에서 방아쇠를 당길 만한 사람이 있을지 의심스러우니까요. 그리고 제가 그렇게 하지 않았다면 우리는 이런 논쟁을 하는 사치를 누리지도 못했을 거라는 걸 잊지 마십시오. 그것만은 확실합니다."

59

애틀랜타

그들이 공사장에 도착한 것은 오전도 중반이 될 무렵이었다. 알 야마니는 공사장에 들어가기 전에 두 번이나 입구를 지나쳤다. 한 번은 차를 세워서 헬리콥터들이 따르고 있지 않은지까지 확인했다. 헬리콥터에 관한 한 그는 좋지 않은 추억을 가지고 있었다. 헬기는 소비에트 연방군이 그들의 치명적인 비행기로 전장을 장악하던 아프가니스탄에서의 초창기를 떠올리게 했다. 알 야마니는 그들이 신을 믿지 않는 공산주의자들과 맞서는 데 도움을 주는 견착식 스팅어 미사일이 미국제라는 씁쓸한 아이러니를 즐겼다. 알 야마니에게 그것은 알라가 그들의 편이라는 또 하나의 증거였다.

그들이 그 개간지 안에 차를 댔을 때는 키가 큰 조지아 소나무 숲 동쪽 끝의 가장 큰 나무 위로 해가 비죽이 솟아오르고 있었다. 알 야마니는 싸구려 선글라스를 끼고 차에서 내렸다. 점점 민감해지는 눈을 보호하기 위해 그가 사 둔 것이었다.

만면에 웃음을 띤 두 남자가 건설 트레일러에서 나왔다.

알 야마니는 그것을 좋은 신호로 보았다. 그들이 성공했다는 것에 크게 안도한 그는 말없이 그들을 한 사람씩 안아 주었다. 그는 트레일러를 가리켰고 네 사람 모두 좀 더 편안하게 이야기를 나눌 수 있는 트레일러 안으로 들어갔다.

"임타즈…."

알 야마니가 선글라스를 벗으며 말했다.

"여기는 칼레드와 하산이다."

세 사람은 서로 인사를 나누었다. 알 야마니는 일주일 전쯤 쿠바에서 만난 이후 두 오랜 친구들을 자주 생각했다. 그들이 미국인들에게 발각 되지 않았다는 사실에 마음을 놓였다.

"화물은 도착했나?"

알 야마니가 물었다.

두 사람 중 키가 크고 나이가 더 많은 하산이 대답했다.

"네, 주요 부품이 어제 도착했습니다."

"나를 거기로 데려다 주게. 보고 싶네."

네 사람은 밖으로 나갔다. 하산이 그들을 픽업트럭의 뒤로 이끌고 가서 뒷문을 내렸다. 사방 90센티쯤 되어 보이는 나무 상자가 화물칸 가운데 있었다. 하산은 그쪽으로 올라가 몸이 약해진 친구에게 손을 내밀었다. 그 뒤 쇠지레로 나무 상자의 윗부분을 비집어 연 뒤 물건을 싸고 있는 캔버스 천을 벗겼다. 두 남자는 잠시 거기에 서서 그들이 얻기 위해 그토록 애를 쓴 그 살상 무기를 잠시 바라보았다. 그들은 따뜻한 햇볕 아래서 서로를 바라보며 미소를 지었다. 그들은 이제 위대한 일을 할 것이다.

트럭 아래에 서 있는 주바이르는 어른들이 보고 있는 것이 뭔지 알고 싶어 하는 어린아이 같은 마음이었다. 이 프로젝트에서 그가 맡은 일은 발파 장치를 디자인하고 장약의 성형을 돕는 것이었다. 보안상의 이유로 그는 핵물질과는 별개의 장소에 있어야 했고 아직 그것을 본 적이 없었다. 더 이상 참을 수가 없었던 그는 트럭 화물칸으로 올라가 나무 상자 안을 들여다보았다.

눈앞에 펼쳐진 광경은 그를 공포로 몰아넣었다. 주바이르는 반짝반짝 윤이 나는 안정적인 차폐물에 쌓인 핵물질을 기대했다. 하지만 그 대신 그의 눈에 들어온 것은 농구공 크기의 부식된 금속 덩어리의 모습이었다. 그의 눈은 두려움으로 커졌다. 그는 트럭 뒤에서 뛰어내렸고 그러면서 거의 발목을 삘 뻔했다.

주바이르는 놀라서 그를 바라보는 세 사람을 남겨 두고 건설 트레일러 쪽으로 황급히 달려갔다.

"그 물건에서 당장 물러서세요."

적절한 장치가 없이는 그 핵물질이 얼마나 뜨거운지 알 수 없지만 극히 위험한 상태라는 것을 짐작할 수 있었다.

알 야마니는 그 겁 많은 파키스탄인을 쳐다보았다. 다른 세 명과 다를 것이 없었다. 그 사우디인은 네 사람의 과학자를 모두 포섭했고 임무를 마치자마자 각각 살해했다. 그는 이 사람만은 그 기품 있는 얼굴에 어울리는 용기를 좀 더 보여 주리라고 기대했다. 하지만 그도 다른 사람처럼 약해 보였다.

"뭐가 그렇게 두려운가?"

"저것은 극히 불안정한 물질입니다. 그리고 차폐물조차 없어요. 어떻게 미국으로 들여왔습니까?"

과학자와 픽업트럭 사이에 서 있던 칼레드가 어제 세미트럭이 배달한 트레일러를 가리켰다.

"화강암 화물에 숨겨서 들여왔네."

주바이르는 몸을 돌려 그 트럭을 보았다. 그랬군. 화강암은 그 장치를 가려 줄 뿐 아니라 탐지기에 혼란을 유발하는 천연 방사선을 내뿜는다. 그는 다시 알 야마니를 보며 말했다.

"농담이 아닙니다. 당장 내려오셔야 합니다."

"그렇게 과장하지 마라. 이미 올 때까지 온 나에게 무슨 해가 되겠나?"

"해가 됩니다. 그곳에 더 서 있다가는 해가 지기 전에 죽습니다."

알 야마니는 박스 안을 내려다보고 그 과학자의 말을 듣기로 했다. 그는 트럭에서 내려왔고 하산이 뒤를 따랐다.

"뭐가 그렇게 두려운지 설명해라."

"차폐물이 없고 심각한 훼손의 흔적이 보입니다. 잠깐만 노출되어도 치명적일 수 있습니다."

"나는 어차피 죽어 가고 있다."

"하지만 방사선 중독을 앞낭길 것입니다. 무기를 이동하고 조립하려면 적절한 차폐가 반드시 필요합니다. 그렇지 않으면 우리 모두가 죽습니다."

"얼마나 빨리?"

알 야마니가 물었다. 그가 관심 있는 것은 오로지 표적에 대한 공격에 성공할 수 있느냐였다.

"우리가 워싱턴에 도착하기 전에 죽게 될 확률이 높습니다."

알 야마니가 얼굴을 찌푸렸다.

"그럼 우리가 어떻게 해야 하나?"

"제가 말씀드린 대로 적절하게 차폐해야 합니다."

"어려운가?"

"적절한 재료가 있으면 어렵지 않습니다…. 납이나 열화우라늄이면 됩니다."

"시간은 얼마나 걸리나?"

스케줄에 약간의 여유는 있었지만 많지는 않았다.

주바이르는 잠깐 생각해 본 뒤 대답했다.

"두 시간 정도입니다."

"다른 대안은 없나?"

"워싱턴까지 가지고 가시려면 다른 대안은 없습니다."

그 장치를 애틀랜타에서 폭발시킨다는 대체 계획도 가능했지만 알 야마니는 그것에 만족하고 싶지 않았다. 오늘 아침 대통령의 성명을 들은 후에는 특히 더 그랬다.

60

워싱턴 D.C.

스미스 앤 월렌스키의 바에는 앉을 자리가 없었고 레스토랑의 모든 테이블에는 손님이 차 있었다. 팻 홈즈는 그가 늘 앉는 구석 자리의 테이블에 있었다. 벽을 등진 그의 자리는 가능한 레스토랑을 많이 내다볼 수 있는 곳이었다. 민주당 최고의원인 그는 사람들을 많이 만나고 사람들의 눈에 많이 띄어야 하는 사람이었다. 평상시 같으면 이미 대여섯 명의 사람들이 그의 자리에 들러서 악수를 나누고 인사를 건넸겠지만 오늘 밤은 달랐다.

홈즈는 그 이유를 잘 알고 있었다. 그의 자리에 있는 두 여자 중 하나 때문이었다. 밸러리 존스는 존재만으로도 사람들을 내쫓는 독특한 능력을 가지고 있었다. 솔직하게 표현하자면 그녀는 남자들의 기를 죽이는 위협적인 여자 중에서도 둘째가라면 서러운 여자였다. 존스가 사랑해 마지않는 민주당을 생각한다면 그녀에게 종교가 있다고 표현하는 것이 맞을 것이다. 존스의 헌신은 너무나 철저하고 빈틈이 없기 때문에 그녀를 좋아하는 공화당원은 전혀 없었다. 그리고 그녀도 자신의 감정을 숨기기 위한 노력을 하지 않았다. 그녀는 무소속인 사람들은 어느 편을 들어야 할지도 결정하지 못하는 줏대 없는 사람들이라고 경멸했다. 소위 적이라는 사람들을 대하는 그녀의 태도는 백악관의 상급 관리보다는 광적인 선거 자원봉사자에 가까웠다. 싸우기 좋아한다는 그녀의 명성 덕분에 교양이 좀 있는 워싱턴의 정치기들은 그녀를 피해 다녔다.

솔직히 말하면 카메라가 돌고 있는 경우나 선거철이 아닌 한 대부분의 민주당원과 공화당원은 사이좋게 지내며 대부분은 정말로 서로를 좋아했다. 그리고 홈즈는 그 대부분에 속했다. 필요할 때는 카메라 앞에 나서서 공화당의 이기심이나 무능력을 비난하지만 바로 그날 오후에는 공화당 동료들과 골프 라운딩에 나섰다.

때때로 그는 대통령의 수석보좌관이 자신이 분별 있는 사람들로부터 미움을 받고 있다는 것을 알고는 있는지 궁금했다. 그럴 것 같지는 않았다. 존스는 앞만 보고 달리는 스타일로 대단한 조직력과 비상한 정치적 두뇌를 가지고 있었다. 하지만 사교술에 대해서라면 상당히 문제가 많았다. 하지만 그날 저녁에는 모든 행정부가 존스 같은 사람을 필요로 할 것이라는 생각이 들었다. 사람들을 한 치의 틈도 없이 정확하게 관리하는 무자비한 사람을 말이다.

존스에 비하면 페기 스텔리는 완전히 딴 세상이었다. 스텔리에게는 스타성이 있었다. 고급스러운 외모에 지독하게 영리하고 또 교활했다. 그녀를 적으로 돌리는 것은 대단히 위험한 일이 될 것이다. 정말로 스텔리를 침대로 끌어들이고 싶었지만 수년 동안 충분히 그녀의 알맹이 없는 유혹을 겪어 본 홈즈는 그녀가 그를 원하게 만드는 것이 최선임을 알고 있었다.

웨이터가 다가왔다. 그가 테이블에 지나치게 가까워지기 전에 홈즈가 실버오크 한 병을 더 달라는 손짓을 했다. 지금 이루어지고 있는 대화의 민감한 성격으로 판단할 때 누구든 테이블에서 3미터 안으로 들어오는 것은 바람직하지 못했다.

"모든 것이 마음에 드는군."

홈즈가 약간 더 가까이 몸을 기울이며 목소리를 낮췄다.

"당에 활력을 불어넣을 것 같아."

"저도 그렇게 생각해요."

존스가 나이프로 스테이크를 자르며 말했다.

"박스터 부통령은 쓸모가 없지."

홈즈가 이야기를 이어 갔다.

"스톡스는 젊고, 외모도 훌륭하고, 예쁜 아내까지 있어. 경험 면에서는 약간 처지지만 대체로 보았을 때 공천 후보로는 제격이야."

스텔리는 칠레식 바다 농어 요리를 입에 넣으려다가 입술 바로 앞에서 포크를 멈추었다.

"그의 아내는 예쁘지 않아요."

"왜 아닌가?"

홈즈가 자신의 와인잔을 쥐며 말했다.

"그 여자 상당히 매력이 있어."

농어는 이제 스텔리의 입속에 있었다. 때문에 스텔리는 고개만 세차게 저었다.

홈즈는 와인을 한 모금 마셨다.

"페기, 당신이 레즈비언이 아닌 한 여자를 판단하는 데는 내가 나은 위치에 있지. 그 여자는 썩 괜찮아…. 내 말을 믿으라고."

아니라고 설득하고 싶은 마음이었지만 보스의 아내에 대한 증오를 내보이는 것은 현명치 못한 일이었다.

"의견 차이죠…. 그뿐이에요."

그녀는 물을 한 모금 마신 뒤 포크로 깍지콩을 찔렀다.

"자, 이제 됐죠?"

홈즈는 존스를 보며 그녀가 이 논의에 대통령을 포함시켰을지 생각해 보았다.

"로버트도 한배에 탄 거요?"

"물론이죠. 당신도 알잖아요. 대통령이 그 족제비 같은 부통령을 싫어한다는 거요."

"좋아. 그들이 좋은 짝이 아니라는 건 나도 알지. 하지만 그로부터 직접 듣고 싶다고."

"왜요?"

존스가 와인을 한 모금 마셨다.

"저를 믿지 못하시겠다는 거예요?"

"당신이야 믿지…. 대통령이 이 일에 대해서 철저하게 생각을 해 보았는지 확인해 보고 싶은 것뿐이야. 대통령이 부통령을 차내는 게 늘 있는 일은 아니지 않나?"

"전에도 있었던 일이에요."

존스가 전혀 아무 일도 아니라는 뜻을 강조하면서 경쾌하게 대답했다.

홈즈도 그렇다는 것을 알고 있었다. 하지만 그런 일은 적절하게 이루어져야만 한다.

"좋은 생각이라는 데에는 변함이 없어. 제대로 처리해야 한다는 말이지. 박스터가 우리에게 더러운 꼴을 당했다고 느끼고 선거전이 한창일 때 집안 얘기를 떠벌리게 되는 일은 없어야 한다고."

"우리는 그가 더러운 꼴을 당하게 만들 건데요."

스텔리가 말했다.

"그리고 나는 그가 그걸 달리 해석할 수 있다고 생각지 않아요."

"당은 한 사람만 생각할 수가 없어."

존스가 말했다.

"그는 이해할 거예요. 하지만 만일 그렇지 않다면 그가 언론에 가서 징징대기로 하는 경우 그를 묻어 버리자는 걸 명확하게 해 두고 넘어가야 해요."

"당신 말이 맞아."

홈즈가 말했다.

"당에 대한 그의 충성심을 이용해야 해. 그가 동참하지 않으면 일이 험하게 될 수 있다는 것을 알게 해 줘야지. 그가 입을 닫고 조용히 가게 만드는 게 정말 중요해."

홈즈의 말에 존스가 뭔가를 생각해 냈다. 그녀는 포크로 그를 가리키며 말했다.

"또 한 명 조용히 가 줘야 할 사람이 있어요."

"누구?"

"미치 랩."

홈즈는 씹고 있던 뉴욕 스트립 조각 때문에 거의 질식할 뻔했다. 와인을 들이켜서 겨우 고기를 넘긴 그가 말했다.

"도대체 무슨 소린가?"

"설마 미치 랩이 누군지 모르세요?"

"물론 알지. 그는 살아 있는 전설이야. 게다가 아름다운 NBC 기자 애너 릴리와 결혼했지."

"그를 만난 적이 있나요?"

"아니, 그런데 무슨 뜻이었지? 도대체 왜 대통령이 그를 제거하고 싶어 한다는 건가?"

"그 남자는 시한폭탄이에요."

존스가 대답했다.

"조만간 그가 이 행정부를 난처하게 만들 거예요. 저는 그저 그런 스캔들 따위를 말하고 있는 게 아니에요…. 전면적인 의회 조사를 말하는 거라고요…. 사람들이 자리에서 쫓겨나고 감옥에 가는 그런 일이요."

이 민주당 전국위원회 의장은 그녀의 말에 관심을 집중했다. 홈즈는 포크를 내려놓고 흰색 리넨 냅킨으로 입을 닦았다.

"자세한 얘기를 해 보게, 밸러리."

"몇 시간이라도 할 수 있어요. 하지만 우선 오늘 아침 백악관에서 어떤 일이 있었는지 짐작도 못하실 거예요. 국가안전보장회의에 참석하고 있었는데 갑자기 그가 폐기를 공격하기 시작했죠."

"뭐에 대해서?"

"그는 우리가 어제 테러 계획과 관련해서 체포한 미국 시민을 고문해야 한다고 주장했어요."

홈즈는 갑자기 존스가 사실을 마음대로 윤색하고 있지 않은지 의심스러워졌다.

"밸러리, 미치 랩은 진지한 사람이야. 그가 미국 시민들을 고문해야 한다고 말했을 리가 없어."

"거의 그렇게 말했어요."

스텔리가 끼어들었다.

"그건 시작에 불과해요."

존스는 스델리를 보았다.

"페기, 이 얘기를 해 주려고 했었는데… 대통령이 케네디, 랩, 나와 함께 회의실을 나온 걸 기억하죠?"

"그럼요."

"우리는 집무실로 갔는데 얘기가 대단히 격렬해졌어요. 대통령은 랩에게 더 이상은 그가 감정을 분출하고 보좌관들을 모욕하는 것을 참지 않겠노라고 말했죠. 거기에 랩이 뭐라고 말했는지 알아요?"

"빨리 말씀해 주세요."

"대통령 앞에서 공격이 임박했다는 것을 알아낸 건 그가 아프가니스탄으로 날아가서 다섯 명의 알카에다 테러리스트들을 세워 두고 그들이 입을 열 때까지 한 사람씩 처형했기 때문이라고 말했어요."

페기 스텔리의 푸른 눈이 믿을 수 없다는 듯 동그래졌다.

"말도 안 돼요."

홈즈는 눈살을 찌푸리며 바라보았다.

"그가 대통령에게 자신이 그들에게 총을 겨눈 뒤 머리를 날려 버렸고 그에 대해서 한 치의 죄책감이나 부끄러움도 느끼지 않았다고 말했어요. 농담이 아니에요. 그게 무모한 게 아니라면 뭐가 무모한 거예요?"

"그가 당신 앞에서 그런 일을 인정했다고요?"

놀란 스텔리가 물었다.

"그냥 무모한 게 아니에요. 그건 불법이죠. 그는 CIA 소속이에요. 감옥에 가야 할 사람이라고요."

"음…. 그게 그를 제거할 수 있는 방법 중 하나예요."

"두 사람 모두 진정해."

홈즈가 테이블에 팔꿈치를 올리고 존스를, 다음에는 스텔리를 보았다. 그리고 다시 스텔리에서 존스에게로 시선을 옮겼다.

"두 사람 모두 정신이 나간 건가? 두 사람이 건드리고 있는 게 누군지 알고 있는 거야? 당신들은 미국의 영웅을 감옥에 가두겠다고 떠들고 있는 거야."

"그는 그럴듯한 옷을 입었지만 암살자예요."

존스가 으르렁거렸다.

홈즈는 대통령의 수석보좌관을 가리켰다.

"여기 워싱턴에는 대단한 힘을 가진 사람들이 있어…. 당신들이 그렇게 바보 같은 일을 시도하겠다는 생각만 해도 당신들 모가지를 쟁반에 올려놓을 사람들 말이야."

"팻, 내가 말한 걸 제대로 들은 거예요?"

존스는 한껏 짜증이 난 것이 확실했다.

"법을 어기고 돌아다니는 사람은 우리가 아니에요. 이 행정부의 미래를 위험에 빠뜨리는 사람은 우리가 아니라고요."

홈즈는 어이가 없다는 듯한 표정으로 존스를 바라보았다. 그는 먹다만 스테이크 위에 냅킨을 던지고는 말했다.

"미치 랩을 조사한다는 건 내가 들은 것 중에 가장 멍청한 아이디어야."

그는 스텔리를 노려보고 다음에는 다시 존스의 눈을 응시했다.

"당신들 둘은 한 발 물러서서 큰 그림을 볼 필요가 있어. 당의 지지 기반이나 테러대책법 같은 걱정 따위는 집어치우고 당신들이 엿을 먹이려는 사람이 누구인지에 대해서 잘 생각해 보라고."

존스는 이야기를 시작했지만 홈즈가 무자비한 눈빛으로 그녀의 말을 잘랐다.

"한 마디도 더 하지 마. 당신들이 모르는 일이 있어…. 당신들이 알고 싶어 하지도 않는 일이지. 당신들이 꿈에라도 만나고 싶지 않은 사람들이 있다고. 그 멍청한 짓을 당장 그만둬. 그렇지 않으면 우리 거래도 끝이야. 당장 그 멍청한 짓을 그만두지 않으면 당장 내일 아침 일자리를 잃을 줄 알라고. 진심이야."

61

버지니아

 무스타파 알 야마니는 1.6킬로를 지날 때마다 죽고 싶다는 생각에 휩쓸렸다. 몸의 어느 한 부분도 아프지 않은 곳이 없었다. 그의 생각은 점점 포기 쪽으로 돌아서고 있었다. 다른 사람들에게 끝까지 지켜보도록 하는 쪽으로 말이다. 하지만 그는 멈출 수가 없었다. 아직은 할 일이 너무 많았다. 그리고 알 야마니는 이 허약한 파키스탄 과학자를 믿고 그의 손에 발파 스위치를 맡길 수가 없었다. 어떤 문제의 기미가 보이기만 해도 그는 겁을 집어먹은 어린아이처럼 가랑이를 적시게 될 것이다.

 통증이라면 조금 더 무시할 수 있다. 며칠간의 고통은 그의 사람들이 겪은 몸부림에 비하면 아무것도 아니었다. 그는 성전에 참여하고 있다. 아랍인들과 이교도들 사이에서 수천 년간 이어온 전쟁의 연장선 상에 있는 것이다. 역사의 어느 시기에도 이렇게 위태로운 때는 없었다. 진정한 세계의 성전에 불을 붙이고 다른 믿는 자들에게 미국을 무릎 꿇게 할 수 있음을 보여 주어야 할 때다.

 알 야마니 혼자서는 할 수 없는 일이었다. 그에게는 걸을 힘도 거의 남지 않았다. 시력도 시간이 갈수록 나빠지고 있었다. 하산과 칼레드를 만나지 못했다면 어떻게 되었을지는 생각하고 싶지도 않았다. 그의 전우들은 그에게 큰 위안이었다. 그들은 아주 많은 일을 함께 겪어 왔다. 종교에 대한 그들의 헌신은 가히 불굴이라 말할 수 있는 것이었다. 그들은 이 사명이 영광스러운 결말에 이르도록 하기 위해 어떤 일이라도 할 사람들이었다.

그의 모든 걱정에도 불구하고 주바이르조차 쓸 데가 있다는 것이 증명되었다. 알 야마니는 과학에 대해서는 무지했다. 방사선이 인간의 몸에 어떤 영향을 주는지에 대해 그가 알고 있는 것은 의학적인 지식이 아니었다. 경험에서 얻은 실재적인 지식이 있을 뿐이었다. 그는 헌신적인 이슬람 전사들 수십 명이 그 보이지 않는 살인마의 제물이 되는 것을 지켜보았다. 그들은 소련이라는 대국이 부주의하게 버린 부스러기들을 찾기 위해 카스피 해 북쪽 끝의 메마른 황무지를 몇 달 동안 파헤쳤다. 그 대가는 엄청났다. 하지만 결국 그 모든 것이 가치 있는 희생이 될 것이다.

그 보이지 않는 살인마가 어떤 일을 할 수 있는지 직접 목격한 알 야마니는 주바이르의 경고를 들을 수밖에 없었다. 그 무기를 차폐하는 데 두 시간이 걸릴 것이라던 그 파키스탄인의 예상은 틀린 것으로 밝혀졌다. 실제로 그 과정은 여섯 시간이 소요되었다. 하지만 알 야마니는 그러한 조치를 단순히 건강의 측면에서만 본 것이 아니었다. 워싱턴 D.C.는 방사선을 탐지하는 탐지기로 둘러싸여 있었다. 도시로 들어가는 모든 교량과 모든 주요 도로에는 탐지기가 설치되어 있었다. 알 야마니가 그들에게 최대의 피해를 안겨 줄 수 있는 곳까지 무기를 가져가려면 탐지기를 통과할 수 있어야 하고 그러려면 그 무기를 감출 필요가 있었다. 그는 본래 배편으로 운송하면 탐지기에 의한 적발을 피할 수 있다고 생각했었다. 하지만 주바이르 덕분에 이 폭탄이 적절한 차폐물 없이는 적발을 피할 수 없다는 것을 분명히 알게 되었다.

주바이르의 지시 하에 하산은 버려진 엘리베이터 추에서 상당한 양의 열화우라늄을 찾아냈다. 그가 그것을 발견한 쓰레기장은 불행히도 시내의 반대편에 있었다. 하산이 열화우라늄을 가지러 간 동안 칼레드는 주바이르를 의료 자재상으로 안내했다. 그 파키스탄 과학자는 그곳에서 X선 촬영 기사들이 이용하는 다양한 납 앞치마 중에 네 개와 화학자들이 사용하는 튼튼한 장갑, 그들이 받고 있는 방사능의 양을 측정하기 위한 일회 분의 선량계를 구입했다. 추가적인 예방 조치로 하산의 위조 신용 카드를 이용해서 폐쇄형 트레일러를 렌트했다.

그들은 인근의 월마트에서 물과 비누, 새 옷가지와 흰색의 커다란 낚시용 아이스박스를 샀다. 공사장으로 돌아와서 아이스박스를 엘리베이터 추들 옆에 놓은 뒤 주바이르는 포장재 가게에서 가지고 온 스티로폼 블록을 사용해서 핵재료를 넣을 둥지를 만들었다. 그 과학자는 안전한 거리에서 하산과 칼레드가 핵재료를 나무 상자에서 아이스박스로 옮기는 것을 지켜본 뒤 스티로폼과 열화우라늄으로 덮었다. 주바이르는 빠르게, 하지만 주의 깊게 작업을 하라고 몇 번씩이나 당부했다. 그 작업이 끝나자 아이스박스를 트레일러에 넣고 옷을 비롯한 다른 것들은 모두 폐기시켰다. 주바이르는 건설 트레일러 뒤에서 그들이 산 물과 비누로 벌거벗은 하산과 칼레드를 씻겼다. 빳빳한 새옷을 입은 뒤 그들은 모두 애틀랜타를 떠났다.

그것이 거의 열두 시간 전이었다. 이제 태양이 떠오르고 있었고 그들은 다음 목적지에 가까워지고 있었다. 금요일 아침이었다. 제 위치에 들어갈 때까지 하루 반이 채 못 남았다. 그들은 아침 식사를 하기 위해 버지니아 브레이스에 들렀다가 오전 7시까지 기다려 전화 한 통을 걸었다. 알 야마니는 공중전화를 찾아서 기억하고 있던 번호를 눌렀다. 수년 동안 들어 보지 못했던 목소리의 남자가 대답했다.

알 야마니가 물었다.

"프랭크 있습니까?"

상대방은 잠깐 머뭇거리다가 대답했다.

"죄송합니다만 전화를 잘못 거신 것 같은데요."

알 야마니는 전화를 끊고 그를 기다리고 있는 트럭으로 걸어갔다. 주바이르와 칼레드는 뒷좌석에 있었고 하산은 운전석에 있었다. 알 야마니는 차에 올라 지도를 집어 들었다. 그는 한 지점을 가리키며 말했다.

"우리가 만나기로 한 곳이 바로 여기네. 정오야. 리치먼드 국립 전적지 공원."

하산은 고개를 끄덕이고 트럭을 출발시켰다.

"약속 시간보다 일찍 도착할 수 있습니다."

"좋아."

알 야마니는 이 마지막 단계를 끝마칠 수 있기를 간절히 바라면서 벌레들이 튄 앞 유리창 밖을 응시했다. 그가 전화를 했던 남자는 감시를 당하고 있다고 느껴지는 경우 어디에 전화를 했는지 물어보기로 되어 있었다. 다행히 그는 그런 말을 하지 않았다. 전화를 건 알 야마니도 만약 그가 그렇게 말했다면 어떻게 해야 할지 알지 못했다. 그 남자와 연결이 되지 않았더라면 모든 희망은 사라졌을 것이다. 알라는 그렇게 많은 희생을 두고 그런 일이 일어나게 하지는 않으실 것이 분명하다.

62

워싱턴 D.C.

랩은 합동대테러센터의 회의실에 앉아서 건성으로 브리핑을 듣고 있었다. 이 모든 일에서 손을 떼 버리는 것이 낫겠다는 생각이 들기 시작했다. 거지 같은 일이 너무 많고, 규칙이 너무 많고, 일을 성사시키는 데 필요한 것들을 하지 않으려는 사람들이 너무나 많았다. 그렇다, 그는 이런 게 미국이라는 것을 알고 있었고 따라야 하는 법이 있다는 것도 이해했다. 하지만 그런 것을 모두 부정하지는 못하더라도 최소한 바꾸어야 하는 때가 있다. 그리고 지금이 바로 그때이다.

하지만 그런 일은 일어날 것 같지가 않았다. 키가 182센티나 되는 법무부 소속의 그 위협적인 금발 여자가 변호사 무리와 나타나서 모든 것을 책대로 하자고 할 테니 말이다. 그들은 이 일을 법정으로 끌고 갈 생각이고 CIA의 비밀 공작원이나 덩치 좋은 FBI 특수 요원들이 자신들의 계획을 망치게 놓아두지 않을 것이다. 일 전체가 광대극이 되어 버렸다. 문을 박차고 들어가 차떼기로 용의자들을 검거해도 모자랄 판에 수색 영장을 받고 단서를 찾는 일에 대해 지껄이는 것을 듣자니 말도 못하게 짜증이 났다. 그의 보스마저 그를 버려 두고 사라졌다.

케네디는 최근 서남아시아에서 랩의 주도로 펼쳐진 기습 공격에 대한 모든 자료를 FBI에 넘기라는 지시를 내렸다. 거기에는 카라치 출신의 젊은 컴퓨터 전문가 아메드 칼릴리도 포함되어 있었다. 그의 협조로 그들은 알카에다가 미국을 기반으로 하는 조직과 접촉하는 데 사용했던 인터넷 계정과 채팅방을 찾을 수 있는 좋은 실마리를 얻을 수 있었다.

랩이 무릎을 총으로 쏘았던 와히드 아메드 압둘라는 여전히 CIA가 구금하고 있었다. 하지만 그가 제공하는 정보는 대부분 그다지 중요하지 않은 오래된 것이었다. 랩와 칸 박사는 압둘라의 IQ가 최하급 근처에 있을 거라는 결론에 이르렀다. 알카에다에서 그는 다른 부유한 사우디 가문들로부터 자금을 끌어들이는 역할을 맡았던 것으로 보였다.

그들은 해안경비대가 물에서 건진 그 영국인 선장이 제공한 묘사를 토대로 알 야마니의 몽타주를 만들었다. 그 그림과 임타즈 주바이르의 여권 사진은 전국의 거의 모든 경찰관서에 보내졌다. 지금 당장 대부분 수사의 중심은 애틀랜타였다. 주바이르는 로스앤젤레스에 도착한 후 애틀랜타로 간 것으로 탐지되었고 벅헤드 리츠 호텔의 종업원이 그를 알아보았다. 일단의 요원들이 찰스턴에서 체포한 이들 중 한 명의 소유로 되어 있는 운송 회사에 내려가서 그곳을 샅샅이 뒤지고 그들과 거래를 한 모든 사람들과 접촉하고 있었다.

그들은 또한 찰스턴의 주차장에서 발견한 사람과 관련된 모든 사항을 조사했다. 그는 학생 비자로 센트럴 플로리다 대학에 재학 중인 쿠웨이트인이었다. 흥미롭게도 그의 학교 이메일 주소가 칼릴리의 노트북에서 발견되었고 그가 찔려 죽음에 이르게 된 칼의 종류는 그 영국인 선장이 맞은 칼과 대단히 비슷했다.

또 다른 쪽을 살피자면, 쿠바인들은 예상대로 그리 도움이 되지 않는 것으로 밝혀졌다. 케네디와 국무장관이 러시아의 대응 기관장에게 전화를 걸었고 그들은 현재 쿠바인들에게 알 야마니에 대해 가지고 있는 모든 것을 넘겨 달라는 압력을 넣고 있었다. 그들은 한 시간 내에 뭔가 들을 수 있을 것으로 기대하고 있었다. 피델이 관련되어 일종의 보상, 아마도 미국 달러를 요구하게 될 듯했다.

정오가 가까워지고 있었다. 랩은 빨리 시내를 떠날까 생각 중이었다. 그는 오후 4시에 밀워키행 비행기를 타고 다음으로 차를 렌트해서 처가의 별장에서 메모리얼데이 주말을 보낼 예정이었다. 케네디는 최소한 비행기가 뜰 때까지는 가까이에 있으면서 상황 감독을 도와달라고 부탁했었다. 그녀는 일찌감치 아들과 어머니와 함께 해변으로 주말 여행을 갈 예정이었다. 그녀로서는 1년여 만에 처음 가지는 휴가였다.

랩은 훈장이나 사람들의 칭찬을 바라지 않았다. 자신에게 귀를 기울여 주고 자신의 얘기를 진지하게 받아들여 주기를 바랄 뿐이었다. 이 점에 있어서 대통령의 사과가 최소한 그가 완전히 발을 빼지는 못하게 하고 있었지만 그것이 얼마나 갈지는 그도 알지 못했다. 지금과 같은 범인 추적 상황에서라면 그는 필요 없는 존재였다. 랩은 정부라는 거대한 관료 제도의 한계 안에서는 힘을 제대로 발휘할 수 없었다. 관료 사회는 너무나 천천히 움직였고 또 너무나 많은 규칙을 가지고 있었다. 그의 경우에는 능력과 은밀함과 또 필요하다면 잔인함까지 조합해서 자신의 기술을 자율적으로 적용하도록 놓아두는 것이 최선이었다.

정말 손을 떼고 자신이 골칫거리로 전락하지 않게 해야 할 때인지도 모른다. 이 문제는 심각한 고민이 필요하다. 하지만 지금으로서는 더 빠른 비행기가 있는지부터 알아봐야 했다. 아내가 너무나 보고 싶었고 끔찍한 시간과 자원의 낭비라고 생각되는 이 조사에 그의 시간을 1분이라도 더 낭비할 이유가 없었다.

법무부의 키 큰 금발 여자가 점심 식사를 위해 30분간 휴식하겠다고 알리자 모두가 전화를 하고, 이메일을 확인하고, 구내식당에서 찾을 수 있는 것들로 배를 채우기 위해 자리에서 일어섰다. 랩은 이 일이 그의 통제를 벗어나는 것을 얌전하게 받아들이고 감수하느라 그와 더 이상 맞붙지 않으려는 스텔리의 의중을 알아차리지 못하고 있었다.

어제 저녁 밸러리 존스가 자리를 뜬 뒤 스텔리는 홈즈에게 랩에 대한 이야기가 무슨 뜻인지 설명해 달라고 졸랐다. 그녀는 자신이 그에 대해서 거의 알지 못하고 있다는 것을 깨달았다. 그녀는 랩의 엄청난 공훈에 대해서 자신이 듣고 본 모든 것을 언론의 과장으로 받아들였었다. 홈즈는 무슨 이야기를 듣고 보았는지 모르겠지만 그중 어느 것도 과장이 있다고는 생각지 않는다고 대답했다. 그렇다. 언론은 사실을 잘못 이해하는 경우가 많다. 하지만 랩의 경우라면 언론이 아는 것은 진실의 절반도 못 되었다.

"사실…."

홈즈가 말했다.

"수박 겉핥기 축에도 끼지 못해."

홈즈는 더 자세한 이야기는 하지 않았다. 워싱턴에는 랩이 하는 일을 지지하는 유력한 인물들이 대단히 많다는 것만 말해 주었을 뿐이다. 대통령과 민주당, 공화당이 모두 조언을 구하는 그런 사람들이 말이다. 홈즈는 스텔리에게 그녀의 경력을, 아니 어쩌면 그녀 보스의 경력을 망치는 가장 빠른 길 중 하나가 랩에 대한 이 바보 같은 계획을 추진하는 것이라고 경고했다. 거기에 더해서 그는 그녀에게 랩의 보스, 케네디 박사와 관련해서도 신중을 기해야 한다고 말했다. 조용하고 예의바른 모습에도 불구하고 그 CIA 국장은 그가 발도 들여놓지 못하는 사회에서 엄청난 영향력을 행사하고 있다는 것이었다.

홈즈는 케네디의 영향력을 보여 주는 증거로 헤이즈 행정부의 고위 인사가 곧 자리에서 밀려날 것이고 대통령조차 그 사실을 아직 알지 못한다고 말해 주었다. 스텔리가 넘겨짚으려 했지만 홈즈는 그럴 기회를 허락하지 않았다.

"내 말을 믿어."

그가 말했다.

"최고위층 인사야. 부통령을 말하는 게 아니라고. 가을이면 최고위 인사 하나가 경질될 거야. 그건 케네디의 작품이라고."

천성적으로 의심이 많은 스텔리는 민주당 전국위원회 의장의 경고에 주의를 기울이기로 했지만 어디까지나 부분적으로였다. 랩에게는 엄청나게 매력적인 무엇인가가 있었다. 어떤 무모함 같은 것이었다. 그는 길들여지기를 거부하는 동물 같았다. 그가 대통령과 각료들 앞에서 보여 준 대담함은 숨이 막히는 것이었다.

하지만 그녀는 이전에 랩과 같은 남자들을 무릎 꿇린 적이 있었다. 그들은 모두가 두드러진 약점을 가지고 있었다. 그런 사람들은 테스토스

테론이 과다해서 가슴이 약간 비치거나 적절한 장소에 우연히 손만 한 번 닿아도 오로지 하나의 목적지를 향해 내달리게 된다. 스톡스도 한때는 그런 사람이었다. 하지만 그의 어머니와 아내가 그의 그런 면을 도태시켜 버렸다. 한때는 대단히 매력적이고 공격적이었던 남자를 거세시켜 버린 것이다. 이제 그는 양복을 입은 내시에 불과했다.

하지만 그가 절정에 있을 때조차 스톡스는 랩과 비교가 되지 않았다. 그 CIA 요원의 다부지고 핸섬한 이목구비는 다른 사람을 죽였다는 사실과 합쳐져서 그를 매혹적이면서도 위험한 성적 욕망의 대상으로 만들었다. 스텔리는 사람들이 줄지어 사무실을 빠져나가는 동안 문 옆에 서서 그를 바라보았다. 그의 움직임에는 운동선수와 같은 우아함이 뚜렷하게 드러났다.

그 순간 랩이 그녀의 눈빛을 알아차렸다. 하지만 스텔리는 상관하지 않았다. 그녀는 솔직하면서도 따뜻한 표정으로 계속해서 그에게 시선을 고정시키고 있었다. 스텔리는 그의 시선이 멀어졌다가 잠시 후 그녀에게 다시 돌아오는 것을 지켜보았다. 그녀는 그가 종종 그렇게 하는 것을 알아챘다. 계속해서 눈을 움직이고 있었다. 그는 늘 빈틈이 없는 경계 태세에 있었다.

그가 다가오자 스텔리는 손을 뻗어서 부드럽게 그의 손목을 잡으며 집게손가락을 그의 손바닥에 얹었다. 살과 살이 맞닿았다. 그의 반응은 순간적이었다. 그녀가 뚫어지게 그를 살피고 있지 않았더라면 놓치고 말았을 반응이었다. 그가 재빨리 고개를 돌렸다. 하지만 그가 놀란 것 같아 보일 정도는 아니었다. 아주 부드러운 움직임이었다. 손을 빼내며 옆으로 비켜나는 동작도 마찬가지였다. 그의 짙은 갈색 눈이 그녀를 사로잡고 들뜨게 했다. 그녀는 이런 눈을 본 적이 없었다. 그 눈 때문에 그녀는 잠깐 동안 무슨 말을 하려 했는지 잊고 있었다.

랩은 아내 아닌 다른 사람이 자신을 건드리는 것을 좋아하지 않았다. 근접성과 신체 접촉은 직업 생활의 위험 요소인 데다 그는 직업상 혹은 사회적으로 만난 사람들과 그런 식의 관계를 가질 생각도 없었다. 그는 방어적인 태도로 이 법무부 관리를 응시했다. 머릿속에는 이 여자가 어제의 일 이후에 그에게 무슨 말을 할 수 있을까라는 생각이 들었다. 그는 오늘 여기에 온 이후 계속 입을 다물고 있었다. 그는 범인 추적 문제에서 스스로를 격리시키고 있었고 그것이 자신의 소관 밖이라는 것을 인식하고 있었다. 하지만 그녀가 또 한 번의 대결을 원한다면 피할 이유는 없었다.

"다시 시작하고 싶어요."

스텔리가 물러섰기 때문에 랩은 여전히 밖으로 나가고 있는 다른 사람들의 길을 막지 않을 수 있었다.

"불행히도 어제는 상황이 좀 과열됐죠?"

그녀는 손을 뻗었다.

랩은 계속해서 그녀를 자세히 살피며 악수를 나누고 한 번 고개를 끄덕였다. 그녀는 그와 눈높이가 비슷했다. 어쩌면 하이힐을 신은 그녀가 조금 더 큰 것 같기도 했다. 그는 아무 말도 하지 않기로 했다.

"며칠 동안은 정말 정신이 없었어요."

그녀가 덧붙였다.

"네."

"음…."

그녀는 밖으로 나가는 마지막 사람에게 미소를 지어 보이고 다시 랩을 돌아보았다.

"저도 알아요, 당신은 최선이라고 생각하는 일을 하려고 노력하시는 것뿐이죠. 다만 당신이 저의 의도를 이해해 주셨으면 해요."

'도대체 네 의도가 뭐지?'

랩은 혼자 생각했다. 그녀를 자극해서 싸움을 일으킬 생각은 없었다. 그는 법과 질서만을 내세우는 이 열성분자들로부터 정보를 지키기 위해서는 두 배로 열심히 일을 해야겠다는 결론에 이르게 되었다. 관료 정치란 혼자 떠맡기에는 너무 큰 짐이었다. 그로서는 돌아가는 수밖에 없다.

그는 그녀의 장단에 맞추어 주며 달래는 듯한 어조로 말했다.

"당신 의도는 정확하게 이해하고 있습니다. 다음에는 좀 더 예의를 차리도록 노력하죠."

스텔리가 따뜻한 미소를 지으며 희고 고른 치아를 드러냈다.

"고마워요. 제가 당신의 열정과 헌신에 대해 존경의 마음을 가지고 있다는 것을 알아주셨으면 해요. 이 싸움을 위해서 많은 노력을 해 주시고 계시잖아요."

랩은 가볍게 미소를 지었다. 그것은 감사의 표시라기보다는 반사 작용에 가까웠다. 이 여자는 그로부터 뭔가 다른 것을 원하고 있었다. 무엇인지 확실하게 알 수는 없었지만 잠시 동안은 동조하는 척해 줄 생각이었다.

"두 포로는 어떻습니까?"

"피고인들이죠."

그녀는 방긋 웃으면서 그의 말을 바로잡았다.

"피고인들이요."

"음…. 별다른 말은 하고 있지 않아요. 최소한 우리에게는요."

"그럼 누구에게 얘기를 합니까?"

"변호사죠."

"변호사를 잊었군요. 그들의 대화를 녹음하고 있습니까?"

스텔리는 팔짱을 끼었다. 의도적인 움직임이었다. 그 포즈는 가슴을 부풀게 해서 블라우스의 열린 목선 밖으로 드러나게 만들었다.

"정말 말썽꾼이시군요."

"예, 하지만 결과를 얻어 내죠."

"물론 그렇겠죠."

스텔리가 그에게 수줍은 미소를 보냈다.

"당신이라면 할 수 있겠죠."

랩은 금발에 푸른 눈을 가진 이 유능한 변호사가 자신에게 추파를 던지고 있다는 것을 알아차리기 시작했다. 그는 시계를 흘끗 보며 결혼반지가 그녀에게 확실히 드러나도록 했다.

"음…. 나는 이제 그만 가야겠습니다. 어쨌든 성의를 보여 주셔서 감사합니다."

"별말씀을."

스텔리는 다시 손을 내밀었다.

"그들이 관심이 가는 이야기를 하면 바로 알려 드릴게요."

랩은 그들이 두 사람으로부터 뭔가 도움이 되는 것을 얻어 낼 수 있다고 생각지 않았다. 하지만 그렇게 말하지는 않았다. 그는 악수를 나눈 뒤 말했다.

"다음에 봅시다."

스텔리는 그가 멀어져 가는 모습을 지켜보면서 혼자 생각했다.

'그럼, 또 봐야 하고말고.'

63

랩은 그리 멀리 가지 못했다. 스킵 맥마흔이 가득한 책상들 저편에서 그의 주의를 끌었다. 맥마흔은 사무실로 들어오라는 손짓을 했다. 랩은 주변을 돌아서 그 FBI 수사관에게로 갔다. 맥마흔은 아무 말도 없이 몸을 돌려 그의 사무실로 들어갔고 랩이 그 뒤를 따랐다. 폴 라이머가 맥마흔의 책상 앞에 있는 두 개의 의자 중 하나에 앉아 있었다. 맥마흔은 문을 닫고 책상 뒤로 걸어갔다.

"무슨 일이십니까?"

랩이 물었다.

"제안받은 편한 자리들을 비교라도 하고 계셨나요?"

"그렇다네. 축하하는 의미에서 함께 크루즈 여행이라도 가려고."

맥마흔이 으르렁거리며 말했다.

"그렇게 방어적으로 나오실 건 없습니다. 저는 좋은 일이라고 생각해요. 사실 저도 민간 부문으로 가서 일할까 하거든요."

"그게 무슨 뜻인가?"

라이머가 물었다.

"그냥 너무 지쳤다고 해 두죠."

"자네는 그만두기에는 너무 젊어."

맥마흔이 의자에 앉으며 말했다.

"나이와는 아무 관계가 없습니다. 모두가 미친 짓이에요."

전 네이비 실 대원이자 FBI 특별수사관인 그 남자는 걱정스러운 표정을 지었다. 라이머가 말했다.

"아주 진지하게 하는 이야기는 아니겠지, 그렇지 않은가?"

"저는 진지합니다."

"자네는 안 돼. 누군가는 남아서 그들에게 바른 소리를 해 줘야지."

랩은 고개를 기울이며 물었다.

"어제 백악관에 계시지 않으셨습니까?"

"왜 아니겠나. 절대 못 잊을 걸세."

"알아채셨는지는 모르겠지만 제 말을 전혀 들으려 하지 않는 것 같습니다."

"자네가 등을 돌리기까지 해야 할 일은 아니네, 미치."

맥마흔이 말했다.

"그럴 필요가 없어. 이번 주에 자네는 대단한 일을 해냈네. 자네가 없었으면 어떤 일이 일어났을지 상상도 하기 싫어."

"솔직히 저에 대해 알려지지 않았을 때가 상황이 훨씬 나았습니다."

맥마흔은 누군가가 1분 이상 불평을 하는 것을 듣고 있는 사람이 아니었다.

"그래, 자네는 이제 온 세상이 알지. 그러니까 그냥 받아들이게. 자넨 우리 앞에서 그만두겠다고 하기에는 너무 젊어. 그리고 그만두면 도대체 뭘 할 건가?"

"아이도 낳아 기르고 골프도 치고… 아직은 잘 모르겠습니다. 뭔가 찾게 되겠죠."

"두 달만에 미치도록 지겨워질 걸세."

라이머가 말했다.

"내가 떠나는 건 오로지… 세 아이 대학 뒷바라지를 하고 나서 빈털터리가 되었기 때문이야. 아내와 내가 더 늙기 전에 돈을 좀 벌어 놔야 한다고."

랩은 믿을 수 없다는 얼굴로 라이머를 보았다.

"국토안보부에서 생기는 그 해괴한 꼴들에 진저리가 나지 않으신단 말이에요."

"진력이 나고말고. 하지만 난 쉰여섯이야. 자네는 겨우 30대 중반이라고. 지쳤다는 말을 할 수 있으려면 아직 멀었다네."

맥마흔은 초조하게 시계를 들여다보았다.

"좋아…. 이제 인생 설계는 그쯤했으면 되었겠지? 자네는 남는 것으로 결정을 보았네. 이제 일을 좀 해 볼까?"

"물론입니다."

랩이 미소를 지었다.

"폴이 굉장히 흥미로운 정보를 가지고 왔어. 공식적인 경로로 퍼지는 것을 원치 않는 일이지. 이걸 들으면 그만두겠다는 말은 사라질걸."

맥마흔은 그의 주의를 확실히 끌었다. 랩은 라이머에게 고개를 돌렸다.

"뭡니까?"

"러시아에서 조용히 돕고 있는 중이야. 사실 그들은 우리만큼이나 그 이슬람 과격 근본주의자들에 대해 염려하고 있네. 어떤 면에서는 그들이 더 걱정을 하고 있지."

"당연하죠. 대부분이 자기들 앞마당에서 일어난 일인데요."

"그렇지, 어쨌든… 그쪽의 내 자리에 있는 사람과 흥미로운 대화를 나눴네. 모두 비공개를 전제로 한 비공식적인 이야기네. 난 그 핵재료에 대한 서면 정보를 그에게 보냈어. 그리고 그도 그들 것 중 하나라는 데 동의했네."

"재미있군요. 그는 알카에다가 어떻게 그것을 손에 넣었는지 알고 있습니까?"

"그도 조사 중이네. 하지만 그가 말한 가설 중에 내가 듣기에 그럴듯한 것이 있어."

"뭐였습니까?"

"우선, 실제로 그 핵재료를 보고 직접 테스트를 해 볼 수는 없지만 그가 형편이 닿는 한에서는 최선을 다해 그것이 그들이 지난 60년대에 카자흐스탄 지역에서 실험했던 원자파괴탄 원형 중 하나인지 확인해 보았네. 정확한 숫자를 찾아보지는 않았지만 그는 그 핵지뢰 약 스무 개를 그 시기에 실험했던 것으로 기억하고 있는 것 같네. 여기서부터 얘기가 재미있어지는데, 소비에트 연방은 이 점을 알리지 않았고 우리도 마찬가지였어."

라이머는 더 진지한 목소리로 이야기를 이어 갔다.

"실은 우리가 했던 모든 실험이 실패로 돌아갔었거든."

"놀라울 것도 없는데요."

랩이 말했다.

"그러니까 실험이라고 하는 것 아닙니까?"

"그렇네, 하지만 놀라야 할 부분은 그 뒤에 있어. 내가 실패했다고 말할 때 그 의미는, 그중 일부는 임계 질량에 도달했지만 최대 출력을 얻지 못했고 또 일부는 다른 방식으로 적절하게 성공하지 못했다는 것이거든."

"그들이 폭발하지 않았다는 뜻입니까?"

"그렇지는 않네. 우리는 그런 것들을 '듀드' 라고 부르는데 듀드는 종종 폭발한다네. 다만 임계 질량에 도달하지 않는 것이지."

"알아듣게 좀 얘기해 주십시오."

"핵폭탄은 대단히 정밀한 물리학이 필요한 분야지. "

라이머는 손으로 공 모양을 만들었다.

"핵재료 주위의 폭약이 완벽하게 폭발하는 데 실패하면 임계 질량에 도달하지 못하는 거야. 이해가 가나?"

맥마흔과 랩이 고개를 끄덕였다.

"그런데 가끔은 그 비핵 폭약이 불발되는 경우가 있거든. 임계 질량에 이르지 못하면 다른 실험을 하게 되지. 아주 힘든 경우가 아니라면 우리는 구멍으로부터 핵재료를 회수하네. 하지만 대개는 땅에 묻힌 채로 버려 두지. 소련이 어떻게 실험을 했는지 아는 상태에서 추측해 보면 실패한 실험에서 핵재료를 회수하는 일은 생각지도 않았을 거야."

"왜 그렇지?"

놀란 맥마흔이 물었다.

"50년대와 60년대에는 이 물질을 대량으로 만들어 냈거든. 그러니 방사능에 오염된 무너진 구덩이로 들어가서 극히 위험하고 재가공의 비용 효율이 있을지 없을지도 모르는 폐물 덩어리를 건져내느니 새로운 재료로 시작하는 것이 훨씬 쉬웠어."

"그래서…."

랩은 모든 이야기를 종합하기 시작했다.

"그 카자흐스탄의 실험 지역에는 얼마나 많은 듀드가 버려져 있는 겁니까?"

"확실하게는 알 수 없지만…."

라이머가 대답했다.

"추측이라도요."

"아마도 10여 개? 어쩌면 더 될 수도 있지."

믿기지 않는 이야기에 랩의 입이 벌어졌다.

"도대체 어떻게 이런 위협적인 문제를 이제야 듣게 된 거죠?"

"실재적인 위협 요소라고 생각되지 않았으니까. 그 카자흐스탄 실험 지역은 방사성 폐기물의 황무지가 되었네. 이 물건을 파낸다는 생각 자체가 말도 안 되는 것이지. 적절한 장비가 없다면 바로 죽게 될 걸세. 적절한 장비가 있다 해도 아주 빨리 일을 해야 하지."

랩은 손에 얼굴을 묻었다.

"젊은 이슬람 과격 근본주의자들에게 천국으로 가는 급행권을 약속하던지요."

랩은 일어서서 그의 휴대전화를 쳐다보았다.

"그 실험 지역이 아직 운영되고 있나?"

맥마흔이 물었다.

"아니네."

"그럼 감시는 되고 있나?"

"51만 제곱킬로미터가 넘네."

"그럼 감시도 없다는 건가?"

실망한 맥마흔이 물었다.

"없지."

"말도 안 돼."

랩이 말했다.

"어쩌면 그럴 수도 있고… 아닐 수도 있지."

라이머는 긍정적인 태도를 유지하려고 노력했다.

"러시아에서 조사를 하고 있네. 그쪽 사람이 지금 조사 팀과 함께 현장으로 가는 길이야."

"이 이야기를 들은 다른 사람이 있습니까?"

랩이 물었다.

"자네와 스킵, 둘뿐이네. 이번 주 초에 겪은 그 서커스를 생각하면 사람들을 뒤집어 놓고 싶지 않아."

랩이 고개를 끄덕였다.

"이해합니다. 스킵, 어떻게 생각하세요?"

"그 습격에서 두 번째 폭탄을 암시하는 것은 발견하지 못했나?"

랩은 잠시 생각해 보고 대답했다.

"없었습니다."

맥마흔은 이미 진행 중인 범인 추적 상황에 대해 생각했다.

"국내의 모든 경찰관서에 알 야마니의 몽타주와 주바이르의 사진을 뿌렸네. 자네가 아프가니스탄에서 가져온 정보 덕분에 미국 내의 테러 조직을 압박하고 있어. 오늘 오후에 여기에서 애틀랜타까지 혹은 그 이상까지 일괄 체포 영장을 발부받게 될 거야. 러시아에서 오는 소식을 기다렸다가 국내 전선에서 기회를 포착할 수 있는지 판단하기로 하세."

"좋습니다."

랩이 대답했다.

"더 자세한 것을 알게 될 때까지는 우리 세 사람만 알고 있는 겁니다. 법무부에서 규칙이 어떻고 하는 소리를 하는 것도 듣기 싫고, 또 대통령과 그 보좌관들은 내일의 헌신을 위해서 준비하느라 바쁠 테니까요."

64

리치먼드

그들은 약속 지점에 일찍 도착했다. 알 야마니는 하산에게 그를 내려 달라고 부탁했다. 그리고 그들에게 자신을 기다리지 말라고 지시했다. 그가 12시 30분까지 전화를 하지 않으면 그들은 그 없이 워싱턴으로 가서 최선을 다하기로 되어 있었다. 알 야마니는 솔직히 어떤 일이 기다리고 있는지 알지 못했다. 그의 신념은 그에게 한 가지만을 말해 주었지만 그의 실재적인 경험은 다른 것들을 말해 주고 있었다. 미국인들이 그의 조직에 침투했었다. 하지만 그게 어디까지인지 그는 모르고 있었다. 알 야마니는 그의 오랜 친구라면 발각되었어도 고문을 견디고 미리 정해 준 신호를 전해서 그에게 경고를 했을 것이라고 확신했다. 하지만 그것은 물론 그가 자신의 발각 사실을 알았을 때의 이야기이다. 미국인들은 고단수이다. 오래전 아프가니스탄에서부터 그와 함께 했던 동지는 이제 나이가 많이 들었다. 미국인들이 자신을 감시하고 있다는 것조차 모를 수 있다.

악화되고 있는 건강 상태에도 불구하고 공원을 가로질러 걷는 것이 이상할 정도로 상쾌했다. 좁고 사방이 막힌 차 안에서 나와 초초해서 계속 떠들어 대는 그 파키스탄 과학자에게서 멀어져 있는 것만으로도 기적이 일어난 것이다. 알 야마니는 대포 옆에 있는 벤치를 찾았다. 그는 그 대포의 사진을 본 적이 있었고 바로 그것을 알아보았다. 그 대포의 역사적인 중요성 따위는 그 사우디인에게 아무 의미도 없었다. 청동으로 된 명판이 대포 곁에 있었다. 그는 그것을 읽어 볼까 생각했지만 그만두기로 했다. 그는 그 대신 이 마지막 몇 분을 혼자서 자신에게 집중하는 데 이용하기로 했다. 알라께 다음 24시간 동안 목표를 이뤄낼 수 있는 힘을 구하는 기도를 했다. 그가 청한 것은 그것이 전부였다. 그리고 약간의 행운도.

잠시 후 그는 차 한 대가 서고 문이 열리는 소리를 들었다. 알 야마니는 어깨 너머로 한 남자가 녹색과 흰색이 어우러진 택시에서 내려 이쪽으로 향해 걸어오는 것을 보았다. 그는 승객이 아니었다. 그는 운전사였고 고맙게도 혼자였다. 알 야마니는 일어서야 했지만 갑자기 상태가 좋지 않게 느껴졌다. 때문에 그는 그곳에 앉아 에너지를 아끼면서 그의 오랜 동지가 다가오기를 기다렸다.

그 택시 운전사는 3미터쯤 떨어진 곳에서 발을 멈추고 의심스런 눈으로 벤치에 앉아 있는 남자를 살폈다.

"무스타파?"

알 야마니는 선글라스를 벗었다. 다행스럽게 그 남자는 알 야마니의 눈을 보고 그를 알아보았다.

"날세, 모하메드."

"너무 많이 변했군."

남자의 목소리에는 걱정이 담겨 있었다.

"자네도 그렇네, 친구."

알 야마니의 목소리는 그가 내고자 했던 것보다 더 힘이 없었다.

"수염이 이제는 완전히 허옇군."

"벌써 오래전 일이야. 10년도 더 되었지."

알 야마니가 고개를 끄덕였다. 그들이 아프가니스탄에서 서로를 마지막으로 본 것이 1987년이었다. 알 야마니가 아는 가장 용감한 전사였던 모하메드는 소련군과의 격렬한 전투에서 거의 죽을 위기에 처했었다. 그들과 거의 2년 동안 함께 일했던 CIA 요원 하나가 모하메드를 독일로 피신시켜서 진짜 의사가 그를 치료하도록 조처해 주었다. 거의 1년을 요양한 후에 그 CIA 요원은 미국으로의 이민을 주선해 주었다. 그는 버지니아 리치먼드에 정착해서 그때 이후 택시를 운전하고 있었다. 알 야마니는 오랫동안 그와 소식을 주고받았고 그의 동지가 여전히 열정을 지니고 있다는 것을 감지했다.

"무슨 일이 있는 건가?"

그 남자가 물었다.

"죽어 가고 있네."

"우린 누구나 죽어 가고 있어."

"그렇지. 하지만 난 다른 사람보다 좀 더 빨리 죽어 가고 있네."

"내가 도와줄 일은 없나?"

"없네."

알 야마니는 한 번만 고개를 젓고 멈추었다. 너무나 고통스러웠다.

"나는 죽을 준비가 다 되었네."

"뭐가 잘못된 건가?"

"치료가 안 되는 병일세. 내 얘기는 그만하세. 자네는 어떤가, 친구?"

그 택시 운전사는 묵주를 만지작거렸다.

"힘든 시기일세. 우리의 믿음이 공격을 받고 있지."

"그래. 그래서 내가 여기 온 걸세."

"내게 보낸 상자들 말인가?"

"그래. 안전하게 보관하고 있나?"

"그럼. 약속했지 않나."

"열어 보았나?"

알 야마니는 오랜 친구의 눈을 보았다.

"아니."

"잘했네."

알 야마니는 그를 믿었다.

"나를 거기로 데려다 주겠나?"

"물론이지. 하지만 우선 집으로 가서 요기도 하고 이야기도 좀 하지 않겠나?"

알 야마니도 그렇게 하고 싶었지만 지금으로서는 불가능한 일이었다.

"미안하네, 모하메드. 하지만 안 되겠어. 난 지금 알라가 주신 사명을 다해야 하네. 시간이 얼마 남지 않았어."

보관소는 20분 거리에 있었다. 알 야마니는 정상적으로 보이기 위해서 택시의 뒷자리에 앉았다. 모하메드는 이야기할 시간을 갖자고 더 고집을 부리지는 않았다. 두 사람은 서로의 곁에서 거의 5년 동안 소비에트 연방에 맞서는 피비린내 나는 전투를 겪었다. 모하메드는 알 야마니가 말수가 적은 진지한 사람이라는 것을 알고 있었다. 그가 몹시 소중하게 생각하는 사람이었고 고국인 사우디아라비아를 떠나 아프가니스탄에서 침략자들과 싸운 진정한 신도였다. 모하메드는 그의 동지 이슬람교도들이 군대를 동원하고 헌신하는 모습에 놀라움을 금할 수 없었다. 그중에서도 알 야마니는 각별했다.

그는 모하메드가 전투에서 함께했던 그 어떤 이슬람 전사보다 용감하고 강인했다. 모하메드는 알 야마니가 지뢰를 밟아서 종아리가 찢겨져 나간 날에도 그 자리에 함께 있었다. 그런 광경은 본 적이 없었다. 비명도 눈물도 없었다. 알 야마니는 극심한 통증을 야기하는 상처조차도 용감한 사람들이 바라는, 그렇지만 좀처럼 그렇게 하지 못하는 방식으로 다스렸다. 그리고 한 달도 못 되어서 알 야마니는 전장에 복귀해 목발을 짚고 험한 지형을 절뚝거리면서 돌아다녔다. 그는 어떤 것도 막을 수 없는 사람이었다. 모하메드가 본 가장 용감한 사람이었다.

모하메드는 오래전 그에게 그의 이슬람 전우들에게 보답할 날이 오기를 기도한다고 말했었다. 4개월 전 알 야마니가 그에게 연락을 해 왔다. 어느 날 아침 그의 아파트 문 밑에 그의 도움을 구하는 한 장의 편지가 놓여 있었다. 그 편지에는 오랜 친구를 돕고 싶은 마음이 있을 경우 할 일에 대한 지시가 포함되어 있었다. 모하메드는 잠시도 머뭇거리지 않았다.

사실 그 부탁은 실망스러운 것이었다. 그는 단지 두 가지 일만 하면 됐고 어느 것도 어려운 일이 아니었다. 첫 번째는 보관 로커를 빌려서 짐이 도착하기를 기다리는 것이었고 두 번째는 요트 한 척에 대한 용선 계약서를 준비하는 것이었다. 그는 알 야마니가 직접 와서 가져갈 때까지 짐들을 보관소에 두기로 되어 있었다. 그는 짐을 열거나 다른 사람과 그것에 대해 의논하면 안 된다는 지시도 받았다. 그에게 그 임무는 최우선적인 것이었다. 모하메드는 전혀 주저하지 않고 오랜 친구의 부탁을 들어주었다.

보관소 시설은 2층짜리 오렌지색과 흰색 차고가 여러 줄로 둘러싸고 있는 큰 블록의 빌딩으로 이루어져 있었다. 열려 있는 문을 지나치면서 알 야마니는 트럭이 있는지 뒤를 돌아보았다. 그는 하산에게 상당한 거리를 두고 따라오라는 지시를 해 두었다. 구내로 들어서면서 그는 트럭이 길가로 차를 대는 것을 언뜻 보았다.

두 번 방향을 바꾼 끝에 그들은 1.2미터 폭의 오렌지색 금속 문이 있는 작은 보관소 로커 앞에 멈추었다. 알 야마니와 모하메드는 차에서 내렸다. 모하메드가 열쇠를 집어넣는 동안 알 야마니는 주위를 조심스럽게 둘러보았다. 그는 여기에서도 얼마간은 미국 경찰들이 뛰어나와 그에게 수갑을 채우지 않을까 기대하고 있었다. 모하메드는 문을 밀어 열었고 바닥에 세 개의 상자가 놓여 있었다. 알 야마니는 그것들을 바로 알아보았다. 상자를 포장한 사람이 바로 그였기 때문이다. 작전의 이 부분에 있어서는 다른 사람을 믿고 싶은 생각이 없었다. 상자 중 하나는 상당히 가벼웠다. 알 야마니는 그 가벼운 상자를 집어 들었고 모하메드는 다른 두 개의 무거운 상자를 맡아야 했다.

1분도 안 되어서 그들은 택시로 돌아왔고 보관소를 떠났다. 구내에서 빠져나올 때 알 야마니는 뒷자리에 앉았다. 그는 모하메드에게 좌회전을 하라고 지시했다. 그들이 차선을 막 바꾸려는 찰나 알 야마니는 숨을 멎게 하는 뭔가를 보았다.

왼쪽 앞으로 길가에 트럭과 트레일러가 서 있는 것을 뚜렷이 볼 수 있었다. 그 뒤에 있는 것은 불을 번쩍이고 있는 경찰차였다. 알 야마니는 지나가면서 무엇이 잘못되었는지 단서를 찾기 위해 창밖을 노려보았다.

경찰 한 명이 왼손을 총 위에 올린 채 트럭의 창 옆에 서 있었다. 미국인들이 눈치를 챘다면 경찰차 하나만 있을 리가 없었다.

그는 즉시 결정을 내렸다. 놀란 것처럼 들리지 않도록 그가 말했다.

"모하메드, 차를 돌려 주게."

"여기서?"

그들은 2차선 도로에 있었고 다음 신호는 거의 400미터 앞이었다.

"조금 더 내려가서. 문제가 생겼네."

모하메드는 택시를 조금 더 몰고 간 뒤 이내 방향을 바꾸었다.

"뭐가 잘못된 건가?"

설명할 만큼 시간이 많지 않았기 때문에 알 야마니는 진실을 택했다.

"내 사람들 몇 명이 우리를 따르고 있었는데 지금 경찰로부터 제지를 당했네. 저기 오른쪽 앞이네."

"우리는 어떻게 해야 되나?"

택시는 천천히 출발했다.

경찰은 지금 트레일러 옆으로 와 있었다. 그는 문의 자물쇠에 손을 댔고 그 뒤 자신의 차로 돌아가기 시작했다. 그는 어깨에 있는 무언가를 향해 손을 뻗었다. 잠시 후 알 야마니는 그것이 무엇인지 알아차렸다. 택시는 시속 30킬로미터 정도의 속도로 달리고 있었다.

알 야마니는 백미러에 비친 오랜 친구의 모습을 보았다.

"모하메드, 나를 믿나?"

그가 절박하게 물었다.

"물론이지."

"그렇다면 자네가 날 위해 해 줄 일이 있네. 주저 없이 바로 해야 하는 일일세."

65

하노버 카운티 보안관대리 데이비드 셔우드는 주말 여행을 고대하고 있었다. 그는 바로 얼마 전 시속 130킬로미터로 달릴 수 있는 새 제트 스키를 샀다. 이번 여행은 그 물건을 제대로 개시를 해 볼 첫 기회였다. 4년 전 이곳에 합류한 이래로 메모리얼데이 주말에 쉴 수 있는 것은 이번이 처음이었다. 그는 이번 휴가를 버지니아와 노스캐롤라이나 접경의 개스턴 호수에서 보낼 계획이었다. 고교 동창 중 한 명이 침대 다섯 개가 있는 작은 숙소를 샀기 때문에 셔우드는 그 침대 중에 하나를 차지할 생각이었다. 스무 명이 넘는 사람들이 초대되었고 텐트와 슬리핑백을 가져오라는 말을 들었다. 셔우드는 텐트 같은 데서 잘 생각이 없었다. 화끈한 아가씨가 슬리핑백을 함께 쓰지 않는 한은 말이다.

그는 침대를 노리고 있었다. 2시에 근무가 끝나자마자 재빨리 도시를 뜨지 않는다면 텐트 신세로 전락할 것이다. 그의 트럭에는 기름이 가득 채워져 있었고 반짝거리는 새 바이크가 연결되어 출발할 때만 기다리고 있었다. 내려가는 길에 맥주나 한 박스 사면 모든 것이 완벽했다.

도로에서 몇 킬로를 달리던 중에 픽업트럭과 트레일러가 눈에 들어왔다. 셔우드는 나름의 이론을 가지고 있었다. 트레일러를 끄는 사람들의 대부분은 바보들이었다. 물론 그는 예외로 하고 말이다. 우선 그들은 자신들이 끌고 가는 바퀴 두 개짜리 박스가 모든 상식과 도로 교통 규칙을 맘대로 처분해도 되는 면죄부라고 생각했다.

이 바보는 트레일러의 후미가 통행을 가로막게끔 차를 대고 있었다. 물론 그는 경고등을 켜는 수고도 하지 않았다. 셔우드는 법 집행 기관에 몸을 담기 전까지 세상에 멍청한 사람들이 이렇게 많다는 것을 알지 못하고 있었다.

셔우드는 순찰차를 세우면서 라이트를 켜고 통상적인 차량 검문을 실시한다고 무전을 쳤다. 이번 주말에 많은 사람들이 길에서 죽어 갈 것이다. 어쩌면 이 바보가 사고를 유발하기 전에 정신을 차리게 해 줄 수 있을지도 모를 일이었다.

셔우드는 트레일러에 붙은 조지아 번호판을 보고 고개를 저었다. 그는 차에서 내려 이미 열려 있는 트럭의 운전석 창 쪽으로 다가갔다. 그는 이전에 수천 번도 더 해 본 것과 다를 바 없이 오른손을 총 위에 얹은 채 운전사 바로 앞에서 걸음을 멈추었다.

"무슨 문제가 있습니까?"

그가 물었다.

"아닙니다, 아무 문제도 없습니다."

그 남자가 대답했다. 평범한 운전자들보다 크게 더 긴장한 기색은 없었다.

셔우드는 사투리 억양이 희미하게 들어 있는 것을 눈치챘지만 어디의 억양인지는 알 수 없었다. 확실히 남부는 아니었다.

"면허증과 등록증을 보여 주십시오."

그 남자가 그것을 바로 건넸다. 좋은 신호였다. 셔우드는 조지아 면허증을 자세히 살핀 뒤 그의 광각 선글라스 너머로 운전사를 쳐다보았다. 사진과 동일한 얼굴이었다.

"어디 출신이십니까, 데이비드 씨?"

"애틀랜타입니다."

하산이 대답했다.

"그렇군요…. 제 말씀은… 고향이 원래 어디십니까?"

"아…. 죄송합니다. 그리스입니다."

하산은 알 야마니가 그들의 내력에 대해 반복해서 연습시킨 것이 갑자기 고마워졌다.

셔우드는 고개를 끄덕인 뒤 차에 있는 다른 두 사람을 보았다. 뒷자리에 있는 남자가 왠지 주의를 끌었다. 그는 10대 같은 작은 체구에 조마조마한 표정이었다.

"제가 뭔가 잘못한 게 있었습니까?"

하산은 잔뜩 긴장한 과학자로부터 경찰의 주의를 돌리고 싶었다.

'외국인들이군.'

셔우드가 생각했다.

"이곳은 차를 세우기에 좋은 곳이 아닙니다."

"죄송합니다."

"이렇게 트레일러를 끄실 때는 더 조심하셔야 합니다. 트레일러의 후미가 통행을 막고 있거든요."

셔우드는 간단히 훈계를 하고 그만둘 생각이었지만 조금은 초조하게 기다리도록 만들 필요가 있었다.

"면허증을 조회할 동안 움직이지 마십시오. 바로 돌아오겠습니다."

셔우드는 뒷자리의 승객에게 다시 한 번 시선을 보냈다. 그 남자는 뭔가 수상한 구석이 있었지만 그것이 무엇인지 딱 꼬집어 낼 수는 없었다.

셔우드는 순찰차로 걸어가기 시작했다. 그는 잠깐 걸음을 멈추고 트럭에 붙은 번호판을 외운 뒤 트레일러 앞에 멈춰서 커다란 자물쇠를 보았다. 그 자물쇠와 조지아 번호판에 불현듯 떠오르는 생각이 있었다. 다음으로 그는 검은 피부와 억양을 생각했다. 그리스는 중동이 아니었다. 가깝기는 하지만 말이다. 게다가 셔우드는 그리스 사람이 어떻게 말을 하는지 전혀 알지 못했다. 오전 5시에 일을 하러 나왔을 때 그는 꽤나 피곤한 상태였다. 하지만 FBI 쪽에서 애틀랜타 지역에 있었던 외국인 두 명을 찾고 있다며 소동을 벌인 것이 기억나는 것 같기도 했다. 슬쩍 본 것뿐이어서 사진의 얼굴을 기억할 수 없었지만 그중 한 명이 테러리스트가 되기에는 좀 어려 보였던 것이 생각났다.

셔우드는 트레일러에서 물러나면서 트럭을 돌아보았다. 운전사는 커다란 사이드 미러로 그를 주시하고 있었다. 이 스물다섯 살의 보안관대리는 다시 오른손을 총 위에 올리고 왼손으로 무선 송신기의 전송 버튼을 눌렀다.

어깨의 마이크 쪽으로 머리를 기울이며 그가 말했다.

"긴급… 여기에…."

그 보안관대리는 미처 말을 끝내지 못했다. 무엇이 자신을 쳤는지도 보지 못했다. 오른쪽 차선에서 지나던 차가 방향을 바꾸어 그의 왼쪽 다리를 쳤고 그는 트레일러에 부딪혔다가 땅바닥으로 떨어졌다. 그리고 바닥에 머리를 세게 부딪혔다. 그의 눈은 잠깐 떨리다가 이내 감겼다.

66

워싱턴 D.C.

공항으로 가야겠다는 결정은 비교적 쉽게 내릴 수 있었다. 라이머는 아직 러시아 쪽으로부터 소식을 듣지 못했고 체포 영장이 집행되었지만 폭발물에 대한 단서를 찾지 못하고 있었다. 조사는 랩이 전혀 통제하지 못하는 답보 상태였다. 더구나 랩의 부하들은 알 야마니가 이미 도주한 것으로 보인다고 말하고 있었다. 이 테러리스트 조직의 상부는 언제나 직접 나서는 법이 없었다. 그들은 새롭게 포섭한 사람들을 순교시켰다. 몇 명의 CIA 수석 분석가들은 알 야마니가 이미 미국을 떠나서 자신의 은신처로 돌아가는 길일 것이라는 예측을 내놓고 있었다. 랩은 계기판의 시계를 확인했다. 3시 8분이었다. 그것은 비행기 시간에 맞추려면 별로 여유가 없다는 뜻이었다. 그가 막 덜레스 공항의 장기 주차장으로 들어서고 있을 때 전화벨이 울렸다. 그는 전화를 받기 전에 번호를 확인했다. 대테러센터의 맥마흔이었다.

"무슨 일이십니까?"

"아직 공항인가?"

"예, 막 주차장 램프로 진입하는 중입니다."

"음…. 자네가 듣고 싶어 할 만한 새로운 소식이 있네."

랩은 창을 내리고 주차 티켓을 뽑아 들었다.

"말씀하십시오."

차단기가 올라갔고 랩은 그 밑으로 지나갔다.

"버지니아 주 경찰에서 전화가 왔네. 임타즈 주바이르로 추정되는 자의 소재를 확인했네."

랩은 속도를 늦추었다.

"구인 중입니까?"

"아니네, 여기서 이야기가 복잡해지는데…. 한 보안관대리가 통상적인 차량 검문을 위해 차를 세웠다가 주바이르를 알아보았네. 분명히 그 보안관대리는 운전자의 신원 조회를 위해 차로 돌아오는 길이었는데 도중에 지나가는 차에 치어 의식을 잃었네."

"그게 언제고 어디입니까?"

"오늘 오후 1시경 리치먼드 북쪽이었네."

리치먼드는 워싱턴에서 한 시간 반 거리였다.

"그 보안관대리와 이야기를 해 보았습니까?"

"할 수가 없었지. 적어도 한동안은 불가능하네. 뇌 팽창 때문에 바로 수술에 들어갔네."

랩은 애틀랜타 리츠 호텔의 폐쇄회로 테이프를 통해 주바이르가 수요일 저녁 그곳에 있었다가 한밤중에 떠났다는 것을 알고 있었다.

'그가 왜 워싱턴으로 가고 있는 것일까?'

"어떤 차인지 알고 있습니까?"

"포드 F-150 대형 택시네. 90년대 모델이고 황록색에 낡은 차야. 주바이르는 다른 두 명과 함께 있네. 보고에 따르면 운전자의 말에 사투리 억양이 있었다고 하네."

"트럭 화물칸에는 뭐가 있었답니까?"

"거기에 대해서는 들은 바가 없네. 하지만 여러 사람을 거쳐서 정보가 들어오고 있네."

랩은 차를 세웠다.

"벌써 워싱턴으로 들어간 것은 아닙니까?"

"주 경찰은 그럴 수 없다고 생각하네. 그 보안관대리가 사고를 당하고

4분 후 사건 현장에 주 경찰이 도착했고 거의 바로 용의 차량에 대한 정보를 알렸네. 20분 내에 비행기와 헬기를 보내서 한 대는 I-95를 순찰하고 다른 하나는 주변 지역을 수색하고 있네. 그들과 이야기를 나눈 우리 요원 말로는 연휴를 기해서 경찰 인력이 충분히 투입되어 있다고 하네. 그들은 그 트럭이 아직 리치먼드 지역에 있다고 장담하고 있어."

"다른 두 명 중에 하나가 알 야마니일 가능성은 없습니까?"

"모르겠네. 그 보안관대리는 적어도 한 시간 동안은 수술실에서 나오지 못할 거야."

"의식을 찾을 수 있을까요?"

"모르지. 그런데 자네 안사람이 내게 정말 화를 내긴 하겠지만 자네가 돌아와서 도와줘야 해. 일이 좀 있는데…."

맥마흔이 머뭇거렸다.

"폴과 나에게 자네 도움이 필요하네."

랩은 무슨 일인지는 모르겠지만 맥마흔이 보안이 되지 않은 전화로 이야기를 하고 싶어 하지 않는다는 것을 알 수 있었다.

"저한테 화내는 것에야 비하겠습니까? 20분 안에 가겠습니다."

랩은 통화 종료 버튼을 누르고 서너 마디 욕을 뱉은 후 거의 10초간 움직이지 않았다. 그는 전화를 쳐다만 보면서 꼬치꼬치 캐묻기를 좋아하는 아내에게 자세한 사항을 알려 주지 않으면서 이 상황을 어떻게 설명해야 할지 생각해 내려고 애쓰고 있었다. 그는 전화를 조수석에 던져 버리고 그 일을 조금 더 미뤄 두기로 결정했다. 운이 좋으면 사무실에 도착할 때까지 도망자들이 잡힐 수도 있다. 그렇다면 그는 케네디를 설득해서 랭리의 전용 제트기 중 한 대를 섭외할 수 있을지도 모른다. 랩은 이 모든 것이 희망 사항에 불과하다는 것을 알고 있었지만 아내에게 당장 전화를 걸어서 그녀의 실망스런 목소리를 듣는 것보다는 나았다.

67

리치먼드

그들을 구한 것은 스캐너였다. 택시의 계기판 아래쪽에 부착된 그 작은 검은색 박스는 그들이 현장을 떠난 지 2분도 되지 않아 시끄러워지기 시작했다. 알 야마니는 그 소리를 알아차리지도 못했다. 그는 휴대전화로 하산과 통화를 하느라 무척 바빴다. 하지만 모하메드는 펼쳐지고 있는 드라마를 한 마디도 빠뜨리지 않고 듣고 있었다. 거의 심장마비를 일으킬 것 같은 이야기들이었다. 다른 택시 기사들과 마찬가지로 모하메드는 경찰 스캐너를 가지고 다녔다. 처음에는 사고가 있는 경우 정체 구간을 피하기 위해서였지만 얼마 후부터는 스캐너가 재밋거리가 되었다. 밤에 일을 해야 하는 경우는 경찰들의 떠드는 소리가 라디오보다 재미있는 때가 많았다. 처음에는 한 운전자가 경관이 쓰러져 있다고 신고했다. 모하메드는 동료가 다쳤다는 것을 듣는 것보다 경찰들을 화나게 하는 일은 없다는 것을 알고 있었다. 사고 현장에서 3킬로미터도 떨어지지 않은 곳에서 경찰차 한 대가 쓰러진 경찰을 돕기 위해 그들을 지나쳐 갔다. 그 뒤 1분도 못 되어서 두 번째 경찰차와 세 번째 경찰차가 그들을 지나쳤다. 그들이 현장에서 도망치고 있다는 것을 느끼는 순간 그가 친 경찰의 목소리가 무선 송신기를 통해 흘러나왔다. 그 경찰은 자신이 세웠던 트럭에 대해 설명하고 FBI가 찾고 있는 어떤 사람에 대한 이야기를 늘어놓았다.

모하메드는 빨리 머리를 굴려야 했다. 당초의 계획은 I-295를 타고 301 고속으로 들어간 뒤 포토맥 강에 임한 달그렌으로 가는 것이었다. 그곳에는 그가 빌려 놓은 보트가 있었다. 대금은 선불로 지급되어 있었다. 모하메드는 경험을 통해서 301 고속도로에 순찰 경관이 무척 많다는 것을 알고 있었다. 다른 방법은 I-95를 타는 것이었지만 그곳은 더 심했다. 모하메드는 그곳에서 비행기를 통한 과속 단속에 적발된 적이 있었다. 잡히지 않고 달그렌으로 갈 수 있는 방법은 없었다.

모하메드는 알 야마니에게 트럭을 버려야 한다고 말했다. 그 뒤에 아주 간결하게 그렇게는 안 된다는 대답을 들었다. 트럭을 없앨 수도 없고 북쪽으로 가거나 간선 도로에 오래 머물면 잡힐 것이 분명한 상황이었기 때문에 모하메드는 빨리 판단을 내렸고 알 야마니에게 다른 사람들에게 그를 따라오라는 지시를 해 달라고 말했다. 그는 빠른 속도로 그들을 워싱턴과 리치먼드 사이에 있는 나무가 늘어선 통행량이 적은 시골 길로 이끌었다. 모하메드는 낚시를 좋아했기 때문에 일행이 다시 모여서 상황을 정리할 수 있을 만한 외딴 장소를 알고 있었다.

모하메드와 알 야마니는 스캐너를 통해 나오는 모든 이야기에 귀를 기울였다. 그들이 요크 강에 도착했을 무렵에는 그들의 트레일러에 대한 추가적인 정보가 보고되고 있었다. 이제 트레일러는 물론 트럭의 모습이 모두 알려졌고, 설상가상으로 경찰은 흰색과 녹색의 메트로 택시까지 찾고 있었다.

갈수록 체포의 위험은 커지고 있었다. 결국 플럼 포인트를 지난 후 알 야마니는 겁을 먹고 도망치는 일을 그만두고 도박을 해 볼 때가 되었다고 결정했다. 나무 사이로 보이는 강물을 본 그는 아이디어를 떠올렸다.

"왼쪽에 있는 수역은 뭔가?"

알 야마니가 모하메드에게 물었다.

"요크 강일세."

"어느 쪽과 이어지는 건가?"

"체사피크 만으로 해서 대서양으로 나가게 되지."

"그럼 우리가 지나치고 있는 이 길들은… 강변의 주택들로 이어지는 건가?"

"그렇네."

"다음 길로 들어가세."

모하메드는 망설이는 빛이 확연했다. 그는 어깨 너머로 친구를 보았다.

알 야마니는 목소리를 높여서 명령을 반복했다. 그의 친구가 이번에는 지시를 따랐다. 그리고 그들은 포장도로를 벗어난 뒤 자갈길을 따라 숲으로 들어갔다. 몇 백 미터를 들어가자 길이 두 갈래로 나뉘었다. 왼쪽으로는 두 집이 있다는 표지가 있었고 오른쪽으로는 집이 하나뿐이었다. 표지에는 한센이라고 적혀 있었다. 알 야마니는 모하메드에게 오른쪽으로 가라고 지시했다. 그들은 바퀴 자국이 깊게 난 자갈길을 따라 몇 백 미터를 더 달렸다. 중간중간 오후 햇살에 강의 표면이 반짝이는 모습을 볼 수 있었다. 집이 보였다.

2층짜리 목조 주택으로 벽널은 회색이었고 흰색 창틀이 있었다. 옆으로는 집과 따로 세 대의 차를 댈 수 있는 차고가, 그 위에는 숙사가 하나 있었다. 그 두 건물 너머로 강과 선창까지 무성한 풀이 카펫처럼 깔려 있었다. 알 야마니는 보트를 보고 미소를 지었다.

"내가 어떻게 하면 되겠나?"

모하메드가 물었다.

알 야마니는 집에 사람이 있는지 알 수가 없었다. 사람이 없다면 일이 쉬워지겠지만 어쨌든 그는 원하는 것을 얻어낼 작정이었다.

"집 앞에 차를 세우게."

모하메드는 둥근 형태의 진입로를 돌아 정문 앞에 차를 세웠다. 알 야마니는 그에게 함께 차에서 내리자고 청했다. 중앙 계단 앞에서 하산과 칼레드가 합류했다. 알 야마니는 과학자에게 트럭에서 기다리라고 말했다.

"뒤로 돌아가게."

그가 칼레드에게 말했다.

"물가에 사람이 있는지 확인해."

그리고 하산을 보면서 말했다.

"그와 함께 가서 뒷문을 확인해 보게. 열려 있으면 몇 초 기다렸다가 들어가게."

그들이 고개를 끄덕이고 자리를 떴다. 알 야마니는 문을 열어 보았다. 잠겨 있지 않았다. 하지만 그는 문을 열지 않았다. 그 대신 그는 벨을 누르고 집에 누가 있는지 확인하기 위해 기다렸다. 10초 정도 후에 60대 중반으로 보이는 한 여자가 반바지에 테니스 셔츠 차림으로 문으로 나왔다. 알 야마니는 그녀를 놀라지 않게 하기 위해 조심스럽게 몇 미터 뒤로 물러섰다. 모하메드는 택시 옆에 서 있었다.

그 여자가 문을 열었다. 하지만 스크린은 가린 채였다.

"누구세요?"

"안녕하십니까? 한센 부인이시군요. 한센 박사님을 찾아왔습니다."

여자는 당황스러운 표정으로 그를 보았다.

"저는 한센 부인이 맞는데 제 남편은 박사가 아니에요."

"집을 잘못 찾았나보군요. 강변에 다른 한센 씨가 사십니까?"

한센 부인은 잠깐 생각해 보더니 대답했다.

"아니요…. 제가 알기론 없어요. 하지만 여기는 무척 큰 강이니까요."

알 야마니는 실망스러운 표정을 지으며 떠날 것처럼 뒤로 물러섰다.

"남편분께서는 강변에 한센 박사님이 사시는지 아실까요?"

"어쩌면요. 하지만 남편은 지금 여기 없어요."

알 야마니는 허리에 손을 짚고 고개를 저었다.

"아쉽네요."

그는 여자 뒤쪽 복도를 내려오는 하산을 보며 말했다.

"귀찮게 해 드려서 죄송합니다."

잠시 후 하산이 공격 유효 거리 안에 들어갔다.

알 야마니는 그와 눈을 맞추고 고개를 끄덕였다.

68

워싱턴 D.C.

고속도로에 사고가 있었다. 사고를 구경하는 사람들로 양방향 모두 정체가 심각했다. 랩이 합동대테러센터에 돌아온 것은 4시가 다 되어서였다. 그는 비행기를 타지 않은 것이 옳은 결정인지 확신하지 못하고 있었다. 알 야마니를 잡기를 간절히 원하긴 하지만 이 시점에서 그를 체포하는 것은 법 집행 기관에 맡겨질 일이었다. 그런데 맥마흔의 목소리에는 심상치 않은 기운이 있었다. 30년이 넘게 수사국에서 일한 베테랑인 그답지 않게 약간은 애원하는 듯한 분위기도 묻어 있었다.

랩은 맥마흔이 바닥을 높인 브리지 위에 서 있는 것을 보았다. 유리로 둘러싸인 그 브리지는 대테러감시센터 뒤에 위치하고 있었다. 그는 리치먼드의 상황을 지켜보면서 백색 소음으로부터 사건의 진상을 가려내기 위해 애쓰고 있었다. 맥마흔은 말없이 랩에게 자기를 따라오라는 신호를 보냈다. 두 사람은 브리지 뒤의 작은 회의실로 들어가 문을 닫았다. 랩은 회색 천 의자에 털썩 앉아 반짝이는 나무 박판 회의 테이블에 팔꿈치 한쪽을 올렸다.

"부국장님 표정으로 봐서는 트럭을 못 찾은 모양이군요."

"그렇네. 아직 찾지 못했어."

랩은 손목시계를 흘긋 쳐다보았다.

"뭡니까…. 차량 검문이 있은 지 세 시간이 다 되지 않았습니까? 상황이 좋지 않군요."

"다 아는 소리는 그만하게."

"그 보안관대리는 아직 수술실에서 나오지 않았습니까?"

"방금 수술을 끝냈는데 아직 깨어나지 않고 있네."

랩은 반짝거리는 테이블 표면을 손가락으로 톡톡 두드렸다.

"놈들이 아직 리치먼드 지역에 있는 것이 확실하답니까?"

"그들은 확실하다고 생각하고 있네."

랩은 의심스러운 눈으로 그를 쳐다보았다.

"믿기가 좀 어려운데요."

"나도 알아. 나도 같은 생각이니까. 하지만 이걸 좀 보게."

맥마흔은 잠깐 회의실을 나갔다가 버지니아 지도를 가지고 돌아왔다. 그는 그것을 테이블에 놓으면서 말했다.

"여기가 리치먼드고 여기가 워싱턴이야. 차량 검문은 여기 시내 북동쪽에서 이루어졌지. 주 경찰은 경계 경보가 발령되었을 때 이미 모든 간선 도로가 봉쇄된 상태였다고 말하고 있네. 그들은 I-95와 I-295의 모든 차량 통행 카메라를 확인했는데 아무것도 찾지 못했어. 그건 그들이 주간 고속도로를 타지 않았다는 뜻이지. 주간 고속도로는 여기에서 여기까지 수백 킬로미터를 이동하는 데 가장 빠른 방법인데 말이지."

그 FBI 수사관은 리치먼드 주변의 네 지점을 짚으며 말했다.

"모두가 봉쇄되어 있어. 이번은 올해 중에 가장 교통량이 많은 주말이야. 사람들이 산으로 들로 향하고 있지. 메모리얼데이 기념식을 위해서 워싱턴으로 오는 사람들도 많고. 도로에 차들이 가득해."

"압니다. 저도 그중에 하나였죠."

"우리가 곧바로 듣지 못한 이야기가 있어. 경찰 네트워크에는 올라갔었다는군. 그 포드 픽업트럭이 트레일러를 끌고 있었다네. 주 경찰 책임자는 주 경찰이나 지방 경찰이 그런 것을 놓칠 리가 없다고 말했어."

"트레일러요?"

랩이 걱정스러운 목소리로 그 말을 되풀이했다.

"자네가 무슨 생각을 하는지 나도 아네. 트레일러에 뭐가 있을까? 폴과는 이미 그것에 대한 이야기를 나눴네."

"러시아로부터 들은 얘기는 없답니까?"

"실험 지역에서 수색을 시작하고 있다네."

랩은 일어서서 짜증 섞인 긴 한숨을 쉬고는 지도를 자세히 들여다보았다. 그는 트레일러에 대해 생각해 보았다.

"그놈들이 다른 폭탄을 가지고 있으면 어쩌죠?"

"그런 것을 시사하는 정보는 없어. 자네도 알지 않나. 파키스탄에서 두 번째 폭탄을 가리키는 것은 찾지 못하지 않았나?"

랩은 그의 말이 맞다는 것을 알았다. 하지만 그놈들이 아무것도 싣지 않은 트레일러를 매단 채 픽업트럭을 타고 돌아다닐 것 같지는 않았다.

"그들이 벌써 워싱턴에 간 것이 아니라는 주 경찰의 확신은 뭘 근거로 하는 겁니까?"

"경계 경보가 발령되었을 때 그들은 이미 비행기로 I-95와 1번 고속도로를 정찰하고 있었네. 15분 내에 리치먼드 상공에 헬기를 띄웠고 워싱턴에서 리치먼드 사이에만 100명이 넘는 경찰, 보안관대리, 지방 경찰이 정찰 중이었어."

"어쩌면 그놈들이 차를 바꾸었는지도 모르죠."

"어쩌면 차에 치어 경련을 일으킨 보안관대리가 무슨 말인지도 모르고 지껄였는지도 모르지."

랩은 지도를 자세히 살핀 뒤 고개를 들어 맥마흔을 보았다.

"그렇다면 왜 전화를 하셔서 제 휴가를 망쳐 놓으신 겁니까?"

"왜냐하면 나는 우연이란 걸 믿지 않으니까. 그리고 밤이 지나기 전에 자네 도움이 필요한 일이 생길 것 같아…. 말하자면… 정확히는 얘기할 수 없네."

"그게 뭔지 말씀을 안 하시겠다고요?"

"아직은 아니네. 하지만 곧 알게 될 거야."

"아직 백악관에는 알리지 않으신 겁니까?"

맥마흔은 고개를 저었다.

"브라이언에게는 예비지식을 주었네. 하지만 그뿐이야."

맥마흔은 그의 보스인 FBI 국장 데이비드 로치를 말하고 있었다.

랩은 놀란 모습이었다.

"좀 들어 보게…. 나는 네 개 주에 있는 경찰을 모조리 동원에서 이놈들을 찾고 있어."

맥마흔은 천장을 가리켰다.

"위에 얘기를 한다는 것은 내가 하는 모든 일을 모두 팽개치고 백악관으로 달려가서 그 망할 각료들에게 브리핑을 해야 한다는 뜻이네. 그 뒤에는 자네도 알다시피 국토안보부가 일을 쥐고 흔들려고 나서겠지. 그럼 우린 전부 나동그라지게 되는 거야."

랩은 동의의 의미로 고개를 끄덕였다.

"그래서 부국장님 계획은 뭡니까?"

"차량 검문 과정이 촬영된 테이프가 올라오고 있는 중이네. 그 테이프를 확인하고 그 보안관대리가 의식을 찾으면 그와 이야기를 해 볼 생각이야. 그것 말고는 직접 관여하지 않고 지역 경찰이 이들을 쫓게 놓아둘 거네."

"그렇다면 왜 제가 비행기를 놓치고 여기 와 있는지 설명해 주시겠습니까?"

"이미 말했지 않나. 나를 믿어 주게. 이놈들을 빨리 잡지 못하면 자네의 재능이 꼭 필요하게 될 걸세."

69

버지니아

한센 부인의 이름은 줄리아였다. 그녀는 네 명의 자녀를 두고 있고 모두가 다른 지역에서 살고 있었다. 한센 씨의 이름은 톰이었다. 그가 집에 도착했을 때 그들은 차를 모두 감추고 그를 기다리고 있었다. 택시는 차고에 주차되어 있었고 그 자리는 한센 씨가 차를 세우는 곳이었다. 잔디 깎는 기계와 몇 대의 자전거와 세 발 자전거는 픽업트럭을 세울 공간을 만들기 위해 옮겨 놓았다. 트레일러는 독립된 차고 건물의 바깥쪽 끝에 남겨졌다.

톰 한센을 진압하는 것은 대단히 쉬웠다. 그는 일흔이 넘었고 집을 지키는 일에는 익숙하지가 않았다. 이곳은 문명화된 곳이었고 1900년대 외딴 간척지의 거류지 같은 곳이 아니었다. 그는 커다란 캐딜락을 몰고 언덕을 내려왔다. 선창의 헐거운 부분을 수리할 볼트를 구하러 철물점에 갔다 돌아오는 길이었다. 꼼꼼한 성격의 톰 한센은 내일 손자들이 내려왔을 때 모든 것이 깔끔하게 준비되어 있기를 바랐다.

차고 문을 연 그는 도대체 누가 자기 자리에 택시를 세워 놓았는지 의아해하며 당혹스러운 표정을 짓고 있었다. 그들은 캐딜락 한쪽에 한 명씩 재빨리 나타났다. 문이 열리고 자신을 보호하기 위해 무슨 조치를 취하기도 전에 그는 차에서 끌려 내렸다. 그들은 그를 거칠게 다루었다.

한 사람이 한 팔씩 잡은 채 그를 집으로 끌고 가면서 입을 다물라고 경고했다.

그들이 앞문에 이르렀을 때 톰 한센은 심장 마비를 일으켰다. 그는 마흔두 살의 나이에 처음으로 심근 경색을 겪었다. 담배를 너무 많이 피우고 기름진 음식을 너무 많이 먹었다는 것이 의사의 말이었다. 그는 담배를 끊었지만 건강하지 못한 식습관을 완전히 고친 것은 아니었다. 8년 후 그는 혈관 확장 수술을 받았고 최근에는 심장병 전문의로부터 완치가 가능한 나이일 때 혈관우회 수술을 고려해 보는 것이 좋겠다는 이야기를 들었다. 그런 일은 이제 일어나지 않을 것이다.

그들은 그를 주방 바닥에 던져 놓았다. 46년간 그의 아내였던 한센 부인의 발치였다. 그녀 역시 손발이 묶이고 재갈을 문 채였다. 톰 한센은 혼란스러운 표정으로 가슴을 움켜쥐며 그녀를 올려다보았다. 그녀의 뒤쪽 냉장고 위에는 아홉 명 손자들의 사랑스러운 얼굴이 보였다. 그들 부부에게는 우주의 중심인 얼굴들이었다. 그의 손자도 그녀의 손자도 아닌 그들의 손자들의 얼굴이었다. 그들은 모든 것을, 특히나 자녀와 손자들에 대한 헌신적인 사랑을 공유한 부부였고 한 팀이었다.

줄리아 한센은 속박을 풀기 위해 몹시 애를 쓰고 있었지만 도무지 풀어낼 수가 없었다. 그녀는 그의 심장이 문제를 일으켰다는 것을 알 수 있었다. 그녀는 오랫동안 그를 돕기 위해 노력해 왔다. 그에게 부담을 주지 않는 조용하고 미묘한 방식으로 말이다. 좀 더 건강에 도움이 되는 요리를 하고, 긴 산책을 함께 나가고, 그가 두 아들과 시가에 불을 붙일 때면 못마땅한 표정을 지어 보이는 식으로 말이다. 그녀는 지금 그의 얼굴에서 고통의 표정을 보고 있었다. 이번에는 그가 견뎌내지 못할 것이라는 걸 알 수 있었다. 생명이 그로부터 빠져나가는 것처럼 그의 얼굴에서 핏기가 가시기 시작하는 것을 보면서 그녀는 눈물을 흘리기 시작했다.

알 야마니는 진정한 신자의 명쾌한 도덕적 기준으로 초연하게 그 광경을 바라보고 있었다. 그는 일생 동안 많은 사람들의 죽음을 목격했다. 그가 전장에서 본 것들에 비하면 이것은 평화로운 장면에 가까웠다.

오후 5시였다. 그 여자는 그녀와 이제는 죽어 버린 그녀의 남편에게는 필라델피아에 있는 딸 한 명이 남편, 아이들과 함께 아침에 오는 것 말고는 방문객이 없을 것이라고 말했다. 알 야마니는 자세하게 알고 싶었다. 몇 명이 몇 시에 오는지 말이다.

일행은 다섯 명이 될 것이고 그들은 오전 10시에 도착할 예정이었다. 딸이 확인을 위해 전화를 걸어 왔을 때 알 야마니는 주방에서 응답기 소리를 듣고 있었다. 딸의 메시지는 여자의 이야기가 정확하다는 것을 확인시켜 주었다. 그녀는 다시 전화할 필요가 없다면서 내일 만나자는 말로 전화를 끊었다. 운이 점점 좋아지는 것을 보고 알 야마니는 늘 그렇듯 알라가 그들의 사명을 인도하고 있는 것이 분명하다고 생각했다.

그들은 그 노인을 아내가 있는 앞쪽 바닥에 놓아두고 거실로 들어갔다. 알 야마니는 과학자를 보며 물었다.

"폭탄을 준비하는 데 얼마나 걸리나?"

주바이르는 이미 트렁크에서 짐을 꺼내 그가 이란에 은밀하게 잠시 체류하는 동안 만들었던 발파 장치와 장약을 점검해 두었다.

"모두 이상이 없어 보입니다. 모두 조립하고 다시 이동할 준비를 하는 데 두 시간이면 될 겁니다."

"혼자 할 수 있나?"

"아니요."

주바이르는 고개를 세차게 흔들었다.

"물론 아니겠지."

알 야마니는 겁쟁이들을 금세 알아볼 수 있었다. 파키스탄인 과학자는 방사선에 직접 노출되고 싶지 않았던 것이다. 그는 하산과 칼레드를 보았다.

"보트는 준비됐나?"

"예."

하산이 대답했다.

"기름이 가득 있고 정상적으로 작동됩니다."

"좋아. 위층 침대에서 담요를 하나 가져다가 저 노인을 싸 놓게. 그리고 차고로 가서 임타즈를 도와 폭탄을 조립하게. 어두워지면 바로 출발해서 저 노인을 강에 버릴 생각이네."

세 사람은 알 야마니와 모하메드만을 남겨두고 밖으로 나갔다. 모하메드는 그의 오랜 친구를 보며 말했다.

"무스타파, 무슨 일을 할 계획인가?"

둔탁한 통증이 몸 안의 모든 혈관을 흘러가고 있는데도 불구하고 알 야마니는 미소를 지었다.

"우리는 이슬람을 위해서 성스러운 공격을 가할 걸세, 모하메드. 성스러운 공격."

모하메드는 꿈에서도 그의 친구가 핵폭탄 같은 파괴적인 힘을 가졌을 것이라고 생각해 보지 못했을 것이다.

"누굴 죽일 건가?"

"대통령."

알 야마니가 자랑스럽게 대답했다.

"바로 대통령이네."

70

리치먼드 소재 방송국 네 개의 저녁 뉴스가 모두 그 이야기로 시작되었다. 워싱턴 방송국의 계열사 두 곳도 마찬가지였다. 범인 수색이 진행 중이었고 이러한 구식 범인 추적만큼 시청자들의 흥미를 불러일으키는 것도 없었다. 기자들과 카메라 기자들은 쓰러진 경관이 뇌수술을 받고 회복 중인 병원과 사건 현장, 하노버 카운티 보안관청에 몰려들었다.

6시 방송에서 랜달 맥고완 보안관은 보안관대리가 탔던 순찰차 계기판 위에 탑재된 카메라가 포착한 뺑소니 장면을 공개했다. 그 장면은 너무나 놀랍고 폭력적이라 샬럿에서 볼티모어에 이르는 모든 방송국의 11시 뉴스를 장식하는 것은 떼어 놓은 당상이었다. 맥고완 보안관은 기자들에게 그들이 흰색과 녹색의 메트로 택시 차량을 찾고 있으며 그 차량은 리치먼드에 거주하는 모하메드 안사리가 운전하고 있는 것으로 추정된다고 말했다. 안사리의 사진이 공개되었고 범죄 현장을 떠난 두 번째 차량에 대한 간단한 설명도 덧붙여졌다. 맥고완 보안관은 두 번째 차량이 트레일러를 끌고 있는 녹색의 포드 F-150 차량으로 단지 범죄 현장을 떠난 것과 관련해 심문을 위해 수배 중이라는 점을 확실히 밝혔다.

스킵 맥마흔은 마지막 부분에 대해 대단히 강경한 입장을 고수했다. 그는 지난 몇 시간에 걸쳐 맥고완 보안관, FBI 리치먼드 지국을 맡고 있는 특별수사관과 긴밀하게 접촉했다. 지역 경찰이 마련한 방책은 아직

성과를 내놓지 못하고 있었고 언론에 도움을 구하자는 압력이 컸다. 가장 큰 기회는 차량 검문 상황을 담은 테이프였다.

번호판은 잡히지 않았지만 택시 회사를 알아볼 수 있었다. 약간의 조사 끝에 회사의 배차 담당자가 세 시간 동안 무단 외출 중인 택시가 있다는 것을 확인해 주었다. 운전사의 이름이 모하메드 안사리라는 것을 듣자 맥마흔과 그의 팀의 걱정은 더 깊어졌다. CIA의 대테러 데이터베이스를 재빨리 확인한 결과는 더 불길했다. 그들의 기록에 따르면 안사리는 80년대 후반 정보국의 도움으로 아프가니스탄에서 미국으로 이주했다. 그는 9·11 이후 CIA의 인터뷰에 응해 다름 아닌 무스타파 알 야마니와의 관계에 대해 질문을 받았다. 당시 그는 미국을 사랑하며 알카에다의 행동이 당황스럽다고 말하며 녹화를 이어 갔다.

랩은 그 발언의 진실성을 의심했다. 이야기의 앞뒤가 맞아 가기 시작했다. 보안관대리가 트럭을 멈추었고 주바이르를 알아보았다. 주바이르는 알 야마니가 포섭한 자로 알려져 있다. 그리고 갑자기 그 보안관대리가 택시에 치었는데 택시의 운전사는 아프가니스탄에서 20년 동안 알 야마니와 활동했던 사람이다. 우연일 리가 없었다.

그들이 최악의 상황을 걱정하기 시작할 무렵 러시아 쪽에서 라이머에게 전화해 몇 가지 좋은 소식을 전했다. 그들은 원자파괴탄이 실험된 지역을 샅샅이 수색했고 실험에 실패한 네 개의 구멍 중 한 개에서만 반응이 나오지 않았다. 러시아인들은 미안해하면서도 동시에 유일하게 분실한 핵재료가 미국인들이 도중에 적발한 것이 분명하다고 확신했다. 그 외에도 리치먼드 지국에 나가 있는 FBI 대량살상무기 팀이 안사리의 집과 택시 회사의 로커를 급히 조사한 결과 방사물의 기미는 찾지 못했다.

그렇다면 트레일러에는 뭐가 있는 것일까? 라이머와 맥마흔은 화학비료와 연료로 급조한 폭탄일 가능성이 높다고 주장했다. 대테러 분야에서는 그것을 가난한 자의 폭탄이라고 불렀다. 몰로도프 칵테일이라 불리는 화염병의 현대적인 대형 버전인 것이다. 더티밤일 가능성이 있었지만 빼내기가 어렵기 때문에 가능성이 희박했다. 알카에다가 찰스턴에서의 차질에도 불구하고 공격을 감행하려 하고 있다는 것에 의견이 일치되었다.

그들이 발각되었다는 것을 알게 해서 주바이르와 알 야마니를 긴장시키는 것은 좋지 못한 아이디어였다. 그들이 예정보다 빨리 폭탄을 폭파시키게 만들 수도 있고 표적을 바꾸거나 혹은 작전에서 도중하차해 사라질 가능성도 있었다. 랩은 그들을 경계하게 만드는 위험을 감수해서는 안 된다고 강경한 입장을 폈다. 그들에게 이쪽의 의도를 들키지 않고 조사를 진전시키는 최선의 방법은 안사리와 그의 택시를 수색의 초점으로 삼는 것이었다.

그 소식이 6시 뉴스에 방영되고 오래지 않아 하노버 카운티 보안관청은 두 통의 전화를 받았다. 첫 번째는 문제의 시간, 턴스톨 인근에서 개를 산책시키고 있던 남자의 전화였다. 그는 녹색과 흰색의 메트로 택시가 그를 지나쳐 동쪽으로 향했다고 구체적으로 기억하고 있었다. 대단히 빠른 속도로 달리고 있었기 때문에 기억에 남았다는 것이었다. 그는 트레일러를 단 픽업트럭에 대한 질문을 받자 확실치 않다는 반응을 보였다. 하지만 그는 두 번째 차량을 기억하고 있는 것 같았다. 그 남자는 나이가 꽤 들어 보였고 목소리가 약간 떨렸다. 때문에 전화를 받은 보안관대리는 그 단서를 크게 신뢰하지 않고 있었다. 그가 몇 분 후 또 한 통의 전화를 받을 때까지는 말이다. 두 번째 전화는 플럼 포인트 인근에 사는 한 여자로부터 온 것이었다. 그녀의 이야기는 매우 구체적이었다.

그 여성은 우편물을 들여오기 위해 진입로 끝으로 걸어가고 있었다. 그녀는 매일 같은 때 우편물을 가지러 나가기 때문에 정확한 시각을 알고 있었다. 그녀가 택시와 트럭이 코너를 쏜살같이 돌아가는 것을 본 것은 진입로 끝에 서 있을 때였다. 그 보안관대리는 그녀에게 확실한지를 물었고 그녀는 두 가지 생각을 했던 것을 기억하기 때문에 확실하다고 대답했다. 첫째로 '메트로 택시가 이 먼 플럼 포인트에서 도대체 뭘 하는 걸까' 라는 생각을 했고 두 번째로 '왜 열일곱 살 난 자신의 아들이 그 차를 모는 걸까' 라는 생각을 했다는 것이었다. 그녀의 아들 역시 녹색의 낡은 포드 F-150 픽업트럭을 모는 것으로 드러났다. 그녀는 그 보안관대리에게 그녀와 아들이 6시 뉴스를 함께 보았다고 말했다. 뺑소니 사고가 방송된 후 그녀의 아들이 그 때문에 오늘 오후 두 번이나 경찰이 차를 대라고 한 것이 분명하다는 말을 했다는 것이 그녀의 주장이었다.

맥마흔은 직접 몰리 스타크라는 그 여성에게 전화를 걸었다. 스타크 부인의 이야기를 들은 후 맥마흔은 그녀의 아들과 통화를 청했다. 그녀와 2분, 그녀의 아들과 1분간 통화를 한 것으로 그는 충분히 확신을 가질 수 있었다. 법 집행 기관에서 일하는 사람들이 대부분 그렇듯이 그는 거짓말 탐지기 따위가 없어도 어떤 사람이 거짓말을 하는지 알아볼 수 있었다. 몇 개의 잘 구성된 질문과 통찰력 있는 귀만 있으면 되었다.

맥마흔이 이 새로운 발견을 발표하자 대테러감시센터에서는 모두들 안도의 한숨을 내쉬었다. 테러리스트들은 워싱턴에서 멀어져 동쪽으로 다음에는 남쪽으로 도주했다. 이후 버지니아 주 경찰과의 논의에서 그들은 리치먼드에서 노퍽으로 이어지는 I-64가 뺑소니 사건 도중과 이후에 완벽하게 봉쇄되고 있었다는 것을 알게 되었다. 체사피크 만과 그 지류들은 동쪽으로 자연 방벽을 형성하고 있기 때문에 이제 수색의 범위를 좁히는 것이 훨씬 쉬워졌다. 그들이 도로에서 벗어나 숨어 버렸을 가능성이 점점 높아지고 있었다.

FBI의 인질구조 팀은 콴티코 기지에서 비상 대기 중이었다. 메모리얼 데이 주말이 미뤄진 것에 화를 내고 있겠지만 그것이 그들이 월급을 받는 이유였다. 헬리콥터로 이동한다고 생각하면 그들은 문제의 지역에서 불과 30분 거리에 있었다. 랩은 리틀 크리크의 실 팀 식스가 더 가까이 있다는 것을 지적할 기회를 얻었다. 이런 지적을 랩이 아닌 다른 사람이 했다면 배석하던 다른 FBI 특별수사관들의 거센 항의를 이끌어 냈을 것이다. 미국 땅은 군이 아닌 FBI의 영역이었다. 그처럼 간단한 문제였다.

모두 일어서서 버지니아 지도를 응시하고 있는 동안 맥마흔은 압박을 강화하기로 결정했다. 그는 부국장보 중 한 명에게 보도 자료 작성을 지시했다. 그는 그 자료에 최후 목격에 대한 최신 정보와 함께 용의자 혹은 용의자들이 무기를 소지한 위험한 상태로 추정된다는 언급을 포함시키길 원했다. 맥마흔은 자리를 뜨는 부국장보에게 그것을 워싱턴과 버지니아 비치 사이의 모든 언론 매체에 배포하라고 말했다.

71

워싱턴 D.C.

랩은 케네디와 상의를 하기 위해 자리를 빠져나왔다. 그녀는 4시쯤 주말을 보내기 위해 아들과 어머니를 데리고 메릴랜드 오션 시티 해변에 빌려 둔 집으로 떠났다. 그들이 머무는 곳은 그녀의 사촌이 사는 곳에서 몇 집밖에 떨어지지 않은 곳이었다. 그 사촌에게는 토미와 함께 어울릴 한 떼의 아이들이 있었다. 케네디는 절대 내색을 하지 않았지만 랩은 그녀가 스트레스를 받고 있다는 것을 알고 있었다. 그들은 이 여행을 1년 동안 계획했다. 케네디의 사촌은 그녀의 집에 머물라고 청했지만 그것은 현실적으로 불가능했다. 그녀는 경호특무대를 대동해야 했다. 엄청난 식성에 큰 총을 들고 다니는 덩치가 산만 한 남자들을 말이다. 그들을 먹이고 재울 공간이 필요했다.

케네디는 여행 일정을 늦추고 리치먼드에서 전개되고 있는 상황을 주시하겠다고 말하면서 랩을 위스콘신으로 보내기 위해 노력했다. 랩은 바로 그녀의 아들 토미를 떠올렸다. 그 녀석은 인생에서 제 몫보다 훨씬 많은 실망을 경험했다. 그 아이의 엄마는 일주일에 최소 60시간을 일했고 아버지는 대륙 반대편 해안에 살고 있었다. 토미는 몇 달 동안 이 여행에 대해 이야기를 했다. 랩은 케네디 앞에서 예의 거친 방식으로 이모든 상황을 지적했고 결국 그녀는 그녀답지 않게 방어적이 되었다. 어쨌든 그녀는 랩이 말하려는 요점을 알고 있었고 아들, 어머니, 경호특무대를 데리고 여행길에 올랐다.

랩은 한 시간 반 전에 그녀와 통화를 했다. 그녀 일행을 태운 크지 않은 규모의 자동차 행렬이 막 베이 브리지를 건넌 때였다. 지금은 경호원 중 한 명이 전화를 받았고 잠시 후 케네디가 연결되었다.

"토미는 어떻습니까?"

랩이 물었다.

"신났죠. 완전히 들떠 있어요. 다른 녀석들이랑 모닥불을 피울 나무를 찾아서 해변을 돌아다니는 중이에요."

랩은 그녀의 목소리로 그녀가 긴장을 풀고 있다는 것을 알 수 있었다.

"잘됐군요. 꼭 제 안부를 전해 주십시오."

"그럴게요. 무슨 일이에요?"

그녀가 물었다.

랩은 그녀에게 범인 수색에 대한 새로운 소식을 전했고 라이머와 러시아 측의 대화 내용을 이야기했다. 두 가지 소식에 그녀는 약간 안심한 것 같았다. CIA가 모하메드 안사리의 미국 이주를 도왔다는 사실을 발견한 이후 그녀가 처음으로 들은 좋은 소식이었다. 그 소식이 세상에 알려지면 그녀는 호된 꼴을 당할 것이 분명했다. 당시에 그녀는 하급 담당자에 불과했는데도 말이다.

오후 내내 케네디의 마음을 떠나지 않는 근심거리가 있었다. 오늘은 2차 대전의 3대국, 미국, 영국, 러시아를 위한 대통령 주최 만찬회가 있는 날이었다. 공격을 가하기에는 더없이 좋은 기회일 터였다. 그녀가 대통령에게 전화를 하지 않는 유일한 이유는 그가 이미 캠프 데이비드에서 영국 수상과 골프를 즐기고 있기 때문이었다. 그 장소에서는 그들이 표적이 될 수 없었다. 그녀는 FBI와 지역 경찰에 일을 맡기는 것이 최선이라는 랩의 말에 동의하고 있었다. 하지만 예방책으로 그녀는 대통령의 비밀경호국 특무대를 책임지는 특별수사관 잭 워치와 긴밀하게 연락을 취하고 있었다.

그녀는 이제 대통령이 영국 수상과 함께 마린 원을 타고 백악관으로 돌아올 시간이라는 것을 알고 있었다. 자신들이 주인공인 만찬에 늦는 것이 분명했다. 워치에게는 이런 일이 놀라울 것도 없었다. 대통령은 최근 들어 지각을 습관으로 삼고 있었다. 러시아 대통령 역시 늦을 예정이었다. 평상시와 다른 강한 역풍으로 인해 오는 길이 지연되었던 것이다. 그는 방금 러시아 대사관에 도착했기 때문에 거의 9시는 되어야 백악관에 도착할 전망이었다. 게다가 라이머는 찰스턴에서 발견한 물질을 기초로 판단했을 때 워싱턴 내부와 워싱턴 주위의 탐지기들이 도시로 몰래 들어오는 어떤 핵무기라도 적발해 낼 것이라고 보장해 주었다.

랩이 범인 추적의 세부 사항에 대한 이야기를 마치자 그녀가 물었다.

"미치, 당신 직감으로는 어떨 것 같아요?"

"어딘가에 숨어 있다고 생각됩니다. 우리가 찾고 있는 건 중동인의 외모를 가진 다섯 명의 용의자예요. 게다가 그들은 이 나라에서도 퇴역 군인들이 우글거리는 지역에 있죠…. 그들이 차를 훔쳤다면 바로 소식을 듣게 될 겁니다."

"그건 누군가 봤을 때의 이야기죠."

"그건 다른 얘깁니다. 국장님은 그쪽에 가 보셨잖습니까? 농장에서 그리 멀지 않습니다."

랩은 CIA가 신참자들을 훈련시키는 캠프 페리를 얘기하고 있었다.

"그곳은 숲도 많고 작은 길들도 많습니다. 누군가 충분히 사라질 수 있는 곳이죠."

"그러니까 당신은 아직도 지역 경찰이 이 문제를 처리할 수 있다고 보는 건가요?"

그녀가 물었다.

"지금으로서는 그들이 최선의 선택입니다. 숲에 버려진 차량들을 찾게 되는 경우엔 바로 실을 투입해서 추적할 겁니다."

"음…."

그녀는 반향에 대해 생각하고 있었다.

"당신은 그게 어떻게 받아들여질지 알잖아요."

"한 팀은 이미 그쪽 가까이에서 대기하게 했습니다. 하지만 국장님도 알고 저도 알듯이 이건 전혀 문젯거리가 아닙니다. HRT는 통제된 환경에서는 기가 막히지만 숲을 수색하는 일에는 그리 익숙하지가 않습니다."

"저도 동의해요. 필요하다면 어쩔 수 없죠. 어쨌든 새로운 진전이 있으면 알려 주세요."

"그러겠습니다."

케네디는 전화를 끊고 주방에 선 채 커다란 슬라이딩 유리문을 통해 테라스와 그 너머의 바다를 응시했다. 해변 어딘가에서 아들과 사촌의 아이들이 웃고 떠드는 소리를 들을 수 있었다. 그녀는 한 번만이라도 이 모든 것에서 벗어날 수 있기를 바랐다. 모든 것과 동떨어져서 정상적인 사람처럼 살기를 말이다. 케네디의 경호특무대 책임자가 주방 옆 복도에서 그녀를 지켜보며 서 있었다.

"칼."

그녀가 말했다.

"랭리에 전화를 해서 헬기를 대기시켜 달라고 말해 줄래요?"

"알겠습니다."

케네디는 외우고 있는 전화번호를 누르고 손목시계를 보았다. 7시 30분이 다 되었다. 벨이 울리자마자 특별수사관 워치가 전화를 받았다.

"잭, 아이린이에요. 백악관에 아직 도착하지 않았나요?"

"거의 다 왔습니다. 시간에 늦었습니다…. 요즘은 이런 일이 좀 잦죠."

"그럼 지금 마린 원에 있나요?"

"그렇습니다."

케네디는 그것에 대해 잠시 생각하고 말했다.

"잭, 부탁이 하나 있어요. 사실 이건 예방 조치에 가까워요."

케네디는 그녀가 원하는 것을 설명했다. 대통령 경호특무대를 책임지고 있는 그 수사관은 그녀의 부탁을 받아들였다.

72

페기 스텔리는 민주당 전국위원회 의장 홈즈와 함께 호화로운 검은색 리무진을 타고 만찬장에 도착했다. 그녀가 뒷좌석에서 빠져나올 때 그녀의 길게 빠진 이브닝드레스 사이로 드러난 매끈하고 탄력 있는 다리는 문 양쪽에 도열해 있는 군 의장대의 시선까지 끌어들였다. 그녀는 홈즈의 팔을 잡고 백악관 노스 포티코 아래를 우아하게 걸었다. 백악관의 대통령 만찬보다는 시상식의 레드카펫이 더 어울릴 것 같은 아찔한 금발 미녀를 잡기 위해 플래시 세례가 쏟아졌다.

두 사람이 백악관으로 들어가자마자 급사가 샴페인 잔을 권했다. 스텔리는 하나를 집어 들었지만 홈즈는 거절했다. 그는 이미 이런 곳에서 제공되는 쓰레기 같은 것은 피하고 벨베데레 보드카만 고수하겠다는 의지를 선언한 바 있었다. 물론 그것은 그가 10시만 되면 잔뜩 취하게 된다는 의미였다. 홈즈에게는 탄산이 든 것이든 아니든 가격표의 숫자가 소숫점 위로 최소한 세 자리 이상 되지 않는 모든 와인은 피해야 할 것이었다. 이런 식의 만찬의 경우 네 자리 수가 더 나았지만 홈즈에게 의논을 해 온 것은 아니었다. 만약 그에게 조언을 구했다면 그것은 그가 돈을 내거나 더 나쁜 경우는 그의 개인 컬렉션 중에서 10여 병을 제공하기를 기대한다는 뜻이었다. 그것은 절대 일어날 수 없는 일이었다. 싸구려 와인을 마시는 것보다 더 심한 죄는 좋은 와인을 그 진가를 알아보지 못하는 사람들에게 낭비하는 것이다.

크로스 홀을 지나 이스트룸과 바 쪽으로 향하는 홈즈는 하프백을 막는 풀백 같이 보였다. 걸어가는 동안 그와 페기는 주변에 상당한 동요를 일으켰다. 남자의 절반은 홈즈의 주의를 끌려고 애를 썼고 다른 절반은 그의 파트너를 얼빠진 듯 바라보았다. 홈즈는 그를 대화에 끌어들이려는 모든 시도를 거절했다.

"자네도 내 원칙을 알지 않나."

그는 적어도 세 번은 이렇게 말했다.

"술을 손에 들기 전에는 안 되네."

민주당 전국위원회 의장인 그는 그 파티의 돈줄을 잡고 있었다. 돈에 있어서는 충분한 것이란 없었다.

마침내 바에 도착하자 홈즈는 옆으로 돌아가서 바텐더에게 손짓을 했다. 사람들이 두 줄로 늘어서서 얌전히 자기 차례를 기다리고 있었다. 홈즈는 줄에서 기다리지 않았다. 특히나 술이 간절할 때는 말이다. 몇 명의 사람들이 예의에 어긋난 그 행동을 두고 서로 불평의 말을 했다.

바텐더가 다가왔고 홈즈는 접혀 있는 100달러 지폐를 그의 손에 척 하고 놓으며 그의 귀에 속삭였다.

"벨베데레 온 더 록스 더블 그리고 톨 사이즈 보드카 토닉 더블."

그 남자는 빳빳한 지폐를 내려다보고는 말했다.

"선생님, 여기는 무료로 이용하는 바인데요."

"나도 아네. 이건 자네 팁이야."

"하지만, 저는…."

"넣어 두게."

홈즈가 조급하게 말했다.

"자, 서둘러. 난 술이 고프네."

스텔리는 살이 드러난 등을 줄에 서 있는 사람들 쪽으로 돌렸다.

"눈총을 받고 있잖아요, 의장님."

홈즈는 그녀의 어깨 너머로 시선을 주고는 얼굴 가득 밉살스런 미소를 지었다.

"사람들은 나는 보는 게 아니야. 당신을 보는 거지. 당신이 영화배우쯤 된다고 생각할 거야."

스텔리가 흐뭇한 미소를 지었다.

"정말 듣기 좋은 말이네요, 팻."

"그게 아니라면 고급 콜걸이거나."

미소가 사라지고 못마땅한 표정이 그 자리를 차지했다.

"칭찬을 받아 마땅하지. 이 동네의 콜걸들이 얼마나 대단한지 본 적이 있나?"

못마땅한 표정이 사라지지 않자 홈즈는 계속 그 이야기를 이어 갔다.

"내가 말하려는 건 당신이 정말 예쁘다는 거야. 오늘 밤 정말 굉장하다고."

스텔리는 한숨을 내쉬고 고개를 저었다.

"패트릭, 날 창녀에 비교하는 것보다 좋은 방법이 얼마든지 있잖아요."

고맙게도 술이 도착했다. 홈즈는 그녀를 이해할 수 없었다. 그는 '창녀'라고 말하지 않았다. 분명 '콜걸'이라고 말했다. 그의 생각에는, 그리고 여기 워싱턴에서는 그 둘 사이에 큰 차이가 있었다.

그는 바텐더에게서 음료를 받아들고 10분쯤 뒤에 돌아와서 다시 술을 채워 달라고 말했다. 그는 스텔리에게 그녀의 술을 건네며 영국인의 억양으로 말했다.

"다시 말하지만 당신 오늘 밤 정말 매혹적이야."

그는 축배를 들었다. 턱시도를 입은 그의 모습은 당당하고 멋졌고 은은하게 반짝이는 청록색 이브닝드레스를 입은 그녀는 놀랄 만큼 매력적이었다. 일이 잘 돌아가면 그는 오늘 밤 마침내 그녀를 침대에 눕힐 수 있을 것이다. 두 사람은 술을 한 모금 마시고 서로를 보며 미소를 지었다. 그도 그녀도 서로의 속을 훤히 들여다보고 있었다.

스텔리는 지나가는 급사의 쟁반 위에 샴페인 잔을 놓고 이스트룸의 호화로운 분위기를 만끽하기 위해 몸을 돌렸다. 결혼식, 경야, 때로는 역사적인 의미가 있는, 또 때로는 별다른 의미가 없는 수많은 행사가 이 웅장한 연회장에서 열렸다. 사람을 매료시키는 분위기였다. 이것이 바로 힘이다. 이곳이 현대 미국의 궁궐이었다.

스텔리가 이름을 기억할 수 없는 상원의원 한 명이 다가와서 손을 내밀었다. 스텔리도 손을 내밀었지만 남자가 그녀의 손을 잡고 입을 맞추자 놀라지 않을 수 없었다.

"팻…."

그 상원의원이 시선은 여전히 스텔리에게 고정한 채 홈즈에게 말했다.

"이 아름다운 여성을 소개해 주지 않겠나?"

"내 약혼녀네, 해리. 그러니 그녀에게서 손을 떼 주겠나."

홈즈는 스텔리의 팔을 잡고 그녀를 멀리 데리고 갔다.

"나는 도덕이 어쩌구 하는 부류는 아니지만 저놈은 인간쓰레기야."

"저를 어디로 데려가시는 거예요?"

홈즈에게 끌려 댄스 플로어와 몇 개의 테이블을 순식간에 지나치면서 스텔리가 물었다.

"저기 차기 부통령이 아내와 함께 와 있군."

순간 스텔리의 몸은 굳어 버렸다. 하지만 이미 늦었다. 스톡스와 그의 생쥐 같은 아내가 그들에게 손을 흔들고 있었다. 홈즈는 보드카를 크게 한 입 삼키고 술잔을 들었다. 잠시 후 그들은 법무장관과 그의 아내 앞에 서 있었다. 스텔리는 장대처럼 서 있었고 홈즈는 그 어느 때보다 사교적이었다.

"리비, 만나서 정말 반가워요."

홈즈는 그 여자보다 30센티미터는 더 컸다. 그는 몸을 구부려서 그녀의 뺨에 다정하게 입을 맞추었다.

"팻, 저도 반가워요."

그녀는 그의 팔을 따뜻하게 쓰다듬었다.

"오늘 정말 멋지세요, 그리고…."

그녀는 잠시 말을 멈추고 커다란 갈색 눈을 스텔리에게 돌렸다.

스텔리는 깎아 놓은 것 같은 얼굴에 최선을 다해 가짜 미소를 띤 채서 있었다.

'또 시작이군.'

그녀는 생각했다.

'친절한 척하는 저 얼굴에 질려서 죽어 버릴 것 같아.'

"이 아름다운 분 좀 보세요."

엘리자베스 스톡스가 한 걸음 물러서서 스텔리를 머리끝부터 발끝까지 훑어보았다.

"페기, 볼 때마다 예뻐지는 사람은 당신밖에 없는 것 같아요."

"엘리자베스, 너무 친절한 말씀이세요."

두 여자는 화장을 망치지 않도록 살을 대지 않고 입을 맞추는 시늉을 했다.

"정말 마지막 부탁인데 리비라고 불러 줘요."

스텔리는 고개를 끄덕이고 가짜 미소를 지켰다. 쉰 살이 다 되었는데도 여전히 어릴 때의 별명으로 불리기를 바라는 이 여자는 정말 그녀를 미치게 했다.

"리비…."

그녀는 아이에게 말하듯이 일부러 억양을 강조해서 말했다.

"당신도 아주 멋져요."

"멋지다고?"

홈즈가 으르렁거리듯 말했다.

"정말정말 아름다워요."

"이런, 고마워요."

리비는 사교계에 처음 데뷔한 여자처럼 한 바퀴를 돌아 보이고는 커다란 갈색 눈과 풍성한 속눈썹을 홈즈에게 깜빡여 보였다.

그것이 그녀의 가장 큰 무기라는 것을 스텔리는 알고 있었다. 그녀가 그렇게 하는 것을 전에도 본 적이 있었다. 커다랗고 요염한 눈과 타고난 풍성한 속눈썹은 남자들을 미치게 만든다. 스텔리는 그녀의 남편과 잠자리를 함께했다고 말하고, 진심이라고는 없는 이런 짓을 정말이지 끝장내고 싶었다. 하지만 그 결과가 어떨지 너무나 잘 알고 있었다. 리비는 자신의 보금자리를 지키기 위해서라면 무슨 일이든 하는 암탉이었다. 마틴은 그녀에게 맞설 배짱이 있는 사람이 아니었다. 그는 그녀를 떠날 리가 없었고 스텔리는 자신이 그를 더 이상 원하지 않는다는 것을 알고 있었다.

"남편분이 그 대단한 뉴스를 전해 줬나요?"

홈즈가 훨씬 조용한 목소리로 말했다. 모두가 몇 센티씩 몸을 기울였다. 스톡스는 갑자기 편치 않은 표정을 지었다.

"좀 시기상조가 아닐까요?"

"나는 그렇게 생각지 않는데."

홈즈가 이를 드러내고 싱긋이 웃으면서 말했다.

"무슨 대단한 소식인데요?"

스톡스 부인이 흥분해서 물었다.

스톡스는 음료를 한 모금 마시고 고개를 저었다.

"왜 이러나…."

홈즈가 그를 꾸짖었다.

"정말 아내에게 얘기 않을 작정인가?"

스톡스가 결국 미소를 지었다.

"좋아요, 말씀하세요. 하지만 당신, 내가 말하지 않은 건 100퍼센트 확실하지가 않아서일 뿐이야."

"물론 아직 결정 난 건 아니지만 당신은 여기 와 있고 부통령은 없지 않나?"

"무슨 일인데요?"

스텔리는 리비 스톡스가 발정 난 고양이처럼 남편 곁으로 다가가는 것을 지켜보았다.

"내가 리비에게 말해 주면 안 되겠나?"

홈즈가 물었다.

스톡스가 고개를 끄덕였다.

"좋아."

홈즈가 팔을 내밀었다.

"술을 한 잔 더 하러 가려는데 동행해 주시겠습니까, 리비? 가는 길에 그 좋은 소식이 뭔지 귀띔해 드리죠."

리비는 흥분한 아이처럼 몸서리를 치면서 홈즈를 따라 사라졌다. 스텔리는 재미와 역겨움이 뒤섞인 감정으로 그들을 지켜보았다. 그녀는 홈즈가 리비에게 콜걸처럼 멋져 보인다고 말해 주기를 바랐다. 그녀는 목덜미에서 보스의 숨결을 느끼고 천천히 몸을 돌이켰다. 그의 눈에는 그 눈빛이 담겨 있었다. 아내가 주변에 없을 때만 보이는 눈빛 말이다.

"당신 정말 근사하군."

그가 속삭였다.

"그리고 향기도 좋아."

그들 둘만 있었다면 스텔리는 그의 급소를 또 한 번 차 줄까 생각해 보았겠지만 이곳은 그들의 애증 관계에서 증오의 측면을 보여 줄 만한 장소가 아니었다.

"오늘 밤 아내를 데려오다니 유감이네요."

그녀가 자신을 가지고 논다는 것을 아는 스톡스는 충분한 방어를 하고 그곳에 서 있었지만 생각대로만 되지는 않았다.

"왜 그런 말을 하지?"

스텔리는 몸을 기울였다. 그녀의 입술이 거의 스톡스의 귀에 닿을 것 같았다.

"당신을 내 집으로 데려가서 묶어 버리려고 했거든요."

그리고는 다시 그에게서 물러선 후 태연한 태도로 말했다.

"아, 저쪽에 밸러리가 있네요. 나중에 봐요."

그리고 그렇게 가 버렸다. 그녀의 보스이자 옛 연인인 남자는 머릿속과 또 다른 부분을 흐르는 감정과 욕망을 처리하며 그곳에 혼자 서 있도록 남겨둔 채 말이다.

73

워싱턴 D.C.

9시가 막 지났을 때 라이머는 상당히 걱정스러운 표정을 지으며 대테러감시센터로 걸어 들어왔다. 랩은 오늘 두 번째로 아내와의 통화를 막 마친 참이었다. 그는 또 한 번 사과를 했고 그녀는 이해한다고 말했다. 정말 이해하는 것처럼 들리지는 않았지만 말이다. 아내를 실망시키고 싶지 않은 그는 아침에 첫 비행기를 타겠다고 약속했다. 그녀는 부두 끝에서 비키니를 입고 기다리겠다고 말했다. 그는 웃었지만 그녀는 아니었다. 그녀는 늘 남편을 나눠 가져야 하는 것에 넌더리를 냈고 그는 반박할 말이 없었다.

버지니아 주 경찰은 여러 카운티, 지역 당국과 함께 차량이 마지막으로 목격된 지역 주변에 여러 개의 검문소를 세웠다. 해질 녘이었기 때문에 그들은 그 지역으로 들고 나는 모든 차량을 검문했다. 아침까지 아무 소득도 없을 경우 집집마다 방문을 할 준비를 하고 있었다.

라이머는 브리지로 가는 문을 열고 들어가는 대신 랩과 맥마흔에게 따라오라는 손짓을 했다. 그는 바로 맥마흔의 사무실로 들어갔지만 자리에 앉지 않았다. 맥마흔과 랩이 그를 따라 들어오자 라이머는 문을 굳게 닫고 말했다.

"방금 밑에 사람들로부터 전화를 받았는데 자네들이 좋아하지 않을 소식이네."

라이머는 대단히 불만스러운 표정이었다.

"오늘 오후 질병관리센터에서 에너지국의 어떤 쓸모없는 놈에게 전화해서 방사선오염으로 지역 병원에서 한 사람이 숨졌다는 보고를 했네."

라이머의 목에 있는 정맥이 불거져 나왔다.

"그 얼간이가 국가안보보다 주말에 놀 일을 더 걱정해서 바로 전화기를 들고 나에게 직접 전화를 하는 대신 이메일을 보냈어…. 오늘 내가 받은 일흔여덟 개 메일 중에 하나였지. 그 병신 같은 녀석은 메일에 긴급 표시조차 하지 않았지 뭔가."

방사선과 질병관리센터라는 언급만으로 랩은 이것이 뭘 의미하는지 짐작할 수 없었다.

"그 남자는 ARS… 급성방사선증후군으로 죽었네. 방금 병원과 통화를 했지. 그를 치료한 의사 말로는 최소한 2만 라드(rad, 방사능 단위-옮긴이)에는 노출된 것으로 보인다는군."

"그게 무슨 뜻인가?"

맥마흔이 물었다.

"대단히 위험한 어떤 물질에 접촉했다는 의미지. 일상생활에서 우연히 마주치기 힘든 물질에 말이네."

"아랍인입니까?"

랩이 물었다.

"아니네. 그는 텍사스 러레이도 출신의 멕시코계 미국인이야. 그는 이번 주 초에 멕시코에서 짐을 싣고 애틀랜타로 갔네. 그는 짐을 그곳에 내려놓은 뒤 기름을 넣으러 갔다가 주유기 앞에서 숨졌어."

"설마 그가 페어펙스에 앉아 있는 두 놈 소유의 창고에 그걸 가져간 건 아니겠죠?"

"아직은 모르네만 의심은 되네. 이렇게 위험한 물질이 창고 안에 있었다면 대량살상무기 팀이 단서를 찾아낼 거야. 트럭이 어디에 있는지 알고 있기 때문에 질병관리센터가 확인하러 가는 길이네."

"그가 가지고 국경을 넘은 트레일러는요?"

"트럭 회사의 사람과 전화 연결을 해 보려 하는데 주말 동안 사무실이 문을 닫은 상태야."

"하지만 트럭은 어디에 있는지 알지 않나?"

맥마흔이 물었다.

"알고 있지."

"트럭 안에 서류가 있을 거야."

맥마흔은 애틀랜타 지국과 통화를 하기 위해 전화를 들었다.

"그쪽을 둘러보라고 수사관들을 보내겠네. 주소를 가지고 있지?"

라이머는 정보가 적힌 종이를 건넸다.

랩이 그에게 물었다.

"그러니까 두 번째 폭탄이 있는 것 같다는 말씀을 하시려는 겁니까?"

"그렇게 정확히는 말할 수 없지만 이런 식의 우연이 몹시 찜찜한 것은 분명해."

"러시아 측에서 폭탄이 하나만 분실되었다고 확실히 말한 것으로 아는데요."

"불발된 원자파괴탄 중에 없어진 건 하나가 확실하다는 거였지."

"그게 무슨 얘깁니까?"

"실험 지역에는 수십 개의 '듀드'가 묻혀 있어. 대륙간 탄도 미사일을 위해 고안된 파괴탄에서 메가톤급 폭탄까지 다양하지."

"메가톤급 폭탄이요?"

놀란 랩이 물었다.

라이머는 고개를 끄덕이며 말했다.

"그들이 어떻게 그걸 파냈는지 모르겠네. 그런 것들을 실험할 때는 땅속 몇 킬로미터에 묻거든. 러시아인들도 분명 그렇게 할 걸세. 그런 것들을 얻으려면 엄청난 대규모 작전이 필요할 거야."

"그 러시아인들이 이 사실을 알고 있습니까?"

"그래, 벌써 이야기를 했지. 지금 말한 내용에 대해서 모두 의견의 일치를 보았고 지금 크루즈 미사일이나 어뢰 디자인을 위해 좀 더 작은 탄두를 실험했던 지역을 수색하고 있어."

맥마흔은 고개를 저으며 전화를 끊었다.

"애틀랜타 지국이 이미 그 일을 알고 있고 수사관 두 명이 가고 있는 길이네. 이 망할 놈의 관료 조직. 어떻게 우리 조직 안에서도 커뮤니케이션이 안 되느냐고. 국토안보부가 이 일에 끼어들면 어떻게 하지?"

"그렇게 되면 우리 일은 완전히 틀어지는 거지."

라이머가 말했다.

"도시들을 봉쇄하고 사람들을 소개시키기를 원할 것이고 그 과정에서 그들이 하려는 일은 뭐가 되었든 우리 계획에 방해가 될 거야. 나는 수색대응 팀 하나를 이미 리치먼드로 보냈어. 우리에게 그 물건을 찾아야 할 중요한 이유가 생겼어. 그 트럭 운전사가 그 물건이 그의 뒤에 달린 트레일러에 있는 동안 방사선 노출로 죽었다면 지금 그 물질은 대단히 위험해. 그건 내 부하들이 그것에 집중할 수 있어야 한다는 의미거든."

"그들이 범인 수색을 따돌리고 워싱턴에 이미 들어왔다면 어떻게 합니까?"

랩이 물었다.

"오늘 대통령 만찬이 있다는 것을 아시지 않습니까?"

라이머는 자신 있게 고개를 저었다.

"입구에 있는 탐지기를 절대 통과하지 못해. 탐지기가 도시 전체를 둘러싸고 있고 교통 감시 카메라에 사람들이 매달려 있어. 약간의 기미만 있어도 바로 알 수 있네."

라이머는 손가락을 딱 하고 꺾었다.

"그 말씀이 맞기를 바랍니다."

랩이 말했다.

맥마흔은 약간 머뭇거렸다.

"모르겠네, 폴. 정부상시운용방안을 고려해야 할 것 같네."

라이머가 얼굴을 찡그렸다.

"이번 주 초에 어떤 일이 벌어졌는지 보지 않았나? 지도자들이 워싱턴에서 소개했다는 기미가 보이자마자 반쯤 썩은 날고기를 본 하이에나처럼 언론이 달려들었지. 지금 우리가 대통령을 만찬장에서 끌어낸다면 온통 뉴스를 장식할 것이고 그럼 테러리스트들이 리치먼드나 노퍽을 날려 버리는 걸 어떻게 막겠나? 이쪽이나 그쪽이나 5만 명은 똑같은 5만 명일세."

"알아, 우리는 대통령과 주요 각료들, 상원과 하원 지도부들 이야기가 아닌가?"

"부통령은 캐롤라이나에 있네."

라이머가 이름을 대면서 한 번에 하나씩 손가락을 접었다.

"재무장관은 콜로라도에 있고 하원 의장대리는 켄터키에 있네. 대부분의 대법원 판사들과 상, 하원의원 거의 모두가 시내를 빠져나갔어. 공휴일이 낀 주말이 아닌가. 상시운용방안이 사실상 실행 중이네."

"하지만 대통령과 국무장관, 국방장관, 상, 하원 지도부와 영국, 러시아의 정부 수반은 어떻게 하냐는 말이지 않나?"

"알고 있네. 하지만 우리가 그들을 소개시키면 언론이 떠들테고 테러리스트들이 그것을 알면 모두 도망칠 수 있는 상황에서 왜 워싱턴으로 오는 위험을 감수하겠나? 게다가 사람들이 공황 상태에 빠질 게 뻔하고 그럼 내 부하들은 그 무기를 찾을 기회를 잃게 되는 것이나 다름이 없네. 테러리스트들은 그 망할 폭탄을 그냥 터뜨려 버릴 거야."

랩은 아메드 칼릴리가 심문 중에 했던 이야기를 생각하고 있었다. 그들은 대통령을 죽일 계획을 세우고 있다고 했다.

"폴의 말이 맞습니다. 그들은 대통령을 죽이려고 합니다. 그들이 그를 잡을 수 없다는 것을 알게 되면 가능한 많은 사람을 죽이려 할 거예요."

"그런데 그들이 어떻게든 그것을 워싱턴으로 들여온다면 결국 미국과 영국, 러시아 정상이 죽는 것 아닌가?"

랩이 어깨를 으쓱했다.

"최소한 테러와의 전쟁에 대한 반대는 더 이상 없겠죠."

맥마흔은 랩을 보며 얼굴을 찌푸렸다.

랩은 손을 뻗어 그의 어깨를 슬쩍 쳤다.

"긴장 푸십시오…. 만찬이 밤새 이어지지는 않습니다. 끝나기만 하면 대통령을 조용히 캠프 데이비드로 이동시키도록 하겠습니다…. 그리고 우리가 내일 정오까지 이걸 찾아내지 못하면 그가 헌신을 위해서 워싱턴으로 돌아오는 일이 없도록 막기로 하죠."

맥마흔은 잠시 생각을 해 보고는 다소 내키지 않는 심정으로 말했다.

"알겠네, 그 의견에 따르기로 하지. 하지만 우리가 꼭 해야 한다고 생각하는 일이 있네."

맥마흔이 랩을 보았다.

"자네라면 아무 이의 없이 동의할 일이야."

74

버지니아

그는 그 과학자를 죽이고 싶었지만 당장은 그렇게 할 힘이 없었다. 알 야마니는 거실의 소파에 누워서 쉬고 있었다. 병은 이제 마지막 단계에 이르렀다. 허약함과 피로, 메스꺼움은 거의 끊임없이 계속되었다. 아무리 물을 많이 마셔도 바싹 마르고 부은 입을 달랠 수 없었다. 목이 아팠고 코와 잇몸과 직장에서는 출혈이 시작되었다. 팔뚝에는 피부가 벗겨진 곳이 군데군데 나타났고 피부의 맨 윗 층은 허물이 벗겨지기 시작했다. 마음속 일부, 마음속의 허약한 부분은 그저 누워 잠들어서 다시는 일어나지 않기를 원했다. 하지만 그런 일은 허용되지 않았다.

기억할 수 없이 많은 밤 그의 꿈속을 찾아온 아름다운 환영이 있었다. 그는 언제나 배를 타고 같은 강굽이를 왼쪽에서 오른쪽으로 지나고 있었다. 하늘은 맑은 푸른색으로 빛나고 있었고 구름 한 점 보이지 않았다. 돛을 달거나 엔진으로 움직이는 크고 작은 보트들이 사방에 흩어져 있었다. 사람들 한 무리가 강둑에 모여들었다. 축제와 같은 분위기였고 나무가 줄지어 늘어선 강둑 너머로 커다란 도시의 설화 석고로 만들어진 둥근 지붕과 첨탑들을 볼 수 있었다. 적들의 수도였다. 그것은 그의 운명이었다. 그것은 그가 기필코 단 하루 더 살아남아야 하는 이유였다. 그는 그 강굽이 주위를 돌고 싶었다. 그는 믿지 않는 자들의 의심 없는 얼굴들을 보고 싶었다. 그는 바로 그들의 심장 안으로 항해해 가서 참으로 믿는 자들에게 길을 보여 줄 지하드에 불을 붙이고 싶었다.

하산과 칼레드는 그의 힘이 되어 줄 것이다. 그것이 그 심약한 과학자가 그들을 마구 부리도록 놓아둔 이유였다. 무기 조립을 마치고 그것을 보트에 실은 후 주바이르는 마당에서 그들에게 호스로 물을 뿌리면서 옷을 모두 벗게 했다. 주바이르는 갈퀴를 이용해서 그들의 옷을 모은 뒤 차고 뒤로 던졌다. 그리고 그 조그만 파키스탄인은 그들을 집 안으로 들어가게 하고 오랫동안 비누로 몸을 닦으면서 샤워를 하도록 했다. 주바이르는 모르고 있었지만 이슬람 동지들의 생명을 연장시키려는 그의 노력은 아무 소용이 없는 짓이었다.

이제 그의 두 전사들은 심장 마비로 죽은 노인의 옷을 입고 집을 돌아다니고 있었다. 하산이 입은 옷은 그에게 꽤 잘 맞았지만 키도 더 크고 덩치가 좋은 칼레드는 팔과 다리가 너무 짧은 우스꽝스러운 운동복을 억지로 입고 있었다. 두 사람은 이제 주방에서 여행을 위한 음식과 물을 모으고 있었다.

알 야마니는 뉴스 방송을 보고 있었다. 모하메드는 그의 사진과 신상이 텔레비전에 공개되자 크게 걱정을 하기 시작했다. 오랜 친구를 돕겠다는 결정은 완전한 재앙이었다는 것이 입증되고 있었다. 심지어 알 야마니에게 그가 자신의 인생을 망쳤다고 말하는 지경에까지 이르렀다. 알 야마니는 그의 친구에게 예전과 같은 신념이 없다는 것을 깨닫기 시작했다. 하지만 마지막 실망의 순간은 아직 오지 않았다.

하산이 와서 알 야마니에게 모든 것이 준비되었다고 말했다. 식량과 예비 연료가 배에 실렸고 보트는 떠날 준비가 되어 있었다. 아무도 주변에 없었기 때문에 알 야마니는 하산에게 일어나는 것을 도와달라고 청했다. 그가 일어섰을 때 모하메드가 방으로 들어와 그와 단둘이 이야기를 하고 싶다고 말했다. 알 야마니는 그의 부탁을 들어주었다.

모하메드는 오랜 친구의 눈을 보지 않고 이야기를 꺼냈다.

"자네는 나와 함께 가고 싶다고 말했지만 나는 여기 남고 싶네."

"정말인가?"

"그래. 어쨌든 누군가는 남아서 저 여자를 감시해야 하지 않나."

알 야마니는 전혀 그런 생각을 해 본 적이 없다는 듯 고개를 끄덕였다.

"경찰에게는 뭐라고 말할 생각인가?"

"모른다고 할 생각이야. 옛 친구가 전화를 해서 만나자고 했다고. 다른 일들에 관해서는… 모르겠네."

모하메드가 이 일에 대해 생각은 했으나 충분히 잘 생각해 보지 않은 것이 확실했다. 그가 설명할 수 없는 일들이 있었다. 경찰들이 다시 그들의 뒤를 밟을 수 있게 만드는 일들 말이다. 알 야마니는 그런 일을 용납할 수 없었다. 그들은 거의 320킬로미터를 가야 했고 하산의 말에 따르면 거의 열네 시간이 걸리는 거리였다.

"이 사명의 마지막 구간을 우리와 함께하지 못한다니 유감이군."

알 야마니는 친구의 어깨 위에 손을 올렸고 두 사람은 천천히 주방으로 걸어갔다. 여자는 위층으로 옮겨 침대에 묶어 놓았다.

"나는 이만하면 충분한 것 같네. 자네를 위해 기도하겠네."

"여기서 밤을 지낼 생각인가?"

알 야마니는 이렇게 물으면서 남은 한 손을 아주 미묘하게 움직여 하산에게 신호를 보냈다.

"그래야 할 것 같네."

알 야마니는 걸음을 멈추고 그와 마주 섰다. 그는 양손을 모하메드의 어깨에 올리고 말했다.

"알라가 자네를 지켜 줄 걸세."

시야 끝으로 하산이 움직이는 것을 볼 수 있었다.

"그리고 자네는 나의…"

모하메드는 그 말을 영원히 끝맺지 못했다. 하산이 긴 주방 칼을 그 노인의 등에 꽂았던 것이다.

모하메드는 바닥으로 미끌어져 그 집 주인이 앞서 죽었던 곳과 정확히 같은 자리에서 숨을 거뒀다. 알 야마니는 오랜 친구의 얼굴을 내려다보며 고개를 저었다. 한때는 용감하고 위대했던 사람들도 약해질 수 있었다. 모하메드는 사람을 타락시키는 미국의 능력을 보여 주는 또 하나의 증거였다.

"위층으로 올라가서…."

알 야마니가 하산에게 말했다.

"그 여자를 죽이고 시체들을 그 노인과 함께 보트에 싣게. 떠난 후에 강에 버리기로 하세."

75

워싱턴 D.C.

페기 스텔리는 대통령과 그의 주빈들이 앉아 있는 곳에서 가장 먼 구석 독신들만 모인 테이블에 앉아 있게 되었다. 그녀는 자신의 파트너인 민주당 전국위원회 의장 홈즈, 수석보좌관 존스, 공보비서관 팀 웨버, 그 외에 그녀가 알지 못하고 알고 싶지도 않은 다른 네 명의 사람들과 함께하고 있었다. 고용인들이나 정치광들을 앉히는 시시한 자리였다. 그녀는 단순히 대통령 주최 만찬에 온 것만으로도 기뻐해야 했지만 약간은 취해 있었고 또 약간은 불쾌한 기분을 느끼고 있었다.

그녀는 왜 그렇게 취하게 되었는지 잘 알고 있었다. 팻 홈즈가 벌인 향연 덕분이었다. 그는 자리에 앉은 모든 사람을 웃게 만들었다. 그는 모든 사람의 이름을 기억했고 한 사람 한 사람을 빠짐없이 대화에 끌어들였고 기지 넘치는 이야기들을 끝없이 늘어놓아서 모든 사람을 즐겁게 해 주었다. 그는 위스키 쟁반을 아예 테이블로 가져오게 했다. 저녁 식사 전에 그는 보드카와 그린 애플 슈냅스를 주문했고 자신의 보드카 잔을 들어 올리며 테이블에 앉은 열 명 모두에게 민주당을 위해서 건배를 하자고 제안했다. 감히 그 제안에 따르지 않을 사람은 없었다. 밸러리 존스 앞에서는 안 될 일이었다. 이 행정부에서 계속 일을 하고 싶은 사람이라면 안 될 일이었다.

스텔리는 기분이 왜 그렇게 더러운지도 알고 있었다. 주빈석에, 그것도 수많은 사람 중에서도 하필이면 영국 수상 옆에 앉아 있는 153센티도 안 되는 갈색 눈의 저 쥐새끼 같은 여자 때문이었다. 그녀의 보스와 그의 아내는 고상한 저녁 상대들과 함께 밝은 조명을 받고 있었다. 스텔리는 고개를 높이 들고 어떻게라도 그녀의 모습을 보기 위해 애쓰는 스톡스의 시선을 잡아챘다. 그녀는 언제나 그런 식으로 그를 지배하고 있었다. 그녀에 대한 그의 욕망은 그가 아내에 대해 가졌던 혹은 앞으로 가질 어떤 욕망보다 훨씬 컸다. 그가 부통령이 된다면 그녀는 그와 잠자리를 가질 것이다. 하지만 단 한 번뿐이다. 아마도 그녀가 그를 철저하게 흥분시킬 수 있는 해외 출장길이어야 할 것이다. 그를 완전히 녹초로 만드는, 밤새도록 계속되는 축제로 만들어 줄 생각이었다.

그 뒤에는 그를 멀리 하면서 그가 끝내 꼭대기까지 올라가는지 지켜볼 것이다. 그것이 마틴을 지배하는 열쇠다. 그에게 맛만 조금 보여 주고 4년 반 뒤에 그가 대통령이 되면 그에게 또 잊기 힘든 하룻밤을 선사할 것이다. 세상에서 가장 힘 있는 사람을 묶어 두고 그를 지배한다는 것은 얼마나 황홀한 일인가.

하지만 오늘 밤은 홈즈로 만족해야 했다. 그가 리비 스톡스 따위는 잊게 만들 것이다. 하지만 그의 집으로 가고 싶지는 않았다. 그에게 너무나 많은 통제권을 주게 될 것이다. 그녀의 집도 논외이다. 그녀는 아침에 남자가 침대에서 빠져나오기를 기다리지 않고 사라지는 것을 원했다. 그러면 그녀는 남자가 의무적으로 남기는 메시지나 그보다 더 나쁜 경우에는 낮에 보내진 꽃다발을 처리해야 할 것이다. 안 될 말이다. 그녀는 남자에게 근사한 호텔 방을 잡게 할 것이다. 그가 다시 리비 스톡스 이야기를 꺼내면 그녀는 그 대가를 치르게 해 줄 것이다. 사실 그녀는 그쪽에 대해서는 전문가였다. 그녀와 일을 끝낸 후에는 1년 동안 지압사가 필요할 것이다.

휴대전화의 벨소리가 그녀를 현실로 다시 불러냈다. 스텔리는 구슬이 세공된 클러치 백을 열어 전화를 꺼냈다. 그녀는 전화 건 사람을 확인하고 적잖이 놀랐다. 잠시 동안 전화를 받지 않을까 생각해 보았지만 지나치기 힘든 기회라는 생각이 들었다. 그 악명 높은 변호사 토니 잭슨에게 그녀가 러시아 대통령, 영국 수상과 함께하는 백악관의 대통령 만찬에 있다고 말하는 것은 얼마나 근사할까.

그녀는 녹색 통화 버튼을 누르고 전화를 귀에 댔다.

"페기 스텔리입니다."

거의 졸도하기 직전인 토니 잭슨이 끔찍한 욕설을 곁들여서 그녀에게 개인적으로, 또 더 크게는 법무부를 상대로 그가 어떤 일을 할 것인지 몹시도 자세하게 설명하는 것을 들은 그녀의 얼굴에서는 바로 자신만만 했던 웃음이 사라졌다.

76

　아메드 알 아델은 거의 한 시간 동안 불이 꺼진 독방에 앉아 있었다. 그의 짐작으로는 거의 열 시간 이상 아무도 그에게 이야기를 하지 않았다. 점심 식사 후 변호사와 이야기를 나눈 뒤로는 읽을거리도, 라디오도, TV도, 어떤 커뮤니케이션도 없었다. 그에게는 손목시계도 없었고 시간을 알 수 있는 어떤 단서도 주어지지 않았다. 하지만 매일 밤 10시에 불을 끄는 것 같아 보였다.

　그는 독방에 있었기 때문에 다른 죄수들과 어떤 접촉도 없었다. 드문드문 간수만 볼 뿐이었다. 그들은 하루 세 번 음식을 가져다 주고 치워 갔다. 그는 감방의 맞은편 벽에 설치된 카메라를 통해 그들이 자신을 보고 있을 것이라고 짐작했다. 그에게는 아무것도 문제될 것이 없었다. 그는 누구와도 이야기를 하고 싶지 않았다. 그의 변호사조차 그에게는 짜증스런 존재였다. 잭슨은 그의 이야기를 묻기 시작했다.

　하지만 더 나쁜 일은 잭슨이 틀렸다는 것이 이미 증명되고 있다는 점이었다. 그 변호사는 그들이 공식적인 기소 없이 긴 연휴 내내 그를 구금해 둘 수는 없다고 말했었다. 하지만 연방수사국에서는 그를 기소하는 대신 주요 증인으로 붙잡아 두기로 했다. 잭슨은 애틀랜타, 마이애미, 볼티모어, 뉴욕의 아랍계 미국인 공동체가 체포 영장의 광풍을 맞았다고 말했다. 좋은 소식은 아니었지만 알 아델은 그가 그런 것을 걱정한다는 인상을 주고 싶지 않았다. 하루만 더 모른다고 잡아떼면 된다. 그에게 중요한 것은 그것이었다. 죽음이 빨리, 고통 없이 오기만 한다면 살고 죽는 것은 문제가 아니었다. 알 아델은 순교할 준비가 되어 있었다. 그들은 이 작전에 그가 맡은 중추적인 역할이 정확히 기록될 것이라고 말했다. 아라비아 전체가 그의 위대함을 알게 될 것이다.

육중한 문이 열리고 닫히는 소리가 그 거창한 생각으로부터 그를 끄집어 냈다. 복도를 걸어오는 발자국 소리를 들을 수 있었다. 두 사람 이상인지는 확실하지 않았지만 한 사람보다 많은 것은 분명했다. 철창 너머로 두 사람이 갑자기 나타났다. 알 아델은 역광이 만드는 실루엣만 간신히 볼 수 있었지만 제복으로 보아서 한 사람은 간수라는 것을 알 수 있었다.

간수는 감방의 문을 열고 단 한 마디 말도 없이 자리를 피했다. 남겨진 남자는 바로 문을 열지 않았다. 대신 그는 주머니에서 전화를 꺼내 번호를 눌렀다.

"안에 있나?"

의문의 남자가 물었다.

"비디오 전송을 끊고 우리가 건물에 들어오고 나가는 것이 보이는 것들은 모두 지워."

그 남자는 전화를 치우고 알 아델에게 흠잡을 데 없는 아라비아어로 말을 하기 시작했다. 알 아델은 침대에서 일어나 앉아 담요를 쥐고 있었다. 공포가 혈관 구석구석으로 흘렀다.

"나는 미국인이다."

그가 쥐어짤 수 있는 모든 용기를 동원해 말했다.

"나는 변호사를 만나고 싶다."

철창 건너편의 그 남자는 거기에 말 대신 웃음으로 대꾸했다. 알 아델의 말이나 행동이 전혀 두렵지 않다는 것을 보여 주는 웃음, 앞으로 다가올 달갑지 않은 일들을 암시하는 깊은 분노가 묻어나는 웃음이었다.

77

전환점은 애틀랜타로부터의 두 번째 전화에서 찾아왔다. 질병관리센터의 위험물처리반이 트럭을 발견했다. 트럭은 정말 위험한 상태였다. 예상대로 트럭 안에는 멕시코에서 애틀랜타로 가는 여정이 담긴 서류가 있었다. 배달지는 화물차 휴게소와 그리 멀지 않았고 그곳에 도착한 위험물처리반은 곧 트레일러를 찾을 수 있었다. 트레일러 역시 오염된 상태였지만 건설 트레일러 뒤쪽에서 발견된 버려진 옷과 납 앞치마, 방사선 배지 더미가 더 많은 것을 말해 주고 있었다.

라이머는 이 이야기를 맥마흔과 랩에게 전했다. 위험물처리반은 방사능 출처가 Pu-239 플루토늄인 것으로 확인했다. 원자로 연료나 무기급 핵재료에 이용되는 1차 동위원소였다. 라이머는 보다 긍정적인 어조로 예상대로 이 무기는 극히 불안정하고 상당한 방사선을 발산하고 있기 때문에 워싱턴 주위의 탐지기가 적발하기가 쉬울 것이라고 말했다.

라이머의 전화를 받은 후 맥마흔이 랩을 놀라게 했다. 랩은 이 베테랑 요원이 작은 일쯤은 눈감아 줄 수 있는 사람이라는 것을 알고 있었다. 하지만 방금 그가 제안한 것은 단순히 눈을 감아 주는 정도의 일이 아니었다. 명백하게 법을 어기는 것이었다. 랩은 조금도 반대할 생각이 없었지만 한 번 앞으로 가고 나면 돌아올 길이 없는 일이었다. 맥마흔에게는 아니 어쩌면 랩에게도 경력을 단번에 끝장낼 수 있는 사안이었다. 그 모든 것을 알고 있었지만 랩은 추진하기로 결정했다. 위험을 무릅쓰지 않고 옳은 길만 가기에는 걸려 있는 일이 너무 많았다.

미치 랩을 주저하게 만드는 것이 단 하나 있었다. 그는 고소도 처리할 수 있고 언론의 정밀 조사도 비껴갈 수 있지만 그들이 그의 모습이 담긴 비디오테이프를 가지고 있다면 불가능한 일이었다. 하지만 CIA의 전임 컴퓨터 해커인 마커스 듀먼드와의 통화 한 번으로 그는 걱정을 덜었다. 잠시 후 랩과 맥마흔은 123번 루트를 날듯이 달려 페어팩스로 향하고 있었다.

10시가 넘은 시간이었고 연방 법원과 카운티 구치소 주위는 정적이 흐르고 있었다. 맥마흔은 그의 FBI 세단을 돌려 건물 뒤에 세우고 경적을 울렸다. 커다란 차고 문 중 하나가 열렸고 그들은 죄수들이 차량으로 호송되는 출격구 안으로 들어갔다. 출격구에는 한 사람 외에는 텅 비어 있었다. 그는 그곳에 있는 것이 그리 달갑지 않은 표정이었다.

맥마흔과 랩은 차에서 내려 그 남자에게 다가갔다. 맥마흔은 손을 내밀면서 말했다.

"조, 이번 일은 정말 고맙네."

그 남자가 고개를 저었다.

"무슨 일을 하고 계신지는 알고 계신 거겠죠?"

"내가 틀렸다면… 물론 아니지만… 모든 책임은 내가 지겠네."

맥마흔이 랩을 가리켰다.

"조, 미치 랩이네. 미치, 여기는 연방법원 집행관 조 스튜어트."

두 사람은 악수를 나눴다.

"이런 위험을 무릅써 주셔서 감사합니다."

랩이 말했다.

"예…. 스킵을 오랫동안 알고 지냈습니다. 심각한 문제가 아니라면 제게 이런 부탁을 할 분이 아니시죠."

"맞습니다. 저를 믿으셔도 됩니다."

"그럼 이제 들어가 보는 게 좋겠습니다."

집행관은 그들을 이끌고 무거운 철문으로 갔다. 잠시 후 윙윙 소리를 내면서 문이 열리고 그들은 안으로 들어갔다. 페어팩스 카운티의 보안관대리가 그들을 기다리고 있었다. 스튜어트는 그 젊은 사람을 보고 말했다.

"아메드 알 아델이 필요하다. 그를 독방에 넣었지?"

"무슨 일입니까?"

그 보안관대리가 물었다.

스튜어트는 키가 작았지만 눈길을 끄는 인상이었다. 그는 젊은 보안관대리를 노려보며 말했다.

"무슨 일인지는 알 필요 없어. 그자는 연방에서 구금하고 있다. 내가 데려오라고 하면 당신은 그를 데려오면 돼."

그 보안관대리는 바로 물러섰다. 랩이 앞으로 나섰다.

"내가 함께 가겠소."

그 보안관대리는 어깨를 으쓱했다.

"좋을 대로 하십시오."

또 다른 무거운 문이 윙윙 소리를 내며 열렸고 랩과 보안관대리가 안으로 들어갔다. 복도를 걸어가던 그 보안관대리는 어깨 너머로 랩을 보며 말했다.

"당신 그 미치 랩이라는 사람 아닙니까?"

랩은 고개를 저었다.

"아니오. 그런 이야기를 종종 들었소. 하지만 나는 법무부 소속이오."

이 말이 알리바이가 되어 줄 것이라고 생각지는 않았지만 어쨌든 CIA에서 일하면서 나쁜 놈을 죽이는 것이 어떤 기분이냐는 따위의 질문을 받는 것보다는 나았다.

그들은 한 줄로 이어진 계단을 내려가 잠겨 있는 다른 문을 통과한 뒤 조용하고 어두운 독방 구역으로 들어갔다. 복도 맨 끝에서 보안관대리가 독방 문을 열었다. 그가 문을 열기 전에 랩이 말했다.

"여기서부터는 내가 하겠소."

그 보안관대리는 주춤거렸다.

"수갑을 채워야 합니다. 그게 규정이거든요."

랩은 자신감 있는 미소를 지었다.

"수갑 같은 것은 걱정 마시오. 내가 처리할 수 있소."

보안관대리는 움직이지 않았다.

"큰 문제가 생길 수 있습니다."

랩은 가라는 손짓을 하며 말했다.

"걱정 말고 위층으로 올라가 계시오. 여기서부터는 내가 하겠소."

보안관대리는 자신의 앞에 서 있는 남자의 얼굴을 자세히 살폈다. 그는 남자의 오른쪽 팔 아래에 무기가 만드는 불룩한 모양이 있다는 것을 이미 눈치챘고 얼굴 옆쪽의 가느다란 흉터를 보았다. 건장한 몸에 나이는 30대 중반. 이 사람은 법무부의 변호사가 아니라 미치 랩이었다.

그 보안관대리는 고집을 꺾고 자리를 떠났다. 그는 무슨 일을 해야 할지 알고 있었다. 브라이언 존스는 스물두 살이었고 구치소에서 근무한 지는 1년이 채 못 되었지만 그 짧은 시간에 그들이 두꺼운 철창 뒤에 구금하고 있는 소란스러운 동물들만큼이나 자주 들락거리는 연방의 거물들에 대한 혐오감을 키우게 되었다. 존스는 계단을 올라가 새로운 디지털 카메라 시스템을 통해 수용자들을 감시하는 보안실로 향했다. 잠시 후 랩이 아니라고 주장하는 그 남자가 수용자를 데리고 위층으로 올라왔다. 그는 오렌지색 점프수트를 입은 수용자의 목덜미를 움켜잡고 있었다. 수용자는 겁은 먹은 것처럼 보였다. 그게 실제로 미치 랩이라면 겁을 먹지 않을 수 없을 것이다.

존스는 모니터를 통해서 알 아델이 세단의 뒷자리에 태워지고 랩이 그와 함께 차에 타는 것을 지켜보았다. 저 미친 집행관 조 스튜어트가 잠시 다른 한 사람과 이야기를 하고 악수를 나누었다. FBI에서 나온 키가 큰 남자가 차에 타 차를 후진시켰다. 페어팩스 카운티의 보안관대리 브라이언 존스는 주차장 문을 올리는 버튼을 눌렀다. 세단이 나가자마자 그는 문을 닫았다. 잠시 후 비디오 감시 시스템이 갑자기 정지했고 모니터들은 캄캄해졌다.

존스는 움직이지 않았고 감히 뭔가를 만져 볼 생각도 하지 않았다. 그는 시스템이 저절로 재부팅되기를 바라며 숨을 죽이고 있었다. 5초가 지나고, 10초, 20초가 지났다. 마침내 카메라가 다시 온라인 상태로 바뀌었다. 존스는 이마의 땀을 닦고 안도의 한숨을 쉬었다. 이 시스템은 그가 일을 시작할 무렵 설치된 것으로 이전에는 이런 식의 오작동이 일어난 적이 없었다. 고장 난 타이밍이 수상쩍게 느껴졌다. 때문에 그는 시스템에 로그인해서 보관된 기록을 확인하기 시작했다. 모든 것이 디지털로 저장되어 있었다.

거의 5분에 이르는 감시 기록이 사라지고 없었다. 서버로부터 지워져 있었다.

'변호사라고?'

그는 혼자 생각했다.

'도대체 자기들이 뭐라고 생각하기에 구치소에 들어와서 이런 일까지 하는 거지?'

존스는 지갑을 열어 명함 한 장을 꺼냈다. 어쨌든 이미 그 사람에게 전화를 걸 생각을 하고 있었다. 남부의 입이라는 그 사람은 유명인이었다. 그는 구치소 주변에 명함을 뿌리면서 보안관대리들에게 자신이 공판을 위한 아르바이트 보안 요원을 여러 명 뽑을 생각이라고 말하고 다녔다. 비번인 날에 빈둥거리고 소설이나 읽으면서 시간당 50달러를 번다니 구미가 당기는 일이 아닐 수 없었다.

존스는 남부의 입이 자신의 의뢰인이 CIA와 차를 타고 사라졌다는 사실을 모를 것이라고 확신했다. 그는 시간당 50달러가 얼마나 괜찮은 벌이인가 생각했다. 그 변호사에게 무슨 일이 일어나고 있는지 알려 준다면 그는 분명 그 아르바이트 자리를 얻는 데 유리한 위치에 서게 될 것이다. 존스는 번호를 누르면서 벌써 그가 받게 될 돈을 계산하고 있었다.

78

버지니아

그들은 구치소를 나와 50번 루트를 타고 서쪽으로 달리다가 북쪽으로 28번 고속도로를 탔다. 맥마흔은 줄곧 시속 80킬로 이상으로 달리고 있었다. 덜레스에서 허스트 브롤 고속도로를 만났을 때 그들은 갓길에서 철수하고 있는 주 경찰관을 지나쳤다. 맥마흔은 프론트 그릴과 뒤 창문 안에 숨겨져 있던 비상등을 켠 뒤 속력을 늦추지 않고 달렸다. 랩이 그에게 말한 것은 존재하지 않는 장소로 가자는 것뿐이었다. 맥마흔은 이 사실을 누구에게도 말하지 않았다.

아크람 박사는 랩에게 고문의 위협은 실제 고문보다 더 큰 설득력을 발휘하는 경우가 종종 있다고 말하곤 했다. 지금까지 알 아델을 관찰한 결과를 기준으로 하면 그 이론은 진실인 것 같았다. 랩은 아크람과 앞으로의 진행 상황을 간단히 의논했고 아크람은 랩에게 따라야 할 규칙을 알려 주었다. 알 아델이 당신이 간절하고 급박한 상황이라는 것을 감지하지 못하게 할 것. 그것이 첫 번째 조언이었다. 알 아델로 하여금 당신이 끈기 있고, 공정하고, 통제력이 있는 사람이며 그와 그의 작전에 대해 자기가 상상할 수 있는 이상으로 많은 것을 알고 있다고 믿게 할 것. 그의 마음 깊은 곳에 고문에 대한 위협이 감돌게 할 것. 자신이 하찮은 존재라는 것을 느끼게 할 것.

이 계획에서 랩에게 어렵게 느껴지는 유일한 부분은 그에게 손을 대지 말라는 것이었다. 알 아델이 가진 스스로에 대한 자부심이 상당히 짜증스러운 정도라는 맥마흔의 분석은 아주 정확했다. 랩이 그 사우디 태생의 이민자와 함께한 20분 동안 그자는 꼭 1분에 한 번씩 변호사를 찾았다. 그 사우디인이 건방진 어조로 그 터무니없는 요청을 할 때마다 랩은 그의 코를 부러뜨리고 싶은 마음을 간신히 억눌렀다. 그는 고문에 의지해야만 하는 경우에 보다 미묘한 방법들로 알 아델에게 상처를 줄 수 있다는 것을 알고 있었다. 그 방법들은 보통의 고문 방법과 마찬가지로 고통스러웠지만 특히 고문 사실을 전적으로 부인할 수 있다는 이점을 가지고 있었다.

신체에 흔적이 남지 않는 것이다. 일이 잘못 돌아가고 이 두 번째 폭탄이 편집증적 망상에 불과했다는 것이 밝혀지면 그들은 알 아델을 다시 법무부로 넘겨야 한다. 명확한 고문의 흔적이 있다면 그들은 조사를 받아야 한다. 흔적이 없다면 신체적 학대를 증명하기란 대단히 어렵다. 워싱턴에서 핵폭탄을 폭파시키는 계획에 가담한 그 이슬람 과격 근본주의자에게 랩은 바로 이렇게 말해 줄 것이다. 사람들은 랩이 그런 무자비한 일을 저지를 수 있는 사람이라는 것을 분명히 알고 있다. 하지만 언론과 약간의 좌익 세력과 운동가들을 제외한 모든 사람들은 테러에 맞서 기꺼이 그의 편에 서게 될 것이다. 그들이 알 아델에게 흔적을 남긴다 해도 대다수의 미국인들은 당면 문제를 고려해서 랩에게 면죄부를 줄 것이다. 하지만 지금으로서 랩은 아크람의 조언을 따를 생각이었다.

때문에 랩은 그 사우디 이민자와 뒷자리에 앉아서 사우디어로 그에게 말했다. 그 사우디인을 충격에 빠뜨릴 이야기였다. 랩은 그에게 그의 가족에 대해 말했고 그의 아버지까지 입에 올렸다.

알 아델도 그 이야기에는 놀라움을 감출 수 없었다.

"거짓말이오."

랩은 고개를 저었다.

"한 시간 전에 통화를 했는걸. 그 전에는 왕세자에게 전화를 해서 조사할 것이 있으니 너희 가족 신병을 확보해 두라고 했지. 여자들도 빠짐

없이."

알 아델의 얼굴에 충격과 함께 믿을 수 없다는 표정이 떠올랐다.

랩이 말했다.

"왕세자와 나는 오랫동안 여러 가지 일을 같이 해 왔어."

"무슨 일을 했다는 건가?"

그의 말을 믿지 않는 알 아델이 물었다.

"위협 요인을 제거하는 일이지, 아메드. 왕세자는 미국과의 사업에서 많은 수익을 보고 있어. 너 같은 사람들을 제거하는 것은 그가 그런 사업을 지속하는 데 도움이 되지. 그는 너희 와하비파를 제대로 파악하고 있거든. 자신들이 과거에 살고 싶어 하는 어리석은 광신자들이란 걸 인정 못하는, 종교에 정신이 나간 퇴영적인 집단이라고 말이야."

"난 네 말을 믿을 수 없다. 너는 왕세자를 모른다."

"생각해 봐, 아메드. 왕세자와 사우디 왕족들은 미국 경제에 수백만 달러를 투자하고 있어. 너와 너희 살인 집단이 워싱턴에서 핵폭탄을 터뜨리는 데 성공한다면 말야…."

랩은 남자의 눈에서 그 말을 알아듣는 눈빛을 감지하고 잠시 말을 멈추었다.

"그래, 아메드. 나는 폭탄이 또 있다는 걸 알고 있어. 그리고 얼마간은 너희 친구들이 성공하기를 바라고 있지."

알 아델은 갑작스런 이야기에 크게 놀라서 그런 자신의 속내를 내비치고 말았다.

"난 네가 무슨 얘기를 하는지 모른다."

랩은 그의 얼굴을 자세히 살폈다. 그는 팔을 뻗어 그 사우디 이민자의 어깨를 감쌌다. 랩이 그의 귀에 속삭이는 동안 그는 눈을 꼭 감았다.

"그래, 나는 정말 너희들이 성공하길 바란다. 왠지 알겠어?"

알 아델은 고개를 저었다.

"그렇게만 되면 미합중국은 단번에 이 전쟁을 끝낼 수 있어. 우리는 네가 사랑해 마지않는 너의 조국을 핵무기로 공격해서 석기시대로 돌려놓을 거야. 메카, 메디나, 모든 성지가 그렇게 되겠지. 그 모든 게 네 어깨에 달려 있어, 아메드. 너는 종교를 파괴한 사람으로 역사에 기록될 거야. 와하비의 고난을 영원히 묻어 버린 사람으로."

알 아델이 할 수 있는 일은 아니라며 고개를 젓는 것뿐이었다.

"아메드."

랩이 웃었다.

"네가 찰스턴에서 가져오려던 그 조그만 20킬로톤 폭탄은 아무것도 아니야. 우리는 아라비아 해에 잠수함이 있어. 지금 당장이라도 사우디 아라비아 전체를 날려 버릴 수 있는 핵미사일이 탑재되어 있지. 그건 우리가 보유한 핵무기의 극히 일부에 불과해."

알 아델은 미소를 지어서 자신감을 보여 주려 했지만 전혀 설득력이 없었다.

"너희 대통령은 너무 허약하다. 그는 절대 그런 공격을 승인하지 못한다. 그리고 그가 원한다 해도 UN이나 유럽이 그렇게 놓아두지 않을 것이다. 그리고 원유는 어떻게 할 건가?"

그가 비아냥거리는 어조로 말했다.

"너희는 우리 나라에 절대 폭탄을 떨어뜨리지 못한다. 자기 목을 따는 꼴일 테니까."

"아메드, 넌 정말 바보다. UN과 유럽은 대통령의 결정에 아무 말도 하지 않을 거야. 프랑스와 독일의 경우 공개적으로는 자제를 요청하겠지. 하지만 그저 그래야 하기 때문일 뿐이야. 이건 역사를 바꾸는 사건이 될 거야. 내부적으로는 그들도 선례가 반드시 만들어져야 하고 테러에 의존하는 자들은 가능한 가장 극단적인 방법으로 다루어야 한다는 데 동의할 거야. 그리고 원유에 관한 한 우리는 유전에 핵 공격을 가할 정도로 어리석지 않아. 너희 나라 인구의 80퍼센트는 홍해 유역과 리야드에 집중되어 있지. 유전에는 손상이 가지 않을 거야. 왕세자도 그 사실을 알고 있고. 그 때문에 우리가 얘기하면 그가 너희 가족을 고문하게 되는 거지. 그는 너희 바보들이 성공하는 경우 자기 왕국을 빼앗긴다는 것을 잘 알고 있거든."

"내 아버지는 모두에게 존경받는 분이다. 왕세자가 내 아버지를 고문할 리가 없어."

"우선, 왕세자는 자기 것을 지키기 위해서라면 어떤 일이든 할 거야. 거기에는 너의 그 하찮은 아버지를 고문하는 것도 포함되지. 하지만 다행히도 너희 아버지는 협조를 하고 있다. 그의 말이, 너는 너희 가족의 골칫거리라는군."

"거짓말!"

알 아델은 랩을 보려 하지 않았다.

"이제 알게 될 거야."

랩이 말한 것은 모두 엄포였지만 완전한 거짓말은 아니었다. 그는 왕세자를 실제로 알고 있었고 대통령이 그에게 전화를 걸어 모든 카드를 내놓으면 왕세자가 기꺼이 알 아델의 가족을 체포해서 고문을 시작할 것도 분명했다. 이자들이 정말 미국 땅에서 핵폭탄을 터뜨리는 날에는 대통령이 어딘가에는 핵 공격을 가해야 하는 엄청난 압력을 받게 될 것이고 사우디아라비아는 그 목록의 맨 위에 놓이게 될 것이란 점도 분명했다.

그 시설로 이어지는 진입로는 측면으로 전천후 카메라가 설치된 3.6미터짜리 철문으로 막혀 있었다. 잠시 후 문이 열렸고 그들은 나무가 들어선 길고 굽은 진입로를 달려갔다. 주 건물은 페더럴 스타일의 2층짜리 벽돌 건물로 양쪽에 똑같은 부속 건물이 이어져 있었다. 그들은 정문 앞에 차를 댔다. 아크람 박사가 짙은 색 양복에 붉은 넥타이를 맨 말쑥한 차림으로 정문 계단에서 기다리고 있었다.

랩, 맥마흔, 알 아델은 차에서 내렸다. 랩은 굳이 서로를 소개하지 않았다. 아크람 박사는 아라비아어로 정중하게 알 아델에게 인사를 건넸고 맥마흔에게는 아무 말도 하지 않았다. 그 뒤 그는 다른 사람들이 따라오도록 몸을 돌려 집으로 들어갔다. 그들은 집을 통과해 뒷문으로 나갔다. 그곳에는 다른 곳보다 약간 높게 설계된 테라스가 있었다. 테라스에서는 긴 직사각형 수영장이 굽어 보였다. 아크람은 음식 쟁반과 물주전자가 놓여 있는 테이블로 다가갔다.

그는 의자를 가리키며 말했다.

"알 아델 씨, 앉으시겠습니까?"

아크람은 랩과 맥마흔을 보았다.

"알 아델 씨와 잠시 단둘이 있고 싶은데요."

랩과 맥마흔은 파티오의 끝쪽으로 걸어갔다. 그곳에 이르자 맥마흔이 물었다.

"이게 다 뭔가? 저 고급 양복을 차려입은 사람은 또 누구고?"

"묻지 마십시오. 그냥 지켜보시면 됩니다. 그가 알 아델의 입을 열 겁니다. 그가 쓸 만한 정보를 얻어 내지 못하면 그를 다시 우리에게 넘길 거고 그럼 우리는 나쁜 경찰 놀이를 잠깐 하면 되는 겁니다."

"좋아. 기다려 보지."

랩은 맥마흔이 진지한지 아닌지 알 수 없었다.

"부국장님은 여기 낄 필요가 없습니다. 사실 저는 부국장님이 관여하지 않으시는 편이 좋습니다."

맥마흔이 랩을 지나쳐 수용자와 양복 입은 남자를 보았다.

"관여하지 않겠네. 내가 원치 않은 일을 자네한테 하라고 하지는 않을 거야."

"제게 이래라저래라 하시면 안 됩니다."

"무슨 말을 하는지 알면서 그러나."

랩이 고개를 끄덕였다.

"일이 이상하게 돌아갈 수도 있습니다."

"내가 보이스카우트라도 되는 줄 아나?"

랩의 전화가 울렸고 그는 뒷주머니에서 전화를 꺼냈다. 전화를 열기 전에 그는 작은 디스플레이 창을 보았다. 그는 잠시 머뭇거리다가 하는 수 없이 전화를 받았다.

"랩입니다."

그는 전화를 귀에 대고 이야기를 들었다. 5초 후 그가 말했다.

"지금 일을 하고 있는 중입니다. 제가 다시 전화드리죠."

상대방의 대답을 기다리지 않고 그는 전화를 끊었다. 그리고 맥마흔에게 말했다.

"일을 빨리 진행시켜야겠습니다."

"누군가?"

"아이린입니다. 제가 알 아델을 페어펙스 구치소에서 빼내 왔다는 말이 새어 나갔습니다."

"그를 데려온 게 겨우 30분 전인데!"

랩이 어깨를 으쓱했다.

"아이린의 말이 법무부가 몹시 화를 내고 있답니다. 밸러리 존스에 대해서 무슨 말인가 하려 하는데 전화를 끊어 버렸습니다."

랩의 전화가 또 울렸다. 다시 통화를 하려는 케네디였다. 그는 전화를 잠시 응시한 뒤 벨 소리를 죽이고 치워 버렸다.

"서둘러야겠습니다. 시간이 많지 않아요."

79

랩은 테라스를 가로질러 가서 아크람의 어깨에 손을 얹었다.

"얘기를 좀 해야겠네."

그들은 맥마흔에게 알 아델을 감시하도록 하고 그들이 이야기가 들리지 않는 거리까지 걸어갔다. 랩이 말했다.

"이제 시간이 없네. 저놈이 뭔가 얘기를 하던가?"

"아직 시작할 기회도 없었습니다. 그가 말한 거라고는 자신이 미국인이고 변호사를 부르라는 것뿐이었습니다."

"음…. 그것만 봐서는 앵무새나 다름없지. 이렇게 하자고. 내가 그를 데려왔다는 것이 벌써 새어 나갔어. 우리는 빨리 놈의 입을 열어야 하고 자네가 이전에 말했듯이 아무 흔적 없이 이곳을 떠나는 것이 최선이네. 그렇다면 자네가 권할 방법은 뭔가?"

아크람은 잠시 생각하고는 입을 열었다.

"그가 마시고 있는 레모네이드에는 흥분제가 들어 있습니다. 당신이 그를 물에 던져 넣을 경우 두려움을 극대화하는 데 도움이 될 겁니다."

랩은 불이 켜진 수영장을 보고 의문어린 표정으로 다시 아크람을 보았다. 아크람이 설명했다.

"사우디아라비아에서는 수영이 흔한 취미가 아니죠."

랩은 그런 생각을 해 보지 못했었다.

"혹시 수영하는 법을 안다고 해도 당신이 물에 들어가서 누르면 되니까요."

아크람은 그의 손목시계를 보며 말했다.

"10분 후에 돌아와서 어떻게 하셔야 할지 알려 드리겠습니다."

아크람은 몸을 돌려 테이블로 돌아갔다.

"알 아델 씨, 애석하게도 시간이 별로 없습니다. 이제 질문을 하나 드릴 텐데요, 당신이 대답을 거부하시면 당신을 저 두 신사분들께 넘길 수밖에 없습니다. 장담하건데 그리 좋은 경험은 아닐 겁니다."

아크람은 아까부터 이 순간에 대해 생각하고 있었다. 당장에 너무 깊이 들어가지 않고 그가 아주 간단한 것부터 시작하게 하는 것이 중요하다. 그들이 이미 아는 그런 것에서부터 말이다.

"당신이 찰스턴에서 찾은 폭탄을… 어디로 가져가려 했습니까? 어느 도시로요?"

알 아델은 반항적으로 고개를 저었다.

"나는 미국인이다. 나는 내 권리에 대해 알고 있다. 나는 당신들 중 누구에게도 말을 할 의무가 없다. 나는 변호사를 만나고 싶다."

아크람은 그에게 대단히 동정 어린 표정을 지어 보였다.

"앞으로 일어날 일을 생각하니 참으로 유감스럽습니다. 하지만 피해 갈 수가 없겠네요."

그리고는 랩에게로 돌아서서 그의 귀에 속삭였다.

"이자를 다룰 때 중요한 것은 우선 입을 열게 하는 겁니다. 작은 것부터 시작하십시오. 변호사 이외에 다른 것을 말하게 해야 합니다. 그런 뒤에는 큰 걸 기대해 볼 수 있습니다."

아크람은 그들에게서 멀어져 건물 안으로 들어갔다.

랩은 그 수용자에게 다가가서 말했다.

"일어서."

알 아델은 움직이지 않았다. 랩은 그의 팔을 잡았지만 알 아델은 의자의 팔걸이를 꼭 쥐고 꼼짝하지 않았다.

"다시 말하지 않겠다. 일어서."

알 아델은 완강했다.

랩은 번개처럼 빠르게 그 남자의 명치를 가격했다. 알 아델은 순간적으로 손잡이를 놓고 몸을 구부렸다. 그놈의 코를 부러뜨리는 것이 훨씬 흐뭇했겠지만 지금은 이것으로 만족해야 했다. 랩은 머리채를 잡고 그를 의자에서 끌어냈다. 랩은 여전히 허리를 굽히고 배를 움켜쥐고 있는 알 아델을 끌고 테라스를 지나 수영장으로 이어지는 계단으로 갔다.

"아메드, 수영 좋아하나?"

랩은 네 개의 계단을 지나 아래쪽 테라스와 수영장이 있는 곳으로 향했다. 알 아델은 물을 보자 맹렬하게 저항하기 시작했다.

"무슨 문제라도 있나?"

랩이 물었다.

"너는 물을 무서워하지 않잖아, 그렇지?"

알 아델은 처음으로 상체를 뒤로 젖히고 물 쪽으로 가지 않기 위해서 무릎을 꺾었다. 랩은 그의 머리를 더 세게 잡아당겨 그를 일으켜 세웠다. 몇 걸음을 남기고 알 아델의 다리가 축 늘어지더니 땅바닥에 쓰러졌다. 맥마흔이 때마침 나타나서 그의 발을 잡았다. 랩이 그의 손을 하나씩 잡았고 그들은 두 번을 휘두른 후 그 테러리스트를 오렌지색 점프 수트를 입은 그대로 가장 깊은 끝 쪽 한가운데 던져 넣었다.

랩은 그가 버둥거리는 것을 보면서 수영장의 다른 쪽 끝으로 가서 뜰채가 달린 막대를 잡았다. 알 아델은 수영을 할 줄 모르는 것이 분명했다. 그는 엎치락뒤치락하며 팔을 사방으로 휘저었고 숨을 헐떡거렸지만 대부분 공기 대신에 물만 들이킬 뿐이었다. 랩은 상의를 벗고 긴 알루미늄 막대를 잡았다. 그는 뜰채를 수영장 쪽으로 던져서 알 아델의 코앞에 가도록 했다. 잠시 동안 그는 그 바보가 뜰채가 거기에 있는 것을 깨닫지 못할 것이라고 생각했다. 그렇다면 랩이 수영장으로 들어가 알 아델을 구해야 했다. 다행히 휘젓던 팔 하나가 뜰채에 부딪혔고 알 아델은 뜰채를 움켜쥐었다.

랩은 왼손을 버팀대처럼 이용해서 오른손으로 막대를 뒤로 젖혀 알 아델의 머리와 어깨를 물 밖으로 들어 올렸다. 그 테러리스트는 난파선의 표류물 조각을 붙잡은 쥐새끼처럼 뜰채에 매달려 있었다.

"아메드."

랩이 큰 목소리로 외쳤다.

"변호사를 부르라고 한 번만 더 말하면 이걸 네게서 떼어 내서 널 바닥으로 가라앉혀 버릴 거야. 알겠나?"

그가 바로 대답을 하지 않자 랩은 막대를 흔들었다.

"그래, 그래, 알았어!"

"자, 아메드, 내 말을 잘 들어. 찰스턴에서 찾은 폭탄을 어디로 가져가려 했지?"

알 아델은 막대 끝의 뜰채를 움켜쥔 채 눈을 꼭 감고 있었다. 온몸이 두려움으로 떨리고 있었다.

랩은 더 큰 목소리로 질문을 반복한 뒤 숫자를 세기 시작했다. 다섯에 이르렀지만 알 아델이 대답을 하지 않자 랩은 막대를 잡고 있던 손의 힘을 빼고 뜰채를 움직여 매달려 있던 테러리스트를 물속으로 밀어 넣었다. 랩이 그를 물속에 넣어 둔 것은 단 2초였지만 그는 그것이 수영을 할 줄 모르는 사람에게는 영원과 같다는 것을 알고 있었다. 그는 상체를 뒤로 젖혀 막대에 힘을 실었다. 알 아델이 물 밖으로 올라왔다. 랩은 그 질문을 다시 반복했다. 이번에는 대답을 기다릴 필요가 없었다. 랩은 알 아델이 공기를 마시기 위해서 입을 크게 벌리는 것을 보고 그를 바로 물속으로 집어넣었다.

랩은 잠시 후 그를 물 밖으로 들어냈다. 이번에는 그의 대답을 들을 수 있었다. 알 아델은 한 마디를 외치고 물을 토한 뒤 굶주린 폐로 공기를 빨아들였다. 랩은 그가 방금 한 말을 믿을 수 없었다. 랩은 수영장 건너 맥마흔을 바라보았고 질문을 또다시 반복했다.

알 아델은 다시 같은 대답을 했고 랩이 다시 물속으로 넣겠다고 위협하자 본격적으로 정보를 지껄이기 시작했다. 그는 알루미늄 막대에 필사적으로 매달려 계획의 세부 사항을 계속 털어놓았다.

80

랩과 맥마흔에게는 계획이 있었다. 그들에게는 계획을 의논하고 허점을 찾아볼 시간이 30분뿐이었다. 그들은 그 계획을 보스들에게, 랩은 CIA 국장 케네디에게 그리고 맥마흔은 FBI 국장 로치에게 간략히 보고했다. 그들은 전화를 통해서는 아무것도 논의하지 않을 생각이었다. 안된다. 그들은 행방불명된 수용자가 어디에 있는지 말하지 않을 것이다. 그들은 백악관으로 향하고 있었다. 그곳 상황실에서 자정에 사람들을 만날 것이다. 어느 보스도 그 소식에 달가워하지 않았다. 하지만 랩도 맥마흔도 개의치 않았다. 그들은 그들을 비난하는 사람들을 모두 한방에 모아 놓고 진실을 들려줄 것이다. 그들이 걱정하는 것은 그들의 보스가 아니다. 그들은 옳은 일을 할 것이다. 그들이 염두에 두고 있는 것은 다른 사람들, 대통령을 포함한 다른 사람들이었다.

대통령은 그의 행정부 안에 그의 귀에 대고 쩍쩍대면서 테러와 국가 안보의 문제에는 주의를 기울이지 않는 사람들이 있다는 것을 직접 봐야 할 필요가 있었다. 랩이 대통령에게 그들이 알아낸 것을 말하면 그 사람들이 몰려들어 한심한 조언을 할 것이다. 두 번째 폭탄의 때 이른 폭발을 부추기는 그런 한심한 조언을 말이다.

그 때문에라도 랩과 맥마흔은 모든 사람이 한방에 모일 때까지는 모든 것을 그들의 보스에게까지 비밀로 하기로 한 것이었다. 이 일을 제대로 처리하기 위해서는 방해자들에게 광분해서 이성을 잃을 기회를, 확실히 일자리와 연금을 잃을 기회를 주어야 했다. 그리고 그들이 대통령 앞에서 이 일을 제대로 하기 위해서는 그 사람들이 필요했다. 결정적인 마무리 펀치가 날아가면 그들은 완전히 바보가 될 것이다.

비밀경호국 요원 잭 워치는 웨스트 이그제큐티브 드라이브의 차양 아래에서 랩과 맥마흔을 기다리고 있었다. 랩은 워치에게 전화를 걸어 그들과 만나자고 청했다. 그는 만찬회 때문에 턱시도 차림이었고 걱정스러운 표정이었다. 랩과 맥마흔이 연석으로 올라서자 그가 말했다.

"도대체 무슨 일입니까?"

"얘기하긴 깁니다, 잭. 이 문제에서는 그저 절 믿어 주세요."

"자네나 부국장님도 알다시피 난 이런 문제에 관여해서는 안 되네. 하지만 안에 정말로 흥분한 사람들이 있어. 존스는 당신들을 물어뜯으려고 할 거고 법무부의 다른 여자도 그렇네. 당신들 보스들조차 그리 힘이 될 것 같지 않고 대통령도… 이렇게 말하면 되겠군. 난 오랫동안 대통령님이 이렇게 화가 난 것을 본 적이 없어."

"잘됐군요."

랩이 말했다. 그 말은 진심이었다.

"대통령은 상황실에 계십니까?"

"상황실로 가고 계시는 중이네."

랩은 시간을 확인했다.

"다른 부탁이 하나 있습니다. 아이린이 마린 원이 여기에 있다고 하던데요."

"맞네."

"출발할 준비를 하려면 얼마나 걸립니까?"

"5분이면 되네."

"이런 종류의 행사면 대통령은 보통 몇 시까지 머무시죠?"

"보통은 자정이 한계지. 하지만 이번 만찬은 대단히 큰 행사네. 도대체 일이 어떻게 돌아가는 건가, 미치?"

"5분에서 10분 사이에 대통령이 회의에서 나와서 오늘 밤 캠프 데이비드로 가겠다고 말씀하실 겁니다. 아침 일찍 일어나서 영국 수상, 러시아 대통령과 골프 한 라운드를 돌리고 말입니다."

"러시아 대통령은 골프를 치지 않아."

"그럼 카트를 타면 되죠. 그게 무슨 상관이겠습니까. 제가 말하는 건 그 세 사람과 부인들이 15분 내에 마린 원에 탑승해야 한다는 겁니다. 그들이 안전하게 워싱턴을 빠져나가야 해요. 언론이 그들이 떠난 진짜 이유에 대해서 절대 어떤 냄새도 맡지 못하게 해야 합니다. 아시겠죠?"

대통령 경호특무대의 책임자가 천천히 고개를 끄덕였다.

"알겠네."

"좋습니다. 절대 이 이야기를 제게 들은 것이 아닌 걸로 하십시오. 이건 대통령의 아이디어입니다. 대통령님이 정상들과 좀 더 자유로운 분위기에서 호젓한 시간을 보내는 것이 좋겠다고 생각했단 말입니다. 그 이야기를 요원들에게 흘리십시오. 언론이 매달려도 그들이 전혀 모르고 있게끔 말입니다."

랩은 워치가 다른 생각을 하고 있다는 것을 알 수 있었다. 랩이 정곡을 찔렀다.

"걱정 마세요. 록빌 쪽에 살고 계시죠?"

"그래."

"가족들은 괜찮을 겁니다. 내일 시내 쪽으로만 오지 말라고 당부해 두십시오."

랩의 전화가 울렸다. 그는 번호를 확인하고 전화를 받았다.

"무슨 일이지?"

그는 20초쯤 이야기를 들은 뒤 말했다.

"고맙네."

그리고는 전화를 끊었다.

랩은 맥마흔을 보았다.

"방금 거짓말 탐지를 끝냈답니다. 모든 확인이 끝났습니다."

"그가 우리를 속였을 가능성은 없나?"

맥마흔이 물었다.

"없습니다. 저라도 이 사람들을 속일 수 없을걸요."

워치는 손을 들어 살구색 이어폰을 만졌다. 맥마흔과 랩은 특무대의 누군가가 이야기를 하고 있다는 것을 알았다. 워치는 몸을 돌리며 말했다.

"가죠. 대통령님이 상황실에 계시답니다."

그들은 워치를 따라 문을 통과하고 근무를 서고 있는 제복을 입은 비밀경호국 직원들을 지나쳐 백악관 식당으로 들어갔다. 그들은 코너를 두 번 돌아 턱시도를 입은 두 명의 요원을 지난 뒤 상황실로 들어섰다. 한순간에 모든 이야기 소리가 그치고 비난과 욕설과 위협이 쏟아져 나왔다.

81

워싱턴 D.C.

그들이 계획했던 대로 맥마흔과 랩은 잠자코 서서 폭언을 듣고 있었다. 회의실 안에는 그들의 보스와 국가안보담당 보좌관 헤이크, 법무장관 스톡스, 대통령과 수석보좌관 존스, 폐기 스텔리가 있었다. 랩과 맥마흔을 제외하고는 모두가 앉아 있었고 대부분의 이야기, 아니 그보다 정확하게 표현하자면 비난과 고함은 두 사람에게서 나오고 있었다.

국가안보담당 보좌관 헤이크는 한 마디도 하지 않았다. 그들의 보스도 침묵을 지켰다. 하지만 표정으로 보아서는 그들도 방금 호된 공격을 당한 것 같았다. 대통령 옆에 앉아 있는 스톡스 법무장관은 분명 상황을 잘 알고 있을 그 두 사람이 무방비로 있는 것에 몹시 실망한 눈치였다. 대통령 역시 화가 난 것이 명백했다. 그의 긴장된 턱과 테이블 반대편에서 소리를 질러대는 두 여자를 말리려는 노력을 하고 있지 않다는 사실이 모든 것을 말해 주고 있었다.

랩은 사실 이 상황을 즐기고 있었다. 다음 일을 아는 그에게는 당연한 일이었다. 일을 더 재미있게 만드는 것은 존스와 스텔리가 술에 취한 것 같다는 점이었다. 상황실은 그리 크지 않았고 테이블 건너편에 선 그는 그들의 입에서 나는 알코올 냄새를 맡을 수 있었다. 더구나 그들은 발음이 분명치 않았고 누가 보아도 피곤하거나 술을 너무 많이 마신 것이라고 알 수 있을 정도로 눈이 풀려 있었다.

랩은 잠시 기다렸다가 감정이 실리지 않은 자신만만한 어조로 물었다.

"이제 끝나셨습니까?"

그가 질문을 던진 태도는 두 여자의 분노를 더 고조시켰다. 존스는 테이블 건너에서 반지를 낀 손가락으로 그를 가리키며 소리를 질렀다.

"바로 저겁니다!"

그녀는 대통령에게로 시선을 돌렸다.

"2년 동안 대통령님께 그가 어디로 튈지 모르는 인간이라고 경고드리지 않았습니까. 그가 언젠가는 대통령님과 이 행정부를 벼랑 끝으로 내몰 날이 올 거라고 말입니다."

그녀가 다시 랩을 보았다.

"당신은 법에 대한 개념이란 게 있습니까? 당신이 대통령을 어떤 지경에 몰아넣었는지 대체 알기는 하느냔 말입니다!"

스텔리는 소외되었다고 느끼고 있었던 게 분명하다. 그녀는 이 순간을 기회로 삼아 맥마흔을 노려보면서 넌더리가 난다는 듯 고개를 저었다.

"수사국에서 30여 년을 계신 분은 좀 다르실 줄 알았어요. 법을 수호하겠다고 맹세를 하신 분이니까요."

"결론이 이미 난 문제입니다."

존스가 소리쳤다. 그녀는 케네디 국장과 로치 국장을 똑바로 쳐다보며 말했다.

"저 두 사람은 해고예요! 당장 여기서요! 이젠 끝이에요! 저는 저 두 사람을 당장 해고하기를 원합니다!"

케네디는 이 모든 상황을 주의 깊게 지켜보았다. 그는 아직 대통령이나 다른 사람들에게 리치먼드와 애틀랜타에서 일어난 일들을 말할 기회를 잡지 못했다. 랩은 그녀에게 그가 백악관에 도착할 때까지 기다려 달라고 부탁했다. 로치 국장도 맥마흔으로부터 똑같은 부탁을 받았다.

케네디는 랩이 무모할지는 몰라도 분명 한계를 안다고 생각했다. 그녀는 그가 규칙을 따르는 것을 힘들어한다는 것을 알았지만 그가 바보가 아니라는 것도 알았다. 그는 뭔가를 감추고 있다. 이 두 여자가 주장하는 것처럼 그가 정말로 일을 망쳐 버렸다면 여기에 서서 비난을 감당할 이유가 없었다. 사실 그는 전혀 여기에 있을 이유가 없었다. 자존심이 몹시 강한 그가 자신이 존중하지 않는 사람들로부터 비난을 받는 일이 일어나게 둘 리가 없었다. 맥마흔의 개입은 뭔가 있다는 것을 말해 주고 있었다. 케네디는 중요한 의미가 없는 한 맥마흔이 이런 극단적인 일에 참여할 리가 없다는 것을 잘 알고 있었다.

"자…."

존스가 케네디와 로치에게 말했다.

"이제 말씀을 해 보시죠."

"좋습니다."

랩이 시계를 보며 말했다.

"아마추어들의 시간을 끝났습니다. 당신들 둘은 앉아서 입을 닥치고 있든지 아니면 밖으로 나가십시오. 뜻대로 하세요."

대통령이 손으로 테이블을 내리치며 소리쳤다.

"미치, 무슨 짓인가. 자네의 무모한 장난질을 충분히 참아 줬다고 생각하네. 과거에 자네가 뭘 했는지 상관없네. 나는 이제 자네를 더 보호할 수가 없어. 자네는 큰 골칫거리가 되어 버렸네. 자네의 무책임한 행동은 더 이상 용인되지 않아."

"당신은 언론에서 이 일에 대해서 뭐라고 할지 알고 있습니까?"

존스가 물었다.

"당신은 알카에다가 두 번째 폭탄을 이 나라로 가지고 들어왔다는 건 알고 있습니까?"

랩은 몸을 앞으로 기울이고 양손으로 테이블을 짚었다.

"좋습니다, 대통령님. 저를 치워 버리시기 전에 마지막으로 제가 대통령님을 한 번 더 구해 드리게 해 주시는 건 어떻겠습니까. 대통령님께서 이 두 멍청이들이…."

랩은 존스와 스텔리를 가리켰다.

"테러대책법에 대해 악평을 하고, 다가오는 재선을 떠올리게 하고, 새로운 러닝메이트로 스톡스 법무장관이 좋다고 떠드는 소리에 귀를 기울이실 동안 우리는 테러리스트들이 무슨 일을 하려는지 알아내느라 진을 빼고 있었습니다. 그리고 우리가 발견한 것은 대통령님께 반가운 소식이 아닙니다. 오늘 저녁 우리는 애틀랜타 질병관리센터로부터 전화를 받았습니다. 지역 병원 한 곳에서 다른 주에서 건너온 트럭 운전사가 급성방사선증후군으로 방금 숨졌다는 연락을 했다는 내용이었습니다. 극히 드문 증상이죠. 질병관리센터와 에너지국, FBI가 그 남자의 트럭과 트레일러의 소재를 찾았고 그것들이 Pu-239로 오염되어 있는 것을 발견했습니다. 무기급 핵재료 생산에 사용되는 방사선 동위원소죠. 우리는 트럭 운전사가 멕시코에서 짐을 받아서 수요일 아침 국경을 건너 애틀랜타로 향했다는 것을 알게 되었습니다."

랩은 스텔리에게 시선을 주었다.

"애틀랜타…. 당신이 혹시 기억할지 모르겠지만 실종된 파키스탄 과학자 임타즈 주바이르의 행선지와 같죠. 공교롭게도 찰스턴에서 이번 주 체포된 아메드 알 아델의 집도 그곳입니다. 당신들이 시민권을 빼앗고 CIA에 넘기는 대신 기소하기로 결정한 그 사람 말입니다."

스텔리는 일어서서 랩과 눈을 맞춘 뒤 훈계를 시작했다.

"당신은 지금 자신이 무슨 말을 하고 있는지도 모르고 있어요. 우리는 미국 시민을 강제 추방하고 고문을 하라고 CIA에 넘길 수는 없어요."

랩은 더할 수 없이 큰 벼락같은 목소리로 그녀의 말을 잘랐다.

"오늘 저녁의 토론 시간은 끝났소. 당신들은 제정신이 아니오! 당신들이야말로 무슨 이야기를 지껄이는지 알고 있나? 당신들은 이 전쟁을 하는데 뭐가 필요한지 전혀 모르고 있어. 이제 앉아서 다시는 내 말에 끼어들지 마. 그렇지 않으면 당신 목덜미를 잡아서 방 밖으로 던져 버릴 테니까."

랩은 손가락으로 대통령의 수석보좌관을 가리켰다.

"당신도 마찬가지야, 밸러리."

스텔리는 천천히 자리에 앉았고 랩은 말을 이어 갔다.

"제가 말씀드렸듯이… 상황의 심각성을 고려해서 저는 아메드 알 아델의 심문을 맡았습니다. 변호사 이외에는 입을 열지 않았고 자신이 애국적인 미국인이라고 주장하던 자였죠. 저는 누군가 헌법을 운운하며 오만을 떨려는 시도를 하기 전에 여러분 모두에게 이 사람이 20킬로톤짜리 핵폭탄을 가지고 가려던 사람이라는 것을 상기시키고 싶습니다. 10만 명 이상의 사람을 죽이고 바로 이 백악관과 워싱턴 대부분을 날려 버리려던 그 폭탄을 말입니다. 단 5분의 설득력 있는 심문 끝에 알 아델은 자신이 미국 땅에서 핵폭탄을 폭파시키려는 테러 조직의 일원이라는 것을 시인했습니다. 그런데 한 가지 문제가 있습니다. 알 아델이 찰스턴에서 가져오려던 폭탄은 워싱턴을 겨냥한 것이 아니었습니다. 그 폭탄의 목적지는 뉴욕이었죠. 두 번째 폭탄은 워싱턴을 대상으로 하고 있습니다. 수요일 아침 멕시코에서 국경을 넘어온 바로 그 폭탄이죠."

적어도 5초 동안은 회의실에 숨소리도 들리지 않았다. 다음으로 대통령이 걱정과 당황스러움이 드러나는 목소리로 물었다.

"두 번째 폭탄의 위치를 알고 있나?"

"그렇습니다."

랩이 말했다.

"하지만 말씀드리지 않을 생각입니다. 대통령님이 영국 수상, 러시아 대통령, 영부인들과 마린 원에 올라서 캠프 데이비드로 가시기 전까지는 말입니다."

대통령은 이의를 제기하려 했지만 랩은 단호하게 고개를 저었다.

"대통령님이 캠프 데이비드로 가시기 전에는 안 됩니다. 저는 공격 시간과 구체적인 표적을 알고 있습니다. 우리가 그들을 멈출 수 있는 유일한 기회는 모든 것이 평상시와 다름없다는 것을 보여 주는 것입니다. 때문에 공보비서관이 대통령님과 정상들이 오늘 밤 캠프 데이비드로 가서 이른 아침 골프를 즐기고 내일 오후 헌정 행사를 위해 워싱턴으로 돌아올 것이라고 발표할 것입니다."

대통령은 랩에게 못마땅한 표정을 지었다. 그는 명령을 받는 데 익숙하지 않았다. 하지만 케네디의 조언에 주의를 기울이지 않아서 이런 상황에 와 있다는 것은 알고 있었다. 그는 CIA 국장에게로 고개를 돌렸다.

"어떻게 생각하나?"

"캠프 데이비드로 가셔야 한다고 생각합니다."

"노아의 방주 작전은 어떻게 되나?"

케네디는 주요 인사의 소개는 좋은 아이디어가 아니라고 생각하고 있었다. 하지만 지금으로서는 그녀 혼자만의 생각으로 남겨 두는 것이 좋겠다고 판단했다.

"지금 가장 중요한 일은 대통령님과 외국 정상들이 워싱턴 밖으로 나가시는 것입니다. 일단 대통령님께서 캠프 데이비드로 가시면 이후의 일을 의논할 수 있을 것입니다."

82

포토맥 강

　토요일 아침이 밝았다. 하늘은 무거운 회색이었고 끊임없이 내리는 비가 체사피크 만의 고요한 표면에 떨어지고 있었다. 물에 떨어지는 비가 최면을 일으킬 것 같은 효과를 내면서 그들의 아침 기도에 완벽한 배경을 만들어 주고 있었다. 그들은 어둠 속에서 요크 강을 따라 체사피크 만으로 나왔고 지금은 북쪽을 향하고 있었다. 한센 소유의 37피트(약 11.3미터) 대형 모터보트는 이 일에 충분하고도 남았다. 고요한 바다에서는 특히 더 말이다. GPS 내비게이션 시스템이 익숙하지 않은 이 물길을 헤쳐 가는 데 큰 도움이 되었다.

　알 야마니와 마찬가지로 하산과 칼레드 역시 카스피 해에서 기본적인 선박조종술을 배웠다. 그들은 여러 지역에서 배를 타고 들어오는 새로운 순교자들을 받아 준비를 시키는 일을 맡고 있었다. 하루이틀 정도 그들을 재우면서 알 야마니가 바닥이 평평한 바지선으로 타고 돌아오기를 기다리는 일이었다. 그 뒤에는 다음 사람들이 올 때까지 아무런 할 일이 없었다. 그런 한가한 시간 동안 그들은 물길에 대해 배우라는 지시를 받았다. 돈은 문제가 되지 않았기 때문에 그들은 기회가 생길 때마다 보트를 빌려서 카스피 해 남동쪽 끝 고르간 만의 조용한 수면 위에서 연습을 하곤 했다.

하지만 그들이 아무리 많은 것을 배웠다고 해도 체사피크 만의 만과 후미들이 만드는 울퉁불퉁한 해안선을 알 리는 없었다. 그들은 이쪽 해역으로 항해를 하려고 계획하지 않았기 때문에 GPS와 계기판의 해도가 구세주나 다름없었다. 원래의 계획은 포토맥 강의 다글렌에서 약 65킬로미터 떨어진 워싱턴 서안으로 향하는 것이었다. 강을 따라가는 그 루트도 짧지는 않았지만 비가 내리고 시야가 흐린 가운데 가야만 하는 지금의 320킬로미터 여정과는 비교도 되지 않는 것이었다.

알 야마니는 무릎을 꿇고 있었다. 하지만 기도를 하는 것이 아니었다. 고개를 꺾고 또다시 토하고 있었다. 전혀 보기 좋다고 할 수 없는 광경이었다. 그는 더 이상은 음식을 한 조각도 넘길 수 없었다. 계속해서 목이 탔지만 물을 마실 때마다 구토가 심해졌다. 토사물은 엷은 분홍색에서 진홍색으로 변했다. 그는 작은 변기 끝에 손을 올리고 팔꿈치로 자신의 몸을 받치면서 속을 찢어 놓는 듯한 또 한 번의 구토를 준비했다.

메스꺼움이 지나가자 알 야마니는 짙은 핏방울과 침을 입에 매단 채 화장실을 떠났다. 온몸이 땀으로 뒤덮였고 그는 떨고 있었다. 그들이 성공하든 실패하든 오늘이 지상에서 그의 마지막 날이 될 것이다. 하지만 그는 그들이 실패할 것이라고 생각지 않았다. 어제부터는 말이다. 알라가 그들을 인도하고 있었다. 그들에게 운명으로 가는 안전한 길을 보여주고 있었다.

그들은 모두 죽을 것이다. 과학자에게는 그것에 대해서 거짓말을 할 수밖에 없었다. 하지만 그렇게 하면서도 그는 전혀 부끄러움을 느끼지 않았다. 진실을 감당할 수 있는 강인함을 갖추지 못한 이들이 있다. 그 과학자는 여행 시간의 대부분을 뱃머리 아래에 있는 침대에 앉아서 보냈다. 가능한 폭탄과 멀리 떨어져서 말이다. 주바이르는 폭탄을 배의 고물 쪽에 있는 파이버글래스 플랫폼에 묶어 두어야 한다고 강력히 주장했다. 차폐하기 위해서 애를 쓰긴 했지만 그 폭탄은 아직 상당한 방사능을 방출하고 있었다. 그 때문에 가능한 먼 위치에 바람이 불어 가는 쪽으로 놓아두어야 했다.

그 과학자는 워싱턴에 도착한 후의 계획에 대해 물었다. 알 야마니는 폭탄에 시한 장치를 한 후에 배를 대놓고 떠날 것이라고 말했다.

'어떻게 도망을 칩니까?'

그 파키스탄 과학자가 궁금해했다. 알 야마니는 그에게 누군가가 그들을 기다리고 있을 것이라고 말했다. 또 다른 거짓말이었다. 하지만 파키스탄인은 그것이 거짓말이라는 걸 절대 알 수 없을 것이다. 워싱턴에 도착하기 전에 죽을 테니 말이다. 칼레드가 계단을 내려와 작은 선실로 들어서 알 야마니 옆에 섰다.

"강에 가까워지고 있습니다."

알 야마니는 일어설 힘도 거의 없었다. 그는 팔을 들어 칼레드가 그를 일으키도록 했다.

"아직 비가 오나?"

"그렇습니다."

칼레드의 부축을 받으면서도 일어서 있기가 힘에 부쳤다. 알 야마니는 뒤에서 그의 몸을 잡고 밀어 올리는 칼레드의 도움으로 위로 올라가기 시작했다. 조타기 앞에 이르자 그는 운전을 하고 있는 하산 옆 좌석에 앉았다.

알 야마니는 비가 흩뿌리는 앞 유리를 응시하며 와이퍼가 지나가서 앞에 뭐가 있는지 희미하게나마 볼 수 있게 되기를 기다렸다.

"문제는 없나?"

"없습니다. 아직은 꽤 남았습니다."

"강은 어디인가?"

"GPS에 따르면 왼쪽으로 1.6킬로미터 정도 더 가야 합니다."

알 야마니는 아무것도 볼 수 없었다. 하지만 그는 전우를 믿었다.

"문제가 포착되면 강어귀를 지나친 다음 볼티모어로 갈지 재시도를 할지 결정하기로 하세."

"알겠습니다. 과학자에게 폭탄을 활성화하도록 해야 하지 않을까요?"

알 야마니는 그것에 대해 생각해 보았지만 내키지 않았다. 그는 날씨가 나빠서 결국 헌정식이 연기될지 여부에 대해서도 알지 못했다. 확실히 알게 될 때까지는 기다리고 싶었다.

"날씨에 대해서는 들은 게 없나?"

하산은 계속 물 쪽으로 시선을 둔 채 라디오 조종관을 가리켰다.

"날씨가 개일지 어떨지 모른다고 합니다. 오늘 오후까지 확률은 반반이라고 했습니다."

1분도 되지 않아 그들은 포토맥으로 들어가는 수로 표지에 이르렀다. 밤 동안에는 예상보다 천천히 진행했기 때문에 하산은 그것을 만회하기 위해서 만에 있는 동안 더 빠른 속도로 달리고 있었다. 그는 조절판은 뒤로 당겨 항행 속도를 시간당 48킬로미터에서 8킬로미터 정도로 낮추었다. 다른 보트는 한 척도 보이지 않았다.

두 사람 모두 미소를 지었다.

"도시가 보이려면 얼마나 걸리겠나?"

알 야마니가 물었다.

"정오까지는 갈 수 있을 겁니다. 행사가 시작할 때까지 한 시간은 여유가 있습니다."

알 야마니는 기대감으로 싱긋이 웃었다.

"잘됐군."

83

워싱턴 D.C.

참으로 긴 밤이었다. 그리고 아침은 해답보다는 많은 문제를 가지고 찾아왔다. 대통령은 영국, 러시아 정상, 영부인들과 마린 원에 올라 캠프 데이비드로 떠났다. 아이린 케네디, 국가안보담당 보좌관 헤이크, 국무장관 버그, 수석보좌관 존스는 모두 펜타곤 헬리콥터 발착장에서 각기 다른 헬기를 타고 캠프 데이비드 인근의 지하 안전 벙커 사이트 R에서 대통령과 만났다. 그들은 그곳에서 안전하게 상황을 지켜보고 있었다. 그들이 상황실을 떠나기 전에 랩은 존스의 휴대전화를 압수했다.

날이 새자 랩은 컬버트슨 국방장관을 사이트 R로 보내 대통령에 대한 케네디와 헤이크의 통제력에 힘을 보태고 버그와 권위가 떨어진 존스의 영향력을 상쇄시키도록 했다. 존스는 간밤의 회의에서 크게 낭패를 보았지만 그대로 조용히 사라져 버릴 유형의 사람이 아니었다. 랩은 이 일이 다 끝나기 전에 그녀가 또 한 번 대통령의 귀에 예의 정치적으로 더럽혀진 조언을 늘어놓아서 그의 판단을 흐리게 할 것이라는 느낌을 받았다. 랩은 컬버트슨 국방장관에게 이런 걱정을 알렸고 컬버트슨은 랩에게 존스가 무슨 일이든 저지르려 하는 경우 엄하게 다루어 주겠다고 약속했다. 그는 또한 군이 사이트 R에서 그녀가 하는 전화나 그녀에게 오는 전화를 모두 감시하겠다는 것도 약속해 주었다.

상황실에서 자정에 있었던 회의의 나머지 참석자들, FBI 국장 로치와 법무장관 스톡스, 페기 스텔리, 맥마흔 그리고 랩은 모두 합동대테러센터로 이동했다. 랩은 모두에게 사적인 전화는 허용되지 않는다고 명확하게 못 박았다. 핵심 그룹 이외의 어느 누구도 대통령과 귀빈들이 캠프 데이비드로 돌아간 진짜 이유를 알아서는 안 되었다. 언론이 돌아가는 상황에 대해 낌새를 채는 경우 이번 주 초에 벌어진 일을 다시 한 번 반복해야 했다. 전과 달리 이번에는 그것이 폭탄의 때 이른 폭발을 부추길 수 있었다. 그 점을 염두에 두고 그는 스텔리의 휴대전화도 압수했다.

대통령이 캠프 데이비드에 안전하게 도착하자 랩은 약속대로 전화를 통해 대통령에게 그가 발견한 사실들을 설명했다. 그들이 찰스턴에서 체포한 테러리스트가 그 폭탄은 다음 화요일 정오 워싱턴이 아닌 뉴욕에서 폭발될 계획이었다고 자백했다. 그것은 미국인의 심리와 경제와 정신까지 혼란의 아수라장으로 밀어 넣으려는 테러 공격의 제2막이다. 제1막은 오늘 오후 1시, 2차 대전 기념비 헌정식 동안 펼쳐질 예정이다. 그 작전은 도시를 파괴할 뿐 아니라 행사에 참석한 대통령을 비롯한 고급 관료들과 정치인들을 죽임으로써 연방 정부를 무력화시키려는 목적으로 계획되었다. 행사에 참석하기로 한 우방국의 원수들은 덤이다. 화요일의 추가 공격은 미국 경제를 대공황 상태로 밀어 넣기 위해 계획되었다. 놀랍게도 그 테러 공격의 입안자들은 미국의 핵 보복은 전혀 고려하지 않았다. 순교자들의 생각이란 그런 것이다.

랩, 맥마흔, 라이머는 어떤 도시이든 소개시키는 조치는 폭발물 수색을 방해할 뿐 아니라 공격을 재촉할 가능성이 높다고 강력하게 주장했다. 처음 러시아 측 보고에서는 한 개의 실험지만이 손상되었다고 했음에도 불구하고 아침이 다가올 무렵 러시아인들은 두 번째 실험 지역이 굴착되었다는 것을 발견했다. 기록에 따르면 그 지역은 러시아 해군의 탄두 실험에 사용되었다고 했다. 특히 그 지점은 어뢰로 사용되는 15킬로톤 탄두의 실험이 실패한 곳이었다. 그들은 굴착 지점 인근에서 최소한 50여 구의 시체가 묻힌 얕은 무덤을 발견했다.

카자흐스탄 실험 지역의 방사선 신호와 애틀랜타의 트레일러와 트럭에서 나온 방사선 신호를 기초로 라이머는 그들이 대단히 불안정한 구성의 핵재료를 다루고 있다고 판단했다. 상당히 많은 양의 방사능을 방출하는 탄두를 말이다. 그렇다면 기존에 생각했던 것보다 핵비상지원팀이 색출할 수 있는 가능성이 훨씬 높았다. 그것이 오전 3시의 분석이었다. 하지만 시계가 오전도 중반으로 가고 있는 지금, 최소한 랩의 경우는 확신이 약해지기 시작했다.

워싱턴 상공에는 전투 공중 초계가 이루어지고 있었고 펜타곤과 국회의사당 양쪽에는 지대공 미사일 포대가 전시 편성되어 있었다. 워싱턴 상공의 비행 금지 구역이 반경 65킬로미터로 확대되었으며 반경 320킬로미터 이내의 모든 공항은 공중조기경보통제기 AWACS가 정밀하게 감시하고 있었다. 경찰 기관의 리치먼드 지역 호별 방문 수색은 이렇다 할 결과를 내놓지 못하고 있었다.

하지만 한 가지 긍정적인 점은 비가 새로운 2차 대전 기념비 헌정식과 어두워진 후의 록 콘서트에 불꽃놀이로 절정을 이룰 축제에 참여하기 위해 시내로 들어오는 사람들의 발목을 잡고 있다는 것이었다. 메모리얼 파크 경찰은 행사가 시작해서부터 끝날 때까지 50만 명 이상의 사람들이 행사에 참석할 것으로 추산하고 있었다. 행사는 오전 11시에 시작하기로 되어 있었다. 지금으로서는 행상이나 행사 경호원, 오후 중반에서 시작해서 한밤중이 되어서야 끝나는 여러 프로그램의 앞자리를 차지하려는 극성 팬 몇 정도만이 내셔널 몰에 모습을 나타내고 있었다.

동부 해안의 모든 경찰들이 알 야마니의 몽타주와 파키스탄 핵과학자의 여권 사진, 택시 운전사의 사진, 리치먼드의 사고 현장에 남겨진 위조 운전면허증의 사진을 가지고 있었다. 안면 인식 소프트웨어로 CIA 테러리스트 데이터베이스를 확인한 결과 그들은 위조 운전면허증 상의 인물이 하산 압둘 아지즈라는 것을 확인했다. 그는 악명 높은 알 바하 지방 출신의 사우디인이었다.

리치먼드와 노퍽 사이의 지역에는 도망자를 찾으려는 경찰들로 가득했다. 하지만 핵이나 대량살상무기라는 언급은 어디에도 없었다. 그것은 극히 위험할 것으로 생각되는 테러 공격 용의자들에 대한 수색으로 분명히 선이 그어져 있었다. 보도 자료에는 그들이 테러리스트라는 사실이 빠져 있었다. 언론은 그들이 경관 살해 미수에 대한 심문을 위해서 수배 중이라고만 알고 있었다. 보안관대리가 택시에 치이는 장면이 담긴 테이프에는 상당한 방송 시간이 배정되었고 지역의 모든 토요일 아침 뉴스에서 머리기사가 되었다.

모든 뉴스 보도와 지역 경찰의 포괄적인 수색에도 불구하고 아무런 소득이 없었다. 어제 저녁부터는 단 한 번의 기회도 잡지 못했다. 맥마흔은 두 목격자의 진술에 의지하고 있었지만 랩은 의심스러웠다. 두 사람 모두가 오해를 하거나 경찰이 오해를 하고 있을 수도 있었다. 맥마흔은 그들이 숲 속 어딘가에 숨었을 거라는 지역 보안관의 생각에 무게를 두고 있었다.

랩은 그것 역시 의심스러웠다. 시계가 째깍거리며 움직일 때마다 그는 점점 초조해졌다. 대통령은 정오까지로 기한을 정했다. 그들이 그때까지 폭탄을 찾지 못하면 그는 노아의 방주 작전을 실행해서 정부상시운용상태를 확보할 것이다. 그런 일이 벌어지면 모두 들통이 나 버리게 된다. 그렇게 많은 사람에게 비밀을 지키게 하는 것은 불가능한 일이었다.

랩은 대테러감시센터와 따로 떨어진 회의실에서 테이블에 발을 올리고 앉아 있었다. 한 시간 전에 로커룸에서 샤워를 하고 옷을 갈아입은 덕분이 조금은 기운이 생겼다. 그는 양복을 벗어 버리고 카키색 카고 바지와 짙은 청색 티셔츠 그리고 두 대의 휴대전화와 여분의 배터리, 헤드셋을 비롯해 중요한 물품들이 들어 있는 전술 조끼를 입고 있었다. 그는 잠을 자지 않는 일에 익숙했지만 약간 신경이 과민해지기 시작했다. 평균 한 시간에 한 번 꼴로 커피를 마시고 있다 보니 속이 쓰리기도 했다.

그는 민감해지는 몸의 변화를 무시하고 어쨌든 세 시간에서 여섯 시간이면 이 일은 끝날 것이라고 스스로에게 말했다. 그는 얼굴에 자란 굵고 검은 수염을 긁으며 다른 손에 들고 있는 서류 다발을 보았다. 아크람 박사가 그의 알 아델 심문 과정에 대한 녹취를 방금 팩스로 전송해 주었다. 그 남자가 협조를 하고 있는 것이 분명했다. 아크람은 심문하는 동안 그에게 거짓말 탐지기를 연결했고 지금까지 거짓말을 잡아낸 것은 한 번뿐이었다. 박사는 심문을 멈추고 알 아델에게 랩이 다시 심문을 맡기를 원하지 않는다면 더 이상의 거짓말을 삼가라고 말했다. 그때부터 알 아델은 사실만을 말하기로 마음먹었다.

랩이 뉴욕 공격이 어떻게 이루어질지를 설명하는 부분을 한창 읽고 있을 때 맥마흔과 스텔리가 문간에 나타났다. 기묘한 모습의 한 쌍이었다. 맥마흔은 짧은 소매의 흰색 버튼다운 셔츠에 벨트 버클에서 2.5센티는 올라간 곳에서 끝나는 따분한 넥타이를 매고 있었고 스텔리는 반짝이는 청록색 이브닝드레스 차림이었다. 그녀는 집으로 가서 옷을 갈아입으려 했지만 랩이 안 된다고 말했었다. 대테러감시센터는 봉쇄되어 있었다. 그는 이미 그녀의 휴대전화를 빼앗았고 그의 눈 밖에 두지 않을 작정이었다. 결국 그는 마음을 누그러뜨리고 한 시간 전 다른 사람을 그녀의 집에 보내 물건들을 가져오도록 했다.

"문제가 있네."

맥마흔이 말했다.

랩은 녹취록을 테이블에 놓고 물었다.

"뭡니까?"

"토니 잭슨이요."

스텔리가 팔짱을 끼며 말하는 바람에 그녀의 가슴이 부풀어 올랐다.

"알 아델의 변호사가 소동을 벌이고 있어요."

랩은 그 여자가 자신의 가슴골을 뽐내고 싶어 한다는 것을 눈치채지 않을 수 없었다.

"지금 나는 핵폭탄을 찾는 일이 조금 더 걱정되는군요. 잭슨 씨가 문제가 아니오."

"분명히 문제예요."

스텔리가 전투적인 태도로 말했다.

"지난밤부터 이미 세 번이나 그의 의뢰인이 무사하다고 말했어요. 그런데 그가 무사하긴 한 건가요?"

랩이 어깨를 으쓱했다.

"손가락이 몇 개 없어지긴 했지만 그 외에는 괜찮소."

스텔리는 눈이 커졌다.

"농담이겠죠."

"그렇소. 그는 잘 있소. 아무 상처도 없이."

그녀는 발을 구르면서 랩을 노려보았다.

"법무장관의 사무실에는 알 아델이 어디 있냐, 왜 토니 잭슨이 의뢰인을 만날 수 없는 거냐는 전화가 빗발치고 있어요."

"페기, 분명히 해 두고 넘어갑시다. 나는 그 일에 아무 관심도 없소."

랩의 목소리는 짜증이 극에 달해 있었다.

"그 변호사란 자에게 마음대로 하라고 하시오. 나는 처리해야 할 더 중요한 일이 있으니까."

스텔리는 랩을 똑바로 쳐다보았다.

"잘난 당신이 그에게 직접 말하세요. 그에게 당신이 책임자라고 말했으니까. 어서요."

그녀가 전화를 가리켰다.

"3번 전화예요."

랩은 아주 잠시 주저하다가 수화기를 집어 들고 붉은 불빛이 반짝이는 버튼을 눌렀다.

"잭슨 씨, 미치 랩입니다."

스텔리의 단호한 표정이 기대 어린 미소로 바뀌었다. 그녀는 벌써 잭슨이 랩에게 온갖 불만을 퍼붓고 있다는 것을 알 수 있었다. 그녀는 악명 높은 미치 랩이 이 나라에서 제일가는 법정 변호사를 어떻게 요리하는지 보고 싶은 마음으로 그를 뚫어지게 바라보고 있었다.

"잭슨 씨, 잠시 입을 닥쳐 주신다면 제가 설명을 드리죠. 이 전화를 녹음하고 있습니까?"

랩은 변호사의 대답을 들었다.

"좋아요. 자, 이렇게 합시다. 당신의 의뢰인은 유죄요. 수요일 아침이면 어떤 정보가 공개됩니다. 그렇게 되면 내가 장담하건데 당신은 알 아델을 만나지 않았더라면 좋았겠다고 생각하게 될 거요."

랩은 잠시 상대의 말을 듣고 나서 큰 소리로 웃었다.

"아니, 잭슨 씨. 전혀 위협이 되지 않는데 어쩌지? 당신이 정말 문제라고 생각했다면 나는 당신을 위협하는 데 시간을 허비하지 않을 거야…. 당신은 그냥 사라지겠지."

랩은 전화를 끊고 스텔리를 올려다보았다.

"자, 만족합니까?"

스텔리는 랩을 마주 보면서 당장 그 자리에서 그와 자고 싶다고 생각했다. 그녀는 이렇게 자신감이 넘치고 자기 확신이 강한 동시에 또 이렇게 무모한 사람을 본 적이 없었다. 그는 레이저와 같은 집중력을 가지고 있었다. 그는 다른 사람의 생각을 전혀 개의치 않았다. 그가 결혼을 했다는 사실은 그녀에게 조금도 장애가 되지 않았다. 어떤 면에서는 그 섹스를 더 흥미진진하고 더 위험하게 만들어 주었다. 그녀가 뭔가 좋은 대사를 만들어 낼 기회를 갖기도 전에 맥마흔의 부하 직원 하나가 뛰어 들어왔다.

그 젊은 여자 요원이 말했다.

"뉴켄트 카운티 보안관청에서 방금 전화가 왔습니다. 그들이 택시와 트럭을 찾은 것 같답니다."

84

버지니아

에너지국 핵비상지원 팀 헬리콥터가 차고 위까지 와서 약 10초간 맴돌다가 떠났다. 한 보안관대리가 레인코트 차림으로 진입로에 서서 모든 상황을 지켜보고 있었다. 1분 정도 후에 두 번째 보안관대리가 도착했고 다음으로 세 번째 보안관대리가 도착했다. 계속해서 도착하는 사람들이 늘어나고 있었다. 10분 만에 긴 진입로에는 경찰차와 정부관서의 세단, SUV들이 늘어섰다.

헬리콥터에 탄 기술자로부터 그 지역에서 양성반응이 나오고 있다는 연락을 받았을 때 데비 해뉴섹과 그녀의 수색대응 팀은 이미 현장으로 오고 있는 중이었다. 그들은 두 대의 스테이션왜건에 나눠 타고 현장에 도착해서 진입로를 막다시피 하고 있는 차량들을 헤치고 지나갔다. 집 근처에 이르자 그들은 차고 쪽으로 향하는 잔디밭을 가로질렀다.

해뉴섹은 트럭이 채 멈추어 서기도 전에 문을 열었다. 그녀는 계기판 위에 있는 볼티모어 오리올스 야구 모자를 집어 들고 질퍽거리는 땅 위를 달려갔다. 떼 지어 있는 경찰관을 뚫고 나가자 트레일러를 볼 수 있었다. 그녀는 모여 있는 사람들에게 돌아서서 말했다.

"모두 물러서 주세요. 최소한 30미터 전방으로 다가오지 마십시오."

아무도 그녀가 누구인지 몰랐다. 그들은 꼼짝도 하지 않고 그녀만 응시할 뿐이었다.

"여러분, 저는 연방 정부 수사관입니다. 저 트레일러에 독성 물질이 있다고 믿을 만한 이유가 있습니다. 자식을 갖는 데 문제가 생기는 것을 원치 않는다면 당장 물러나 주십시오."

효과가 있었다. 한 사람만 제외하고 남자들이 모두 뒤로 물러났다. 그녀는 짧은 바지를 입고 있는 그 남자가 집주인일 것이라고 추측했다.

"선생님, 집주인이십니까?"

"저희 부모님 댁이에요."

"그렇다면 선생님 도움이 좀 필요합니다."

기술자 중 한 명이 민감한 감마 중성자 탐지기가 든 가방을 메고 달려왔다. 해뉴섹은 트레일러를 가리키며 말했다.

"바로 시작해."

남자는 여전히 움직이려 하지 않았다.

"지금 무슨 일이 벌어지고 있는지 알아야겠어요."

"확실하지 않은 상황이라 저도 말씀을 드릴 수가 없군요. 하지만 선생님의 건강을 위해서는 당장 물러나시는 것이 좋겠습니다."

"오늘 아침에 가족과 왔는데… 부모님은 안 계시고 차는 남아 있었어요. 택시와 트럭이 주차장에 있고 트레일러는 저쪽에 있었고요."

그가 더 다가섰다.

"안에 제 아이들이 셋 있는데… 할머니, 할아버지가 어디 계신지 궁금해하고 있어요. 이 경찰들 때문에 아이들이 완전히 겁을 먹었다고요."

해뉴섹은 이 남자가 쉽게 사라져 주지 않을 것이란 걸 알 수 있었다. 그녀는 그의 팔꿈치를 잡고 FBI 윈드브레이커를 입은 사람 중에 그녀가 만난 첫 사람에게 데려갔다. 해뉴섹은 그 요원을 가리키며 짧은 바지를 입은 남자를 보았다.

"이 요원에게 선생님이 방금 제게 말씀하신 것을 얘기해 주시고 그가 묻는 질문에 대답해 주세요."

그 뒤 그녀는 다시 요원을 보았다.

"이분이 말씀하시는 걸 대테러감시센터의 맥마흔 부국장에게 직접 전달해 드리세요."

해뉴섹은 트레일러로 걸어가 보안 휴대전화의 이어폰과 마이크를 연결했다. 그녀가 보스의 단축 번호를 누르자 잠시 후 그가 연결되었다. 그는 평상시 자주 사용하는 실 용어로 이렇게 말했다.

"싯 렙!"

민간 용어로 하자면 상황 보고라는 뜻이었다.

"문제의 트레일러로 보여요. 지금 감마 중성자 탐지기로 신속하게 확인 중이에요."

기술자가 조사를 마치고 말했다.

"감마 5, 중성자 3."

해뉴섹은 그 수치를 라이머에게 반복해 들려주었다.

"예상보다 조금 낮은데."

"차폐를 한 것 같습니다."

해뉴섹이 대답했다.

갑자기 해뉴섹이 알지 못하는 목소리가 들렸다.

"폴, 어떻게 되고 있습니까?"

"데비, CIA의 미치 랩과 스킵 맥마흔이 연결되어 있네."

"우리가 찾고 있는 트레일러가 맞아요. 위험한 상태고요…. 하지만 우리가 예상했던 것보다는 위험도가 낮군요."

"그게 무슨 뜻입니까?"

랩이 물었다.

"그들이 차폐를 한 것일 수도 있고, 장치가 더 이상 트레일러 안에 없어서 우리가 이전에 오염된 상황을 보고 있는 것일 수도 있어요."

"데비."

라이머가 말했다.

"고순도 게르마늄 방사선 계측을 시작하게. X선 촬영은 건너뛰고. FBI에게 트레일러 측면에 구멍을 뚫으라고 해. 높은 위치에 정밀하게 해야 하네. 절차는 알고 있지?"

해뉴섹은 그 지시를 기술자 중 한 명에게 반복했다. 그는 검은 상자를 들고 트레일러로 달려갔다. 또 다른 사람이 선이 없는 드릴을 꺼냈고 해뉴섹은 트레일러의 위로부터 4분의 1지점을 가리켰다. 드릴로 얇은 철판을 뚫는 것은 그리 힘든 일이 아니었다. 끝에 적외선 조명이 달린 작은 광섬유 카메라가 뱀처럼 막 만들어진 구멍 안으로 들어갔다.

해뉴섹은 손에 작은 비디오 스크린을 들고 모자챙으로 스크린에 떨어지는 비를 가리고 있었다. 그녀는 흐릿한 흑백 이미지를 알아보기 위해 안간힘을 썼다. 잠시 후 그녀가 눈을 감고 말했다.

"트레일러는 비어 있어요."

85

워싱턴 D.C.

랩과 맥마흔은 각각 회의 테이블 양쪽에서 스피커폰 주위를 맴돌고 있었다. 누구도 해뉴섹에게 이야기를 반복하게 하지 않았다. 그들은 그녀의 말은 물론이고 그녀의 목소리에 담긴 실망감까지 모두 들었다. 그들은 방금 들은 이야기가 낳을 수 있는 결과를 계산해 보려고 노력하는 데 몰두해서 아무 말 없이 정적 속에 서 있었다. 폭탄이 어딘가에 있다.

결국 맥마흔이 상황을 정리했다. 그는 허리에 손을 올리고 불만스러운 한숨을 내뱉었다.

"대통령에게 자네가 전화하겠나 아니면 내가 했으면 하나?"

랩은 바로 대답하지 않았다. 스피커폰 주의를 맴돌던 랩은 손바닥을 테이블 위에 올려놓고 팔을 테이블에 걸친 채 미간을 찡그렸다. 그놈들이 그냥 사라졌을 리는 없다. 랩은 맥마흔을 쳐다보았다.

"거기에서 걸어 나오진 않았습니다. 분명 다른 이동 수단이 있었을 겁니다."

해뉴섹의 목소리가 스피커에서 흘러나왔다.

"그렇지 않아요. 집주인 아들 말이 부모님 차가 그대로 있답니다."

"부모들은 어디 있습니까?"

랩이 물었다.

"누가 알겠어요."

"그 차는 어떤 찹니까?"

"커다란 4도어 캐딜락이에요. 새 차네요."

"말이 안 되는데⋯. 왜 그 차를 몰고 밖으로 나오지 않았지?"

"누군가를 만난 게 아닐까?"

맥마흔이 추측했다.

랩은 고개를 저었다.

"그럴 가능성은 없습니다. 도주 중이었는데요."

"이웃은 어때?"

라이머가 물었다.

"이웃들은 확인해 봤나?"

"좋은 생각이네."

맥마흔이 대답했다.

"보안관청이 바로 일에 착수해 줄 거야."

랩이 마침내 일어섰다. 그는 몸을 돌려 벽에 있는 지도를 보았다. 뭔가 빠뜨리고 있는 것이 있다. 그는 외국에서 도주해 본 경험이 있지만 이건 말이 되지 않았다. 캐딜락은 차를 바꾸어 빠져나갈 수 있는 절호의 기회였다.

"그들에게 차가 한 대뿐인 게 확실합니까?"

잠시 머뭇거리던 해뉴섹이 말했다.

"물어볼 생각을 하지 못했어요. 잠시 기다리세요."

5초 후 랩은 해뉴섹이 그 질문을 반복하는 것을 들을 수 있었다. 그리고 한 남자의 목소리가 들렸다.

"예, 차는 한 대뿐이에요."

랩은 여전히 지형을 파악하기 위해 지도를 응시하고 있었다. 집의 위치에 대해서는 대략적인 것만 알 수 있을 뿐이었다.

"데비, 그곳의 환경이 어떤지 설명해 줄 수 있겠어요? 집터는 얼마나 넓은지, 이웃과는 얼마나 가까운지⋯. 유용할 만한 것으로 말입니다."

"경치가 좋은 곳이에요. 집터가 꽤 넓고요. 아마도 4만 제곱미터 이상

되는 것 같아요. 이웃은 보이지 않아요. 길은 완전히 이 집만 사용하는 것이고요. 숲을 지나 경사진 진입로를 내려오면 집이고 집 너머로는 강이 있어요."

랩은 잠시 얼어붙은 것처럼 서 있다가 다시 전화 주위를 맴돌기 시작했다. 방금 그녀가 한 말이 왠지 친숙한 느낌이 들었다.

"강이라고 했습니까?"

"네."

"무슨 강이죠?"

"모르겠어요. 그 집 아들에게 물어보면요?"

랩은 지도를 향해 돌아섰다.

"요크 강이랍니다."

랩은 지도에서 요크 강을 찾아 손가락으로 더듬어 갔다. 그는 재빨리 몸을 돌려 맥마흔과 스텔리가 들어올 때 그가 읽고 있던 알 아델의 심문 녹취록을 집어 들었다. 그는 잘 기억이 나지 않는 그 단락을 찾아 페이지를 넘겼다. 랩은 뭘 하고 있는지 묻는 해뉴섹과 맥마흔의 말에도 대답을 하지 않았다.

그는 그 단락을 찾아 읽어 내려갔다.

"데비."

랩이 진지한 목소리로 말했다.

"아들에게 아버지가 보트를 가지고 있는지 물어봐 주십시오."

그녀의 대답은 2초 후에 나왔다.

"네, 그렇다네요."

랩은 손가락으로 미간을 눌렀다.

"배가 있는지 확인한 사람이 있습니까?"

랩은 해뉴섹이 그 질문을 하는 것을 들었다. 하지만 남자의 대답은 잘 들리지 않았다. 남자는 아버지가 차를 밖에 주차해 두는 법이 없고 그 때문에 차고에 택시와 트럭이 있는 것을 바로 알게 되었고 그에 대한 뉴스를 들었기 때문에 바로 경찰에 전화를 했으며 보트까지 확인할 시간은 없었다는 이야기를 하는 것 같았다.

"보트 말입니다!"

랩이 소리를 쳤다.

"보트가 있는지 확인해 주십시오."

랩은 보안 휴대전화를 들고 아크람의 번호를 눌렀다. 누군가가 전화를 받아서 랩에게 아크람이 바쁘다고 얘기했다.

"그가 뭘 하든지 상관없으니 당장 그를 바꿔."

5초가 못 되어서 아크람이 연결되었다.

"미치."

"알 아델과 있나?"

"그렇습니다."

"그에게 왜 뉴욕 공격을 배로 하려고 했는지 물어봐 주게."

랩은 몸을 돌려서 다시 지도를 보면서 고개를 젓고 진작에 그것을 알아내지 못한 자신을 자책했다. 그건 말이 되지 않았다. 왜 수영도 할 줄모르는 사람이 차에 폭탄을 싣고 시내로 들어올 수 있는 상황에서 보트에 탄단 말인가? 대답은 분명했다. 발각될까 봐 두려운 것이다.

아크람이 다시 전화를 받았다.

"섬에 들어가는 다리와 터널에 탐지기가 있다는 이야기를 합니다."

"워싱턴도 마찬가지지."

랩이 지도를 다시 보았다.

"무슨 탐지기 말입니까?"

아크람이 물었다.

"신경 쓰지 말게. 나중에 말해 주겠네."

랩은 전화를 끊었다. 잠시 후 전화 스피커에서 해뉴섹의 목소리가 들렸다. 그는 이미 그녀가 뭐라고 할지 알고 있었다.

"보트가 사라졌어요."

86

포토맥 강

목적지까지는 32킬로미터밖에 남지 않았다. 바람이 조금 강해져서 비가 가늘어질지 어떨지 판단하기가 어려웠다. 하지만 동쪽부터 날이 개이고 있는 것처럼 보였다. 알 야마니는 아침 내내 날씨를 걱정하고 있었다. 그에게 가장 두려운 일은 행사 전체가 취소되는 것이었다. 뉴욕을 파괴할 폭탄을 잃은 일만으로도 충분한 좌절을 맛보았다. 그에게 더 이상의 실패는 있어서는 안 되었다. 그는 긴 여정을 지나왔고 대통령과 미국을 이끄는 자들이 이슬람에 의한 피의 복수를 경험하기를 간절히 원했다. 비는 행사에 참석할 사람들의 숫자를 줄이겠지만 알 야마니는 기꺼이 수천 명 사람들이 죽음을 면하게 해 줄 수 있었다. 대통령을 죽일 수만 있다면 말이다.

오늘은 진정한 세계 지하드의 시작으로 기록될 것이다. 알 야마니는 그의 동지인 이슬람교도들에게 미국이 결국 그렇게 강하지 않다는 것을 보여 줄 것이다. 그는 그들에게 위대한 희생이 있다면 미국을 무릎 꿇게 할 수 있다는 것을 보여 줄 것이다. 알 야마니는 미국의 반격을 생각하고 있었다. 그들이 핵무기로 보복을 할 만한 용기가 있을지는 의문이었다. 하지만 그들이 그렇게 한다 해도 여전히 희생은 의미를 갖는다. 그들은 비교적 안전한 그들의 영토에서 끌려나와 싸우지 않으면 안 될 것이다.

전 세계의 이슬람교도들은 신의 존재를 부인하는 그들에게 분개할 것이다. 미국 수도의 파괴와 그 지도자들의 죽음은 주로 이곳 미국 경제에 극심한 타격을 줄 것이다. 워싱턴을 급습하고 이후 뉴욕을 공격하는 기본 계획이 실행에 옮겨졌다면 분명 미국 경제를 산산조각 내고 나머지 세계를 세계적인 불황으로 몰아넣었을 것이다. 하지만 워싱턴에 대한 핵 공격만으로도 그 공훈이 작다고 할 수는 없었다. 최소한으로 생각해도 엄청난 경제적 혼란으로 몰고 갈 가능성은 충분히 갖고 있었다.

이슬람교도들은 고난에 익숙하다. 그들은 전 세계의 불경기 속에서도 번성할 것이다. 반면에 게으른 미국의 돼지들은 그렇지 못할 것이다. 그들은 그러한 역경에 마주해서야 자신들이 누구인지 알게 될 것이고 그들에 대한 미움은 계속해서 커질 것이다. 자신이 곧 혁명에 불을 붙일 것이라는 생각이 알 야마니에게 큰 위안이 되었다. 그것은 그가 몸 구석구석에 퍼진 통증을 무시하게 해 주는 유일한 힘이었다.

그들은 이제 커다란 강굽이로 보이는 것에 접근하고 있었다. 보트를 운전하고 있는 하산이 왼쪽을 가리켰다.

"저것이 그들이 마운트 버넌이라고 부르는 것인 듯합니다."

"그게 뭔가?"

그의 옆에 앉아 있던 알 야마니가 물었다.

"조지 워싱턴이 살았던 곳입니다. 그들이 이 도시의 이름을 딴 사람 말입니다. 그리고 저 위쪽이 쉐리든 포인트입니다. 저쪽을 통과한다면 도시를 볼 수 있을 것입니다."

알 야마니가 미소를 지었다.

"칼레드는 어디 있나?"

하산이 소리를 쳐서 동료를 불렀고 잠시 후 그가 알 야마니의 옆으로 왔다.

"과학자에게 폭탄을 준비하라고 하게."

칼레드는 목소리를 낮춰서 그에게 속삭였다.

"일이 끝나면 제가 제거해도 되겠습니까?"

알 야마니는 그를 직접 없애고 싶었지만 자신에게 약해 빠진 주바이르조차 죽일 힘이 남아 있을지 의심스러웠다.

"그렇게 하게."

"감사합니다."

칼레드는 몸을 돌려 아래로 내려갔다. 잠시 후 그가 과학자와 함께 돌아왔다.

주바이르는 납 앞치마를 두르고 노트북을 들고 있었다. 알 야마니는 앞치마를 벗으라고 말하려다가 그럴 필요가 없다고 생각했다. 아침 내내 본 보트를 다 합쳐도 손에 꼽을 정도였고 지금은 주위에 배라고는 없었다.

"도움이 필요한가?"

알 야마니가 물었다.

"아닙니다. 폭탄이 언제 터지도록 하실 건지만 알면 됩니다."

주바이르는 시계를 확인했다.

"지금은 11시 8분입니다."

"지금부터 두 시간 뒤다."

주바이르는 미심쩍은 듯 고개를 갸웃거렸다.

"부두에 도착하는 데 얼마나 걸립니까?"

"한 시간 안에 도착할 것이다."

"그렇다면 도망칠 시간이 별로 없습니다."

"충분하다."

주바이르는 이의를 제기하고 싶었지만 잠시 후 그러지 않는 것이 좋겠다고 생각했다. 다른 두 지하드 전사들은 지난 이틀 동안 그를 기분 나쁘게 쳐다보았고 그는 그들이 자신을 해칠 것 같다는 인상을 받았다.

"잘 알겠습니다."

주바이르는 선미 쪽으로 걸어가 캔버스 덮개 아래에서 떨어지는 빗속으로 나섰다. 그는 몇 달 동안에 걸쳐 발파 장치를 디자인했다. 때문에 폭탄을 활성화시키거나 해제할 수 있는 사람은 그뿐이었다. 컴퓨터의 도움을 받아 카운트다운을 시작시키는 데에는 몇 초밖에 걸리지 않았다. 주바이르는 잠깐 동안 아이스박스를 열어 그의 작품을 황홀하게 바라보았다. 산화된 독극물 덩어리는 더 이상 보이지 않았다. 그것은 플라스틱 폭약으로 된 외피와 미로와 같은 복잡한 뇌관, 여섯 개의 발파 회로로 감추어져 있었다. 혹시 누군가 폭탄을 발견한다 해도 제시간에 신관을 제거할 수 있는 방법이 없었다. 모든 발파 회로는 다른 것과 개별적으로 움직였고 각 발파 회로는 다수의 가짜 도선이 내장된 자기만의 독특한 배선 체계를 가지고 있었다.

그 파키스탄 과학자는 폭탄의 맨 위쪽에 설치한 데이터 포트에 케이블을 연결하고 케이블의 다른 끝은 노트북에 연결했다. 그는 컴퓨터를 한 손에 들고 다른 손으로 키를 두드렸다. 그는 두 개의 각기 다른 세트의 암호를 입력해서 필요한 스크린을 띄운 뒤 카운트다운 숫자를 집어넣었다. 그는 그 위험한 무기가 폭발할 때 가능한 멀리 떨어져 있고 싶었다. 여섯 개의 뇌관 스크린 모두에 02:00:00이라는 숫자가 나타났다. 주바이르는 지금 이 폭탄의 작동을 멈출 수 있는 유일한 사람은 자신이라는 생각에 미소를 지었다. 그는 마지막 암호를 입력하고 여섯 개의 스크린이 똑같이 카운트다운을 시작하는 것을 바라보았다.

주바이르는 컴퓨터를 닫고 케이블을 뽑은 후 아이스박스를 닫았다. 그는 비를 피하기 위해 몸을 돌렸고 당당한 체구의 칼레드와 정면으로 부딪쳤다.

"끝났나?"

"그렇습니다."

주바이르는 약간 신경질적으로 대답했다. 그는 이 두 사람이 자신을 위협하는 방식이 마음에 들지 않았다.

그 과학자의 과잉 반응과 컴퓨터와 납 앞치마, 비 때문에 미끄러워진 갑판 표면이 모두 다음에 일어난 일에 한 가지씩 기여를 했다. 칼레드는 한 팔을 뻗어 그 파키스탄인을 잡았다. 다른 팔로는 10센티 칼날로 주바이르를 찔렀다. 칼날은 계획대로 파키스탄인의 가슴을 찌르는 대신 납 앞치마에 부딪혀 멈추었다.

그 파키스탄인은 비명을 지르며 몸을 휙 돌리려 했지만 그 과정에서 노트북이 날아오르며 칼레드의 턱을 가격해 그를 잠깐 동안 기절시켰다. 하지만 그는 곧 정신을 차렸고 팔을 뻗어 파키스탄인이 입은 셔츠의 뒤쪽을 잡았다. 그는 칼날을 맹렬하게 휘둘러 과학자의 목에 찔러 넣었다. 그가 칼날을 빼내자 칼레드는 물론 보트 뒤쪽 전체에 선홍색 피가 뿌려졌다.

뿜어나오는 피가 칼레드의 눈에 들어갔고 그는 비에 젖은 갑판에서 잠시 균형을 잃었다. 동시에 파키스탄인은 남자를 밀치고 그의 손아귀에서 빠져나갔다. 상처를 꼭 쥐고 있는 손가락들 사이로 피가 뿜어 나오는 가운데 주바이르는 비틀거리며 배 옆으로 넘어가 물에 빠졌다.

보트는 시간당 32킬로미터의 속도로 달리고 있었다. 하산은 알 야마니에게 돌아서서 물었다.

"제게 시키실 일은 없습니까?"

알 야마니는 비 사이로 물에 빠진 사람을 지켜보았다. 주바이르는 이미 가라앉고 있었지만 그의 팔은 표면을 때리고 있었다. 살기 위해 안간힘을 쓰고 있는 것이다. 그렇게 많은 피를 흘리고 살 수 있는 사람은 없다. 그는 당황한 칼레드를 내려다보았다. 그는 피를 잔뜩 뒤집어쓰고 있었고 갑판의 상당 부분과 배의 측면도 마찬가지였다. 하지만 비가 이미 피를 씻어 내리고 있었다.

알 야마니는 앞을 똑바로 보며 말했다.

"계속 가세. 그들이 시체를 발견한다 해도 우리를 막을 수는 없을 테니까."

87

워싱턴 D.C.

랩은 문을 밀어 젖히고 비에 흠뻑 젖은 주차장을 가로질러 그를 기다리고 있는 헬리콥터를 향해 전속력으로 달려갔다. 바람이 약간 강해졌고 하늘은 동쪽에서부터 개이고 있었다. 비는 그리 오래 계속되지는 않을 것 같았다. 비가 그치면 사람들이 강변과 내셔널 몰로 몰려들 것이다. 랩은 벨 430 헬리콥터의 우측 문을 열고 뛰어 올랐다. 이그제큐티브 헬리콥터의 문이 닫히자 쌍발 앨리슨 터빈 엔진과 다섯 개의 회전 날개가 돌아가는 소음이 물러났다.

뒷자리에는 랩의 요청대로 사복을 입은 네 사람이 앉아 있었다. 그중 하나는 긴 특수목적 저격소총을 들고 있었고 다른 세 명은 MP5 기관 단총을 들고 있었다. 네 사람이 가진 무기 모두에는 총신에 소음기가 달려 있었다. 랩은 조종사에게 브리핑을 마친 뒤 그들과 잠깐 이야기를 나눌 생각이었다.

랩은 조종사에게 보트 회사의 웹사이트에서 출력한 사진을 건네면서 이렇게 말했다.

"우리가 찾고 있는 보트네. 총길이는 37피트, 고물 위에 금색으로 스칸디나비안 프린세스, 버지니아, 요크 강이라고 써 있네."

조종사는 사진을 부조종사에게 주며 물었다.

"어디에서부터 시작할까요?"

"키 브리지에서 시작해서 강을 따라 내려가지."

조종사는 고개를 끄덕였고 고속 이그제큐티브 헬기가 이륙했다. 착륙 장치가 부드럽게 기체의 배 안으로 들어갔고 헬기는 동쪽을 향해 비행을 시작했다.

보트가 사라졌다는 것을 발견하자 랩은 그 아들이란 사람과 직접 통화를 청했다. 그는 보트에 대한 상세한 설명을 들었고 제조사의 웹사이트에서 사진을 뽑았다. 그 남자의 아버지는 아내의 별명을 따서 그 배에 이름을 붙였다. 아들은 랩에게 부모님이 괜찮을 것 같은가를 물어왔고 랩은 남자에게 그의 부모가 죽은 것이 거의 확실하다고 말할 마음도, 시간도 없었기 때문에 거짓말을 했다. 알 야마니는 수천 명의 사람을 죽이려고 계획 중이었고 그가 두 노인에게 연민을 발휘했을 리는 없었다. 그들이 아무리 친절했다 해도 말이다.

랩은 그 아들과의 전화를 끊고 세 통의 전화를 했다. 첫 번째는 펜타곤에 있는 플러드 장군과의 통화였다. 랩은 플러드 장군에게 필요한 것과 그것들이 배치되기는 원하는 장소를 정확하게 이야기했다. 플러드는 끝까지 랩의 말에 귀를 기울였다. 랩과 여러 차례 함께 일을 해 본 그 4성 장군은 그 젊은이의 분석력과 전술 능력에 대해 완벽한 확신을 가지고 있었다. 그는 랩에게 그것들을 가능한 빨리 준비하겠다고 말했다. 두 번째로 랩은 CIA에 전화를 걸었다. 그는 헬리콥터와 사복을 입은 네 명의 보안 팀을 가능한 빨리 합동대테러센터로 보내 달라고 요청했다. 마지막 전화의 상대는 케네디였다. 그는 대통령에게 이야기를 하지 않을 생각이었다. 그는 자신이 하려는 일을 모두 설명하고 승인을 구하는 절차를 거칠 만한 시간이 없었다. 케네디는 모든 사항을 대통령에게 전하고 그에게 다시 전화를 하기로 했다.

랩은 헬리콥터의 뒷자리에 앉은 네 사람을 바라보았다. 모두가 체격이 좋았고 군 경력이 있는 것으로 보였다. 시간이 좀 더 있었다면 랩은 그가 함께 일을 하곤 하는 프리랜서 팀을 불렀겠지만 시간이 부족했다.

"책임자는 누굽니까?"

세 사람은 랩과 정면으로 마주 보고 앞을 향해 앉아 있었고 한 사람은 조종사를 등지고 그의 옆에 앉아 있었다. 그의 옆에 있는 사람이 손가락을 들며 말했다.

"접니다."

랩은 손을 내밀었다.

"미치 랩입니다."

"당신에 대해서는 잘 알고 있습니다. 존 브룩스라고 합니다."

랩과 비슷한 연배로 보이는 그 남자가 그의 손을 잡았다.

"오늘 당신과 일을 하게 된 것을 영광으로 생각합니다."

"우리가 무슨 일을 하게 될지 이야기한 뒤에는 그렇게 생각 못 하실 겁니다. 당신들은 SOG인가요 SWAT인가요?"

"SWAT입니다."

CIA는 일류 치안 부대로 SWAT 팀 이외에도 잘 알려지지는 않았지만 특수작전단이라는 준 군사 조직을 보유하고 있었다. 두 조직 모두 대부분이 군 경험을 가진 사람들로 이루어져 있었다.

"어디 출신입니까?"

"저는 그린베레로 두 차례 원정을 나갔었습니다. 이쪽의 스탠과 거스는 레인저 출신입니다. 샘은 해병대의 저격수였습니다."

랩은 마지막 남자를 보았다.

"그 총으로 사람을 죽여 본 적이 있나? 솔직하게 답을 해 줘야 하네."

그 남자는 20대 초반으로 보였다.

"이 총으로는 없습니다. 하지만 아프가니스탄과 이라크에 파병되어 있었고 550미터에서 저격한 기록이 있습니다."

"헬리콥터에서 90미터 떨어진 사람을 저격한 적이 있나?"

움직이는, 더구나 진동이 있는 헬기에서의 장거리 공중 사격은 가장 어려운 일 중 하나였다.

"없습니다."

"연습을 한 적은 있나?"

"없습니다."

문제의 소지가 있었다. 랩이 질문을 더 하기 전에 그의 전화가 울렸다. 케네디였다.

그가 전화를 열고 말했다.

"네."

"어디에 있어요?"

"헬기로 이동 중입니다. 강으로 향하고 있습니다."

"대통령은 노아의 방주 작전 실행을 원해요."

크게 놀랄 일은 아이었지만 어쨌든 화가 나는 일이었다. 스톡스 법무 장관은 이미 마운트웨더로 들어가 버렸다.

"12시까지로 알고 있었는데요…."

그는 시계를 보았다. 11시 32분이었다.

"모든 점을 고려할 때 그게 적절한 조치인 것 같아요. 1시 이전에 언론이 눈치를 채고 공개를 하는 것은 불가능해요."

"국장님 생각이 맞겠죠."

"더 큰 문제는 대통령이 워싱턴 소재 대사관들에 경보를 발령해서 직원들을 대피시키는 것을 고려하고 있다는 거예요."

"절대 안 됩니다."

랩이 소리쳤다.

"알아요… 알아요. 끔찍한 생각이죠. 영국 수상과 러시아 대통령의 요청에서 시작되어서 일이 커진 거예요."

"외국 대사관들이 철수하면 언론이 분명 알아낼 겁니다. 그렇게 되면 모든 게 끝이에요. 대통령에게 약속을 지켜 달라고 말하세요. 12시까지 시간을 달라고 말입니다."

"그건 할 수 있을 거예요. 하지만 당신이 알아 둬야 할 게 또 있어요. 맥클레란 장관과 스톡스 장관이 해안경비대에 강의 폐쇄를 명령하고 시내로 오는 모든 교통을 차단해야 한다고 밀어붙이고 있어요."

"아이린, 기다려야 한다고 대통령을 설득해야 합니다. 우리 패가 보이면 알 야마니는 그 망할 폭탄을 터뜨려 버릴 겁니다. 대통령에게 제가 몇 분 안에 강으로 가서 전화를 하겠다고 전하세요."

"알겠어요. 하지만 약속은 할 수 없어요. 빨리 움직여야 해요."

랩은 전화를 끊고 재빨리 맥마흔의 번호를 눌렀다. 맥마흔이 전화를 받자 그가 물었다.

"어떻게 되어 가고 있습니까?"

"정박지들에 전화를 해서 지시를 전달하고 있네. 좋은 소식은 보트 통행이 거의 없고 그들이 공휴일 연휴를 대비해서 인력이 충분하다고 말한다는 거야. 나쁜 소식은 날씨가 개이고 있어서 일이 커지고 있다는 것이고."

"메모리얼 파크 경찰을 어떻습니까?"

"경찰 헬리콥터가 준비하고 있네. 자네가 그곳에 도착하는 시간에 맞추어서 강으로 이동할 예정이네."

"그들은 국회의사당 바로 남쪽 아나코스티아에서 시작해서 포토맥을 따라 내려가도록 하세요. 그들은 강 동쪽에 집중하고 우리는 서쪽에 집중하도록 하고요. 그들에게 강 위가 아닌 땅 위로 비행하라고 꼭 말씀해 주십시오. 보트를 발견하면 위치만 확인하고 계속 비행을 하라고 주의를 주십시오. 어떤 것으로든 그들을 겁먹게 해서는 안 됩니다."

"이미 말을 해 뒀네. 워싱턴 경찰은 어떻게 해야 하나? 정박지를 맡으라고 할까?"

"아직 아닙니다. 함께 일을 할 시간이 많지 않습니다. 다른 것은 없습니까?"

"수상에 항만 경찰의 배 두 척이 나가 있어서 대기시켰네. 라이머는 자기 사람들을 시켜서 시내를 수색 중이야. 감지 장비를 모두 갖춘 헬기를 곧 띄우겠다고 했네. 비가 와서 다행이야. 연안 경비대에서 강의 보트 통행이 극히 드물다고 말하고 있어."

랩은 헬리콥터의 창밖을 내다보았다.

"그리 오래가지는 않을 겁니다."

랩의 눈에 체사피크 만의 건물들이 눈에 들어왔다. 날이 맑아지면 공휴일이 낀 주말에 어떤 일이 일어나는지 그는 잘 알고 있었다.

"비가 그치기만 하면 모두 밖으로 몰려나올 겁니다. 강이 배로 가득찰 거예요.”

“그래, 나도 알아. 국토안보부가 강과 시내로 들어오는 모든 길을 봉쇄하고 싶어 하네.”

“들었습니다. 그들이 나서면 모든 일은 틀어지고 말겁니다.”

랩은 한 손으로 그의 풍성한 검은 머리카락을 쓸어 넘기며 고개를 저었다.

“다른 소식은 더 없습니까?”

“인질구조 팀이 리치먼드에서 돌아오는 길이네. 30분이면 이쪽에 도착할 거야. 하지만 워싱턴 지국의 SWAT 팀도 대기 중이네.”

“스킵, 이 문제를 가지고 왈가왈부할 생각은 없지만 이 보트가 어딘가에 상륙하지 않는 한 급습은 실 팀 식스가 맡아야 합니다. 그들은 다른 어떤 사람들보다 이런 유형의 훈련을 많이 합니다. 선박 급습은 그들의 전문 분야예요.”

“그렇다면 문제가 있어. 스톡스 법무장관이 마운트웨더로 가기 전에 모두에게 이 상황은 수사국에서 처리하기를 원한다고 못 박아 두었거든. 군도 아니고 CIA도 절대 아니고 말이야. 내 보스 말로는 대통령도 동의했다고 하더군.”

“그 법무장관은 도대체 사리 분별이 안 되는 인간이군요.”

“미치, 주의하는 게 좋아.”

맥마흔이 조심하라고 당부했다.

“여기는 자네 영역이 아니야. 그러니까 카우보이처럼 마구 내달리지 말라고.”

“이놈들을 원하면 나보다 먼저 찾는 게 좋을 겁니다. 인질구조 팀이 차지하도록 앉아서 기다리지 않을 테니까요. 그리고 분명히 말하지만 저는 현장에서 100킬로나 떨어진 벙커에 앉아 있는 사람들의 승인이 떨어질 때까지 기다리지도 않을 겁니다.”

“자네가 말하는 그 사람들이 미국 국민들이 이러한 결정을 하라고 뽑아 놓은 사람들일세.”

“스킵, 지금 저한테 가장 필요치 않은 것은 급습 작전에 대해서 하나도 알지 못하는 멍청이들로부터 하나하나 지시를 받는 일입니다. 그러니 제 발 그 사람들을 좀 떼어내 주십시오. 인질구조 팀이 먼저 도착하면 그들이 차지한다 해도 아무 말 않겠습니다. 하지만 실이 먼저 자리를 잡으면 그건 그들의 잔치입니다. 대통령도 분명히 제 말에 동의할 겁니다."

"그렇다면 대통령이 내 보스들에게 말을 하도록 하는 게 좋을 거야. 그들은 이게 전부 FBI 소관이라고 생각하거든."

"그렇게 하겠습니다. 뭔가 알게 되는 게 있으면 바로 알려 주십시오. 강에 거의 다 왔습니다."

88

포토맥 강

무스타파 알 야마니의 눈에는 눈물이 고여 있었다. 거의 1년 동안 밤마다 꿈꿔 온 것과 정확히 일치했다. 그들은 강에서 방향을 약간 틀었다. 구름은 걷히고 햇살이 미 국회의사당의 거대한 돔형 지붕 위를 밝게 비추고 있었다. 장검 같은 모양의 워싱턴 기념탑이 위로 솟아 내셔널 몰의 중심을 이루고 있었고 전경을 그리고 있는 제퍼슨 기념관의 둥근 주두는 부분부분 나무 사이에 감추어져 있었다. 백악관은 보이지 않지만 그는 그것이 어디에 있는지 알고 있었다. 워싱턴 기념탑 바로 뒤였다. 그는 모든 상세한 사항들이 머릿속에 낙인처럼 남을 때까지 몇 번이고 지도를 보았다. 이제 그는 그것을 파괴할 것이다. 눈에 보이는 모든 것이 한 시간 뒤면 무너질 것이다.

미국 건국의 아버지라는 자들은 그들의 수도가 십자가 모양을 이루도록 만들었다. 국회의사당과 링컨 기념관을 긴 중심축으로 워싱턴 기념탑이 중심을 이루고 제퍼슨 기념관과 백악관이 좀 더 짧은 가로축을 형성했다. 미국인들은 이슬람을 근절시키려는 현대의 십자군 전사들이다. 그들은 유대인들이 성스러운 땅 팔레스타인을 빼앗는 일을 지지했다. 이슬람을 향한 십자군 전쟁인 것이다.

알 야마니는 앞에 보이는 광경에 미소를 지었다. 그가 꿈꾸었던 것과 정확히 일치했다. 태양은 갈라진 구름들 사이로 비치고, 푸른 나무와 푸른 물이 있었다. 태양이 그가 도시를 발견한 바로 그 순간에 나와 준 것은 알라가 그들을 이끌고 있다는 또 하나의 증거였다.

알 야마니는 하산의 어깨에 허약한 손을 올렸다.

"잘했네. 이제 그들은 우리를 막을 수 없어. 타이들 베이슨 옆의 장소까지 계속 진행한 뒤에 닻을 내리게. 나는 아래로 내려가서 기도를 하겠네. 준비를 마치면 자네와 칼레드도 나와 함께하세."

알 야마니는 칼레드를 불렀다. 그는 계단을 올라 선량 쪽으로 온 뒤 알야마니 곁에 섰다.

"나는 걸을 힘이 없을 것 같네. 나를 아래로 데려다 주겠나?"

칼레드가 눈물을 삼키며 고개를 끄덕였다. 그는 몸을 굽혀 그가 본 가장 용감한 사람을 부축했다. 쇠약해져 죽어 가는 아버지를 부축한 남자처럼 그는 계단을 내려가 선실로 들어간 뒤 알 야마니를 조심스레 바닥에 앉혔다. 알 야마니는 바닥에 무릎을 꿇고 손바닥을 모은 뒤 수라를 암송하기 시작했다.

89

워싱턴 D.C.

푸른색과 흰색으로 칠해진 헬리콥터가 푸른 풀이 우거진 포토맥 강 계곡의 나무들로부터 겨우 90미터 위를 날고 있었다. 높은 프랜시스 스콧 키 브리지에 이르자 그들은 시속 220킬로미터에서 시속 130킬로미터로 속도를 줄이고 30미터를 더 하강했다. 보트는 이 지점부터 강의 상류로 더 올라갈 수가 없었다. 조종사들은 루스벨트 아일랜드의 동쪽 측면을 끼고 돌아 조지타운 채널로 들어섰다. 그들은 커다란 유람선들이 정박해 있는 동쪽 제방의 선창들을 지나쳤다. 지금까지는 스칸디나비안 프린세스가 눈에 들어오지 않았다.

랩은 계속해서 좌현 창을 내다보며 플러드 장군에게 전화를 걸었다.

"장군님, 저희는 루스벨트 브리지까지 왔습니다. 강 아래쪽 상황은 어떤지 알고 계십니까?"

"공중조기경보통제기가 수도에서 반경 16킬로 이내에 있는 스물여섯 개 선박을 추적하고 있네. 5분 전의 열여덟 개에서 늘어난 상황이네."

"선박 중에 북쪽을 향하고 있는 것은 몇 개입니까?"

"모르겠네. 확인해 보겠네."

랩은 합참의장이 누군가에게 이야기하는 것을 들을 수 있었다. 그는 곧 대답을 가지고 돌아왔다.

"스물여섯 개 중 스물한 개가 상류 쪽으로 향하고 있네."

"장군님, 공중조기경보통제기가 각 선박의 진로를 우리에게 알리도록 해 주십시오. 우리 조종사가 어느 채널로 접속해야 할지 알려 주십시오."

플러드가 바로 대답을 해 주었다. 랩은 그 정보를 조종사에게 전달하고 실 팀 식스의 상황을 물었다.

"20분 거리에 있네. 하지만 약간 문제가 있어."

랩은 플러드의 목소리에게 주저하는 기색을 읽었다.

"뭡니까?"

"대통령이 방금 내게 통지한 바로는 실 팀 식스는 FBI의 인질구조 팀이 준비가 되지 않았을 때만 가동할 수 있다네."

"장군님은 어떻게 얘기하셨습니까?"

"알았다고 할 수밖에. 그리고 실 팀 식스 사령관에게 상황을 알렸네."

랩은 욕을 내뱉으며 우현의 창밖으로 링컨 기념관을 바라보았다.

"인질구조 팀은 언제 준비가 됩니까?"

"30분 안에 도착한다고 들었네."

그가 맥마흔으로부터 들은 이야기와 일치했다.

"좋습니다. 장군님께 다시 전화를 드려서 실 팀 식스 사령관과 직접 연결을 부탁드리겠습니다. 괜찮겠습니까?"

"그건 자네가 그에게 무슨 이야기를 할 건지에 달려 있지."

"제가 그에게 무슨 이야기를 할지는 장군님이 정확히 알고 계시지 않습니까?"

"그렇다면 문제가 있네. 명령체계에 자네를 임의로 끼워 넣을 수는 없어. 대통령이 아니라고 말한 뒤라면 더 그렇지."

"장군님…."

랩이 장군의 말을 가로막았다.

"누군가는 명령을 내려야 합니다. 그렇다면 그게 현장에 있는 사람이어야 합니까 아니면 캠프 데이비드의 방탄 벙커에 앉아 있는 사람이어야 합니까?"

"미치, 자네가 무슨 말을 하는지는 잘 알고 있어. 하지만 이게 일이 돌아가는 방식이네. 자네가 인질구조 팀보다 먼저 보트를 발견하면 자네를 실 팀 식스의 사령관과 직접 연결해 주겠네. 그리고 자네가 직접 대통령에게 전화를 해야 하네. 하지만 인질구조 팀이 현장에 도착하면 자네나 나는 길을 비켜 줘야 해."

랩은 길을 비켜 줄 생각 따위는 없었다. 하지만 플러드 장군에게 그렇게 말할 이유는 없었다.

"좋습니다, 장군님. 계속 연락드리겠습니다."

랩은 전화를 끊고 계속해서 강을 유심히 쳐다보았다.

그들이 북쪽으로 향하는 보트 한 척 위를 지나자 랩의 심장 박동이 조금 빨라졌다. 그 배는 그들이 찾고 있는 배의 모습과 일치했다. 헬기가 계속해서 배를 지나는 동안 랩은 쌍안경을 이용해서 보트의 이름을 읽었다. 글씨는 푸른색이었고 첫 글자만 겨우 확인할 수 있었다. 그 보트는 메릴랜드로 시작하는 이름을 가지고 있었다. 그들이 찾고 있는 배가 아니었다.

헬리콥터는 네 개의 다리를 지나면서 약간 고도를 높였다가 다시 기존의 고도로 돌아왔다. 레이건 국립공항이 우현 쪽 800미터 앞에 있었고 이제는 상공에 여러 대의 상업용 항공기들이 있었다. 그들은 아나코시아 강이 동쪽으로 분리되는 헤인스 포인트에 다가가고 있었다.

CIA 헬기 1.6킬로미터 앞에서 반대편 제방을 따라 비행하고 있는 메모리얼파크 경찰 헬기가 시야에 들어왔다. 여러 척의 보트가 보였다. 하나는 너무 작았고 다른 것은 너무 컸다. 20초 후 그들은 워싱턴 요트 정박지를 지났다. 주차장은 만원이었고 정박지를 떠나려는 보트를 적어도 네 대는 확인할 수 있었다. 수색은 시간이 지날수록 어려워질 것이다. 랩은 아래에 있는 수상 경찰 보트의 꼭대기에 비상등이 있는 것을 보고 얼굴을 찌푸렸다. 랩은 그들이 정확하게 명령을 전달받았기를 바랐다. 용의자들을 본 사람들은 절대 그들을 정지시키려는 시도를 해서는 안 된다. 사실을 알린 후에는 특별한 것을 보지 못한 것처럼 평상시 그대로 행동해야 한다.

앞쪽으로 우드로 윌슨 메모리얼 브리지가 나타났다. 그 다리는 버지니아와 메릴랜드 사이에서 벨트웨이의 차량들을 양쪽으로 연결시키면서 강을 가로지르고 있었다. 그들은 탠덤 브리지 상공을 비행하고 있었고 몇 대의 보트가 보였다. 어떤 것도 그들이 찾는 보트는 아니었다.

1.6킬로미터 정도를 더 내려갔을 때 조종사가 고개를 돌리며 말했다.

"메모리얼파크 경찰 헬기가 방금 보트의 소재를 확인한 것 같다고 말했습니다. 보트의 이름은 읽을 수 없지만 길이와 모습이 일치한다고 합니다."

랩은 앞 유리창으로 다른 헬리콥터를 본 뒤 강을 내려다보았다. 두 척의 보트가 보였다.

"어느 보트를 말하는 건가?"

"우리 쪽에 가까운 보트입니다. 바로 중앙입니다."

"속도를 조금만 낮추고 내륙으로 조금 더 들어가세. 그들을 놀라게 하면 안 되니까."

랩은 조종사의 어깨 너머를 지켜보고 있다가 400미터 거리에 이르자 좌현 창으로 뒤를 돌아보았다. 그는 쌍안경을 손에 들고 바닥에 무릎을 댄 뒤 보트를 내려다보았다. 처음에는 그들이 찾는 보트가 아니라는 생각이 들었지만 캔버스 천으로 만들어진 차양이 보트를 다르게 보이게 하고 있다는 것을 알아차렸다.

두 척의 보트가 서로를 지나쳤다. 한 척은 북쪽으로, 한 척은 남쪽으로 향했다. 랩은 쌍안경을 통해 이름을 확인하려 애를 쓰고 있었다. 하지만 시야를 가리는 것이 있었다. 첫 글자가 겨우 보였다. 글자는 금색이었지만 그가 볼 수 있는 것은 'S'뿐이었다. 누가 보트를 운전하고 있는지도 확인할 수 없었다. 그 사람은 캔버스 차양에 가려 있었다. 잠시 생각한 후에 그는 그 보트의 이름을 가리고 있는 물체가 무엇인지 깨달았다. 랩은 플랫폼 위에 묶여 있는 커다란 흰색 아이스박스에 초점을 맞추었다가 쌍안경을 내려놓았다.

그는 라이머가 했던 말을 잠시 생각해 본 뒤 조종사에게 말했다.

"공중조기경보통제기를 저 보트에 집중시킨 뒤에 강에서 충분히 떨어져서 그들이 우리를 볼 수 없는 곳으로 빨리 되돌아가세."

90

랩은 라이머가 그에게 했던 폭탄의 피해범위 분석에 대해 기억해 보려 노력하면서 그 에너지국 관리가 전화를 받기를 기다렸다. 이 폭탄은 15킬로톤 범위에 있고 탄두의 크기는 대략 배구공만 한 것으로 추정되었다. 그렇다면 직경 800미터의 탄공을 남기고 2.4킬로미터 이내 지상에 있는 모든 것을 날려 버릴 것이다. 폭풍 효과가 16킬로미터 전방까지 피해를 입힐 것이고 장사성 구름은 계절풍이 이르는 곳까지 따라갈 것이다.

마침내 라이머가 전화를 받자 랩이 말했다.

"폴, 보트를 발견했습니다. 고물 쪽 덱에 묶여 있는 물건이 보이는데요, 그 폭탄이 낚시용 대형 아이스박스에 들어갈 수 있습니까?"

라이머는 에너지국 저먼타운 시설에 주요 인사들과 모여 있었다.

"장약으로 뭘 사용했는지에 따라 다르지만… 그래…. 가능할 것으로 보네."

"알겠습니다…."

"보트는 어디에 있나?"

"우드로 윌슨 브리지 남쪽 1.6킬로미터 지점에서 북쪽으로 항행하고 있습니다."

"잠깐, 지도를 좀 확인하겠네. 우드로 윌슨 브리지 남쪽 1.6킬로미터…."

라이머가 랩의 말을 반복했다.

"그렇다면 백악관과 국회의사당에서 13킬로미터고 펜타곤에서는 11킬로미터 떨어져 있군. 미치, 그 배를 가능한 빨리 정지시켜야 하네. 시시콜콜하게 얘기해서 자네 시간을 좀 먹을 수는 없지만 우리 과학자들과 러시아인들은 그 폭탄이 15킬로톤의 출력에까지 이르지 못할 것이라는데 의견 일치를 보고 있네. 반경 10킬로미터 밖에만 둔다면 내셔널 몰 북쪽과 동쪽은 구할 수 있을 것 같네. 설계 방식에 따라 펜타곤도 폭파에서 살아남을 가능성이 크네."

"방사능은 어떻습니까?"

"현재 동풍이 불고 있고 바람이 강해지고 있어. 버지니아 주 농촌 지역과 웨스트버지니아는 낙진으로 큰 타격을 입겠지만 바람이 잔잔하다면 워싱턴 시내는 피해를 면할 수 있네."

"그러니까 보트를 빨리 멈출수록 좋다는 거로군요."

"그렇네."

"수색대응 팀은 어디에 있습니까?"

"한 팀은 리치먼드에서 올라오는 중이고 한 팀은 내셔널 몰 인근 시내에 있네."

"시내에 있는 팀에게 가능한 빨리 헬기를 보내십시오. 이후의 지시사항은 다시 전화를 드려서 알려 드리겠습니다."

랩은 전화를 끊고 조종석으로 머리를 들이밀었다.

"공중조기경보통제기가 아직 속도를 알려 주지 않나?"

"시속 32킬로미터입니다."

"보트가 우드로 윌슨 브리지에 도착하려면 얼마나 걸리는지 알아봐 주게."

조종사가 질문을 하고 5초 후 대답을 주었다.

"약 3분 20초 후에 우드로 윌슨 브리지에 이릅니다."

"메모리얼 파크 경찰 헬기는 어디에 있지?"

"아직 강 아래쪽으로 내려가고 있습니다."

"방향을 돌려서 이쪽으로 빨리 오도록 해 주게. 강의 동쪽으로 고속, 저공 비행을 하라고 전해 줘."

실 팀 식스가 도착하려면 15분은 족히 남았고 인질구조 팀은 그보다 더 오래 걸릴 것이다. 시속 32킬로미터면 그들은 3분에 1.6킬로미터를 주파한다. 실 팀 식스가 이곳에 도착할 즈음에는 보트는 백악관 4.8킬로미터 전방에 있게 된다. 그는 조종석 창으로 벨트웨이와 우드로 윌슨 브리지를 내다보며 말했다.

"자, 계획은 이렇네."

랩은 조종사에게 정확히 그가 원하는 것이 무엇인지 설명한 뒤 CIA SWAT 팀 소속의 네 사람에게도 계획을 상세하게 설명했다. 헬리콥터는 포토맥 강의 서쪽 제방에 있는 존스 포인트 파크에 착륙했다. 그곳은 우드로 윌슨 브리지 바로 북쪽으로 강을 항행하는 배들로부터 몸을 숨길 수 있는 위치였다. 두 사람이 헬기에서 내려 강가로 달려 내려가는 동안 랩과 브룩스는 헬리콥터의 우현과 좌현에 있는 문의 걸쇠를 재빨리 벗기고 문을 떼어 치워 버렸다. 랩은 전화를 귀에 대고 강둑으로 뛰어갔다. 그가 보고를 해야 하는 모든 사람에게 다 전화를 걸 만한 시간이 없었다. 때문에 그는 단 한 사람에게만 전화를 하기로 결정했다.

플러드 장군이 연결되자 랩이 말했다.

"장군님, 지금 우드로 윌슨 브리지에 내려와 있습니다. 그리고 배를 찾은 것 같습니다."

"우드로 윌슨 브리지? 도대체 그게 어딘가?"

"벨트웨이가 포토맥 강을 가로지르는 곳입니다. 장군님이 계신 곳에서 남쪽으로 9.6킬로미터가량 떨어져 있습니다."

"보트는 어디에 있나?"

"남쪽으로 1.6킬로미터 아래쪽에서 상류로 향하고 있습니다."

"세상에!"

"방금 폴 라이머에게 확인을 마쳤습니다. 그는 이 폭탄이 더 북쪽으로 가기 전에 막는 것이 가장 중요하다고 말하고 있습니다. 지금 저는 랭리

소속의 전술 팀 네 명과 함께 있습니다. 그 보트가 다리 아래로 오면 급습할 것입니다. 인질구조 팀이 올 때까지 기다리라고 하시지 않는다면 말입니다…. 혹시 그럴 경우에는 펜타곤 창문으로 직접 급습 장면을 지켜보시게 될 겁니다."

"처리가 가능하다고 생각하나, 미치? 그렇다면 실행하게, 빨리!"

"그렇게 말씀하실 줄 알았습니다. 혹시 일이 잘못되는 경우 공중조기경보통제기가 보트를 조준하고 있다는 것을 알고 계십시오. 우리가 실패하면 실 팀 식스에 표적의 위치를 알리고 고물 쪽 덱에 있는 아이스박스는 공격하지 말라고 하십시오. 거기에 폭탄이 있는 것으로 짐작됩니다."

랩은 강가에 이르러서 다리의 콘크리트 구조물 너머로 강을 바라보았다. 머리 위의 6차선 주간 고속도로로 차량들이 지나고 있었다.

"이제 가야겠습니다, 장군님. 몇 분 뒤 배를 확보하고 전화를 드리겠습니다."

랩은 전화를 끊고 전화기를 가슴 쪽에 있는 주머니에 밀어 넣었다. 앞쪽으로 진행하고 있는 보트가 보였고 그 뒤에는 메모리얼 파크 경찰 헬기가 바싹 따라붙고 있었다. 그는 시계를 확인하고 브룩스의 대원들에게 말했다.

"저쪽 수풀 속에 위치를 잡도록 하지."

"저도 같은 생각을 하고 있었습니다."

전직 해병대 저격수가 대답했다.

"좋아, 준비하게. 총을 보거나 명령하기 전에는 발포하지 말게."

랩은 다가오는 보트를 마지막으로 한 번 본 뒤 헬리콥터로 뛰어갔다. 그는 우현 쪽으로 올라가서 조종실에 머리를 집어넣었다.

"질문 있나?"

두 조종사가 고개를 저었다.

"좋다. 도착 예정 시각까지 얼마나 남았지?"

"1분이 채 못 남았습니다."

"메모리얼 파크 경찰 헬기는?"

"모르겠습니다."

"찾을 수 있으면 확인해 보는 게 좋아. 공중 충돌이 있어서는 절대 안되니까."

조종사가 공중조기경보시스템을 확인하는 동안 랩은 선미를 바라보는 좌현 좌석에 앉았다. 그는 안전벨트를 가능한 많이 잡아당긴 후 버클을 채웠다. 그는 한 손에 소음기가 달린 MP5를 들고 좌석 끝에 앉아 총을 어깨에 멘 뒤 안전벨트에 의지해 몸을 기울였다. 그는 왼손잡이였기 때문에 그 위치에서 별 어려움 없이 문틀을 비껴날 수 있었다. 그는 그와 정반대 편에 앉아 있는 브룩스를 보았다. 팀의 리더인 그도 랩과 똑같은 자세를 취하고 있었다. 두 사람은 눈빛을 교환하고 엄지손가락을 들어올렸다.

랩은 그에게 자신의 MP5를 맡긴 전직 레인저 대원을 보았다.

"스탠, 잊지 말게…. 갑판에 오를 때까지 권총을 꺼내지 말아야 하네. 우리가 엄호하겠네. 곧바로 조타 장치 쪽으로 가고 헬리콥터로부터 안전하다는 것을 확인할 때까지는 연료흡입조절판를 당기지 말게. 조종사가 옆에서 시속 32킬로미터의 같은 속도로 비행할 테니까 조절장치를 지나치게 빨리 당기면 머리가 날아가 버릴 거야."

전직 레인저가 고개를 끄덕였다.

"왔습니다."

조종사가 소리쳤다.

헬리콥터가 비에 젖은 풀밭에서 천천히 떠올라 땅에서 6미터 떨어진 높이에서 공중 정지 상태에 들어갔다. 그들은 다리와 완벽하게 평행을 이루고 있었다. 그들은 한쪽 주에서 다른 주로 차량들을 이동시키는 거대한 콘트리트 도로 뒤에 숨은 채, 감지할 수 없을 정도로 천천히 앞으로 움직이기 시작했다. 조금씩 강 쪽으로 이동하던 그들은 길을 3분의 1가량 가로지르다가 멈추어 섰다. 예상은 하고 있었지만 메모리얼 파크 경찰의 헬리콥터의 도착에 깜짝 놀란 것이다. 헬기를 다리 위를 지난 뒤 물에서 15미터 상공까지 급강하했다. 엔진과 프로펠러가 큰 소리를 내며 움직였다.

CIA 헬리콥터는 보트가 나타나게 될 정확한 지점으로 가기 위해 다시 앞으로 조금씩 움직이기 시작했다. 랩은 다리로 다가오는 배의 모습을 포착하기 위해 가능한 몸을 기울였다. 몇 초 뒤 그늘에서 뱃머리가 삐죽이 보였고 다음으로 앞 유리가 드러났다. 보트가 방해물이 없는 곳으로 들어오자 헬리콥터가 하강하기 시작했고 예정 고도에 이르자 경사 비행을 했다. 조종사들은 기체를 정확하게 보트 뒤에 가져간 뒤 헬기의 속도와 방향을 보트의 속도와 방향에 일치시켰다.

랩은 기관 단총으로 보트의 앞 유리를 통해 상류로 비행하는 메모리얼 파크 경찰 헬기를 응시하고 있는 한 남자의 머리를 조준했다. 그 남자는 무엇인가가 뒤에 있다는 것을 알아채고 천천히 고개를 돌렸다. 랩은 방아쇠를 당길 이유를 찾으면서 그를 뚫어지게 쳐다보았다. 헬기가 보트와 가까워지고 있었다. 두 사람은 30여 미터밖에 떨어져 있지 않았다. 단 몇 초 사이였지만 랩에게는 슬로 모션으로 방영되는 장면같이 느껴졌다.

키가 크고 피부가 검은, 짧고 검은 머리의 그 남자는 랩을 똑바로 쳐다보았다. 그 짧은 순간에 남자는 그 상황에서 전혀 예상할 수 없었던 일을 했다. 그는 미소를 지었다.

총을 그의 어깨 쪽으로 단단히 끌어당기고 있던 랩은 그 미소의 기미가 보이자마자 0.5초도 안 되는 시간 동안 방아쇠를 두 번 당겼다. 바로 기관 단총의 총구가 오른쪽으로 움직였고 보트를 운전하는 사람을 발견했다. 헬리콥터는 이제 더 가까이 있었다. 그 남자가 돌아서려는 때 랩은 두 발의 총알을 더 날렸다. 모두가 목표물의 왼쪽 귀 바로 위 관자놀이에 명중했다.

91

포토맥 강

보트는 오른쪽으로 천천히 돌아갔다. 그들이 키를 빨리 잡지 않는다면 상황은 오히려 악화될 것이다. 다행히 두 CIA 조종사는 명민했다. 그는 방향을 틀어 헬기의 좌현 쪽 문이 고물의 선덱 바로 위에 위치하도록 했다. 기체가 덱에서 1.8미터 정도에 공중 정지하자 랩은 총으로 선실을 겨눈 채 외쳤다.

"서둘러! 서둘러!"

남자는 공수 교육대에서 배운 대로 스쿼트 자세에서 몸을 날려 무릎을 살짝 구부린 채 양발에 체중이 고르게 분산되도록 착지했다. 그는 왼쪽으로 구른 후 권총에 손을 뻗었다. 그가 조종 장치로 가는 계단을 오르자마자 랩은 안전벨트를 풀고 그를 따라 배로 뛰어 내렸다. 계획보다 세게 부딪혔지만 랩은 왼쪽 무릎을 타고 올라오는 통증을 무시하고 선실로 이어지는 계단으로 움직였다.

두꺼운 검은색 소음기가 어둠 속으로 먼저 돌진해 들어갔다. 바닥에 누군가가 있는 것을 볼 수 있었다. 하지만 그를 등진 모습이었다. 랩은 그의 오른쪽 계단 아래 화장실이 있다는 것을 알고 있었다. 그곳과 이물 아래 붙은 창고 외에는 달리 숨을 곳이 없었다. 시간도 지원도 없었기 때문에 그는 계단 아래로 내려가 화장실의 닫힌 문에 여덟 발의 총알을 날린 뒤 문을 열어 젖혔다. 그곳은 비어 있었다.

랩은 몸을 돌리다가 카펫이 깔린 바닥에 엎드려 있는 남자를 발로 찼다. 그는 발을 그 남자의 배 쪽으로 찔러 넣어 남자를 옆으로 돌렸고 다시 얼굴이 보이게 눕혀 놓았다. 랩은 그의 머리에 총을 겨누고 얼굴을 유심히 살폈다. 랩이 처음으로 알아 본 것은 남자의 입가에 흐르고 있는 피였다. 다음으로 불룩 튀어나오고 충혈된 눈과 얼룩덜룩하고 껍질이 벗어지고 있는 피부가 눈에 들어왔다. 그 남자는 전자레인지에 들어갔다 나온 것처럼 보였다.

그렇기는 해도 그의 얼굴에는 희미하게나마 익숙한 구석이 있었다. 랩은 미간을 찡그리면서 말했다.

"무스타파 알 야마니."

알 야마니의 얼굴에는 진정한 신자라는 자들이 짓는 공허한 미소가 떠올랐다. 그리고 그는 기침을 하며 더 많은 피를 뱉어 냈다.

"너무 늦었다."

이렇게 말하는 그의 입가에는 피가 배어 나오고 있었다.

"우리를 멈출 수 있는 방법은 없다."

"주바이르는 어디에 있나?"

랩은 소음기의 끝을 알 야마니의 이마에 가져다댔다.

"그는 죽었다."

알 야마니가 피가 흐르는 잇몸을 보이며 미소를 지었다.

"그는 폭탄을 해제할 수 있는 유일한 사람이다."

그는 소리 내어 웃기 시작했다. 하지만 그와 동시에 알 야마니의 몸 전체가 발작적인 경련을 일으키며 입으로는 더 많은 피가 뿜어져 나왔다.

랩은 소음기 끝으로 알 야마니의 머리를 바닥에 누르고 말했다.

"지옥에서 잘 지내라, 무스타파."

그는 방아쇠를 한 번 당기고 경련을 일으키는 시체를 남겨 둔 채 위쪽으로 올라갔다.

랩은 갑판으로 뛰어 올라가 헬리콥터에 뒤로 물러서라고 신호를 보낸 뒤 키를 잡았다. 그는 배의 방향을 돌린 뒤 연료흡입조절판을 끝까지 밀었다. 엔진이 요란한 소리를 냈고 뱃머리가 물 밖으로 30센티미터 가량 떠올랐다. 랩은 아이스박스를 보며 최악의 사태를 걱정했다. 얼마나 끔찍한 죽음인가.

랩은 보안 전화를 쥐고 라이머에게 전화를 걸었다. 상대편의 목소리가 들리자 그가 말했다.

"폴, 배를 확보했습니다. 지금 도시 반대 방향으로 가고 있습니다. 좋은 아이디어가 없습니까?"

"폭탄은 활성화되어 있는 건가?"

"그런 것 같습니다."

"어떻게 알지…. 열어 봤나?"

"아닙니다. 알 야마니에게 주바이르가 어디 있냐고 물었고 죽었다고 했습니다. 그러면서 주바이르가 폭탄을 해제할 수 있는 유일한 사람이라고 하더군요. 그래서 활성화된 것이라고 생각하고 있습니다."

랩은 고개를 돌려 아이스박스를 다시 한 번 보았다.

"열어서 확인할까요?"

"안 돼!"

라이머가 소리를 질렀다.

"무슨 이유가 있건 만지지 말게! 지금 우리 팀이 그 쪽으로 가고 있어. 그들은 내셔널 몰에서 지금 떠났네. 자네는 어디에 있나?"

"우리는 윌슨 브리지에서 하류로 돌아 내려가고 있습니다."

"백악관에서 11킬로미터군."

라이머가 말했다.

"얼마나 빨리 움직이고 있나?"

랩은 계기판을 보았다.

"시속 56킬로미터입니다. 이것이 최고 속력인 듯합니다."

"2분에 1.6킬로가 조금 넘는군. 좋아. 멀리 떨어질수록 좋네."

"폴, 저는 그 망할 가미카제 자살 특공대가 아닙니다. 제가 이걸 가지고 터지기 전까지 가능한 멀리 강 하류로 가는 것보다 좋은 방안을 가지고 계셨으면 합니다."

"알았네… 알았어. 하지만 16킬로만 떨어져도 큰 차이가 나네. 에너지국 직원들이 가고 있고 블루 팀이 리틀 크리크에서 출발했네. 최소한 6분간은 계속 전속력으로 남쪽으로 가 주게. 우리 직원들이 실 팀 식스와 만나서 자네가 배를 댈 곳을 물색할 걸세. 그럼 우리가 그 물건을 치워 주지."

랩은 아이스박스를 다시 한 번 돌아보았다. 그가 쏜 두 사람이 샘이 던져 놓은 곳에 포개어져 있었다. 그 순간에는 항로와 속도를 유지하는 것밖에 다른 도리가 없었다.

"좋습니다. 제가 주시하고 있겠습니다."

랩은 전화를 끊고 샘을 보았다.

"무선으로 헬기에 우리를 따르라고 연락을 해 주게."

랩은 한 손을 키에 올린 채 다른 손으로 캔버스 덮개를 벗기기 시작했다. 앞 유리 절반쯤까지 벗긴 후에는 샘이 이어받아 일을 마쳤다. 덮개 천은 마음대로 펄럭이다가 강에 떠서 육지 쪽으로 멀어져 갔다. 랩은 속도와 연료를 확인하고 6분 동안의 돌진을 위해 쭈그리고 앉았다.

정박지는 다리에서 버지니아 쪽으로 정확히 4.8킬로미터 떨어진 곳에 있었다. 랩은 에너지국의 벨 412 헬기가 원을 그리며 착륙 준비에 들어가는 것을 지켜보았다. 랩은 마지막 순간까지 전속력으로 엔진을 가동시키며 정박지로 들어갔다. 그는 수로 밖으로 나가려는 두 대의 작은 보트를 거의 침몰시킬 뻔했다. 두 배를 운전하던 사람들은 격한 손짓을 하며 37피트 대형 모터보트를 그토록 무모하게 운전하는 미친놈을 욕했다. 랩은 정박지 사무실 쪽을 향해 달려갔다. 주차장에 착륙한 헬리콥터를 보러 가지 않은 사람들은 겁먹은 눈으로 달려오고 있는 배를 보았다.

랩은 연료흡입조절판을 잡아당겨 1초도 안 되는 시간 동안 중립에 두었다가 후진 기어로 바꾸었다. 엔진은 앞으로 가던 보트의 속도를 낮추느라 긴장하면서 신음 소리를 냈다. 사람들이 사방에서 모여들었다. 보트는 주 부두를 불과 6미터 남겨 두고 멈춰 섰다. 하지만 배가 만든 항적이 계속해서 밀려들어 나무로 된 판자들을 넘으면서 묶여 있는 보트들이 말뚝과 현문에 부딪혔다.

랩은 바로 좌측 엔진의 속력을 늦추고 우측 엔진에 다시 전진 기어를 넣었다. 보트는 한 바퀴를 돌아 선미가 해안을 향하게 되었다. 그런 뒤 랩은 우측 엔진에 다시 후진 기어를 넣어 배를 보트 램프로 집어넣었다.

격자무늬 버뮤다 반바지에 독 사이더의 보트 슈즈, 폴로셔츠를 입은 중년의 남자 하나가 소리를 지르기 시작했다.

"당신은 도대체 자기가 누구라고 생각하는 거요?"

랩은 엔진을 중립에 놓고 그 남자를 무시했다.

"샘, 그 줄을 잡아서 배를 묶어 놓게."

세 사람이 주차장을 가로질러 달려오고 있었다. 모두가 양팔에 가방이나 상자를 들고 있었다. 그들은 램프 꼭대기에서 멈추어서 장비를 내려놓았다. 하지만 이상한 버뮤다 반바지를 입은 남자는 여전히 소리를 지르고 있었다. 그는 랩을 향해 주먹을 흔들어 보이며 선창으로 달려 내려오고 있었다.

"미친놈 같으니라고. 잘 들어. 선원으로 평생을 살았어도 이런 얼빠진 짓은 처음 본다."

그 남자는 보트의 가장자리 쪽으로 다가오고 있었다.

"도대체 네놈이 뭔데!"

"나는 연방 요원이오."

랩이 고물 쪽 선덱에 있는 시체들을 가리키며 대답했다.

"바로 저기에 있는 두 놈을 내가 죽였소. 선실에도 하나 있지. 당신이 네 번째 희생자가 되고 싶지 않거든 이 선창에서 당장 떠나시오. 절대 내 눈에 띄지 말란 말이오!"

말문이 막힌 그 남자는 시체들을 보면서 멀뚱히 서 있었다.

"지금 당장!"

랩이 소리를 질렀다. 그 남자는 방향을 바꿔 가느다란 다리가 몸을 옮길 수 있는 한 가장 빠른 걸음으로 사라졌다. 사람들 무리가 보트 램프 끝으로 모이기 시작했다. 랩은 그들을 올려다보며 샘에게 말했다.

"헬리콥터에 무전을 보내서 주차장에 착륙하라고 지시해 주게. 이 사람들을 여기서 내보내고 방어선 확보를 도우라고 하게."

라이머의 부하인 한 사람은 배낭을 메고 있었다. 그는 보트 램프 꼭대기로 걸어가 그대로 물로 들어갔다. 플랫폼에 이르렀을 때는 물이 거의 그 남자의 가랑이까지 차올랐다.

"문을 다시 복구해야 한답니다. 2분 안에 이쪽으로 올 겁니다."

랩이 고개를 끄덕였다.

"저쪽으로 올라가서 사람들에게 이곳에서 나가라고 말해 주게."

기술자는 몇 초간 아이스박스 앞 보도에 서서 다른 두 사람에게 소리를 질렀다.

"감마 11, 중성자 6."

랩은 큰 관심을 가지고 그 모습을 지켜보았다.

"그게 대체 무슨 뜻인가?"

"위험하다는 뜻입니다."

수색대응 팀의 그 기술자는 서둘러 램프 위로 올라갔다. 바지가 흠뻑 젖어 있었다.

랩은 고개를 들어 여전히 모여들고 있는 사람들을 바라보았다. 샘은 그들을 뒤로 밀어내려고 애쓰고 있었다. 손가락질을 하며 질문을 던지는 사람들이 있는가 하면 착륙할 곳을 찾아 공중에서 선회하고 있는 CIA 헬리콥터를 보고 있는 사람들도 있었다.

랩은 권총을 꺼내 물속으로 두 발을 쏘았다. 큰 소리에 모든 사람의 관심이 집중되었다. 그들은 모두 하던 일을 멈추고 그를 보기 위해 몸을 돌렸다.

"이 주차장을 당장 비우시오. 제기랄. 이건 비상사태요!"

그제서야 모두가 감을 잡고 차로 몰려가기 시작했다. 랩은 전화를 들고 라이머의 번호를 눌렀다.

"폴, 미치입니다. 아이디어가 있습니다. 이 장치를 헬리콥터에 싣고 이곳에서 빠져나가면 어떻겠습니까?"

"그건 우리 방식이 아니네, 미치."

"안 되는 이유가 뭡니까?"

"진단을 먼저 해야 하네. 이상적인 것은 장치를 움직이지 않는 것이야. 공중으로는 특히 더 그렇네."

"왜 그렇습니까?"

"공중에서 폭파되면 피해 범위가 확대되네. 그 자리에 얌전히 앉아서 내 사람들이 일을 맡아 하도록 놓아두게. 블루 팀이 5분 안에 도착할 거야. 곧 그 장치를 해제할 것이네."

랩은 폭탄을 내려다보았다.

"그런 자신감을 공유하지 못해서 죄송하지만 알 야마니는 주바이르만이 그 폭탄을 해제할 수 있다고 말했습니다. 그의 말이 틀린 것 같지는 않습니다."

"미치, 실 팀 식스의 폭탄 기술자들은 최고야. 발파 장치를 분석할 수 있을 거네."

"그렇게 되지 않으면요?"

상당히 회의적인 목소리로 랩이 물었다.

"한 번도 그런 일은 없었네, 미치."

"훈련이었습니까, 실제였습니까?"

"둘 다."

"말도 안 됩니다. 이 친구들이 실제 핵폭탄을 해제한 적이 있단 말입니까?"

"그건 아니지만… 실제 핵폭탄은 아니었네만 항상 작동하고 있는 연습용 폭탄을 다룬다네. 원리는 똑같아."

"그 말씀이 맞기를 바랍니다."

92

블루 팀이 두 대의 회색 미 해군 씨호크 헬리콥터를 타고 도착했다. 그 커다란 헬기들이 주차장에 착륙하자 각각의 헬기에서 여섯 명의 대원들이 쏟아져 나왔다. 최소한 여섯 명은 머리부터 발끝까지 검은 전투복 차림으로 중무장을 하고 있었다. 그들은 방어선을 확보하기 위해 바로 흩어졌다. 두 사람은 연한 청색 오염 방지복과 밀폐된 부츠와 헬멧, 장갑을 착용하고 있었다. 다른 네 사람은 사막 전투복을 입고 있었다.

랩은 여전히 스칸디나비안 프린세스의 키를 잡고 있었다. 그는 실이 장비를 내리고 에너지국 수색대응 팀 사람들과 의논을 하는 모습을 지켜보았다. 시계를 확인했다. 12시 8분이었다. 랩은 금방이라도 폭탄이 터질 것 같아 안달이 나 있었다. 그는 알 야마니가 폭탄을 워싱턴의 심장부로 가능한 가까이 가져가서 대통령과 새로운 2차 대전 기념비 헌정식에 참석한 다른 고위 인사들을 죽이려 했다는 확신을 가지고 있었다. 그 행사는 오후 1시에 시작하기로 되어 있었다. 폭탄이 터질 때까지 52분밖에 시간이 없고 생각할 수밖에 없었다.

그가 보기에는 1초 1초가 도시에서 먼 곳으로 폭탄을 옮기는 데 사용될 수 있는 귀중한 시간들이었다. 랩은 주차장에 있는 네 대의 헬리콥터를 보고 라이머에게 전화를 하기로 마음먹었다.

"폴, 제 말을 잘 들어 주십시오. 폭탄은 1시에 터지도록 설정되어 있을 겁니다. 다시 한 번 말씀드리지만 저 폭탄을 헬기에 싣고 가능한 도시에서 먼 곳으로 가져가야 합니다."

"미치, 이미 얘기했지 않나. 진단을 먼저 해야 하네."

"공중에서는 할 수 없습니까?"

"그들이 발파 장치에 고도계를 장착해 놓아서 지상 30미터 이상으로 올라가면 폭파된다면 어쩌겠나?"

랩은 그런 생각은 해 보지 못했었다.

"좋습니다. 그렇다면 실이 폭탄을 해제하지 못하면 다음 계획은 뭐죠?"

"바로 작업에 착수할 예정이네."

랩은 밀폐된 오염 방지복을 입은 두 사람이 장비를 들고 보트 램프로 걸어가는 것을 지켜보았다.

"착수할 예정이라는 게 무슨 뜻입니까?"

"첫 번째 선택은 그것을 바다로 가지고 나가는 것이네."

"그건 시간이 충분하다는 것을 가정한 선택입니다. 동부 해안까지는 최소한 160킬로미터입니다."

"그리고 지금은 해변에 사람이 많지. 바람은 서쪽으로 불고. 미치, 그건 하나의 선택권일 뿐이야. 우리는 항상 이런 문제를 다루네. 환경에 대한 영향, 경제에 대한 영향…. 우리는 모든 각도에서 문제를 파악해."

"바다로 나가는 것이 불가능한 경우에 그럼 다른 선택은 뭡니까?"

"다른 유일한 선택은 한적한 곳으로 가져가는 것이네. 폭발과 방사성 낙진이 최소한의 피해를 입히는 곳으로 말이네."

"그것뿐입니까?"

충격을 받은 랩이 말했다.

"그게 마지막 남은 최선의 선택이란 말입니까?"

라이머는 바로 대답을 하지 못했다.

"다른 선택이 한 가지 있기는 한데 전면적으로 검토가 된 적이 없어. 아마 대통령이 승인을 하지 않을 걸세. 펜타곤은 당연히 반대할 거고."

"왜요?"

"수십억 달러의 정부 시설을 파괴해야 하니까."

사막 전투복을 입은 실 대원 중 하나가 랩을 향해 선창을 뛰어 내려오고 있었다.

"무슨 시설 말입니까?"

랩이 물었다.

"미치, 대통령이 다른 라인에 연결되어 있네. 다시 전화하겠네."

"아니…."

전화는 끊어졌고 랩은 욕지거리를 했다.

"랩 씨?"

실 대원이 이제 보트 옆에 와 서 있었다. 랩은 긴 한숨을 뱉은 뒤 대답했다.

"그렇소."

"트로이 매슈스 대위입니다."

그 장교가 손을 내밀었다.

"플러드 장군께서 보고를 전하라고 하셨습니다."

그는 장교의 손을 잡았다.

"폭탄의 상태는 어떤가?"

랩은 아이스박스를 가리켰다. 오염 방지복을 입은 두 사람이 몇 발자국 옮기고 쉬었다가 다시 움직이면서 어떤 장치를 아이스박스 근처로 옮기고 있었다.

"이동식 X선 촬영기입니다. 사진을 찍어서 안에 뭐가 있는지 알 수 있게 해 줍니다."

"대위님."

오염 방지복을 입은 사람 중 한 명이 소리쳤다.

"여섯 개의 각기 다른 발파 시스템이 있습니다."

"여섯 개?"

장교가 놀란 목소리로 되물었다.

"그렇습니다. 폭약을 성형하는 데에는 플라스틱을 사용한 것 같습니다. 적어도 20여 개는 되는 뇌관으로 뒤덮여 있습니다."

"발파 장치가 여섯 개라고? 말도 안 돼."

매슈스는 주차장을 보며 소리를 질렀다.

"마이크, 드릴과 광섬유 카메라가 당장 필요하다."

어떤 것도 랩을 안도시키는 이야기는 아니었다.

"무슨 일인가?"

"확실치 않습니다."

대위는 보트에 오르면서 팔을 걷어 올렸다.

대위가 시체 옆을 지날 때 랩이 물었다.

"이 폭탄을 해제하는 데 얼마나 걸리나?"

"배선이 어떻게 되어 있느냐에 달려 있습니다. 하지만 쉬운 일은 아닐 것 같습니다."

랩은 대위의 부하 중 한 명이 램프를 달려 내려가 물로 들어가는 것을 보았다. 그는 그곳에서 무선 드릴과 검은 가방을 건넸다. 아이스박스 위로 주의 깊게 구멍이 만들어졌고 그 안으로 연필 굵기의 카메라 머리가 삽입되었다. 대위는 부하들이 몇 분에 걸쳐 가능한 선명한 그림을 잡아내기 위해 애쓰는 동안 아이스박스 옆에 무릎을 꿇고 작은 TV 스크린을 응시하고 있었다.

마침내 그들이 카메라를 꺼냈고 그중 한 사람이 말했다.

"지뢰선은 없습니다. 열어도 괜찮을 것 같습니다."

대위는 두 손을 아이스박스 위에 대고 천천히 뚜껑을 열었다. 랩은 그의 뒤에 서서 전선이 뒤범벅된 덩어리를 내려다보면서 붉은 숫자들의 조합 여섯 개를 헤아렸다. 폭탄이 폭발할 때까지는 53분이 남아 있었다.

랩은 욕을 하고 나서 이렇게 말했다.

"대위, 그 망할 평가는 필요 없네. 자네 팀이 53분 안에 이걸 해제할 수 있겠나?"

대위는 폭탄을 왼쪽에서 보고 다시 오른쪽으로 보면서 배선을 자세히 살폈다.

"확실히는 모르겠습니다."

"확실히는 모르겠다로는 해결이 되지 않네. 고도계나 우리가 헬리콥터에 폭탄을 실어서 워싱턴으로부터 멀리 떨어진 곳으로 가져가는 데

장애가 되는 장치들이 있나?"

"없습니다."

매슈스는 오염 방지복을 입은 두 부하들을 보았다.

"자네들은 어떻게 생각하나?"

두 사람 모두 고개를 가로 저었다.

여섯 개의 스크린에서 1분이 또 지나갔다. 이번에 욕을 한 사람은 매슈스였다. 바다까지는 제시간에 가져갈 수가 없다. 랩의 손이 갑자기 땀으로 흠뻑 젖었다.

"매슈스 대위, 이렇게 하세. 자네 부하들에게 이 아이스박스를 주차장에 있는 저 푸른색과 흰색이 칠해진 헬리콥터에 실으라고 해 주게."

"펜타곤에 전화를 해서 승인을 얻어야만 합니다."

대단히 조용하지만 단호한 목소리로 랩이 말했다.

"대위, 지금 우리에게는 의견을 조율할 시간따윈 없네. 자네 부하들이 폭탄을 헬리콥터에 실을 동안 자네는 그것을 해제할 가능성을 분석해 보게. 나는…."

랩은 전화를 들었다.

"대통령과 플러드 장군에게 전화를 하겠네. 절대적으로 확실하게 이 폭탄의 폭발을 막을 수 있다고 말하지 않는 한 가장 중요한 다음 단계는 이 도시에서 가능한 먼 곳으로 가져가는 일이네."

대위는 여러 색의 도선이 뒤얽힌 덩어리를 내려다 본 뒤에 고개를 끄덕였다.

"좋습니다…. 합리적인 대비책 같습니다."

"그렇다면 빨리 그리고 주의 깊게 움직이게."

"마이크… 조…."

매슈스가 소리쳤다.

"납 담요를 가지고 와. 폭탄을 옮긴다."

랩은 보트에서 내려 선창으로 걸어가기 시작했다. 그는 번호를 누르고 전화를 귀에 가져다 댔다. 대통령에게도 전화를 할 것이다. 하지만 아직은 아니었다. 우선 통화를 해야 할 사람이 있었다.

93

아이스박스를 묶고 있던 로프가 잘려 나갔다. 매슈스 대위의 감독 하에 납 담요가 아이스박스 위에 걸쳐졌고 그것은 보트 램프 위로 운반된 뒤 벨 430 헬리콥터 뒤에 자리를 잡았다. 블루 팀의 두 연장자는 물론 수색대응 팀원 한 명이 헬기의 뒤에 올라가 폭탄을 살폈다. 세 사람은 한 사람씩 고개를 저으며 헬리콥터를 빠져나왔다.

랩은 헬리콥터 앞에 서서 전화를 귀에 댄 채 이 광경을 모두 지켜보았다. 그는 블루 팀의 두 연장자가 원사라는 것을 확실하게 알 수 있었다. 원사들은 실의 중추였다. 폭발물에 관해서라면 그들은 세계에서 가장 많이 알고 있는 사람들이었다.

랩은 여전히 CIA 헬리콥터의 조종석에 있는 두 명의 조종사들을 보았다. 그는 오른손 검지손가락을 들어 공중에서 빙빙 돌렸다. 조종사들은 고개를 끄덕인 뒤 스위치를 누르고 디스플레이를 확인했다. 랩의 마음을 이미 정해졌다. 계속해서 시간이 가고 있는 상황이었다. 그는 1초라도 허비하면서 보내지 않을 생각이었다.

그는 헬리콥터로 걸어가면서 통화를 했다.

"그래서 과학자가 이 일에 대해 고려해 본 겁니까?"

"그렇네."

라이머가 대답했다.

"이 일이 성공할 거라고 생각하십니까?"

"성공할 거야. 모든 계산을 마쳤네."

헬리콥터의 엔진이 서서히 가열되었고 잠시 후 회전 날개가 돌아가기 시작했다.

"폴, 대통령을 설득하는 데 필요한 사실들을 다 준비해 주십시오. 이륙하면 곧 전화드리겠습니다."

매슈스 대위를 굳이 찾을 필요가 없었다. 그는 이미 랩에게 다가오는 길이었다.

"대답이 필요하네. 할 수 있겠나?"

"원사들 말로는 잘해야 반반이라고 합니다."

"그 정도로는 충분치가 않은데….".

랩이 말했다. 그는 바로 대위에게서 돌아서서 헬리콥터로 향했다.

"대통령님은 뭐라고 말씀하셨습니까?"

"성공을 보장할 수 없으면 폭탄을 워싱턴에서 가능한 먼 곳으로 가져가길 원하시네."

랩은 대통령에게 아직 이야기를 하지 않았다. 하지만 그는 이 일에 있어서만큼은 그들이 같은 의견일 것이라고 확신했다.

매슈스가 랩의 뒤를 따랐다.

"어디로 가져가시는 겁니까?"

"아직은 확실치 않네."

랩은 거짓말을 했다. 그는 헬리콥터 뒤에 올라 타 문을 닫고 조종사들에게 물었다.

"이 녀석의 최고 속력은 어느 정도인가?"

"시속 250킬로미터입니다. 하지만 그 속도로는 약 160킬로 정도밖에 가지 못합니다. 바람의 상태에 따라 다르지만 말입니다."

"우린 그렇게 멀리까지 가지 않을 거네. 좋아. 빨리 떠나세. 서쪽으로 가능한 빨리, 가능한 낮게 비행해 주게. 도시에서 최소한 16킬로미터 이상 벗어나면 북쪽으로 가야 하네. 몇 분 안에 정확한 목적지를 알려 주겠네."

랩은 자리에 앉았다. 헬리콥터가 이륙하자 랩은 머릿속으로 계산을 해 보았다. 최고 속력으로 헬기는 매분 4.28킬로미터를 이동할 수 있다. 그 것은 그곳에 도착하는 데 30분이 못 걸린다는 이야기였다. 이륙과 착륙 을 계산에 넣지 않고서 말이다. 그는 안전하게 35분을 잡았다. 그리고 무거운 납 담요를 치우고 아이스박스의 뚜껑을 열었다. 가장 가까운 곳 에 있는 LED 화면이 폭탄이 46분 후에 폭발한다는 깃을 알려 주었다. 나머지 일들을 처리할 만한 시간이 넉넉하지는 않았지만 가능한 일이었 다. 랩은 손목시계의 타이머를 설정하고 다시 담요로 아이스박스를 덮 었다.

전화가 울렸고 그는 바로 대답했다.

"네."

"준비됐나?"

라이머였다.

"벌써 이륙했습니다."

"연결하겠네."

몇 번의 딸깍거리는 소리가 들리고 난 뒤 랩은 대통령의 목소리를 들 을 수 있었다.

"미치?"

랩은 머리를 가죽 머리 받침에 기댔다.

"예, 대통령님."

"오늘 일은 훌륭했네."

랩은 약간 긴장이 풀렸다. 어떤 이유인지 모르겠지만 그는 호된 질책 을 들을 것이라고 생각하고 있었다.

"감사합니다."

"폴이 우리 기술자들이 폭탄의 폭발을 막을 수 있을지 확신하지 못한 다고 말하더군. 자네도 그 이야기를 알고 있나?"

"네, 그렇습니다. 해제 성공률이 잘해야 50퍼센트라고 들었습니다."

"시간은 얼마나 있나?"

랩은 시계를 보았다.

"45분입니다."

라이머가 재빨리 끼어들었다.

"바다까지 가지고 가기에는 시간이 부족합니다, 대통령님."

"그렇다면 어떻게 하는 것이 좋겠나?"

"두 가지 선택권이 있습니다. 하나는 체사피크 만에 버리는 방법입니다. 그 경우 즉각적인 사망자 수는 그 지역에서 보트를 타고 있는 사람들에 제한될 것입니다. 하지만 만이 그리 깊지 않기 때문에 영향이 상당할 것입니다. 방사성 증기로 이루어진 상당한 크기의 구름이 수백 킬로미터까지 퍼질 것이고 바람이 동쪽에서 불고 있기 때문에 구름이 인구가 밀집한 지역으로 이동할 것입니다."

"워싱턴까지 올 수도 있나?"

"가능합니다."

"사상자는 얼마로 예상되나?"

"초기에는… 아마도 몇 백 명 정도에 그치겠지만 방사선 낙진이 그 숫자를 수천이 넘게 만들기가 쉽습니다. 암 발병률이 치솟을 테니까 말입니다. 가장 큰 타격을 입은 주변의 오염 지역은 물론이고 체사피크의 환경을 복구하는 데에는 수십 년이 걸릴 것입니다."

정적이 흘렀다.

"두 번째 선택권은 뭔가?"

"두 번째 선택권은… 대통령님, 약간 논란의 소지가 있습니다. 하지만 사상자와 환경 손상이 최소화될 것입니다."

"한번 들어 보세."

"헬리콥터로 폭탄을 마운트웨더로 가져가서 안에 집어넣습니다. 다음 영향을 최소화하기 위해 방폭문을 닫습니다."

마운트웨더는 백악관에서 88킬로미터 떨어진 곳에 위치하는 보안 강성 시설로 1950년대에 만들어졌다. 핵 공격을 비롯한 비상 상황에서 정부 요인들을 수용하는 대피소는 다섯 개 주에 100여 개나 있었다. 하지만 그중에서도 마운트웨더 시설은 이들 대피소로 이루어진 연방 재배치 원호 시스템의 중심이었다.

"마운트웨더!"

누군가가 소리쳤다.

"나는 지금 마운트웨더에 있단 말이오! 그 망할 폭탄을 이리로 가져오면 안 돼!"

랩은 그 목소리가 법무장관이라는 것을 바로 알아차렸다. 랩은 그 남자의 당황한 표정을 그려 보며 미소를 지었다. 어떤 구름이든 뒤편은 은빛으로 빛난다고 하던가.

"대통령님."

국토안보부장관이 말했다.

"마운트웨더는 비상 지휘 통제 시스템의 중추입니다. 대체 비용은 어마어마합니다…. 적어도 수십억 달러는 될 것입니다."

"우리 나라야 돈이라면 많지 않습니까."

밸러리 존스가 대답했다.

"새로운 시설을 지으면 됩니다, 대통령님. 폭탄을 체사피크 만에 떨어뜨릴 수는 없습니다."

랩은 의외의 반응에 약간 놀랐다. 그는 아마도 처음으로 그와 존스의 의견이 일치하는 순간인 것 같다는 생각이 들었다.

"FEMA가 그 산에 있습니다, 대통령님."

맥클레란 장관이 반대했다. 그는 연방재난관리청을 말하고 있었다.

"그리고 블루리지 산맥은 체사피크 만만큼이나 중요한 나라의 보물입니다. 애팔래치아 자연 산책로가 그 지역에서 3.2킬로나 이어집니다."

"FEMA 시설은 폭발을 견딜 수 있을 것으로 생각합니다, 대통령님."

라이머가 말했다.

"마운트웨더는 동부 해안 위에서 밀도가 가장 강한 암반을 깎아서 만든 곳입니다. 그리고 아치 모양의 방폭문이 두 세트 있습니다. 하나당 두께가 1.5미터죠."

라이머가 말을 이어 가기 전에 그 전화 회담은 여러 의견과 독설이 이리저리 오가는 난상토론으로 변하고 말았다. 갑자기 랩은 몹시 피곤해졌다. 가죽 의자는 편안했고 헬리콥터에서 느껴지는 약간의 진동이 그를 가수면 상태로 만들었다. 그는 하품을 했다. 발을 아이스박스에 올릴 뻔했지만 그는 마지막 순간에 정신을 차렸다.

랩은 고개를 흔들고 시계를 보았다. 그 언쟁을 잠깐 더 들은 후 그가 말했다.

"대통령님….”

난장판이 계속되었다. 그는 좀 더 큰 목소리로 대통령을 다시 불렀다. 하지만 역시 아무도 그에게 발언권을 내주지 않자 랩은 소리를 질렀다.

"모두들 조용히 하시오! 지금 당장!"

언쟁 소리가 잦아들었다. 랩이 말했다.

"대통령님, 이제 결정을 하셔야 합니다. 저는 이미 폭탄을 가지고 워싱턴에서 서쪽으로 비행 중입니다. 이것을 체사피크 만에 버리길 원하신다면 빨리 말씀을 해 주시는 것이 좋겠습니다. 방향을 바꾸어서 다시 워싱턴을 지나가야 하니까 말입니다. 그쪽에 제시간에 도착해야 하지 않습니까?"

"벌써 마운트웨더로 오는 길이란 말인가?"

놀란 스톡스 장관이 말했다.

"그렇소. 그리고 우는 소리는 그만두시오. 마지막까지 폭탄을 감당해야 하는 사람도 있으니까.”

대통령의 목소리는 차분했다.

"내가 의견을 묻기 전에는 누구도 입을 열지 않았으면 하오. 라이머, 마운트웨더에 있는 사람들을 폭발이나 낙진으로부터 보호하려면 얼마나 멀리 보내야 하지?"

"멀리 보낼 필요가 전혀 없습니다, 대통령님. 폭발의 충격을 최대로 분석한 결과, 주 방폭문들을 닫을 경우 시설이 폭발의 모든 영향을 감당할 수 있을 것으로 보입니다. 약간의 분출 가능성이 있기는 합니다만 아주 미미합니다."

"얼마나 말인가?"

대통령은 마음이 조급한 것 같았다.

"최대로 생각해도 1.6킬로미터입니다."

"미치, 시간이 얼마나 남았나?"

랩은 손목시계를 보았다.

"38분 남았습니다, 대통령님."

"마운트웨더에 도착하는 데 얼마나 걸리겠나?"

"약 35분입니다."

"플러드 장군… 어떻게 생각하시오?"

"대통령님, 우리에게는 다른 시설들도 있습니다…. 대통령님이 계시는 사이트 R 같이 말입니다."

"마운트웨더는…."

맥클레란 장관이 끼어들었다.

"시스템에서 가장 중요한 시설입니다."

"켄들…."

대통령이 날카롭게 말했다.

"지금 플러드 장군과 이야기를 하고 있네. 자네 의견이 필요하면 내가 청하겠네. 자, 장군."

"우선 NORAD는 시스템에서 가장 중요한 시설입니다. 그리고 펜타곤의 입장에서는 사이트 R이 마운트웨더보다 중요합니다. 고급 장교들은 이들 벙커가 지휘 통제에 적절한 것은 사실이지만 실제로 러시아와 혹은 언젠가 중국과 전쟁을 하게 되는 경우 마운트웨더는 다수의 급습이나 큰 규모의 지하 폭탄 공격을 통한 1차 공격에 사라지게 될 것이라는 공통된 의견을 가지고 있습니다."

"그러니까 마운트웨더가 시대에 뒤처졌다는 이야기를 하는 건가?"

"대통령님, 제 생각으로는 마운트웨더는 완성되고 1년 후부터 시대에 뒤처진 시설이 되었습니다."

"산을 소개하는 데 얼마나 걸리나?"

"모릅니다. 하지만 방폭문을 닫는 데 10분이 걸린다는 것은 알고 있습니다."

10초간 침묵이 흐른 뒤 대통령이 말했다.

"마운트웨더와 주변 지역을 당장 소개시키도록 하시오! 그리고 플러드 장군, 각료들을 첫 번째 헬리콥터로 피신시키시오."

"알겠습니다, 대통령님."

"그리고 미치가 필요로 하는 것은 무엇이든 원조하시오."

"감사합니다, 대통령님."

랩이 말했다.

"장군님, 바로 전화해서 정확한 도착 예정 시각을 알려 드리겠습니다."

랩은 전화를 끊고 조종실로 머리를 밀어 넣었다.

"자네들 마운트웨더가 어디에 있는지 아나?"

두 사람이 고개를 끄덕였다.

"좋아. 가능한 빨리 그곳으로 가세."

94

버지니아

마운트웨더는 블루리지 마운틴 로드 상의 버지니아 블루몬트 시내에서 8킬로미터 떨어진 웨스트버지니아 주 경계선 근처 바위가 많은 버지니아의 북서쪽 지역에 자리 잡고 있었다. 부지 자체는 40만 제곱미터에 불과했지만 산 정상에 서 있는 커다란 통신탑들 때문에 몇 킬로미터 밖에서도 쉽게 알아볼 수 있었다. 그 통신탑들 중 하나는 AT&T의 소유였다. 이 시설은 50년대에 만들어진 이래 철저한 비밀에 싸여 있었다. 의회조차 연간 예산을 볼 수 없었고 위치와 목적을 비밀로 하기 위해 수년간 이름까지 바꾸어 왔다. 하이포인트라는 첫 암호명, 시설 내의 대통령 숙소를 이르는 크리스탈 팰리스에서 여러 정부 기관에 대한 여러 가지를 의미하는 평범한 이름들까지 긴 목록을 이루면서 말이다. 하지만 가장 흔하게 불리는 이름은 역시 마운트웨더였다.

그곳은 아직까지 살아 숨 쉬는 냉전 시대의 유물이었다. 사이트 R과 마찬가지로 그 시설은 핵전쟁에 견디기 위해 만들어졌다. 당시의 핵폭탄은 디자인 면에서는 지금보다 컸고 출력 면에서는 현대의 폭탄에 한참 못 미쳤으며 정확도도 상당히 낮았다. 그래도 마운트웨더는 의도는 좋았으나 근시안적인 고정 방어 시설이라는 불명예를 안고 역사의 폐물 더미로 남는 운명은 면할 수 있었다. 영영 역사 속으로 사라져 버린 지그프리드

선이나 마지노선에 비하면 훨씬 나은 대우였고 핵전쟁과 같은 상황에 그 시설을 차지하게 되어 있는 사람들에게도 다행스러운 일이었다.

동쪽에서 산으로 접근하는 동안 랩은 개밋둑에서 끊임없이 기어 나오는 개미들처럼 산정의 지그재그형 산악 도로를 내려오는 차들을 볼 수 있었다. 네 대의 군 수송 헬기들이 산꼭대기의 작은 가설 활주로에서 이륙하고 있었다. 또 다른 헬리콥터는 동쪽 입구 옆의 헬리콥터 발착장을 떠나고 있었다. 마운트웨더 시설은 산 양쪽에서 각각 지하 벙커로 이르는 두 개의 길을 가지고 있었다. 차량은 양쪽 길로 원활하게 이동하고 있었다. 아직 차에 타고 있는 몇몇 낙오자들이 있었지만 대부분의 사람들이 대피해서 1.6킬로미터 경계를 지나고 있었다.

플러드 장군이 약속했듯이 헬리콥터 발착장 옆에서 픽업트럭이 기다리고 있었다. 트럭은 산으로 들어가는 강화 콘크리트 터널 입구를 바라보고 있었다. 랩은 시계를 확인했다. 12분이 남아 있었다. 그는 납 담요를 아이스박스에서 벗겨내고 타이머를 확인했다. 00:12:26이라는 숫자가 보였다. 12분 30초가 조금 못 되는 시간이었다.

라이머는 충격량의 계산이 폭탄을 시설의 중앙 엘리베이터에 실어 기반암 쪽으로 30미터 내려 보낸다는 것을 전제로 했다고 알려 주었다. 그는 랩에게 이 일을 완수할 만한 충분한 시간이 있다고 장담했다. 랩은 그의 말이 맞기를 바랐다.

CIA 헬리콥터가 헬리포트의 중앙에 착륙했다. 랩은 즉시 문을 열고 아이스박스의 손잡이를 잡았다. 그는 가장자리로 아이스박스를 끌어당겼고 연방청사경비대의 푸른색 전투복을 입은 네 명의 사람들이 그를 돕기 위해 달려 왔다. 그들은 관을 운반하는 영안실 직원처럼 아이스박스를 들고 그것을 시동을 건 채 기다리고 있는 픽업트럭에 실었다. 세 사람이 아이스박스와 함께 뒤에 올라탔고 그 그룹을 책임지는 장교가 운전석으로 들어갔다. 랩이 조수석에 탄 후 트럭이 출발했다.

맑은 오후 햇살이 그들 뒤로 사라지고 그들은 긴 터널로 들어갔다. 트럭을 운전하는 남자가 그를 흘긋 보며 말했다.

"맥클레란 장관과 스톡스 법무장관이 지난 20분 동안 그렇게 욕을 하던 사람이 당신인 모양입니다."

"아마 그럴 거네."

터널은 약간 좁아졌고 그들은 일종의 오염 정화 시설을 지나쳤다. 운전하는 남자가 경적을 울렸다. 그는 계속해서 가속기를 밟고 있었다.

"이제 문을 닫기 시작해야겠습니다."

랩은 시계를 보며 고개를 끄덕였다. 시간이 촉박했다.

"맥클레란 장관이 당신이 정말 눈엣가시라고 말했습니다."

남자는 정말 재미있다는 듯 이야기를 했다.

랩은 미소를 지으며 고개를 저었다.

"그래…. 사실 맥클레란은 똥오줌도 구분을 못해. 그러니까 그가 제대로 판단했을 거라고 생각되지가 않는데."

"사실 저도 그렇게 생각합니다."

남자는 버려진 골프 카트를 비켜 지난 뒤 가속 페달을 밟았다.

"그런데 아이스박스 안에 뭐가 있습니까?"

랩은 터널에 시선을 고정하고 있었다. 아직 끝이 보이지 않았다.

"위에서 말을 해 주지 않던가?"

"아니요."

"이렇게 하세, 대위. 엘리베이터에 도착하면 뭐가 있는지 말해 주지."

"뭐가 있든 좋은 건 아닐 것 같습니다. 여기 엘리베이터가 있습니다."

트럭은 속도를 늦추기 시작했고 콘크리트 바닥에 급히 멈추어 섰다. 모두가 밖으로 나갔다. 경비대 책임자가 화물 엘리베이터의 문을 열었고 랩은 다른 세 사람을 도와 아이스박스를 옮겼다. 그들은 아이스박스를 엘리베이터 중앙에 놓고 문을 닫은 후 맨 아래층의 버튼을 눌렀다. 랩은 아이스박스가 사라지는 것을 보고 막 방향을 바꾼 트럭에 다시 올랐다.

급격히 가속을 하는 동안 그는 시계를 보았다. 8분이 조금 더 남았다.

"아이스박스 안에 뭐가 있습니까?"

운전하던 경비대원이 물었다.

랩은 웃었다. 그는 그 젊은이도 그게 무엇이었는지 곧 알게 될 것이라고 생각했다.

"폭탄이네."

"어떤 폭탄입니까?"

"핵폭탄."

"농담하십니까?"

"아니. 액셀러레이터를 꽉 밟는 게 좋을 거야. 8분쯤 후엔 폭발할 테니까. 그리고 방폭문이 닫히지 않으면 우린 완전히 망하는 거야."

젊은 남자는 가속페달을 힘껏 밟았고 그들은 터널을 쏜살같이 달렸다.

1분이 지나지 않아 차는 첫 번째 방폭문 앞에 멈추었다. 문은 이미 반쯤 닫혀 있었다. 그들은 차를 버리고 전력질주를 했다. 한 사람씩 두 번째 방폭문을 빠져나와 모두가 오후의 해가 빛나는 길로 뛰어나왔다. 연방청사경비대의 책임자는 부하들에게 아이스박스에 뭐가 있는지를 말해 주었다. 그 소식에 사람들은 충격을 받은 표정이 되었다. 얼이 빠진 듯한 그들의 표정에 랩은 웃을 수밖에 없었다.

그들은 겨우 3분을 남기고 헬리콥터 발착장에 도착했고 모두들 헬리콥터에 탑승했다. 헬리콥터는 이륙해서 동쪽으로 내달렸다. 랩은 라이머에게 전화를 걸어 폭탄을 안전하게 치웠다고 이야기했다. 라이머는 폭탄이 폭발할 때 1.6킬로미터 이상 떨어진 곳에만 있으면 폭탄의 전자기 파동을 걱정할 필요가 없다고 알려 주었다. 전자기 파동은 헬기를 추락시킬 수도 있었다. 랩은 조종사에게 속도를 유지하고 계속 저공비행을 하라고 일렀다.

랩은 시계를 보고 초를 세면서 아내를 생각했고 헬리콥터가 더 빨리 날기를 빌었다. 폭발 10초를 남기고 그는 헬리콥터에 있는 모두에게 소리를 쳤다.

"눈을 가려! 내가 말할 때까지 눈을 뜨면 안 돼!"

랩은 머릿속에서 숫자를 헤아렸다. 10을 셌지만 아무 소리도 들을 수 없었다. 때문에 그는 계속 그대로 있었다. 20초 후 그는 전화를 잡고 라이머의 번호를 눌렀다.

"어떻게 됐습니까? 폭발했습니까?"

"그런 것 같네. 주 경계 너머까지 진동이 느껴졌네."

"산이 충격을 견뎠습니까?"

"모르겠네. 자네가 더 잘 알 만한 위치에 있지 않나?"

랩은 조종사에게 방향을 바꾸어 상태를 살피게 해 달라고 지시했다. 랩은 벙커가 폭발을 견디지 못한 징후가 있는지 나무가 덮인 아름다운 산맥을 자세히 살폈다. 연기구름은 보이지 않았다. 기둥은커녕 연기 한 자락도 눈에 띄지 않았다.

랩은 미소를 지으며 말했다.

"대통령에게 성공했다고 말씀하십시오."

"전화를 해야 할 사람은 자네지."

라이머가 고집을 부렸다.

"가장 어려운 일을 한 게 자네인데."

"폴, 아이디어가 어디에서 나왔습니까? 대통령께 전화하십시오. 전 눈이나 잠깐 붙이렵니다."

랩은 라이머가 더 무슨 말을 하기도 전에 전화를 끊었다. 갑자기 이야기를 나누고 싶은 사람이 떠올랐다.

그는 전화에서 별장의 전화번호를 찾은 뒤 통화 버튼을 눌렀다. 벨이 여섯 번 울린 후 익숙한 목소리가 대답을 했다.

"오지 못한다고 말하려는 건 아니지?"

그녀의 목소리에는 실망감이 가득했다.

"날 좀 믿어 봐."

"올 수 있는 거야?"

그녀가 신이 나서 물었다.

"그래, 저녁 식사 전에 도착할 거야."

랩은 이런 일이 있었으니 CIA의 G-V 제트기를 개인적으로 잠깐 쓸 수 있을 것이라고 계산했다.

"별다른 일은 없어?"

랩은 마운트웨더 꼭대기에 여전히 서 있는 통신탑들을 바라보았다.

"그럼, 아무 일도 없지."

EPILOGUE

월요일 아침, 메모리얼데이

새들이 지저귀고 블라인드 사이로 햇살이 비쳐들고 있었다. 어딘가 멀리서 선외 모터의 소음이 아침 공기를 흔들고 있었다. 완연한 여름이었다. 랩은 아내의 부드러운 살결이 만져질 것을 기대하며 손을 뻗었다. 찾은 것은 커다란 베개뿐이었다. 그는 베개를 잡고 돌아 누웠다. 잠을 더 자고 싶은지 일어나고 싶은지 아직 확실치가 않았다. 처가의 노스우드 별장에 있는 손님용 오두막은 잠을 자기에는 안성맞춤인 곳이었다. 물가에서 6미터밖에 떨어져 있지 않은 이곳은 산들바람이 불 때면 물이 규칙적으로 해안을 핥으면서 어머니 뱃속에서와 같은 편안한 잠을 선사했다. 자연이 대신하는 어머니 심장 소리였다.

하지만 오늘은 바람이 없었고 때문에 전혀 다른 문제가 만들어지고 있었다. 흐려지는 선외 엔진의 소리 말고도 물에 있는 또 다른 보트의 소리도 들을 수 있었던 것이다. 그에게 아주 익숙한 보트 소리였다. 랩의 처남들은 워터스키 광이었다. 릴리 집안의 별장에 오면 스키를 타는 시간이 둘로 나뉘어 있었다. 아침 일찍과 저녁 늦게로 말이다. 하지만 언제나 아침 일찍이 선호되는 시간이었다. 저녁은 보너스였다.

토요일에 랩은 거의 즉시 워싱턴을 떠났다. 케네디와 잠깐 통화를 했지만 원만한 대화라고는 할 수가 없었다. 문제가 해결되자 그들이 간신히 피해 왔던 현실적인 문제들이 거의 즉각적으로 그를 괴롭히기 시작했다. 랩은 예의 직설적인 태도로 케네디에게 미국 정부의 일부 고위 인사들에 대한 자신의 생각을 이야기했다. 그녀가 그런 의견은 마음속에 묻어 두라고 말하자 그는 대답 없이 전화를 끊어 버렸다.

랩은 CIA의 전용 제트기로 워싱턴을 떠나 아내가 그를 데려가기 위해 기다리고 있는 위스콘신 라인렌더로 왔다. 그들은 그날 밤 처가 식구들과 모닥불 곁에 앉아 이야기를 나누었다. 어디에서도 지난주의 일들은 화제로 등장하지 않았다. 랩은 그날 밤부터 다음 날의 아침 스키 의식이 벌어지는 동안까지 내리 잠을 잤다. 애너와 그녀의 오빠들은 그 후 하루 종일 랩을 괴롭혔다. 릴리 가족이 가진 또 하나의 특징이었다. 스키를 타지 않는 사람은 겁쟁이에 무기력한 사람 취급을 당해야 했다. 또 하루 종일 잔소리에 시달리는 것보다는 낫다고 생각한 랩은 이불을 걷고 침대에서 일어났다.

그는 작은 간이 주방에서 커피 주전자와 메모를 발견했다. 자기, 우리는 스키 타러 가. 어서 선창으로 내려오지 않으면 오늘도 잔소리에 시달려야 할 거야. 랩은 미소를 지었다. 그는 커피를 한 컵 따르고 호수를 바라보았다. 키가 큰 소나무들 사이로 어렴풋이 호수의 북쪽 호반에서 스키를 타는 가족들의 모습이 보였다. 그는 침실로 돌아가 수영 트렁크와 낡아서 색이 바랜 스웨트 셔츠를 걸쳤다.

주방으로 돌아오는 길에 그의 위성 전화가 울렸다. 그는 전화를 들어 스크린을 보았다. 워싱턴을 떠난 후 그녀가 건 네 번째 전화였다. 손님용 숙소에는 TV가 없었고 그는 라디오를 켜서 세상에서 무슨 일이 일어나고 있는지 알아보려는 노력도 하지 않았다. 그는 선 채로 스크린을 응시하다가 몇 초 뒤에 마지못해 무슨 일이 있지는 않은지 확인해 보는 것이 낫겠다는 결론을 내렸다. 그는 충전기를 뽑고 전화를 귀에 갖다 댔다.

"여보세요?"

"좋은 아침이네요."

케네디는 약간 방어적인 어조로 말했다.

"별일 없습니까?"

잠에서 방금 깬 덕분에 랩의 목소리는 약간 갈라져 있었다.

"네, 모든 게 아주 잘 돌아가고 있어요. 난 지금 덱에 앉아서 토미가 모래성을 만드는 걸 보고 있어요. 전화는 왜 못 받은 거예요? 특별한 이유라도 있는 건가요?"

랩은 커피를 들고 밖으로 걸어 나갔다. 그의 뒤에서 스크린도어가 쾅 소리를 내며 닫혔다.

"이야기를 할 기분이 아니었습니다."

랩은 이슬을 머금은 풀밭을 가로질러 선창으로 향했다.

"왜요?"

토요일 워싱턴을 떠난 후 그와 같은 열정을 공유하지 못하고 뜻과 마음이 맞지 않는 사람들에 대한 랩의 분노는 상당히 심각해졌다.

"왜라고 생각하십니까?"

랩은 선창에 올라섰다.

"그저 그 미친 소리들이 지겨워진 것뿐이라고 생각하십니까?"

다소 과격한 단어를 선택하긴 했지만 랩의 목소리에 비꼬는 투는 없었다. 그저 체념의 분위기가 담겨 있을 뿐이었다.

"좀 더 구체적으로 얘기해 줄 순 없겠어요?"

"우선, 우리는 50만 명의 사람들과 우리 나라의 수도를 거의 날려 버릴 뻔했습니다."

오래된 선창이 그의 발밑에서 삐걱거렸다.

"하지만 그렇게 되지 않았잖아요, 미치. 당신과 폴 라이머와 스킵을 비롯한 사람들 덕분에 그걸 막을 수 있었잖아요."

랩은 선창 끝에 있는 애디론댁 의자에 앉았다.

"그렇게까지는 아닙니다. 우리가 운이 좋았어요."

"하지만 우리가 공격을 저지한 건 사실이잖아요. 그리고 대통령은 당신이 한 일에 정말 고마워하고 있어요."

랩은 호수를 바라보았다. 물결이 하나도 일지 않고 있었다. 그는 케네디에게 대통령이 그 정도의 아첨은 할 만도 하다고 말하고 싶었다. 하지만 그 대신 이렇게 말하기로 했다.

"그 순간에는 대통령이 어떻게 생각하는지 거의 신경도 쓰지 않았는걸요."

"유감이네요. 그가 오늘 밤 성명을 발표할 때 당신을 언급하고 감사를 전하는 걸 말릴 수 있는 사람은 당신뿐일 텐데…."

랩은 놀라서 말문이 막혔다.

"도대체 무슨 얘깁니까?"

"신문이나 TV 뉴스를 보지 않았어요?"

"난 지금 노던위스콘신에 있습니다. 가장 가까운 마을이 25킬로미터 떨어져 있고요."

"전 세계의 지진 감지기에서 마운트웨더의 폭발이 감지되었어요. 프랑스 정부는 우리가 핵실험금지조약을 위반했다고 불평을 하고 있고 독일에선 워싱턴 서부에서 핵 사고가 있었다고 말하고 있어요. 미국 언론에 워싱턴 인근 정부기밀시설에 대한 테러 공격이 있었다는 소문이 파다하고요."

랩은 커피를 내려놓았다.

"아이린, 대통령에게 난 공개적인 감사 인사가 필요하지도 않고 원치도 않는다고 전해 주십시오."

"이미 그렇게 말했어요. 하지만 대통령은 고집을 꺾지 않고 있어요. 당신이 좋아하든 그렇지 않든 당신에게는 그 정도 자격이 있다고 말하고 있어요."

"절대 안 됩니다."

"그럼 당신이 직접 얘기하는 게 좋겠어요."

랩은 호수 건너편을 바라보았다.

"대통령과 이야기하고 싶지가 않습니다. 그에게 내가 이미 일을 그만둘까 생각 중인데 대통령이 내 이름까지 들먹이면 그날로 끝이라고 전해 주십시오. 그냥 그만두는 데서 끝나는 것이 아니라 워싱턴의 모든 기자들에게 우리가 이 테러 공격을 막으려고 애쓰는 동안 대통령은 재선의 정치 구도를 더 걱정하고 밸러리 존스와 마틴 스톡스 그리고 법무부의 스텔리라는 여자 말에만 귀를 기울였다고 폭로하겠다는 말도요."

긴 침묵이 이어졌다.

케네디가 물었다.

"정말 진지하게 그만두려 하는 거예요?"

"그렇습니다."

"미치, 너무 과민하게 반응하지 말도록 해요. 내가 대통령을 분명히 설득할 수…."

"그런 게 아닙니다, 아이린. 난 이 모든 일이 다 신물이 납니다. 정치니 뭐니 하는 것들이 모두 말입니다. 이 싸움에서 어떻게 싸워야 하는지 아무것도 알지 못하는 사람들과 일을 해야 하는 게 신물이 나요. 우리에게 닥친 위협이 얼마나 진지한 것인지 정치 관료들을 설득하는 것도 지겹고 전쟁의 한복판에서 그 문제를 법 집행의 문제인 것처럼 취급하는 사람들도 지긋지긋합니다."

"미치, 당신이 느끼는 좌절감은 나도 십분 이해해요. 하지만 당신은 이 싸움에서 너무 소중한 사람이에요. 우리는 당신이 필요해요."

"그럼 대통령을 설득해서 변화를 이끌어 내는 게 나을 겁니다. 난 훈장도 원하지 않고, 공개적인 인정도 원하지 않습니다…. 그냥 몇몇 사람만 해고시키면 되요. 언제 사람들이 해고되는지 아니 언제 사람들이 물러나는지 기억해 보십시오. 그들을 스스로 물러나게 하던지 모가지를 잘라 버리던지…. 그런 건 난 상관하지 않습니다. 다만 반드시 없어져야만 하는 사람들이 있는 것은 확실합니다."

케네디는 바로 대답을 하지 못했다. 한참 입을 다물고 있던 그녀가 말했다.

"밸러리 존스가 한 달 안에 물러날 것이라고 말하면 당신 기분이 좀 나을까요?"

"좋은 시작이군요. 스톡스와 스텔리는 어떻게 됩니까?"

"스톡스에 대해서는 확실히 말을 할 수가 없네요. 그는 문제가 되지 않을 거라고 생각해요. 우리가 조치를 취하라고 말하면 스톡스는 그렇게 할 거예요."

"그럼 스텔리는요? 대통령을 설득해서 구덩이에 처넣어야 할 두 놈을 굳이 애틀랜타 구치소에 구금하게 한 것이 그 바보 아닙니까?"

"우리끼리 얘긴데 그건 충분히 가능해요. 마음에 드나요?"

"아직은… 좋은 시작이라고밖에 말 못하겠습니다."

"그럼, 곧 일에 복귀한 모습을 볼 수 있는 거죠?"

랩은 고요한 호수를 바라보았다. 스키 보트가 그가 있는 방향으로 돌아오고 있었다. 아직은 몇 백 미터나 떨어져 있었지만 그는 배가 지나간 자리를 가로지르고 있는 것이 아내라는 것을 알아볼 수 있었다. 그녀는 회전을 할 때마다 몸을 거의 눕혀서 물로 벽을 만들고 있었다.

"미치…."

케네디가 말했다.

"이 일은 쉽게 끝날 일이 아니에요. 당신도 알겠지만 그런 일들은 또다시 생길 거라고요."

랩은 이슬람 과격 근본주의자들이 그대로 손을 놓지는 않을 것이란 사실을 누구보다 잘 알고 있었다. 그는 지친 한숨을 내뱉고 눈을 감았다.

"아이린, 난 지쳤어요. 우리 편이어야 하는 사람들과 머리가 깨지게 싸워야 하는 게 정말 지겹습니다."

"이해해요, 날 믿어요. 대통령에게 이 일을 이미 얘기해 두었어요. 대통령은 우리 이야기에 충분히 귀 기울이지 않았다는 것을 알고 있어요. 눈앞에서 벌어질 뻔했던 엄청난 일이 그를 뼛속까지 속속들이 흔들어 놓았다고요."

케네디의 어조는 놀랄 만큼 긍정적이었다.

"미치, 이번이 그에게 테러리스트에 대한 사냥 허가를 받을 절호의 기회예요."

"그가 해 줄까요? 그가 우리에게 자유를 줄지가 관건인데요. 대통령이 할 수 있을까요?"

"이번에는… 가능할 것이라고 생각해요."

랩은 호수를 내려다보면서 자신이 정말 이 일에서 멀어질 수 있을까 생각했다. 그럴 수 있을 것 같지가 않았다. 그는 이 싸움에 너무나 큰 열정을 가지고 있었다. 하지만 케네디나 대통령에게 그것을 인정하라고 할 필요는 없었다. 그는 자신이 얻을 수 있는 것이라면 뭐든 밀어붙이겠다고 생각했다.

"아이린, 난 전권 위임을 원합니다. 대통령에게 이 공격과 관련된 놈을 모조리 사냥하겠다고 말하세요. 백악관이나 법무부가 어깨 너머로 훔쳐보고 간섭하는 것은 절대 허용하지 않겠다고 말입니다."

"대통령이 그 전략을 기꺼이 받아들일 가능성이 아주 높아요."

"좋아요…. 그럼 이번 주가 가기 전에 랭리로 돌아가겠습니다."

랩은 전화를 끊었다. 그의 마음은 공격 계획을 짜면서 벌써 수천 킬로미터 밖으로 가 있었다. 누구를 또 무엇을 먼저 공격할지에 대한 목록이 마음속에 만들어지고 있었다. 그 광신자들은 곧 다시 모여서 그들에게 덤벼들 것이다. 이 전쟁의 결과는 결코 확신할 수가 없다. 미치는 그것을 잘 알고 있었다. 이 싸움에는 빠져나올 수 있는 길이 없다. 회피할 수 있는 방법도 없다. 유일한 길은 계속해서 맞서 싸우는 것뿐이다. 인정사정없는 압도적인 힘을 통한 정면 돌파뿐이다.

〈끝〉

옮긴이 | 이영래

이화여자대학교 법학과를 졸업하고 리츠칼튼 서울에서 리셉셔니스트로, 이수그룹 비서팀에서 비서로
근무했다. 트랜스쿨을 이수하고 현재 인트랜스 전문 번역가로 활동하고 있다. 옮긴 책으로 《머니랩》,
《백악관 주식회사》, 《퍼시픽》(공역), 《워너비 샤넬》, 《2012》, 《칼 사이먼튼의 마음 의술》, 《좋은 투자 나
쁜 투자 이상한 투자》, 《히트 메이커》, 《휴 존슨 잰시스 로빈슨의 와인 아틀라스》(공역), 《2009 세계대전
망》, 《이코노미스트 2011 세계경제대전망》, 《The Complete Beatles Chronicle》(공역), 《당신의 의사도
모르는 11가지 약의 비밀》 등이 있으며 〈탑기어〉, 〈골프펑크〉, 〈맨즈헬스〉, 〈얼루어〉 등의 잡지에 번역
기사를 제공하고 있다.

전몰자의 날_미치 랩 시리즈 Vol.5

1판 1쇄 발행 2012년 9월 21일
1판 2쇄 발행 2014년 8월 25일

지은이 빈스 플린
옮긴이 이영래

발행인 양원석
책임편집 김지아
전산편집 김미선
해외저작권 황지현, 지소연
제작 문태일, 김수진
영업마케팅 김경만, 정재만, 곽희은, 임충진, 장현기, 김민수, 임우열
　　　　　　윤기봉, 송기현, 우지연, 정미진, 윤선미, 이선미, 최경민

펴낸 곳 ㈜알에이치코리아
주소 서울시 금천구 가산디지털2로 53, 20층 (가산동, 한라시그마밸리)
편집문의 02-6443-8846 **구입문의** 02-6443-8838
홈페이지 http://rhk.co.kr
등록 2004년 1월 15일 제2-3726호

ISBN 978-89-255-4828-9 (03840)